Das Buch:

›... Da warn ich, Rents, Sick Boy, Second Prize un Begbie, alle Mann in London, und Rents hat uns voll abgelinkt. Aber mir hat ers zurückbezahlt. Sick Boy hat er offensichtlich nix gegeben, aber bei den anderen weiß ich nich. Begbie höchstwahrscheinlich nich, denn der is durchgedreht, hat diesen Donnelly allegemacht und is dafür eingefahren ...‹ Irvine Welshs temporeiche Fortsetzung seines Erfolgsromans »Trainspotting« ist eine außergewöhnliche Geschichte über Lebenspläne, Freundschaft und Abzocke. Wo stehen die coolen Trainspotter zehn Jahre danach? Sick Boy sucht nach der perfekten Linkerei und dreht in der Zwischenzeit einen Porno. Spud ist noch immer drogensüchtig, Second Prize ein religiöser Fanatiker. Und in Francis Begbies Gehirn existiert nur ein einziger Gedanke: Er will Rache an Renton nehmen. Die Ereignisse überschlagen sich, als Franco seinem alten Kumpel nach Jahren zufällig wieder begegnet ...

Der Autor:

Irvine Welsh, geboren 1958, lebt in London. Sein Debütroman »Trainspotting« wurde für den Booker-Prize nominiert und von Danny Boyle verfilmt.

Weitere Titel von Irvine Welsh:

»Ecstasy«, »Der Durchblicker«, »The Acid House«, »Drecksau«, »Klebstoff« (KiWi 669)

KiWi

837

Irvine Welsh

Porno

Roman

Deutsch von Clara Drechsler
und Harald Hellmann

Verlag Kiepenheuer & Witsch

2. Auflage 2004

Die britische Originalausgabe erschien 2002
unter dem Titel *Porno* bei Jonathan Cape, London
Deutsch von Clara Drechsler und Harald Hellmann

Umschlaggestaltung: Barbara Thoben, Köln
Umschlagfotos: © Chris Frazer Smith
Gesetzt aus der DTL Documenta und der Helvetica
Satz: Greiner & Reichel, Köln
Druck und Bindearbeiten: Clausen & Bosse, Leck
ISBN 3-462-03420-0

Für:
Johny Brown
Janet Hay
Stan Keiltyka
John McCartney
Helen McCartney
Paul Reekie
Rosie Savin
Franck Sauzee

Und im Andenken an:
John Boyle

Inhalt

›Ohne Grausamkeit kein Fest ...‹
– Nietzsche
Genealogie der Moral,
Essay 2, Abschnitt 6

Schmuddelporno

1
Linkerei Nr. 18732

Croxy, der ausnahmsweise mal vor Anstrengung schwitzt, und nicht, weil er Drogen genommen hat, schleppt sich mit der letzten Plattenkiste die Treppe rauf, während ich mich aufs Bett fallen lasse und von dumpfer Depression umfangen auf die cremefarbene Raufasertapete stiere. *Das* ist also meine neue Bleibe. Ein einziges schäbiges Zimmer, vierzehn mal zwölf Fuß, mit angrenzendem Flur, Küche und Bad. Im Zimmer stehen ein Einbauschrank ohne Tür, mein Bett, und es ist gerade noch genug Platz für zwei Stühle und einen Tisch. Hier rumhocken könnte ich nicht: Sogar Knast wär besser. Ich würde glatt zurück nach Edinburgh fahren und mit Frank Begbie die Zelle gegen dieses arschkalte Loch tauschen. In dieser Enge verschlägt einem der Gestank nach kaltem Rauch, den Croxy verbreitet, den Atem. Ich hab drei Wochen lang selbst keine Zigarette angerührt, aber über dreißig am Tag passiv geraucht, bloß weil er in der Nähe war.
– Macht durstig, die Arbeit, hm, Simon? Gehn wir im Pepys n Bier trinken? fragt er, und sein Enthusiasmus wirkt hämisch, wie mutwilliger Spott angesichts der beengten Verhältnisse eines gewissen Simon David Williamson. So gesehen wäre es glatter Irrsinn, runter ins Pepys auf der Mare Street zu gehen, damit sie alle was zu lachen haben, ›Na, Simon, wieder in Hackney?‹, aber was soll's, jetzt ist Gesellschaft gefragt. Ohren wollen abgekaut werden. Dampf will abgelassen sein. Außerdem muss Croxy mal gelüftet werden. In seiner Gegenwart das Rauchen aufgeben zu wollen, ist ungefähr so, als wollte man in ner Junkie-Wohngemeinschaft auf Entzug gehen.

– Du hast Schwein, dass du die Bude gekriegt hast, sagt Croxy, während er mir hilft, die Kisten abzustellen. Schwein, mein Arsch. Ich liege auf dem Bett, und die ganze Bude wackelt, als der Schnellzug Richtung Liverpool Street durch die Station Hackney Downs brettert, die sich einen knappen Meter neben meinem Küchenfenster befindet.

Zu bleiben, wo ich bin, kommt in meiner Gemütsverfassung noch weniger in Frage als auszugehen, also steigen wir vorsichtig die ausgetretene Treppe runter; der abgeschabte Teppich macht sie tückisch wie eine Gletscherwand. Draußen herrscht Schneeregen, und über allem liegt diese triste, feiertagstypische Katerstimmung, als wir Richtung Mare Street und Rathaus gehen. Croxy erzählt mir ohne den kleinsten Anflug von Ironie, dass ›Hackney ne bessere Adresse ist als Islington, egal welche Straßen. Islington ist doch seit Jahren fürn Arsch‹.

Man kann auch zu lange als Autonomer leben. Er müsste eigentlich in Clerkenwell oder Soho Websites designen, statt in Hackney Unterkünfte und illegale Partys zu organisieren. Ich kläre die Fotze über den Lauf der Welt auf, nicht zu seinem eigenen Wohl, sondern um zu unterbinden, dass solcher Schwachsinn ungehindert in die Kultur einsickert. – Nein, es ist ein Rückschritt, sage ich und hauche mir in die Hände. Meine Finger sind blassrosa wie rohe Schweinswürstchen. – Für nen fünfundzwanzigjährigen Crustie mag Hackney ja in Ordnung sein. Für einen sechsunddreißigjährigen Unternehmer mit gesellschaftlichen Ambitionen, ich deute auf mich, – muss es schon Izzy sein. Wie kann man einem gehobenen Stück Fickfleisch in einer Bar in Soho ne E8-Adresse geben? Was sagt man, wenn sie wissen will, wo die nächste U-Bahn-Station ist?

– Die Hochbahn ist doch okay, sagt er und zeigt auf die Eisenbahnbrücke vor dem bleiernen Himmel. Ein 38er Bus schuckelt vorbei und speit sein toxisches Kohlenmonoxid.

Diese Fotzen von London Transport, in ihren Hochglanzbroschüren jammern sie über die Umweltschäden durch Autoabgase, während sie nach Lust und Laune unsere Atemwege verpesten.

– Nein, sie ist scheißnochmal nicht okay, schnauze ich ihn an, – sie ist scheiße. Dieses Viertel wird die letzte Ecke im ganzen

Londoner Norden sein, die ans U-Bahn-Netz angebunden wird. Sogar bis nach Scheiß-Bermondsey fährt jetzt die U-Bahn, verdammte Scheiße. Raus zu deren Scheiß-Zirkuszelt, wo sowieso keine Sau hin will, können sie eine bauen, aber nicht hierher, das ist doch zum Kotzen.

Croxys schmales Gesicht verzieht sich zuckend zu einer Art Lächeln, und er sieht mich aus diesen großen, tief in den Höhlen liegenden Augen an. – Du machst heute wohl einen auf depressiv, was? sagt er zu mir.

Und da hat er Recht. Also mach ich, was ich immer mache, meinen Kummer in Alkohol ertränken und allen im Pub – Bernie, Mona, Billy, Candy, Stevie und Dee – erzählen, dass Hackney nur ein Intermezzo darstellt, rechnet nicht damit, mich auf Dauer wieder hier in der Gegend zu sehen. Nichts da, Freunde. Weitreichendere Pläne, Alter. Und, ja, ich suche häufig die Toilette auf, aber ausschließlich, um einzuführen, nicht um auszuscheiden.

Schon während ich es in meinen Zinken schaufele, ist mir die traurige Wahrheit bewusst. Koks ödet mich an, es ödet uns alle an. Wir sind abgestumpfte Typen in einer Szene, die wir hassen, einer Stadt, die wir hassen, und tun dabei so, als wären wir der Nabel der Welt, müllen uns mit Drogen zu, um das Gefühl zurückzudrängen, dass sich das wahre Leben irgendwo anders abspielt, und wissen dabei genau, dass wir nichts anderes tun, als dieser Paranoia und Ernüchterung neue Nahrung zu geben. Doch irgendwie sind wir zu apathisch, um damit aufzuhören, denn traurigerweise gibt es nichts Interessantes, für das es sich lohnen würde, aufzuhören. Dabei fällt mir ein, es verdichten sich Gerüchte, dass Breeny haufenweise Ching hat, und es sieht so aus, als wär ein beträchtlicher Teil davon bereits im Umlauf.

Plötzlich ist Morgen, und wir sitzen in einer Wohnung Gott weiß wo und hängen an der Pfeife, und Stevie lässt sich darüber aus, was ihn die Ladung gekostet hat, die er grade zusammengebacken hat, und widerwillig werden zerknüllte Geldscheine rausgerückt, während sich der Gestank von Ammoniak ausbreitet. Jedes Mal, wenn diese grässliche Pfeife mir die Lippen verbrennt, fühle ich mich elend und fertig, bis der nächste Zug mich in eine andere Ecke des Zimmers katapultiert: kalt, eingefroren, zufrieden, sehr von mir eingenommen, großkotzig und insgeheim auf die Weltherrschaft aus.

Dann bin ich draußen auf der Straße. Ich wusste nicht, dass ich bei meinen ziellosen Wanderungen wieder in Islington gelandet war, bis ich am Park das Mädchen sah, das mühsam versuchte, mit Fäustlingen an den Händen einen Stadtplan aufzuschlagen, und instinktiv mit einem schleimigen ›Verlaufen, Baby?‹ reagierte. Aber der weinerliche Klang meiner Stimme, die vor Emotionen, banger Erwartung, ja sogar Verlorenheit triefte, erschütterte mich. Der Schock darüber ließ mich genauso zurücktaumeln wie der Schluck aus der lila Dose in meiner Hand. Scheiße, was war das? Wer hatte ihm das in die Hand gedrückt? Wie zum Teufel bin ich hierher gekommen? Wo sind die alle? Ein paar hatten sich ächzend verabschiedet, und ich war in den kalten Regen rausgegangen, und jetzt …

Das Mädchen wurde so steif wie die fleischige Zuckerstange in meiner Hose und sagte schnippisch: – Verpiss dich … ich bin nicht dein Baby …

– Sorry, Mäuschen, entschuldige ich mich nassforsch.

– Und ein Mäuschen bin ich auch nicht, unterrichtet sie mich.

– Das kommt auf den Standpunkt an, Süße. Versuch es mal mit meinen Augen zu sehen, höre ich mich sagen, als wäre es ein anderer, und ich sehe mich mit ihren Augen: ein stinkender, dreckiger, versoffener Penner. Aber auf mich warten Arbeit, Mädchen, um die ich mich kümmern muss, sogar ein bisschen Geld auf der Bank, bessere Klamotten als dieses verfleckte, stinkende Fleece-Zeug, der alte wollige Hut und die Handschuhe, also, was zum Teufel geht hier vor, Simon?

– Verpiss dich, du Scheißtyp! sagt sie und dreht sich weg.

– Ich schätze, wir hatten einfach einen schlechten Start. Na, was soll's, dann kann's ja nur besser werden, hm?

– Verpiss dich, brüllt sie mich noch mal über die Schulter an.

Weiber. Die können manchmal so negativ sein. Ich verfluche meine mangelnde Frauenkenntnis. Ich hab zwar so einige kennen gelernt, aber mir war immer mein Schwanz im Weg, der zwischen mir, ihnen und irgendwas Tiefschürfenderem stand.

Ich beginne mich zu erinnern, versuche mein zugekokstes und überhitztes Bewusstsein zu rekolonialisieren, indem ich es ausbreite und in perspektivische Einheiten zerlege. Es fiel mir ein, dass ich tatsächlich zu Hause gewesen war, ich war am Morgen deprimiert in diese neue Bude zurückgekommen, nachdem ich den letzten Rest von dem Koks weggezogen hatte, dann hatte ich angefangen zu schwitzen und mir einen runterzuholen, auf ein Foto von Hillary Clinton im Powersuit, die für das Amt des Senators von New York kandidiert. Ich erzählte ihr den üblichen Schmus, sie sollte bloß nicht auf die Juden hören, sie wär immer noch eine schöne Frau, Monica könnte ihr nicht das Wasser reichen. Tztz, Bill sollte sich mal den Kopf untersuchen lassen. Anschließend liebten wir uns. Als Hillary danach zufrieden schlief, ging ich eine Tür weiter, wo Monica auf mich wartete. Leith traf sich mit Beverly Hills zu einem geschmackvollen Wiedergutmachungsfick. Dann ließ ich es Hillary und Monica zusammen angehen, während ich zusah. Zuerst hatten sie sich geziert, aber ich hatte sie natürlich belabern können. Ich machte es mir in dem durchgesessenen Stuhl bequem, den mir Croxy überlassen hat, und genoss die Show bei einer guten Havanna, na ja, einer schlanken Panatella.

Ein Streifenwagen macht auf der Upper Street jaulend Jagd auf einen dummen Zivilbürger, den sie zum Krüppel schlagen können, als ich zurück in die Realität gezuckt komme.

Der einfallslose, aber schmutzige Charakter meiner Fantasie quält mich ein bisschen, aber das liegt nur daran, sage ich mir, dass das Runterkommen diese hässlichen Gedanken – die flüchtig sein sollten – hängen bleiben lässt, wo sie dir alle Kanäle verstopfen und dich zwingen, dich mit ihnen zu befassen. Das verleidet mir sofort das Kokain – nicht, dass ich mir in absehbarer Zeit überhaupt wieder welches leisten könnte. Was keinerlei Relevanz hat, solange man drauf ist.

Ich laufe auf Autopilot, werd mir aber langsam bewusst, dass ich vom Angel runter in Richtung King's Cross steuere, was an sich schon ein Zeichen von Verzweiflung ist, wenn es je eins gab. Ich statte den Wettbüros in der Pentonville Road einen Besuch ab, um mich nach bekannten Gesichtern umzusehen, aber ich erkenne niemanden wieder. Die Fluktuation unter dem Abschaum ist ziemlich hoch, seit die Polizei überall am Cross Präsenz zeigt. Sie zischen da rum wie Motorboote auf ner Abwasserkloake, die den Giftmüll nur verteilen und auseinander treiben, ohne etwas dagegen zu tun oder ihn gar zu beseitigen.

Dann sehe ich Tanya reinkommen, die ziemlich dicht aussieht. Ihr Schrumpfgesicht ist kalkweiß, aber in ihren Augen zeigt sich der Funke des Erkennens. – Darlin ... Sie umarmt mich. Sie hat ein kleines, dünnes Kerlchen im Schlepptau, das, wie ich dann erkenne, eigentlich ein Mädchen ist. – Das is Val, sagt sie in dem archetypischen, nasalen Gewinsel der Londoner Heroinschlampe. – Hab dich ja seit Ewigkeiten nich hier gesehn.

Ach, warum nur? – Aye, ich bin wieder in Hackney. Vorübergehend jedenfalls. Hab mir am Wochenende ne kleine Session gegönnt, erkläre ich gerade, als ein Trupp von durchgeknallten Niggern reingeturnt kommt: angespannt, hoch aufgeschossen und feindselig. Ich frag mich, ob irgendeine Sau hier je wettet. Mir gefällt der Vibe nicht, darum sehen wir zu, dass wir rauskommen, wobei Val, diese schräge, anämisch aussehende Kuh, und einer von den Schwarzen sich irgendwas an den Kopf werfen, und machen uns auf den Weg zum Bahnhof King's Cross. Tanya quengelt wegen Zigaretten, und ich, klar, ich versuch aufzuhören, aber da ist nichts zu machen, es geht nicht ohne, und ich krame in meinen Taschen nach Kleingeld. Ich kaufe Kippen und stecke mir unten in der U-Bahn-Station eine an. So n fetter, kurzatmiger, übereifriger weißer Arsch in einer von den neuen hellblauen Schwule-SA-Uniformen der Londoner Verkehrsbetriebe sagt mir, ich soll die Kippe ausmachen. Er zeigt auf ne Gedenktafel an der Wand, die an zig Leute erinnert, die bei nem Brand umgekommen sind, den irgendein Verblödeter mit seiner weggeworfenen Kippe ausgelöst hat. – Bist du bescheuert? Ist dir das völlig egal?

Was glaubt der Clown, mit wem er redet? – Und wie egal mir das ist, die Fotzen haben's nicht besser verdient. Das Risiko nimmt man auf sich, wenn man reist, schnauze ich ihn an.

– Ich hab bei dem Brand einen guten Freund verloren, du Bastard! kreischt diese Flasche aufgebracht.

– War bestimmt ein Wichser, wenn er mit nem Sackgesicht wie dir befreundet war, rufe ich, mache aber gleichzeitig die Fluppe aus, während wir die Rolltreppe zum Bahnsteig runterlaufen. Tanya lacht, und diese Val wiehert nur so, sie kriegt sich gar nicht mehr ein.

Wir nehmen die Tube nach Camden zu Bernies Wohnung. – Als Mädchen solltet ihr nicht am King's Cross rumhängen, sage ich lächelnd, weil ich genau weiß, was sie da wollen, – schon gar nicht mit beschissenen Niggern, rate ich ihnen. – Die warten doch nur auf n nettes weißes Mädchen, das sie auf den Strich schicken können.

Diese Val grinst sich einen, aber Tanya macht mich direkt an. – Wie kannst du so was sagen? Wir sind unterwegs zu Bernie. Das ist einer deiner besten Freunde, und er ist ein Schwarzer.

– Klar ist er das. Ich red nicht von *mir*, das sind meine Brothers, meine Leute. Praktisch meine ganzen Kumpels hier sind schwarz. Ich red von *euch. Mich* wollen sie ja nicht anschaffen schicken. Obwohl, der beschissene Bernie würd's tun, wenn ich es zulassen würde.

Die kleine knabenhafte Val kichert wieder auf sonderbar anziehende Weise, während Tanya ein beleidigtes Gesicht macht.

Wir gehen rauf in Bernies Wohnung, nachdem ich für ne Sekunde vergessen hab, in welchem Block dieser jämmerlichen Wohnanlage sie liegt, da es sehr ungewohnt ist, bei Tageslicht hierher zu kommen. Wir scheuchen einen einsamen Säufer auf, der auf dem Treppenabsatz in seiner eigenen Pisse eingeschlafen ist. – Morgen, rufe ich in forschem, gut gelauntem Ton, und der Säufer gibt so was wie ein Stöhnen oder Knurren von sich. – Ja, du hast leicht reden, sage ich witzig, und die Mädchen grinsen sich einen.

Bernie ist noch auf und selbst gerade erst von Stevie zurück. Er steht total unter Strom, eine gold-schwarze Masse aus Ketten, Zähnen und Soveys, diesen fetten Ringen. Ich rieche Ammoniak, und er hat wie erwartet in der Küche eine Pfeife parat und lässt mich ziehen. Ich inhaliere lang und tief, und seine großen Augen ermuntern mich irrwitzig, während sein Feuerzeug die Steine anbrennt. Als ich die Luft anhalte und langsam ausatme, hab ich dieses schmutzige, rauchige Brennen in der Brust und ein Schwächegefühl in den Beinen, aber ich kralle mich an der Kante der Arbeitsplatte fest und genieße den kühlen Kick. Ich betrachte jeden Brotkrümel, jeden Tropfen Wasser in der Aluminiumspüle bis ins widerwärtigste Detail, was mich anekeln sollte, aber das tut es nicht, weil das Freeze plötzlich reinhaut und meine

Psyche zur kältesten Stelle des Raums macht. Bernie hat keine Zeit verloren, er bäckt schon die nächste Portion in seinem dreckigen alten Löffel zusammen und schüttet ein Bett aus Asche auf der Alufolie auf, auf das er sanft und zärtlich die Steine bettet, gerade so, wie Vater oder Mutter ein Kind in die Wiege legen würden. Ich halte ihm das Feuerzeug dran und bestaune die kontrollierte Heftigkeit seiner Züge. Bernie hat mir mal erzählt, dass er in der Badewanne geübt hat, unter Wasser die Luft anzuhalten, um seine Lungenkapazität zu steigern. Ich sehe mir den Löffel und die anderen Utensilien an und konstatiere mit unbeteiligtem Interesse, dass das alles nur zu sehr an meine H-Zeiten erinnert. Na ja, scheiß drauf, ich bin älter und klüger, und außerdem – Heroin ist Heroin und Crack ist Crack.

Wir labern Scheiße, sabbeln uns gegenseitig zu, die Gesichter nur Zentimeter voneinander entfernt, und halten uns dabei an der Arbeitsplatte fest wie zwei Führungsoffiziere der Enterprise auf der Brücke, wenn die feindlichen Phaserstöße das Schiff wackeln lassen.

Bernie regt sich über Frauen auf, Huren, die ihn verarscht haben, der armen Fotze das Leben vermiest haben, und ich mache mit. Danach kommen wir zu den Fotzen (männlichen Geschlechts), die uns mal gelinkt haben, und wie wir's ihnen heimzahlen werden. Bernie und ich teilen eine bestimmte Aversion gegen einen Kerl namens Clayton, der mal so was wie ein Freund von uns war, jetzt aber einen nach dem anderen ablinkt. Clayton ist immer eine willkommene Zielscheibe für uns, wenn uns der Gesprächsstoff auszugehen droht. Würden solche Widersacher nicht existieren, müsste man sie erfinden, um das Leben mit etwas Dramatik, Struktur und Bedeutung anzureichern. – Der wird auch jeden Tag irrer, sagt Bernie mit befremdlicher, pseudo-aufrichtiger Anteilnahme in der Stimme, – jeden Tag irrer, wiederholt er und tippt sich an den Kopf.

– Aye ... diese Carmel, fickt er die immer noch? frage ich. Der hätte ich auch immer schon gern mal einen reingesteckt.

– Nee, die hat sich verpisst nach wo sie her war, Nottingham oder so n Scheiß ... sagt er in dieser gedehnten Sprechweise, die von Jamaika mit einem Umweg über Brooklyn bis in den Londoner Norden schlingert. Dann zeigt er seine Beißerchen und sagt:

– Das ist wieder typisch Schotte, ihr seht ein neues Mädchen auf der Straße, und schon müsst ihr über sie Bescheid wissen, wer ihr Freund ist und so. Sogar dann, wenn ihr ne nette Frau und Kinder und Geld habt. Ihr könnt nicht anders.

– Das ist nur die soziale Ader. Ich versuche nur, mir aktives Interesse an meinen Mitmenschen zu bewahren, grinse ich und werfe einen Blick nach nebenan, wo die Mädchen auf dem Sofa sitzen.

– Die Mitmenschen ... Bernie lacht und wiederholt, – es is gut, sich n Interesse an den Mitmenschen zu bewahren ...

Und schon ist er wieder beim Reinziehen. – Keep on rocking in the free world, sage ich lachend, als ich nach nebenan gehe.

Als ich rüberkomme, fällt mir gleich auf, dass Tanya sich durch ihr Top an den Armen kratzt, also offenkundig auf Smack-Entzug kommt, und wie durch geisterhafte Übertragung fängt mein eigenes Auge an zu zucken. Ich hätte nichts gegen einen Fick, um ein paar Giftstoffe auszuschwitzen, aber ich ficke nicht gern Junkies, denn die bewegen sich nicht. Was dieses kleine Bubiköpfchen Val konsumiert, weiß ich zwar nicht, aber ich packe sie am Arm und zerre sie mehr oder weniger ins Klo rein.

– Was willst du? fragt sie, lässt aber weder Bereitwilligkeit noch Widerstand erkennen.

– Ich lass mir von dir einen blasen, sage ich mit einem Augenzwinkern, und sie guckt mich an, furchtlos, dann mit der Andeutung eines Lächelns. Ich merke, dass sie es mir so gern recht machen würde, denn sie ist so ein Mädchen. Eins von den kaputten, die es immer jedem recht machen wollen und denen es nie gelingt. Ihre Rolle im Theater des Lebens: ein Gesicht als Endstation für die Faust von irgendnem abgefuckten Arschloch.

Wir also rein, ich hole ihn raus, und schon steht die Latte. Sie geht runter auf die Knie, und ich drücke diesen fettigen Kopf gegen meinen Schritt, und sie lutscht, und es ist ... irgendwie nichts Halbes und nichts Ganzes. Es ist nicht schlecht, aber es nervt mich, wie ihre Knopfaugen nach oben wandern, um zu gucken, ob es mir gefällt oder nicht, obwohl allein die Vorstellung mir jetzt schon total lachhaft erscheint. Aber am meisten wünsche ich mir momentan, ich hätte mein Bier mitgenommen.

Ich schaue runter auf diesen grauen Totenkopf, diese leblosen

Augen, die zu mir hochschnellen, und besonders diese langen Zähne, die aus einem Zahnfleisch ragen, das durch Drogenkonsum, ungesunde Ernährung und gegen null tendierende Zahnpflege zurückgeschrumpft ist. Ich fühle mich wie Bruce Campbell in einem Outtake von *Armee der Finsternis*, in dem ihm ne lebende Leiche einen abkaut. Bruce würde den morschen Totenkopf einfach zu Staub zermalmen, und ich muss da raus, ehe ich in Versuchung komme, das Gleiche zu tun, und bevor mein erschlaffender Schwanz auf diesem übel riechenden Bett kariöser Zähne in Fetzen gerissen wird.

Ich höre die Wohnungstür auf- und zugehen, und zu meinem begeisterten Entsetzen gehört eine der Stimmen unverwechselbar Croxy, der auferstanden ist, um in die nächste Runde zu gehen. Womöglich auch noch Breeny. Mir fällt das Bier ein, und ich kann den Gedanken nicht ertragen, dass eine von den Fotzen es sich einfach nimmt und austrinkt. Mich stört die Vorstellung, dass es demjenigen auch noch völlig gleichgültig wäre, wohingegen es mir im Moment alles bedeutet. Wenn es die sind, die ich vermute, ist mein Bier so gut wie weg, wenn ich nicht sofort einschreite. Ich schubse diese Val weg, spritze ab, packe schon im Gehen meinen Schwanz wieder ein und ziehe den Reißverschluss hoch.

Es ist noch da. Die Drogenwirkung ist bei mir schon abgeflaut, und die Crack-Gier erwacht wieder. Ich lasse mich auf die Couch fallen. Es *sind* Croxy, der fertig aussieht, und Breeny, der frisch aussieht, jedoch rätselt, wie er eine Session auslassen konnte, und sie haben tatsächlich Biernachschub mitgebracht. Komisch, aber das hebt meine Lebensgeister in keinster Weise. Es macht nur ausgerechnet *das* Bier, das mir so lieb und teuer war, pisswarm, abgestanden und untrinkbar.

Aber es gibt ja Nachschub!

Also wird mehr Bier getrunken, werden weitere verwegene Deals ausgebrütet, kommt mehr Crack zum Vorschein, während Croxy Bernies Aktivitäten damit flankiert, dass er aus einer alten, zerdellten Limoflasche eine Pfeife zurechtfriemelt, und in kürzester Zeit haben wir uns alle wieder ziemlich abgeschossen. Diese Val ist zurück ins Zimmer getaumelt und sieht aus wie ein Flüchtling, den sie gerade aus dem Lager geschmissen haben.

Und genau das ist sie ja wohl auch irgendwie. Sie gibt Tanya ein Zeichen, die steht auf, dann gehen sie ohne ein weiteres Wort.

Mir ist nicht entgangen, dass eine Auseinandersetzung zwischen Bernie und Breeny zunehmend hitziger wird. Wir haben kein Ammoniak mehr und sind gezwungen, auf Backpulver umzusteigen, um unser Crack zu kochen, was mehr Geschick erfordert, und Breeny meckert, weil Bernie den Stoff verschwendet.
– Was machst du denn für ne Pantscherei, du Schwanzgesicht, eh, sagt er, den Mund halb voll mit abgewrackten, gelb-schwarzen Zähnen.

Bernie erwidert irgendwas, und ich erinnere mich, dass ich später arbeiten muss und noch ein bisschen die Augen zumachen sollte. Als ich den Flur runtergehe und die Tür öffne, höre ich Geschrei und den unverwechselbaren Sound von zu Bruch gehendem Glas. Ich erwäge etwa eine Sekunde lang, wieder reinzugehen, komme aber zu dem Schluss, dass meine Anwesenheit eine ohnehin chaotische Situation noch komplizieren würde. Ich schlüpfe still durch die Wohnungstür und ziehe sie hinter mir zu, worauf die Schreie und Drohungen verstummen. Dann bin ich draußen, dann die Straße runter und weg.

Als ich in diesem Scheißhaus in Hackney ankomme, das ich jetzt mein Heim nennen muss, schwitze und zittere ich und verfluche meine eigene Dummheit und Schwäche, während der Great Eastern von der Liverpool Street Station nach Norwich wieder mal das Gebäude durchschüttelt.

2

›... was dranhängt ...‹

Colin steht auf und verlässt das Bett. Am Erkerfenster nimmt er als schwarze Silhouette Gestalt an. Mein Blick fällt auf seinen hängenden Schwanz. Der sieht fast schuldbewusst aus, so in einem Dreieck aus Mondlicht gefangen, als Colin die Jalousie hochzieht. – Ich versteh das gar nicht. Er dreht sich um, und ich registriere sein reumütiges Armesündergrinsen, während das Licht einen Silberschimmer in seine dichten dunklen Locken spült. Außerdem zeigt es mir die Säcke unter seinen Augen und den unansehnlichen Fleischlappen, der unter seinem Kinn hängt.

Zu Colin: Ein Fick in mittleren Jahren, bei dem wir zu schwindender sozialer und intellektueller Bedeutung jetzt noch eine Abnahme der sexuellen Leistungsfähigkeit addieren müssen. Es wird Zeit. Oh Gott, es wird höchste Zeit.

Ich strecke mich im Bett, spüre die Kälte in meinen Beinen und mache Verrenkungen, um den letzten Anflug von Frust rauszuschütteln. Ich drehe mich von ihm weg und ziehe die Knie an die Brust.

– Ich weiß, das muss sich wie ein Klischee anhören, aber das ist mir wahrhaftig noch nie passiert. Es ist, als ... dieses Semester haben diese Mistkerle mir vier zusätzliche Stunden für Seminargruppen aufs Auge gedrückt und zwei zusätzliche Vorlesungen. Ich hab die ganze letzte Nacht über den Arbeiten gesessen. Miranda geht mir auf die Nerven, und die Kinder stellen auch dauernd Ansprüche ... mir bleibt gar keine Zeit mehr, *ich* zu sein. Keine Zeit mehr, Colin Addison zu sein. Aber wen kümmert das schon? Wer kümmert sich einen Dreck um Colin Addison?

Ich höre noch mit halbem Ohr sein winselndes Klagelied über die verlor'nen Erektionen, während ich mich die Leiter des Bewusstseins hinunter in den Schlaf hangele.

– Nikki? Hörst du noch zu?

– Mmmmm ...

– Weißt du, was ich denke? Ich finde, wir müssen unsere Beziehung normalisieren. Und das ist nicht nur so eine spontane Schnapsidee. Miranda und ich: Das ist gelaufen. Oh, ich weiß, was du sagen wirst, ja, es hat andere Mädchen gegeben, andere Studentinnen, sicher hat es die gegeben, sagt er, und jetzt schleicht sich ein Anflug von Befriedigung in seinen Tonfall ein. Das männliche Ego mag zerbrechlich scheinen, aber nach meiner Erfahrung braucht es nie lange, um sich zu regenerieren, – ... aber sie waren alle Teenager, und das war nur alberne Spielerei. Es ist halt so, du bist reifer, du bist fünfundzwanzig, der Altersunterschied zwischen uns ist nicht *so* groß, mit dir ist es eben anders. Das ist nicht nur ... Ich meine, das ist eine richtige Beziehung, Nikki, und ich will, dass sie, na ja, *was Richtiges* ist. Weißt du, was ich meine? Nikki? Nikki!

Nachdem ich als einer von Colin Addisons studentischen Fließband-Ficks angefangen hab, sollte ich wohl angenehm berührt sein, dass ich zur ernst zu nehmenden Liebesbeziehung befördert worden bin. Aber irgendwie – nein.

– Nikki!

– Was? stöhne ich, während ich mich im Bett rumdrehe, mich aufsetze und mir die Haare aus dem Gesicht ziehe. – Was willst du überhaupt? Wenn du mich schon nicht bumsen kannst, lass mich wenigstens schlafen. Ich hab morgen früh Vorlesung, und morgen Nacht muss ich wieder in diesem verfickten Saunaclub arbeiten.

Colin hockt jetzt auf der Bettkante und atmet schwer. Während ich zusehe, wie seine Schultern sich auf und ab bewegen, wirkt er auf mich wie ein sonderbares, verwundetes Tier im Dunkeln, das sich nicht entscheiden kann, ob es zum Gegenangriff übergehen oder die Flucht ergreifen soll. – Es gefällt mir nicht, dass du da arbeitest, lässt er raus, in diesem nörgeligen, besitzergreifenden Tonfall, der in letzter Zeit so *typisch er* ist.

Und jetzt denke ich, das ist es, das ist meine Gelegenheit. Die wochenlange Rücksichtnahme baut sich endlich zu dieser kritischen Masse auf, diesem Leck-mich-am-Arsch-Gefühl, wenn man weiß, dass man endlich genügend Kraft hat, ihnen zu sagen, sie sollen sich verpissen. – Der Saunaclub ist ja im Moment wahrscheinlich meine beste Chance auf einen ordentlichen Fick, erkläre ich kühl.

Das eisige Schweigen in der Luft und die Reglosigkeit von Colins dunklem Umriss verraten mir, dass ich den wunden Punkt getroffen habe und endlich zu ihm durchgedrungen bin. Dann setzt er sich ruckartig und angespannt in Bewegung, rüber zu dem Sessel, auf dem seine Klamotten liegen. Er beginnt, sich hastig anzuziehen. Ein Fuß rumst im Dunkeln gegen irgendwas, ein Stuhlbein oder vielleicht die Bettkante, und darauf folgt ein kurzes, fauchendes ›Fuck‹. Er *hat* es aber auch eilig, wegzukommen, denn normalerweise duscht er erst, Mirandas wegen, aber diesmal sind keine Körperflüssigkeiten geflossen, da geht es vielleicht auch ohne. Zumindest hatte er so viel Anstand, nicht das Licht anzumachen, wofür ich ihm dankbar bin. Als er sich seine Jeans hochzieht, bewundere ich wahrscheinlich zum letzten Mal seinen Arsch. Impotenz ist schlimm, und Klammerei ist grässlich, aber beide im Tandem kann man einfach nicht hinnehmen. Die Vorstellung, Krankenschwester für diesen senilen alten Sack zu spielen, ist Ekel erregend. Schade um den Arsch, den werd ich vermissen. Ich hab an Männern schon immer einen schönen knackigen Arsch gemocht.

– Mit dir kann man nicht vernünftig reden, wenn du in dieser Verfassung bist. Ich ruf dich später an, schnauft er, als er sich sein Shirt überzieht.

– Spar dir die Mühe, sage ich eisig und ziehe den Quilt hoch, um meine Titten zu bedecken. Ich denke darüber nach, warum ich dieses Bedürfnis habe, obwohl er sie abgelutscht, betatscht, geknetet, angekaut und seinen Schwanz dazwischen gesteckt hat, alles mit meiner Billigung und in einigen Fällen auf meine Aufforderung hin. Warum ist dann ein flüchtiger Blick im Halbdunkel so ein Übergriff? Es muss wohl daran liegen, dass ich im Grunde meines Herzens weiß, dass Colin und ich Geschichte sind. Ja, es ist *höchste* Zeit.

– Was?

– Ich sagte, spar dir die Mühe. Mich später anzurufen. Spar dir die Scheiß-Mühe, sage ich und wünsche mir, ich hätte eine Zigarette. Am liebsten würde ich ihn um eine bitten, aber das erscheint mir irgendwie unpassend.

Er dreht sich zu mir um, und ich kann den dummen kleinen Schnurrbart sehen, den abzurasieren ich ihn immer bekniet habe, und darunter seinen Mund, wiederum illuminiert von einem Funkeln silbernen Lichts durch die Jalousie, während die Augen darüber im Dunkeln liegen. Der Mund sagt zu mir: – Na schön, dann fick dich doch selber! Du bist ein dummes kleines Mädchen, Nikki, eine arrogante kleine Kuh. Im Moment hältst du dich für den Nabel der Welt, aber du wirst noch handfeste Probleme im Leben kriegen, wenn du nicht bald erwachsen wirst und dich dem Rest der menschlichen Spezies anschließt.

In meiner Seele tobt ein Kampf zwischen Empörung und Belustigung, ohne dass eins von beidem die Oberhand gewinnen kann. In diesem dissonanten Zustand kann ich nur eins tun, nämlich ihm hinrotzen: – So wie du etwa? Dass ich nicht lache ...

Aber Colin ist weg, und die Schlafzimmertür knallt zu, kurz danach auch die Haustür. Mein Körper beginnt sich erleichtert zu entkrampfen, bis mir lästigerweise einfällt, dass ich hinter ihm abschließen muss. Lauren legt viel Wert auf Sicherheit, und sie wird sowieso schon alles andere als angetan sein, da unsere Streiterei sie aus dem Schlaf gerissen haben muss. Die klar lackierten Bodendielen im Flur sind kalt unter meinen nackten Füßen, und ich bin froh, als ich spüre, wie das Steckschloss einrastet, und ich wieder ins Schlafzimmer gehen kann. Ich überlege kurz, ob ich ans Fenster gehen soll, um nachzuschauen, ob ich Colin vom Treppenabsatz vor dem Haus auf die leere Straße treten sehe, aber ich denke, wir beide haben unsere Positionen klar gemacht, und das Band ist nun gekappt. Dieses Wort hinterlässt einen besonders befriedigenden Eindruck. Ich spiele, natürlich nur im Spaß, mit dem Gedanken, seinen Penis in diesem Zustand per Post an Miranda zu schicken. Und dass sie ihn nicht wiedererkennt. Sie sind wirklich alle gleich, außer natürlich, man ist eine fette, schlampige, abgeschlaffte alte Kuh. Wenn deine Scheidenwände noch Spannkraft haben, kannst du mit allem, na ja, fast allem ficken. Nicht die Penisse sind das Problem, es ist das, was dranhängt; das allerdings gibt es in verschiedenen Größen, in verschiedenen Größen und Ärgernisgraden.

Lauren in ihrem hellblauen Morgenmantel kommt zu mir rein, die Augen schlaftrunken blinzelnd, das Haar verstrubbelt, und poliert die Gläser ihrer Brille, ehe sie sie aufsetzt. – Alles in Ordnung? Ich hab gehört, wie ihr euch anschreit …

– Nur die Laute eines impotenten Mannes in den Wechseljahren, der seinen Jammer in die Nacht hinauskläfft. Ich dachte, das wär Musik für deine feministischen Ohren, sage ich mit fröhlichem Grinsen.

Langsam geht sie auf mich zu, breitet die Arme aus und umschlingt mich. Was ist sie doch für eine durch und durch liebe Frau; immer bereit, mich sehr viel mitfühlender zu interpretieren, als ich es verdiene. Sie glaubt, dass ich meinen Schmerz hinter Humor verberge, mit Sarkasmus Verletzlichkeit überspiele, und sie guckt mich immer so forschend und ernsthaft an, als wolle sie die wahre Nikki hinter der Fassade entdecken. Lauren glaubt, ich sei wie sie, aber egal, wie sehr sie sich auch verstellt, ich bin ein abgebrühteres Aas, als sie es je sein wird. Trotz der streitbaren politischen Standpunkte, die sie vertritt, ist sie ein süßes Kind und riecht so wundervoll, so frisch nach Lavendelseife. – Es tut mir Leid … ich weiß, ich hab dir gesagt, du wärst verrückt, dich auf eine Affäre mit einem Dozenten einzulassen, aber das hab ich nur gesagt, weil ich wusste, dass man dir wehtun würde …

Es schüttelt mich, es schüttelt mich buchstäblich in ihren Armen, und sie sagt: – He … he … ist schon gut … ist ja okay … aber sie begreift nicht, dass ich mich vor *Lachen* schüttele, weil sie annimmt, es würde mir was ausmachen. Ich hebe meinen Kopf und lache, was ich sofort bereue, denn sie ist wirklich ein Schatz, und jetzt hab ich sie ein bisschen auflaufen lassen. Manchmal ist Grausamkeit einfach ein Reflex. Man kann nicht unbedingt stolz darauf sein, aber man kann sich bemühen, immer vorsichtig damit umzugehen.

Ich massiere ihren schlanken Nacken beschwichtigend, kann aber immer noch nicht aufhören zu lachen. – Ha ha ha … das siehst du falsch, Süße. Er ist der Abservierte, er ist der, dem es wehtut. ›Auf eine Affäre mit einem Dozenten einlassen‹ … ha ha ha … du klingst genau wie er.

– Na, wie soll man es denn sonst nennen? Er ist *verheiratet.* Ihr habt ne Affäre …

Ich schüttle langsam den Kopf. – Ich hab doch keine Affäre? Ich bumse mit ihm. Hab ihn gebumst, vielmehr. Aber das ist vorbei. Das Affentheater, das du gerade gehört hast – so hört es sich an, wenn er mich *nicht* mehr bumst?

Lauren erlaubt sich ein erfreutes, wenn auch etwas schuldbewusstes kleines Lächeln. Das Mädchen ist zu anständig, zu gut erzogen, um sich unverhohlen am Missgeschick eines anderen zu weiden, auch wenn es jemand ist, den sie nicht leiden kann. Und es war eine von Colins weniger liebenswerten Eigenschaften, dass er sie nicht mochte, nur das oberflächliche Bild sah, das sie ihn sehen lassen wollte. Aber das passt zu ihm, besonders scharfsichtig ist er nicht.

Ich schlage meine Bettdecke zur Seite. – Jetzt komm mal rein und knuddel mich ordentlich, sage ich.

Lauren schaut mir in die Augen, meinen nackten Körper geflissentlich übersehend. – Hör auf, Nikki, sagt sie verschämt.

– Ich will nur in den Arm genommen werden, sage ich schmollend und rücke an sie heran. Sie spürt ihren dicken Bademantel zwischen unserem nackten Fleisch und dass sie nicht vergewaltigt werden wird und drückt mich einmal steif und widerstrebend an sich, aber ich lasse nicht locker und ziehe die Bettdecke über uns.

– Ach, Nikki, sagt sie, aber bald spüre ich, dass sie sich beruhigt, und ich dämmere in einen wunderschönen Schlaf hinüber, mit dem Duft von Lavendel in der Nase.

Morgens werde ich neben einem leeren Platz im Bett wach und höre geschäftige Geräusche aus der Küche. Lauren. Jede Frau sollte eine entzückende junge Gattin haben. Ich stehe auf, hülle mich in meinen Bademantel und gehe in die Küche. Kaffee zischt und prustet durch den Filter in die Kanne. Jetzt kann ich sie in der Dusche hören. Drüben im Wohnzimmer fordert das blinkende rote Licht mich auf, die Nachrichten abzuhören.

Ich habe Colin überschätzt – oder unterschätzt, wie man's nimmt. Er hat ganz schön viele Nachrichten auf dem AB hinterlassen.

Biiiep.

– Nikki, ich bin's. Scheiße, Mensch, ruf mich doch an.

– Hallo, Scheißemensch, sage ich an die Adresse des Telefons, – hier ist Nikki.

Er ist nicht schlecht am Telefon, der gute Colin, aber nur im komödiantischen Sinn.

Biiiep.

– Nikki, es tut mir Leid. Ich hab den Kopf verloren. Mir liegt sehr viel an dir, ehrlich. Das war das Einzige, was ich damit sagen wollte. Komm doch morgen in mein Büro. Komm schon, Nik.

Biiiep.

– Nikki, lass es uns nicht so beenden. Lass dich von mir zum Essen im Dozentenclub einladen. Da fandest du es doch nett. Komm schon. Ruf mich im Büro an.

Zunehmendes Alter macht die meisten Mädchen zu Frauen, aber Männer hören nie richtig auf, kleine Jungs zu sein. Das ist es, worum ich sie beneide, die Gabe, sich in Dummheit und Unreife zu suhlen, etwas, das ich mich zu imitieren bemühe. Es kann allerdings ermüdend sein, wenn man immer diejenige ist, die es abkriegt.

3
Linkerei Nr. 18733

Es ist die allerletzte Scheiß-Arsch-Ecke von Soho; schmal und siffig, mit dem Gestank von billigem Parfüm, Frittenbuden, Alkohol und dem Müll aus aufgeplatzten schwarzen Müllsäcken im Rinnstein. Es knackt ein paar Mal, und surrende Neonbänke erwachen im Dämmer eines feinen Nieselregens fast widerwillig zu teilnahmslosem Leben und machen die üblichen alten, abgeschmackten Versprechungen.

Nur gelegentlich sah man die Vertreter dieser erhabenen Freuden, die Kleinkriminellen, die mit markigem Kinn, rasiertem Schädel, mit Anzug und Mantel bekleidet in den Eingängen standen, oder die verbrauchten Cracknutten, die in einem Treppenhaus herumlungerten, deren Gesichter vom kranken Gelb nackter Glühbirnen vor den müden Freiern, nervösen Touristen und betrunkenen, höhnisch grinsenden Jugendlichen entblößt wurden.

Aber hier fühl ich mich noch am ehesten zu Hause. Dass ich großkotzig an dem muskulösen Knaben vorbeirausche, der in der Tür der Nachtbar steht, die Schöße seines teuren Mantels vom Wind bewegt, ist für mich das Indiz, dass ich es weit gebracht hab, seit ich in Leith mit dem Ausschuss der Saunaclubs arbeiten musste, als ich Mädchen auf den Strich geschickt hab, die an der Nadel hingen und für einen Druck fickten.

Und Henry der Kleiderschrank nickte mir zu. – Asklar, Si, Alter, und ich lächle und versuche zu verhindern, dass meine Nasenflügel sich blähen, wie sie es unwillkürlich tun, wenn ich mich einem Exemplar dieser hirnlosen Dutzendware von Muskelpaketen gegenübersehe – denn man brauchte sie, und diese Jungs merkten es sofort, wenn man sie von oben herab behandelte. Also verzieht sich mein Gesicht zu einem blitzartigen Lächeln. – Alles klar, Henry? Ich bin heute leicht angeschlagen. Hab meinen Schwanz n paar Mal zu oft reingesteckt, wo er nicht hingehört.

Henry nickt grimmig, und wir reden ein paar Takte, in denen ich beobachte, wie seine kalten, in diesem Neandertalerschädel steckenden Augen gelegentlich über meine Schulter zucken, wenn etwas, das hinter meinem Rücken vorgeht, seine Aufmerksamkeit fordert. Und einen Blick abschießen, der raubtierhaft genug ist, um erste Funken zu ersticken, ehe sie zu Feuern werden können.

– Is Colville heut da?

– Nee, zum Glück nich, informiert mich Henry. Da bewege ich mich auf sicherem Terrain, wir hassen unseren Boss beide leidenschaftlich. Ich denke an Matt Colvilles Frau, als ich reingehe und tschüs zu Henry sag. Ist die Katze aus dem Haus ... Ich sollte Tanya zum Anschaffen hier runterscheuchen. Ich ruf sie vom Handy an, aber, oh Wunder, ihres ist abgemeldet worden, wie mir die Stimme mitteilt. Ist ja auch schwer, sich eine Heroin- und Cracksucht zu leisten und trotzdem dran zu denken, die Handyrechnung zu bezahlen. Das heißt für mich, mir ist ein kleineres Geschäft entgangen, und mein Herz überfriert leicht, wie es seine Art ist, wenn mir durch die Saumseligkeit anderer indirekt Unannehmlichkeiten entstehen.

Aber abzüglich Colville und zuzüglich Dewry im Büro bin ich der Mann der Stunde. Außerdem sind Marco und Lenny heute da, beide wackere, hellwache Jungs vom Fach, was bedeutet, dass meine Rolle heute rein repräsentativer Art ist. Ich sitze hauptsächlich am rechten Ende der Bar und halte Hof und stehe nur auf, um zu bedienen oder respektvolle Aufmerksamkeit zu zollen, wenn ein Promi, Fußballer, Schurke oder eine sehr aufregende Lady (und das sind sie alle) das Etablissement betritt. Am Ende meiner Schicht springe ich noch schnell in Randolphs Laden und sacke einen ganzen Packen Schwulenpornos ein, die als anonymes Geschenk an einen alten Kumpel gehen werden. Dann begebe ich mich auf ein Bier in eine nichts sagende Kaffeebar. Wenn ich Feierabend mache, will ich was anderes sehen als den beschissenen Club, das ist das soziale Äquivalent zu nem schönen Bad. Diese Bar hier ist genau richtig, ein Monument unserer Einfallslosigkeit, fade wie Ikea. Sie liegt in Soho, könnte aber sonstwo sein, wo es keinerlei individuellen Charakter mehr gibt.

Ich bin ein bisschen von der Rolle und daher überrascht, dass ich anscheinend ohne große Mühe eine Eroberung gemacht hab. Ich hätte gedacht, das Timing wär denkbar ungünstig. Ich hatte beinahe schon wieder begonnen, mich dumm und schwach zu fühlen. Schwach genug, um mir mit Croxy die Kante zu geben, als würde die Tatsache, dass ich den Van und die Bude und die Muskelkraft dieser Fotze für meinen Umzug in Anspruch nehme, ihn dazu berechtigen, mich mit Chemie zu verseuchen. Der ist zu nichts zu gebrauchen, die sind alle zu nichts zu gebrauchen. Wie diese bestusste kleine Scheißnutte Tanya, die in King's Cross versackt, während ich alles arrangiert hab, um sie in den Club reinzubringen, damit sie sich ein paar Freier mit richtig Cash aufreißt. Schwach. Und mit fortschreitendem Alter wird eine solche Schwäche zum teuren Luxus.

Aber genug der Selbstzerfleischung, schließlich hab ich die Schicht gut überstanden und bin jetzt in einer Bar in Soho, und zwar mit einem aufgekratzten und hübschen Mädchen namens Rachel, das ein Kostüm trägt. Rachel arbeitet in einer Werbeagentur, hat gerade eine wichtige Präsentation hinter sich gebracht, weshalb sie ein bisschen angeheitert ist, und sagt dauernd ›Meine Güte!‹. Ich hab an der Bar Blickkontakt zu ihr hergestellt, anschließend Nettigkeiten ausgetauscht, ein Lächeln gab das andere, und schon hab ich sie von ihrem besoffenen Rudel getrennt. Natürlich wird meine eigene Bleibe in Islington gerade renoviert, und ich bin gezwungen, in der miesen Einzimmerwohnung eines Freundes zu nächtigen. Ich danke Gott für den Armani-Anzug, ist jeden Penny wert. Und als ich vorschlage, zu ihr nach Camden zu gehen, sagt sie: – Du meine Güte, meine Mitbewohnerin hat heute Freunde da.

Also muss ich meinen Stolz runterschlucken und dem Knaben im Minicab die Adresse in E8 rausrücken. Wenigstens besitzt er den gottverdammten Anstand, uns überhaupt so weit raus zu fahren. Die Wichser in den schwarzen Taxis machen das nicht, oder wenn, dann sehen sie einen an, als wären sie beschissene

Sozialarbeiter – alles nur für das Privileg, dass sie einem für fünf oder sechs popelige Meilen zwanzig Ocken aus der Tasche ziehen. Sogar dieser arabische oder türkische Heckenpenner hier labert was von fünfzehn.

Verstohlene Seitenblicke auf diese Rachel, wenn das Gespräch erlahmt, zeigen mir, dass ihre Erwartungen mit jeder Ampel, an der wir vorbeikommen, sinken. Trotzdem quasselt sie auf mich ein, und bei meinem unbarmherzigen Kater vom Wochenende fällt es mir zunehmend schwerer, mich zu konzentrieren. Außerdem zieht es einen irgendwie runter, wenn man eine abgeschleppt und ihn schon so gut wie drinstecken hat. Du nimmst sie mit nach Haus, und damit ist alles klar, dann ist sie fällig, aber das Ritual wird mit der Zeit so deprimierend. Zuerst kommt der Smalltalk, dann gehst du zu den Benny-Hill-Faxen über. Das schwerste, aber leider auch das oberste Gebot ist jetzt Zuhören. Es ist so wichtig, weil ihr eindeutig mehr daran liegt als mir, sich vorzumachen, die Sache hätte einen irgendwie sozialen Anstrich und sei (zumindest potenziell) mehr als ein bloßer Fick, mehr als reine animalische Lust. Ich persönlich würd am liebsten zu ihr sagen, halt die Klappe und raus aus der Hose da, wir sehen uns nie wieder, und wenn doch, werden wir den peinlichen Moment überspielen, indem wir uns ungerührt und desinteressiert stellen, während ich dabei hasserfüllt an die Laute denke, die du beim Ficken von dir gibst, und an deinen reuigen Gesichtsausdruck am nächsten Morgen. Und daran, dass es sowieso immer nur die negativen Erlebnisse sind, die sich abheben, die überhaupt im Gedächtnis haften bleiben.

Aber das muss ich mir verkneifen, denn jetzt gehen wir die Treppe rauf und betreten mein Wohnloch, wobei ich mich für das ›schreckliche Durcheinander‹ entschuldige, und sorry, dass ich nichts außer Brandy anzubieten hab, und auf ihr fortwährendes monotones Gelaber erwidere ich: – Ja, Rachel, ich bin ursprünglich aus Edinburgh, während ich uns die Getränke hole. Ich stelle erfreut fest, dass ein paar echte Brandygläser ausgepackt sind.

– Edinburgh ist einfach toll. Ich war vor ein paar Jahren zum Festival da. Wir hatten einen Riesenspaß, klärt sie mich auf, während sie einige der Plattenkisten durchsieht.

Das müsste für die Ohren von jemandem aus dem Sozialghetto strohdoof und verhasst klingen, aber es hört sich so konsensfähig an, als ich gerade lockend den Brandy im Glas herumschwenke. Ich bewundere ihre Anmut, den makellos reinen Teint und dieses breite Zahnpastalächeln, als sie sagt: – … Barry White … Prince … du hast einen superguten Musikgeschmack … hier steht ja lauter Soul und Garage-Zeug …

Und das kommt nicht nur vom warmen Feuer des Brandys, denn als sie ihr Glas von dem verdreckten Beistelltisch nimmt, fühle ich, wie der imaginäre Reißverschluss in meiner Magengrube sich zu öffnen beginnt, und denke JETZT. Jetzt ist der Moment, sich zu verlieben. Zieh einfach den verdammten Reißverschluss auf und lass dein liebendes Innenleben in suhliger Verzückung über euch zusammenschlagen, wenn ich wilder Stier und diese rinderwahnsinnige Kuh sich auf dem Love Boat einschiffen. Sich verblödet in die Augen sehen, Scheiße reden, Fett ansetzen. Aber nein. Ich tue, was ich immer tue, und setze auf Sex, um der Liebe den Boden zu entziehen, indem ich sie packe und dabei ihr theatralisches Entsetzen um des lieben Anstands willen genieße; schon knutschen wir, dann ziehen wir uns aus, dann kommt aneinander reiben, lecken, locken und ficken.

Allerdings hab ich vorher noch in Erfahrung gebracht, dass ihr Gehalt, ihre Stellung in der Firma und ihr sozialer Background nicht so beeindruckend sind, wie ich mir zunächst vorgestellt hatte. Sie ist ein Fick, weiter nichts. Es ist schon manchmal harte Arbeit, jemanden nicht kennen zu lernen.

Am Morgen nach einer kurzen Nacht geht es sofort weiter. Sobald ich steif bin, hüpfe ich wieder auf sie drauf, und als der 7.21-Express nach Norwich durch den Bahnhof Hackney Downs kachelt, als wollte er uns in einem Rutsch nach East Anglia mitnehmen, wibbeln und nageln wir schon, und sie schreit: – Oh mein Gott … Simon … Sei – meeeen …

Rachel schläft ein, und ich stehe auf. Ich hinterlasse ihr eine Notiz mit der Information, dass ich früh rausmusste und sie anrufen werde. Ich gehe ins Café auf der anderen Straßenseite und trinke einen Tee, während ich darauf warte, dass sie runterkommt. Der Gedanke an ihr hübsches Gesicht macht mich ein bisschen sentimental. Ich male mir aus, wieder nach oben zu gehen, vielleicht mit einem Blumenstrauß, ihr mein Herz zu öffnen, ihr ewige Liebe zu schwören, ihr Leben einzigartig zu machen, ihr Prinz auf dem weißen Ross zu sein. Männer haben da die gleichen Fantasien wie Frauen. Aber mehr ist nicht dahinter. Mich überkommt ein ekliges Verlassenheitsgefühl. Es ist leicht, jemanden zu lieben (oder zu hassen), der gerade nicht da ist, den wir kaum kennen, und darin bin ich Experte. Das größte Problem ist der andere Teil.

Dann beobachte ich wie ein Bulle bei einer Überwachung, wie sie aus der Haustür tritt. Ihre Bewegungen sind fahrig und eckig, als sie sich verzweifelt zu orientieren versucht und dabei aussieht wie ein aus dem Nest gefallenes Vögelchen; hässlich, linkisch, reizlos, ein ganz anderes Mädchen als die hinreißende, alkoholunterstützte Ficknudel, die letzte Nacht mein Bett und damit für einen kurzen Augenblick mein Leben geteilt hat. Ich wende mich wieder dem Sportteil der *Sun* zu. – Ich finde, England müsste einen schottischen Manager haben, rufe ich Ivan, dem türkischen Inhaber, zu. – So einen wie Ronnie Corbett oder so.

– Ronnie Corbett, wiederholt Ivan mit einem Lächeln.

– Nen Jambo, sage ich und führe den heißen, gezuckerten Tee an die Lippen.

Als ich wieder oben bin, hat Rachel etwas von ihrem Duft zurückgelassen, der in dieser Muffbude hochwillkommen ist, und eine weniger willkommene Nachricht.

> Simon,
> schade, dass wir uns heute Morgen verpasst haben.
> Ich würde dich gerne wiedersehen. Ruf mich an.
> Rachel. X

Autsch. Ist immer nett, jemanden abzuschießen, der noch sagt, dass er einen gerne wiedersehen möchte, denn unausweichlich kommt eine Zeit, in der man Schluss macht, weil er einen *nie wieder* sehen will. Da ist es so doch weit angenehmer. Ich zerknülle den Zettel und schmeiße ihn in den Müll.

Ich kann Rachel auf meiner Matrix nicht so richtig unterbringen. In der ersten Zeit in London, als ich noch die Bude in Forest Gate hatte, war ich wild entschlossen, mich nach Westen vorzuarbeiten: Mädchen aus Essex, dann Nordlondonerinnen aus guter jüdischer Familie und schließlich Sloane Rangers. Die allerdings wissen, was sie wert sind. Während Erstere schon gegen kleine Aufmerksamkeiten zum Sex bereit sind und Zweitere gern Neurosen austauschen, ficken dir die Letztgenannten die Scheiße aus den Knochen, aber ihre Hand ist Prinz Überbiss versprochen. Die Ehen solcher verfickten, hochwohlgeborenen Fotzen aus zu Geld gekommenem, inzüchtigem Bauernadel werden immer arrangiert. Also hab ich den *Debrett's* beiseite gelegt und mich wieder auf Hampstead konzentriert.

Jetzt ruft mich Tanya, die nicht mal unter ferner liefen in meiner Rangliste auftauchen würde, auf dem roten Handy an und sagt, sie käme vorbei. Ich stelle mir dieses totenschädelweiße Gesicht vor, das in den letzten Jahren etwa so viel Sonne gesehen hat wie Nosferatu, diese Lippen, so angeschwollen und wulstig wie nach einem missglückten Versuch, sie aufzuspritzen, ihr knochiges Fahrgestell, ihre Glupschaugen. Cracknutten; mit denen ist nix anzufangen. Ich pinne mir einen Fahrplan der Great Eastern Railway über mein Kopfende, und als sie kommt, ist alles an seinem Platz. Sie beichtet mir, dass dieses Sackgesicht Matt Colville sie gestern Abend aus der Bar geschmissen hat. Ihre großen Augen gieren nach Smack, nicht nach Schwanz. Ich wasch ihr erst mal den Kopf, was für eine undankbare Klunte sie ist, dass ich alles für sie arrangiert hatte und sie sich lieber für ein Tütchen oder einen Stein von irgendnem Stinkschwanz in irgendner Flohkiste am King's Cross durchnudeln lässt, als ihrem Gewerbe in einem gepflegten Amüsierbetrieb in Soho nachzugehen. – Ich reiß mir für dich ein Bein aus, und was hab ich davon? Nichts! fahre ich sie an und frage mich, wie oft sie den Satz wohl schon von Eltern, Sozialarbeitern und Bewährungshelfern zu hören bekommen hat. Sie lässt meine Gardinenpredigt über sich ergehen, auf dem Sofa zusammengesunken, die Arme um den Körper geschlungen, und glotzt mich an, als wär ihre Kinnlade vom Schädel abgebrochen und hinge nur noch lose unter ihrer Haut.

– Aber der hat mich rausgeschmissen, ey, quengelt sie, – Colville, der hat mich voll rausgeschmissen.

– Kein Wunder, guck dich doch an. Du siehst aus wie ne Siffschleuder aus Glasgow. Wir sind hier in London, hier muss man nen gewissen Standard erfüllen. Bin ich denn der Einzige, der auf so was Wert legt?

– Tut mir so Leid, Simon …

– Ja ja, ist schon gut, Süße, säusele ich, ziehe sie von der Couch hoch und nehme sie, erstaunt über ihr Federgewicht, in die Arme. – Ich bin heute ein bisschen gereizt, ich hab ne unmögliche Woche hinter mir. Komm, leg dich ein bisschen zu mir … Ich ziehe sie aufs Bett und werfe einen Blick zu der Uhr auf dem Spind: 12.15. Ich betatsche sie, sehe, wie sich die Lippen verzerren, dann liegen die verstreuten Klamotten rum, ich bin auf ihr drauf und drin. Ihr Gesicht ist geradezu entstellt vor Unbehagen, und ich denke, wo bleibt der beschissene Zug?

12.21

Der beschissene Zug, beschissene Scheiß-Anglian-Railways oder wie dieser privatisierte Scheiß sich nennt … 12.22 … verdammte Fotzen, der müsste längst hier sein … – Oh, du bist so geil, Baby, fuck, du bist Dynamit, lüge ich anfeuernd.

– Urrrrgh … röchelt sie.

Fuck, wenn das alles ist, was sie zu bieten hat, sollte sie lieber Hamburger braten, denn dann hat sie in der Branche keine Zukunft.

Ich beiße die Zähne aufeinander und halte noch fünf quälende Minuten durch, bis der Scheißkerl um 12.27 endlich durch den Bahnhof säbelt und die Bude in den Grundfesten erschüttert, woraufhin sie ihre ewig währende Liebe rausschreit.

– Starkes Finish, bescheinige ich ihr. Ich versuche hier einen alten Trainertrick von Terry Venables: es nicht zu kompliziert machen, sie an ihre Stärken erinnern. Positive Ansprache, kein Rumbrüllen oder Ausrasten. – Wir müssen noch ein bisschen mehr Einsatz zeigen. Ich sag dir das in deinem eigenen Interesse.

– Danke, Simon, sagt sie lächelnd und zeigt mir dabei diesen nicht überkronten, abgebrochenen Zahn.

– Jetzt muss ich dich leider rausschmeißen, die Arbeit ruft.

Ihr Gesicht zieht sich wieder ein bisschen in die Länge, aber sie steigt in ihre Klamotten, das ist praktisch ein einziger elender Handgriff. Ich geb ihr einen Zehner für Kippen und Fahrgeld, dann sagt sie brav auf Wiedersehen und schleicht sich raus.

Als sie weg ist, suche ich den Schwung Schwulenpornos zusammen, den ich gestern in Soho mitgenommen hab. Ich schiebe sie in einen gepolsterten Umschlag und adressiere ihn:

FRANCIS BEGBIE
HÄFTLING NR. 6892BK
HMP SAUGHTON
SAUGHTON MAINS
EDINBURGH, SCHOTTLAND

Ich hab immer welche auf Lager für meinen alten Kumpel Begbie, die ich jedes Mal verschicke, wenn ich in Schottland zu tun hab, damit er den heimatlichen Poststempel sieht, wenn er sie erhält. Ich frag mich, wen er wohl verdächtigt, wahrscheinlich die gesamte Region Lothian. Gehört alles mit zu meinem kleinen Privatkrieg gegen meine Heimatstadt.

Mit einer großzügigen Portion Gibbs SR bürste ich mir die siffigen Rückstände von Tanya aus dem Mund und springe dann unter die Dusche, um die letzten Rückstände dieses Seuchenkessels, in dem ich da gerührt hab, von meinen Genitalien zu schrubben. In dem Moment klingelt natürlich prompt das Telefon, und es ist eine meiner Schwächen, dass ich es ums Verrecken nicht klingeln lassen kann, und der Anrufbeantworter ist nicht eingeschaltet. Ich hülle mich in ein Handtuch und gehe dran.

– Hallo, Simon, Junge …

Es dauert ein, zwei Sekunden, bis mir klar wird, wem die Stimme gehört. Es ist meine Tante Paula aus Edinburgh.

4

›... hingeschluderte Handjobs ...‹

Jedes Mal, wenn ich wieder mein Studienfach wechsle, komme ich mir noch mehr wie eine Versagerin vor. Aber für mich sind Studienfächer wie Männer; selbst an den faszinierendsten verliere ich über kurz oder lang das Interesse. Jetzt ist Weihnachten vorbei, und ich bin wieder solo. Das Studienfach zu wechseln ist immerhin nicht ganz so niederschmetternd, wie die Bildungseinrichtung ganz zu wechseln oder in eine andere Stadt umzuziehen. Und ich beschwichtige mich mit dem Gedanken, dass ich immerhin schon seit einem Jahr die Universität von Edinburgh besuche, na ja, fast einem Jahr. Es war Lauren, die mich überredet hat, von der Literaturwissenschaft zu Film- und Medienwissenschaft zu wechseln. Film ist heute das, was früher die Literatur war, hat sie aus irgendeiner dämlichen Zeitschrift zitiert. Ich hab ihr natürlich gesagt, was die Leute heute an Erzählformen kennen, hätten sie weder aus der Literatur noch aus dem Film, sondern aus Videospielen. Nichtlineare Erzählstrukturen. Wenn wir wirklich so hip und radikal und risikofreudig wären, würden wir uns jetzt gerade in Johnnys Spielparadies auf der South Side mit anämischen Schulschwänzern um die Plätze an den Automaten zanken.

Irgendeinen Teilbereich der Literaturwissenschaft muss ich allerdings beibehalten, und ich habe mich für schottische Literatur entschieden, da ich Engländerin bin, und alles, was eigentlich unvereinbar ist, immer Grund genug ist, es erst recht zu machen.

McClymont lehrt vor dem versprengten Häuflein von Patrioten und MöchtegernschottInnen (Gott, letztes Jahr gehörte ich selbst noch dazu, bloß weil irgendeine Urgroßmutter, die ich nie kennen gelernt hab, mal in Kilmarnock oder Dumbarton die Ferien verbracht hat ... Na ja, man wird älter, man wird reifer, will ich hoffen). Ich kann richtig die Dudelsack-Untermalung hören, wenn er seine nationalistische Propaganda verbreitet. Warum tu ich mir das an? Natürlich wieder Laurens Idee, sie meint, da käm man billig an seine Scheine.

Mein Kaugummi schmeckt metallisch, und das Kauen ist so anstrengend, dass mein Kiefer schmerzt. Ich nehme ihn raus und klebe ihn unter mein Pult. Ich hab *richtigen* Hunger. Ich hab letzte Nacht mit hingeschluderten Handjobs zweihundert Pfund verdient. Männern unterm Handtuch einen runtergeholt. Diese feisten roten Gesichter, die dich ungeniert anstarren, während du durch sie durchsiehst und die Gesichter schneidest, von denen du glaubst, dass sie sie anmachen: eiskaltes, berechnendes Aas, das kleine Mädchen mit offenem Mund, weiß der Teufel. Es ist alles so weit weg, so abgekoppelt – erinnert mich daran, wie mein Bruder und ich immer unseren Hund Monty gewichst haben, um dann zuzusehen, wie er versuchte, sich am Sofa einen abzurubbeln.

Mir kommt der Gedanke, wie unnatürlich es wäre, Handjobs gut zu machen, dann denke ich an Schwänze, und schon kommt McClymont zum Schluss. Lauren hat seitenweise Notizen zur schottischen Diaspora. Ross, der amerikanische Möchtegern-Highlander, der vor uns sitzt, hat wahrscheinlich eine Latte in seinen Levi's, so eifrig, wie er eine Seite nach der anderen mit Schauergeschichten über englische Gräueltaten und Ungerechtigkeiten voll kritzelt. Wir knallen unisono unsere Ringbücher zu und stehen auf. Als ich rausgehe, sucht McClymont Blickkontakt mit mir. Was für ein Eulengesicht. Stockdumm. Ich weiß nicht, was Ornithologen dazu sagen, aber alle, die sich mit den richtig bösen Vögeln auskennen – Falkner und so weiter –, können einem sagen, dass Eulen keineswegs weise sind, das sind die dämlichsten von allen Raubvögeln.

– Miss Fuller-Smith, kann ich Sie einen Augenblick sprechen? sagt er steif. Ich wende mich ihm zu, streiche mir das Haar aus dem Gesicht und klemme es hinter die Ohren. Es gib viele Männer, die instinktiv darauf ansprechen, wenn man das macht: Jungfrauenopfer. Dieser Akt, das Zurückschlagen des Brautschleiers, das Öffnen. McClymont ist ein zynischer, schrumpliger Alkoholiker und daher geradezu prädestiniert, darauf anzuspringen. Ich bleibe etwas zu dicht vor ihm stehen. Das zieht immer bei im Grunde schüchternen, aber geilen Männern. Hat bei Colin prima geklappt. Ein bisschen zu gut vielleicht.

Die permanent verschreckt guckenden, dunklen Augen hinter den Brillengläsern beginnen noch heftiger zu flackern. Dieses schüttere, wie elektrisiert abstehende Haar scheint sich noch einen Zentimeter mehr aufzustellen. Der Anzug mit den lächerlichen Schulterpolstern füllt sich, als er sich unwillkürlich aufplustert. – Ich fürchte, mir fehlt noch immer Ihr Essay fürs zweite Semester, sagt er mit einem etwas hämischen Unterton.

– Das liegt daran, dass ich ihn nicht geschrieben hab. Ich musste nachts arbeiten? sage ich lächelnd.

McClymont ist entweder so erfahren (wie er einen gern glauben machen möchte), oder sein Hormonpegel steht derart tief, dass er sich schnell wieder in der Gewalt hat, und er nickt ernst. – Am nächsten Montag, Miss Fuller-Smith.

– Nikki, sage ich grinsend mit einer schnellen Kopfbewegung zur Seite.

– Nächsten Montag, grunzt McClymont und beginnt zusammenzupacken: Seine langen, knotigen Finger raffen hastig die Blätter zusammen und stopfen sie in seine Aktentasche.

Ganz egal, was man gewinnen will, man muss dabei hartnäckig bleiben. Ich bleibe hartnäckig. – Ich fand die Vorlesung wirklich sehr, sehr, sehr interessant, strahle ich ihn an.

Er hebt den Kopf und grinst verschlagen. – Schön, sagt er knapp.

Ich erröte freudig bei diesem kleinen Sieg, als Lauren und ich auf dem Weg zur Mensa sind. – Wie sieht's in diesem Filmkunde-Seminar aus? Kommt da irgendwer in Frage?

Lauren runzelt düster die Stirn, weil sie potenziellen Ärger auf sich zukommen sieht und die ganzen Besucher in unserer Wohnung – solche, die womöglich unordentlich sind, solche, die womöglich bei uns kleben bleiben, die womöglich nicht ganz pflegeleicht sind. – Es sind ein oder zwei ganz Nette dabei. Ich sitze normalerweise immer neben so einem Typ, der Rab heißt. Er ist schon was älter, so um die dreißig, aber er ist in Ordnung.

– Fickbar? frage ich.

– Nikki, du bist schrecklich, sagt sie kopfschüttelnd.

– Ich bin frei und ungebunden! protestiere ich, noch während wir unseren Kaffee runterstürzen und uns auf den Weg in den Hörsaal machen.

Der Tutor ist ein ziemlich nerviger Typ mit langen Händen. Seine Trichterbrust und die runden Schultern geben ihm die ideale Krümmung für eine Nabelschau. Wenn er das Wort ergreift, tut er es mit einem weichen, dunklen südirischen Akzent. Die Vorlesung hat bereits angefangen, und wir sehen uns auf Video einen russischen Kurzfilm mit unaussprechbarem Titel an. Er ist Schrott. Ungefähr nach der Hälfte kommt ein Typ in einer blauen Jacke irgendeiner italienischen Designermarke rein und nickt dem Tutor kurz entschuldigend zu. Er lächelt Lauren an und hebt die Augenbrauen, dann lässt er sich in den Stuhl neben ihr fallen.

Ich werfe ihm einen Blick zu, und er erwidert ihn.

Im Anschluss an die Vorlesung stellt Lauren ihn mir als Rab vor. Er ist freundlich, aber nicht übersprudelnd, was mir ganz gut gefällt. Einsachtundsiebzig, kein Übergewicht, hellbraunes Haar, braune Augen. Wir gehen runter in den Studentenclub, um was zu trinken und uns über den Kurs zu unterhalten. Dieser Rab ist kein Typ, der in einer Menge sofort auffallen würde – eigentlich seltsam, denn er ist ganz attraktiv. Es ist allerdings eine recht konventionelle Attraktivität, die Sorte, die man zwischen zwei richtigen Lovern fickt. Nach einem Bier geht er zur Toilette. – Er hat einen süßen Arsch, sage ich zu ihr. – Gefällt er dir?

Lauren schüttelt mit tadelnd verzogenem Mund den Kopf. – Er hat eine Freundin, und sie erwartet ein Kind.

– Ich hab nicht nach seinem Lebenslauf gefragt, sage ich zu ihr, – ich hab dich bloß gefragt, ob er dir gefällt.

Lauren stößt mich ziemlich heftig mit dem Ellbogen an und sagt, ich sei blöd. Sie kann in vielen Dingen sehr puritanisch sein und wirkt dadurch ein bisschen unzeitgemäß, man könnte sogar sagen altmodisch. Ich liebe diese fast durchscheinende Porzellanhaut an ihr; das zurückgebürstete Haar und ihre Brille sind wirklich sexy, ebenso wie ihre präzisen, graziösen Handbewegungen. Sie ist eine schlanke, anmutige, in sich gekehrte Neunzehnjährige, und ich frage mich manchmal, ob sie überhaupt schon mal einen richtigen Freund hatte. Soll natürlich heißen, dass ich mich frage, ob sie schon mal gefickt worden ist. Ich hab sie selbstverständlich viel zu gern, um ihr zu sagen, ich wüsste, dass sie diese feministische Haltung nur angenommen hat, weil sie im Grunde eine verklemmte Kleinstadtprimel ist, die mal richtig durchgefickt werden müsste.

Sie geht mit diesem Rab gewöhnlich noch was trinken, um sich über Film zu unterhalten und über den Kurs zu stöhnen. Tja, ab jetzt sind wir zu dritt. Rab hat so was Abgeklärtes an sich, so ein Kennich-habich-warichschon. Ich glaube, an Lauren gefällt ihm ihre Reife und Intelligenz. Ich frage mich, ob er auf sie steht, denn dass sie ihn mag, sieht man auf eine Meile Entfernung. Tja, wenn er eine reife Frau sucht, ich bin fast fünfundzwanzig.

Rab kommt zurück und bestellt eine neue Runde. Er erzählt mir, dass er in der Kneipe seines Bruders arbeitet, um sich was dazuzuverdienen. Ich erzähle ihm, dass ich manchmal nachmittags und an den Abenden im Saunaclub arbeite. Das macht ihn neugierig, wie die meisten Leute. Er legt den Kopf schief und sieht mich forschend an, was sein Gesicht vollkommen verändert. – Aber doch nicht … na ja, du weißt schon …

Lauren schürzt angewidert ihre dünnen kleinen Lippen.

– Ob ich mit meinen Kunden schlafe? Nein, ich vertrimme sie bloß, erkläre ich und mache eine hackende Handbewegung. – Klar, dass manche einen darauf ansprechen, aber das ist in den angebotenen Leistungen nicht enthalten und entspricht nicht unserer Geschäftspolitik, lüge ich getreu den Instruktionen. – Ich hab allerdings … Ich zögere eine Sekunde. Sie sperren so erwartungsvoll Augen und Ohren auf, dass ich mir vorkomme wie eine Oma, die zwei unschuldigen Findelkindern eine Gutenachtgeschichte vorliest, in der gleich der böse Wolf seinen Auftritt hat … – Ich hab allerdings so einem netten Opa mal einen runtergeholt, nachdem er mir erzählt hatte, wie sehr er seine verstorbene Frau vermisst. Ich wollte seine zweihundert Pfund nicht annehmen, aber er hat darauf bestanden. Dann hat er gemeint, man sähe mir an, dass ich ein nettes Mädchen wäre, und hat sich tausendmal entschuldigt, dass er mir so etwas zugemutet hat. Er war wirklich süß.

– Wie konntest du nur, Nikki? platzt Lauren heraus.

– Ja, du hast gut reden, Kleines, du bist Schottin, du kriegst die Studiengebühren erstattet, sage ich zu ihr. Lauren ist klar, dass sie dagegen nicht viel sagen kann, was mir nur recht ist. Die brutale Wahrheit ist, dass ich jede Menge Handjobs mache, aber so was macht man nun wirklich nur für Geld.

5
Linkerei Nr. 18734

Nachdem ich von Tanya gehört hatte, was die Fotze sich rausnimmt, war ich auf Colville vorbereitet. Er wollte mich schon seit längerem loswerden, und jetzt bot sich dem Wichser die Gelegenheit dazu. Ich würde mich natürlich nicht kampflos geschlagen geben, und im letzten Jahr hatte ich mich im Inneren des Chez Colville in Holloway ausgiebig umsehen können.

Er musste natürlich warten, bis meine Schicht rum war. Es war ne ruhige Nacht gewesen. Dann waren Henry und Dschingis mit ein paar anderen Jungs reingekommen, alle ziemlich abgefüllt. Es hatte ne kleine Meinungsverschiedenheit mit einem anderen Mob gegeben, und sie sonnten sich in ihrem Sieg, überboten sich mit Storys und so weiter. Es hieß, Tottenham und Aberdeen hätten sich zusammengetan. – Auf die Gesellschaft würd ich keinen Wert legen, wer würde dann die Drinks bezahlen? Wahrscheinlich der Kerl hinter der Theke! sage ich lachend, und einige der Jungs stimmen ein. Ich halte Hof, geb etliche Runden aufs Haus aus, weil ich so im Gefühl hab, dass meine Herrschaft hier sich dem Ende zuneigt.

Irgendwie ist es traurig, denn das hier war gewissermaßen mein zweites Zuhause, ein Ort, um Leute zu treffen, wie ich sie anscheinend immer treffe, ein Einstieg, aber er bietet kaum Entfaltungsmöglichkeiten. Wird Zeit, weiterzuziehen. In solchen Läden zu arbeiten bringt nichts, man muss selbst einen betreiben. Aus dem Augenwinkel sehe ich Lynsey auftauchen, die mir zuwinkert und sich anschickt, auf die Bühne zu gehen.

Aye, alles Plastik, Chrom und ein Ambiente wie geleckt, aber man riecht trotzdem die kalten Kippen und die angetrockneten Wichsflecken in den Stoffhosen der Kerle, das billige Parfüm der Mädchen und das verwässerte Bier und die kranke Trostlosigkeit hinter der Bonhomie.

Lynsey macht es allerdings genau richtig, die ist viel zu clever, um sich länger hier aufzuhalten, nachdem sie Fickstation gemacht hat. Sie achtet darauf, die Kunden nie die Verachtung spüren zu lassen, die eine so intelligente, gebildete junge Frau für sie empfinden muss – und für mich wahrscheinlich auch; obwohl wir uns ja alle gerne in dem Glauben wiegen, dass wir anders sind, dass wir unseren ganz eigenen Stil haben, mit diesem ganzen Kitsch umzugehen, eine ironische Distanz dazu haben. Aber sie ist *wirklich* anders, und sie macht das genau richtig. Sie hat ein paar Stag-Videos gemacht, hat ihre eigene Website, um ihren Namen bekannt zu machen, und jetzt fressen sie ihr aus der Hand bei ihren Lapdance-Mätzchen. Mit einem Zuhälter gibt sie sich nicht ab, und ihr professionelles Lächeln gefriert zu abweisendem Eis, wenn man bei ihr zu weit geht. Sie spielt nur ihr eigenes Spiel und ist damit für mich nicht von Nutzen.

Ewig schade. Wenn ich ihr da oben zusehe bei diesen athletischen Beckenstößen, die eine Cracknutte wie Tanya auf die Intensivstation bringen würden, verfolge ich diese Sonnenbankschenkel bis rauf zu ihrem silbernen Minirock mindestens so aufmerksam wie jeder zahlende Kunde und denke mir, dass es höchste Zeit ist, sich nach einem der Videos mit Lynsey umzusehen.

Wie zu erwarten, kommt am Ende meiner Schicht Dewry mit diesem saublöden Strebergrinsen im Gesicht an. – Colville will dich im Büro sehen, jubiliert dieses widerwärtige Arschgesicht.

Ich weiß, worum es dabei geht, und setze mich im Büro gleich in den Sessel ihm gegenüber, ohne lange zu fragen. Colvilles geschlitzte Augen irrlichtern in seinem fahlen, verlogenen Gesicht und sehen mich an, als wäre ich eine Amöbe. Er schiebt einen Umschlag über den Tisch. Auf dem Revers seines geschmacklosen grauen Jacketts ist ein Fleck. Kein Wunder, dass sie …

– Deine Papiere und dein ausstehender Lohn, erklärt er mir in seinem winselnden Tonfall. – Da deine Probezeit von 104 Wochen erst in vierzehn Tagen rum ist, brauchen wir dir keine Abfindung zu zahlen. Alles streng nach Vorschrift. Ist gesetzlich geregelt, grinst er.

Ich sehe ihn mit ernstem Blick an. – Warum, Matt? frage ich und spiele den Gekränkten. – Wo wir uns doch schon ewig kennen!

Nee, der stechende Blick wirkt nicht. Matty-Boys Miene bleibt ungerührt, als er sich im Sessel zurückschiebt und langsam den Kopf schüttelt. – Ich hab dich gewarnt wegen deiner Zuspätkommerei. Ich brauch einen Thekenchef, der auch da ist. Und was noch schlimmer ist, ich hab dich gewarnt, dass ich deine beschissene kleine Nuttenfreundin nicht noch mal hier sehen will, wie sie um meine Kunden rumschleicht. Die Woche neulich hat sie sogar nen Bullen angequatscht, sagt er, wieder mit einer verärgerten Kopfbewegung, und ich höre ein kleines Meckern von Dewry, dem das alles genauso viel Spaß macht wie Colville.

– Die sollen ja auch Schwänze haben, hab ich mir sagen lassen, lächle ich ihm ins Gesicht. Wieder höre ich ein dünnes Kichern hinter mir.

Colville beugt sich im Stuhl vor, mit ernstem Gesicht. Das ist sein großer Auftritt, da will er sich nicht die Show stehlen lassen. – Komm mir bloß nicht so, Williamson. Ich weiß, du hältst dich für nen ganz Schlauen, aber für mich bist du bloß Dutzendware, noch so ein hergelaufener Schotte aus Hackney.

– Islington, sage ich schnell. Das Letzte hat wehgetan.

– Ist ja auch egal. Ich erwarte von einem Thekenchef, dass er sich hier um mein Geschäft kümmert, und nicht, dass er den Laden als Fassade für seine eigenen miesen kleinen Aktivitäten benutzt. Hier hängt mittlerweile Gott weiß was für ein Gesocks rum, Huren, Kleinkriminelle, Fußballhooligans, Pornohändler, Drogendealer, und weißt du was? Das ist genau seit zwei Jahren so, seit *du* hier angefangen hast.

– Das ist hier ein verfickter Lapdance-Club, ein Striplokal! Natürlich zieht das n paar dubiose Typen an. Wir sind in ner schmierigen Branche! protestiere ich verärgert. – Ich hab ein paar loyale, zahlende Kunden hergebracht! Leute, die Geld dalassen!

– Verpiss dich einfach, ja? Er zeigt auf die Tür.

– Und das war's jetzt? Ich bin gefeuert?

Matt Colvilles Grinsen wird noch breiter. – Ja, und so unprofessionell es von mir ist, ich muss zugeben, ich genieße es.

Ich höre ein erneutes Kichern von Dewry hinter mir. Der Moment ist gekommen. Ich hebe den Blick und seh ihm genau in die Augen. – Tja, dann wird es wohl Zeit, reinen Tisch zu machen. Ich hab in den letzten acht Monaten regelmäßig deine Frau gebumst.

– Waaaa ... Colville sieht mich an, und ich spüre, wie Dewry hinter mir stocksteif wird vor Entsetzen und sich mit irgendeiner geröchelten Entschuldigung hastig verzieht. Die Überraschung hat Colville ein oder zwei Sekunden stumm gemacht, aber nach leichtem Tremor kräuselt ein schmales, misstrauisches Lächeln seine dünnen Lippen. Dann schüttelt er mit abfälligem Ekel den Kopf. – Du bist wirklich eine ganz erbärmliche Figur, Williamson.

– Und mir hat's außerdem ne Menge eingebracht, sage ich, ohne ihn zu beachten. – Guck mal auf die Abrechnung ihrer Visa-Karte. Hotels, Designerklamotten, jede Menge. Ich befingere das Versace-Hemd. – Nich von dem, was ich bei dir verdiene, Alter.

In seinen Augen sieht man wieder kurz Furcht aufflackern, aber sie wird von geringschätzigem Zorn verdrängt. – Du armseliges Würstchen. Erwartest du wirklich, dass ich dir den Scheiß abkaufe? Ist doch lächerl...

Ich stehe auf, ziehe dabei die Polaroids aus der Innentasche meines Jacketts und schmeiße sie auf seinen Schreibtisch. – Vielleicht kaufst du mir das ja ab. Hab ich mir für ne besondere Gelegenheit aufbewahrt. Sagen mehr als tausend Worte, hm? sage ich zwinkernd, wende mich ab und entferne mich mit würdevoller Hast aus seinem Büro und seiner Bar. Eine Welle von Ängstlichkeit schiebt mich zu einem leichten Trab an, als ich auf die Straße trete, aber mir ist niemand gefolgt, und ich lache lauthals in Sohos Seitenstraßen.

Als ich die Charing Cross Road runterlatsche und mir klar wird, dass ich meine regelmäßigste Einnahmequelle verloren habe, zieht mich das ein bisschen runter. Ich versuche, dagegen aufzurechnen, dass ich den Stress los bin, mache eine Pro-und-Kontra-Liste und überdenke die Chancen und Risiken, die sich aus der neuen Sachlage ergeben. Ich fahr mit der Central Line zurück zur Liverpool Street und nehm von da die Oberirdische nach Hackney Downs. Als ich an den Downs aussteige, gucke ich über die Mauer am Bahnsteig in mein eigenes Fenster, das nach hinten raus geht. Ich kann die versiffte Scheibe praktisch mit der Hand berühren. Es ist so viel Schmier, Fett und Dreck drauf, dass man nicht durchschauen kann. Diese Fotzen von der Great Eastern Rail sollten gefälligst den Fensterputzer bezahlen, sind ja schließlich ihre verfickten Dieselloks, die es so einsauen. Auf dem Weg aus dem Bahnhof nehme ich mir einen druckfrischen neuen GER-Fahrplan mit.

Einmal in meiner Bude, gucke ich durch das straßenseitige Fenster aus meinem möblierten Zimmer, das Immobilienmakler so gerne als ›Studiowohnung‹ bezeichnen. Das ist typisch England: pompös bis zum letzten Atemzug. Wer sonst würde auf die grandios verstiegene Idee kommen, eine Sozialsiedlung als ›Wohnpark‹ zu bezeichnen. Simon David Williamson aus dem Wohnpark Banana Flats zu Leith, auf dessen weitläufigem Gelände er auszureiten, zu jagen und zu fischen geruhte. Als ich runtergucke, fällt mein Blick auf eine junge Mutter mit einem Buggy vor der Drogerie. Die Säcke unter ihren Augen verraten mir, dass an ihr ein Model verloren gegangen ist – allerdings für Samsonite. Sie verraten mir außerdem, dass ich fünfhundert Meilen nach Süden gekommen bin, um dann in der verfickten Great Junction Street zu wohnen. Das Gebäude rappelt und zittert unvermittelt, als vor dem hinteren Fenster der Schnellzug nach Norwich vorbeirast. Ich sehe auf die Uhr: 6.40 beziehungsweise 18.40, wie es bei diesen Eisenbahnwichsern heißt. Pünktlich.

Wann immer man kann, investiert man verficktnochmal. Das ist auch das, was ich Bernie neulich beizubringen versucht hab, ich war bloß zu sehr drauf, um es richtig rüberzubringen. Das ist der Knackpunkt, das trennt die Gewinner von den Verlierern, das unterscheidet die fähigen Köpfe im Geschäft von der durchschnittlichen Vom-Krauter-zum-Aktienmillionär-Lusche, die dir im Fernsehen und in der Zeitung den Arsch damit ablangweilt, sie hätte schon immer eine Nase fürs Geschäft gehabt, und lauter solchem Scheiß. In den Medien werden solche Success-Storys aufgebauscht, aber wir in der wirklichen Welt wissen, dass sie nur die Spitze eines Eisbergs bilden, weil wir auch die

Pleiten sehen. Da stehst du zufällig an der Theke neben so nem Arschloch, das lauthals rumtönt, wenn die und die Fotzen, diese Schlampe, diese Arschlöcher nicht gewesen wären, dann hätte er längst ausgesorgt. Die geben jedem anderen die Schuld, dass sie so blöd waren, auf die Lüge reinzufallen, man könnte es mit Schmus allein zu was bringen. Bernie sollte sich vorsehen, er hört sich bald auch schon wie einer von diesen Wichsern an. Mit der Scheiße kommst du nicht weit, irgendwann musst du dir deine Barschaft ansehen (wenn du das Glück hast, über so was zu verfügen) und sie investieren, ehe du den Scheiß sinnlos verballerst. Denn dann hängst du wieder an der Theke und langweilst die Leute mit dem Gejammer über verpasste Chancen oder, noch schlimmer, du hängst an der Crackpfeife oder der berüchtigten lila Dose.

Ich brauche eine lohnende Investitionsmöglichkeit, und jetzt muss ich auch noch Amanda besuchen, dieses eiskalte Aas, das weiß Gott genug zum Investieren hat und mich trotzdem verficktnochmal aussaugt.

Tante Paulas Angebot, über das ich am Telefon fast lauthals gelacht hätte – ich konnte es mir grad noch verkneifen, dem alten Mädchen ins Ohr zu prusten –, na ja, es sieht plötzlich gar nicht mehr so schlecht aus.

Aber jetzt ruft die Pflicht, und ich hab eine qualvolle Reise mit Bus und Zug zu Oh-Mandy(einmal-kommen-lebenslang-blechen)s Wohnung in Highgate, um den Kleinen abzuholen und ihr die wöchentlichen vierzig Ocken zu geben, die einfach in dem Loch verschwinden, das der Junge im Gesicht hat. Denn da gibt's kein Vertun, der Junge ist fett. Das letzte Mal, als ich ihn mit nach Schottland genommen hab, um meine Mutter zu besuchen, sagt sie in ihrem Spaghetti-Schottisch: ›Er isse das Ebenbild von dir im selben Alter.‹ Ja, ich in dem Alter; ein fetter Junge, der leicht blaue Flecken kriegt und wie ein Schweinchen aussieht – fette Beute für die dünnen, gemeinen Schlangen auf dem Schulhof und der Straße. Scheiße, ein Glück, dass mich Pubertät und Hormone aus der Fetthölle erlöst haben. Vielleicht kommen meine zwiespältigen Gefühle für ihn daher, dass der arme kleine Scheißer mich an mein eigenes jüngeres, uncooleres Ich erinnert. Aber ich kann nicht glauben, dass ich jemals so gewesen sein soll. Dann hat er's eher von seinem Opa, diesem jüdischen Fettsack – mütterlicherseits natürlich.

Jetzt trotten wir durchs West End, unterwegs zu Hamley's, um sein Weihnachtsgeschenk auszusuchen. Natürlich ist das Fest längst vorbei, jetzt ist Januar, und wir sind im Winterschlussverkaufsrausch. Ich hab ihm Gutscheine geschenkt, aus der Überlegung heraus, dass man das Prinzip der Wahlfreiheit nicht früh genug lernen kann. Amanda hat sie einbehalten und darauf bestanden, dass ich ihn begleite, wenn er sich was aussucht. Wir sind nicht besonders weit gegangen, seit wir am Oxford Circus ausgestiegen sind, obwohl es ziemlich frisch ist, aber die kleine Fotze quengelt, bleibt zurück, reibt sich die Beine. Ein Videospiel-Schlaffi, wär lieber drinnen, zu Haus bei seiner Playstation. Selbst in dieser Zeit des Jahres bin ich für ihn eine genauso lästige Pflicht wie er für mich. Als wir irgendwo reingehen, nehme ich meine kläglichen Gesprächsversuche wieder auf und hoffe, dass ein paar Weiber in den Läden rumstehen, an denen man sich aufgeilen kann.

Das ist das Blöde am Winter: Die Mädchen sind zu dick verpackt. Du weißt nicht, was du kriegst, bis du es zu Hause aufmachst, und dann ist es zu spät, um es zurückzugeben. Typisch Weihnachten. Zuerst checke ich beim weißen Handy meine Mailbox. Die Nummer gebe ich immer den Frauen, die ich noch nicht gefickt hab. Dann gibt es das rote, für die Recycelten, und schließlich das grüne fürs Geschäftliche. Nichts.

Die Läden und das Gedränge und zentnerweise Schrott mit mir rumzuschleppen, das macht mich jetzt schon fertig. Und der Kleine ... da ist Funkstille. Ich geb mir Mühe. Nicht besonders große, aber so viel, wie eben geht. Na ja, das ist ne Sonderschicht, die wir hier einlegen, alle beide, vermute ich. Am Ende bin ich dann völlig aufgebläht und verfettet vom Junkfood und dazu total blank, und wofür? Elternpflicht? Soziale Interaktion?

Gibt es irgendjemanden, der irgendwas davon hat?

Ich seh mir die Mädchen an und denke verbittert an den Tag vor ein paar Wochen, als ich mit Ben (der Name war ihre Idee) bei Madame Tussaud's war. Ich konnte an nichts anderes denken als an sie, die sich für gottweißwas hält, seit sie von dem egoistischen Yuppieschwein ihrer Träume gefickt wird, und mir sagt, wie toll es wär, dass ich mich um Ben kümmere, weil sie sich soooo darauf freuen, mal ein bisschen Zeit für sich zu haben. Da zahle ich jede Woche vierzig Ocken und nehm ihn dann noch mit, damit sie verficktnochmal in Frieden bumsen kann. Ich sollte mir I. D. I. O. T. auf die Stirn tätowieren lassen.

Ich muss zugeben, dass Mand wesentlich besser aussieht, als ich ihn zu Haus abliefere. Dieses Jahr hatte sie das erste Mal seit Bens Geburt wieder ne Figur. Ich dachte, sie würde ruckzuck abstoßend fett werden, wie der Rest ihrer beschissenen Familie, aber nein, sie sieht gar nicht übel aus. Hätte sie mal so auf Fitness geachtet und Diät gehalten, als wir noch zusammen waren, dann hätte ich ihr diese Erniedrigung vielleicht ersparen können. Ich bin ein ehrgeiziger Mensch, und kein Typ mit ein bisschen Selbstachtung wird gerne mit ner fetten Tonne am Arm gesehen.

Fette Tonnen haben allerdings auch ihr Gutes: als Tanten. Als liebe, pummelige Tanten. Tante Paula war immer meine Lieblingstante. Zugegeben, sie hatte nicht viel Konkurrenz. Die arme alte Paula, sie hatte nen Pub geerbt, war aber blöd genug, so einen linken Vogel zu heiraten, der sie beinahe um Haus und Hof gesoffen hätte, ehe sie sich ihn zurechtgebogen hatte. Es ist geradezu tröstlich, dass selbst solche starken, herrischen Biester wie Paula ihre schwachen Stellen haben. Das hält Leute wie mich im Geschäft. Jetzt bot sie mir den Pub für zwanzigtausend an.

Die Sache hatte nur zwei Haken: Erstens hatte ich nicht so viel Geld. Und zweitens – der Pub war in Leith.

6
›... schlüpfrige Geheimnisse ...‹

Rab hat steinharte Augen, eine Eigenschaft, die noch auf etwas anderes schließen lässt. Seine Worte sind so sparsam bemessen wie die Schlückchen, mit denen die Opas in einem dieser spießigen Eck-Pubs von ihrem Bier nippen. Rab umkreist Lauren mental, denn sie sträubt das Fell wie eine streunende Katze, die jederzeit spuckend und fauchend auf ihn losgehen kann. Darum pirscht er sich vorsichtig an. Sie sucht nur nach etwas, womit sie ihr Unbehagen über seine Anwesenheit rechtfertigen könnte, weil sie findet, wir Mädchen sollten unter uns sein, oder vielleicht *sie* beide unter sich. Aber ich wohne mit ihr zusammen und weiß daher, dass Rab bloß die volle Breitseite ihres PMS abkriegt. Wie es sich für wahre Schwestern gehört, haben wir unsere Menstruation in Einklang gebracht, und sie wartet nur auf einen Grund, ihre innere Unruhe in Aversion umzusetzen.

Armer Rab, er hat zwei verrückte Kühe am Hals. Ich fühle mich auch schon so bleiern und benommen, und am Kinn kriege ich einen Pickel. Lauren und ich sind ein bisschen nervös, weil morgen ein neues Mädchen bei uns einzieht. Sie heißt Dianne und scheint okay zu sein, Psychologiestudentin. Hauptsache, sie versucht nicht in unseren Köpfen rumzustochern. Wir hatten uns schon so gut wie entschlossen, nach Hause zu fahren und für ihre Ankunft die Wohnung aufzuräumen, aber zwei Drinks sagen mir, dass daraus nichts wird. Der Studentenclub füllt sich langsam, aber kaum jemand besäuft sich ernsthaft, alle halten sich an ihren halb vollen Gläsern fest. Roger hinter der Theke raucht entspannt eine Zigarette. Zwei Typen, die Pool spielen, sehen zu mir rüber, einer stupst den anderen in die Seite, und der lächelt mich an. Bestenfalls Durchschnitt, aber ich ziehe einen Flirt ernsthaft in Betracht, und wenn auch nur, weil mir die Richtung nicht gefällt, in die sich unser Gespräch entwickelt.

– Ich vermute, wenn ich ein Mädchen wär, wär ich auch Feministin und so, räumt Rab ein, um eine von Laurens schrillen, vernichtenden Tiraden zu entschärfen. Heute sind eine ganze Menge Lesben im Studentenclub, und deren Anwesenheit scheint Laurens schlimmste Seiten zum Vorschein zu bringen und sie zu ermutigen, noch radikaler zu werden. Dabei werden die meisten von denen schon keine bekennenden Lesben mehr sein, wenn sie in den Semesterferien nach Hause fahren. Das demonstrative Imponiergehabe findet hier statt, in dieser geschützten Umgebung, dieser Realitätssimulation unter Laborbedingungen.

Wir monieren den Mangel an Atmosphäre und entschließen uns, in einen Pub in Cowgate umzuziehen. Es ist ein milder Abend, obwohl die Sonne fast vollständig verdeckt ist, als wir uns in die finsteren Schluchten der Innenstadt begeben und nur das Streifchen blauer Himmel über uns von dem schönen Tag zeugt. Wir gehen in eine Bar, die mal *der* Ausgehtipp war, was allerdings schon ein paar Wochen her ist. War ein Fehler, denn wir treffen dort meinen Lover (beziehungsweise Ex-Lover) Colin Addison, MA (Hons), MPhil, PhD.

Colin trägt ein Fleece-Shirt, mit dem er wie einer seiner Studenten aussieht, und das gibt mir ein gewisses Machtgefühl, weil er so was nie angezogen hätte, ehe er mit mir zusammen war. Natürlich sieht es an ihm ein bisschen albern aus. Wir haben gerade unsere Getränke geholt und uns hingesetzt, als er zu mir rüberkommt. – Wir müssen miteinander reden, sagt er.

– Das finde ich nicht, sage ich zu ihm und betrachte den Lippenstiftabdruck an meinem Glas.

– Wir können das nicht so stehen lassen. Du schuldest mir eine Erklärung. Das ist das Mindeste, was ich verlangen kann.

Ich schüttle den Kopf und verziehe das Gesicht. *Das ist das Mindeste, was ich verlangen kann.* So ein Flachwichser. Das ist langweilig *und* ein bisschen peinlich, zwei Gemütszustände, die man unbedingt auseinander halten sollte. – Hau ab, ja?

Colin plustert sich wahnsinnig auf, er zeigt mit dem Finger auf mich und stochert damit Löcher in die Luft, um seinen wutschnaubenden Worten Nachdruck zu verleihen. – Du bist längst nicht so erwachsen, wie du glaubst, du verdammtes kleines Aas, wenn du denkst, du kannst mich so behan…

– Pass auf, besser, du gehst jetzt, Freundchen, Rab steht auf. Man kann sehen, wie in Colins Augen kurzes Erkennen aufblitzt und dass er denkt, es ist nur ein Student, dem er mit dem gesamten Lehrkörper der Uni und Exmatrikulation drohen kann, falls Rab handgreiflich werden sollte. Dabei sollte er sich mehr Sorgen darum machen, was der Lehrkörper mit *ihm* machen würde; immerhin hat er eine Studentin gefickt beziehungsweise hat es versucht. Mir scheint, dass ich erwachsen werden soll, ist Colins Dauerthema, seit ich ihn in die Wüste geschickt habe. Was ist nur aus der reifen Beziehung geworden, die wir damals, in den glücklichen Zeiten, vor, mal überlegen, einer Woche noch geführt haben?

Ich will ihm das gerade an den Kopf werfen, als Lauren beschließt, sich ebenfalls einzuschalten. Ihr Gesicht ist verkniffen und streng und offenbart eine härtere Seite von ihr, die sie ein wenig relativiert, indem sie sagt: – Das hier ist eine private Runde, worauf ich ein bisschen albern und angetrunken kichern muss, weil ich an die private Runde in einer öffentlichen Bar denken muss.

Aber ich brauche ihre Hilfe nicht. Wenn es darum geht, Colin niederzumachen, bin ich konkurrenzlos. – Pass auf, ich hab dich wirklich herzlich satt, Colin. Ich hab deinen schlappen, alkoholgeschädigten Mittvierziger-Schwanz satt. Ich hab es satt, mir die Schuld geben zu lassen, wenn du ihn nicht zum Stehen kriegst. Ich hab es satt, wie du in Selbstmitleid badest, weil dir das Leben nichts zu bieten hat. Ich hab alles, was zu holen war, aus dir rausgesaugt. Und jetzt entsorge ich die leere Schale, die noch übrig ist. Ich bin übrigens nicht allein hier, also tu uns allen einen Gefallen und verpiss dich aus meinem Blickfeld, ja?

– Du verdammtes Miststück … sagt er noch mal, das Gesicht hochrot wie ein Feuermal, als er sich verlegen umblickt.

– Du verdammtes Miststüüüück … imitiere ich seinen quengelnden Ton. – Fällt dir nichts Besseres ein?

Rab will etwas sagen, aber ich spreche einfach lauter als er und sage wieder direkt an Colins Adresse: – Du hebst nicht gerade das Gesprächsniveau. Selbst an diesem Tisch nicht. Geh jetzt einfach, bitte.

– Nikki ... ich ... fängt er beschwichtigend an, wobei er sich wieder umsieht, ob Studenten von ihm in der Nähe sind, – ... ich will doch nur mit dir reden. Wenn es vorbei ist, na schön. Ich sehe bloß nicht ein, warum wir es so enden lassen sollen.

– Hör auf mit dem Gewinsel. Such dir eine andere, eine, die naiv genug ist, sich beeindrucken zu lassen. Wenn du es noch bis zur nächsten Erstsemester-Woche aushalten kannst. Ich fürchte, ich bringe einfach nicht genug Selbsthass auf, um mit dir zusammen zu sein.

– Dreckstück, blafft er, dann: – Elende Fotze! Und macht hastig den Abgang. Als die Tür hinter ihm zuknallt, erröte ich für ein oder zwei Sekunden, aber das geht schnell vorbei, und wir lachen alle drüber. Das Mädchen hinter der Theke schaut zu mir rüber, und ich zucke mit den Achseln.

– Du bist schamlos, Nikki, sagt Lauren atemlos.

– Du hast ja so Recht, Lauren, sage ich und sehe Rab dabei voll ins Gesicht, – solche Affären mit Dozenten ... das ist nicht lustig. Das ist schon meine zweite. Die erste war noch in London, ein Professor für englische Literatur. Er war ein sehr spezieller Fall, man könnte auch sagen, ausgesprochen wunderlich.

– Oh, nicht ... hebt Lauren an. Sie kennt die Geschichte.

Aber nein, ich erzähle die Miles-Story und bringe sie tierisch in Verlegenheit.

– Er hatte wirklich eine literarische Ader. Er mochte den strengen Uringeschmack von Nierchen, wie Bloom aus *Ulysses*. Er kaufte immer frische Nierchen und ließ mich in eine kleine Schüssel pinkeln. In die Schüssel mit meiner Pisse legte er dann die Nierchen und ließ sie über Nacht durchziehen, dann briet er sie sich morgens zum Frühstück. Er war ein sehr kultivierter Perverser. Er ging mit mir in Boutiquen shoppen. Suchte gern Klamotten für mich aus. Besonders, wenn eine junge, modebewusste Verkäuferin sich um mich kümmerte. Er sagte, ihm gefiele die Vorstellung, dass eine junge Frau eine andere anzöge, in der öffentlichen Umgebung eines Geschäfts. Man sah immer seine Erektion, und manchmal hat er in seine Hose abgespritzt.

Lauren sieht entzückend aus, wenn sie wütend ist, sie steigert sich in eine wunderbare Weißglut hinein, die ihr gut steht. Ihr Gesicht wird rosig angehaucht, ihre Augen werden glasig. Darum sehen die Leute sie wahrscheinlich so gerne wütend, da können sie am ehesten erkennen, wie sie aussehen würde, wenn man sie fickt.

Rab lacht mit hoch gezogenen Augenbrauen, und Laurens Gesicht liegt in Furchen.

– Ist Lauren nicht wunderschön, Rab? frage ich ihn.

Das hat Lauren gar nicht gern. Ihre Gesichtsfarbe vertieft sich noch, und ihre Augen werden feucht. – Lass den Scheiß, Nikki, hör auf mit dem Quatsch, sagt sie. – Du machst dich lächerlich. Hör auf, mich und Rab in Verlegenheit zu bringen.

Aber Rab macht es nicht das Geringste aus, denn dann versetzt er uns beiden einen gelinden Schock, Lauren unübersehbar, aber mir mehr, als ich mir anmerken lasse. Einen Arm um mich und einen um Lauren gelegt, küsst er uns nacheinander sanft auf die Wange. Ich sehe, wie sich Lauren versteift und knallrot anläuft, und ich selbst empfinde es als geil und auch als aufdringlichen Übergriff. – Ihr seid beide wunderschön, sagt er diplomatisch – oder mit Gefühl? Was immer es ist, es funktioniert, er beweist damit eine Coolness, Tiefe und Ausdrucksfähigkeit, die ich bei ihm nicht vermutet hätte. Dann ist es weg. Als er seine Arme zurückzieht, setzt er ungerührt hinzu: – Hätte ich nicht zwei wie euch beide, hätte ich den Kurs längst geschmissen. Wir reden vom Scheiß-Filme-Analysieren wie die Kritikerarschlöcher, obwohl keiner von uns je ne Kamera in der Hand gehabt hat. Und die Fotzen, die uns unterrichten, auch nicht. Wir kriegen hier bloß beigebracht, wie man Leuten, die ihren Arsch noch hochkriegen und irgendwas machen, entweder ans Bein pisst oder in den Arsch kriecht. Das ist alles, wozu diese Scheiß-Geisteswissenschaften gut sind, noch mehr parasitäre Müßiggänger zu produzieren.

Bei mir setzt dumpfe Verzweiflung ein. Ob absichtlich oder nicht, fuck, dieser Junge kann einen auf die Folter spannen. Er hat uns einen kurzen Blick auf etwas Schönes gewährt, und jetzt hat er uns kurzerhand nach Uniland zurückbefördert.

– Wenn du so was sagst, erwidert Lauren gereizt, obwohl sie

erleichtert ist, dass Rabs Gunstbezeugungen nicht weiter gegangen sind, – bedeutet das doch, dass du dich mit dem ganzen thatcheristischen Paradigma einverstanden erklärst, die Geisteswissenschaften immer mehr zu beschneiden und alles nur noch arbeitsmarktbezogen zu sehen. Wenn du die Vorstellung von Wissen als Wert an sich aufgibst, gibst du auch jede kritische Analyse der gesellschaftlich ...

– Nee ... nee ... protestiert Rab, – was ich meine, ist ...

Und so bekriegen sie sich weiter, ein ständiger Schlagabtausch, bei dem sie sich gegenseitig einreden, sie seien nicht grundsätzlich verschiedener Meinung, wenn zwischen ihren Positionen ein Abgrund liegt, und sich andererseits leidenschaftlich um nebensächliche, kleinkarierte Unterschiede in der Gewichtung streiten. Mit anderen Worten, sie benehmen sich total wie verfickte Studenten.

Ich hasse solche Streitereien, besonders zwischen einem Mann und einer Frau, ganz besonders, wenn einer von beiden sich gerade so weit aus dem Fenster gelehnt hat. Am liebsten würde ich ihnen ins Gesicht schreien: HÖRT AUF, GRÜNDE ZU SUCHEN, NICHT MITEINANDER ZU FICKEN.

In der Bar kehrt jetzt, nach ein paar Drinks, diese akzeptablere Weichzeichneratmosphäre ein, in der sich alles zu verlangsamen scheint und die Leute einfach damit zufrieden sind, in Gesellschaft der anderen zu sein und dummes Zeug zu reden. Und in mir reift die Erkenntnis, dass ich Rab ziemlich anziehend finde. Es ist nicht plötzlich gekommen, es hat sich eher langsam aufgebaut. Er hat etwas Cleanes, Kaledonisches, etwas edles Keltisches an sich. Einen fast puritanischen Stoizismus, den man bei Männern seines Alters in England eher selten findet, am allerwenigsten in Reading. Aber sie sind unermüdlich, die beiden Schotten: streiten, diskutieren und debattieren auf eine Art, die man in England nur von urbanen Medienfotzen kennt, die einfach zu viel Zeit haben. – Scheiß auf die blöden Diskussionen, sage ich großspurig. – Ich hab euch beiden vorhin ein schlüpfriges Geheimnis verraten. Hast du etwa keine schlüpfrigen Geheimnisse, Lauren?

– Nein, sagt sie, errötet wieder und senkt den Kopf. Und ich sehe, wie Rab die Stirn in Falten legt, als wolle er mich drängen, es zu lassen, als könne er Laurens Verlegenheit irgendwie nachempfinden – ich wünschte, ich könnte das auch.

– Und was ist mit dir, Rab?

Er grinst und schüttelt den Kopf. Man sieht zum ersten Mal Übermut in seinen Augen. – Nee, mein Kumpel Terry, der ist auf so was spezialisiert.

– Terry, hm? Den würd ich gerne kennen lernen. Kennst du den, Lauren?

– Nein, sagt sie schroff, noch angespannt, aber ein wenig auftauend.

Rab runzelt wieder die Stirn, als wollte er mir zu verstehen geben, das sei vielleicht keine gute Idee, was wiederum meine Neugier weckt. Ja, es könnte interessant werden, diesen Terry kennen zu lernen, und mir gefällt es irgendwie, wenn Rab das anders sieht. – Was treibt der denn so? stochere ich.

– Na ja, beginnt Rab vorsichtig, – er hat so einen Bums-Club. Sie machen Amateurpornos und so was. Also, meine Szene ist das nicht, aber so ist Terry.

– Erzähl mir mehr!

– Tja, Terry ging immer in so einen Pub, um nach der Sperrstunde noch was zu trinken. Da waren dann ein paar Mädchen, die er kannte, und der eine oder andere Tourist. In irgendeiner Nacht waren sie alle ein bisschen betrunken und übermütig und sind irgendwie übereinander hergefallen. Daraus wurde ne regelmäßige Einrichtung. Einmal ist dann die Überwachungskamera mitgelaufen, zufällig, sagt er, Rab rollt skeptisch die Augen, – aber so sind sie auf die Amateurvideos gekommen. Sie machen ihre Fickfilme und zeigen Clips davon im Netz, und dann verschicken sie sie per Mailorder oder tauschen mit anderen Leuten, die dasselbe machen. Sie veranstalten auch Vorführungen, normalerweise für die alten Knaben im Pub, für fünf Pfund pro Nase. Äh ... immer donnerstagnachts.

Lauren sieht von all dem ziemlich angewidert aus, und man merkt, dass Rab in ihrer Achtung sinkt und er sich dessen deutlich bewusst ist. Ich dagegen finde das alles sehr inspirierend. Und morgen ist Donnerstag. – Wird morgen auch so was laufen? forsche ich ihn aus.

– Aye, wahrscheinlich ja.

– Dürfen wir mitkommen?

Rab ist sich da nicht ganz sicher. – Na ja, ähem ... Ich müsste dann wohl für euch bürgen. Ist eher so ne geschlossene Gesellschaft. Terry ist ... hm ... könnte sein, dass er versucht, euch zum Mitmachen zu bewegen, also, wenn wir gehen, ignoriert einfach alles, was er sagt. Der hat nur Mist im Kopf.

Ich streiche mein Haar zurück und verkünde großspurig: – Vielleicht hab ich ja Lust, mitzumachen! Und Lauren auch, schiebe ich hinterher. – Ficken ist eine gute Möglichkeit, Leute kennen zu lernen.

Lauren wirft mir einen Blick zu, der einen anstürmenden Stier zu Fall bringen könnte. – Ich werde mir nicht in einem Pub mit schmierigen alten Männern Pornofilme ansehen, und schon gar nicht in welchen mitmachen.

– Ach, komm. Das wird witzig.

– Nein, wird es nicht. Es wird schmutzig, widerlich und erbärmlich. Wir haben offensichtlich unterschiedliche Vorstellungen von Spaß, kontert sie vehement. Ich weiß, dass es ihr unangenehm ist, und ich will es mir nicht mit ihr verderben, aber etwas muss ich noch loswerden. Ich schüttle den Kopf. – Wir studieren doch Filmwissenschaft, oder? Sind Kulturwissenschaftler? Rab erzählt uns, dass es genau vor unserer Nase eine ganze Untergrund-Filmkultur gibt. Das dürfen wir uns nicht entgehen lassen. Aus wissenschaftlichen Gründen. Und dann haben wir auch noch die Chance, flachgelegt zu werden!

– Sei doch leiser! Du bist betrunken! quiekt sie ängstlich und sieht sich verstohlen um.

Rab lacht über Laurens Unbehagen, vielleicht will er dahinter auch nur sein eigenes verstecken. – Du schockierst gerne, was? sagt er zu mir.

– Nur mich selbst, sage ich zu ihm. – Und du? Machst du da auch schon mal mit?

– Äeehm, nee, das ist nicht so mein Ding, betont er aufs Neue, aber es klingt fast schuldbewusst.

Jetzt muss ich dauernd an diesen Terry denken, der dabei tatsächlich gerne mitmacht, und frage mich, wie er wohl ist. Ich wünschte, Rab und Lauren wären etwas wagemutiger, und überlege, was für einen Riesenspaß es zu dritt machen würde.

7
Linkerei Nr. 18735

Ich bin (endlich) wieder in meiner Heimatstadt. Für die Zugfahrt, die früher viereinhalb Stunden dauerte, braucht man jetzt sieben. Fortschritt, mein Arsch. Modernisierung, mein Loch. Und die Preise steigen in unmittelbarer Korrelation zur Verlängerung der Fahrzeit. Am Bahnhof werfe ich mein an Begbie adressiertes Päckchen in den Briefkasten. Beiß dir daran die Zähne aus, Schwanzlutscher. Ich fahre mit dem Taxi zum Anfang des Walks, und die große, alte Hauptverkehrsader sieht ziemlich so wie immer aus. Der Walk gleicht einem sehr teuren alten Axminster-Teppich. Er mag etwas nachgedunkelt und fadenscheinig sein, ist aber immer noch hochwertig genug, um die Krumen aufzufangen, die in jeder Gesellschaft anfallen. An Paulas Bleibe angekommen, bezahle ich dem Komiker von Taxifahrer seinen Wucherfahrpreis und schlängele mich an der kaputten Gegensprechanlage vorbei die nach Pisse stinkende Treppe rauf.

Paula drückt mich, lässt mich rein und setzt mich in ihr gemütliches Wohnzimmer, bei Tee und Vollkorn-Keksen. Sie ist gut in Form, das muss ich ihr lassen, obwohl sie immer noch aussieht wie ein Autounfall auf Stelzen. Wir halten uns allerdings nicht lange hier auf und gehen anschließend auch nicht in Paulas Kneipe, die berühmte Port Sunshine Tavern. Erinnert sie zu sehr an die Arbeit. Nein, wir steuern die Spey Lounge an, um einen zu heben, und ich bin erleichtert und enttäuscht zugleich, keine vertrauten Gesichter zu sehen.

Paula spielt mit ihrem Drink und kann nicht verhindern, dass sich ein selbstzufriedenes Lächeln in ihr großes, schlaffes Gesicht gräbt. – Aye, ich steh schon viel zu lange in dem Laden. Ich hab jetzt auch n Privatleben, Junge, erzählt sie mir. – Verstehste, ich hab da nen Kerl kennen gelernt.

Ich starre Paula in die Augen und weiß, dass ich à la Leslie Phillips unwillkürlich meine Brauen hochziehe, aber ich bin machtlos dagegen. Sie lässt sich jedoch nicht lange bitten, zum spannenden Teil zu kommen. Paula war immer schon etwas männermordend veranlagt. Eine der albtraumhaftesten Erinnerungen aus meiner Teenagerzeit ist das Engtanzen mit ihr auf der Hochzeit meiner Schwester zu ›Slave to Love‹ von Bryan Ferry und ihre um meinen Arsch gekrallte Hand.

– Issn Spanier, n reizender Kerl, hat sein eignen Laden da in Alicante. Bin schon mal da gewesen, um's mir anzusehen. Er will mich bei sich da drüben haben. In der Sonne liegen, sich ordentlich den Kamin fegen lassen, sie presst ihre Schenkel zusammen und rollt ihre Unterlippe aus wie einen roten Teppich, – um was anderes geht's doch nie, Simon. Die sagen mir alle, die ganze Blase hier, schnaubt sie, mindestens den gesamten Hafen von Leith mit ihrer Geringschätzung abstrafend, – ›Paula, du lebst in ner Traumwelt, das geht nich lange gut‹. Versteh mich nich falsch, ich mach mir keine Illusionen, wenn's nicht gut geht, dann eben nich. Was hält schon ewig? Mir is im Moment jede Traumwelt recht, sagt sie, kippt den Rest ihres Drinks runter und nimmt die Zitronenscheibe in den Mund, wo sie sie zwischen ihren falschen Beißern zerstampft und den letzten Tropfen raussaugt, ehe sie sie völlig deformiert wieder ins leere Glas spuckt.

Man braucht nicht viel Fantasie, um sich dieses bemitleidenswerte Zitronenschnitzchen als den Schwanz eines verängstigten Spaniers vorzustellen.

Paula hat alle denkbaren Einwände vorweggenommen – nicht, dass ich so ein Spielverderber wäre, welche zu erheben. Ihr Vertrauen in mich ist rührend: Meine Lügen von der steilen Karriere in Londons Freizeitbranche haben Eindruck gemacht. Sie will, dass ich das Port Sunshine übernehme. Das Problem der zwanzig Riesen, die sie für den Schuppen sehen will, löst sich erstaunlich leicht, da sie den Vorschlag macht, ich solle sie mit dem abstottern, was der Laden einbringt. Bis alles abgezahlt ist, will sie meine stille Teilhaberin sein.

Der Laden ist eine potenzielle Goldmine, wartet nur darauf, gründlich aufgemöbelt zu werden. Man kann die Gentrification förmlich vom Ufer raufkriechen und die Häuserpreise hochtreiben spüren, und ich höre schon, wie die Kasse klingelt, wenn ich das Port Sunshine von der tristen Schluckbude zum Treffpunkt der Cafészene des Neuen Leith aufstyle. Es hat eigentlich alles, den großen Veranstaltungssaal hinten raus und die alte Bar eine Treppe höher, die seit langem geschlossen ist und als Lagerraum dient.

Ich muss eine Konzession beantragen, und sobald ich Paula verlassen habe, bin ich unterwegs zum Ordnungsamt, um mir die Formulare zu holen. Anschließend gönne ich mir in der Konditorei nebenan einen (für schottische Verhältnisse erstaunlich ordentlichen) Cappuccino und einen Haferkeks. Ich lese mir die Antragsbögen der Stadtverwaltung durch und beginne, eingedenk meines möblierten Zimmers in Hackney, die geforderten Angaben zu machen. Leith ist schwer im Kommen. Wird noch eher an die Tube angebunden als Hackney.

Später mache ich mich auf den Weg zum Haus meiner Eltern in der South Side. Meine Mutter ist überglücklich, mich zu sehen, zieht mich in eine rippenzermalmende Umarmung und bricht in Schluchzen aus. – Davie, guck mal, wer da is, sagt sie zu meinem Alten, der sich kaum vom Fernseher losreißen kann, – mein lieber Junge isse zurück! Oh, Sohn, ich liebe dich!

– Hör auf, Ma ... Mama, sage ich etwas verlegen.

– Warte, bis Carlotta dich sieht! Und Louisa!

– Es is nur so, ich muss bald wieder zurück ...

– Ach nein, Junge, mein Junge ... nein ...

– Aye, aber ich ... also, ich bin bald wieder da. Für immer!

Meine Mutter bricht in Tränen aus. – Davie, haste du das gehört? Ich krieg meinen Jungen wieder!

– Aye, Paula hat gesagt, ich könnte das Port Sunshine übernehmen.

Der alte Herr schwingt mit seinem Sessel herum und riskiert einen misstrauischen Blick.

– Was ziehst du denn für ein Gesicht! sagt meine Mutter.

– Das Port Sunshine? Da möchte ich nich tot überm Tisch liegen. Da triffste doch bloß Nutten und verhinderte Bänkelsänger, schnaubt mein Vater. Der alte Drecksack sieht müde aus, wie er da sitzt mit seinem verwitterten Gesicht. Als hätte er endlich eingesehen, dass er meine Mutter nicht mehr zur Sau machen kann, weil sie diesen Semi-Alkoholiker sonst mit nacktem Arsch auf die Straße setzt und er mittlerweile zu entkräftet ist, um sich ne andere dumme Kuh zu suchen, die hinter ihm her putzt, erst recht eine, die solche Pasta macht.

Ich beuge mich ihrem Wunsch nach einem großen Familientreffen und entschließe mich, eine Nacht länger zu bleiben. Meine kleine Schwester Carlotta quiekt begeistert, als sie reinkommt, gibt mir einen dicken Schmatz auf beide Wangen und ruft Louisa auf dem Handy an. Dann sitze ich da, flankiert von zwei Schwestern, die ein Riesentheater um mich machen, während mein Alter brummt und verbittert rüberglotzt. Alle paar Minuten zieht meine Mutter Carlotta oder Louisa von der Couch und brüllt: – Aus m Weg, aus m Weg, ich musse meinen kleinen Jungen mal richtig drücken! Ich kannse gar nich glauben, mein Kleiner wieder hier zu Haus! Und für immer!

Sehr zufrieden mit dem Lauf der Dinge breche ich nach Sun City auf. Ich gehe beschwingt den Walk runter und atme die frische Seeluft, während Schmuddel-Edinburgh zurückbleibt und mein schöner Heimathafen beginnt. Dann begeb ich mich in die Kneipe, wo Paula hinterm Tresen steht, und erleide sofort einen massiven Stimmungseinbruch. Der Laden an sich ist schon die reinste Rumpelkammer: auf dem Fußboden alte rote Fliesen, Tische mit Resopalplatte, nikotingelbe Wände und Decken, aber was mir echt den Rest gibt, ist das Publikum. Wie eine Horde Zombies aus einem Film von George A. Romero, die unter dem unfreundlichen Neonlicht, das die zahllosen Sünden noch augenfälliger macht, vor sich hin verwesen. In den ›Wohnparks‹ von Hackney und Islington hab ich schon Crackbuden gesehen, die gegen dieses Scheißhaus hier die reinsten Paläste sind.

Leith? Ich hab so viele Jahre nichts anderes gewollt als hier raus. Wie konnte ich wieder einen Fuß in diese Stadt setzen? Jetzt, wo das alte Mädchen auf die South Side gezogen ist, besteht dazu nicht mehr die geringste Veranlassung. Ich sitze an der Theke, trinke einen Scotch und sehe zu, wie Paula und ihre Freundin Morag, ein totaler Paula-Klon, diesen winselnden, zahnlosen alten Fotzen Essen servieren, als wär hier Armenspeisung. Am anderen Ende der Theke plärrt aus einer Jukebox unpassend laute Musik, zu der ein paar skelettartige junge Männer schniefen und zucken und starren. Ich verspüre jetzt schon den dringenden Wunsch, die Kneipe, Paula und Leith zu verlassen. Der Zug nach London ruft.

Ich entschuldige mich, und dann wage ich mich tiefer ins neue Leith vor: die Königliche Yacht Britannia, das Scottish Office, umgebaute Docks, Weinbars, Restaurants, Yuppiewohnungen. Das ist die Zukunft, und sie ist nur zwei Blocks entfernt. Im nächsten, vielleicht übernächsten Jahr dann nur noch einen Block entfernt. Und dann Bingo!

Ich muss bloß meinen Stolz runterschlucken und in aller Ruhe abwarten. Bis es so weit ist, wird sich hier sicher das ein oder andere gute Geschäft machen lassen, denn die Urbevölkerung ist viel zu unbeleckt, um mit einem metropolenerfahrenen Teufelskerl wie Simon David Williamson Schritt halten zu können.

8

›… nur das eine Objektiv …‹

Rab wirkt nervös. Er knibbelt an seinen Fingern. Als ich ihn darauf anspreche, sagt er irgendwas von Rauchen aufgeben und murmelt, ein Baby sei unterwegs. Es ist das erste Mal, dass er mir gegenüber etwas aus seinem Leben außerhalb der Uni erwähnt, von diesem mysteriösen Terry abgesehen. Ein seltsamer Gedanke, dass manche Menschen so etwas auch kennen; vollkommen in sich abgeschlossene Bereiche, in kleine Segmente unterteilt. Wie bei mir. Und jetzt werden wir zumindest einen Teil seiner verborgenen Welt von innen sehen.

Unser Taxi schlingert tickend von einer Ampel zur nächsten, während die Zahlen auf der Uhr so unerbittlich vorbeiziehen wie der schottische Sommer. Es hält vor einem kleinen Pub, aber obwohl das signalgelbe Licht nach draußen auf das graublaue Pflaster fällt und man grölendes Lachen aus rauchigen Kehlen hört, gehen wir nicht rein. Nein, wir müssen durch eine voll gepisste, mit Schotter bestreute Gasse zu einer schwarz gestrichenen Tür, auf der Rab ein Erkennungszeichen klopft. Tock-tock, tock-tock-tock, tock-tock-tock-tock, tock-tock.

Man hört jemanden eine Treppe runterpoltern. Dann Stille.

– Hiers Rab, nuschelt er und klopft noch mal, wieder einen Fußballrefrain.

Ein Riegel wird zur Seite geschoben, eine Kette klirrt, dann taucht ein Wuschelkopf hinter der Tür auf wie ein Springteufel. Zwei hungrige, schmale Augen nehmen Rab kurz zur Kenntnis und scannen dann meinen Körper mit derart unbekümmerter Gründlichkeit, dass ich fast nach der Polizei schreien möchte.

Dann schmilzt jedes Gefühl von Bedrohung oder Unbehagen in der Hitze eines glühenden Lächelns dahin, das wie mit den Fingern eines Bildhauers in mein eigenes Gesicht greift und es nach seinem Vorbild zu modellieren scheint. Das Grinsen ist erstaunlich, es macht aus dem Gesicht eines streitsüchtigen, feindseligen Idioten das Gesicht eines ungezähmten Genies, das um die Geheimnisse der Welt weiß. Der Kopf dreht sich in die eine, dann in die andere Richtung, um zu sehen, ob sich in der Gasse sonst noch was tut.

– Das ist Nikki, erklärt Rab.

– Kommt rein, kommt rein, sagt der Typ mit einer Kopfbewegung.

Rab wirft mir einen kurzen ›Willst du das wirklich?‹-Blick zu und erklärt: – Das ist Terry, als ich seine unausgesprochene Frage beantworte, indem ich über die Schwelle trete.

– Juice Terry, lächelt dieser große, lockenköpfige Kerl und tritt beiseite, um mich als Erste die schmale Treppe hinaufgehen zu lassen. Er kommt schweigend hinter mir her, wahrscheinlich, um sich meinen Arsch anzusehen. Ich lasse mir Zeit und demonstriere ihm damit, dass mich so was kalt lässt. Mal sehen, ob es *ihn* kalt lässt.

– Du hast einen phänomenalen Arsch, Nikki, das muss ich schon sagen, sagt er mit fröhlichem Enthusiasmus. Er fängt schon an, mir zu gefallen. Das ist meine Schwäche, ich lasse mich zu leicht von den falschen Typen beeinflussen. Das sagen mir alle – Eltern, Lehrer, Trainer, sogar Gleichaltrige.

– Vielen Dank, Terry, sage ich kühl und drehe mich um, als ich am Kopf der Treppe angekommen bin. Seine Augen leuchten, und ich erwidere seinen Blick ungerührt. Das Grinsen expandiert noch, und er deutet mit dem Kopf auf eine Tür. Ich öffne sie und trete ein.

Manchmal trifft einen die Andersartigkeit eines Orts wie ein Schlag. Wenn der Sommer zu Ende geht und das neue Semester beginnt und alles blau, grau und violett ist. Die reinigende Luft in den Lungen, ihre Klarheit, die dann in Kälte übergeht, bis man sich wärmesuchend zusammendrängt in den schlecht beleuchteten Kneipen abseits der tristen Witherspoons/Falcon-Monotonie oder des Firkin/All Bar One/O'Neill's-Landes, das den standardisierten, kommerzialisierten Ausgeh-Nabel jedes Stadtzentrums im Vereinigten Königreich darstellt. Wenn man nur ein bisschen weiter außerhalb sucht, findet man die richtigen Läden. Ein kleiner Fußmarsch, vielleicht ein paar Bushaltestellen, viel weiter ist es nie. Das hier ist einer dieser Läden, in dem der Eindruck, in ein anderes Zeitalter zurückzufallen, so übermächtig ist, dass einen die schrille Geschmacklosigkeit benommen macht. Ich gehe zur Toilette, zur Bestandsaufnahme. Das Damenklo ist eher so was wie ein senkrecht stehender Sarkophag, gerade groß genug, um sich hinzusetzen, kaputte Kloschüssel, kein Klopapier, abgesplitterte Kacheln, ein Handwaschbecken ohne warmes Wasser und darüber ein gesprungener Spiegel. Ich sehe hinein, erfreut, dass der Pickel, der kurz vor dem Ausbruch zu stehen schien, sich offenbar zurückgebildet hat. Auf meiner Wange sind ein paar kleine Pusteln, die aber schon verblassen. Rotwein. Rotwein sollte man meiden. Dürfte hier drin kein Problem darstellen. Ich trage etwas Eyeliner und noch mehr von diesem dunkelroten Lippenstift auf und bürste mir rasch die Haare. Dann hole ich tief Luft und gehe raus, bereit für diese neue Welt.

Viele Augen sind auf mich gerichtet, Augen, die ich auf dem Weg zur Toilette zwar undeutlich wahrgenommen, aber ausgeblendet hatte. Ein Mädchen mit hartem Gesicht und kurz geschorenem schwarzen Haar starrt mich unverhohlen feindselig an. Ich sehe Terry an der Peripherie meines Blickfelds aufschauen und einer Frau hinter der Theke ein Zeichen geben. Der Laden ist halb leer, trotzdem behalte ich Terry im Auge.

– Dann rein mit ihnen, Birrell, du Fotze, sagt er zu Rab, ohne den Blick von mir zu wenden. – So, Nikki, du gehst also mit Rab aufs College. Das muss ja ... Terry sucht nach Worten, scheint sie zu kosten, dann eins auszuspucken, dann ein anderes, ehe er zu dem Schluss kommt: – Nee, über manche Sachen denkt man besser gar nicht nach.

Ich lache über seine kleine Einlage. Er ist witzig. Besteht kein Grund, ihn jetzt schon in die Pfanne zu hauen, dazu ist später noch Zeit. – Ja, ich bin an der Uni. Wir studieren zusammen Filmwissenschaft.

– Da hab ich n paar Filme, die du studieren kannst! Komm, setz dich bei mich, sagt er und zeigt auf einen Sessel in der Ecke wie ein eifriger Erstklässler, der unbedingt zeigen will, was er in der Schule gemacht hat. – Gibt's da noch mehr von deiner Sorte an der Uni? fragt er, obwohl es mir vorkommt, als sei es auf Rab gemünzt. Ich hab schon mitbekommen, dass Terry und ich Rab gerne in Verlegenheit bringen. Eine erste Gemeinsamkeit.

Wir sitzen in der Ecke bei zwei noch recht jungen Frauen, einem Pärchen und der Thekenfrau.

Terry trägt eine alte schwarze Reißverschlussjacke aus Fleece von Paul and Shark über einem T-Shirt mit V-Ausschnitt. Er hat eine Levi's und irgendwelche Adidas-Turnschuhe an. An seinem Finger steckt ein Goldring, und er trägt eine Kette um den Hals.

– Und du bist also der berühmte Terry, ja? bohre ich neugierig nach und hoffe auf eine Reaktion.

– Aye, sagt Terry sachlich, als sei dieser Ehrentitel weithin bekannt und unstrittig, – Juice Terry, wiederholt er. – Wir wollten grade den zeigen, den wir beim letzten Mal gedreht haben.

Ein Pulk alter und weniger alter Männer kommt herein und setzt sich, viele von ihnen auf Klappsitze, die direkt vor der Leinwand in Reihen aufgestellt sind. Die Atmosphäre erinnert an eine Fußballübertragung. Man begrüßt sich, macht Witze und trinkt, und das feindselig guckende Mädchen sammelt Geld von ihnen ein. Terry ruft dieser untersetzten, vage bedrohlichen Erscheinung zu: – Gina, zieh mal die Vorhänge zu, Häschen.

Sie sieht ihn ziemlich genervt an, will etwas sagen und verkneift es sich dann.

Die Vorstellung beginnt, und der Film ist offensichtlich in billigem digitalen Videoformat gedreht; eine Kamera, keine Schnitte, nur das eine Objektiv, das ran- und wieder zurückzoomt. Sie haben mit Stativ gedreht, denn das Bild wackelt nicht, aber es sind nur bumsende Leute und dann einfach draufgehalten, keine ernst gemeinten Versuche, einen Film zu drehen. Die Bildqualität ist annehmbar, man kann erkennen, dass Terry diese Gina auf genau der Theke bumst, auf der sie sonst die Getränke servieren.

– Aye, ich hab im letzten Jahr n bisschen abgenommen, flüstert er mir zu, worüber er offensichtlich recht zufrieden ist, so wie er seine Seite tätschelt, um auf die minimierten Restbestände seiner Rettungsringe hinzuweisen. Ich sehe kurz hin, kann aber meine Augen kaum von der Leinwand losreißen, weil ein junges

Mädchen, – Melanie, flüstert Terry, ins Bild kommt. Er deutet mit dem Kopf zur Theke, und jetzt erkenne ich in ihr dasselbe Mädchen, das vorhin dort gestanden hat. Sie sieht auf der Leinwand anders, wirklich sexy aus. Gina leckt sie gerade. Irgendwer macht eine Bemerkung, es wird hier und da gelacht, und diese Melanie lächelt in scheuer Verlegenheit, aber gleich darauf sorgt allgemeines Gezische für Schweigen. Von Tonqualität kann man jetzt kaum noch sprechen, ich kann gerade eben ein paar Schnaufer und Bemerkungen heraushören und dass Terry undeutlich so was sagt wie ›ja, komm‹, ›ah ja‹ und ›so läuft das Spielchen, Süße‹. In dem Film tritt jetzt ein blondes Mädchen auf, er steckt ihr den Finger rein, und sie bläst ihm einen. Dann lehnt er sie über eine Couch und beginnt sie von hinten zu ficken. Ihr Gesicht guckt mitten in die Kamera, und ihre riesigen Brüste schlackern. Dann sehen wir den Kopf von Terry, der über ihre Schulter direkt in die Kamera guckt, zwinkert und so was wie ›Salz in der Suppe‹ sagt. – Ursula, Schwedin, die Kleine, unterrichtet er mich mit hörbarem Flüstern, – oder war sie jetzt Dänin? ... Is ja egal ... Au-pair-Mädchen jedenfalls, treibt sich immer in der Gegend vom Grassmarket rum. Macht alles mit, erklärt er. Während die anderen Akteure sich ins Getümmel stürzen, huschen mir Terrys sporadische Kommentare zum einen Ohr rein und zum anderen raus: – ... Craig ... guter Freund von mir. Spitzenficker. Hat nicht unbedingt den Längsten, aber total sexversessen. Wenner denn einen hochkriegt ... Ronnie ... der Junge müsste Schottland bei der Fick-WM vertreten ...

Die Vorführung endet mit allgemeinem Rudelbumsen, und die Kameraarbeit wird unterirdisch. Manchmal sieht man nicht mehr als verschwommenes Rosa. Dann zoomt es zurück, und man sieht diese Gina im Hintergrund ein paar Lines Koks vorbereiten, als wär ihr der Sex zu langweilig geworden. Der ganze Film schreit danach, vernünftig geschnitten zu werden, und ich bin geneigt, Terry diesen Gedanken mitzuteilen, aber er spürt, dass das Publikum das Interesse verliert, und macht ihn mit der Fernbedienung aus. – Das war's dann von uns, Leute, sagt er lächelnd.

Nach der Vorführung plaudere ich an der Theke kurz mit Rab und frage ihn, seit wann das so läuft. Er will gerade antworten, als Terry sich neben mich schiebt und fragt: – Und, was sagste dazu, hm?

– Amateure, sage ich vernehmlich, durch meinen Alkoholpegel etwas lauter und großspuriger als beabsichtigt, und werfe mein Haar dabei zurück. Mir stockt kurz das Blut in den Adern, weil ich glaube, dass diese Gina mich gehört hat, und ich ein kaltes Rasiermesserblitzen in ihren Augen zu sehen meine.

– Ach, du könntest das wohl besser, wie? fragt er, kneift die Augen zusammen und zieht die Brauen hoch.

Ich erwidere seinen Blick ungerührt. – Ja, sage ich zu ihm.

Er rollt die Augen und kritzelt beflissen eine Nummer auf einen Bierdeckel. – Wann immer du willst, Schatz. Wann immer du willst, sagt er sanft.

– Ich komm drauf zurück, sage ich sehr zu Rabs Missvergnügen.

Mir fallen erst jetzt die beiden anderen Typen aus dem Film auf, Craig und Ronnie. Craig ist ein dünner, nervös aussehender Kettenraucher mit einem modischen Mopp hellbrauner Haare, Ronnie ein entspannter Typ mit dünnem blonden Haar und demselben dämlichen Grinsen, das er auch im Film zur Schau trägt, allerdings wirkt er in natura etwas fleischiger.

Kurz darauf kommt das skandinavische Mädchen herein, Ursula, und Terry stellt uns einander vor. Der erste Blick, den sie für mich hat, ist arktisch, obwohl sie mich mit überschwänglicher Herzlichkeit begrüßt. Ursula sieht in natura nicht so gut aus wie im Film; sie hat eine etwas gedrungene Statur, der reinste Gnom. Sie will mir einen Drink spendieren, und es sieht aus, als würde sich die Party noch hinziehen, aber ich entschuldige mich und mache mich auf den Heimweg. Durchaus möglich, dass ich was Interessantes verpasse, aber der Ausdruck in Terrys Augen sagt mir, dass ich besser nicht alle meine Trümpfe auf einmal ausspiele. Er wird warten. Sie alle werden warten. Und außerdem hab ich noch einen Essay zu schreiben.

Als ich nach Hause komme, ist Lauren noch wach und in Gesellschaft von Dianne, die ihr Zeug vorbeigebracht hat. Lauren scheint richtig zu schmollen, weil ich ausgegangen bin oder weil ich nicht hier war, um zu helfen oder Dianne willkommen zu heißen, was weiß ich. In Wahrheit ist sie aber sauer auf mich, weil ich noch mit zu dieser Heimporno-Vorführung gegangen bin, man merkt ihr allerdings auch an, dass sie darauf brennt, mich danach zu fragen.

– Hi, Dianne! Tut mir Leid, dass ich noch ausgegangen bin, sage ich zu ihr.

Dianne scheint es mir nicht übel zu nehmen. Sie ist eine sehr coole, hübsche Frau, die in meinem Alter sein muss; sie hat dickes, volles, schwarzes, schulterlanges Haar, in dem ein blauer Reif steckt. Ihre Augen sind geschäftig und voller Leben, und sie hat recht dünne, ziemlich durchtriebene Lippen, hinter denen, wenn sie sich öffnen, große weiße Zähne auftauchen, was ihren Gesichtsausdruck völlig verändert. Sie trägt ein blaues Sweatshirt, blaue Jeans und Turnschuhe. – War's nett? fragt sie mit hiesigem Akzent.

– Ich hab mir in nem Pub Amateurpornos angesehen, kläre ich sie auf.

Ich sehe Lauren vor Verlegenheit erröten, und als sie sagt: – So genau wollten wir's gar nicht wissen, Nikki, klingt es bemitleidenswert, wie eine Pubertierende, die sich erwachsen verhalten will und dabei nur noch kindlicher erscheint.

– War's gut? fragt Dianne, und das zu Laurens Entsetzen total ungerührt.

– Nicht schlecht. Es war Laurens Freund, der mich dahin mitgeschleppt hat, erzähle ich ihr.

– Ist er nicht! Er ist genauso dein Freund! sagt Lauren übertrieben laut und dann, als ihr das klar wird, mit dünner Stimme: – Es ist nur ein Typ aus dem Kurs.

– Das ist ja interessant, sagt Dianne, ich recherchiere nämlich für meine Diplomarbeit in Psychologie über Sexarbeiterinnen. Prostituierte, Lapdancer, Stripperinnen, Telefonsex-Anbieter, Leute aus Saunaclubs und Massagesalons, Begleitagenturen, so was alles.

– Und geht's voran?

– Man findet nicht so leicht Leute, die bereit sind, darüber zu reden, erklärt sie mir.

Ich grinse sie an. – Ich glaube, da könnte ich dir weiterhelfen.

– Fantastisch, sagt sie, und wir verabreden einen Schwatz über meine Arbeit im Saunaclub, wo morgen Abend meine nächste

Schicht beginnt. Ich gehe auf mein Zimmer, halb betrunken, und versuche am PC meinen Essay für McClymont zu lesen. Nach einigen Seiten verschwimmt mir alles vor den Augen, und ich lache über den dummen Satz: ›Es lässt sich nicht leugnen, dass schottische Migranten jede Gesellschaft bereicherten, mit der sie in Berührung kamen.‹ Das ist ein Zugeständnis an McClymont. Natürlich erwähne ich nirgends den schottischen Beitrag zu Sklaverei, Rassismus oder der Gründung des Ku Klux Klans. Nach einer Weile werden mir die Lider schwer, und ich spüre, wie ich auf mein Bett zurücksinke und mich langsam auf eine erhitzte, unstete Reise begebe, und dann bin ich an einem anderen Ort …

… er hält sich an mir fest … dieser Geruch … und ihr Gesicht im Hintergrund, ihr verzerrtes, beflissenes Lächeln, als er mich über die Theke biegt, als sei ich aus Gummi … diese Stimme, gebieterisch, drängend … und ich sehe die Gesichter von Mum und Dad und das meines Bruders Will in der Menge, und ich versuche zu rufen … lasst das nicht zu … bitte … aber es ist, als sähen sie mich nicht, und ich werde betatscht und gekitzelt …

Es war ein unbefriedigender Alkoholschlaf, aus dem ich zerschlagen aufwache. Als ich mich aufsetze, hämmert mein Kopf, und mich überkommt das Gefühl, kotzen zu müssen. Es vergeht zwar, aber danach pocht mein Herz, und im Gesicht und unter meinen Achseln bleibt ungesunder Schweiß zurück.

Der Computer war auf Stand-by, und als ich gegen die Maus komme, lässt die Powerzufuhr McClymonts Essay klickend wieder auf dem Bildschirm erscheinen, wie um mich zu provozieren. Ich muss ihn unbedingt abgeben. Als ich feststelle, dass Dianne und Lauren weg sind, mache ich mir einen schnellen Kaffee, lese dann den Essay durch, bastele ein bisschen daran rum, lasse die Wörter zählen und alles durch die Rechtschreibprüfung laufen und klicke auf ›Drucken‹. Ich muss mit diesem Essay bis Mittag an der Uni sein; während die verlangten dreitausend Wörter aus dem Drucker rattern, gehe ich ins Bad, dusche den Alkohol, Schweiß und schmierigen Zigarettenqualm ab und shamponiere mir gründlich die Haare.

Ich trage Feuchtigkeitscreme und ein leichtes Make-up auf mein Gesicht auf und springe in meine Klamotten. Den Krempel für meine Schicht in der Sauna nehme ich in einer Sporttasche mit. Ich durchquere im Eiltempo The Meadows und nehme den kalten, schneidenden Wind nur gelegentlich wahr, wenn er die Seiten des Essays umklappt, während ich ihn zu lesen versuche. Ich stelle fest, dass die Rechtschreibprüfung des amerikanischen Textverarbeitungsprogramms alles in amerikanisches Englisch korrigiert hat: überall ›Z‹s und lauter rausgeflogene ›U‹s, worüber sich McClymont immer künstlich aufregt und was mich wahrscheinlich die Punkte kosten wird, die ich durch die arschkriecherischen Einschübe gutgemacht habe. Wenn ich damit bestehe, dann nur um Haaresbreite. Ich gebe die Arbeit um 11.47 im Sekretariat der Fakultät ab, und nach einem Kaffee und einem Sandwich gehe ich in die Bibliothek und lese Filmtexte, bis ich mich etwa zur Teezeit auf den Weg zur Sauna mache.

Die Sauna liegt in einer schmutzigen, schmalen, deprimierenden Hauptstraße für den stadteinwärts fließenden Verkehr. Von dem Hopfengeruch aus der Brauerei in der Nähe wird einem ganz flau, wenn man viel getrunken hat, als würden einem die abgestandenen Reste vom Vorabend ins Gesicht gekippt. Die dreckigen Abgase der Busse und Lieferwagen haben die meisten Geschäftsfronten auf Dauer eingeschwärzt, und der ›Miss Argentina Latino-Sauna und Massagesalon‹ bildet da keine Ausnahme. Drinnen ist es allerdings picobello. – Denkt dran: Immer schön aufwischen, schärft uns Bobby Keats, der Betreiber, stets mit großer Dringlichkeit ein. Wir haben mehr Flüssigreiniger als Massageöle, und wir sind alle angehalten, mit beidem gleichermaßen großzügig umzugehen. Allein die Wäschereirechnung für frische Handtücher muss astronomisch sein.

Es hängt permanent ein synthetischer Geruch in der Luft. Trotzdem bilden die vielen freigebig angewendeten Seifen, Mundwässer, Lotionen, Öle, Puder und Duftessenzen, die den Geruch von schalem Sperma und Schweiß überdecken sollen, seltsamerweise nur die Fortsetzung der stickigen Atmosphäre draußen.

Wir müssen aussehen und auftreten wie Stewardessen. Dem Motto der Sauna entsprechend beschäftigt Bobby Mädchen, von denen er findet, sie sähen südländisch aus. Hier muss man absoluter Profi sein. Mein erster Kunde ist ein kleiner, grauhaariger

Mann namens Alfred. Nachdem ich ihm eine Aromatherapiemassage verabreicht und Unmengen von Lavendelöl auf den verspannten, verhärteten Muskeln seines Rückens verteilt habe, fragt er nervös nach ›Extras‹, und ich biete ihm eine ›Spezialmassage‹ an.

Ich greife unter dem Handtuch nach seinem Penis und beginne ihn langsam zu bearbeiten, wobei mir meine armseligen Masturbationskünste wohl bewusst sind. Den Job behalte ich nur, weil Bobby was für mich übrig hat. Ich rufe mir de Sades Schriften in Erinnerung, wo die verschleppten jungen Mädchen von alten Männern in der Kunst, Männer zu masturbieren, unterwiesen werden. Aber ich denke an meine eigenen Erfahrungen, und bis jetzt habe ich nur meinen ersten beiden Freunden einen abgewichst, Jon und Richard, mit denen ich nicht gefickt habe. Seitdem assoziierte ich es immer mit ›nicht ficken‹, wenn ich einem Jungen einen runterholte, und damit war es sozusagen von meiner sexuellen Speisekarte gestrichen, ehe es richtig draufstand.

Manchmal beschweren sich Kunden, dann wird mir schon mal mit Kündigung gedroht. Nach einer Weile kam ich jedoch dahinter, dass Bobby, was das angeht, nur bellt und nicht beißt. Er lädt mich regelmäßig zu allen möglichen Events ein: Partys, Kasinos, wichtige Fußballspiele, Kinopremieren, Boxkämpfe, zum Pferderennen, zum Hunderennen oder einfach im ›sehr angenehmen Restaurant eines guten Freunds von mir einen Happen essen‹ oder ›was trinken‹ zu gehen. Ich finde immer einen Grund, mich zu drücken, oder lehne höflich ab.

Glücklicherweise ist Alfred so ekstatisch, dass er es sowieso nicht merken, geschweige denn sich darüber beschweren würde. Beim kleinsten sexuellen Kontakt ist er hin und weg. Er verspritzt seine Ladung in Rekordzeit und bezahlt mich dankbar. Viele der anderen Mädchen, die Blowjobs und richtigen Sex anbieten, verdienen nicht so viel wie ich, die bloß ungeschickt abmelkt, das weiß ich definitiv. Meine Freundin Jayne, die schon viel länger hier ist als ich, sagt selbstgefällig, über kurz oder lang würde ich auch alles machen. Ich gebe giftig zurück: – Niemals! aber an manchen Tagen habe ich das Gefühl, dass sie Recht hat, dass es unausweichlich ist, nur eine Frage der Zeit.

Als meine Schicht zu Ende ist, höre ich die Box meines Handys ab. Lauren teilt mir mit, dass sie was trinken gegangen sind, also rufe ich sie zurück und treffe mich mit ihnen in einem Pub in Cowgate. Lauren hat Dianne dabei, außerdem Lynda und Coral, zwei Mädchen von der Uni. Die Bacardi Breezers fließen, und in kürzester Zeit sind wir alle wieder ziemlich blau. Als Sperrstunde ist, gehen Lauren, Dianne und ich zu Fuß nach Haus in unsere Wohnung in Tollcross. – Hast du einen festen Freund, Dianne? frage ich, als wir zur Chambers Street gehen.

– Nein, ich will erst meine Diplomarbeit zu Ende bringen, ehe ich an so etwas denke, sagt sie etwas streberhaft, und Lauren nickt zustimmend, nur um tief gekränkt zu sein, als Dianne hinzusetzt: – Aber dann ficke ich alles, was einen Schwanz hat, weil das verfickte Zölibat mich umbringt! Ich kichere dreckig, und sie wirft lachend den Kopf zurück. – Schwänze! Große Schwänze, kleine Schwänze, dicke Schwänze, dünne Schwänze! Beschnitten, unbeschnitten! Weiß, schwarz, gelb, rot! Wenn ich diese Diplomarbeit abgebe, werde ich den Anbruch der neuen Ära mit kräftigem Glockenläuten begrüßen! Sie formt ihre Hände zu einem Trichter und johlt es in die Nachtluft vor dem Museum hinaus, worauf ich lachen muss und Lauren im Boden versinken könnte. Mit dieser Mitbewohnerin werde ich viel Spaß haben.

Am Morgen fühle ich mich mies, in der Vorlesung bin ich etwas gereizt und schnippisch, fertige diesen Dave, der ungeschickt ein Gespräch mit mir anfangen will, unfreundlich ab. Von Lauren ist nichts zu sehen, sie muss betrunkener gewesen sein, als ich dachte. Ich hole Rab ein, der auf dem George Square mit diesem Dave und einem anderen Kerl, Chris, Hof hält. Wir überqueren den Square in Richtung Bibliothek, Rabs Profil scharf gezeichnet im Gegenlicht der plötzlich auflodernden Sonne.

– Ich will nicht in die Bibliothek, ich geh kurz nach Hause, sage ich zu ihm.

Er guckt ein bisschen gekränkt. Geradezu abgewiesen. – Ja, dann ... sagt er.

– Ich geh zu mir, was rauchen. Hast du Lust? schlage ich ihm vor. Ich weiß, dass Dianne den ganzen Tag weg sein wollte, und ich hoffe, Lauren ist auch nicht da.

– Aye, klar, sagt er. Rab ist ziemlich verkifft.

Wir sind in der Wohnung, und ich hab die Tüte gerollt und

eine Macy-Gray-CD aufgelegt. Rab guckt Fernsehen ohne Ton. Anscheinend braucht er so viele Referenzpunkte wie möglich. Heute Abend findet in einem Pub am Grassmarket was statt, weil Chris Geburtstag hat. Rab ist nicht unbedingt versessen darauf, sich mit anderen Studenten zu besaufen. Er ist ihnen gegenüber durchaus umgänglich und gesellig, aber man merkt ihm an, dass er sie für Wichser hält. Geht mir genauso. Ich will eher Einblick in Rabs Wäsche als in seine Welt. Ich weiß, dass er sehr viel mehr gemacht und gesehen hat, als er von sich aus erzählt. Mich fasziniert der Gedanke an diesen Lebensbereich, von dem ich so wenig weiß. Leute wie Juice Terry öffnen einem ein anderes, seltsames Gebiet. – Geht ihr direkt nach dem Workshop hin? frage ich ihn. Der Workshop ist ein Witz, unsere einzige Konzession an wirkliches Filmemachen im gesamten Studiengang. Und der ist auch noch freiwillig. Aber ich will Rab gar nicht erst auf dieses Thema bringen.

– Aye, nach dem, was Dave sagt, erklärt er mir, nimmt einen tiefen Zug und behält ihn unwahrscheinlich lange in der Lunge.

– Dann zieh ich mich besser um, verkünde ich und gehe rüber in mein Zimmer, um meine Jeans auszuziehen. Ich betrachte mich im Spiegel und entscheide mich dann, raus in die Küche zu gehen. Dann komme ich ins Wohnzimmer und bleibe hinter ihm stehen. Sein Haar steht ein bisschen hoch, ein Büschel davon, genau gesagt. Es juckt mich schon den ganzen Tag in den Fingern. Sobald wir Liebe gemacht haben, sobald ich mir das Recht zu dieser intimen Geste erworben habe, werde ich es anfeuchten und glätten. Ich setze mich neben ihm auf die Couch, mit nichts als meinem roten Trägerhemdchen und meinem weißen Baumwollslip bekleidet. Er guckt in den Fernseher. Cricket ohne Ton. – Ich muss erst mal was rauchen, sage ich und streiche mein Haar zurück.

Rab sieht sich noch immer dieses beschissene stumme Cricket an.

– Dieser Kumpel von dir, Terry, der ist ja echt ein Tier, sage ich lachend. Es klingt etwas gezwungen.

Rab zuckt mit den Achseln. Das macht er ziemlich oft, scheint mir. Als würde er was abschütteln. Aber was will er abschütteln? Verlegenheit? Unbehagen? Jetzt gibt er mir den Joint rüber und versucht, nicht auf meine Beine zu starren, auf meinen weißen Baumwollslip, scheint ihm aber zu gelingen. Scheint ihm zu gelingen, bei allem so verfickt cool zu bleiben. Und dabei ist er nicht mal schwul, er hat schließlich eine Freundin, und er ignoriert mich trotzdem ...

Ich spüre, wie meine Stimme eine Idee schriller wird, eine Spur verzweifelt. – Du hältst uns für abartig, oder, Leute wie mich und Terry? Weil ich nichts dagegen hätte, mitzumachen? Du weißt doch, dass ich nichts gemacht hab, jedenfalls diesmal noch nicht, kichere ich.

– Nee ... ich meine, das ist ganz allein deine Sache, sagt Rab. – Ich hab dir gesagt, was er treibt. Ich hab dir gesagt, dass er versuchen würde, dich zum Mitmachen zu bekommen. Ob du da mitspielst oder was du machst, ist allein deine Sache.

– Aber du billigst es nicht, genau wie Lauren. Sie geht mir in letzter Zeit aus dem Weg, weißt du, sage ich nach einem weiteren Zug.

– Ich kenne Terry. Er ist seit ewigen Zeiten mein Kumpel. Klar weiß ich, wie er drauf ist, aber wenn ich es missbilligen würde, hätte ich dich ihm gar nicht vorgestellt, sagt Rab sachlich und beweist damit eine lässige Reife, bei der ich mir jung und dumm vorkomme.

– Aber du weißt schon, dass es nur ums Ficken geht, nur um ein bisschen Spaß. Was empfinden könnte ich für ihn nie, erkläre ich und komme mir dann erst recht dumm und charakterlos vor.

– Das ist dein ... fängt er an, unterbricht sich dann und sieht mich an, den Hinterkopf immer noch fest an die Sofalehne gedrückt. – Ich meine, liegt ganz bei dir, mit wem du bumst.

Ich sehe ihm fest in die Augen, während ich den Joint in den Aschenbecher lege. – Schön wär's, sage ich zu ihm.

Aber Rab bleibt stumm, dreht den Kopf weg und starrt wieder unverwandt auf den Fernseher. Dieses saudumme Scheiß-Cricket in der Glotze. Normalerweise hassen Schotten Cricket, das ist für mich immer eine ihrer größten Tugenden gewesen.

So leicht kommt er mir nicht davon. – Ich sagte, schön wär's.

– Wie meinst du das? sagt er, und in seiner Stimme liegt ein leichtes Zittern.

Ich stupse mit meinem Bein sein Bein an. – Ich sitze hier in meinem Slip, und ich will, dass du ihn mir ausziehst und mich durchfickst.

Ich spüre, wie er sich unter meiner Berührung verkrampft. Er sieht mich an, dann zieht er mich mit einer plötzlichen, heftigen Bewegung an sich und leckt mir durchs Gesicht, aber es ist steif und grob und hasserfüllt, nur Zorn und null Leidenschaft, und dann ebbt es ab, und er löst sich von mir.

Ich sehe woandershin, aus dem Fenster. In der Wohnung gegenüber sehe ich zwei Leute, die sich unterhalten. Natürlich. Ich stehe auf und lasse die Jalousie runter. – Liegt es an der Jalousie?

– Es ist nicht die Jalousie, schnappt er zurück. – Ich hab ne Freundin. Sie bekommt bald ein Kind von mir. Er bleibt einen Moment lang stumm, dann fügt er hinzu: – Dir ist das vielleicht schnuppe, aber mir nicht.

Ärger wallt in mir hoch. Am liebsten würde ich sagen, ja, da hast du verdammt Recht, es ist mir ›schnuppe‹. Bedeutet weniger als gar nichts. – Ich will mit dir ficken, das ist alles. Ich will dich nicht heiraten. Wenn du lieber Cricket gucken willst, bitte sehr.

Rab sagt nichts, aber seinem Gesicht sieht man die Anspannung an, und seine Augen glitzern ein bisschen. Ich stehe auf und muss den Schmerz der Zurückweisung ertragen, spüre, dass er mich tief in meinem Innersten getroffen hat.

– Das soll nicht heißen, dass ich nicht auf dich steh, Nikki, da müsste ich ja verrückt sein. Es ist bloß ...

– Ich geh mich umziehen, bescheide ich ihm bissig und gehe in mein Zimmer. Ich höre die Tür, das muss Lauren sein.

9
Linkerei Nr. 18736

Der Flur riecht nach Katzenpisse, als ich am Morgen die Post auf der Türschwelle einsammle, aber die gute Nachricht heitert mich ein bisschen auf. Jetzt ist es amtlich! Ich hab meine Papiere! Fuck, nach so langer Zeit kehrt Simon Williamson, ein hiesiger Geschäftsmann, zu seinen Wurzeln nach Leith zurück, mit freundlicher Genehmigung des Edinburgh Councils. Hab ja immer gesagt, dass Leith schwer im Kommen ist und SDW eine wichtige Rolle in der Wiederbelebung der Hafengegend spielen kann.

Ich sehe schon die *Evening News* vor mir: Williamson, ein Unternehmer der neuen, dynamischen Generation aus Edinburgh, spricht mit dem *News*-Urgestein John Gibson, ebenfalls in Leith gebürtig.

> JG: Simon, was hat Leith an sich, dass Menschen wie Sie und Terence Conran, die sich in der Londoner Geschäftswelt einen Namen gemacht haben, so massiv in die Gegend investieren wollen?
> SDW: Na ja, John, es ist komisch, aber ich sprach noch kürzlich bei einem Wohltätigkeitsbankett mit Terry darüber, und wir kamen beide zu demselben Schluss: Mit Leith geht es aufwärts, und wir wollen Anteil an diesem Erfolg haben. Gerade ich als Sohn der Stadt habe ein großes Interesse daran. Ich habe vor, den Port Sunshine Pub als traditionellen Pub weiterzuführen, werde aber allzeit bereit sein, um ihn zum Restaurant umzustylen, wenn die Gegend

sich schließlich rausmacht. Das wird nicht über Nacht geschehen, aber ich betrachte meine Aktivitäten als Ausdruck des Vertrauens ins alte Leith. Ich kann ohne Übertreibung sagen: Mein Herz hängt an dem alten Hafen. Ich will es mal so sagen: Leith war gut zu mir, da will ich auch gut zu Leith sein.

JG: Geht es mit Leith also aufwärts?

SDW: John, Leith ist schon viel zu lange eine große alte Dame. Ja, wir lieben sie, denn sie ist warm und mütterlich, ein schwerer, weicher Busen, an den man sich gern in kalten Winternächten schmiegt. Aber ich möchte sie neu definieren als junge Schlampe mit Sexappeal und den Arsch der kleinen Nutte gnadenlos versilbern. Kurz gesagt: das große Geschäft. Ich möchte aus Leith das große Geschäft machen. Ich möchte, dass die Leute sofort ans Geschäft denken, wenn sie ›Leith‹ hören. Der Hafen von Leith, der Hafen des Aufschwungs.

Ich lese aufmerksam den Brief von Tom Mason, dem Leiter des Ordnungsamts der Stadtverwaltung.

City of Edinburgh
Ausschankgenehmigungen

17. Januar

Sehr geehrter Mr Williamson,

ich freue mich, Ihnen mitteilen zu können, dass Ihnen die Genehmigung zum Ausschank alkoholischer Getränke für das Lokal unter der Adresse Murray Street 56, Edinburgh EH6 7ED, eingetragen unter dem Namen Port Sunshine Arms, erteilt wurde. Diese Ausschankgenehmigung gilt unter Beachtung der Bedingungen und Konditionen des beigefügten Vertrages.

Bitte unterzeichnen Sie beide Ausfertigungen des Vertrages und senden Sie ihn bis Montag, 8. Februar, an uns zurück.

Mit freundlichen Grüßen

T. J. Mason
Amtsleiter, Ordnungsamt

Tom und ich sollten uns möglichst bald treffen, vielleicht zu einer Runde Golf in Gleneagles, mit Sean, wenn er wieder in der Stadt ist. Dann können wir am neunzehnten Loch ein wenig trödeln und verzögern, wo ich Tom mit meinen Plänen für eine schweite Café-Bar ein Schtück weiter den Walk rauf ein Ohr abkauen werde. Vielleicht läscht schich Schean ja auch zu einer Investition bewegen, die mithilft, seine abgefuckte Heimatstadt aus der Mittelmäßigkeit herauszureißen, in der sie schon jahrzehntelang versumpft.

Ja, Schimon, hier gibt'sch wirklich Potenschial für Inveschtitionen. Aber schuerscht müschen wir unsch der Marginalischierten entledigen, die schurscheit die Klientel dieschesch Pubsch darschtellen.

Gansch genau, Schean. Für diesche Menschen ist kein Platsch im neuen Leisch.

10
Gruppentherapie

Also, Avril fragt, was zieht euch runter, und ich denk, na ja, Hibs und Regen, sag ich jetzt mal. Und dann denk ich, Moment mal, nee, weil wenn die Hibs gut drauf sind, gehts mir manchmal trotzdem scheiße, immer haut das also nich hin. Obwohl, klar seh ich die Smaragdgrünen lieber gut in Form, ja? Is aber eigentlich nur ne Ausrede, ich mein, mit m Regen vielleicht nich, denn Regen is mir schon immer aufs Gemüt geschlagen. Wie ich jünger war, hats immer gut getan, n bisschen Musik aufzulegen, aber das is heute nich mehr, weil das meiste von dem alten Vinyl is weg, Alter, verscherbelt in den Second-Hand-Plattenläden, der lange Marsch zu Vinyl Villains, und der Erlös dafür draufgegangen, Braunes zu kaufen und aufzukochen und es mir in den Arm zu ballern. Sogar Zappa is weg, Alter, Frank Zappa mein ich, nich Zappa, mein Kater. Ich geb mir so Mühe, die Finger vom Braunen zu lassen, aber meinen Speed geb ich mir noch ganz gern, und im Moment is hier grad ne Menge Base im Umlauf, und is klar, wennde da runterkommst, dann tut so n schöner Schuss Braunes richtig gut, um das alles n bisschen zu entschärfen, mein ich.

Die Avril hier von der Gruppe meint, dass jeder von uns hier versammelten Schleichkatzen n Projekt braucht, irgendwas gegen die Langeweile, um n bisschen Struktur, Sinn und Ziel in die Luschenexistenz zu bringen. Kannste im Prinzip nix gegen sagen, Alter; brauchen wir alle, ohne gehts einfach nich. – Wenn ihr das nächste Mal kommt, möchte ich, dass ihr euch alle was einfallen lasst, was ihr machen könntet, sagt sie und trommelt mit dem Stift gegen ihre perlweißen Schneidezähne.

Auaaa, Alter, diese Beißerchen bringen mich auf ganz dumme Ideen, aber so was sollte ich über Avs nich denken, denn sie is so n echt nettes Mädchen, sag ich mal.

Is trotzdem gut, ma an was irgendwie Aufheiterndes zu denken, weil was ich in letzter Zeit so gedacht hab, war echt total gruslig pechschwarz, ja? Die Sache ist die, woran ich immer mehr un mehr denken musste, war, na ja, ›diese Stadt endgültig zu verlassen‹, wies Vic Godard mal über Johnny Thunders gesagt hat. Is jetz schon n fixer Gedanke von mir geworden, Alter, besonders, wenn ich depro bin. Zum ersten Mal is mir der Gedanke gekommen, als ich im Bau war und dieses Buch gelesen hab. Ich bin ja nie n großer Leser gewesen, aber da hab ich *Schuld und Sühne* gelesen von so m komischen Russen.

Na ja, ich hab logo n bisschen gebraucht, bis ich reingekommen bin. Irgendwie kams mir so vor, als hätten diese Knaben aus Russland alle zwei Namen, quasi, war natürlich saukompliziert. Witzig, weil seit der Poll Tax viele Typen hier *gar keine* Namen mehr ham, jedenfalls nich offiziell, so gleicht sich alles irgendwie aus.

Ich sitz da jedenfalls so in meiner Zelle mit dem ollen Packen toter Baum, und irgendwann fings mir dann richtig an zu gefallen. Die Sache war die, das hat mich sozusagen auf ne Geschäftsidee gebracht, ja? N Trick, um die ganzen Probleme zu lösen, die ich verursacht hab, einfach bloß weil ich, na ja, sag ich mal, eben ich war. Aye, in der modernen Welt gibts so was wie ne natürliche Auslese, und da hab ich nich unbedingt gute Karten. Katzen wie ich sind ausgestorben. Kann sich einer nich anpassen, kanner nich überleben. Wie der Säbelzahntiger, quasi. Komisch is bloß, ich hab nie so richtig verstanden, wie dem seine Spezies aussterben konnte, wo weniger zähe Kätzchen überlebt ham. Ich mein, ich sag mal, in nem Kopf-an-Kopf-Rennen würdste doch dein Geld drauf wetten, dass so n Säbelzahnkerl jede andere Feld-Wald-un-Wiesen-Katze versenken würde, sogar nen ordinären Tiger. Die Lösung auf ne frankierte Postkarte, Alter, und ab damit.

Die Sache ist die, wennde älter wirst, zieht dich so ne kleine Charakterschwäche immer mehr runter. Hat mal ne Zeit gegeben, wo ich zu den ganzen Lehrern, Chefs, Heinis von der Stütze, denen von der Poll Tax und den Jugendrichtern, wenn sie mir meine Unzulänglichkeiten vorgeworfen ham, gesagt hab: ›Hee, immer langsam, Mann, ich bin bloß ich, ja, ich bin bloß n bisschen anders drauf als ihr, alles klar?‹ Aber jetz muss ich den Typen zugestehen, dass sie vielleicht gar nich so Unrecht hatten. Je älter du wirst, desto schlechter steckste so Tiefschläge weg. Die Treffer hinterlassen mehr Spuren. Is wie bei diesem Mike Tyson im Boxen, weißte? Jedes Mal, wennde dich zu nem Comeback aufraffst, fehlt dir n bisschen mehr dazu. Also gehts wieder daneben. Jep, ich bin vom Typ her einfach nich gebaut für das moderne Leben, das isses, nich mehr und nich weniger, Mann. Manchmal läuft alles wie geschmiert, dann krieg ich die volle Panik, und schon bin ich wieder in der alten Spur. Was soll ich machen?

Viele von uns ham kleine Schwächen, Alter. Meine sind Drogen, Drogen und Drogen. Is doch irgendwie gemein, dass ne einzelne Person für die eine Schwäche immer und immer wieder zahlen muss. Türlich kommt bei mir auch noch klauen und so dazu, aber ich glaub, wenn ich im Ernst die Finger von harten Drogen lasse, würd die Klauerei bestimmt auch aufhören oder wenigstens n bisschen zurückgehen.

Ich glaub nich so richtig dran, dass die Therapiegruppe hier bei mir viel hilft. Ich mein, immer wenn ich mit den Leutchen rede, ziehts mich trotzdem unwiderstehlich zum Junk hin. Das Gefühl geht nie weg. Klar können wir das ganz rational sehen und betrachten, quasi, aber sobald du aus m Zimmer gehst, denkste an den nächsten Druck. Einmal bin ich vonner Gruppe gekommen und geh so wie im Tran, und eh ich wusste, wo ich war, klopf ich an Seekers Tür. Ich bin so mit nem Ruck wieder zu Bewusstsein gekommen, und da stand ich und hämmerte an die blaue Tür. Ich bin vielleicht gerannt, die ganze Straße runter, ehe einer aufmachen kam.

Ich freu mich trotzdem immer auf die Gruppe. Is einfach gut, sag ich mal so, wenn jemand Nettes einem zuhört. Und diese Avril is n nettes Mädchen, sag ich mal. Die is auch gar nich schnöselig oder so. Man fragt sich, ob sie das selber hinter sich hat oder alles bloß von der Uni kennt. Dabei will ich nix gegen Uniwissen sagen, denn wenn ich zugesehen hätte, dass ich was lerne, würd ich heute vielleicht nich so in der Scheiße sitzen. Aber jeder Typ und jede Typistin muss oder wird im Leben ganz was großes Böses durchmachen; das is ne tödliche Krankheit, vor ders kein Entkommen gibt. Da machste nix mehr, Alter.

Bei den Katzentypen hier gibts alles, von den ungezähmten, fauchenden bis zu welchen, die zu zaghaft und zu scheu sind, um auch nur zu schnurren. Eins von den Mädchen, Judy heißt sie, die ist vielleicht seltsam. Sagt erst ne halbe Ewigkeit kein Wort, aber wenn sie mal an zu reden fängt, dann hört sie nich mehr auf. Und dann auch noch so n total persönliches Zeug, sag ich mal, Sachen, über die ich nie vor anderen reden könnte.

Jetzt zum Beispiel, Alter. Mir ist das voll peinlich, und ich würd am liebsten die Hände vors Gesicht halten, wies mein kleiner Junge immer macht, wenn er verlegen ist. – Ich war ja noch Jungfrau, und als wir miteinander geschlafen hatten, hat er mir n bisschen Heroin zum Wegdrücken gegeben. Das war mein erstes Mal ... sagt diese Judy ganz im Ernst.

– Der muss ja ne totale Fotze sein, meint Joey Parke. Der kleene Parkie, mein bester Kumpel hier, aber ein Spezialfall. Kennt kein Halten, Alter, echt noch schlimmer als *moi*. Schlägt sich ganz gut als Abstinenzler, darf sich aber nich den kleinsten Ausrutscher erlauben, den wir uns alle ab un zu mal leisten. Ich mein, n *winziges* Gläschen Wein mit seiner Süßen bei nem lauschigen Candlelight-Dinner, ach was, nur n *winziges Schlückchen* aus dem Glas Wein, und zwei Wochen später triffste ihn in ner Crackhöhle voll am Rocken und Rollen.

Diese Judy hat den kleinen Mann allerdings gefressen. – Du kennst ihn nicht! Du weißt nicht, was für ein lieber Typ er ist! Wehe, du sagst was gegen ihn!

Judy ist gar nich mal so n unattraktives Mädchen, aber ihr siehste an, dass die Drogen sie vor ihrer Zeit ham verfallen lassen. Wir benutzen das Pulver, um dich mit nem bösen Hexenzauber zu belegen, Puppe. Sorry.

Ganz anders als Avril, die Kleine, die die Show hier leitet. Sie is n dünnes Mädchen mit glänzend weißblondem Haar kinnlang geschnitten und Augen – irgendwie so eindringlich, aber dabei nich gestört, ja? Eher so energiegeladen, aber unaufgeregt, falls ihr mir folgen könnt. Und Avs hält nix vom gegenseitigen Anschreien. Konflikte, sagt das Mädchen immer, kann man konstruktiv austragen. Klar, stimmt ja auch und so, wenn man drüber nachdenkt, aber nur für manche Typen, schätze ich. Ich mein, Jungs wie Franco Begbie oder Nelly Hunter oder Alec Doyle oder Lexo Setterington oder n paar von den Typen, die ich im Bau kennen gelernt hab, wie Chizzie das Tier oder Hammy oder Cracked Craigy, die hör ich echt nich sagen, ›He, Alter, lass uns das Problem konstruktiv angehn‹. Würd nix werden, Alter, würd einfach nix werden. Ich will ja nix sagen gegen die Jungs, aber die ham ihre ganz eigene Art, mein ich. Aber Avs, also, die is jedenfalls cool genug, um mit Leuten wie Joey und Judy richtig umzugehen. – Ich glaube, wir sollten mal ne Pause einlegen, sagt sie. – Was meint ihr anderen dazu?

Judy nickt traurig, und der kleine Joey Parke zuckt mit den Achseln. Eine stämmige Vertreterin, Monica heißt sie, sagt nichts, sondern lutscht nur an ihren Haaren und beißt sich auf den Finger. Irgendwie so Arme wie n Schweineschinken, nich, dass man sich dafür etwa schämen müsste, gar nich. Ich lächle Avs an und sag: – Soll mir recht sein. Ich könnte n Kaffee und n Glimmstängel vertragen, wa. Die Koffeindröhnung, also wenn das kein Suchtverhalten is, oder?

Avs lächelt zurück, und mein Herz macht nen kleinen Sprung, weil es einfach schön ist, wenn ein Mädchen einen anlächelt. Das Glücksgefühl hält allerdings nich lange vor, weil mir einfällt, wie lang ich meine Alison nich mehr so zum Lächeln gebracht hab.

11

›... hässlich ...‹

– Du abgefuckte Schreckschraube, sag ich verächtlich zu meinem Ebenbild im Spiegel. Ich mustere meinen nackten Körper und dann das Model in der Zeitschrift, die ich hochhalte, und versuche es mir etwa in meiner Größe vorzustellen, um die Formen und Kurven zu vergleichen. Meine sind nicht annähernd so perfekt wie ihre. Meine Brüste sind zu klein. Ich werde es nie bis in eine Zeitschrift schaffen, weil ich nicht hochglanztauglich bin. Nicht wie sie aussehe.

ICH SEH SCHEISSENOCHMAL AUCH NICHT ANNÄHERND WIE SIE AUS.

Ein Mann kann mir nichts Schlimmeres sagen, als dass ich einen tollen Körper hätte. Ich will nämlich keinen guten, tollen, hübschen, schönen Körper. Ich will einen Körper, der gut genug ist, in Magazinen abgebildet zu werden, und wenn ich den hätte, wäre ich da drin, und das bin ich nicht, weil ich ihn eben nicht hab. Mein Mascara verläuft mit den Tränen. Wieso ich heule? Weil ich's zu nichts bringen werde, darum.

ICH BIN IN KEINER ZEITSCHRIFT.

Und sie erzählen mir, ich hätte einen tollen Körper, weil sie mit mir bumsen wollen, weil ich sie scharf mache. Aber wenn eins der Mädchen aus diesen Zeitschriften mit ihnen bumsen wollte, würden sie mich keines Blickes würdigen. Deswegen steh ich hier und bin mir bewusst, was ich tue, ich *weiß*, dass ich mich permanent der negativen Bilder von Perfektion erwehre, die aus dem Medium, von dem ich total besessen bin, auf mich einprasseln. Und ich weiß, je mehr Männer auf mich abfahren, desto mehr muss ich mich mit anderen vergleichen.

Ich reiße die Seite aus dem Magazin und knülle sie zu einem Ball zusammen.

Ich sollte in der Bibliothek sein oder an meinem Essay arbeiten, statt die Hälfte meiner Zeit bei W. H. Smith's zuzubringen, wo ich schamlos das Regal fleddere: *Elle*, *Cosmo*, *New Woman*, *Vanity Fair*, ich blättere alle durch; die Männermagazine ebenfalls, GQ, *Loaded*, *Maxim*, bestaune all diese Körper, studiere unerbittlich ihre retuschierte Perfektion, bis einer davon, irgendeiner, abscheulichen Selbsthass auslöst, dass ich nie so sein werde, nie so aussehen werde. Oh ja, dabei weiß ich, auf einer kognitiven, intellektuellen Ebene, dass diese Bilder gestellt sind, nachbearbeitet, geairbrusht, dass der Fotograf für das eine gelungene Bild, das schließlich herauskommt, Make-up und schmeichelnde Beleuchtung braucht und endlose Rollen Film verknipst. Und ich weiß, dass das Model, das Popsternchen oder die Schauspielerin genauso eine fertige, neurotische Zicke ist wie ich, die in ihre Höschen scheißt und tröpfelt, der unter Stress dicke Eiterpickel sprießen, die chronisch aus dem Hals stinkt, weil sie ihren Mageninhalt so oft ausgekotzt hat, keine Nasenscheidewand mehr hat von dem ganzen Koks, das sie sich reingezogen hat, um durchzuhalten, und jeden Monat tropfenweise eine dunkle, stockende Blutung absondert. Ja. Aber sich dessen intellektuell bewusst zu sein, genügt nicht, denn ›wahr‹ ist nicht mehr gleich ›Tatsache‹. Wahres Wissen ist emotional, *gefühlt*, und das nachbearbeitete Bild, der Slogan und der Soundbite sind es, die echte Gefühle wecken.

ICH BIN KEINE NIETE.

Fast ein Vierteljahrhundert rum, das beste Vierteljahrhundert, und ich hab's zu nichts, nichts, nichts gebracht …

ICH BIN KEINE BESCHISSENE NIETE.

Ich bin die schöne Nicola Fuller-Smith, mit der jeder Mann schlafen will, der bei Verstand ist, da meine Schönheit noch das höchste Bild, das er von sich haben könnte, wunderbar ergänzen würde.

Und jetzt denke ich an Rab, an diese Scheibe von fast bernsteinfarbenem Braun in seinem Auge, dass ich ihn begehre, wenn er lächelt, aber er mich nicht – für wen hält sich dieses Arschloch, er sollte sich geschmeichelt fühlen, dass ein bildschönes Mädchen, jünger als er, ihn begehrt … nein, ein HÄSSLICHES HÄSSLICHES HÄSSLICHES MÄDCHEN, EINE ABGEFUCKTE, ABGEWRACKTE NUTTE …

Die Tür. Ich werfe mir meinen Morgenmantel über und mache mich wieder an meinen Essay, der verwaist auf dem Tisch im Wohnzimmer liegt, als der Schlüssel sich im Schloss dreht.

Es ist Lauren.

Die kleine, dumme, zierliche, schöne Lauren, die SECHS JAHRE jünger ist als ich, die unter ihren bescheuerten Klamotten und der saublöden Brille eine echte kleine Frischfleisch-Göttin ist und es nicht mal merkt, ebenso wenig wie die meisten ähnlich blinden und blöden Männer um sie herum.

Diese sechs Jahre. Was unsere alte, hässliche Nicola Fuller-Smith für ein oder zwei dieser sechs Jahre geben würde, die dieses kleine, dumme Nichts von Lauren einfach so verschwenden wird, ohne überhaupt zu begreifen, was sie daran hatte.

Ah-Ah-A. L. T., das Wort tut meinen Ohren weh.

– Hi, Nikki, sagt sie aufgekratzt. – Ich habe in der Bibliothek einen tollen Text gefunden und … Sie sieht mich zum ersten Mal an. – Was hast du?

– Ich komm mit diesem beschissenen Essay für McClymont nicht voran, erzähl ich ihr. Sie kann sehen, dass mein Buch und die Notizen noch genauso daliegen wie schon die ganze letzte Woche. Die Zeitschriften sieht sie ebenfalls.

– Es gibt eine tolle neue Film-Website, ein paar geniale Reviews, richtig analytisch, ohne dabei selbstverliebt zu sein, wenn du verstehst, was ich meine … plappert sie, aber sie merkt, dass es mich nicht interessiert.

– Dianne gesehen? frag ich.

Lauren guckt mich hochnäsig an. – Zuletzt hab ich sie in der Bibliothek gesehen, sie arbeitete an ihrer Diplomarbeit. Sie arbeitet sehr konzentriert, säuselt sie bewundernd. Jetzt hat sie also eine neue große Schwester, und ich hab gleich zwei Streberinnen am Hals. Sie beginnt einen Satz, zögert und sagt ihn dann doch. – Und wieso ist McClymonts Essay auf einmal so ein Problem? Früher hast du die doch im Handumdrehen runtergeschrieben.

Also sage ich ihr haargenau, worin das Problem besteht. – Das große Problem ist keins von Verständnis oder Intellekt. Ich weiß nur nicht, was das soll; ich mache hier einen Scheiß, auf den ich keine Lust hab. Das Einzige, was ich wirklich will, ist auf dem Titelbild dieser Zeitschriften zu sein, sage ich, knalle die *Elle* auf den Couchtisch und fege dabei einige Blättchen und den Tabak auf den Boden. – Und das passiert nicht, indem ich für McClymont eine Arbeit über schottische Immigration im siebzehnten Jahrhundert schreibe.

– Aber das ist doch eine ganz ungesunde Einstellung, schimpft Lauren. – Stell dir mal vor, du wärst auf dem Titelb...

Sie spricht das so beiläufig aus, und ich habe nur einen Gedanken: ja, wann wann wann wann wann? – Traust du mir das echt zu? Aber sie antwortet nicht, sie sagt mir nicht das, was ich wissen will und wissen muss. Stattdessen erzählt sie mir irgendeinen Scheiß, der nie etwas anderes als Schmerz, Qual und Langeweile in mir auslösen wird, weil sie mich mit genau den Wahrheiten konfrontiert, die man um jeden Preis verdrängen muss, um in dieser Welt zu bestehen ... – Dann wärst du für den Moment gut drauf, und nächste Woche wärst du schon zu alt, und ein jüngeres Mädchen wäre auf dem Titel. Wie würdest du dich dann erst fühlen?

Ich sehe sie an, während insektenhafte Kälte mich überkommt, und ich könnte schreien:

ICH KOMM NICHT IN DIE ZEITSCHRIFTEN. ICH BIN NICHT IM FERNSEHEN. DA WERD ICH ERST REINKOMMEN, WENN ICH EINE FETTE VERFICKTE NIETE BIN, DIE VON EINER FETTEN VERFICKTEN NIETE VON EHEMANN IM REALITY-TV GEDEMÜTIGT WIRD, ZUR GEIFERNDEN BELUSTIGUNG ANDERER FETTER NIETEN, DIE GENAUSO SIND WIE ICH. IST DAS DEIN ›FEMINISMUS‹? DENN DAS IST DAS BESCHISSENE BEST CASE SCENARIO FÜR MICH UND ZAHLLOSE ANDERE, SOLANGE WIR NICHT SELBST DIE KONTROLLE ÜBERNEHMEN.

Stattdessen beherrsche ich mich und sage: – Ich würde mich toll fühlen, denn dann hätte es mich wenigstens gegeben. Dann hätte ich wenigstens *etwas* erreicht. Nur darum geht's. Ich will ins Rampenlicht. Ich will schauspielern, singen und tanzen. Ich.

Sie sollen alle sehen, dass ich gelebt habe. Nikki Fuller-Smith hat scheiß-verdammt-noch-mal gelebt.

Lauren guckt mich voller Besorgnis an, wie eine Mutter ihr Kind, wenn es sagt ›Ich möchte heute nicht in die Schule gehen …‹ – Aber du *lebst* doch …

Aber jetzt hab ich mich richtig reingesteigert und schwafele dummes Zeug, aber doch von der Sorte, die immer auch einen wahren Kern hat. – Und nachdem ich Heimpornos gemacht habe, will ich richtige Pornos drehen, dann will ich produzieren oder Regie führen. Damit ich das Sagen habe. Ich. Eine Frau. Und eins will ich dir jetzt mal klipp und klar sagen, die einzige Branche auf der Welt, in der man einigermaßen selbstbestimmt arbeiten kann, ist die Sexindustrie.

– So ein Schwachsinn, Lauren schüttelt den Kopf.

– Kein Schwachsinn, antworte ich unbeirrt. Was weiß die schon von Pornografie? Sie hat sich noch nie welche angesehen, sie hat sich nie mit der Produktionsweise befasst, war noch nie Sexarbeiterin, sie hat noch nicht mal eine Pornoseite im Internet angeklickt. – Davon verstehst du nichts, sage ich zu ihr.

Lauren liest die Blättchen und den Tabak auf und legt sie zurück auf den Tisch. – Das hört sich gar nicht nach dir an. Eher nach diesem Freund von Rab, schmollt sie.

– Sei nicht bescheuert. Und wenn es Terry ist, auf den du anspielst, mit dem hab ich bis jetzt noch nicht mal gebumst, sage ich, und mir ist unwohl bei diesem Geständnis.

– Mit Betonung auf *bis jetzt.*

– Ich weiß nicht, ob ich's machen werde. Ich steh nicht mal auf ihn, fahre ich ihr gereizt über den Mund. Ich rede zu viel. Lauren weiß alles über mich, fast alles, und ich weiß nichts über sie. Sie hat Geheimnisse vor mir, und ich hoffe für sie, dass es interessante sind. Während sie mich betrübt anblickt, ändert sich ihr Tonfall. – Ich weiß nicht, warum du dich selbst so runtermachst. Du bist das hübscheste Mädchen … die hübscheste Frau, die ich kenne.

– Ha, erzähl das mal dem Typen, vor dem ich mich gerade lächerlich gemacht habe, fauche ich, aber innerlich geht es mir gleich besser. Meine Reaktion auf Schmeicheleien: Ich spotte, aber ich spüre diesen Schwindel erregenden Zug nach oben in meiner Gesichtsmuskulatur, unwillkürlich, übermächtig, und dann dieses warme Gefühl im Magen, das sich bis in die Spitzen meiner Arme und Beine fortsetzt. So was kann ich nicht oft genug hören.

– Wer war das, Lauren quiekt beinahe vor Sorge und fingert an ihrer Brillenfassung herum.

– Ach, irgend so n Typ eben, du kennst das ja, grinse ich, obwohl *ich* verdammt gut weiß, dass sie es *nicht* kennt, und sie will etwas erwidern, da hören wir Diannes Schlüssel im Schloss.

12
Von Zaren und Hunnen

Die Gruppe ersetzt mir mittlerweile die Suppe, Alter. Is jetz so ziemlich das Einzige von zwischenmenschlichem Nährwert, was der gute Murphy abkriegt. Mit Ali in der Kiste liegen und spüren, wie sie zurückschreckt, wenn ich sie anfass, das is schlimm, Alter, voll schlimm. Wobei ich sagen muss, das is wohl ihr gutes Recht, bei all den Malen, wo ich dagelegen hab, zu zugeballert zum Bumsen, bloß an die Decke glotzend oder wie n Fötus zusammengekugelt, und das Bett voll geschwitzt hab, wenn sich das Grauen des Entzugs einstellte. Jetz lieg ich meistens wie n Surfbrett im Bett; überdreht, rasende Gedanken im Kopf, unfähig, richtig einzuschlafen, bevor sie nich mit dem Kurzen zur Schule ist.

Seit n paar Wochen leben wir aneinander vorbei, Alter. Wann hat das eigentlich angefangen? Monnys Party? Komisch, es fängt immer als klitzekleine Session an, dann wird ne ganze Woche draus, dann geht einem auf, dass man schon seit ewig in denselben vier Wänden, aber, na ja, in nem Paralleluniversum lebt. Also ist für mich jetzt die Gruppe angesagt, na ja, am Riemen reißen, Ali und dem Kurzen zuliebe, weißte.

Nach der Kaffeepause scheucht uns Avril wieder zusammen. So richtig mag ich den Laden nich, es is n altes Schulgebäude und hat so unbequeme Arbeitsamtstühle: rote Plastikschalen mit schwarzem Gestell. Man muss clean sein, um auf denen sitzen zu können; wenn man auf Droge und zappelig ist oder es ist einem nich gut, gehts einfach nich. Av is an der großen Tafel, die auf drei Aluminiumbeinen steht. Mit nem blauen Magic Marker schreibt sie:

Dann sagtse, dass Träume wichtig sind, dass wir die zu schnell aufgeben. Wenn man drüber nachdenkt: stimmt. Aber von wegen Astronaut werden, die Ersten auf m Mars und so, worüber ich und mein alter Kumpel Rents immer gequatscht ham, als wir noch klein warn: Das war nie in echt gemeint. Die Reise ins Ich war n attraktiveres Angebot: Da brauchte man nich so ne harte Ausbildung für.

Rents, nee, nee. Das war vielleicht n Typ. Hat mich schön abgelinkt.

Avril ermutigt uns, wir sollen unsre Fantasien ernster nehmen. Joey Parke fällt gleich so was ein wie: – Wenn wir das machen, lochen sie uns ein. Heilige Scheiße! Dann an mich gerichtet: – Unsere Fantasien ernst nehmen, auweia, Spud! Er lacht, und diese Monica, die immer an ihren Fingerknöcheln rumkaut, beißt noch n bisschen fester rein.

Also fragt Av uns alle in der Gruppe, was fürn Job wir gern machen würden, in ner idealen Welt, mein ich, wo absolut alles möglich wär. Blöd is nur, ich war n bisschen panne. Normalerweise bin ich das inner Gruppe nicht, es war nur, weil ich da gestern zu Haus so n kleinen Schock verkraften musste, der mir nich aus m Kopf ging. Ich brauchte echt n bisschen Stoff. Aber aus Respekt hab ich ihn mit n bisschen Koks zu ner Speedbomb gemischt, damits nich so aussieht, als würd ich nich mitmachen, der Gruppe zuliebe jetz. Jedenfalls sagt keiner was, also spring ich quasi in die Bresche und sag, ich wär gern Manager.

– Zum Beispiel für einen Fußballspieler? Die verdienen ganz gut, sagt Avril.

Joey Parke schüttelt den Kopf. – Profitgeier. Die sind der Untergang des Fußballs.

– Nee, nee, nee, erklär ich. – Ich dachte mehr so Manager für die ganzen blonden Perlen, die immer im Fernsehen sind; diese Ulrika Jonsson, Zoë Ball, Denise Van Outen, Gail Porter und die alle. Dann denk ich noch mal drüber nach und sag: – Aber es sind so Jungs wie Sick Boy, das is n alter Kumpel von mir, die kommen da eher ran. Ich will nix gegen ihn gesagt ham, aber Typen wie der, die schnappen einem solche Jobs weg.

Sick Boy. Das war mir einer.

Avril hört ganz geduldig zu und so, aber man merkt, dass sie nich groß beeindruckt ist. Parkie meint dann, er wär gern Drogenzar. N paar andere fangen an, über den Job und den Knaben, der ihn macht, zu lästern, und gut, das find ich jetzt persönlich nich in Ordnung.

Also sag ich was zu seiner Verteidigung, ja. – Nee, Leute, find ich ne tolle Idee, denn der Stoff heutzutage ist manchmal der reine Dreck. Wird sowieso Zeit, dass die Regierung da was unternimmt, statt immer bloß die Leute einzulochen. So seh ich das, moi persönlich, ma petite chats.

Ein Knabe namens Alfie grinst erst doof und guckt dann weg. Dann seh ich, wie Parkie am Lachen ist und den Kopf schüttelt. Er fängt an: – Nee, Spud, da haste was falsch verstanden, Alter. Der soll dich doch vom Drogennehmen *abhalten.*

Das gibt mir zu denken, un der Typ fängt an, mir Leid zu tun, denn da hat mal einer alle Hände voll zu tun. Ich mein, ich weiß, wie schwers mir schon fällt, mich selbst vom Drogennehmen abzuhalten, von anderen Typen mal ganz zu schweigen. Was ne undankbare Aufgabe für den armen Kerl. Weiß bloß nich, warum sie den Job nem Russen geben müssen, wos doch hier in Schottland jede Menge geeignete Anwärter dafür gibt.

Und so labern und labern sie. Das Schräge an den Gruppentreffen ist, dass wir mehr Zeit drauf verwenden, über Drogen zu reden, als auf Drogen drauf zu sein. Verstehste, manchmal, wenn man clean is, macht einem das erst richtig Bock drauf, setzt einem die überhaupt erst wieder in den Kopf, wo man schon gar nich mehr dran gedacht hatte. Aber bei diesem Knaben, dem russischen Drogenzar, da fallen mir wieder dieser Dostojewski-Schinken und meine Versicherungspolice ein. Ham wir uns besorgt, als der Hosenscheißer kam und ich clean war und malocht hab. Dann war Schluss mit dem Malochen, Alter, und sie ham uns ausgezahlt. Aber als ich diesen Bruch gemacht hab und eingefahren bin, fiel mir ein, dass da so n Typ in Perth mir *Schuld und Sühne* von diesem russischen Kerl gegeben hat. Davon zirkuliert immer ne Ausgabe im Knast rum, aber vorher hat mich das nich gereizt, bin halt kein großer Leser. Aber das da fand ich gut, un ich musste wieder an meine Versicherung denken.

In dem Buch killt der eine die Geldverleiher-Alte, die von allen gehasst wird. Also, wenn ich mich jetzt umbringen würd, wär das ja reiner Selbstmord, un dafür zahlen die nich. Aber was wär, wenn ich umgebracht werden würde, ermordet sozusagen, durch ne dritte Partei? Aye, das mit der Versicherung musste sein; für Ali un den Kurzen. Das is n Schritt nach vorn. Mir is echt nich zu helfen, Alter, un wenn man sich das durch n Kopf gehen lässt, isses echt vernünftig, die Platte zu putzen. Ich lieb die beiden Hübschen über alles, aber Hand aufs Herz, ich bin nur n Riesenklotz am Bein. Kann kein Geld verdienen, kann nich clean bleiben, kann nich aufhören, der Familie Kummer zu machen. Ich mach die Perle langsam fertig, Alter, bald is sie selber wieder am Drücken, un dann nehmen sie uns den kleinen Andy weg. Nee, das lass ich nich zu. Deswegen das mit der Versicherung, Alter. Abhauen. Raus aus der Nummer un Ali-Cat un Andy-Cat gut versorgt wissen. Das ist wie bei *Family Fortunes*, wo sie die Typen fragen, was sie lieber hätten, sagen wir zwanzigtausend Pfund an Versicherungsknete oder nen fertigen, mittellosen Junkie, der nix gelernt hat un krass drauf ist un immer sein wird. Da fällt die Entscheidung nich schwer, wenn man nich einen an der Waffel hat, Alter. Also isses Zeit zu gehen, aber auf das Wie kommts an.

Der große, üble Schock, den ich gemeint hab, passierte gestern, als ich die Bude nach ihrem Portmonee durchsucht hab, weil ich n bisschen Kohle brauchte, un zufällig n Tagebuch fand. Echt, ich konnte nich anders, Alter, ich musste mal n Blick riskieren. Klar, ich weiß, dass das daneben war, voll daneben, aber weil wir nich miteinander reden, musste ich wissen, was bei ihr Sache ist. Übler Fehler, Alter, wär ich mal in seliger Unkenntnis geblieben! Was mich irgendwie fertig gemacht hat, war, wie sie schrieb: so, als würd sie mit dem kleinen Andy reden.

> Ich weiß nicht, wo er steckt, dein Vater. Er hat uns wieder hängen lassen, kleiner Freund, und ich bin wieder diejenige, die stark sein muss. Dein Vater darf Mist bauen, aber ich nicht. Denn einer muss schließlich zäh sein, und ich bin darin ein kleines bisschen besser als dein schwacher, dummer Daddy. Ich wünschte, er wär ein echtes Arschloch, dann

wär es leichter. Es fällt mir so schwer, weil er der netteste Mensch auf Erden ist, und lass dir von keinem was anderes weismachen. Aber ich kann nicht gleichzeitig für ihn und für dich die Mutter sein. Das kann ich nicht, weil ich nicht so viel Kraft hab. Wenn ich die Kraft hätte, würd ich es tun, auch wenn ich weiß, dass er mich für dumm verkauft. Ich würd es aber trotzdem tun, wenn ich die Kraft hätte. Aber ich hab sie nicht, und du kommst nun mal an erster Stelle. Weil du einfach noch so klein bist.

Das hat mich echt fertig gemacht, Alter. Ich habs einmal gelesen, zweimal, und ich muss gestehn, ich hab ein oder zwei Tränen vergossen, nich bloß meinetwegen, auch für mein Catgirl, die Verfasserin. So viel Liebe an den Falschen verschwendet. Ich weiß noch, wie ich jünger war un total verrückt, verrückt, verrückt nach dem Mädchen, aber immer gedacht hab, die spielt in ner etwas anderen Klasse, Alter. Ne Erstliga-Braut tut sich nich mit nem drittklassigen Bankdrücker zusammen. Aber der große Junkie-Cup macht alle gleich, un n blindes Huhn findet auch mal n Korn. Aye, eines Abends gehn wir nach ner Session zusammen nach Haus, total breit, da isses einfach irgendwie passiert. Ich muss dran denken, was acht Jahre mit mir aus ihr gemacht haben. Nee, ich muss sie gehen lassen, mich hier verabschieden un ihr noch n guten Abstand zahlen.

Da führt kein Weg dran vorbei, Alter.

Nach dem Therapiegedöns latsch ich übern Walk und versuch, mich in meinen Gehrhythmus reinzufinden, bevor die üblichen Krämpfe un Schweißausbrüche losgehn un ich hier anfang abzudrehen. Ich versuch mich aufzuheitern, indem ich an Blondinen un Bücher denk, un lass mir diese intelligente blonde Perle durch n Kopf gehen, die mit der tiefen Stimme, die eigentlich die Traumfrau von jedem intellektuell Veranlagten sein müsste. Mit der kann man bestimmt super über russische Romane reden, aber hallo. Wo ich grad dabei bin, drüben hat n kleiner Buchladen aufgemacht, un ich geh rüber, um mal nen Blick reinzuwerfen. Leider ist das Timing n bisschen daneben, un beinah pelzt mich diese schnelle Karre um, wild hupend, als sie an mir vorbeisaust.

Der Schreck durchfährt mich – als würd einem das Skelett aus m Körper springen und n kleines Tänzchen hinlegen, bevor es wieder zurückhüpft.

Aber nix passiert, nix passiert. Im Laden herrscht der muffig abgestandene Geruch, den alte Buchläden eben haben, aber hier gibts auch neue Sachen und so. N fetter alter Typ mit grauen Haaren und Brille ist da und lässt euren guten Murphy hier nicht aus den Augen. Ich guck mich trotzdem mal schnell um und entdeck was über die Geschichte von Leith. Es geht nur um alten Kram, aber ich schätze, darum gehts ja bei Geschichte! Ich schlag mal im letzten Kapitel über das moderne Leith nach, und es is nur so *Königliche-Yacht-Britannia*-Zeugs un son Kram, aber nicht mal was über die Hools vom Young Leith Team. Es sollte mal einer die *richtige* Geschichte des berühmten alten Hafens schreiben, mit den ganzen Kollegen von da reden; mit den alten Knaben, die auf den Docks, Werften un im Zollhafen gearbeitet ham, die in den Pinten tranken, mit den Teds abhingen, dem YLT, dem CCS, bis in die Gegenwart zu den jungen Typen mit den Sovereign-Ringen an den Fingern, den Hip-Hop-Rap-Kids, wie mein kleiner Kumpel Curtis, der so stottert.

Ich stell das Buch zurück, geh wieder raus un Richtung Edina. Dann seh ich auf der anderen Straßenseite, an dem Geldautomat an der Ecke, n bekanntes Gesicht, un es is Kusin Dode, Kollege aus Glasgow, wisst ihr. Ich direkt rüber, diesmal pass ich aber auf n Verkehr auf.

– Dode …

– Ach, Spud, na so was, sagt er, un seine Augen flackern irgendwie missbilligend, leuchten dann aber plötzlich auf. – He, du brauchst wohl ne Finanzspritze, was?

Das sagte der einfach so, der gute Mann aus Glasgow, un ich konnt es gar nich glauben! Ohne dass ich frag, einfach so! Gott segne diese Hunnen-Cats aus Glasgow. Super Typ, Dode. So n stämmiges Kerlchen mit angegrauten Haaren, der einem dauernd erzählt, wie klasse Glasgow is, aber wohnen tut der Knabe ja nun unübersehbar hier, Alter. – Äh, ich weiß aber nich, wann ichs dir zurückgeben kann, Catboy …

– Hi! Ich bin es, mit dem du hier redest! Dode zeigt auf sich selbst, un wir sind über die Straße rüber in den Old Salt.

– Hab grad meine Pin-Nummer geändert. Bei meiner Bank kann man das machen, erklärt Dode, – quasi ganz persönlich, damit de se dir besser merken kannst. Wette, bei deiner Bank kann man das nich, meint er ganz großkotzig.

Ich lass mir das durch den Kopf gehen. – Äh, mit Banken hab ichs nich so, Alter. Einmal, als sie uns in diese Siedlung geschickt ham zum Malochen, da mussten wir n Konto einrichten. Ich also, nee, Catboy, ich habs nich so mit Banken, gibs mir einfach bar auf die Kralle, aber die dann: Sorry, Alter, nur auf die moderne Art, kapiert?

Dode nickt un will was sagen, aber ich red weiter, denn wenn man die Glasgower erst ma anfangen lässt, Alter, so cool die Jungs auch sind, wenn die erst ma richtig mit diesem ›Alles klar, Großer, wie steht's, wie geht's?‹-Zeug angefangen haben, tja, die labern dir ne Klinke an den Sack. Wenn man ne Nationalmannschaft im Labern zusammenstellen müsste, wärn garantiert acht oder neun von den elf aus Glasgow. Ich red also weiter: – Gut, ne Zeit lang hamse mich zwar in die Bank gelassen. Aber als kein Lohn mehr kam, hamse mich rausgeschmissen. Die Frau des Hauses hat n Konto, na ja, eigentlich is sie ja bloß meine Freundin, ich nenn sie nur Frau des Hauses, weil wir ja quasi so gut wie verheiratet sind, Alter.

– Du bist mir einer, Spud, grinst Kusin Dode und legt mir ne Hand auf die Schulter. – *Interdum stultus bene loquitur*, was, Kollege?

Für n Schmuddelkind aus Glasgow is Dode n ganz heller Kopf, kennt massig Latein un so. – Nur zu wahr, Kusin Dode ... äh, aber was heißt n das genau?

– Das heißt, dass du, äh, was ganz Vernünftiges sagst, Spud, meint er.

Tja, so was hört man immer gern, sozusagen willkommene Worte, tut dem alten Ego gut, ich fühl mich ganz geschmeichelt. Außerdem sind die zwanzig Pfund, die mir der gute Vetter in die Hand drückt, herzlich willkommen, aber allerherzlichst.

13
Nutten aus Amsterdam, Teil 1

Der DJ ist gut; das erkennt man an der Zahl der Trainspotter, die sich am DJ-Pult drängeln, um ihn zu beobachten, und daran, wie gelassen er angesichts des schon fast andächtig guckenden Publikums bleibt, das nur darauf wartet, dass etwas passiert. Die wenigsten bekommen mit, dass es längst so weit ist.

Natürlich schiebt er *den* Tune ein, bei dem sie explodieren, geschockt von der Heftigkeit ihrer eigenen Reaktion, und plötzlich begreifen sie, dass er mit ihnen gespielt hat, dass er sie schon eine gute halbe Stunde lang triezt. Als sie begeistert aufkreischen, zeigt er ein trockenes, gerissenes Lächeln, das über die Tanzfläche blitzt.

Über die Tanzfläche *meines* Clubs, hier an der Herengracht, dem ›Herrenkanal‹ in der Altstadt von Amsterdam. An meinem Beobachterplatz im Hintergrund des Ladens nippe ich an meinem Wodka-Cola, wohl wissend, dass ich mich um diesen Typen kümmern müsste, ihm freundschaftlich und gastfreundlich die Hand entgegenstrecken müsste, wie ich es bei all meinen Gast-DJs mache, selbst bei denen, die ich für Arschgeigen halte. Aber um diesen Jungen soll Martin sich kümmern, ich halt mich da raus, denn er kommt aus meiner Heimatstadt und ich kenn ihn. Ich hab nichts gegen Leute aus meiner Heimatstadt, aber ich lauf ihnen hier einfach nicht gerne über den Weg.

Ich seh Katrin, mit dem Rücken zu mir, in ihrem kurzen, dunkelblauen Kleid, das eng an ihrem dünnen Körper anliegt und bis zum Hals geschlossen ist, mit ihrem kurz durchgestuften blonden Strubbelkopf: Sie steht mit Miz und einem fickbaren Pornoteen zusammen, den er aufgerissen hat. Ich kann nicht erkennen, in welcher Stimmung Katrin ist, ich hoffe, sie hat eine Pille genommen. Ich lege einen Arm um ihre Hüfte, aber mein Stimmungsbarometer fällt, als ich fühle, wie sie sich unter der Berührung versteift. Ich versuche es trotzdem mal. – Guter Abend, was? brülle ich ihr ins Ohr.

Sie dreht mir das Gesicht zu und sagt mit düsterer deutscher Stimme: – Ich will nach Haus …

Miz macht sich bemerkbar und wirft mir einen verständnisinnigen Blick zu.

Ich entfern mich von ihnen Richtung Büro und sehe drinnen Martin mit Sian und dieser Brummie, die jetzt immer mit ihnen abhängt. Sie ziehen sich ein paar Lines Koks rein, die zerhackt auf dem Schreibtisch aus Kiefer ausgezogen sind. Er hält mir einen zusammengerollten 50-Gulden-Schein hin, während ich noch die gierigen, drängenden Scheinwerferaugen der Mädchen betrachte. – Nee, kein Bedarf, erklär ich ihm.

Martin nickt den Mädchen zu, wirft ein Briefchen auf den Schreibtisch und zieht mich in den kleinen Vorraum, der dem Fotokopierer und den vertraulichen Gesprächen vorbehalten ist. – Alles im Lack?

– Aye … ist nur wegen Katrin … du weißt ja, wie es bei uns läuft.

Martin legt das Gesicht unter seinem ergrauenden braunen Haar in Falten und bleckt in koksbedingter Munterkeit sein großes Gebiss. – Meinen Rat kennst du ja, Alter …

– Aye …

– Tut mir Leid, Mark, aber sie ist ne elende Zicke und macht aus dir auch noch eine, erklärt er mir ein weiteres Mal und zeigt dann auf die Bürotür. – Du solltest eigentlich richtig abfeiern. Alkohol, Mädchen, Drogen. Guck dir doch Miz da draußen an, Alter, sagt er kopfschüttelnd. – Der ist älter als wir beide. Du lebst nur einmal, Alter.

Martin und ich sind Partner, was den Club angeht, und ähneln uns in mehr als einer Weise, aber ich werde nie so leichtlebig sein wie er. Wenn ich eine feste Beziehung habe, glaube ich immer, daran festhalten zu müssen. Auch wenn gar nichts mehr da ist, woran man festhalten könnte. Aber er meint es nur gut, und ich lasse mich eine Weile von ihm voll quatschen, bevor ich wieder rausgehe.

Dann verirre ich mich auf der Suche nach Katrin in den vorderen Teil des Clubs. Aus irgendeinem Grund gucke ich hoch, da fängt der DJ, dieser Typ aus Edinburgh, meinen Blick für eine Sekunde auf, wir wechseln ein dünnes Lächeln des Erkennens, und leichtes Unbehagen steigt in mir hoch. Dann drehe ich mich wieder um und sehe Katrin an der Bar.

14
Linkerei Nr. 18 737

An meinem ersten Tag am Ruder sind sämtliche Leute vertreten, die im neuen Leith keinen Platz mehr haben. Eine Bande dreckiger alter Stinker und diese kleinen Tartan-Technos und Hip-Hop-Fotzen mit Sovies an jedem verdammten Wichsgriffel! Eine von den vorlauten kleinen Ratten nennt mich sogar Sick Boy! Tja, die einzigen Drogen, die hier verkauft werden, werden den Genehmigungsstempel von Simon Williamson tragen, ihr frechen kleinen Wichser. Vor allem, da ich gestern das Glück hatte, einem alten Mitstreiter namens Seeker über den Weg zu laufen, und meine Taschen jetzt prall gefüllt mit Pillen und Koksbriefchen sind.

Und die alte Morag muss verschwinden; eine fette Mutti mit Retro-Kassengestell ist zu old-skool-Leith für die Art von Management, das meine Wenigkeit hier zu installieren gedenkt. Zu Siebziger, Mo. Geschmackspolizei … tatüü tataaa … Sie bedient gerade eine von den kleinen Fotzen oder versucht es wenigstens.

– V-v-v-vier P-p-p-pints L-l-l- … sagt der Typ unter dem Gekicher seiner Kumpels, während sein Gesicht zuckt, als ob er grad nen Schlaganfall simuliert, und Morag nur verlegen dasteht und den Mund aufsperrt.

Es wird sich wohl einiges ändern müssen. Alex McLeish?

Da haben Sie natürlich Recht, Simon. Als ich hier ankam, war der Club in desolatem Zustand. Ich erkannte auf Anhieb die Möglichkeiten, aber wir mussten zuerst einige Altlasten entsorgen, bevor wir an neue Investitionen denken durften.

So wird's gemacht, Alex.

Morag obliegt die kulinarische Seite des Geschäfts. Wir bieten warme Mahlzeiten an, drei beschissene Gänge für irgendwas um neunundneunzig Pence pro Nase für die Rentner. Es ärgert mich maßlos, wie sich das *nicht* auf die Gewinnspanne auswirkt: Wenn ich ne Armenspeisung vorgehabt hätte, hätte ich auch gleich bei Essen auf Rädern anfangen können. Aye, die Thekengerichte sind skandalös billig: Ich subventioniere diese alten Parasiten noch, damit sie mir erhalten bleiben.

Ein alter Sack kommt zu mir angeschlurft; irgendwie beängstigend blaue Augen, die in gelb und rot marmorierter Haut stecken, ganz schön forsch für so einen Methusalem. Die Fotze stinkt so derb nach Pisse, dass man meinen könnte, er hätte in nem Golden-Shower-Video mitgewirkt. Vielleicht praktizieren die alten Wichser Wassersport in dem Altenclub, in den sie immer gehen. – Fisch oder Shepherd's Pie, Fisch oder Shepherd's Pie ... krächzt er. – Gibt's heut Backfisch?

– Nee, wir haben heut reifere Frauen paniert, witzele ich mit einem Grinsen und einem Augenzwinkern.

Meine Versuche, den jovialen Wirt rauszukehren, müssen angesichts dieses trostlosen Aufgebots ranziger alter Säcke zwangsläufig zum Scheitern verurteilt sein. Er guckt mich an, das kleine alte Scotchterrier-Gesicht in angriffslustige Falten gelegt. – Is der mit Paniermehl oder Bierteig?

– Bierteig, informiere ich den lästigen alten Wichser mit müder Resignation.

– Ich mag's lieber mit Paniermehl, fängt er an, das pampige Gesicht zu einem Manegen-Grinsen verzogen, als er rüber in die Ecke guckt, – un Tam un Alec un Mabel un Ginty sehn das genauso, was? brüllt er rüber und nötigt damit ähnliche menschliche Überreste zu begeistertem Nicken.

– Ich bin untröstlich, sage ich und beiße mir auf die Zunge, um die Stimmung oberflächlicher Bonhomie beizubehalten.

– Der Bierteig, is der schön knusprig? Ich mein, der is doch nich so klitschig, oder?

Ich wachse hier echt über mich hinaus, unverschämte alte Fotze. – Noch knuspriger, und du beißt dir die Zähne dran aus, erklär ich ihm.

– Huh, eigene Zähne hab ich schon lang nich mehr, sagt der alte Widerling. – Die Erbsen, sin die ausser Dose oder frisch?

– Keine Erbsen, wenn se ausser Dose sin! brüllt ein Hungertuch von Frau namens Mabel.

Mabel hieß des Käptns Weib, mit dem kessen Unterleib, ob am Bug, ob am Heck, sie steckt jeden Pimmel weg.

Frische Erbsen oder Dose. Das ist mal ne echte Herausforderung für einen Mann mit Unternehmergeist. Könnte Matt Colville mich jetzt sehen, diese Erniedrigung miterleben zu können wär ihm glatt fünf Nummern mit seiner Alten wert. Aber nun wieder zur brennenden Frage des Tages. Dosenerbsen – frische Erbsen. Keine Ahnung. Mir egal. Am liebsten würd ich zurückbrüllen: Die einzige alte Dose steckt in deinen verranzten Liebestötern, Oma.

Soll sich Morag der Flohsack damit rumärgern. An der Theke hat sich so was wie ne Schlange gebildet. *Oh, Fuck.* Da drüben steht eine unverkennbar vertraute Gestalt, zittrig und fertig, und ich poliere resolut die Gläser und versuche, dem Lichtkegel seiner großen Augen auszuweichen, aber diese Suchscheinwerfer der Bedürftigkeit folgen mir unerbittlich. Ich weiß, was Mädchen empfinden, wenn sie sagen, jemand würde sie ›mit den Augen ausziehen‹, denn in diesem Fall kann ich sagen, dass er ›mit seinen Augen mein Konto belastete‹.

Irgendwann kann ich nicht mehr *nicht* hingucken. – Spud, grinse ich. – Lang nicht gesehen. Wie geht's? Ist ne Weile her.

– Bestens, äh … geht so, stammelt er. Er ist eine noch eingefallenere, ausgemergeltere Version des Mr Murphy, den ich in Erinnerung hab – falls das überhaupt geht. Eigentlich sieht er aus wie ein kürzlich verendeter, räudiger Kater, den ein Großstadtfuchs aus seiner letzten Ruhestätte im Garten ausgebuddelt hat. In seinen durchgeknallten Augen steht das Dilemma eines Mannes, der zu viele Uppers und Downers genommen hat, als dass die verschiedenen Teile seines Gehirns sich je wieder darauf einigen könnten, ob er kommt oder geht. Er ist verrottender, widerlicher menschlicher Restmüll, den die Drogen vom einen verwanzten Wohnklo oder siffigen Pub zum nächsten ähnlich verkommenen Loch treiben, immer auf der Suche nach der nächsten Dosis Gift, die er sich zuführen kann.

– Hervorragend. Und wie geht's Ali? frage ich, neugierig, ob sie es immer noch mit ihm aushält. Manchmal denke ich an sie.

Ich hab die seltsame Vorstellung, dass wir irgendwann zusammenfinden werden, wenn wir mal unsere gesamten Fehlleistungen hinter uns haben. Sie war immer mein Mädchen, aber ich denke, so empfinde ich für jede von ihnen. Aber dass er und sie zusammen sein sollen, das geht nicht, das geht einfach nicht.

Wenn sie nicht ganz blöd ist, wird sie ihm schon vor Jahren nen Tritt gegeben haben – nicht, dass mir die Ehre einer Antwort zuteil wird. Nicht mal ein ›Na, was hat dich denn hinter ne Theke in Leith verschlagen, Simon?‹. Diese verbogene, verlogene, selbstsüchtige Gestalt kann nicht mal die rudimentärste Neugier kundtun, geschweige denn eine anständige Begrüßung. – Pass auf, du weißt ja, was ich von dir will, Catboy, hustet er.

– Nicht bevor du's ausgesprochen hast, grinse ich mit aller Herablassung und Frostigkeit, die ich aufbringen kann, und das ist nicht wenig, besonders in diesem Fall.

Murphy hat die Stirn, *mich* darauf anzusehen, als sei ich eine menschliche Enttäuschung für ihn: ein Ach-so-hast-du-dir-das-gedacht-Blick. Dann holt er tief Luft, ein seltsames, verzögertes Geräusch, als die Luft mit Mühe seine kümmerlichen, mageren Lungen zu weiten sucht, die durch was? Bronchitis, Lungenentzündung, Tuberkulose, Zigaretten, Crack, Aids? so ineffizient geworden sind. – Ich würd dich nich anhaun, aber mir gehts echt beschissen. Mir gehts hundeelend.

Ich mustere ihn und muss sagen, dass er nicht Unrecht hat. Dann halte ich das gespülte Glas gegen das Licht. Während ich es auf Flecken inspiziere, erkläre ich ihm knapp: – Halbe Meile die Straße rauf. Auf der andern Straßenseite.

– Was? meint er mit offenem Mund, wie ein Goldfisch im Plastikbeutel, so umrahmt von den gelben Lampen im Pub.

– Da geht's zum Sozialamt, kläre ich ihn auf. – Dies dagegen ist eine Gaststätte. Möglicherweise hast du dich in der Adresse geirrt. Wir sind hier nur darauf eingerichtet, alkoholische Getränke auszuschenken. Das alles teile ich ihm mit der gebotenen Förmlichkeit mit, während ich mir ein neues Glas vornehme.

Ich hätte meine Worte beinahe bereut, als Spud mich eine Sekunde lang ungläubig anstarrte, die Kränkung einsinken ließ und dann in tief getroffenem Schweigen hinausschlich. Glücklicherweise wurde der Anflug von Scham sofort von einer Welle des

Stolzes und der Erleichterung fortgeschwemmt, weil ein weiterer Rohrkrepierer aus meinem Leben hinausgehumpelt ist.

Sandkastenfreund hin oder her – das waren andere Zeiten.

Ein kleiner Trupp kommt rein, dann seh ich zu meinem Entsetzen, wie ein paar Krawattenträger vom Scottish Office den Kopf zur Tür reinstecken und die Nase rümpfen, bevor sie hastig den Rückzug antreten. Potenzielle neue Gäste mit Patte, verschreckt von sturen alten Säcken mit Klimpergeld und jungen Fotzen, die offenbar jede erdenkliche Droge bis zum Abwinken konsumieren – abgesehen natürlich von dem Alkohol, den ich hier in meiner Kneipe gern ausschenken würde, um meinen Lebensunterhalt zu verdienen. Das wird eine lange erste Schicht. Ich setze sie zunehmend mutloser fort und denke an die gute alte Paula in ihrem anheimelnden Ferienparadies.

Schließlich seh ich doch noch ein willkommenes Gesicht in den Pub kommen, unter einem Lockenschopf, kürzer geschnitten, als ich ihn in Erinnerung habe, auf einer wesentlich schlankeren Figur, als ich erwartet hätte. Das letzte Mal, als ich den Knaben sah, war ich überzeugt, er wär auf dem direkten Weg in die Speckbackenhölle. Wie's aussieht, hat er die Zeichen erkannt und gerade noch die Ausfahrt in den Himmel der schlanken Linie erwischt. Es ist niemand Geringerer als der berühmteste ehemalige Lieferant alkoholfreier Erfrischungsgetränke, den diese schöne Stadt je hervorgebracht hat: ›Juice‹ Terry Lawson von Saughton's Chosen Few. Terry bewegt sich hier unten ein bisschen außerhalb seines gewohnten Aktionsradius, aber nichtsdestotrotz, ein willkommenes Gesicht. Er begrüßt mich herzlich, und mir fällt auf, dass sich auch seine Garderobe zum Besseren gewandelt hat; teuer aussehende Lederjacke, schwarz-weiß geringeltes Lacoste-Hemd à la Queen's Park FC, auch wenn der Gesamteindruck durch etwas geschmälert wird, das verdächtig nach Calvin-Klein-Jeans und Timberland-Schuhen aussieht. Ich merke mir im Geist vor, mal ernsthaft mit ihm darüber zu reden. Ich geb ihm einen aus, und wir plaudern über alte Zeiten. Terry erzählt mir, was er so treibt, und ich muss zugeben, es klingt interessant … – Zu allem bereit, die Bräute. Man soll's nicht glauben; einfach Kamera draufhalten, bis du genug für nen Filmabend zusammenhast. Wir haben angefangen, n paar davon über Mailorder-Anzeigen in so Kontaktmagazinen zu verkaufen. Anfangs warn sie noch nicht so besonders, aber wir werden besser, treiben's voran sozusagen, denn ein Kumpel hat nen guten Draht zu so nem Bürgerzentrum in Niddrie, wo sie nen richtigen digitalen Schnittplatz haben. Und das ist erst der Anfang, einer von den Jungs will ne Website einrichten, dann lässte dir die Kreditkartendaten geben, und die Fotzen können sich runterladen, was sie wollen. Den ganzen Businessquatsch kannste vergessen, Porno hat das Internet zu dem gemacht, was es ist.

– Klingt hervorragend, nicke ich, während ich ihm nachschenke. – Du scheinst ja voll auf Ballhöhe zu sein, Terry, alter Knabe.

– Aye, ich spiel sogar selber mit. Du kennst mich ja, ich hatte immer schon was für Mädchen übrig, und gegen n bisschen Kohle für wenig Arbeit hab ich auch nichts. Die talentierten jungen Mädchen stehen echt Schlange dafür und so, das is das Salz in der Suppe, grinst er mit großem Enthusiasmus.

– Ist ja der ideale Job für dich, Terry, meine ich und denke, dass es wahrscheinlich nur ne Frage der Zeit war, bis Terry, wenn auch auf seine bescheuerte Art, in der Branche landet.

Terry genehmigt sich noch einen, und dann beschließe ich, dass Mo allein zurechtkommt, und begebe mich auf die bequemere Seite der Theke, nicht ohne uns vorher zwei große Brandy-Cola zu sichern. Terry spuckt schon bald große Töne, wie toll es ist, dass ich wieder da bin, und bei meinen Kontakten in der Branche müssten er und ich uns unbedingt zusammentun. Natürlich seh ich schon von weitem kommen, dass er was von mir will. – Weißte, Alter, er macht ganz große Augen, – das Problem ist bloß, dass wir aus der anderen Bude wahrscheinlich rausfliegen, also wär's nicht schlecht, wenn wir das hier als Ausweichquartier hätten.

Das könnte interessant werden, ich denke da an den großen Raum im ersten Stock. Er hat eine Bar, wird aber derzeit überhaupt nicht genutzt. – Immer schön mit der Tür ins Haus fallen, was, Terry, grinse ich.

– Äh, wie wär's mit nem kleinen Probelauf heut Abend? schlägt er vor.

Ich denke eine Sekunde nach und nicke dann langsam. – Was du heute kannst besorgen, grinse ich.

Terry haut mir auf die Schulter. – Sick Boy, is ja echt klasse, dass du wieder da bist. Du stellst nen willkommenen Schub frische Energie dar, Alter. Hier gibt's einfach zu viele miesepetrige Fotzen in der Stadt, die einen runterziehen, nichts geregelt kriegen, aber dann anfangen zu stänkern, wenn ein anderer was auf die Beine stellt. Aber du nicht, Alter, du bist richtig! Und dann tänzelt er mit ner kleinen Drehung ein paar Schritte in die Bar hinein, klappt sein Handy auf und fängt an zu telefonieren.

Zur Sperrstunde geb ich mir redliche Mühe, die kleinen Fotzen rauszuscheuchen, die um die Musikbox rumstehen. – BITTE AUSTRINKEN, MEINE DAMEN UND HERREN! brülle ich über die Theke, und ein paar alte Wichser tattern raus in die Nacht. Terry quasselt immer noch ins Handy. Aber diese jungen Fotzen nerven. Dieser neugierige kleine Kackstiefel, Philip rufen sie ihn, so ein mieser kleiner Dreckskerl mit lauter Sovies an den Fingern, hat geschnallt, dass wir noch was vorhaben. Und dieser Curtis, sein stotternder, doof glotzender Kumpel – ich hab gesehen, wie Murphy beim Rausgehen mit ihm gesprochen hat. Alles eine Mischpoke.

Ich öffne den Seitenausgang und nicke ihnen zu. Als sie aufbrechen, fragt mich doch dieser Philip: – Läuft nich noch was nach der Sperrstunde, Sick Boy? Seine eng stehenden Augenschlitze glühen, und ein Goldzahn blitzt. – Ich hab nämlich gehört, wie du mit Juice Terry drüber geredet hast, grinst er vorlaut und aufdringlich.

– Nee, bloß n beschissenes Freimaurertreffen, Alter, erklär ich ihm und schubse das Knochengestell auf die Straße raus, während sein bekloppter Kumpel ihm nachtrottet und der Rest hinterher.

– Dachte, hier wär nachher noch ne geschlossene Gesellschaft, grinst ein anderer von diesen impertinenten kleinen Pinschern.

Ich ignoriere die Pfeife, aber einer hübschen kleinen Perle, die ihm folgt, zwinkere ich zu. Sie quittiert es mit einem ausdruckslosen Blick, ehe sie beim Rausgehen leicht grinst. Allerdings ein bisschen zu jung für mich. Ich nicke Mo zu, die die Jukebox ausmacht, während ich die Tür abschließe, zurück an die Theke gehe und Terry und mir noch zwei Brandy einschenke. Ein paar Minuten später klopft es an der Tür, was ich ignoriere, aber dann folgt der Stadion-Klassiker, di-di, di-di-di, di-di-di-di, di-di.

Terry klappt sein Handy zu. – Das ist unsere Mannschaft, sagt er.

Ich mach die Tür auf, und da steht ein Knabe, der mir vage bekannt vorkommt, und meine Nackenhaare stellen sich leicht auf, weil ich sicher bin, dass es einer von den alten Hibs-Boys ist. Aber so gesehen ist ja praktisch jeder zwischen fünfundzwanzig und fünfunddreißig in Edinburgh einer von den alten Hibs-Boys. Da sind noch ein paar vage bekannte Gesichter, denen ich aber keine Namen zuordnen kann. Viel eindrucksvoller sind die Mädchen: drei echte Schüsse, eine etwas stämmig gebaute Perle mit verdorbenem Gesichtsausdruck und eine niedliche kleine Brillenschlange, die hier wirklich deplatziert wirkt. Einer der Schüsse ist besonders verlockend. Hellbraunes Haar, beinahe orientalische Augen mit exquisit gepflegten, dünn gezupften Augenbrauen und einem kleinen Mund, aber sehr vollen Lippen. Oh Scheiße, die teuer aussehenden Klamotten sitzen wirklich wie angegossen. Schuss *Numero Duo* ist ein bisschen jünger und nicht ganz so schick, aber doch Millionen Lichtjahre entfernt von unfickbar. Die Dritte ist ne heiße Blondine. Die beiden kleinen Fotzen, Philip und Curtis, hängen immer noch draußen rum und inspizieren wie ich die kleine Gesellschaft, vor allem die spektakulären Kurven von Schuss *Numero Uno* mit den langen braunen Haaren und der lasziven, arroganten Grazie. Besonders die sieht aus, als sei sie unerreichbar für jemanden wie Terry. – Was für ne Art von Freimaurerei soll n das sein? fragt die freche kleine Kröte von Philip.

– Loge neunundsechzig, flüstere ich ihm zu, bevor ich ihnen die Tür wieder vor der Nase zuknalle, während Terry alle mit großem Hallo begrüßt.

Ich wende mich meinen neuen Gästen zu. – Okay, Leute, wir müssen nach oben, wenn ihr also einfach durch die Tür links von euch gehen würdet, erkläre ich. – Mo, du schließt hinter dir ab, Süße.

Morag zieht kurz die Brauen hoch und versucht herauszufinden, was abgeht, dann geht sie ins Büro und schnappt sich ihren Mantel. Ich folge der Bande nach oben. Aye, das hier könnte interessant werden.

15
Nutten aus Amsterdam, Teil 2

Katrin war meine Freundin, ein deutsches Mädchen aus Hannover. Ich hab sie irgendwann abends im Luxury, meinem Club, kennen gelernt, vor fünf Jahren etwa. An Einzelheiten kann ich mich kaum erinnern. Mein Gedächtnis ist im Arsch, zu viele Drogen. Mit dem H hab ich aufgehört, als ich mich in Amsterdam niederließ. Aber selbst Ecstasy und Kokain reißen dir mit den Jahren Lücken ins Gehirn, nehmen dir deine Erinnerungen, deine Vergangenheit. Ist ja nicht weiter schlimm, kommt mir manchmal sogar ganz gelegen.

Ich hab nach und nach Respekt vor den Drogen gelernt, habe gelernt, sparsamer damit umzugehen. Bis Ende zwanzig konnte man wahllos alles einklinken, weil man bis dahin kaum ne Vorstellung von der eigenen Sterblichkeit hatte. Was natürlich längst nicht heißen musste, dass man diese Periode überlebte. Aber mit über dreißig war das ne andere Geschichte. Plötzlich begriff man, dass man irgendwann sterben musste, und wenn man verkatert war oder beim Runterkommen, spürte man, wie sehr die Drogen zu diesem Prozess beitrugen; sie zehrten an den seelischen, mentalen und physischen Ressourcen und brachten genauso häufig Ennui wie Erregung. Es wurde zu einer mathematischen Aufgabe, bei der man mit Variablen spielte: Menge der konsumierten Drogen, Alter, körperliche Verfassung und das Bedürfnis, sich die Kante zu geben. Manche sind einfach ausgestiegen. Einige wenige haben bis zum bitteren Ende weitergemacht und sich mit einem Selbstmord auf Raten als Lebensstil abgefunden. Ich hatte mich dazu entschlossen, mein Leben auf die gleiche Art weiterzuführen, auszugehen, einen draufzumachen, aber in kontrolliertem Rahmen. Aber nach ner üblen Woche hab ich die Scheiße komplett drangegeben, mich in nem Sportstudio angemeldet und angefangen, Karate zu lernen.

Heute Morgen musste ich raus aus der Wohnung. Die Stimmung zwischen Katrin und mir ist angespannt. Mit Streit komm ich klar, aber das Schweigen macht mich fertig, und ihre spitzen Bemerkungen schmerzen wie ne kurze Gerade aufs Kinn. Also hab ich meine Sporttasche genommen und bin hingegangen, wo ich immer hingehe, wenn mir so zumute ist wie jetzt.

Nun halten meine in voller Dehnung über der Brust verschränkten Arme die Griffe der Pulley Machine. Ich hole tief Luft und ziehe sie weit auseinander zu einer strammen Kreuzigungsszene. Heute hab ich das Gewicht gesteigert und spüre das Brennen in meinen Muskeln, früher so mickrig, heute hart wie Granit ... rote Orgasmusflecken tanzen vor meinen Augen ... *und neunzehn* ... Blut wogt und tost mir in den Ohren ... meine Lungen explodieren wie ein geplatzter Reifen auf der Überholspur ... *und zwanzig* ... und dreißig später hör ich auf und spüre, wie mir der Schweiß von der Stirn in den Augen brennt, und fahre mir mit der Zunge über die Lippen, um das Salz zu schmecken. Dann wiederhole ich die Übung und mach an einem anderen Gerät noch mal dasselbe Pensum. Dann dreißig Minuten auf dem Laufband, wobei ich mich von 10 km/h auf 14 km/h steigere.

Im Umkleideraum zieh ich mir mein altes graues Sweatshirt, Shorts und Unterhose aus und geh duschen, erst heiß, dann warm, dann langsam kühler werdend bis saumäßig kalt, spüre, wie mein Organismus in Fahrt kommt, dann geh ich raus und klappe beinahe zusammen, so sehr muss ich nach Luft schnappen, aber dann ist es toll, jetzt geht's mir wieder gut, ich bin durchwärmt, entspannt und hellwach, während ich mich langsam anziehe.

Ich seh ein paar andere Jungs, die regelmäßig herkommen. Wir unterhalten uns nie, nicken uns nur in schweigendem Einvernehmen zu. Männer, die zu beschäftigt sind, zu zielgerichtet, um Zeit mit Smalltalk zu verschwenden. Männer mit einem Auftrag. Unersetzliche Männer; einzigartig und im Zentrum des Geschehens.

Hätten wir zumindest gern.

16

›... vergesst Adam Smith und seine Stecknadelfabrik ...‹

Es war viel los in der Sauna. Ich hab ein paar Massagen verabreicht, die mit Handjobs endeten, aber diesem widerlichen Typen, der wie Arthur Scargill aussah, hab ich (höflich) gesagt, er könnte mich mal, als er wollte, dass ich ihm einen blase.

Bobby stellt mich zur Rede, baut sich vor mir auf in diesem Pringle-Pulli, der sich in absurder Weise über seine dicke Wampe spannt. – Hör zu, Nikki, die Frei... Kunden mögen dich und so. Aber manchmal musst du n klein bisschen mehr bieten. Ich mein, der Kerl, mit dem du die kleine Meinungsverschiedenheit hattest, das war Gordon Johnson. Der ist ein großes Tier in dieser Stadt, sozusagen ein Vorzugsgast, erklärt er mir, während ich wie gebannt auf die Haare starre, die aus seinen Nasenlöchern wuchern, und über die campe, so gar nicht dazu passende Art staune, mit der er seine Zigarette hält.

– Was willst du mir sagen, Bobby?

– Ich würd dich nur ungern verlieren, Süße, aber wenn du deinen Job nich machs, kann ich dich nich brauchen.

Mir dreht sich kurz der Magen um, dann nehme ich die Handtücher und packe sie in den großen Wäschekorb.

– Hast du mich verstanden?

Ich sehe ihn an. – Hab ich.

– Schön.

Jayne und ich holen unsere Mäntel, und dann gehen wir in die Stadt. Ich überlege, wie sehr ich den Job benötige und wie weit ich gehen werde, um ihn zu behalten. Das ist ganz typisch für die Sexbranche, man kommt immer wieder auf die grundlegendsten

Fragen zurück. Wenn ihr wissen wollt, wie Kapitalismus wirklich funktioniert, vergesst Adam Smith und seine Stecknadelfabrik, hier kann man mehr lernen. Jayne will sich in einem Laden am Waverley Market neue Schuhe kaufen, aber ich muss los und die andern in einem Pub auf der South Side treffen.

Es sind alle da, und ich bin überrascht, dass ich Lauren mit Rab zusammen sehe. Das ist ein echter Schock. Ich dachte, es wäre ihr ganz recht gewesen, den Abend zu Hause mit Dianne zu verbringen und bei der Gelegenheit mit ihrer neuen großen Lieblingsschwester eine Flasche Wein leer zu machen und eine mitternächtliche Fressorgie mit Snacks aus dem Tiefkühlfach zu veranstalten. Ich hatte gedacht, ich wäre in die Rolle der verrückten, peinlichen, nymphomanen Tante in ihrem Leben abgeschoben worden. Mich beschleicht das Gefühl, Lauren sei nur hier, weil sie es übernommen hat, mich vor einem Leben in Schande zu ›bewahren‹. Wie langweilig. Der Typ in dem Pub hat gesagt, dass wir nach Feierabend noch bleiben, wäre nicht drin, deswegen ist Terry los, einen anderen Laden auskundschaften. Dann gibt er uns per Handy Bescheid, und wir fahren mit mehreren Taxis hin. Ich bin überrascht, dass Lauren sich dazu durchgerungen hat, sich uns anzuschließen, aber Rab hat ihr versichert, dass er seine Sachen anbehalten würde und kein Mitfick-Zwang bestünde.

Der neue Laden ist eine noch schmierigere Kneipe in Leith. Als wir reingehen, wieder durch einen Nebeneingang, kommt gerade eine Gruppe Jugendlicher mit schlimmen Hautproblemen raus und lässt ein paar Kommentare los. Lauren schnaubt wütend. Drinnen werden wir einem sonnenbankgebräunten Mann mit zurückgegelten Haaren vorgestellt. Mit seinen dunklen, schrägen Brauen und seinem bösen, leicht gekräuselten Mund sieht er ein bisschen wie ein etwas gemeinerer Steven Seagal aus. Er führt uns die Treppe rauf in einen anderen Raum, dessen eine Seite ganz von einer Theke eingenommen wird und in dem außerdem mehrere Tische und Stühle stehen. Er riecht feucht und muffig, als wäre er längere Zeit nicht benutzt worden. – Dieser Engel hier heißt Nikki, sagt Terry und lässt seine Hände meinen Rücken hinauf- und hinuntergleiten. Als ich erstarre und ihn anblicke, protestiert er: – Ich such nur nach den Flügeln, Süße, nich zu fassen, dass keine da sind … Dann wendet er sich Lauren zu und sagt: – … Und diese süße Maus ist Lauren. Mein alter Freund Simon, sagt Terry und klopft dem Steven-Seagal-Lookalike herzlich auf den Rücken. Dann macht er diesen Simon mit Rab, Gina, Mel, Ursula, Craig und Ronnie bekannt.

Dieser Simon entriegelt die Klappe an der Bar und gibt uns der Reihe nach die Hand. Sein Griff ist fest und herzlich, und er guckt so übertrieben aufrichtig, dass es einfach Show sein muss. So was hab ich noch nie gesehen. – Vielen Dank, dass ihr vorbeischaut, sagt er. – Schön, euch zu sehen. Ich trinke Malt Whisky. Altes Laster von mir. Würd mich freuen, wenn ihr euch alle anschließt, sagt er, während er einige Gläser Glenmorangie einschenkt. – Die Unordnung müsst ihr entschuldigen, erklärt er, – ich habe den Laden gerade erst übernommen, und dieser Raum wurde bislang als Lager für … na ja, ich geh da besser nicht ins Detail … sagt er schmunzelnd zu Terry, der daraufhin viel sagend zurückgrinst, – aber ich habe hier Klarschiff gemacht.

– Für mich nicht, danke, sagt Lauren.

– Ach, komm doch, Süße, bloß n Schlückchen, drängt Terry.

– Terry, sagt Simon ganz ernst, – wir sind hier nicht bei der beschissenen Army. Sofern man die englische Sprache nicht geändert hat, bedeutet das Wort ›nein‹ üblicherweise ›nein‹. Und was Lauren angeht, fragt er ernst, – darf ich dir irgendetwas anderes anbieten? Dann patscht er die Hände zusammen und drückt sie, Ellbogen nach außen, gegen seine Brust. Sein Blick ist offen: forschend und bedrohlich aufrichtig.

– Nichts, danke, sagt Lauren steif und standhaft, aber ich bin sicher, dass dabei ein kleines Lächeln um ihren Mund spielt.

Der Alkohol fließt, und bald quasseln wir alle durcheinander. Gina weiß immer noch nicht so recht, was sie mit mir anfangen soll, aber sie scheint sich an meine Gegenwart zu gewöhnen, denn ihre verbitterten Blicke haben irgendwie an Heftigkeit verloren. Die anderen sind freundlich, besonders Melanie. Sie erzählt mir von ihrem kleinen Sohn und eine Horrorstory über die Schulden, die der Typ, mit dem sie zusammen war, ihr hinterlassen hat. Wir hören einem Gespräch zu, das Simon (oder ›Sick Boy‹, wie Terry ihn häufig nennt, worauf Simon jedes Mal reagiert, als würde jemand mit den Fingernägeln über eine Schiefertafel kratzen) mit Rab führt. Der Whisky zeigt langsam Wirkung, und sie reden davon, einen Porno zu drehen.

– Wenn ihr einen Produzenten braucht, bin ich euer Mann. Ich hab in London in der Branche gearbeitet, erklärt Kollege Simon. – Videos, Lapdance-Clubs. Da ist Geld mit zu machen.

Rab nickt zustimmend, was Lauren schwer zu schaffen macht. Sie hat ihre Haltung zu alkoholischen Getränken geändert, kippt sich doppelte Wodkas hinter die Binde und zieht an den Skunk-Joints, die rumgereicht werden. – Yeah, Porno sieht auf Video immer besser aus, behauptet Rab, – na ja, Hardcore-Porno jedenfalls. Da fällt dieser pseudokünstlerische Anstrich weg. Man könnte sagen, Video zeichnet auf, und Film verfilmt, verstehst du.

– Yeah, sagt Simon. – Ich würd gern einen richtigen Pornofilm machen. Ganz old-school, auf Film, reine Softerotik, aber mit ausgedehnten Hardcore-Fickszenen auf Video, die reingeschnitten werden. Wie bei diesem Film *Human Traffic*, da haben sie Videomaterial genommen, 16 mm und 32 mm, soviel ich weiß.

Rab ist vom Whisky und dieser Idee berauscht. – Aye, beim Schnitt kannst du alles Mögliche machen, wenn du den Film umkopierst. Aber wir wollen ja nicht so n körniges, billiges Wichsvideo, sondern einen vernünftigen Pornofilm mit einem tollen Skript, solidem Budget und richtig schicker Produktion. Ein Film, der es mit den besten Filmen des Genres aufnehmen kann.

Lauren guckt Rab mit empörtem Gesicht scharf an. – Die besten Filme des Genres! Was für beste Filme? Das ist alles frauenverachtender Mist, und er appelliert an die niedersten Instinkte der … sie blickt sich um und begegnet Terrys lüsternem Blick, – … Leute …

Terry schüttelt den Kopf und sagt irgendwas über Salsa, glaub ich zumindest, denn ich bin schon ziemlich betrunken, und dieses Skunk haut einen um. Die Leute scheinen sich um mich zu drehen, und ich kann sie nur mit äußerster Willensanstrengung wieder scharf stellen.

Rab gibt Lauren Paroli, seine Stimme dröhnt: – Es gibt tolle Filme im Pornogenre. *Deep Throat, The Devil in Miss Jones* … ein paar Sachen von Russ Meyer, das sind alles Klassiker, und sie sind innovativer und feministischer als so Kunstscheiße wie … wie … *Das Piano*!

Die letzte Bemerkung war unter der Gürtellinie, und selbst ich in meinem benebelten Zustand merke, dass sie Lauren beinahe physisch getroffen hat. Sie bricht fast zusammen, und für einen Sekundenbruchteil hab ich Sorge, sie könne in Ohnmacht fallen. – Du kannst so was … du kannst so einen billigen, schmierigen Dreck … du kannst doch … sie guckt Rab fast flehend an, – … du kannst doch nicht im Ernst …

– Schluss mit dem Gelaber über Filme, drehen wir lieber Filme, sagt Rab spöttisch. Lauren guckt diesen mit Whisky abgefüllten Kerl an, als hätte er sich in einen Unhold verwandelt und sie verraten. – Ich mach seit zwei Jahren nichts anderes, als mir heiße Luft anzuhören, fügt er hinzu. – Meine Freundin kriegt ein Kind. Und was hab ich gemacht? Ich will irgendwas machen!

Ich ertappe mich dabei, wie ich durch einen dichten Nebel zustimmend nicke und ›Jawoll!‹ rufen möchte, aber Terry kommt mir zuvor und grölt: – Das ist die richtige Einstellung, Birrell, und klopft Rab auf den Rücken. – Bei so was darf man nich lang fackeln! Dann sieht er uns reihum an und sagt feierlich: – Die Frage ist nich, warum wir es machen sollten, sondern was zum Henker wir *sonst* machen sollten?

Während Craig heftig nickt und Ursula und Ronnie grinsen, lässt sich Simon zustimmend vernehmen: – Absolut richtig, Terry! Auf seinen Freund zeigend erklärt er: – Dieser Mann ist ein beschissenes Genie. So war's und wird's immer sein. Fertig aus, schreit er uns an. Dann dreht er sich zu Terry um und sagt in aufrichtiger Ehrerbietung: – Begnadet, Tel, begnadet.

Er ist natürlich betrunken, sind wir alle. Aber ich fühl mich nicht nur vom Alkohol und dem Joint berauscht, auch von dem Gespräch, der Gesellschaft und dem Plan mit dem Film. Ich find ihn toll, ich will dabei mitmachen, und mir ist es gleich, was andere denken. Plötzliche Begeisterung durchzuckt mich und legt sich wieder, als mir klar wird: Das ist der *eigentliche* Grund, aus dem ich in Edinburgh gelandet bin. Das ist Karma, das ist Bestimmung. – Ich will Pornostar werden. Ich will, dass sich Männer auf Bilder von mir einen runterholen, überall auf der Welt, Männer, von deren Existenz ich nicht mal weiß! zische ich der armen Lauren direkt ins Gesicht und beende den Satz mit einem zugekifften, hexenhaften Lachen.

– Aber damit degradierst du dich zu einer Ware, zu einem Objekt, das kannst du nicht, Nikki, das kannst du nicht tun! kreischt sie.

– Gar nicht wahr, erklärt ihr Simon. – Normale Schauspieler sind schlimmere Nutten als Pornostars, sagt er eindringlich. – Wenn du bloß zulässt, dass jemand deinen Körper benutzt oder die Bilder, die du davon herstellst, das ist nicht weiter schlimm. Aber wenn du ihnen erlaubst, deine Gefühle zu benutzen, das ist echte Hurerei. Da darf man sich unter keinen Umständen prostituieren! sagt er mit beeindruckendem Pathos.

Lauren sieht aus, als müsse sie gleich losschreien, als bekäme sie schwer Luft. Sie legt sich die Hand auf die Brust, während sich ihr Gesicht voller Unbehagen verzieht. – Nein, nein, denn …

– Herrje, Lauren, reg dich nicht so auf. Das war bloß n bisschen zu viel Skunk und Whisky, sagt Rab und berührt sie leicht am Arm. – Wir drehen einen Film. Und wenn's ein Porno ist, wen juckt's? Es kommt doch nur drauf an, es durchzuziehen, der Welt zu beweisen, dass wir es können.

Ich seh sie an und erkläre ihr: – Ich bin es, die die Produktion der Bilder von mir kontrolliert. Die naturgeile Schlampe, die sie sich vorstellen und im Kopf zurechtbiegen, die Rolle, die ich auf der Leinwand spiele, diese Person wird meine Schöpfung sein und keinerlei Ähnlichkeit mit meiner tatsächlichen Persönlichkeit haben, sag ich ihr.

– Das kannst du nicht … stößt sie den Tränen nah hervor.

– Doch, kann ich.

– Aber …

– Ach, Lauren, du bist immer so übertrieben tugendhaft, und deine Ansichten sind antiquiert.

Verärgert und jähzornig steht sie unsicher auf, schafft es irgendwie zum Fenster, klammert sich ans Fensterbrett und guckt raus auf die Straße. Ihr abrupter Weggang provoziert ein paar befremdete Blicke, doch die meisten von uns sind zu sehr mit Trinken und Reden beschäftigt, um darauf zu achten. Rab geht hin und redet mit ihr. Er nickt ihr beschwichtigend zu und kommt dann zurück und sagt zu mir: – Ich bring sie im Taxi nach Haus. Kommst du mit?

– Nein. Ich bleib noch ein bisschen hier, sage ich mit Blick auf Terry und Simon und tausche ein schiefes Grinsen mit ihnen.

– Sie ist durcheinander, und das Skunk war ein bisschen viel, jemand sollte auf sie aufpassen für den Fall, dass sie schlecht draufkommt, sagt Rab.

Terry haut Rab erneut auf den Rücken, diesmal so hart, dass jeder von uns die Aggressivität spüren kann, die hinter all der Kameraderie lauert. – Menschenskind, Birrell, verlöt der zugedröhnten kleinen Schlampe einen und mach sie locker im Gesicht.

Rab wirft Terry einen stählern kalten Blick zu. – Ich muss nach Haus zu Charlene.

Terry zuckt mit den Schultern, als wolle er sagen, dein Pech. – Dann bleibt's ja wohl wieder an mir hängen, grinst er. – Sexdoktor Lawson. Rein medizinisches Interesse, verstehste. Pass auf, Rab, du packst sie schon mal ins Bett, ich komm dann später vorbei, lacht er.

Rab guckt mich noch einen Moment lang an, aber ich geh bestimmt nicht nach Haus, um dazusitzen und mich vor dieser verkappten Lesbe, dieser frigiden kleinen Betschwester zu rechtfertigen. Ich will, dass endlich was passiert. Mein Leben lang warte ich schon darauf, und dieses Jahr ist mein erstes Vierteljahrhundert rum; wie lange hab ich noch, bis mein gutes Aussehen hin ist? Die Leute kommen einem immer mit Madonna, aber die ist die Ausnahme von der Regel. Es sind die Britneys, die Steps, die Billies, die Atomic Kittens und die S-Club Sevens, die zählen, und die sind alle verdammte Babys verglichen mit mir. Ich will es jetzt, ich muss es jetzt haben, denn ein Morgen gibt's für mich nicht mehr. Als Frau, die gut aussieht, besitzt du die einzige nicht regenerierbare Ressource, die es sich zu besitzen lohnt, und das ist das Einzige, was du je besitzen wirst, genau so schrillt es dir aus den Zeitschriften, dem Fernseher, dem Kino entgegen. VON ÜBERALL HER: SCHÖNHEIT GLEICH JUGEND, JETZT ODER NIE! – Soll Dianne auf sie aufpassen, sag ich zu Rab. Dann wende ich mich an die anderen. – Ich will, dass endlich was passiert, scheißnochmal! brülle ich.

– So hab ich das gern! Terry umarmt mich in aufrichtiger, überbordender Freude. In meinem Kopf dreht sich's mittlerweile, während Simon einen angespannt aussehenden Rab und eine zittrige Lauren runterbegleitet, um sie rauszulassen.

Craig baut die Kamera auf, eine schlichte Digicam auf einem dreibeinigen Stativ, als Terry und Mel anfangen zu knutschen. Ursula hat sich vor Ronnie hingekniet und knöpft seinen Hosenschlitz auf. Als Simon die Treppe hochkommt, denke ich, dass ich jetzt irgendwas machen müsste, aber als ich aufstehe, kommt es mir hoch und ich fange an zu würgen. Ich spüre, wie mir jemand, ich glaub Gina, zur Toilette hilft, aber der Raum dreht sich um mich, und ich höre Gelächter und Stöhnen und wie Terry sagt: – Lusche! und ich will mich zusammenreißen, aber ich höre Gina rufen: – Schnauze, Terry, ihr geht's nich gut, und ich schwanke und zittere, und das Letzte, was ich höre, ist Simons Stimme, die einen lauten Toast ausbringt: – Auf den Erfolg, Leute. Es wird was draus. Es *wird* was draus! Wir haben das Team, die Kohle kriegen wir. Ich seh da weit und breit nichts, was uns dazwischenfunken könnte!

17
RAUS

Kein beschissnes Auge zugemacht letzte Nacht. Wollt ich auch gar nich. Hab bloß die Wand angeglotzt und gedacht: Morgen gehts endlich raus. Hab Donald die ganze Nacht mit meinen Storys zugelabert. Letzte Gelegenheit für die Fotze, was zu hörn, was nich totaler Scheißdreck is, denn dem packense garantiert irgendn beschissenen Blindgänger in die Zelle. Kanner gute Gespräche vergessen. Hab ich der Fotze gesagt, genieß es, solangs geht, du Fotze, denn dir setzense garantiert irgendne Pennerfotze rein, und dann stehste da, langweilst dir n Arsch ab.

– Aye, Franco, sacht er bloß. Ich ihm ein am Erzählen: von den Perlen, denen ich ein verlöten werd, von den Großschnauzen, die ihr Fett wegkriegen werden. Ich werd das arschcool angehn un so, denn ich komm nich mehr rein, das is mal amtlich, aber da gibs n paar Fotzen, die kein Auge zumachen werden, wenn sie hörn, dass ich wieder auf freier Wildbahn bin.

Komisch war, ich hab erst gedacht, die Nacht wird endlos lang, aber von wegen, is ruckzuck rum gewesen. Musste Donald, der Fotze, ab un zu mal ein aufs Ohr geben, weil der unhöfliche Wichser mir am Wegpennen war. Glück für die Fotze, dass ich gut drauf war, weil ich rauskomm, sonst wär da mehr fällig gewesen als bloß ne kleine Klatsche, is klar. Ob müde oder nich, gutes Benehmen kost ja wohl nix. Aber wennde keins hast, tja, das hat nich wenige Fotzen schon was gekostet, kannste mir glauben.

Der Schließer kommt mit m Drecksfrühstück. Ich: – Meins kannste wieder mitnehm. Noch zwei Stunden, da bin ich im Café auf der andern Straßenseite.

– Dachte, du wills vielleicht was, Frank, meint er.

Ich seh die Fotze bloß scharf an. – Nee, n Scheißdreck will ich.

Die Schließerfotze, McKecknie, zuckt bloß mit n Schultern, lässt Donald sein Frühstück da und verpisst sich.

– Ey, Franco, Alter, fängt Donald an, – hätteste bloß gesagt, du willses, dann hätt ich beide gekriegt!

– Fresse halten, du fette Sau, sag ich, – du muss sowieso abnehmen.

Komisch war, sobald die Fotze an zu spachteln fing, krieg ich einen Mordskohldampf. – Gib mir was von der verfickten Wurst da, du Fotze, sag ich.

Die Fotze guckt mich an, als wollter mir nix geben. Und dabei wars mein scheißletzter Tag und so. Ich einfach hin, schnapp sie mir von der Fotze seim Tablett und putz sie weg.

– Ey, Franco, Alter! Verdammte Scheiße!

– Halt die Fresse, du Fotze, sag ich und leg die andere Wurst un das Ei aufs Brötchen. – Wennde von selbs nix aus Nächstenliebe tust, dann kommt einer und zeigt dir, wie das geht.

So läuft der Hase, hier drinnen genauso wie draußen. Du spiels mit: prima; du spiels nich mit: ruckzuck is die Fresse dick. Jetzt sitzt die Fotze mit belämmerter Fresse da.

Ich erzähl der Miesepeterfotze n paar Storys zum Aufheitern, von der Superbumserei und dem Besäufnis, das im schönen Leith stattfinden wird, denn die arme Sau muss da noch lang von zehren, wenn ich weg bin. Der hats nich drauf, was man im Gefängnis braucht; zwei beschissene Selbstmordversuche hat die Fotze hier drin gemacht, un die nur, seit ich mit ihm inner Zelle bin, wie muss der erst vorher drauf gewesen sein?

McIlhone, der Wärter, der mich rauslässt, kommt mich holen. Ich sag tschö zu Donald, un McIlhone knallt die Tür vor der kleinen Fotze zu. Das wird das letzte Mal sein, dass ich das Scheißgeräusch hör. Er gibt mir meine Klamotten und führt mich durch ne Tür und dann durch noch eine. Mein Herz rast wie bescheuert, und ich kann durch n Flur und zwei Türen mit dem Besucherdings dazwischen nach draußen sehn. Wir kommen in den Saal, wo der Warteraum und der Empfang sind. Ich hol tief Luft, als ne alte Frau die Tür aufmacht, um reinzukommen, und diese ganze frische Luft mitbringt. Ich unterschreib für meinen Krempel und spazier durch die beschissne Tür. McIlhone bleibt die ganze Zeit neben mir, als würd ich mich an der Fotze vorbei un zurück innen Scheißknast schleichen! Er meint: – Also los, Franco. Du bis dran.

Ich guck einfach geradeaus.

– Wir halten dir die Zelle warm. Man sieht sich.

Die Wärter sagn das immer, und die Knackis zucken mit n Achseln un sagn immer, mich siehste nich wieder, un dann grinsen sich die Wärter immer einen und gucken ein mit m Blick an, der sagen soll, aye, aber ganz bestimmt, du blöde Fotze.

Aber nich mit mir. Ich hab da so ne Nummer vorbereitet. Und ich hab gehofft, dasses die Fotze McIlhone is, die mich rauslässt. Ich dreh mich zu der Fotze um un sag so leise, dasses sonst keiner hörn kann: – Ich bin jetz draußen. Genau wie deine Alte. Vielleicht komm ich hier wieder rein, nachdem ich ihr die beschissne Rübe abgeschnitten hab. Beecham Crescent 12. Zwei Kinder un so, wa.

Ich kann sehn, wie der Fotze sein Gesicht leicht rot wird und ihm die Augn feucht wern. Er will was sagen, aber seine Gummilippen sind voll am Bibbern.

Ich dreh mich einfach um und geh.

Raus.

Edelporno

18
SCHWUCHTELPORNO

Eins mach ich garantiert, mir die abartige Scheißfotze kaufen, die mir die kranken Arschfickerpornos geschickt hat, als ich im Bau war. Hat mir noch mal sechs Monate zusätzlich eingebracht, weil ich so ne vorlaute kleine Fotze weggeklatscht hab, die gelacht hat, als ich meinte: ›Lexo un ich sin Partner.‹

Ich hab natürlich gemeint, bei dem verfickten Laden, den wir zusammen hatten.

Das war also meine erste Anlaufstelle. Irgendwas is im Busch, denn der Lange hat schon vor Ewigkeiten aufgehört, mich im Bau zu besuchen. Einfach so. Ohne Erklärung. Ich also mit m Bus nach Leith, aber als ich ankomm, seh ich, dass der Scheißladen gar nich mehr da ist! Ich mein, schon *da*, aber total anders. Da ist jetzt so n saublödes Scheißcafé drin.

Aber ich seh ihn, wie er hinter der Ladentheke sitzt und die verfickte Zeitung liest. Den Großen kann man nich übersehen, so ne scheißverdammte Kante, wie der is. Der Laden is scheißenleer; ne alte Oma un zwei Flachwichser am Frühstücken. Lexo, in nem Café am Kellnern wie ne beschissene Torte. Er guckt hoch, sieht mich un macht große Augen. – Mensch, Frank!

– Aye, sag ich. Ich guck mich in dem Scheißladen um, alles so winzige Tische, so ne Art China-Schrift annen Wänden un bescheuerte Drachen un son Scheiß. – Was soll n das hier?

– Hab n Café draus gemacht. Mit Gebrauchtmöbeln war nix mehr zu holen. Abends wird's zum Thai-Café. Da kommen die ganzen neuen Trendies aus Leith un die Studenten, grinst er total selbstzufrieden.

N Tie-Café? Krawatten-Café? Was labert die Fotze da? – Hä?

– Eignlich schmeißt meine Freundin Tina den Laden. Die hat richtig Gastronomie gelernt. Meinte, der Laden würd als Café besser laufen.

– Na, das is ja schön für dich, sag ich mehr oder weniger anklagend und guck mich um, damit er merkt, dass ich nich grad begeistert bin.

Man sieht der Fotze an, dass er seine verfickten Karten auf n Tisch legen will. Er spricht auf einmal ganz leise und ruhig un macht ne Kopfbewegung, ich soll mit nach hinten kommen. Dann guckt er mir in die Augen. – Ich musste umsatteln. Keine Hehlerei mehr. Zu viel Stress mit den Bullen. Das hier is jetzt Tinas, sagt er noch mal un meint dann: – Klar is für dich gesorgt, Alter.

Ich lehn an der Wand und fixier ihn immer noch, dann guck ich nach hinten in die Küche. Ich merk sofort, wie er sich n bisschen verkrampft, als hätter Angst, ich würd hier gleich loslegen. Hält sich für werweißwas, die große Fotze, aber Hände wie Klodeckel nützen dir nix, wennde ne Klinge zwischen den Rippen hast. Aye, man kann sehn, dass seine Augen zur Küche wandern, genau da hin, wo ich hingeguckt hab un so. Also red ich mit der großen Fotze gleich mal Klartext. – Hast dich ne ganze Weile nich mehr im Knast sehn lassen, was, mein ich.

Er guckt mich mit diesem kleinen Scheißgrinsen an, das er immer draufhat. Man merkt, dass ich der Fotze ziemlich ungelegen komm, am liebsten würd er mich den ganzen beschissenen Leith Walk runterprügeln.

Soll er mal versuchen. – Und ich will dir noch eins sagen, die Hälfte von dem alten Laden war mir, also is auch die Hälfte von dem Scheiß hier mir, erklär ich der Fotze un guck ins Café, um meine neue Investition zu checken.

Jetz kannste sehen, dass die Fotze so n Hals kriegt, aber mir labert er ne Klinke an den Sack. – Ich seh dich nich unbedingt Tee und Brötchen serviern, Frank, aber wir lassen uns was für dich einfallen. Ich zieh dich schon nich übern Tisch, altes Haus, weißte doch.

– Aye, mein ich, – zuallererst brauch ich mal n bisschen Scheißknete, sag ich dem Großen.

– Gar kein Problem, Junge, meint er und zählt n paar Zwanziger ab.

Mir brummt der Schädel, ich weiß nich, wo mir der Kopf steht. Er gibt mir n bisschen Kohle auf die Kralle, kommt mir aber weiter mit irgendner Scheiße: – Hör mal, Franco, wie ich hör, zieht Larry Wylie immer noch mit Donny Laing rum, sagt er.

Mein Kopf fährt mit nem Ruck hoch, un ich seh ihm hart in die Augen. – Aye?

– Aye. Hast du die nich zusammengebracht? Lexo lächelt so ganz unschuldig und guckt un nickt dann so ganz ernst, als wollt er damit sagen, dass die sich über mich das Maul zerreißen.

Ich zerbrech mir die Scheißbirne, was der verficktnochmal meint, was da gebacken is un wer hier wen verarscht, un dann sagt er: – Und du kommst nie drauf, wer jetzt das Port Sunshine hat. Dieser alte Kumpel von dir. Sick Boy ham sie die Fotze immer genannt. Jetzt krieg ich aber ne astreine Migräne, so eine wie im Scheißknast immer ... ich fühl mich, als würd mir die verfickte Rübe wegfliegen. Alles hat sich hier scheißnochmal verändert ... Lexo mit m Café ... Sick Boy mit m Pub ... Larry Wylie arbeitet für Donny ... ich muss raus an die frische Luft, ich brauch Zeit, das alles zu verdauen ...

Un das verfickte Arschloch hält sich dran. – Am Namittag geh ich zur Bank, Frank, damit ich dir richtig Patte geben kann, mit der du ne Zeit lang auskommst. Bis uns was Längerfristiges einfällt. Du wohns bei deiner Ma, aye?

– Aye ... sag ich, mein Kopf am Hämmern, weiß gar nich, wohin ich eigentlich soll, – schätze schon ...

– Prima, ich guck heut Abend mal vorbei. Unterhalten uns ma richtig. Okay? meint er, un ich nick bloß wie n Trottel; meine verfickten Schläfen total am Ballern, als so ne alte Fotze reinkommt und n Schinkenbrötchen un Tee will, un dann kommt die Perle in nem Overall hinter ihm rein, un Lexo nickt ihr zu, un sie bedient den alten Sack. Lexo holt n Stift un nen Block un schreibt mir ne verfickte Nummer auf. Er wedelt mir mit einem von den neumodischen Telefonen vor der Nase rum, die ohne Schnur. – Das is meine Handynummer, Frank.

– Aye ... sag ich, – jede Fotze hat heute so eins. Muss ich auch ham. Besorg mir eins, sag ich.

– Ma gucken, was sich machen lässt, Frank. Un jetz, sagt er, zu dieser Perle rüberlinsend, – halt ich dich ma nich länger auf.

– Aye ... dann bis später, mein ich, froh, dass ich raus an die verfickte frische Luft komm. Von dem Geruch nach Fett da drin hätt ich fast kotzen können. Ich raff immer noch nich, wie sich alles verändert hat, unser Möbelladen. Ich geh in ne Apotheke nebenan, un die Perle gibt mir meine Nurofen Plus. Ich schluck zwei mit ner Flasche Wasser und spazier n Stück den Walk rauf. Die sind echt astrein, denn nach vielleicht zwanzig Minuten sin die Kopfschmerzen weg. Ich mein, echt irre, ich kann sie immer noch spürn, aber sie tun einfach nich mehr so weh. Ich noch mal zurück, um ins Café zu gucken, un seh, wie Lexo, die Fotze, sich mit seiner Perle am Zoffen is, sieht jetzt gar nich mehr so großkotzig aus. Aye, die Hälfte von dem Scheißladen is mir, un wenner mich auszahlt, dann soll er bloß aufpassen, dass es sich für mich lohnt.

Aye, ich kann die Fotze sehn, wie er sich jetzt annen Tisch am Fenster setzt und sein Gehirn auf Hochtouren läuft. Meins aber auch, du Fotze. Ich schlender den Walk rauf un guck mir dabei die verfickten Fressen von den Passanten an, ob ich irgendne Fotze wiedererkenn. Aber was kommt n da an? Zwei stinkende Fotzen mit Dreadlocks, weiße Typen auch noch, und latschen hier lang, als wärn sie hier zu Haus, un dann kommt so ne schwuchtelige Fotze mit nem kleinen Hund aus nem Laden und steigt in sonne Scheißnobelkarre. Wer sind die Pissfotzen? Die gehörn doch nich nach Leith. Wo sin die ganzen echten Typen hin? Ich guck in mein Notizbuch, geh in ne Telefonzelle und wähl Larry Wylie seine Nummer. Die sieht aus, als würd sie auch zu so nem scheißnoblen Handy gehörn. Lexo soll mir bloß so n Ding besorgen ...

– Franco, sagt Larry, ganz der Coole, als hätt die Fotze schon erwartet, dass ich ihn anruf. – Rufste aus m Bau an?

– Nee, ich ruf vom verfickten Walk aus an, verklicker ich ihm.

Er bleibt n Moment stumm, und dann hör ich ihn fragen: – Wann biste rausgekommen?

– Is doch scheißegal. Wo steckst du?

– Am Arbeiten, oben in Wester Hailes, Frank, meint Larry.

Da muss ich drüber nachdenken. Die alte Dame kann ich jetzt

nich ertragen, die würd mich doch bloß nerven. – Gut, ich treff dich in ner halben Stunde im Hailes Hotel. Ich schmeiß mich direkt in n Taxi.

– Äh … ich muss für Donny was erledigen, Frank. Er könnte …

– Ich wars doch wohl, der dir den Job bei Donny überhaupt besorgt hat, verfickte Scheiße, erklär ich der Fotze. – Ich seh dich in ner Stunde im Hailes, ich lad nur meine Scheißklamotten bei meiner Ma ab und komm dann gleich mit nem Taxi rüber.

– Äh, in Ordnung. Bis dann.

Ich knall den Hörer auf und denk, der Schwachkopf wird alles brühwarm Donny Laing erzählen, total am Flattern, weil er mit ner schlechten Nachricht kommt. Aye, ich kenn die Fotze doch. Ich also runter zu meiner Ma, und sie am Heulen und n Riesenaufstand am Machen, von wegen wie gut es wär, dass ich wieder da bin und den ganzen Scheiß.

– Aye, mein ich. Sie hat ganz schön zugelegt. Hier in ihrer eigenen Wohnung merkt man das mehr als bei den Knastbesuchen.

– Das muss ich gleich unserer Elspeth und Joe erzähln.

– Aye. Nix zum Spachteln auf m Herd?

Sie stemmt die Hände in die Hüften. – Du muss ja am Verhungern sein, Junge. Ich würd dir ja ne Suppe machen, aber gleich fängt schon mein Bingo an, un, na ja, normalerweise treff ich vorher Maisie un Daphne auf n kleinen Schluck im Persevere … Sie bricht ab. – Aber du kanns ja zur Frittenbude. Du freus dich doch bestimmt schon drauf, mal wieder richtig Fish n Chips zu essen!

– Aye, mein ich. Ich denk, wenigstens kann ich das auf m Weg zu Larry essen.

Ich also wieder raus, hol mir Fish n Chips un wink n Taxi ran. Die Fotze sieht aus, als wollt er frech werden, weil er nich begeistert ist, dass ich in seim Scheißtaxi esse, aber ich seh ihn lang un starr an, da machter sich ins Hemd.

Ich also dann im Hailes, und Larry holt die Drinks. Er is mit n paar Jungs da, denen er zunickt, dann verkrümeln sie sich in ne verschissene Ecke. Ich also am Quasseln mit Larry, mich auf n neuesten Stand bringen. Larry is n echter Kumpel, egal was andere Fotzen über ihn sagen. Immerhin hat die Fotze mich im Knast besucht. Aber die Fotze rückt nich so richtig mit der

Sprache raus, und ich will wissen, was er un der verkackte Donny so vorham, so viel is klar. Muss bloß aufpassen, dass ich nich zu stramm werd, wo mir hier Lexos Kohle n Loch in die Tasche brennt. So, wie Larry guckt, sin meine Klamotten scheints n bisschen aus der Mode. Die Fotze trinkt immer gern einen mit, aber erst willer was Geschäftliches erledigen.

Wir trinken aus un gehn den alten Weg runter, der durch die Siedlung geht, den, von dems geheißen hat, der würd die neue Princes Street werden, als sien gebaut ham. Jetzt isses bloß n Betonweg, der vom Einkaufszentrum zu den Häusern führt, rechts und links n Grünstreifen. Ne neue Princes Street in der Asselsiedlung? Das möcht ich sehn.

Larry is immer noch so ne verschlagene Sau wie früher. Er is nach den kleinen Mädchen am Peilen, die vor den Wohnblocks Seilchen springen. – Muss dran denken, hier in n paar Jahren noch mal vorbeizuschaun, grinst er.

Die kleinen Mädchen singen: – *Bumerang, Bumerang, sag mir doch, wer wird mein Mann* … un dieser bescheuerte Larry murmelt vor sich hin: – W-Y-L-I-E, buchstabiert sein eigenen Namen.

– Lass den Scheiß, du perverse Sau, sag ich.

– Is doch nur Spaß, Frank, grinst er.

– Ich mag so ne Scheißwitze nich, erklär ich ihm. Besser für die Fotze, wenn er nur Spaß gemacht hat. Larry macht ja immer einen auf heiter, aber innen drin is die Fotze verdammt skrupellos. Solang ihm nich sein verfickter Schwanz im Weg steht. Hat sich mit den Doyles zerstritten, als er eine von den ihren Schwestern angebumst hat. Deswegen warer froh, dasser sich mit mir und Donny zusammentun konnte. Er erzählt mir von der Braut, zu der wir unterwegs sind. – Brian Ledgerwood, die Fotze, hat sich abgesetzt. Spurlos verschwunden. Hat seine Alte un das Blag mit den Schulden sitzen lassen. Spielschulden, weißte.

– Das is nich die feine Art, mein ich.

– Aye, sagt Larry, – die kleine Perle tut mir Leid. Is echt nett un alles. Aber Geschäft is Geschäft. Was willste machen? Obwohl, hab gehört, die soll gar nich schüchtern sein. Melanie, sagt er auf so ne beschissen schleimig-süßliche Art. – Soll angeblich mit Terry Lawson bumsen. Kennste die Fotze noch?

– Aye … mein ich und versuch immer noch, irgendn Gesicht mit dem Namen zu verbinden, während Larry schon an die Tür klopft.

Diese Melanie kommt an die Tür, un stimmt, die sieht echt scharf aus. Larry war schwer beeindruckt. Sie stand da, feuchte Haare, als wärn se grad erst gewaschen, un die kringelten sich in so schulterlangen Locken. Sie hatte so n verfickten grünen Pullover mit V-Ausschnitt und Jeans an, und es sah aus, als hätt se sich grade erst wegn dem Klingeln angezogen. Sie hat keinen BH an, und man sieht, dass Larry das direkt gepeilt hat un sich wahrscheinlich jetzt fragt, ob se n Höschen anhat und so. – Hör zu, ich hab's dir doch gesagt. Ich hab mit Brians Schulden nix zu tun.

– Kann ich reinkommen, damit wir drüber reden könn? fängt er an. Ich denke, aye, jetzt fällt mir Terry Lawson wieder ein, der un ich sind vor Ewigkeiten mal zusammen aufgemischt worden, noch als richtig kleine Jungs. Beim Fußball.

Diese Melanie verschränkt die Arme. – Da gibt's nix zu reden. Ihr müsst schon zu Brian gehn.

– Würden wir ja, wenn wir wüssten, wo er steckt, sagt Larry und setzt so n bescheuertes Lächeln auf.

– Ich weiß nich, wo er is, erklärt sie ihm.

In dem Moment kommt noch so n junges Mädchen, etwa im gleichen Alter, ziemlich klein, mit schwarzen Haaren, vorbei, schiebt n Kind im Go-Kart vor sich her. Sie sieht uns un bleibt stehn. – Was is los, Mel? fragt sie.

– Die Geldeintreiber wolln die Kohle. Bri hat Schulden bei denen, fängt sie an.

Diese kleine Perle mit den schwarzen Haaren wendet sich an mich. – Bri hat sie mit den Schulden sitzen lassen und auch noch was von ihrem Geld genommen. Sie weiß nich, wo er ist, das stimmt. Das hat mit ihr nichts zu tun.

Ich zuck also nur mit den Schultern und erklär der Kleinen, dass *ich* kein verfickter Geldeintreiber bin, ich bin nur mit Larry hier, weil ich n auf der Straße getroffen hab. Ich seh nen kleinen gelben Bluterguss unter ihrem Auge. Ich frag sie, wie sie heißt, und sie sagt Kate, und wir direkt am Plauschen, während Larry bei der anderen seine übliche Masche abzieht. – So sin nu mal die Regeln, Herzchen. Hab ich dir doch schon mal gesagt. Is wie bei der Gemeindesteuer, es is immer der Haushalt, der die Kreditschuld eingeht, nich die Einzelperson.

Diese Melanie hat Schiss, versucht aber, sich nix anmerken zu lassen. Diese Kate guckt mich bittend an, als sollt ich machen, dass die aufhörn. Die kleine Kröte von Melanie kommt raus und lässt ihr Spielzeug fallen, und sie bückt sich, um es aufzuheben, und erwischt die Sau dabei, wie er ihr auf n Arsch glotzt. Das muss man ihr lassen, sie guckt die Fotze voll fuchsig an.

– He, he! Womit hab ich n den Blick verdient? fängt Larry an. – Ich bin auf deiner Seite, Herzchen.

– Aye. Das is ja schön, meint sie, aber man kann die Angst in ihrer Stimme hörn.

Diese kleine Kate guckt mich immer noch an, und ich denk mir, auf die Scheißtorte könnteste jetz voll abfahrn, is schon so scheißlange her … und Larry, der ist n echter Scheißtyp und fängt an, mir auf die Titten zu gehn. – Hör mal, Larry, so kann man das nich regeln, sag ich.

– Ich weiß, is nicht schön, sagt Larry voll auf die sanfte Tour und senkt die Stimme, als würd er seine Chance wittern. – Hör mal … ich will nichts versprechen, aber ich red mal n Wörtchen mit dem Boss und versuch, dir n bisschen mehr Zeit rauszuschlagen, sagt er freundlich.

Diese Melanie guckt die Fotze an und ringt sich n knappes Lächeln und n widerwilliges Danke ab. – Ich weiß ja, es liegt nich an dir, du machst nur deinen Job …

Larry guckt ihr nen Moment lang tief in die Augen und meint dann: – Aber hör mal, ich überleg grade, ob wir uns nich mal auf n kleinen Drink treffen und das auf zivilisiertere Weise besprechen können, heut Abend vielleicht?

– Nein danke, sagt sie.

Ich nutz die Gelegenheit. – Was is n mit dir, Kate? Besorg dir doch n Babysitter!

– Geht nich, grinst sie, – ich bin blank.

Ich zwinker bloß und sag: – Und ich bin altmodisch. Mir gefällts nich, wenn ein Mädchen was bezahlt. Is um acht in Ordnung?

– Na ja, schon … aber …

– Wo wohnste?

– Ne Treppe tiefer, die Wohnung direkt unter der hier.

– Ich hol dich um acht ab, sag ich. Dann wend ich mich an Larry: – Okay, Abmarsch … und pack ihn am Arm und zieh ihn weg.

Wir latschen die Treppe runter, und er is am Meckern. – Scheiße, Franco, die hätt ich eiskalt rumgekriegt, wenn du mich nich weggezerrt hättest!

Ich red Klartext: – Die Braut hat kein Interesse an dir, du Arschgesicht. Aber was sagste zu mir, ich und die kleine Kate!

– Aye, die Perlen sind leichte Beute, immer pleite und auf nen Kerl mit Patte aus.

– Aye, bloß nich scharf auf dich, Arschloch, erklär ich ihm. Das passt der Fotze gar nich, aber es fällt ihm trotzdem nix mehr dazu ein. Man kann sehen, wie sein Ständer in sich zusammenfällt und die Fotze sich nass macht, was er bloß Donny erzählen soll.

Das ist *dem sein* beschissenes Problem. Erst n paar verdammte Stunden aus m Bau un schon was zum Ficken aufgerissen. Und was für ne scharfe junge Braut auch noch! Absoluter Weltrekord, ich Fickgott, schon hol ich vergeudete Zeit wieder rein!

19
Kumpels

Sick Boy läuft die Nase, dem sein Zinken läuft mehr als meiner. Alter, das fließt wie n Bach, sag ich mal, wie sich das bis zur Oberlippe runterschlängelt. Dauernd zieht er n Kleenex raus, nützt aber nix, fließt immer weiter wie so n Bach. Und was tun Bäche sonst noch? Sie murmeln, Alter, sie murmeln vor sich hin. Normal geht mir das am Arsch vorbei, aber diesmal nich, denn Ali hört sich die Scheiße an. Hängt so richtig an jedem Wort, ja? War ihre Idee, ihn im Port Sunshine besuchen zu gehn, meine jedenfalls nich. War vielleicht nich der beste Einfall, gestern hier reinzugehn, vielleicht war ich auch n bisschen kurz angebunden mit dem Jungen, aber ich ging echt auf m Zahnfleisch, und er müsste das ja gut genug kennen, um n bisschen Mitgefühl mit nem alten Kumpel zu zeigen. Aber nix da, der Typ is nur mit sich beschäftigt. Der hat so n Riesenego, es is n Wunder, dass da überhaupt noch Platz für Koks ist. Jetzt labert er über Filme und die Sexbranche und all so n Scheiß. Das Blöde is nur, weil sie so beeindruckt is, und die beiden ne Vergangenheit ham, fühl ich mich irgendwie …

… Eifersüchtig … Nutzlos … Beides, Alter, beides.

Und unser Sick Boy hat sich echt nich doll verändert; nee, nee, nich die Bohne, denn er is wieder von seinem Lieblingsthema dran, ich, ich, ich, und seinen tollen Ideen und Plänen.

Er lässt uns ne Zeit lang Ruhe, als es an der Theke voll wird un das arme alte Mädchen, das allein kaum noch hinterherkommt, ruft: – Simon! Nachdem ers zweimal ignoriert hat, stehter endlich auf und geht rüber, um ihr widerwillig zur Hand zu gehen. Während er hinter der Theke is, sagt Ali zu mir: – Toll, Simon wiederzusehn, und fängt von der Clique von früher an, von Kelly und Mark und Tommy, Mann, armer Tommy.

– Aye, Ali, Tommy vermiss ich echt, sag ich zu ihr, und ich würd total gern über Tommy reden, denn manchmal kommts mir vor, als wär der Junge einfach vergessen, un das is nich okay. Manchmal, wenn ich über ihn reden will, werden die Leute voll aggressiv, sag ich mal, un behaupten, ich wär irgendwie morbide, aber so is das gar nich, ich will doch nur, dass man den Jungen nich vergisst.

Ali war heut beim Friseur und hat jetzt die Haare kürzer, aber den Pony vorn lang gelassen. Um ehrlich zu sein, hats mir besser gefallen, wies vorher war, aber man will ja nix sagen. Wenn man eh schon nen wackligen Stand hat, kann so ne Bemerkung bei den Bräuten die Sache kippen lassen, sag ich mal. – Aye, meint sie und steckt sich dabei ne Fluppe an. – Tommy war ein lieber Kerl. Dann guckt sie mich an, bläst den Rauch aus, und dann bekommt mein Baby ganz kalte Augen: – Aber er war n Junkie.

Ich sitz bloß da und bring nich mal Scottish Football Association raus. Ich hätte sagen solln, dass Tommy gar nicht so n großer Junkie gewesen is un bloß Pech gehabt hat, denn der Rest von uns, genau gesagt wir alle, ham viel mehr genommen, aber das geht nich, weil *er* wieder da ist, mit neuen Drinks, un dann gehts wieder nur um ihn. Nur um Sick Boy.

Ich kriegs gar nicht mehr aus m Kopf: LONDON ... FILME ... DIE BRANCHE ... FREIZEITANGEBOT ... GESCHÄFTSAUSSICHTEN ...

Und dann kann ich einfach nich widerstehn, Alter, wie ich da so total angenervt sitz un mir die Scheiße anhörn muss, da überkommt mich pure Fiesheit, un ich sag: – Is also, äh, nich gut für dich gelaufen in London, oder? Sick Boy richtet sich auf, steif wie n Ladestock vom Koks, un starrt mich an, als hätt ich grad gesagt, seine italienische Ma würd Polizistenschwänze lutschen. Aye, das is echter Hass in seinen Augen, aber er sagt nix, guckt quasi bloß auf so ne eiskalte Art.

Das macht mich nervös, un irgendwie muss ich noch was sagen. – Nee, Alter, ich mein bloß, weilde wieder da bis un so ...

Jetzt bekommt er nen ganz abweisenden Gesichtsausdruck. Sick Boy un ich: Früher ham wir uns immer gegenseitig angemacht, warn aber Freunde. Heut machen wir uns nur noch an. – Eins will ich mal klarstellen, Spu... Daniel. Ich bin aus wirtschaftlichem Interesse hier: um Filme zu drehen, um ne Bar zu betreiben ... das hier alles ... er macht ne wegwerfende Handbewegung, – das ist erst der Anfang.

– Ich würd nen miesen Pub in Leith un das Vorführn von n paar Amateurpornos nich unbedingt wirtschaftliche Interessen nennen, Alter.

– Halt du bloß den Rand. Er schüttelt den Kopf. – Du bist ein verfickter Loser, Alter. Guck dich doch mal an! Er wendet sich an Ali. – Guck ihn dir an! Sorry, Ali, aber das muss mal gesagt sein.

Ali guckt ihn ganz ernst an. – Wir sind doch alle Freunde hier, Simon.

Jetzt tut der Kerl, was er am besten kann, die Schuld auf andere schieben, sich rechtfertigen un gleichzeitig andere runtermachen. – Sieh mal, Ali, ich komm hierher zurück, und alles, was mir entgegenschlägt, ist negative Energie von Losern, erklärt er uns, – und so kann ich einfach nicht weitermachen. Egal, was ich sag, es wird mies gemacht. Freunde? Von so genannten Freunden erwarte ich, dass sie mich unterstützen, sagt er verächtlich. Dann zeigt er so voll anklagend auf mich. – Hat er dir erzählt, dass er gestern hier reingeschneit ist? Das erste Mal seit Ewigkeiten, dass ich ihn zu Gesicht bekomme?

Ali schüttelt den Kopf un guckt mich an.

– Ich wollte ... versuch ich zu erklären, aber Sick Cat fährt mir übern Mund.

– Und was krieg ich? Da hör ich kein ›Hallo, Simon, wie geht's, lang nicht gesehen‹, sagt er zu ihr, als wär er zutiefst gekränkt. – Nee, von wegen. Er versucht direkt, mich anzupumpen, nicht mal vorab ein ›Hallo, wie geht's‹!

Alison streicht sich die Haare aus der Stirn und guckt mich an: – Stimmt das, Danny?

Na ja, danach isses bloß noch eine von diesen grässlichen Szenen, wenn man am Arsch is und einem übel is un man schon vorher sehn kann, was kommt. Genau so, Alter. Als würd ich *zusehn*, wie ich aufsteh, total flatterig und ruckartig, wie in so frühen Schwarzweißfilmen, die auf komischer Geschwindigkeit laufen un wo die Bilder schlecht aneinander geklebt worden sin.

Ich seh quasi ne Sekunde, bevor es wirklich passiert, wie mein Mund aufklappt un mein Finger auf ihn zeigt. Aye, dann steh ich da, zeig auf den Kerl und sag: – Du warst nie n Kumpel, n *echter* Kumpel wie Rents.

Dem Sick-Knaben sein Gesicht verzieht sich höhnisch, und sein Unterkiefer schießt vor wie die Schublade der Registrierkasse im Kwik Save. – Wovon zum Henker redest du? Die Sau hat uns beschissen!

– Mich hat er nich beschissen! brüll ich zurück un zeig dabei auf mich.

Sick Boy verfällt in Schweigen, n echt tödliches Schweigen, Alter, aber er lässt mich nich aus den Augen. Au Scheiße, jetzt isses passiert. Hab mich verplappert. Alison sieht mich auch so an. Beide, Alter, zwei Paar große Augen, die Verrat schreien.

– Also, sagt er schroff, – hast du mit dem unter einer Decke gesteckt, er guckt Ali an, die den Kopf senkt und auf den Boden guckt. Ali kann super dichthalten, aber nich gut lügen.

Ich will nich, dass sie seinen anklagenden Blick abkriegt, deswegen pack ich aus. – Nee, ich hab nix davon gewusst, das schwör ich bei Alis un Andys Leben.

Sick Cats Blick is noch immer so bohrend, aber er weiß, dass ich nich lüge. Er weiß aber auch, dass da noch mehr ist.

Die Nägel in den durchweichten Bierdeckel gekrallt, komm ich stockend damit raus. – Aber später hab ich Geld gekriegt, mit der Post. Nur mein Anteil, mehr nich. Sick Boys Riesenaugen durchbohren mich immer noch, un ich seh ein, dass schon der Versuch zu lügen sinnlos wär, denn dieser Knabe würds merken. – Es war n Poststempel aus London drauf, un es kam etwa drei Wochen, nachdem ich wieder hier war. Es stand nix dabei. Seitdem hab von ihm weder was gesehen noch gehört, aber ich wusste, dass es von ihm war, weil sons kanns kein andrer gewesen sein, erzähl ich ihnen. Dann mein ich, n bisschen prahlerisch vielleicht: – Mark hat mich ausgezahlt!

– Den vollen Anteil? fragt er mich mit Stielaugen.

– Auf n Penny, Alter, erklär ich ihm n bisschen schadenfroh un setz mich dann wieder hin, weil ich total im Arsch bin. Ali guckt mich anklagend an, aber ich kann nur mit n Schultern zucken, und sie lässt den Kopf wieder sinken.

Man kann richtig sehn, wie Sick Boys Gehirn rotiert. Ich stell mir vor, dass der Dez von dem Kerl aussehen muss wie eins von diesen Dingern mit lauter Kugeln drin fürs Lotto oder die Auslosungen für n Scottish Cup. Er sieht echt betroffen aus, nich nur so geheuchelt, aber dann grinst er plötzlich ein Grinsen, haargenau wie das auf m Logo von seinem blauen Lacoste-Shirt. – Aye? Na, das hat dir ja echt viel gebracht. Da haste ja ausgesorgt. Hast das Geld echt gut angelegt.

Ali hebt den Kopf und guckt mich an. – Das Geld, als du die Sachen für den Kleinen gekauft hast ... das war alles von Mark Renton?

Ich sag nix.

Sick Boy guckt sein Glas mit Whisky an, nimmt es und trinkt es aus und fängt dann an, damit auf n Tisch zu klopfen. – Aye, so ist es richtig, sitz einfach weiter dumpf auf m Arsch rum, verhöhnt er mich. – Du hast nie was auf die Reihe gekriegt, und du wirst auch nie was auf die Reihe kriegen, erklärt er mir.

Und ich kann nich anders, ich platz einfach damit raus; ich erzähl ihm, dass ich die Geschichte von Leith aufschreib.

Sick Boy fängt an zu kichern. – Au Mann, das muss ja fesselnd werden, was, grölt er durch die Kneipe, und ein paar Köpfe drehn sich um.

Jetzt guckt mich Ali an, als hätt ich sie nich alle oder so. – Wovon redest du, Danny? fragt sie. Ich muss hier weg, einfach raus. Ich steh auf und verpiss mich. – Jaja, negative Energie. Das muss ich mir merken. Also, man sieht sich.

Sick Boy zieht die Brauen hoch, aber Ali kommt mir hinterher zur Tür und nach draußen. – Wo gehst du hin? fragt sie und schlingt ihre Arme um sich.

– Ich muss zu meiner Gruppe, erklär ich ihr. Es ist frisch, und ihr ist kalt, sie zittert, obwohl sie die marineblaue Strickjacke anhat.

– Danny ... fängt sie an und reibt dabei den Reißverschluss meiner Jacke zwischen Daumen und Zeigefinger, – ich werd wieder reingehn und mit Simon reden.

Ich guck sie nur total ungläubig an.

– Er ist sauer, Danny. Wenn er was über dieses Geld erzählt, und wenn das Typen wie Second Prize oder ... sie zögert einen Moment, – ... Frank Begbie zu Ohren kommt ...

– Na klar, geh doch zu Simon. Wir könn ja nich zulassen, dasser sauer is, nich? schnauz ich, aber Scheiße, irgendwo hat sie Recht. Da warn ich, Rents, Sick Boy, Second Prize un Begbie, alle Mann in London, und Rents hat uns voll abgelinkt. Aber mir hat ers zurückbezahlt. Sick Boy hat er offensichtlich nix gegeben, aber bei den andern weiß ich nich. Begbie höchstwahrscheinlich nich, denn der is durchgedreht, hat diesen Donnelly allegemacht und is dafür eingefahren, obwohl Donnelly selbs auch ein gefährlicher Irrer war, das muss mal gesagt sein.

– Besser, du komms nich zu spät, sagt sie, küsst mich auf die Stirn, dreht sich um und geht wieder rein.

Weg is sie.

Das war also das, quasi, da war ich total kribbelig vor Aufregung und Sorge, aber als ich in die Gruppe kam, hab ich da einfach alles erzählt, über die Geschichte von Leith. Das Tolle war, Alter, dass diese Avril da total glücklich drüber war, ja? Einfach total glücklich. Schon deswegen hat es sich gelohnt, sag ich mal, wegen dem Lächeln auf m Gesicht von diesem Mädchen. Nun hab ichs also getan, ich habs ausgeplaudert und voll die Erwartung geweckt, ich wär n Literat. Ein Kerl auf m Weg nach oben, ein hervorragender Kenner der Lokalgeschichte, ein Macher, n Mann von Gewicht.

Aber irgendwie bin ich das nich. Diesen Typ da im Fernsehn, der immer von alten Zivilisationen und so was am Gange ist, den hör ich irgendwie nich sagen: Hey, Mann, den Typen aus Leith, den neuen Mann auf der Szene, den behalt ich besser im Auge. Wenn ich nich aufpass, schleicht der Kerl demnächst um meine Pyramiden rum und erzählt einen vom alten Ägypten. Nee, glaub ich eher nich.

Aber probieren muss ichs trotzdem, irgendwie, und vielleicht beweis ich Ali so, dass mehr in mir steckt, als sie glaubt. Vielleicht beweis ichs ihnen allen.

Als ich Ali das erste Mal begegnete, war sie n echt verrücktes und wunderbares Mädchen; mit dieser toll gebräunten Haut, dem langen, dunklen, welligen Haar und den großen, perlweißen Beißern. Aber sie war auch n bisschen schwierig, manchmal kams einem vor, als würde so n unsichtbarer Vampir an ihrem Hals hängn, der ihr alle Energie aussaugt.

Mich hat sie nie so richtig beachtet. Sie hat immer auf ihn gestanden. Dann weiß ich noch, wie sie mich an einem Tag einfach so angelächelt hat un mir das Herz in der Brust in tausend Splitter zersprungen is. Als wir dann irgendwann zusammen warn, hab ich gedacht, das wär nur so n Ding zwischen Drogenwracks, quasi, un dass sie abhauen würd, wenn wir erst mal clean geworden wärn. Aber dann kam der Kurze, und irgendwie is sie geblieben. Das isses wahrscheinlich, Mann, der Kleine, der is höchstwahrscheinlich der einzige Grund, warum sie so lang geblieben is.

Aber jetzt is sie wieder die vom Vampir befallene Ali. Und rat mal, wer der Vampir ist? Ich bin das, Mann. Ich.

Nach dem Abend in der Gruppe frag ich mich, ob Ali wohl immer noch im Port Sunshine ist. Aber nee, ich könnts nich ertragen, Sick Boy schon wieder zu sehn. Stattdessen schlag ich die andere Richtung ein, rauf in die Stadt, wo ich Kusin Dode treff, wie er gerade aus m Old Salt kommt, und wir gehn in seine Wohnung in der Montgomery Street, einen durchziehn. Ziemlich coole Bude, n bisschen winzig, was die Zimmer anbelangt, mehr so n kleines Mietshaus, nich eins von den großen. Hats sich ziemlich nett gemacht, Mann, abgesehn von so nem Riesen-Hunnenbild, Souness-Ära, gerahmt überm Kamin. Ne schöne Ledercouch ist da, auf die ich mich direkt draufknalle.

Ich kann Kusin Dode ziemlich gut leiden, auch wenn er n bisschen ne Labertasche is, un nach n paar Joints un nem Bier erzähl ich ihm von meinen Frauenproblemen.

– Mach dir nichts draus, Alter, *Omnia vincit amor*, die Liebe besiegt alles. Wenn ihr euch liebt, wird's klappen, wenn nich, Zeit, sich nach was Neuem umzusehen. Fertig aus, meint Dode.

Ich erklär ihm, dass das nich so leicht is. – Na ja, da is so n Knabe, der früher n guter Freund war, er und sie quasi n Traumpaar, un nun isser wieder da, hat sich quasi zurückgemeldet, weißte, Alter? Der Typ war n bisschen zu sehr von sich eingenommen, und da hab ich n paar Sachen gesagt un was ausgeplaudert, das ich besser für mich behalten hätt, verstehste?

– *Veritas odium parit*, sagt Dode auf so ne weise Tour. – Die Wahrheit erzeugt Hass, fügt er mir zuliebe hinzu.

Es is total verrückt von mir, das mit dem Buch zu versuchen, ich kann nich mal mein Namen schreiben, und da is Kusin Dode, der gewissermaßen n Lateiner is und dabei noch aus Glasgow. Man würde nie denken, dass die Schmuddelkinder da überhaupt Schulen ham, aber müssen sie wohl, und denen ihre müssen besser sein als unsre. Ich also zu dem guten Kusin: – Woher weißte so viele Sachen, Dode, Latein und so was alles?

Er erklärt es mir, während ich n neuen Joint dreh. – Ich bin ein Autodidakt mit vielen Talenten, Spud. Du kommst aus ner andern Tradition, ner andern als wir Protestanten jedenfalls. Ich will nich behaupten, dasste nich dasselbe erreichen kanns wie ich, kannste schon. Für Leute wie dich isses nur anstrengender, weil das nich zu eurer Kultur gehört. Weißte, Spud, wir stehn fest in der von John Knox geprägten Tradition schottisch-calvinistischer Arbeiterbildung. Deswegen bin ich Ingenieur von Beruf.

Irgendwie kann ich ihm da nich folgen. – Aber du arbeites doch als Wachmann?

Dode schüttelt abweisend den Kopf, als wär das bloß n unwichtiges Detail. – Nur vorübergehend, bis ich wieder n neuen Vertrag für n Nahen Osten krieg. Verstehste, diese Wachdienstgeschichte, die is, damit ich nich einroste. Ich will dich ja nich kränken, Kollege, aber eins will ich dir sagen, denn du has Potenzial. Aber verstehste, es is n Fall von Müßige-Hände-tun-des-Teufels-Arbeit. *Otia dant vitia.* Das is der Unterschied zwischen nem tüchtigen Proddy und nem nichtsnutzigen Papisten. Ich mach jede Arbeit, um nich einzurosten, um meine Arbeitsdisziplin zu erhalten, bis der nächste dicke Job kommt. Ich sitz doch hier nich einfach rum und verballer die ganze Kohle aus Oman.

Ich frag mich, wie viel der Knabe wohl auf seinem Konto bei der Clydesdale Bank gebunkert hat.

20

Linkerei Nr. 18738

War schön, die liebreizende Alison wiederzusehen, auch wenn mich die lautstarke Auseinandersetzung mit der vollfertigen Klappergestalt von Junkie-Loser, den sie im Schlepptau hatte, ärgert. Ist der doch richtig frech geworden, der kleine Schmachtlappen. Ich hätt ihn zu dem anderen Abfall auf die Straße schmeißen sollen, dann hätte ihn die Müllabfuhr einsacken und mit verbrennen können.

Erstens kommt es schlimmer, und zweitens als man denkt, und ich denk an Spud und dass es nicht viel schlimmer kommen kann. Aber nein, es *geht* noch schlimmer. *Er* kommt rein.

– Sick Boy! Scheiße, du als Wirt! Du mit nem Pub in Leith. Wusste doch, dasste irgendwann Heimweh nach dem verfickten Drecksnest kriegst!

Der Mann trägt eine unmodische braune Bomberjacke, alte Nike-Turnschuhe, Levi's und etwas, das nach nem gestreiften Paul-and-Shark-Hemd aus einer beunruhigend altertümlichen Produktreihe aussieht. Der Gesamteindruck schreit natürlich lauthals ›Knacki‹. Er hat zwar leicht angegraute Schläfen und im Gesicht n paar zusätzliche Narben, aber sonst sieht die Fotze top in Form aus. Kaum einen Tag gealtert, als wär er auf ner beschissenen Gesundheitsfarm und nicht im Knast gewesen. Hat wahrscheinlich von morgens bis abends Gewichte gestemmt. Selbst das leichte Silbergrau wirkt unecht, als hätte es ein Maskenbildner für einen Film aufgetragen, um ihn älter zu machen. Mir bleibt echt die Spucke weg.

– Dass ich das noch erleb! Hab dir doch gesagt, du komms wieder, du Fotze! sagt er noch mal und beweist damit, dass seine Vorliebe für öde Wiederholungen intakt ist, vielleicht sogar noch ausgeprägter als vorher, nachdem sie so lange in der Treibhausatmosphäre des Knasts hat reifen dürfen. Schon der Gedanke, mit dem die Zelle zu teilen! Da würd ich lieber in den Kinderfickerflügel gehen.

Meine Kiefer pressen sich aufeinander und mahlen langsam. Und das kommt nicht bloß vom Koks, das ich verputzt hab, bevor der alte Schlumpf Murphy reinkam. Ich zwing mich zu lächeln und find die Sprache wieder. – Franco. Alles im Lack?

Ganz der Alte, beantwortet die Fotze Fragen gar nicht, wenn er selbst welche hat. – Wo zum Henker wohnste?

– Gleich um die Ecke, murmele ich ausweichend.

Er fixiert mich für eine Sekunde mit einem Blick wie Abbeizer, aber mehr Information kriegt die Fotze nicht. Dann wandert sein Blick zum Zapfhahn und wieder zurück zu mir.

– Lager, Franco? frag ich widerwillig.

– Dachte schon, du fragst nie, du Sack, sagt er und wendet sich an einen anderen Heckenpenner neben sich. Diesen Psycho kenn ich noch gar nicht. – Wenn die Fotze sich n Pub leisten kann, dann kanner sichs ja wohl auch leisten, seim alten Kumpel Franco n Scheißbier hinzustellen. Was ham ich un die Fotze früher nich alles angestellt, was, Sick Boy?

– Aye … Ich ringe mir ein Grinsen ab, halte das Glas unter den Zapfhahn und versuche mir auszurechnen, wie viel Freibier pro Woche er wohl schnorren und wie sich das auf den ohnehin kärglichen Profit auswirken wird, den dieser Schuppen mit Ach und Krach abwirft. Ich plaudere mit Franco und werfe beiläufig Informationen und Namen ein, die ihm noch mehr Mist in sein krankes Hirn setzen. Man sieht, dass sich die Rädchen drehen und er zunehmend Probleme damit kriegt. Namen und halbgare Pläne versuchen sich in die rechte Spur zu drängen, wie Autos auf der Autobahn bei einer unfallbedingten Fahrbahnverengung. Einen gewissen Namen lass ich natürlich aus. Mir wird klar, dass mich Francos Wiederauftauchen sowohl beunruhigt wie auch seltsam erregt hat, und ich versuche, in Gedanken die sich daraus ergebenden Möglichkeiten gegen die dadurch entstandene Bedrohung grob aufzurechnen. Ich geb mir Mühe, bewusst neutral zu bleiben, und hör mir seinen Scheiß in grimmigem, sarkastischem Schweigen an. Es gibt jede Menge Menschen, die weitaus weniger ambivalent auf Begbies Rückkehr reagieren werden.

Diese andere unverschämte Fotze funkelt mich an. Er sieht wie eine unwesentlich dünnere, weniger gesunde Version von Franco aus; ein im Knastfitnessraum aufgepumpter Körper, das ja, aber dann durch Drogen und Alkohol wieder zurückgestutzt. Seine Augen sind wilde, psychotische Schlitze, die durch meine Seele taumeln wie Fledermäuse und nach guten Dingen suchen, die sie kaputtmachen, oder schlechten Dingen, mit denen sie sich identifizieren können. Kurz geschorene Haare spicken einen knorrigen Schädel, auf den man den ganzen Tag eindreschen könnte und sich nur die Finger brechen würde. – Du bis also Sick Boy, wa?

Ich guck ihn nur an, während ich das Bier zapfe. Meine Miene hat hoffentlich diesen unaufrichtigen, auffordernden Charakter, bei dem ein stummes ›Und?‹ in der Luft hängt. Mein Ziel bei diesem Kräftemessen ist es, mehr aus dem Hirni rauszukriegen. Aber ich verlier die Kontrolle, ich krieg nur dieses Halunkengrinsen zurück, während die Koks-Wirkung nachlässt und ich an das Tütchen denke, das oben im Büro in meiner Jackentasche steckt.

Gott sei Dank beendet er das Patt. – Larry heiß ich, Kollege, Larry Wylie, erklärt er mir auf so ne geschäftige, taxierende Art. Mit gewissem Zögern schüttle ich die angebotene Hand. Ich seh meine Konzession schon den Bach runtergehen, wenn Penner wie der hier rumhängen. – Hab gehört, wir hätten schon im selben Loch einen weggesteckt, sagt er, während ein böses, abschätzendes Grinsen einen Schlitz in seine gehässige Visage reißt.

Wovon labert die Fotze da?

Dieser Larry muss meine Ratlosigkeit bemerkt haben, denn er hilft mir auf die Sprünge. – Louise, sagt er zu mir. – Louise Malcolmson. Sie hat mir erzählt, du wolltes sie anschaffen schicken, du versaute Fotze.

Hmm. So holt mich die Vergangenheit ein. – Aye? nicke ich und gucke erst den Zapfhahn, dann ihn an. Ich hasse die Arbeit hinter der Theke. Ich hab nicht die Geduld, Pints zu zapfen. Ein Glück, dass die nichtsnutzigen Wichser wenigstens kein Guinness bestellt haben. Ja, jetzt kommt mir sein Gesicht vertraut vor, es gehört zu einem dieser unbestimmt-bösartigen Schemen in der Ecke irgendeiner Bude, in der man war, um was zu kaufen oder auszuchillen.

– Prost, Kollege, grinst er. – Ich weiß Bescheid, ich hab's auch versucht.

Begbie guckt von mir zu diesem Larry und dann wieder zu mir. – Ihr dreckigen Fotzen, sagt er mit echtem Abscheu. Und plötzlich packt mich zum ersten Mal, seit er hier reingekommen ist, eine alte Furcht. Wir sind älter geworden, und ich hab die Fotze seit Ewigkeiten nicht gesehen, aber Franco ist immer noch Franco. Man muss den Hirnlosen nur angucken und weiß, dass der sich nie ändern wird; die Option Ehe und Häuslichkeit existiert für die Fotze einfach nicht. Für den Little Beggar Boy heißt es Tod oder Lebenslänglich, und dabei möglichst viele mitnehmen. Ja, der Typ spottet noch immer jeder Beschreibung.

In mildem Protest hebt Larry entschuldigend seine Handflächen. – So bin ich eben, Franco, grinst er und guckt mich dann wieder an. – So läuft der Hase numal, Kumpel. Wenn de n Mädchen erst mal nach Strich und Faden durchgebumst has, dann kannste nur noch versuchen, was von deiner Bacardi-Knete zurückzukriegen und sie auf n Strich zu schicken. Frag den Jungen hier, hm, Kumpel?

Die Fotze glaubt, ich wär wie er. Von wegen. Ich: Simon David Williamson, Geschäftsmann, Unternehmer. Du: denkfauler, asozialer Schlägertyp ohne Zukunft. Ich nicke, behalte mein Lächeln aber für mich, denn der Wichser sieht so aus, als sollte man ihn sich nicht zum Feind machen. Ein idealer Kumpel für Franco, aus dem gleichen Holz geschnitzt. Die sollten *hier und jetzt heiraten*, denn was Passenderes werden sie nie mehr finden. Begbie ist auch so, nicht gerade ein Gehirnakrobat, aber diese hyänenhafte Straßencleverness spritzt ihm aus allen Poren, und er merkt auf hundert Meter, wenn ihn jemand von oben herab behandelt. Darum seh ich Franco an und deute mit einem Nicken zu den mit Leisurewear und Sovies ausstaffierten kleinen Kröten, die am Tisch neben der Musikbox sitzen. – Was geht da ab, Franco?

Seine gierigen Augen schießen rüber zur Juniormannschaft und saugen sofort jeden Sauerstoff aus der Luft. – Die kleinen Arschgeigen benutzen diesen Schuppen. Jede Menge Dealerei. Hier verkehren n paar echt linke Typen, erklärt er. Aber wenn bei dir einer das Maul aufreißt, sag mir Bescheid. Ein paar von uns wissen noch, was Freundschaft ist, fügt er herablassend hinzu.

Freundschaft, von wegen.

Ich muss an Spud denken, hintenrum subventioniert von diesem karottenköpfigen Dieb Renton. Drecksäcke. *Ich frag mich, ob der gute François über dieses nette kleine Arrangement informiert ist, Mister Murphy.* Oh, Danny Boy, bald, schon bald könnten dir die Flötentöne beigebracht werden. Und zwar ganz schön kräftig. Ja, ich kann es beinah schon hören. Und es klingt mir sehr nach einem Trauermarsch für einen gewissen kleinen Junkie aus Leith. Doch, ja, da hab ich noch was in der Hinterhand.

Im Moment wär's Blödsinn, vor dem Irren mehr Karten aufzudecken als nötig. – Weiß ich zu schätzen, Frank. Weißte, ich hab den Draht zur Szene in Leith n bisschen verloren, wo ich doch so lang in London war und so, erkläre ich, als ich seh, wie noch so eine Posse Jungfotzen reinkommt. Sie steuern auf mich zu, bevor Morag, die eine dämliche Mills-and-Boon-Schmonzette liest, knarrend auf die Beine kommt. – Scheiße, Kundschaft. Wir unterhalten uns später in Ruhe, was, sag ich halb bittend, halb im Kommandoton zum Beggar Boy.

– Okay, sagt Franco, und er und dieser Larry setzen sich in die Ecke beim Daddelautomaten.

Die Jungfotzen bestellen und kippen ein paar Bier an der Theke. Ich krieg ihr ganzes Gerede mit, von einen klarmachen und den-und-den anrufen und so-und-so. Ich registriere, dass Franco und Larry gehen, worauf die Stimmung bei den kleinen Zecken steigt und die Gespräche lauter werden. Begbie, diese Fotze, hat nicht mal die leeren Gläser zurück zur Theke gebracht. Meint der, ich wär dafür da, hinter so nem beschissenen Proll wie ihm herzuräumen?

Ich hole die Gläser und denke an die guten Sachen, die ich von Seeker bekommen hab und die nun in der Geldkassette in der Schreibtischschublade weggeschlossen sind. Das Koks behalt ich natürlich für mich selber. Während ich wie die letzte Spülmamsell die Gläser ineinander stelle, mach ich mich an die großspurigste von den kleinen Fotzen ran, einen Typ namens Philip.
– Alles klar, Alter?

– Aye, sagt er argwöhnisch. Sein größerer, leicht verblödeter

Freund, wie heißt er gleich, Curtis, über den sich die anderen andauernd lustig zu machen scheinen, kommt dazu. Wie die Übrigen hat er Unmengen von Goldsovies an den Pfoten. Mein Blick ruht auf diesem Strahl Pisse in der Landschaft. – Coole Sovies, Kollegen, bemerke ich.

Käpt'n Hirni fängt an: – Aye, ich hab fü-fü-fünf und will noch drei me-me-mehr, damit ich einen an jedem Fi-Fi-Fi-Fi-Fi …

Er steht mit aufgesperrtem Mund und blinzelnd da, während er versucht, es rauszubringen, und ich hätte gute Lust, zurück hinter die Theke zu gehen und noch ein paar Gläser sauber zu machen oder ›Bohemian Rhapsody‹ auf der Jukebox zu drücken, bevor er es endlich ausspuckt.

– … Fi-Finger hab, weißte.

– Das is sicher ganz nützlich, wenn du n Walk raufgehst. Da schrammste dir nich so die Finger auf, wenn deine Handrücken auf m Pflaster schleifen, grinse ich.

Der dämliche Trottel glotzt mich mit offenem Mund an. – Äh … aye … sagt er total verständnislos, während seine Kumpels sich schlapplachen.

– Aber guck dir mal die an, prahlt dieser Philip und zeigt mir ein komplettes Set. Näher will ich denen gar nicht kommen. Diese kleine Fotze ist ziemlich unverschämt, und in seinen Augen erkennt man was von einem ganz fiesen Scheißkerl. Er steht unangenehm dicht vor mir, so nah, dass der Schirm seiner Baseballcap mir beinah ins Gesicht sticht. Er hat diese teuren, aber geschmacklosen Freizeitklamotten an, die von so vielen dieser Hip-Hop-Arschficker geliebt werden.

Ich geb ihm mit einem Nicken zu verstehen, ein bisschen weiter in die Ecke zur Jukebox zu kommen. – Ich hoffe, du vertickst hier keine Pillen, flüstere ich dem Kretin zu.

– Nee, meint er mit angriffslustigem Kopfschütteln.

Ich sag noch leiser: – Dann willste vielleicht welche?

– Machst du Witze? meint er, presst die Lippen zusammen und kriegt schmale Augen.

– Nee.

– Na ja … aye …

– Ich hab Doves, Stück n Fünfer.

– Okay.

Der Kleine kratzt seine Kohle zusammen, und ich versorg ihn mit zwanzig Doves. Danach geht's rund wie beim verdammten Schlussverkauf. Ich muss Seeker wegen Nachschub anrufen. Selbstredend beehrt er die Bar nicht mit seiner Anwesenheit, sondern schickt einen frettchenhaften Kurier. Ich verticke hundertvierzig, und es ist noch eine Stunde bis zur Sperrstunde. Dann hauen die kleinen Scheißer ab zum Clubben, und der Pub ist leer bis auf ein paar asthmatische alte Säufer mit ihrem Domino in der Ecke. Ich zähle sechs Pillen aus meinem Beutel ab und stecke sie in ein Plastiktütchen.

Ich gucke zu Morag rüber, die die Gläser gespült hat und jetzt wieder in ihren Mills and Boon vertieft ist. – Mo, kannste mal ne halbe Stunde auf alles aufpassen? Ich muss mal kurz weg.

– Aye, kein Problem, Junge, grunzt das alte Schlachtschiff zuvorkommend und reißt sich kurz von der großen Romanze los.

Ich schlendere um die Ecke zur Leith Police Station. Den grandiosen alten Zungenbrecher *The Leith police dismisseth us* im Kopf, trete ich an einen kleinen, fetten, unmodischen Bullen am Empfang heran. Strenger Körpergeruch löst sich von ihm wie ein spritziger Stürmer von einem schwerfälligen Innenverteidiger. Der Knabe sieht aus, als würde er vor sich hin modern, an seinem Hals zittern ekzematöse Hautschuppen, die nur noch von klebrigem, toxischem Schweiß an Ort und Stelle gehalten werden. Ja, es ist schön, einen *Musterbeamten* zu sehen. Widerwillig fragt mich Kebab-Bulle, was er für mich tun kann.

Ich knalle die sechs Pillen auf den Tisch.

Jetzt ist in diesen kleinen, tief liegenden Äuglein so was wie Konzentration angesprungen. – Was ist das? Woher haben Sie das?

– Ich habe gerade die Konzession für das Port Sunshine übernommen. Dort verkehren viele junge Leute. Tja, dagegen hab ich nichts, die machen den Umsatz. Aber ich hab beobachtet, wie einige von ihnen sich verdächtig benahmen, und bin ihnen darum auf die Toilette gefolgt. Sie waren alle in derselben Kabine. Ich hab die Tür aufgestoßen, das Schloss ist defekt und muss mal repariert werden; wie ich bereits sagte, habe ich das Lokal gerade erst übernommen. Wie auch immer, ich habe ihnen diese Pillen abgenommen und ihnen Hausverbot erteilt.

– Aha … verstehe … sagt Kebab-Cop, und sein Blick wandert von den Pillen zu mir und wieder zurück.

– Also, ich kenne mich in diesen Dingen nicht so aus, aber es könnten ja diese Fantasy-Tabletten sein, von denen man so viel in der Zeitung liest.

– Ecstasy …

Der Junge weiß Ecstasy von Ekzem zu unterscheiden, immerhin. – Wie auch immer, sage ich mit der ganzen Ungeduld des Geschäftsmanns und Steuerzahlers. – Der Punkt ist folgender: Ich möchte ihnen kein dauerhaftes Hausverbot erteilen, wenn sie unschuldig sind, aber ich werde nicht zulassen, dass in meinem Pub Drogen verkauft werden. Ich hätte es gerne, wenn Sie die für mich analysieren und mir mitteilen, ob es sich hierbei um illegale Substanzen handelt. Wenn dem so ist, werde ich Sie unverzüglich informieren, falls diese üblen Typen noch mal einen Fuß in meinen Pub setzen.

Kebab-Bulle ist anscheinend von meinem wachsamen Bürgersinn beeindruckt, aber zugleich ungehalten, weil ich ihm Arbeit mache. Es wirkt so, als ob ihn diese beiden Kräfte in entgegengesetzte Richtungen zerrten, und weil er unschlüssig ist, in welche verdammte Richtung er springen soll, wabbelt er auf der Stelle herum und verteilt dabei noch mehr Hautschuppen. – Gut, Sir, wenn Sie uns noch Ihre Personalien geben, schicken wir das in unser Labor. Für mich sehen sie nach Ecstasy-Tabletten aus. Leider nehmen das heutzutage die meisten jungen Leute.

Ich schüttle grimmig den Kopf und komme mir vor wie ein Kommissar bei *The Bill*. – Nicht in meinem Pub, da nicht, Officer.

– Das Port Sunshine hat in dieser Hinsicht leider einen gewissen zweifelhaften Ruf, meint der Polizist.

– Das erklärt wahrscheinlich, wieso ich es für diesen Preis übernehmen konnte. Nun, unsere dealenden Freunde werden erfahren, dass sich dieser üble Ruf bald ändern wird! sage ich ihm. Der Cop versucht, ein ermutigendes Gesicht zu machen, aber vielleicht hab ich ein bisschen zu dick aufgetragen und er glaubt jetzt, ich wär einer von diesen forschen Haudrauftypen, Marke Bürgerwehr, der ihm letztlich bloß noch mehr Ärger machen wird.

– Mmh, sagt er, – aber wenn was ist, kommen Sie gleich zu uns, Sir. Dafür sind wir da.

Ich nicke voller ernster Dankbarkeit und marschiere zurück zum Pub.

Als ich wiederkomme, lehnt Juice Terry an der Theke und erfreut die alte Mo mit irgendeiner Story. Ihr Gegacker bewegt sich gefährlich nah an der Ich-mach-mich-nass-Grenze. Ihre fette Lache lässt die Wände erzittern, und ich denke einen Moment lang daran, die Gebäudeversicherung aufzustocken.

Der gute Juice ist in Hochform. Er rückt mir auf die Pelle. – Sick Boy, äh, Si, ich hab grad überlegt, du könntest doch gut zu Rabs Junggesellenausstand mit nach Dam kommen. Mal das Warenangebot im Rotlichtviertel checken.

Alles, nur das nicht. – Würd ich gern, Terry, aber ich kann hier nicht weg, erkläre ich ihm, während ich den lebenden Leichen in der Ecke ›Letzte Runde‹ zurufe. Keiner von den alten Säcken will noch ein Bier, sie verziehen sich einfach raus in die Nacht wie die Gespenster, die sie schon bald sein werden.

Ich werd doch nicht mit einer Posse von Irren nach Amsterdam fahren. Oberste Regel: Umgib dich stets mit Schnepfen und meide Gruppen von ›Kumpels‹ um jeden Preis. Nachdem ich die Bar geschlossen hab, löchert mich Terry, ich soll doch mit in die Stadt in diesen Club kommen, in dem sein DJ-Kumpel, dieser N-Sign, auflegt. Na gut, N-Sign ist ziemlich berühmt und muss Kohle haben, daher komm ich gerne mit, nachdem wir alles abgeschlossen haben. Wir nehmen ein Taxi, dann marschieren wir an den Schlange stehenden Massen vor so nem Scheißladen in Cowgate vorbei nach drinnen, während Terry den Türstehern zunickt und ihnen zuzwinkert. Einer von denen, Dexy, ist ein alter Bekannter, und ich rede ein paar Takte mit ihm.

Wir sind hier in Edinburgh und nicht im elitären London, deswegen gibt es keine VIP-Bar, und wir müssen mit dem ordinären Fußvolk abhängen. Dieser N-Sign steht an der Theke, und es ist eine ganze Reihe von den jungen Fotzen und kleinen Perlen da, die ein wahnsinniges Getue um ihn machen. Er nickt Terry und mir zu, und wir gehen mit ein paar anderen Jungs nach hinten ins Büro des Clubs, wo die Lines gezogen werden. Ein paar willkommene Kästen Bier sind auch da. Terry hat alle miteinander bekannt gemacht, und diesen N-Sign kenn ich sowieso vom Sehen, ein alter Kumpel von Juice von ganz früher. Die anderen kommen aus Longstone oder Broomhouse oder Stenhouse oder irgendwo daher. Vorwiegend Jambo-Territorium jedenfalls. Schon komisch, die Hibs interessieren mich heutzutage nicht mehr besonders, aber meine Geringschätzung für die Hearts lässt nicht für eine Sekunde nach.

Terry erzählt ihnen von der Nacht neulich. – Wir hatten dieses herbe Gelage bei Sick Boy im Laden. Da war so ne verdammte Studentenbraut, geht mit Rab Birrell aufs College, er spitzt die Lippen und wendet sich mir zu, – wie war die so?

Seine Geschwätzigkeit, besonders auf Koks, ist schon Besorgnis erregend, doch der Schwung seiner Darbietung ist ansteckend. – Dufte, gebe ich zu.

– Die konnten nur das Skunk nich vertragen. Zuerst kriegt die kleine Brillenschlange n Rappel, und dann kippt die echt Fickbare, diese Nikki, aus n Latschen. Dieser Drecksack hat sie mit zu sich genommen und durchgefickt, sagt er und zeigt mit dem Kopf auf mich.

Ich schüttle den Kopf. – Von wegen durchficken. Gina hat sie aufs Klo begleitet, dann haben wir sie zu mir gebracht und ins Bett gesteckt. Ich war der perfekte Gentleman, hab mich von meiner besten Seite gezeigt, na ja, Nikki gegenüber zumindest. Ich hab Gina bei ihr zu Haus gebumst.

– Aye, ich wette, dann bist du zurückgefahrn und hast dir diese Nikki vorgenommen, du elender Sausack!

– Neeee ... Ich musste wegen ner Lieferung früh raus und bin morgens direkt wieder zum Pub. Als ich in meine Wohnung kam, war Nikki schon weg. Selbst wenn sie da gewesen wär, hätt ich mich wie ein vorbildlicher Gentleman benommen.

– Un das soll ich glauben?

– So war's nun mal, Tel, grinse ich. – Manche Mädchen muss man auf kleiner Flamme köcheln lassen. Ich hab doch keine Lust, einen kotzenden Kadaver zu bumsen.

– Aye, da is uns was entgangen, flucht Terry, – denn die Kleine wollte es besorgt kriegen, sagt er zu diesem N-Sign oder Carl, wie er ihn nennt. – Hey, Carl, du solltest auch mal mit in den Pub kommen; und bring n paar von den Torten von deinen Clubnights mit oder so. Wir brauchen immer frisches Fleisch, stichelt Terry.

Dieser DJ-Typ ist allerdings in Ordnung. Wir geben uns die Kante und teilen uns n Briefchen, und er macht mir gegenüber eine Bemerkung, die mein Herz noch schneller rasen lässt als diese ungestreckte Line, die ich grade weggezogen hab. – Ich war letzte Woche in Amsterdam. Da hab ich den Kerl gesehen, der da drüben diesen Club führt. War mal ein Freund von dir. Renton. Ihr habt euch verkracht, hab ich gehört. Habt ihr je wieder Kontakt gehabt?

Was erzählt der da?

Renton? RENTON? DRECKSKERL RENTON!

Ich denk mir, tja, vielleicht käm's mir doch ganz gelegen, mit nach Amsterdam zu fahren. Mir mal die Pornoszene ansehen. Warum nicht? Ein bisschen R&R. Und ich könnte mir auch noch die verfickte Scheißkohle holen, die mir ein gewisser Jemand schuldet!

Renton.

– Aye, wir sind wieder ein Herz und eine Seele, lüge ich. – Wie heißt sein Club noch mal? frage ich beiläufig.

– Luxury, meint Carl N-Sign Ewart unschuldig, während mir das Herz bis zum Hals schlägt.

– Aye, bestätige ich, – so hieß er. Luxury.

Dem dreckigen, verräterischen Rotschopf werd ich Luxus geben.

21
Nutten aus Amsterdam, Teil 3

Der Kanal hat heute eine grünliche Färbung; kann nicht erkennen, ob das die Spiegelung der Bäume auf dem Wasser oder irgendwo ausfließendes Abwasser ist. Der fette Typ mit Bart von dem Hausboot dort unten sitzt mit nacktem Oberkörper da und raucht zufrieden ein Pfeifchen. Eine schöne Tabakwerbung. In London wär er ein gestresster Mann, der dauernd fürchtet, es könnte ihm einer das streitig machen, was er hat. Hier dagegen geht es ihm am Arsch vorbei. Irgendwann haben sich die Engländer von denen, die wissen, wo's langgeht, in die größten Wichser ganz Europas verwandelt.

Ich wende mich wieder zimmerwärts und Katrin zu, die in einem kurzen, kunstseidenen blauen Morgenmantel auf dem braunen Ledersofa sitzt und sich die Nägel feilt. Ihre Unterlippe ist leicht nach unten gerollt, die Stirn ist konzentriert zusammengezogen. Früher konnte ich stundenlang dasitzen und ihr bei solchen Sachen zusehen. Einfach ihre Gegenwart genießen. Heute nerven wir uns gegenseitig. Jetzt find ich es nur noch blöd. – Und, hast du die siebenhundert Gulden für die Miete?

Katrin weist träge auf den Tisch. – In meinem Portmonee, sagt sie, bevor sie aufsteht, mit etwas theatralischem Schwung den Morgenmantel abwirft und unter die Dusche geht. Ich warte ab und beobachte, wie sie in ihrer weißen, dünnen Nacktheit weggeht, die seltsamerweise erregend und eine Spur unheimlich zugleich ist.

Ich sehe ihr Portmonee an, das auf dem schweren Eichentisch liegt. Das funkelnde Auge des Verschlusses zwinkert mir herausfordernd zu. Es hat irgendwie was, das Portmonee einer Frau zu fleddern. In meinen Junktagen hab ich Häuser und Geschäfte geknackt und Leute abgezogen, um an das zu kommen, was ich brauchte, aber das größte Tabu, dessen Übertretung am meisten wehtat, war das Portmonee meiner Ma. Es ist leichter, seine Finger in die Muschi von ner fremden Frau zu stecken als in die Brieftasche von einer, die du kennst.

Trotzdem, man braucht ein Dach über dem Kopf, also lass ich es aufschnappen und reiß mir die Scheine unter den Nagel. Ich kann Katrin unter der Dusche singen hören, wie sie's versucht vielmehr. Deutsche können keinen einzigen richtigen Ton treffen, genau wie die Holländer, wie alle Europäer eigentlich. Mich fertig machen, *das* kann sie. Aye, gnadenlose Stichelei, abscheulicher Streit, heftiges Schmollen, so was legt Katrin mit Bravour hin. Aber ihr stärkster Trumpf sind die bitteren Bemerkungen, für die sie gelegentlich ihr versteinertes Schweigen bricht. In unserer kleinen Wohnung mit Blick auf den Kanal hat sich ein Klima entwickelt, in dem Paranoia optimal gedeiht.

Martin hat Recht. Es ist höchste Zeit, sich zu verändern.

22
BESCHISSENE RIESEN-MIETSKASERNEN

Man guck sich nur die ganzen Scheißbäume an, die, die hier im Schatten der beschissenen Riesen-Mietskasernen rumkrebsen. Verkümmert, das sin sie, so heißt das Scheißwort, wie die Blagen, wie die Alten in ihrer verschüchterten und kleinlauten Art, die sich einscheißen, weil sie an ner Gruppe von Jungfotzen vorm Einkaufscenter vorbeimüssen. Aber jetzt geh ich da vorbei und seh die kleinen Scheißer voll an, und man kann hörn, wie ihr Scheißgelaber leiser wird, so wie ich die angucke. Aber n Hai jagt keine verfickten Sprotten, das is keine Befriedigung. Aye, aber die kleinen Fotzen können Angst riechen und sehn ganz geschockt aus, weils nämlich ihre eigene beschissene Angst is.

Irgendne Fotze is fällig ... mein Kopf tut scheißenweh ... selbst die Fuck-Nurofens helfen nich mehr richtig ...

Also denk ich drüber nach, wann das anfing heut Morgen, schon ganz früh, bevor ich zu meiner Ma bin. Bei Kate hat das angefangen, als ich un sie im Bett warn. Fuck, sie sah so super aus, wie ich neben ihr wach geworden bin. Bei den letzten beiden Malen hab ich mich rausgeredet, ich wär zu dicht gewesen oder so. Aber jetzt, wo das schon so lange geht, guckt sie mich an, als wär irgendwas mit mir verficktnochmal nich in Ordnung. Als wär ich einer von diesn Abartigen wie in dem Schund, den mir dieser dreckige Perverse innen Knast geschickt hat.

Aber ich steh auf Bräute, mich interessiern scheißnochmal nur Bräute. Die ganze Zeit drinnen hab ich immer an Bräute gedacht und mir einen dabei abgekeult, und jetzt hab ich eine, die mir gefällt, und ich kann nich mal ...

DIESES ARSCHLOCH, DAS MIR DIESEN DRECKIGEN SCHEISS GESCHICKT HAT …

Ich bin nich so n scheißabartiger Hinterlader …

ICH KRIEG SCHEISSNOCHMAL KEINEN HOCH.

Wenn sie bloß gesagt hätte, ›Was issn los mit dir, verdammte Scheiße?‹, das hätt ich noch verkraftet. Aber da sagt die doch glatt, ›Liegt's an mir? Magst du mich nich?‹ Ich erzähl ihr also den ganzen Scheißdreck, vom Knast und dass das Erste, was ich nach m Rauskommen wollte, n Fick war, und dass ich ihn jetz irgendwie nich hochkrieg.

Un sie kuschelt sich einfach an mich, ich voll verkrampft, und sie erzählt von der Fotze, mit der sie zusammen war, dem, der sie immer vermöbelt und ihr das Veilchen verpasst hat, das sie hatte, als ich sie das erste Mal gesehn hab. Un ich denk, ich muss hier sofort raus, denn mir tut der Schädel scheißweh. Ich ihr also erzählt, ich geh zu meiner Ma.

Es schnürt mir die beschissene Luft ab, als ich ins Einkaufscenter komm. Ich fühl mich hier wie eingesperrt; gefangen von dem beschissenen Drang, irgendne Fotze zu plätten. Das is wie ne verfickte Sucht …

Vielleicht kommt das nur, weil ich jetz hier bin, draußen, frei. Es is, als würd ich hier nich hergehörn, einfach nich reinpassen. Meine Ma, mein Bruder Joe, meine Schwester Elspeth. Meine Kumpels: Lexo, Larry, Sick Boy, Malky. Klar, die freun sich alle, einen zu sehn, aber irgendwie isses, als würden die Säcke einen nur ne Zeit lang ertragen. Dann ziehn sie Leine. Okay, sie bleim scheißfreundlich, aber sie ham immer irgendwas zu tun, immer irgendwelchen Scheiß zu tun. Und was ist das fürn Scheiß, den sie immer zu tun ham? Alles, bloß nich das, was wir früher zusammen gemacht ham, das ham sie zu tun. *Wir quatschen nachher noch in Ruhe.* Und das bringt mich innerlich total in Rage, da spür ich die verfickte Sucht noch schlimmer, das Bedürfnis, irgendner Fotze wehzutun. *Wann verficktnochmal is nachher*?

Un Lexo. Wie is die Fotze denn drauf, mit dieser Perle un seim Scheiß-China-Imbiss-Café? N beschissener Chinese in Leith! In Leith gibts Chinesen haufenweise. N Tie-Restaurant, meine Fresse. Na, keiner in ganz Leith wird ja wohl was essen gehn un sich für n beschissenen Chinamann nen Schlips anziehn, ers recht nich, wenns tagsüber n armseliges Café is.

Aye, Lexo, bei meiner Ma zu Haus, wie er mir den Umschlag in die Hand drückt. Zwei Riesen. Zahlt mich aus. Und okay, ich habs genommen, weil ich das Geld scheißnötig hatte, aber Lexo hat sein Kopf im Arsch stecken, wenner glaubt, dass er und die kleine Schlampe, mit der er zusamm is, mich einfach so rausdrängen können. Lexo kriegt sein Fett noch weg.

Aber es gibt eine Fotze, eine Scheißfresse, die mir heller im Schädel brennt als alle andern.

Renton.

Renton is mein Freund gewesen. Mein bester Freund. Noch vonner Schule. Und der hat mich voll verarscht. Alles is Rentons Schuld. Diese ganze irre Wut. Un das wird nie weggehen, wenn ich die Fotze nich erwisch. Seine Schuld, dass ich scheißnochmal ins Gefängnis musste. Dieser Donnelly war pampig geworden, aber ich hätt ihn nich so platt gemacht, wenn ich nich am Durchdrehn gewesen wär, weil mich einer abgelinkt hat. Ich hab ihn auf dem Scheißparkplatz in ner Lache von seinem Scheißblut liegen lassen, am Sterben, und ihm meinen angespitzten Schraubenzieher in die Hand gedrückt. Dann bin ich nach Haus un hab mich selbst zweimal gestochen, mit dem andern Schraubenzieher, einmal in mein Scheißbauch, einmal zwischen die Rippen. Dann hab ich mich selbst verbunden un bin zur Notaufnahme getorkelt. So war ich wegen Totschlag un nich wegen Mord dran. Wär ich nich vorbestraft gewesen und drinnen nich zweimal wegen schwerer Körperverletzung dran gewesen, wär ich schon vor Jahren wieder rausgekommen. Das Ganze is n Scheißwitz, und alles wegen dieser diebischen Drecksau von Renton.

Aye, ich musste da raus, weg von Kate, denn ich wär nich dafür verantwortlich gewesen, was ich sonst vielleicht getan hätte. Ihr Ex-Freund war ne Drecksau, der hat sie verprügelt, und so was is nich in Ordnung. Es gibt gewisse Torten, die Prügel verdienen, Torten, die erst zufrieden sin, wenn sie n paar vor die Fresse kriegen. Aber nich Kate, die ist anders, da hat sich einer zu viel rausgenommen, n Mädchen wie die so zu behandeln. Aber der Schädel war mir am Platzen, als wär ich drauf und dran loszulegen, deswegen musst ich schnellstens raus.

Aber dann bei meiner Ma hab ich so alte Klamotten durchgesehn; n paar alte Taschen voll mit persönlichem Krempel. Da hab ich n altes Foto gefunden: ich un Renton, die Fotze, beim Grand National in Liverpool. Ich hab das so scheißlang angestarrt, dass ich dachte, ich könnt sehn, wie dem Sack sein Grinsen breiter wird, während er mich anguckt. Aye, ich konnte sehn, wie das Scheißgrinsen breiter wurde, und aye, ich konnte *sehn*, wie mir die verfickten Eselsohren aus m Kopf wuchsen. Ner Fotze wie dem zu vertraun …

Mein Magen fing voll an, Säure auszuschütten, mein Kopf dröhnte, und es war, als würd ich Scheißkrämpfe kriegen. Ich wusste, dass ich einfach weiter auf das Scheißbild glotzen konnte, mich selber damit umbringen konnte, einfach weiter auf das Scheißbild zu gucken, bis mir jede verdammte Sicherung rausfliegen würde. Aye, das Blut kocht hoch und bringt meine Scheißvenen zum Platzen, und ich lieg ausgestreckt da; Blut kommt mir aus n Ohren und der Nase. Aber ich behielt es trotzdem in der Hand, um zu beweisen, dass ich stärker als der Drecksack bin, un dann wär ich beinah weggetreten, ich konnts grad noch wegschmeißen, und dann saß ich auf m Sofa und musste ganz schwer atmen, und mein Herz raste wie bekloppt.

Meine Ma kam ins Zimmer und sah mich so total scheißzittrig. Sagt sie: – Was haste denn, Junge?

Ich sag einfach nichts.

Dann sie wieder: – Wann willste denn zu June gehen, die Kleinen besuchen?

– Später, mein ich. – Muss erst was Geschäftliches erledigen.

Ich hab dann noch gehört, wie sie im Hintergrund vor sich hin redet, so einfach mit sich selbst am Labern, auf diese Art, wo sie gar nich will oder erwartet, dass man was antwortet, so als würd sie n Scheißlied vor sich hin singen oder so. Dauernd fielen da n paar neue Namen, als müsst ich wissen, über welche Scheiße sie da redet.

Ich jetz also wieder in Western Hailes, Kate ausführn. Wir also mit nem Taxi in die Stadt. Als wir vor dem Club ankommen, geb ich ihr n paar Scheinchen zum Bezahlen, denn ich seh meinen alten Fußballkumpel Mark, der die Tür macht, und geh hin, um zu quatschen.

Ich also auf der Straße mit Mark am Reden, und dann dreh ich mich um und seh, wie sie löhnt und das Taxi wegfährt. Da kommt so ne Fotze zu ihr hin und fängt an: – Na, wieder am Rumhuren, du dreckige, verfickte Sau? zischt er sie an wie ne beschissene Schlange und reißt die Hand hoch, während sie sich duckt.

– Nich, Davie, bettelt sie mit so nem dünnen, spitzen Aufkreischen, und man kann an seiner selbstzufriedenen Fresse sehn, dass er das Geräusch schon früher von ihr gehört hat. Ich wusste gleich, mit wem ichs zu tun hab. Mark der Türsteher will hin, aber ich halt ihn zurück. Dann geh ich ganz langsam auf den Wichser zu, denn ich koste jede verschissene Minute des Wegs aus. Die Fotze hat Kate jetz am Handgelenk gepackt, und er sieht, wie ich ganz lässig näher komm.

– Was wills n du Arsch? Willste n paar vor die Fresse, du Wichser? Kannste haben … schreit er mich an, aber er kriegt mehr und mehr Muffe. Er weiß ganz genau, dass sein Gebrüll nur Anfänger schockt, und ich seh, wie dem jetz schon der Arsch auf Grundeis geht. Der Wichser weiß genau, dasser gefickt is; bei dem is die Luft raus, eh ich bis auf fünf Schritte an ihm dran bin! Die dicken Venen an diesem mickrigen papierdünnen Hals, die roten Flecken, die er an der Kehle kriegt wie n Scheißausschlag. Und ich, ich bin total relaxt.

Ich grins breit und guck mir den Drecksack erst mal ganz geruhsam an, lass ihn ein, zwei Sekunden schmoren, eh ich den Wichser aus seinem Elend erlös und ihm mit nem Kopfstoß den Zinken breche. Ein Schlag schickt ihn aufs Kopfsteinpflaster, und um Kates willen und weil hier so viele andere rumstehn, stiefele ich ihn bloß dreimal, einmal an den Kopf, ins Gesicht und ins Kreuz. Dann beug ich mich runter und flüstere: – Das nächste Mal, wenn ich dich seh, biste tot.

Er gibt irgendwas zwischen eim beschissenen Um-Gnade-Betteln und eim Wimmern von sich.

Ich erklär Kate, dass der Knabe sie nie wieder belästigen wird. In dem Club sind wir dann aber nich lang geblieben, ich wollte nur noch schnell nach Haus. Wir steigen ins Bett, und dann fick ich ihr die ganze Nacht die Scheiße aus den Knochen. Sie sagt mir, so was hätt sie noch nie gesehn! Ich lieg neben ihr im Bett, meine Gedanken rasen, dann stauen sie sich abrupt, und ich seh ihr hübsches Gesicht und denke: Kann echt sein, dass dieses Mädchen meine Rettung is.

23
Linkerei Nr. 18739

Wir sind am höchsten Punkt eines Riesenhaufens Scheiße: ich und er, Simon und Mark, Sick Boy und Rent Boy, hier in Amsterdam. Weit weg von allem. Ich hab mir von N-Sign die Adresse vom Luxury geben lassen, und er und ich haben uns zusammen mit Terry, Rab Birrell und seinem Bruder, dem Ex-Boxer, beizeiten von den anderen abgesetzt. Ein paar alte Nasen vom Fußball, die wir dabei haben, sind mit Vorsicht zu genießen. Lexo zum Beispiel ist ein alter Kumpel von Begbie; das macht die Dinge wirklich interessant. Ich werd mich vornehmlich an Terry halten, denn es kann nie schaden, wenn man einen Mann, der so ausschließlich auf Frauen fixiert ist, im Schlepptau hat. Seine Aufreißmethoden sind relativ ungeschliffen, aber er ist unermüdlich und verzeichnet Erfolge.

Wir sind vor Rentons Club, und ich frag den Knaben an der Tür, ob er da ist. Als ich höre, dass er vor einer halben Stunde weg ist, mach ich ein enttäuschtes Gesicht, und der Typ erklärt mir im Cockney-Akzent, dass Renton eine Runde durch die Clubs macht, und ich soll's mal im Trance Buddah versuchen. Er sagt das auf so eine liebevolle Art, als würde er sagen, ›Der gute alte Mark, du weißt ja, wie er ist.‹ *Ich weiß das genau, du beschoierter Flachwichser, aber du has offensichtlich koine Ahnung.* Anscheinend kann der Kerl also immer noch überzeugend sein, den Leuten immer noch Sand in die Augen streuen. Aber das bringt die Bescheuertheit von Renton echt auf den Punkt: macht selber einen Club auf und verpisst sich dann in den eines anderen.

Scheiße. Ich dirigiere die Crew zurück ins Rotlichtviertel. Der Juiceman murrt: – Was passt dir n nich an dem Laden, Sicky?

Nicht damit zufrieden, mich in Gegenwart Fremder ›Sick Boy‹ statt Simon zu nennen, hat der afrolockige Vollspast noch einen draufgelegt und es auf Sicky abgekürzt, was einem noch mehr die Fußnägel hochkrempelt. Ich behalte für mich, dass ich das missbillige, und hoffe, dass es vorübergeht. Wenn man sich vor einem Typen wie Lawson eine Blöße gibt, wird er das gnadenlos ausnutzen; das ist schon fast das, was ich an dem Kerl am meisten liebe.

Renton. Hier in Amsterdam. Ich frag mich, wie der heute sein mag. Was für Veränderungen er über die Jahre an sich vorgenommen hat. Man muss versuchen, rauszukriegen, was man ist und was nicht. Das ist unsere Aufgabe im Leben. Es gibt das, was man abstreift, wenn man sich losreißt, und das, was man immer in sich trägt. Und ich bin auf E gut unterwegs und versuch, rauszufinden, was es ist, das *ich* immer in mir trage, egal wohin ich gehe, egal in welcher Verfassung ich bin. Wir gehen in diesen Trance-Buddah-Laden im Rotlichtbezirk. Ein typischer Club mit Dance-Floor, Chill-out-Zone und Bar für Einheimische, Touristen und Auslandsengländer. Ich hab natürlich Renton auf der Agenda, aber Terry und ich sind auf Mösen-Autopilot und setzen uns vom Mob ab. Ewart wird von so zwei Perlen angehalten und kehrt seinen Charme raus, und Big Birrell, der Boxer, und Rab hängen sich an ihn dran. Ich kaufe ein paar Pillen von so einem holländischen Kerl, der sagt, sie wären klasse. Fuck, was soll's. Ich bin nicht in der Stimmung für Koks, da würd ich den ganzen Abend auf dem Klo verbringen. Ich will ein holländisches Mädchen aufreißen, die makellose Haut und so, aber Terry hat so zwei englische Mädchen in ein Gespräch verwickelt, und ich hol ihnen was zu trinken, dann setzen wir uns zu ihnen in eine stille Ecke. Die Musik fängt an, mir auf den Sack zu gehen; es läuft dieser holländische Schuldisco-Kirmes-Techno, der mir grausam auf die Nerven geht. Ein weiterer Grund, Renton zu hassen: dass man diesen Scheiß ertragen muss.

Ich sitze mit einer Catherine aus Rochdale zusammen (schmutzig blondes, schulterlanges Haar, seltsam fesselndes Muttermal am Kinn), und sie erzählt mir, dass Techno nicht ihr Ding wär, zu heavy für ihren Geschmack. Während sie redet, seh ich in ihre dunkel zurechtgeschminkten Augen und denke ›Rochdale‹, und mein Gedankengang ist grob, sehr grob umrissen etwa der: Gracie Fields aus Rochdale singt ›Sally, Salleee, pride of our alley‹, und ich ficke dazu Catherine in einer schmalen Gasse. Dann, beim Rochdale-Motiv bleibend, singt Mike Harding ›The Rochdale Cowboy‹, und ich stell mir Catherine als das Rochdale-Cowgirl vor, in der Cowgirl-von-hinten-Position, der klassischen Pornoeinstellung, eigens dazu gedacht, die genitale Penetration mit der Kamera optimal erfassen zu können. Was ich laut ausspreche, ist jedoch das: – Soso, Catherine, Rochdale, ah ja. Juice Terry, der diese Perle, ich glaub, eine Freundin von Catherine, an seiner Seite kleben hat, hört die Bemerkung und wirft mir einen telepathischen Blick zu, als hätte er jeden meiner Gedanken gelesen, und echt, diese Pillen sind nicht übel.

Ich bin ganz zufrieden, hier auszuchillen, denn ich kann zu monotonem Techno nicht tanzen. Ist ja, als würd man den verfickten London-Marathon mitlaufen, der Scheiß. Wo ist da der Funk, wo der Soul? Wo sind verdammt noch mal die guten Klamotten? Jambo-Musik. Aber diese Spasten von Holländern und Touristen scheinen ganz wild darauf zu sein; na, jedem das Seine. Ein Typ ist völlig weg und tanzt mit zwei Mädchen und noch einem anderen Kerl so ne komische kleine Schrittfolge, und irgendwas ist seltsam an der Fotze. Den kenn ich doch. Er hat einen affigen Hut auf, der seine Augen verdeckt, aber ich erkenne die Art wieder, wie er sich bewegt: versunken in den Mix des DJs, aber ab und zu guckt er über die Tanzfläche und reißt die Arme hoch, um irgendwen im Club zu begrüßen. Es sind diese distanzierte Energie, die lässigen Bewegungen, die überhaupt nicht zu der totalen Hingabe passen wollen. Egal, wie selbstvergessen er zu sein scheint, ein Teil von dem Bastard ist immer außen vor und nimmt alles in sich auf.

Der Fotze entgeht nichts.

Es war ein Typ, mit dem ich früher viel Scheiß geredet hab. Als würd aus uns was Besonderes werden. Als wäre er kein Fixer aus Fort, der die Uni geschmissen hat, und ich kein mieses Arschloch, das jede arme kleine Schlampe belaberte, die eine schwere Kindheit gehabt hatte und blöd genug war, jede traurige Geschichte und jeden verschwitzten Schwanz zu schlucken.

Es war mein alter Kumpel Mark.

Es war Rents.

Es war die Fotze, die mich abgezogen hat, *die mir was schuldig war.*

Und ich kann, nein, will meine Augen nicht von ihm lassen. Hier im Dunkeln sitzend, in einer kleinen Nische mit meinem Zirkel, Catherine, Terry und wie heißt das andere Mädchen noch?, egal, beobachte ich ihn auf der Tanzfläche. Nach einer Weile kriege ich mit, dass er mit ein paar Leuten aufbrechen will. Ich ihm hinterher, Catherine an der Hand mitziehend, dann fängt sie an wegen ihrer Freundin, und während ich sie mit einem Kuss zum Schweigen bringe, sehe ich, wie Rentons Rücken sich entfernt, und drehe mich um, um Terry, bei dessen geilem Grinsen mir das Mädchen in seiner Begleitung und ihre arme Rosette Leid tun, ein triebhaftes Zeichen zu geben. Als wir rausgehen, um unsere Mäntel zu holen, knutsch ich ein bisschen mit Catherine rum und merke, dass sie, obwohl noch jung und hübsch im Gesicht, doch ein ziemliches Schlachtschiff ist. Die schwarzen Klamotten hätten es mir schon verraten müssen, aber diese ölfassdicken Oberschenkel …

Kein Problem.

Wir sind raus, und ich sehe Rents, der schon ein Stück weiter die Straße runter ist, ihn und ein dünnes Mädchen mit blonden kurzen Haaren und noch ein zweites Pärchen. Boy-Girl, Boy-Girl, um Danny Kaye in ›White Christmas‹ zu zitieren. Wie reizend. Wie kultiviert, wie Wohlstandsbürger aus Islington so gerne hirnlos daherplappern. Den Fotzen braucht man bloß ein Glas Wein in dic Hand zu drücken und den Kamin anzumachen, und sie sagen: ›Das ist kultiviert.‹ Sie schneiden ein beschissenes Stück Ciabatta mit dem Messer und meinen: ›Hach, ist das kultiviert!‹

Dann möchte man sagen: Nein, du blödes Arschloch, ist es nicht, denn Kultur ist mehr als Wein einschenken und Brot zerschneiden, *eigentlich* meint ihr nichts anderes als Müßiggang und Entspannung.

Jedenfalls quasselt mich jetzt Catherine damit voll, während wir Rentons Posse über das Kopfsteinpflaster der Grachtenstraßen folgen. Sie erklärt mir, es wär so kul-ti-viiiiert hier, und schmiegt sich an mich. Kultivier mich, Bambino, bläu diesem wilden kaledonisch-italienischen Jungen aus Leith etwas Kultur ein. Catherines Augen sind vielleicht auf das Licht der Straßenlaternen geheftet, das sich auf dem nassen Pflaster und dem ruhigen Wasser der Gracht widerspiegelt, meine aber auf den Dieb, nur auf den Dieb, und hätte ich auf der Stirn noch ein drittes Auge, wär das auch auf den Dieb geheftet.

Ich kann ihn beinahe hören und frage mich, was er redet. Hier kann unser Rent Boy sich ganz seinem großartigen Getue hingeben, ohne dass ein Begbie ankommt und sagt: ›Aye, n Scheißjunkie aus Fort.‹ Ihn zurechtstutzt: auf kleine, kleine Stückchen. Ja, ich kann es dem Dieb fast nachfühlen, begreifen, warum er das tun musste, um nicht in diesem Meer negativer Energie rumzuschwimmen, bis einem die Arme lahm werden und man genauso absäuft wie die übrigen erbärmlichen Penner. Aber so was mir anzutun, *mir*, und diesen nutzlosen Loser Murphy auszuzahlen, tja, das beendet ja wohl jede Diskussion.

Catherines Gequassel hat sich mittlerweile zu einem seltsamen Soundtrack für meine Gedanken entwickelt, die von Minute zu Minute düsterer werden. Etwa so, als hätte jemand die Filmmusik von *The Sound of Music* über eine Kopie von *Taxi Driver* gelegt.

Sie überqueren eine dieser schmalen Brücken über eine Gracht und gehen die Straße runter, Brouwersgracht heißt sie, und verschwinden im Hausflur von Nr. 178. In der Wohnung im zweiten Stock geht das Licht an, und ich lotse Catherine über die Brücke, um von der anderen Seite des Kanals bessere Sicht zu haben. Sie labert immer noch von der ›Li-be-ra-li-sie-rung‹ und wie ›man dadurch zu einer ganz neuen Einstellung kommt‹. Mein Blick fällt auf sie, ich sehe durchs Fenster, wie sie tanzen, drinnen im Warmen, und ich stehe hier draußen, in der eisigen Kälte, und überlege, warum gehst du nicht einfach hoch, klingelst und jagst der Fotze einen Riesenschreck ein? Aber nein, denn ich genieße dieses Nachsteigen mittlerweile, deswegen. Dieses Gefühl von Macht, dass ich weiß, wo er steckt, er aber nichts von mir ahnt. Niemals überstürzt handeln, immer überlegt und durchdacht handeln. Und am wichtigsten: Wenn ich dem Dreckskerl von Angesicht zu Angesicht gegenüberstehe, werde ich nicht auf guten Es sein, sondern auf Hochleistungs-Kokain.

Der verdient eine Abreibung, und die wird er kriegen. Ich weiß, wo der Dieb wohnt: Brouwersgracht Nr. 178. Aber zuerst braucht Catherine noch ihre SDW-Erfahrung.

– Du siehst so toll aus, Catherine, sage ich plötzlich, einfach aus dem Nichts heraus, mitten in ihre Betrachtungen hinein.

Das verschlägt ihr die Sprache. – Nicht ... sagt sie verlegen.

– Ich möchte mit dir schlafen, sage ich zu ihr, glutvoll, aber auch mit etwas, das ich für tiefe Empfindung halte.

Catherines Augen sind zu schwarzen, glitzernden Seen wunderbarer Liebe geworden, in denen zu ertrinken man sich wünscht, ja, verzweifelt sehnt. – Du bist so süß, Simon, lacht sie. – Weißt du, ich hatte erst einen Moment geglaubt, ich würde dich langweilen, du würdest mir gar nicht mehr zuhören.

– Nein, das lag an der Pille, wie du aussiehst ... das gab mir einfach das Gefühl ... weißt du ... als wär ich irgendwie in Trance. Aber die ganze Zeit hab ich deine Stimme gehört, deine Wärme an meiner Seite gespürt, und mein Herz hat geflattert, als wäre es ein Schmetterling in der milden, frischen Frühlingsluft ... ich weiß, das klingt total prätentiös ...

– Nein, nein, das klingt wunderbar ...

– ... ich wollte bloß den Augenblick festhalten, weil er so vollkommen war, aber dann dachte ich, nein, Simon, das ist zu gierig. Du musst ihn teilen. Mit dem Mädchen teilen, das ihn dir ermöglicht hat ...

– Du bist so süß ...

Ich drücke ihre Hand und geleite sie zurück zu ihrem Hotel, nachdem ich mich vorher vergewissert hab, dass es ein etwas teureres ist als meins.

Jetzt kriegst du es so richtig besorgt, Dickerchen.

Meine ersten Gedanken am Morgen gelten dem Abhauen. Mit zunehmendem Alter wird es fast so eine wichtige Kunstform wie die Verführung selbst. Vorbei die bitteren, ungemütlichen Zeiten, in denen man sich nur anzog und wegrennen wollte oder es tatsächlich tat. Catherine liegt neben mir und schläft wie eine Elefantenkuh, die von einem Betäubungsgewehr gefällt wurde. Sie pennt wie im Koma. Es ist gut, ein Mädchen mit gesundem Schlaf zu haben. Das gibt einem jeden Tag so viel zusätzliche Zeit, man selbst zu sein. Ich schreib ihr ein Briefchen.

Catherine,
die letzte Nacht war wunderbar für mich. Können wir uns heute Abend um neun im Stone's Cafe treffen?
Bitte sei da!
In Liebe, Simon XXXXX
PS: Du sahst im Schlaf so wundervoll aus, dass ich es nicht übers Herz gebracht hab, dich zu wecken.

Ich geh zurück zum Hotel. Von Terry ist nichts zu sehen, aber Rab Birrell ist mit ein paar seiner Kumpels auf. Irgendwie mag ich diesen Birrell. Er ist zu cool, um zu fragen, wo ich gesteckt hab. Wenn man die Hälfte seines Lebens von kichernden Hohlköpfen umgeben war, lernt man Schweigsamkeit an einem Mann zu schätzen.

Ich hol mir Brötchen, Käse, Schinken und Kaffee vom Frühstücksbuffet und setz mich zu ihnen. – Und wie geht's uns? Alles im Lack?

– Aye, sagen Rab und sein großer Kumpel Lexo Setterington. Ich muss aufpassen, was ich in Gegenwart von der Fotze sag, denn er ist ein Kumpel von Begbie. Hat allerdings ein bisschen mehr im Oberstübchen als der verfickte Irre. Der weiß, wo's langgeht, wie man's machen muss. Ein verdammtes Thai-Café, und das in Leith!

Aber es ist schön zu wissen, dass die beiden so genannten Busenfreunde nicht mehr viel füreinander übrig haben. – Der hat mich mit unbezahlten Rechnungen hängen lassen, und auf der Habenseite bloß alter Plunder und vergammelte Möbel im Wert von bestenfalls n paar hundert Pfund. Ich sollte die arrogante Fotze kaltmachen ... lacht er.

Ich behalte meine Meinung für mich und antworte mit einem unverbindlichen – Mmm ..., denn die Fotze ist auf seine Art genauso übel wie Begbie.

– Das Problem bei Franco is, dass der nie was vergisst, sagt Lexo. – Wennde dich mit dem Sack einmal anlegst, musste ihn schon endgültig einschläfern. Andernfalls lässt er dich nie mehr in Ruhe. Aber pass auf, der Junge kriegt sein Fett schon weg, wenn man ihn bloß lang genug machen lässt. Irgendwann hat mal einer die Schnauze voll von Begbie und wird ihn abserviern und damit nem anderen ein paar Riesen in durchnummerierten, zurückverfolgbaren Scheinen sparen, grinst er. Mir wird klar, dass Lexo die Nacht durchgemacht hat und immer noch betrunken ist, denn er packt mich fest an der Schulter und flüstert mir mit seinem Alkoholatem ins Ohr: – Nee. Man muss schon hart genug sein, um seinem Bock auf Gewalt nich bloß so zum Spaß nachzugeben. Das überlässt man besser Losern wie Begbie. Er lässt mich grinsend los, guckt mir aber immer noch aufmerksam in die Augen. Ich versuche erneut, mit den richtigen Lauten zu antworten, worauf er sagt: – Natürlich kann's einem hier und da schon mal in den Fingerspitzen jucken … Damit driftet die Unterhaltung in die vorhersehbaren, deprimierenden Bahnen ab und befasst sich mit den jeweiligen Meriten der Mobs von Feyernoord und Utrecht. Billy Birrell, Rabs Boxerbruder, und N-Sign Ewart haben sich offenbar ausgeklinkt und sind für die Schlägerexkursion nicht zu haben. Vernünftig. Ich kann nicht hier bleiben und Pennern auf Koks zuhören, wie sie drüber palavern, wen sie alles umbringen werden; das kann ich zu Haus in Leith jederzeit haben. Ich kippe den Kaffee runter und gehe raus auf die Straße.

Schließlich finde ich einen Fahrradladen, miete einen schwarzen Drahtesel und radle an der Wohnung des Diebs vorbei. Gegenüber seiner Bude auf der anderen Seite des Kanals ist ein Café mit riesigen Fenstern, das ich schon letzte Nacht bemerkt habe. Ich kette das Rad an und setze mich ans Fenster dieser großen, luftigen Bar mit braunen Fußbodendielen und gelben Wänden und trinke Kaffee *verkerd*. Die Bäume verstellen die Sicht auf seine Fenster, aber ich kann die Haustür sehen und beobachten, wann er kommt und geht.

Ich habe alles, was nicht niet- und nagelfest war, gestohlen, geraubt und geklaut, und die meisten meiner Freunde hier und in London haben es genauso gemacht. Nach meinem Verständnis macht uns das nicht zu Dieben. Ein Dieb ist jemand, der Seinesgleichen bestiehlt. Ich würd so was nicht tun, Terry würd so was nicht tun. Selbst der verwanzte, dreckige Murphy würd nicht … na ja … das ist so nicht ganz wahr. Immerhin war da die Sache mit Coventry City. Aber der Punkt ist, dass Renton es mit Zins und Zinseszins zurückbekommt.

24
Nutten aus Amsterdam, Teil 4

Ich komm also aus der Dusche, und dann stehe ich da und beobachte Katrin, wie sie die Welt beobachtet. Sie hat die riesigen Glastüren, die unser Wohnzimmer beherrschen, weit geöffnet, lehnt am Geländer und schaut über die Gracht. Ich kann sehen, wohin ihr Blick geht, er folgt der schmalen Straße uns gegenüber, die geradeaus über mehrere andere Kanäle im Jordaan führt. Ich trete leise hinter sie, um sie nicht zu stören, wie gebannt von ihrer statuenhaften Ruhe. Über ihre Schulter hinweg sehe ich einen einzelnen Radfahrer sich die Straße hinunter entfernen, sein Körper hüpft, als er über eine Bodenschwelle fährt. Irgendetwas an ihm kommt mir bekannt vor, vielleicht fährt er oft hier entlang. Ich seh die Giebelbalken an den Häusern, die sie vorstehen lassen, um daran Möbel in die schmalen Gebäude hieven zu können; sie ragen einander entgegen wie zwei Armeen, die sich mit angelegten Gewehren gegenüberstehen.

In der frostigen Luft muss ihr doch kalt an den nackten Beinen werden. Was will sie? Was immer es ist, so kann es nicht weitergehen. Ich spüre die Sonnenstrahlen auf meinem Gesicht, auf unseren Gesichtern, und denke, dass es so vielleicht sein sollte.

Wir versuchen, miteinander zu reden, aber die richtigen Worte zu finden, ist wie in der Wüste nach Wasser zu graben. Es dauert von Mal zu Mal länger, unauffällig zur Menschlichkeit zurückzukehren, nachdem wir unsere Beziehung auf dem Pfad des Todes mitgeschleift haben. Heute kommen wir nur noch in unseren Streitereien um Nichtigkeiten zusammen. In schmerzlichem Schuldgefühl und Mitleid, in zärtlichem Zorn küsse ich ihren schlanken Nacken. Es folgt keine Reaktion. Ich löse mich und gehe ins Schlafzimmer, um mich anzuziehen.

Als ich zurückkomme, steht sie noch genau am selben Platz. Ich sage ihr, dass ich ein bisschen rausgehe, und bekomme zur Antwort dasselbe Schweigen. Ich geh die Straße runter zur Herengracht, folge ihr bis zum Leidseplein und spaziere dann durch den Vondelpark. Aus irgendeinem Grund flattern mir die Nerven, dabei hab ich gar keine Drogen genommen. Trotzdem, ich fühle mich ziemlich para. Martin sagt immer, die Logik des Drogennehmens läge darin, dass man, auch wenn man völlig abstinent lebt, von Zeit zu Zeit am Ende ist und paranoid wird; wenn man trinkt und Drogen nimmt, weiß man wenigstens, woher es kommt, und sitzt nicht da und redet sich ein, man wäre geisteskrank. Die Paranoia ist im chilligen Amsterdam bei weitem nicht so heftig wie in Edinburgh, aber ich habe trotzdem das Gefühl, dass jeder mich beobachtet, als wäre irgendein Durchgeknallter hinter mir her.

Nach einer Weile gehe ich zum Club und schließe das Büro auf. Am Sonntag die E-Mails durchzusehen, nur weil man es mit der eigenen Freundin nicht in einem Zimmer aushält: Viel trostloser kann das Leben kaum werden. Da kann ich ja gleich in London sein.

Ich fange an, ein paar andere Sachen zu erledigen; ich kümmere mich um Papierkram, Rechnungen, Korrespondenz, erledige Anrufe und all solchen Scheiß. Dann erlebe ich einen Schock, einen echten Riesenschock. Ich sitze nur so da und sehe das Kassenbuch durch, ein paar Kontoauszüge von der ABN-AMRO. Ich habe immer noch Probleme mit niederländischer Schriftsprache. Egal wie fit man im Mündlichen wird, das Wiedererkennen im gedruckten Wort kann immer noch eine harte Nuss sein. *To ken* – kennen. Dutch-Jock. Sag mal ›loch‹.

Rekening nummer.

Rechnung.

Es klopft an der Tür, und ich seh mich nervös um, ob Martin zwischen den Papierstapeln keine Koksbriefchen offen hat rumliegen lassen, aber nein, sie sind wohl alle in dem Safe hinter mir. Ich stehe auf und öffne die Tür, in der Annahme, es wäre Nils oder Martin, da schubst mich dieser Kerl ins Zimmer zurück. In dieser Sekunde durchzuckt mich ein Gedanke, der meinen Körper unter Spannung setzt: FUCK, DAS IST EIN ÜBERFALL, SCHEISSENOCHMAL … bevor er sich in Nichts auflöst und ich eine Gestalt vor mir sehe, die zugleich vertraut und fremd für mich ist.

Es dauert einen Moment, bis die Erkenntnis richtig angekommen ist. Als könnte mein Gehirn die Sinneseindrücke, die meine Augen senden, nicht richtig verarbeiten.

Denn direkt vor mir steht Sick Boy. Simon David Williamson.

Sick Boy.

– Rents, sagt er mit kaltem Vorwurf.

– Si… Simon … was zum Henker … ich fass es …

– Renton. Ich bin geschäftlich hier. Ich will mein Geld, blafft er, und seine Augen treten hervor wie die Eier eines Jack-Russell-Terriers, der eine läufige Hündin entdeckt hat, während sie das Büro absuchen. – Wo ist mein verschissenes Geld?

Ich stehe nur da, glotze ihn zombifiziert an und weiß nicht so recht, was ich jetzt sagen soll. Mein einziger Gedanke ist, dass er zugenommen hat, ihm das aber seltsamerweise ganz gut steht.

– Mein verficktes Geld, Renton, er kommt näher und knurrt mir ins Gesicht, und ich fühle seine Hitze und seinen Geifer.

– Sick … äh, Simon, ich werde … ich werd's dir geben, erkläre ich ihm. Was anderes bringe ich wohl nicht raus.

– Verdammte fünf Riesen, Renton, sagt er und packt mich vorne am T-Shirt.

– Hä? frage ich, ein bisschen perplex, und gucke auf seine Hand an meiner Brust runter, als wäre es Hundescheiße.

Daraufhin lässt er sich herab, den Griff ein bisschen zu lockern. – Ich hab's ausgerechnet. Zinsen plus Entschädigung für die seelische Grausamkeit, die mir angetan wurde.

Ich zucke dazu skeptisch mit den Schultern, eine Art halbherzige Trotzreaktion. Es war damals eine Riesensache, aber von heute aus gesehen war es nichts Besonderes, bloß ein paar Trottel und ne bescheuerte Junkie-Transaktion. Mir wird klar, dass ich nach ein paar Jahren, in denen ich immer vorsichtig einen Blick über die Schulter geworfen habe, ganz schön selbstzufrieden, ja, blasiert geworden bin, was die ganze Geschichte betrifft. Nur bei den gelegentlichen klammheimlichen Familienbesuchen in

Schottland taucht die Paranoia wieder auf, und eigentlich ist es nur Begbie, der mir Angst macht. Soweit ich weiß, sitzt er immer noch ne Strafe wegen Totschlags ab. Damals habe ich mir nur flüchtig Gedanken darüber gemacht, inwieweit die ganze Geschichte Sick Boy betrifft. Das Komische ist, dass ich vorhatte, ihn und Second Prize und, ich glaub, sogar Begbie auszuzahlen, genau wie Spud, aber irgendwie bin ich nie dazu gekommen. Nein, ich habe nie drüber nachgedacht, welchen Eindruck das auf ihn gemacht hat, aber ich spüre, dass er's mir gleich erzählen wird.

Sick Boy lässt mich los, tritt zurück und wirbelt im Büro herum, schlägt sich, auf und ab schreitend, die Hand vor den Kopf. – Ich hab's danach mit Begbie zu tun gekriegt! Er dachte, ich hätte mit dir unter einer Decke gesteckt! Ich hab nen verdammten Zahn verloren, faucht er, hält plötzlich inne und zeigt anklagend auf eine goldbezahnte Lücke in seinem Elfenbein-Gebiss.

– Was ist denn aus Begbie ... Spud ... Secon...?

Sick Boy schnauzt auf den Absätzen schaukelnd unbeherrscht zurück: – Scheiß auf die Fotzen! Wir reden hier über *mich*! Mich! Er drischt sich mit geballter Faust vor die Brust. Dann bekommt er große Augen, und seine Stimme sinkt zu einem leisen Wimmern ab. – Ich dachte, ich wär dein bester Freund. Warum nur, Mark? fragt er flehend. – Warum?

Ich muss über seine Darbietung grinsen. Ich kann nicht anders, die Fotze hat sich nicht die Spur verändert, aber das reizt ihn zur Weißglut, er springt mich an, und wir knallen beide auf den Boden, er auf mir drauf. – DENK BLOSS NICH, DU KANNST MICH AUSLACHEN, RENTON! brüllt er mir ins Gesicht.

Das hat beschissen wehgetan. Ich hab mir den Rücken verletzt und kriege kaum Luft, mit diesem Fettsack auf mir drauf. Er *hat* zugenommen, und ich stecke unter ihm fest. Sick Boys Augen sind voller Wut, und er holt mit seiner Faust aus. Die Vorstellung, dass Sick Boy mich wegen des Geldes zu Brei schlägt, ist irgendwie lächerlich. Nicht unmöglich, aber grotesk. Gewalt war nie seine Sache. Aber Menschen verändern sich. Manchmal werden sie mit dem Alter desperater, besonders wenn sie merken, dass sie nicht das große Los gezogen haben. Und dies hier ist vielleicht nicht mehr der Sick Boy, den ich kannte. Acht, neun Jahre sind eine lange Zeit. Mit dem Geschmack an der Gewalt ist es wahrscheinlich wie mit dem Geschmack an allem anderen: Manche Leute entwickeln ihn erst später in ihrem Leben. Es ging mir ja selbst so, allerdings auf kontrollierte Art, indem ich vier Jahre lang Karate gemacht habe.

Aber selbst ohne das war ich immer davon überzeugt, Sick Boy besiegen zu können. Ich weiß noch, wie ich ihn mal in der Schule vermöbelt habe, hinterm Güterbahnhof von Fyfe am Water of Leith. Es war keine richtige Schlägerei, nur Rumgeschubse zwischen zwei Nichtschlägern, aber ich hielt länger durch und war rabiater. Ich hatte die Schlacht gewonnen, aber er wie immer den Krieg, denn er setzte mich noch Jahre später emotional damit unter Druck. Er benutzte die Bester-Kumpel-Nummer: guckte mich mit großen Rehaugen an und gab mir das Gefühl, ein versoffener, prügelnder Ehemann zu sein. Heute, mit meinen Shotokan-Karatekenntnissen, weiß ich, dass ich ihn problemlos außer Gefecht setzen könnte. Aber ich bin es, der nichts tut, und ich denke, was für eine lähmende Kraft Schuldbewusstsein doch sein kann und wie motivierend gerechter Zorn ist. Ich will aus dieser Sache einfach nur raus, ohne ihm wehtun zu müssen.

Jetzt ist er kurz davor, mir die Nase einzuschlagen, und als ich mir das vorstelle, muss ich lachen. Sick Boy fängt auch an.

– Worüber lachst du? fragt er, offenkundig verärgert, aber trotzdem grinsend.

Ich blicke auf, in sein Gesicht. Er hat kleine Hängebäckchen bekommen, ist aber sonst immer noch echt gut in Schuss. Auch ganz schick angezogen. – Du hast zugenommen, sage ich.

– Du auch, sagt er mit gekränkt verzogenem Schmollmund, – du mehr als ich.

– Meins sind Muskeln. Ich hab nie gedacht, dass du mal fett wirst, grinse ich.

Er sieht runter auf seinen Bauch und zieht die Pocke ein. – Meins sind auch Scheißmuskeln, sagt er.

Ich hoffe, dass er nun einsieht, wie absolut lächerlich das hier alles ist. Und das ist es wirklich. Wir können das klären, uns irgendwie einigen. Ich bin immer noch geschockt, aber nicht überrascht, und auf seltsame Weise ist es auch gut, ihn zu sehen. Ich hatte immer das Gefühl, dass wir uns wiedertreffen. – Simon, lass uns aufstehen. Wir wissen beide, dass du mich nicht schlagen wirst, erkläre ich ihm.

Er guckt mich an, grinst und ballt wieder seine Faust, und dann sehe ich Sterne, als sie mir ins Gesicht knallt.

25
Die Edinburgh-Abteilung

Also die Edinburgh-Abteilung in der Zentralbibliothek, Alter, die is quasi randvoll mit Zeug über, na ja, Edinburgh eben. Ich mein, is ja logisch, so gehört sich das ja auch. Ich mein, in der Edinburgh-Abteilung erwarteste ja kaum Zeug über, sagen wir, Hamburg oder äh … Boston. Der Punkt is, hier ham sie auch Zeug über Leith, noch und nöcher, un von Rechts wegen müsste das doch in der Leith Public Library unten in der Ferry Road stehn, Alter. Um fair zu sein, ich mein, die Typen von der Stadt betrachten Leith als Teil von Edinburgh, auch wenn viele Jungs unten im Hafen das anders sehn. Andererseits erinner ich mich auch noch an die Zeit, als überall so Flugblätter wegen der Dezentralisierung rumlagen, die die Stadtverwaltung angeblich so gut fand. Warum soll dann also n Junge aus Leith wie ich den ganzen Marsch rauf nach Edina machen, bloß um n paar Sachen über Leith zu kriegen? Ich mein – wieso dieser endlose Marsch über die George IV Bridge, statt einfach ma eben in die Ferry Road zu springen?

Wohlgemerkt, ist n ganz netter kleiner Spaziergang in dieser schwächelnden Märzsonne. Auf der High Street isses allerdings n bisschen kalt. War seit m Festival nich mehr hier, und ich vermiss die ganzen coolen Mädchen, die einen angelächelt und einem Flugblätter für ihre Theaterstücke in die Hand gedrückt ham. Aber total bekloppt, wie die aus ner Feststellung irgendwie ne Frage machen. Die sagen: ›Wir sind mit einem Stück beim Festival vertreten?‹, ›Veranstaltungsort ist das Pleasance?‹, ›Die Kritiker waren begeistert?‹ Da möcht man dann am liebsten sagen, Momentchen, cooles Schnucki-Kätzchen, wennde aus ner Feststellung ne Frage machen wills, musste doch bloß ›weißte‹ hinten dranhängen. Weißte?

Aber natürlich hab ich dann trotzdem nur die Flugblätter genommen, denn wer bin ich, dass ich poshen Mädchen Ratschläge geb, die auf m College warn und so und das volle musische Schauspielprogramm mitgekriegt ham, nich?

Aber das is schon immer mein Problem gewesen, Alter, Selbstvertrauen. Mann, das große Dilemma is, null Drogen heißt oft auch null Selbstvertrauen. Im Moment is das Selbstvertrauen nich direkt gering, aber wie sagen die Typen noch mal immer? Labil, Alter, labil. Un das Erste, was ich sofort gesehn hab, als ich hier hochkam, war der Pub gegenüber der Zentralbibliothek, der ›Scruffy Murphy's‹ heißt. Schmuddel-Murphy. Is einer von den irischen Pubs, die überhaupt nich so sind wie Pubs in Irland. Die sind bloß für Krawatten-Affen, Yuppies und reiche Studenten. Aber schon wie ich das seh, fühl ich mich innerlich total angespannt und beschämt. In ner gerechten Welt müssten die Typen, die die Bar führn, Typen wir mir Entschädigung wegen seelischer Grausamkeit zahlen, Mann. Ich mein, den Scheiß hab ich in der Schule ständig zu hörn gekriegt, ›Scruffy Murphy, Scruffy Murphy‹. Bloß wegen dem irischen Namen und den billigen Klamotten, den widrigen wirtschaftlichen Verhältnissen und der Armut, die in den Haushalten der Murphys auf der Tennent Strasser und der Prince Regent Strasser heimisch war. Daher isses das Gegenteil von gut, Alter, das genaue Gegenteil von gut.

Ich mein, schon das Kneipenschild zu sehn, quasi, hat mich in eine maximal benachteiligte Position gebracht, ja? Deswegen bin ich so bedrückt, als ich in die Bibliothek komm, und denk mir, ›Wie soll das Schmuddelkind Murphy denn wohl n Buch schreiben?‹, und es war echt strange, da reinzugehen, strange, strange. S-T-R-A-N-G-E von vorn bis hinten, Alter. Aye, ich geh durch diese Riesenholztüren, un plötzlich macht mein Herz bumm bumm bumm. Ich kam mir vor, als würd ich zusammenklappen, als hätt mir irgendn Typ ne Ladung Amylnitrit in die Nase gerammt. Mir war ganz mau, als müsst ich gleich schlappmachen, einfach auf der Stelle zusammenklappen. Das war so n Gefühl, als wär man im Schwimmbecken unter Wasser oder im Flugzeug, so ne komischen gedämpften Geräusche in den Ohren. Ich also total zittrig, Alter, voll am Zittern. Als dann so n Aufsehertyp in Uniform ankam, krieg ich totale Panik. Ich dachte, jetzt biste gearscht; verdammt, Alter, schon hamse dich gekrallt, und du hast nich mal was getan, wolltest nich mal irgendwas tun, bloß in n paar Bücher gucken, quasi.

– Kann ich Ihnen helfen? fragt der Knabe.

Ich denk mir also: Ich hab nix Schlimmes gemacht, ich bin bloß reingegangen. Ich hab nichts gemacht, nee, gar nichts. Aber trotzdem sag ich so was wie: – Äh ... äh ... äh ... ich hab mich bloß gefragt ... quasi, ob das in Ordnung geht, ob ich vielleicht ... äh ... mal kurz in den, äh, Raum mit den ganzn Sachen über Edinburgh reingucken kann ... um in die Bücher zu sehen, sozusagen.

Und irgendwie wusst ich genau, dass dieser Kerl schon weiß, was ich für einer bin: Gauner, Junkie, Asi, Ghetto-Kind, Scheißausländer der dritten Generation, Zigeunerpack; das wusst ich einfach, Alter, weil dieser Typ n Jambo-Freimaurer war, so n Rotarier-Typ, ich mein, das sah man einfach, die Uniform un alles ... die polierten Knöpfe, Alter ...

– Die Treppe hinunter, sagt der Knabe und lässt mich einfach rein. Einfach so! Der Typ lässt mich rein! Die Edinburgh-Abteilung. Zentralbibliothek. Die George IV Bridge hoch, quasi!

Klasse!

Ich also die große Marmortreppe runter, und da hängt das Schild ›Edinburgh-Abteilung‹. Geiles Gefühl, Alter, total wie so n Intellektueller. Aber als ich reingeh, es is riesig, Alter, riesig, sind da massig Leute an so kleinen Tischchen am Lesen, so als wärn sie wieder in der Grundschule. Es is mucksmäuschenstill, und es kommt mir vor, als würd mich jeder anstarren, Alter. Was sehn die da wohl? N Junkie, der vielleicht n paar Bücher klauen will, um an Geld für Stoff zu kommen.

Ich denk also, nee, nee, Alter, bleib locker im Gesicht. Die Unschuldsvermutung. Mach einfach, was Avs in der Gruppe immer sagt, versuch das doch mal abzustellen, dass du dich selbst sabotierst. Zähl bis fünf, wennde in Stress kommst. Eins, zwei, drei ... wo guckt die dicke Alte mit der Brille hin ...? vier, fünf. Dann wars besser, Alter, denn danach hamse voll woanders hingeguckt.

Nich dasses da viel gibt, was sich zu klauen lohnt. Ich mein, n paar von den Büchern mögen ja wertvoll sein, für Sammler oder so, aber das is nich grad ne Ware, die man in der nächsten Weinbar vertickt, die alten Folianten, so heißen die nämlich, Alter, Folianten, und den ganzen Mikrofilm und dieses Zeug, ja?

Egal, ich stöber also n bisschen in den Büchern rum, und da steht, dass Leith und Edinburgh sich 1920 zusammengeschlossen ham, nach so ner Art Referendum. Das muss so was gewesen sein wie dieser ›Ja zur Dezentralisierung‹-Volksentscheid, fürs Parlament und so, als das Volk das Wort hatte, und das wars dann gewesen. Ich erinner mich noch, wie ich n *Scotsman* gesehn hab und die Jungs gesagt ham, ›Nee, Alter, stimm mit Nein‹, aber die Leute meinten einfach, ›Sorry, Alter, wir stehn nich auf das, was ihr in eurer Zeitung schreibt, daher also ein kräftiges Ja.‹ Demokratie, Alter, Demokratie. Du überzeugst keinen Kater von Felix, wenn Whiskas im Angebot ist.

Der Punkt is, dass die Leute aus Leith mit ner Mehrheit von vier zu eins gegen den Zusammenschluss gestimmt haben. Vier zu eins, Alter, aber trotzdem wurd die Nummer durchgezogen! Irgendwie mein ich mich noch zu erinnern, dass die ganzen alten Leute immer davon geredet ham, als wir noch Knirpse warn. Jetzt sind die alten Jungs lang unter der Erde, wer erzählt jetzt allen, was sie damals gegen das Volk, gegen die Demokratie getan haben, Alter? Holt den jungen Murphy! Aye, all ihr verblichenen Cats, die ihr auf Stephen Kings Friedhof der Kuscheltiere liegt, ruht in Frieden, denn hier bin ich! Da schein ich nen guten Anknüpfungspunkt gefunden zu haben, 1920: der große Verrat am Volke, Alter.

Aye, in meinem Kopf fängt alles an, sich zusammenzufügen. Das Problem is bloß, dass ich vergessen hab, dass man, wenn man n Buch schreiben will, Sachen wie Stift un Papier braucht. Deswegen husch ich nach nebenan zu Baumeister's und klau nen Notizblock und nen Stift. Ich bin total aufgedreht und kanns gar nich erwarten, an den Tisch zurückzukommen, an dem ich gesessen hab, und anzufangen, mir ernsthaft Notizen zu machen. Das isses, Alter, ne Geschichte von Leith von der Eingemeindung bis heute. Mit 1920 anfangen, dann vielleicht noch n Stückchen zurück, und dann wieder nach vorn, wie in den ganzen Fußballspielerbiografien.

Weißte?

Zum Beispiel so, Kapitel eins: ›Ich konnts kaum fassen, als ich den Europapokal in den Himmel gehoben hab, Mann. Da kommt der Alex Ferguson angehüpft und meint zu mir, »Hi, Alter, das macht dich unsterblich, quasi, weißte?« Nich, dass ich mich besonders gut an das Siegtor oder die Begegnung erinnern kann, denn ich war davor die ganze Nacht in ner Crack-Höhle und hab mir erst ne halbe Stunde vor Anstoß n Taxi zum Stadion genommen ...‹ Ihr wisst ja, wies weitergeht, Leute.

Das nächste Kapitel is dann: ›Aber die Geschichte nahm ihren Anfang an einem ganz anderen Ort als dem San Siro Stadion in Mailand. Tatsächlich müssen wir zurückgehen bis zu einem bescheidenen Mietshaus in Rat Street, The Gorbals, Glasgow, wo ich als siebzehnter Sohn von Jimmy und Senga McWeedgie zur Welt kam. Bei uns gabs noch echten Zusammenhalt, und es fehlte mir an nichts ... bla bla bla ...‹ Ihr kennt den Scheiß.

Das wär es also, hier anfangen und dann zurückgehn. Ich bin in Fahrt, Kollege, voll in Fahrt!

Dann seh ich, dass sie auch die Zeitungen von damals ham, den *Scotsman* und die *Evening News* und alles. Obwohl die nun von diesen reichen Tory-Typen geschrieben worden sind, is ja vielleicht doch irgendwas da zu finden, Lokalnachrichten und so Sachen, die mich weiterbringen. Das Dumme is nur, die sin alle auf Mikrofilm, und ich muss n Formular ausfüllen, um sie zu kriegen. Dann ham die da diesen Riesenapparat, wie so n Fernseher von früher, und man muss die irgendwie da reinlegen, verstehste? Tja, da bin ich nich so begeistert von. Eine Bücherei, Alter, die sollte doch nur was mit Büchern zu tun haben, quasi, von Maschinen und so hat mir keiner was erzählt.

Ich hol mir also diese Mikrofilmdinger von dem Knaben, ich bin bereit, loszulegen, aber als ich diesen Riesenfernseher-Kasten seh, mein ich nur, nee, nee, nee, denn technisch bin ich nich besonders begabt, und ich hab irgendwie Schiss, dass ich da was kaputtmach. Ich würd ja einen von der Belegschaft fragen, aber ich weiß, dass die dann nur denken würden, ich wär bescheuert und so.

Nee, das krieg ich nich zum Laufen, kommt nich in Frage, nee, also lass ich das Zeug einfach auf dem Tisch liegen un geh durch die Tür, die Treppe hoch, einfach froh, da rauszukommen, während mein Herz bumm, bumm, bumm macht. Aber als ich draußen bin, kann ich die ganzen Stimmen in meinem Kopf hörn; alle lachen, sagen, ich wär ne Null, n Nichts, ne Niete, und dann seh ich das Schild mit ›Scruffy Murphy's‹, un das tut weh, Alter, das tut so weh, dass ich diesen Schmerz einfach loswerden muss. Also mach ich mich runter zu Seeker, wo ich weiß, dass ich was krieg, was, von dem ich weiß, dass ich mich damit nich wie Scruffy Murphy fühl.

26

›... Sexmonster ...‹

An dem Abend damals hat er mich mit zu sich nach Haus genommen und mich ins Bett gesteckt. Ich wachte komplett angezogen unter der Überdecke auf. Ein kurzes paranoides Tänzchen begann in meinem Kopf, als ich daran dachte, wie ich mich zum Narren gemacht habe, und dann daran, was Terry am Ende mit seiner Videokamera angestellt haben könnte. Aber ich spüre und ahne irgendwie, dass nichts passiert ist, denn Gina hat auf mich aufgepasst. Gina und Simon. Als ich aufstand, war die Wohnung leer. Es war eine kleine Mietwohnung, im Wohnzimmer dominierten eine Ledergarnitur und versiegeltes Parkett mit kostspielig aussehenden Teppichen. Die Tapete zeigt eine Kaskade schauderhafter oranger Seerosen. Über dem Kamin hängt ein Poster mit dem Profil von Freud, in das eine nackte Frau montiert wurde, mit der Bildunterschrift: ›Was Männer im Kopf haben.‹ Ich bin überrascht, wie tipptopp sauber die Wohnung ist.

Ich ging durch in eine kleine Pantryküche, wo ich auf einer der Arbeitsflächen eine Nachricht fand.

> N,
> du sahst ein bisschen fertig aus, also haben Gina und ich dich hergebracht. Ich schlaf bei ihr und geh von da aus direkt zur Arbeit. Bedien dich mit Tee, Kaffee, Toast, Frühstücksflocken, Eiern und was du sonst noch möchtest. Ruf mich unter 07779 441 007 (Handy) an, dann machen wir was aus.
> Liebe Grüße,
> Simon Williamson

Ich rief ihn an, um mich zu bedanken, aber wir machten nichts aus, weil er mit Rab und Terry unterwegs nach Amsterdam war. Ich wollte mich mit Gina in Verbindung setzen, um ihr zu danken, aber wie es scheint, hat niemand ihre Telefonnummer.

Nun vermisse ich meine neuen Jungs: Rab, Terry und, ja, Simon auch. Besonders Simon. Ich wünschte beinahe, ich wär mit ihnen nach Amsterdam gefahren. Aber ich habe trotzdem Spaß mit meinen Mädchen, weil Lauren auflebt, wenn die moralzersetzenden Sexmonster aus Leith nicht da sind, und Dianne immer für einen Witz und einen Drink zu haben ist, obwohl sie so viel mit ihrer Diplomarbeit zu tun hat.

Apropos Sexmonster: Am Dienstagnachmittag haben wir eins getroffen, ein echtes. Es war ein überraschend milder Tag, und wir drei saßen draußen vor dem Pear Tree und gönnten uns ein Lager, als dieser schmierige Fiesling rüberkam und sich an unseren Tisch setzte. – Guten Tag, Mädchen, sagte er, während er sein Pint ans Ende der Bank stellte. Das ist das Blöde am Pear Tree, der Biergarten füllt sich schnell und die Bänke sind lang, so sitzt man am Schluss oft neben jemandem, neben dem man nicht sitzen möchte. – Stört euch doch sicher nicht, wenn ich mich hier hinsetze, oder? fragte er schroff und arrogant. Er hatte ein gemeines, frettchenhaftes Gesicht, dünnes, rötlichblondes Haar und trug eine ärmellose Weste, die stark tätowierte Arme freiließ. Es war nicht nur seine totenblasse Haut trotz des schönen Wetters der letzten Tage; aus meiner Sicht haftete ihm auch etwas an, das Rab in der Bar mal als ›Knastmief‹ bezeichnet hatte, als er mir einen seiner Bekannten zeigte.

– Es ist ein freies Land, sagte Dianne träge, würdigte ihn eines oberflächlichen Blicks und wandte sich dann wieder mir zu. – Ich bin schon bei ungefähr achttausend Wörtern.

– Das ist klasse, wie viel brauchst du noch mal?

– Zwanzigtausend. Wenn erst mal die einzelnen Abschnitte stehen, ist der Rest leicht. Ich will bloß nicht die Wörter runterhacken, um dann festzustellen, dass ich das meiste wieder rausschmeißen muss, weil ich vom Thema abgeschweift bin. Die Gliederung muss stimmen, erklärte sie, hob ihr Glas und nahm einen Schluck.

Wir hörten eine heisere Stimme neben uns.

– Ihr seid also Studentinnen?

Ich drehte mich angeödet rum, da ich dem Kerl am nächsten saß. – Yeah, sagte ich zu ihm. Lauren, die gegenüber saß, errötete und verzog das Gesicht, Dianne trommelte ungeduldig auf den Tisch.

– Was studiert ihr denn so? fragte der Typ mit krächzender Stimme, triefäugig und das Gesicht aufgedunsen vom Alkohol.

– Wir machen sozusagen alle was anderes, erklärte ich ihm in der Hoffnung, er würde sich damit zufrieden geben.

Das tat er natürlich nicht. Er hatte sofort meinen Akzent bemerkt. – Wo bist du denn von weg? fragte er auf mich zeigend.

– Reading.

Der Typ schnaubte, grinste mich dann an und wandte sich an die anderen. Langsam begann ich mich echt unwohl zu fühlen. – Was ist mit euch zwei beiden, auch Engländerinnen, wa?

– Nee, sagte Dianne. Lauren blieb stumm.

– Ich bin übrigens Chizzie, sagte er und streckte seine große, verschwitzte Hand aus.

Ich schüttelte sie widerstrebend, entnervt von dem kräftigen Druck, und Lauren tat das auch, aber Dianne rümpfte die Nase.

– Ach, so ist das, was? sagte diese Chizzie-Figur. – Auch egal, grinste er, zwei von drei is nich schlecht, was, Mädchen? Heute is mein Glückstach, dass mir zwei so reizende Ladys Gesellschaft leisten.

– Wir leisten Ihnen nicht Gesellschaft, erklärte ihm Dianne. – Wir leisten *uns* Gesellschaft.

So wie der Spinner reagierte, hätte sie gar nichts zu sagen brauchen. Der war auf seinem eigenen Trip, und sein Mund zuckte lüstern, als er uns musterte. – Habt ihr denn auch Freunde? Wette, die habt ihr. Wette, ihr habt alle Kerle, was?

– Ich glaube nicht, dass Sie das was angeht, sagte Lauren mit entschiedener, aber leiser und piepsiger Stimme. Ich sah diesen Krawalltypen an und dann sie, den Größenunterschied zwischen ihnen, und fing an, sauer zu werden.

– Oh, das heiß also, du has keinen!

Dianne drehte sich um und starrte ihm direkt ins Gesicht. – Völlig egal, ob wir einen haben oder nicht. Wenn wir Millionen Schwänze an der Hand hätten, kannst du sicher sein, dass deiner nicht dabei wär. Und selbst wenn es einen chronischen Engpass gäbe, würden wir nicht auf dich zurückkommen.

Etwas Bedrohliches flammte in den Augen von dem Kerl auf. Der war nicht ganz dicht. Ich dachte: Dianne sollte jetzt besser die Klappe halten. – Du könntest Ärger kriegen mit so ner großen Klappe, Süße, sagte er und fügte leise hinzu, – großen Ärger.

– Verpiss dich, schnauzte Dianne ihn an. – Geh uns bloß von der Pelle und setz dich woandershin, kapiert!

Der Typ starrte sie an, das Profil ihres hübschen, selbstsicheren Gesichts mit seinen großen, heimtückischen, blöden, hässlichen Säuferaugen. – Verdammte Lesbenbande, lallte er. Ich hätte ihm das Gleiche gesagt wie Dianne, wäre er einer wie Colin gewesen, aber dieser Typ sah wie ein gefährlicher Schizo aus. Ich konnte sehen, dass Lauren echte Angst vor ihm hatte, und die hatte ich wohl auch.

Dianne aber nicht, denn sie stand auf und ging direkt auf ihn los. – Okay, verpiss dich auf der Stelle! Hau bloß ab!

Er stand auf, aber sie bot ihm mit wütenden Augen die Stirn, und für einen Augenblick dachte ich, er würde sie schlagen, aber ein paar Typen von anderen Tischen riefen irgendwas, worauf eine Kellnerin, die Gläser einsammelte, rüberkam und fragte, was los wäre.

Der Typ setzte ein kaltes Grinsen auf. – Nichts, sagte er, nahm sein Pint, kippte es runter und ging weg. – Verdammte Lesben! rief er uns über die Schulter zu.

– Nee, wir sind naturgeil und haben es total nötig, aber selbst wir haben gewisse Maßstäbe! brüllte Dianne zurück. – UND SOLANGE ES STREUNENDE HUNDE AUF DEN STRASSEN UND SCHWEINE AUF DEN BAUERNHÖFEN GIBT, BRAUCHEN WIR DEINEN DRECKIGEN RÄUDIGEN KLEINEN KINDERFICKERSCHWANZ NICHT, BÜRSCHCHEN! FIND DICH DAMIT AB!

Der Verrückte fuhr herum und sah aus, als würde er vor Hass kochen, dann drehte er sich um und zog unter dem demütigenden Gelächter von den Tischen um uns herum Leine.

Ich saß da, von Diannes Darbietung völlig fasziniert. Lauren zitterte immer noch, sie weinte fast. – Das war ein Irrer, das war ein Vergewaltiger, warum müssen die nur so sein, warum müssen Männer bloß so sein?

– Der muss nur mal wieder ficken, der armselige Wichser, sagte Dianne und zündete sich eine Zigarette an, – aber wie ich schon sagte, nicht mit mir. Ehrlich, manche Leute sollten sich einen runterholen, bevor sie sich nach draußen wagen, grinste sie und drückte Lauren aufmunternd. – Ich hol uns neue Drinks.

Wir betranken uns und machten uns auf den Heimweg. Ich muss gestehen, ich hatte unterwegs ein bisschen Angst, wir könnten diesem Bekloppten begegnen. Ich glaube, Lauren auch, aber ich schätze, Dianne hätte sich darüber gefreut. An diesem Abend ließ ich sie, nachdem sich Lauren hingehauen hatte, das erste Interview mit mir aufnehmen. – Aggressive Männer, wie der von heute Nachmittag, sagte sie, – hast du da schon viele erlebt? In der Sauna, mein ich?

– Die Sauna ist ein sehr sicherer Arbeitsplatz, erklärte ich ihr. – Dort kann praktisch nichts passieren. Ich meine, ich ... Ich zuckte mit den Achseln und beschloss, die Wahrheit zu erzählen, – ... ich beschränke mich nur auf Handjobs. Ich würd nie auf der Straße arbeiten. Die Kunden in der Sauna haben Geld. Wenn du nicht machen willst, was sie verlangen, finden sie eben eine andere, die es tut. Natürlich gibt es ab und zu jemanden, der nicht aufgeben will; die wollen ihre Macht über dich beweisen und akzeptieren kein Nein als Antwort ...

Dianne nuckelte an ihrem Kuli und schob sich ihre kleine Lesebrille auf die Nasenspitze. – Was machst du in einem solchen Fall?

Und ich erzählte ihr, als erstem Menschen, dem ich es überhaupt erzählte, was da letztes Jahr passiert war. Es war zugleich verwirrend wie befreiend, es auszusprechen. – Ein Typ hat mich abgepasst und nach Haus verfolgt. Hat nie was getan, ist mir nur nachgegangen. Wenn er in die Sauna kam, verlangte er immer mich. Erzählte, wir wären füreinander bestimmt und so unheimliche Sachen. Ich erzählte es Bobby, der ihn rauswarf und ihm Hausverbot erteilte. Draußen hat er mich weiterhin verfolgt. Deswegen habe ich was mit Colin angefangen, schätze ich, der Abschreckungsfaktor, erzählte ich ihr und begriff, dass ich mir selbst erst jetzt darüber klar wurde. – Überraschenderweise hat es funktioniert. Er sah, dass ich einen Freund hatte, und ließ mich in Ruhe.

Am nächsten Tag blieb ich lange im Bett, arbeitete ein bisschen und ging einkaufen, dann kochte ich einen Schmortopf für die Mädchen. Später rief ich zu Hause an. Meine Mutter ging ans Telefon und flüsterte eine mäuschenhafte Begrüßung, die ich kaum verstehen konnte, ehe ich ein Klicken hörte, das Geräusch, dass oben abgenommen wurde. – Prinzesschen! dröhnte eine Stimme, und ein weiteres Klicken verriet, dass Mum aufgelegt hatte.

– Wie ist es so im frostigen Land der Dudelsäcke?

– Eigentlich ziemlich warm, Dad. Könntest du mir Mum noch mal für einen Moment geben?

– Nein! Ganz bestimmt nicht! Als pflichtbewusste Ehefrau steht sie in der Küche und macht mein Essen, ha ha ha ... du kennst sie doch, zwitscherte er, – glücklich in ihrem Reich. Egal, was macht denn dein sehr, sehr teures Universitätsstudium? Steuerst du immer noch auf einen Einser-Abschluss zu? Ha ha ha!

– Ja, ist okay.

– Wann kommst du uns denn mal wieder besuchen, bist du Ostern hier?

– Nein, ich mach hier Schichtarbeit in einem Restaurant. Vielleicht mal ein Wochenende ... Tut mir Leid, dass das Studium so teuer ist, aber es macht mir Spaß, und ich komm gut voran.

– Ha ha ha ... die Kosten kümmern mich nicht, Herzchen, du weißt doch, für dich ist mir nichts zu teuer. Wenn du eine berühmte Filmproduzentin oder Regisseurin in Hollywood bist, kannst du es mir ja zurückzahlen. Oder du besorgst mir eine Filmrolle als Held in einem Liebesfilm mit Michelle Pfeiffer, das wär nach meinem Geschmack. Und was treibst du sonst so?

Alten Säcken in der Sauna einen runterholen ...

– Ach, nichts Besonderes.

– Mein schwer verdientes Geld versaufen, wette ich! Ich kenn euch Studentenvolk doch!

– Na ja, ein bisschen vielleicht. Wie geht's Will?

Die Stimme meines Vaters wurde ein wenig abweisend und ungeduldig. – Bestens, bestens, *vermute* ich zumindest. Ich wünschte bloß ...

– Ja?

– Ich wünschte bloß, er hätte ein paar normale Freunde statt dieser hoffnungslosen Fälle, die ihm immer zulaufen. Dieser Schwulibuli, mit dem er jetzt ständig zusammensteckt; ich hab ihm gesagt, dass so was auf ihn abfärben kann, wenn er nicht aufpasst …

Das rituelle wöchentliche Telefonat mit meinem Dad, und die Initiative ging auch noch von mir aus. Das beweist, wie sehr ich nach Gesellschaft lechze. Lauren ist über ein verlängertes Wochenende zu Haus in Stirling. Dianne ist immer noch die meiste Zeit in der Bibliothek und arbeitet Tag und Nacht an ihrer Diplomarbeit. Gestern Abend hat sie mich mit zu ihren Eltern genommen, die in einem Teil der Stadt wohnen, den ich gar nicht kannte, und wir haben was mit ihrer Mum und ihrem Dad getrunken, die echt lockere, coole Leute sind. Wir haben sogar ein bisschen Gras geraucht.

Heute hänge ich also aus Langeweile an der Uni rum und warte ungeduldig darauf, dass die Jungs aus Amsterdam zurückkommen. Chris hat mir erzählt, dass er für das Festival eine Theaterproduktion auf die Beine stellt, und fragt mich, ob ich Lust hätte, mitzumachen. Aber ich weiß, was er wirklich will. Nett ist er ja, aber ich hab in der Vergangenheit schon mit so vielen Typen wie ihm gebumst; der Sex macht einen Monat lang Spaß und wird dann schnell öde, es sei denn, er ist die Eintrittskarte zu etwas anderem. Zu was? Status, wirtschaftlichem Gewinn, Liebe, Faszination, S&M, Orgien? Deshalb erklär ich ihm, ich hätte kein Interesse, zu beschäftigt. Zu sehr damit beschäftigt, mit diesen merkwürdigen einheimischen Jungs rumzuziehen, von denen einige bereits Nachwirkungen zu zeigen beginnen. Rab, der Saftsack, der mich abgewiesen hat. Simon, der die ganze Welt erobern will und anscheinend glaubt, es wär nur eine Frage der Zeit, dass er sie kriegt. Und Juice Terry, der mit dem zufrieden ist, was er hat. Warum auch nicht? Er bumst alles und jede und hat genug Geld, um es zu versaufen. Das bringt ihn in eine unangreifbare Position, denn er lebt bereits den Traum, auf den er sein Leben lang hingearbeitet hat. Kein Bedarf, es weniger schäbig beziehungsweise etwas exklusiver zu gestalten, nein, alles, was er will, ist ficken, saufen und palavern.

Terry war so oft im alten Hafen von Leith, witzelte ich immer mit Dianne und Lauren, dass er wie Mr Price in *Mansfield Park* war, ›once in the dock-yard, he began to reckon on some happy intercourse with Fanny‹. Darauf waren wir gekommen, nachdem mir aufgefallen war, dass Terry Frauen gelegentlich als ›fanny‹ bezeichnete. Danach fingen wir dann zu Hause an, uns mit Fanny anzureden und Passagen aus dem Buch zu zitieren.

Jetzt bin ich allein und feile meine Nägel, da klingelt das Telefon. Ich dachte, es könnte meine Mum sein, die ein bisschen plaudern will, während Dad auf der Arbeit ist, doch zu meiner Überraschung (wenn auch nicht unangenehmen) ist es Rab, der aus Amsterdam anruft. Zuerst denke ich, dass er mich mehr als vermisst, dass er es bedauert, nicht mit mir gebumst zu haben, als er die Gelegenheit hatte. Und seit er mit diesem ganzen Pornozeug zu tun hat, sind seine Hormone in Aufruhr geraten, und es reut ihn, dass er seinen Spaß nicht hatte. So wie ich, aber das hol ich nach. Und nun will er für ein paar Wochen, Stunden, Minuten Terry oder Simon sein, bevor sein Kind kommt und er den Bund fürs Leben schließt.

Ich bleib cool und erkundige mich nach Simon und Terry.

Bevor er antwortet, vergehen einige Sekunden in frostigem Schweigen. – Hab eigentlich nicht viel von ihnen gesehen. Terry hurt den ganzen Tag rum, und abends geht er Mädchen in den Clubs aufreißen. Ich schätze, Sick Boy macht dasselbe. Das und irgendwelche Deals anleiern. Er ist ständig mit Kontakten zur Pornoindustrie zugange, und das geht einem nach ner Weile auf den Senkel.

Sick Boy: eingebildet, egoistisch und grausam. Und das ist seine gute Seite. Aber ich glaube, es war Wilde, der gesagt hat, dass Frauen unverhohlene Grausamkeit mehr schätzen als alles andere, und manchmal bin ich geneigt, ihm zu glauben. Ich glaube, Rab geht es auch so.

– Diesen Sick Boy find ich faszinierend. Lauren hatte Recht, als sie sagte, dass er sich in deinen Kopf mogelt, ohne dass du es merkst, sage ich wehmütig, wobei ich nicht vergesse, dass ich mit Rab telefoniere, aber ich tue so, als ob.

– Dann magst du ihn also, sagt er auf, wie ich finde, recht kleinkarierte und gehässige Weise.

Ich spüre, wie sich mein Kiefer anspannt. Es gibt nichts Schlimmeres als einen Mann, der dich nicht fickt, wenn er die Chance dazu hat, und dann komisch wird, wenn du in Erwägung ziehst, mit einem anderen zu ficken. – Ich habe nicht gesagt, dass ich ihn mag. Ich hab gesagt, er fasziniert mich.

– Er ist Abschaum. Er ist ein Lude. Terry ist bloß ein Trottel, aber Sick Boy ist eine hinterlistige Ratte, stößt Rab mit ungespielter Bitterkeit hervor, wie ich sie noch nie bei ihm gehört habe. Erst da bemerke ich, dass er ein bisschen betrunken oder stoned ist oder beides.

Das ist seltsam. Die haben sich doch immer gut verstanden. – Hast du schon vergessen, dass du mit ihm an einem Film arbeitest?

– Wie könnte ich das vergessen, sagt er verächtlich.

Rab scheint sich in Colin verwandelt zu haben: besitzergreifend, beherrschend, missbilligend und feindselig, *und dabei hat er noch nicht mal mit mir gefickt.* Warum hab ich bloß diese Wirkung auf Männer, dass ich ihre unangenehmsten Seiten zum Vorschein bringe? Tja, nicht mit mir. – Und ihr feiert zusammen deinen kindischen Junggesellenausstand in Amsterdam. Such dir eine Nutte, Rab, wenn du gefickt werden willst, bevor du heiratest, das ist schließlich der Sinn der Sache. Hier hast du deine Chance ja gehabt.

Für einen Moment ist Rab zum Schweigen gebracht, doch dann sagt er: – Du spinnst ja, um Nonchalance bemüht, aber man kann am Klang seiner Stimme erkennen, dass er weiß, dass er sich unangemessen verhalten, sich eine Blöße gegeben hat, und für jemanden, der so von sich eingenommen ist, ist das eine schreckliche Sache. Der macht keinem was vor, er will mich, aber das fällt Ihnen verficktnochmal zu spät ein, Mr Birrell.

– Aye, beendet er sein Schweigen, – du bist heute komisch drauf. Aber egal, warum ich eigentlich anrufe, ist, ich wollte mit Lauren sprechen. Ist sie da?

Irgendwas zerreißt in meiner Brust. Lauren. Was? – Nein, ich spüre, wie meine Stimme bebt, – sie ist nach Stirling gefahren. Was willst du von ihr?

– Ach, schon okay, ich ruf sie bei ihrer Mutter an. Ich hatte ihr versprochen, nachzusehen, ob mein Alter diese Software hat, um das Zeug auf ihrem Mac, den sie zu Haus benutzt, auf Windows zu konvertieren. Jedenfalls hat er die und wird es ihr gerne installieren. Sie meinte bloß, es wär dringend, weil sie Zeug auf dem Mac hätte, das sie braucht ... Nikki?

– Ich bin noch dran. Noch viel Spaß in Amsterdam, Rab.

– Alles klar. Man sieht sich, sagt er und legt auf.

Jetzt versteh ich, wieso Terry sich so über ihn aufregt. Erst hab ich's nicht verstanden, aber jetzt schon.

27
STRESS IM KOPF

Mein Kopf tut scheißenweh. Diese Scheißmigräne. Zu viel Nachdenkerei, das is mein Problem, aber von den bescheuerten Fotzen hier würd das keiner kapieren. Zu viel geht mir im Kopf rum. Das hat man davon, wenn man Grips hat; man denkt zu viel rum, man denkt zu viel an die ganzen großkotzigen Scheißfotzen, die eins vor die Fresse kriegen müssen. Un von denen gibts jede Menge. Verlogene Wichser, hinter deinem Rücken lachen sie über dich: Ich kenn die Brüder. Die glauben, man kriegt das nich mit, aber ich krieg das nur zu gut mit. Das merkt man. Das merkt man immer, klar merkt man das.

Ich brauch n paar von den Scheißnurofen. Ich hoffe, Kate kommt bald mit ihrer Heulsuse von Blag zurück von ihrer Ma, denn Ficken hilft immer, schaltet den ganzen Scheißstress im Kopf ab. Aye, wenn man seine Suppe verspritzt, das is wie ne Gehirnmassage. Ich versteh diese ganzen Fotzen nich, die immer ›Nee, jetz nich, ich hab Kopfschmerzen‹ sagen, in den Filmen und so. Also, was mich angeht, brauch man *gerade dann* ne Scheißnummer. Wenn jeder, der Kopfschmerzen hat, zum Bumsen käm, gäbs weniger beschissenen Trouble auf der Welt.

Da ist was an der Tür; das wird sie sein.

He, Augenblick mal. Von wegen, das issie nich.

Irgendne Fotze versucht hier tatsächlich einzubrechen … denn ich sitz hier ohne Licht rum, wegen meinen Kopfschmerzen. Da denken die, wär keiner zu Haus! Tja, und ob da einer zu Haus ist!

Immer reinspaziert!

Wie so n Bruce Willis oder Schwarzenegger roll ich mich

vom Sofa, kriech übern Boden und stell mich an die Wand hinter die Wohnzimmertür. Wenn die ihr Handwerk verstehn, guckense hier zuerst rein, statt nach oben zu gehen. Die Tür fliegt auf, die Fotzen ham sie eingerammt. Jetzt sindse drin. Ich weiß nich, wie viele, aber nich viele, so wie sich das anhört. Aber scheißegal, wie viele reinkommen, denn raus geht garantiert keiner mehr.

Geil ... das ist ja echt obergeil ... Ich steh hinter der Tür und wart auf die Fotzen. So n kleiner Wichser kommt rein, Baseballschläger in der Hand, die dreckige kleine Sau. Echt ne Enttäuschung für mich. Ich mach die Tür hinter ihm zu. – Na, suchste was, Fotzengesicht?

Der Kleine dreht sich um und wedelt mit dem Schläger vor mir rum, aber er hat sich längst schon ins Hemd geschissen. – Aus m Weg! Lass mich raus! schreit er. Ich kenn die kleine Fotze doch! Aus m Pub, aus Sick Boys Pub! Er erkennt mich auch, und er reißt die Augen auf. – Ich hab nich gewusst, dass du hier wohnst, Alter, dann geh ich einfach wieder ...

Schon klar, dass die kleine Ratte das nich wusste. – Dann ma los, grins ich ihn an. Ich zeig auffe Tür. – Da gehts lang. Worauf zum Teufel wartest du?

– Aus m Weg ... ich will keinen Ärger ...

Ich setz mein Grinsen ab. – Den kriegste, ob du ihn wills oder nich, erklär ich. – Jetzt gib mir den Scheißschläger. Wart nich, bis ich ihn mir hole. Wart bloß nich so lange, tu dir selbst nen Gefallen.

Der Kleine steht zitternd da, und in seinen Augen sammelt sich das Wasser. Beschissene kleine Schwuchtel. Er senkt den Schläger, und ich pack ihn am Handgelenk und nehm ihn ihm weg, dann pack ich mit der andern Hand seine Kehle. – Warum haste mir keinen verbraten, du Arsch? Hä? Du feige kleine Sau!

– Ich wusste ... ich wusste nich ...

Ich lass ihn los, um den Schläger mit beiden Händen packen zu können. – Hier, so hätteste das machen müssn, und damit zieh ich ihn dem kleinen Arsch über die Rübe.

Er reißt die Arme hoch, und der Schläger knallt dem kleinen Scheißer auf die Handgelenke. Er gibt n Schrei von sich wie n Köter, der überfahrn wird, und dann hau ich ihm die Scheiße aus den Knochen und denk dran, was er gemacht hätte, wenn Kate und das Blag da gewesn wärn.

Ich hör auf, als ich seh, dass Blut auf Kate ihrem Scheißteppich is. Der kleine Scheißer liegt zusammengerollt da und heult wie n Baby. – HALT DIE FRESSE! schnauz ich ihn an. Die Wände sind dünn wie Papier, und nachher ruft noch irgendne Fotze die Scheißbullen.

Ich find nen alten Spüllappen, leg ihn dem Arsch über n Kopf, wo er aufgeplatzt is, und setz ihm wieder seine Baseballcap auf, das wird die Scheißbluterei n bisschen stoppen. Dann lass ich den Arsch seine Taschen ausräumen und geb ihm Zeug aus der Küche, womit er den Teppich sauber machen kann. Er hat nix dabei, nur n bisschen Kleingeld, nen Bund Hausschlüssel und n Tütchen mit Pillen.

– Ist das E?

– Aye … Er is voll am Rumschrubben un guckt sich ganz ängstlich um.

– Kein verschissenes Koks?

– … Nee …

Ich check die blöden Schlösser an der Tür. Die sind rausgebrochen, als er mit den Schultern dagegen is, aber das Holz is nich gesplittert, da hat die kleine Fotze noch mal Glück gehabt. Ich brings wieder in Ordnung. Es ist total lose, da muss n neues rein.

Ich geh zu der kleinen Fotze zurück, die noch am Rumschrubben ist. – Sieh bloß zu, dass die Blutflecken rausgehn. Wenn ich nemmich schon Ärger mit ihr krieg wegn Blut auf m Teppich, dann kann sichs auch richtig lohnen, un dann sollste mal sehn, was Bluten heißt.

– Aye … aye … die krieg ich schon raus … meint er.

Ich find raus, dass die Fotze Philip Muir heißt un aus Lochend is. Ich guck mir den Teppich an. Er hat keine schlechte Arbeit geleistet. – Okay, jetzt kommste mal n bisschen mit, erklär ich ihm.

Die kleine Fotze hat zu viel Schiss, um was zu sagen, und wir gehen zu dem Scheißvan. Ich mach die Beifahrertür auf, und er klettert rein. Ich schlender rum zur Fahrerseite und steig ein; ich weiß, dass er zu viel Schiss hat, um zu versuchen, die Fliege zu machen. – Du sagst, wo lang, Kollege, du weißt, wohin wir fahrn.

– Äh …

– Wir fahrn zu dir nach Haus.

Ich mach das Radio an, und wir fahrn nach Lochend. Dieser Van ist schrottreif, der machts nich mehr lange. Es läuft dieses tolle alte Stück von Slade, *Mama Weer Aw Crazee Now*, und ich sing laut mit. – Slade sin echt spitze, sag ich zu dem Kleinen.

Wir halten vor seinem verschissenen Haus. – Die Bude von deiner Ma und deim Dad?

– Aye.

– Irgendeiner zu Haus?

– Nee … aber die sind bald wieder da.

– Dann machen wir mal besser voran. Na los.

Wir also rein, und ich check die Klamotten. N super Fernseher is dabei, so einer mit nem Flachbildschirm, mit Video dabei, eins von diesen neuen Dingern mit CDs, aber trotzdem mit Bild, so ein beschissener VDU oder wie der Scheiß jetz wieder heißt. Ne neue Stereoanlage is auch da, eine von denen mit Riesenlautsprechern. – Okay, Fotze, dann fang ma an einzuladen, erklär ich dem Arschgesicht.

Der Knabe hat immer noch die Hosen voll, und ich pass auf neugierige Fotzen auf der Straße auf. Macht irgendeine Fotze das Maul auf, ist der Kleine geliefert, das weiß er. Wir steign wieder in den Van und bringen das Zeug in Kates Wohnung. Das Geile ist, dass da auch ne Rod-Stewart-CD mit den ganzn Hits drauf bei ist. Die hab ich mir natürlich sofort geklemmt.

Als wir ankommen, is sie mit dem Kind wieder zu Haus. – Frank … das Türschloss … Sie zeigt auf die Schrauben, die schon wieder auf m Boden liegen. – Ich hab bloß den Schlüssel reingesteckt, und da sind sie einfach rausgefallen … Sie sieht den kleinen Scheißer hinter mir stehen. Er macht sich wegen dem Scheißschloss schon wieder nass, und da hat er auch allen Grund zu.

– Okay, mein ich, und wir gehen raus und kommen mit dem Fernseher zwischen uns zurück.

Sie hat die Kleine auf m Arm. – Das Schloss … Frank … was geht hier vor? Was ist das alles? Sie guckt den Fernseher an.

– Dieser junge Freund hier von mir, fang ich mit der Story an, die ich mir auf dem Rückweg im Auto ausgedacht habe. – Der ist echt n guter Samariter, nich, Alter? Hab n paar Klamotten geerbt, also sag ich, bringse hier vorbei. Sin besser als deine alten Sachen.

– Aber das Schloss …

– Aye, das hab ich dir doch schon erzählt, Kate. Weißte nich mehr: Das Schloss muss repariert werden. Ich werd mein Freund Stevo drum bittn, der is Schlosser, der kriegt das hin. Aber guck ma hier! Nagelneuer DVD-Player un alles! Jetzt musste die ganzen alten Videos umtauschen.

– Das ist schrecklich nett, sagt sie. – Danke, Frank …

– Du solltest nich mir danken, dank unserm Philip hier, was, Kollege?

Kate blickt die feige kleine Fotze an. Mittlerweile hat er echt n dickes Veilchen. – Danke, Philip … aber was ist denn mit deinem Gesicht passiert?

Ich unterbreche sie. – Das is ne lange Geschichte, erklär ich ihr. – Wie es so kommt, schuldete mir Philip hier n paar Gefälligkeiten, und als er sich ne neue Stereoanlage und n neuen Fernseher besorgt, hat er mich angerufen un gesagt, du kanns meine alten Sachen ham, wenn du willst. Ich denk natürlich, das wird ja n schöner alter Schrott sein, aber der Kleine meint, die wärn erst achtzehn Monate alt!

– Bist du dir auch sicher, Philip? Die sehn ja schrecklich teuer aus …

– Du weißt doch, wie die Jungspuchte sin, bei denen muss immer alles vom Neusten sein. Das hier ist für die doch schon die Scheißsteinzeit! Jedenfalls hat Philip gleich an mich gedacht, aber n anderes Großmaul meinte, das stünd ihm zu, und hat versucht, ihm Druck zu machen. Also, dabei halt ich den Baseballschläger hoch, – sind wir hingegangen und haben mal n Wörtchen mit der Fotze geredet, ihm gesagt, wos langgeht, was, Philip?

Der kleine Scheißer grinst blöd.

Kate schließt den Fernseher an und schaltet ein. – Was für ein tolles Bild! Sie führt sich auf wie n kleines Gör zu Weihnachten. – Guck mal da, sagt sie zu der Kleinen. – *Bob der Baumeister!* Können wir das schaffen? Yo, wir schaffen das!

– Nur vom Besten, Herzchen.

Der kleine Arsch hält das Maul, der ist froh, am Leben zu sein.

Ich überleg, dass ich vielleicht Verwendung für son kleinen Hampelmann wie den hätte. Ich geh mit ihm nach draußen. – Okay, du kanns jetz gehn, aber du muss mich morgen früh um elf im Café del Sol auf m Leith Walk treffn.

– Weswegn denn? fragt er, schon wieder voller Schiss.

– N Job. Kleine Arschgeigen wie du handeln sich zu viel Scheißärger ein, wenn sie nich arbeiten. Müßiggang is aller Laster Anfang. Also denk dran, Leith, elf Uhr. Wenn ich noch nich da bin, frag nach Lexo. Un bau keinen Scheiß, denn jetzt arbeitest e für mich. Also, im Café morgen früh.

Der kleine Sack hat aufgehört zu zittern, sieht aber immer noch voll perplex aus. – Krieg ich Lohn?

– Aye. Du bleibst am Leben. Das ist dein Scheißlohn, flüster ich ihm zu. – Aber da fällt mir ein, sag ich, als ich seh, dass er Sovies an praktisch jedem Finger hat, – nette Ringe, Alter. Zieh sie ab.

– Oh Mann, nich meine Sovies, bitte, Alter ...

– Runter damit, mein ich.

Der Pinscher fängt an, dran rumzuziehn. – Die gehn nich ab ...

Ich hol mein Messer raus. – Okay, das krieg ich schon hin, erklär ich ihm.

Komisch, aber danach gingen sie problemlos ab.

Der kleine Scheißer gibt sie mir, voll traurig, und ich steck sie ein bis auf einen, den ich ihm wiedergeb. – Heut haste dich gut gehalten. Bleib so, und du kriegstse zur Belohnung wieder. Werd pampig oder bau Scheiß, und du stirbst. Morgen früh im Café, sag ich, geh wieder rein und mach die Tür zu.

Ich ruf Stevo auf m Handy an und sag der Fotze, es wär n Notfall.

Kate meint: – Diese Stereoanlage ist spitze, Frank! Ich kann's gar nicht fassen! Das war soo nett von dem Jungen.

– Aye, das is n netter kleiner Kerl. Er wird mit mir arbeiten. Man muss auf die Jungs n Auge haben. Wenn die nichts Anständiges zu tun ham, komm die nur in Schwierigkeiten. Ich muss es ja wissen, erklär ich ihr.

– Das ist anständig von dir, dem Kleinen unter die Arme zu greifen. Du hast doch n weiches Herz, nicht wahr?

Ich fühl mich ganz komisch, als sie das sagt, irgendwie gut,

aber gleichzeitig denk ich, kein Wunder, dass dem letzten Knaben, mit dem sie zusammen war, schnell die Hand ausgerutscht ist, wenn sie so daherredet. Aber schön, dass sie glücklich is.
– Wie diese Politikerfotze immer sagt, man ist verpflichtet, anderen zu helfen, wenn man Arbeit für sie hat. Schnapp dir deine Jacke, wir gehn aus. Auf n Bier und n Chinafraß.

– Die Kleine …

– Setz das Scheißblag bei deiner Ma ab. Na los, mach hin. Ich hab den ganzn Tag malocht. N Bier und n Chinafraß. N Feierabendbier hab ich mir verdient. Du bringstse bei deiner Ma vorbei, und ich wart hier noch auf Stevo, damit er die Tür repariert. Dazu brauch er nich lang, und wenn doch, lass ich ihm die Zweitschlüssel da, und er kann sie innen Briefkasten stecken, wenner fertig ist. Ich treff dich dann gleich bei deiner Ma.

Kate schminkt sich, zieht sich um un packt dann die Kleine in den Kinderwagen.

Ich stell den alten Fernseher in den Flur und schließ die Box an den neuen an, um *Inside Scottish Football* auf Sky zu gucken. Komisch, die Kopfschmerzen sin weg, und ohne dass ich ne Nummer schieben musste.

28
Linkerei Nr. 18740

Ist schon sehr seltsam, wie die Dinge so kommen. Begbie, Spud und jetzt Renton, alle in mein Leben zurückgekehrt, alle zurück auf der Hauptbühne, auf der das faszinierende Drama Simon David Williamson gegeben wird. Die ersten beiden erbärmliche Loser zu nennen, wäre eine gemeine Beleidigung für diesen Menschenschlag. Renton allerdings: ein Club in Amsterdam. Ich hätte nie gedacht, dass er sich so gut schlägt.

Natürlich ist der dreckige Dieb ganz und gar nicht begeistert, mich zu sehen. Ich hab dem Wichser erklärt, ich würd ihn nicht aus den Augen lassen, bis er mit meiner Kohle rüberkommt, die ich mittlerweile in der Brieftasche hab. Wir sitzen in einem Straßencafé in der Prinsengracht, und er befingert vorsichtig seine geschwollene Nase. – Ich kann nicht fassen, dass du mich geschlagen hast, jammert er. – Du hast doch immer gesagt, Gewalt wär was für Verlierer. Ich sitz da und schüttle bedächtig den Kopf über diese Fotze. Ich hätte Lust, ihn gleich noch mal zu schlagen. – Mich hat ja vorher auch noch nie ein Freund um Geld betrogen, erkläre ich ihm, – und ich weiß wirklich nicht, woher du die Unverschämtheit und verdammte Frechheit nimmst, mir Schuldgefühle einreden zu wollen. Du hast mich nicht nur abgelinkt, gifte ich knurrend und spür die Empörung anschwellen, als ich auf den Tisch haue und lauter werde und dafür verwunderte Blicke von zwei fetten Amerikanern neben uns kassiere, – du hast auch noch Spud ausbezahlt! Die beschissene Junkiefotze hat mir jahrelang kein Sterbenswort davon gesagt! Und auch dann ist es ihm nur rausgerutscht, als er panne war!

Renton führt den Espresso an die Lippen. Er pustet, nippt daran. – Ich hab mich doch entschuldigt. Es tut mir Leid, wenn das ein Trost für dich ist. Ich hab dran gedacht, dich auszubezahlen, und hatte es auch wirklich vor, aber du weißt doch, wie das mit Kohle ist, irgendwie ist sie plötzlich weg. Ich hab wahrscheinlich gedacht, du würdest es irgendwann vergessen …

Ich funkele ihn wütend an. Was glaubt dieser Kretin wohl, mit wem er hier spricht? Auf welchem Planeten lebt das Arschloch? Planet Leith in den beschissenen achtziger Jahren, wette ich.

– … na ja, vielleicht nicht vergessen, aber du weißt schon … Dann zuckt er die Achseln. – Es *war* ein bisschen egoistisch. Aber ich musste einfach weg, Simon, weg von Leith, weg von dem ganzen Junkiescheiß.

– Und ich wohl nicht, was? Und ob du verdammt egoistisch warst, Sportsfreund, ich hau noch mal auf den Tisch. – Ein bisschen egoistisch, sagt der. Die Untertreibung des Jahrhunderts.

Ich höre, wie die Amerikaner was in einer Sprache sagen, die sich wie Skandinavisch anhört, dann geht mir auf, dass es tatsächlich Schweden oder Dänen sind. Komisch, sie sehen in ihren steifen Klamotten ein bisschen zu fett und blöde aus, um was anderes als nicht mehr ganz junge Amis zu sein.

Renton zieht seine Baseballcap nach vorn, weil ihm die Sonne in die Augen scheint. Sieht ein bisschen fertig aus. Einmal Junkie … außer man ist Simon David Williamson und aufgrund dieser Tatsache über solchen Scheiß erhaben. – Ich hatte mir irgendwie gedacht, zahl erst mal Spud aus, sagt er, mit seiner Kaffeetasse spielend. – Ich dachte, Sick B… Simon ist ein Stehaufmännchen, der hat Geschäftssinn. Der wird schon klarkommen, der landet immer auf den Füßen.

Ich sage nichts, wende aber demonstrativ den Kopf ab und beobachte ein Boot, das die Gracht entlangtuckert. So ein Crustie in dem Boot sieht uns, drückt auf die Hupe und winkt rüber. – Hey, Mark! Wie geht's?

– Prima, Ricardo, wir genießen die Sonne, Alter, ruft Renton und winkt zurück.

Der verfickte Rent Boy, eine Stütze der Holzschuhgesellschaft. Vergisst ganz, dass ich ihn gesehen hab, als er junk-krank war, sein ganzer Körper danach schrie; wie er ne geklaute Brieftasche plünderte, so wie ein ausgehungertes Raubtier ein kleines, nicht sehr gehaltvolles Beutetier verschlingt.

Jetzt erzählt er mir seine Story, die ich interessant finde, obwohl ich mich gleichgültig stelle. – Ich bin erst mal hierher gekommen, weil es der einzige Ort war, wo ich schon mal war, fängt er an. Ich verdrehe die Augen, und er sagt: – … na ja, abgesehen von London und Essex, wo wir auf den Kanalfähren gearbeitet haben. Aber dadurch bin ich ja auf die Idee gekommen, mich hier niederzulassen, weil wir immer nach dem Dienst auf den Fähren hier waren, weißt du noch?

– Aye … nicke ich mit verschwommener Erinnerung. Ich weiß nicht, ob sich hier was verändert hat. Es fällt schwer, sich ins Gedächtnis zu rufen, wie's hier früher ausgesehen hat, bei den ganzen Drogen, die wir konsumiert haben.

– Komisch, ein Teil von mir hat immer geglaubt, ich wär hier leicht für euch zu finden. Ich hatte gedacht, dass irgendwer, der hier Urlaub macht, auf mich stößt. Scheiße, ich hatte gedacht, hier wär der erste Ort, an dem ihr suchen würdet, grinst er.

Ich verfluche meine eigene Blödheit. Keiner von uns war auf Amsterdam gekommen. Weiß der Henker, warum nicht. Ich hatte immer gedacht, dass entweder ein Bekannter oder ich selbst ihm zufällig in London oder meinetwegen Glasgow begegnen würde. – Das war der erste Ort, an den wir gedacht haben, lüge ich, – und wir waren ein paar Mal hier. Du hast bloß Glück gehabt, erzähle ich ihm, – bis jetzt.

– Ich nehme an, du wirst den anderen von mir erzählen, sagt er.

– Arschlecken, knurre ich verächtlich. – Meinst du etwa, Typen wie Begbie jucken mich? Die blöde Fotze soll sich ihren Anteil selber zurückholen; mit diesem Psychopathen hab ich nichts am Hut.

Renton lässt das erst mal einsinken und fährt dann mit seiner Geschichte fort. – Komisch, als ich hier ankam, hab ich zuerst in nem Hotel da vorn gewohnt, sagt er, die Prinsengracht runterzeigend. – Dann fand ich ein Zimmer unten in Pjip, das ist so was wie das Brixton von Amsterdam, erklärt er, – südlich von der Touristengegend. Wurde clean und lernte ein paar von den Jungs aus der Szene kennen. Dieser Martin, mit dem ich mich anfreundete, hatte Kontakte zu einem Sound System in Nottingham. Wir begannen, Clubnächte und Partys zu veranstalten, nur so zum Spaß. Wir standen beide auf House, und hier gab's nur Techno. Wir wollten diese kontinentale Orthodoxie aufbrechen. Wir nannten es Luxury. Unsere Abende wurden ziemlich populär; dann bat uns so ein Knabe namens Nils, das einmal im Monat in seinem kleinen Club zu machen, dann vierzehntägig, schließlich wöchentlich. Dann mussten wir uns größere Räumlichkeiten suchen.

Renton merkt, dass er jetzt etwas selbstgefällig klingt, und relativiert ein bisschen. – Ich mein, ich leb ganz gut davon, aber uns trennen immer bloß zwei oder drei miese Nächte vom Untergang. Ist uns aber scheißegal: Wenn's vorbei ist, ist's eben vorbei. Ich muss nicht um jeden Preis nen Club veranstalten.

– Worauf es also hinausläuft, ich fühle, wie die Verachtung in mir hochsteigt, – ist, dass du in Geld schwimmst und deinen Freunden nichts abgibst. Ein paar magere verfickte Riesen.

Renton protestiert so halbherzig, dass es nur sein schlechtes Gewissen betont. – Ich hab dir gesagt, wie es war. Ich habe eine Art mentalen Schlussstrich unter mein Leben zu Hause gezogen. Und ich schwimm nicht in Geld, wenn wir alle nach einer Clubnacht ausgezahlt haben, teilen wir durch zwei. Bis vor ein paar Jahren hatte ich nicht mal ein Firmenkonto. Erst seit ich an nem Abend mal ausgeraubt wurde. Ich war samstags immer mit ein paar tausend Pfund in der Tasche rumgelaufen. Aber aye, mir geht's ganz gut. Ich hab mir die Wohnung da oben in der Brouwersgracht gesucht, sagt er und hört sich jetzt definitiv scheißaufgeblasen an.

Gibt's keine Unrast mehr unter den Menschen? Es ist doch scheißöde, so lange ein und denselben Club zu machen. – Du machst also seit acht Jahren ein und denselben Club, sage ich vorwurfsvoll.

– Es ist nicht wirklich derselbe, er hat sich stark verändert. Heute machen wir große Events wie Dance Valley und den Queen's Day hier und die Love Parade in Berlin. Wir sind überall in Europa und den Staaten, Ibiza, beim Dance Festival in Miami. Martin ist das Aushängeschild von Luxury, für die Dance-Music-Presse und so, ich halt mich im Hintergrund ... aus nahe liegenden Gründen.

– Aye, als da wären ich, Begbie, Second Prize und Spu... ach,

Spud natürlich nicht, nee, die Fotze hast du ja ausbezahlt, nicht wahr? beschuldige ich ihn wieder. Ich kann es immer noch nicht fassen, dass er Murphy ausbezahlt hat und mich nicht.

– Wie geht's Spud denn? fragt Agent Orange.

Ich nicke ein paar Mal, sehe ihn prüfend an und lasse einen Schimmer zufriedener Verachtung mein Gesicht erhellen. – Im Arsch, erklär ich ihm. – Oh, er war clean, bis die Asche von dir kam. Dann hat er alles für Junk verbraten. Jetzt geht er den Weg, den auch Tommy, Matty und die ganze Bande gegangen sind, reibe ich ihm genüsslich unter die Nase.

Na, meldet sich jetzt das schlechte Gewissen, Verräter?

Rentons bleiches Gesicht errötet immer noch nicht, aber sein Blick wird etwas weicher. – Ist er positiv?

– Aye, erzähle ich ihm, – und du hast sicherlich entscheidend dazu beigetragen. Gut gemacht, proste ich ihm zu.

– Biste sicher?

Ich hab nicht den leisesten Schimmer, was den Zustand des Immunsystems vom Scruff-Boy betrifft. Wenn er nicht HIV-positiv ist, dann ist er zumindest längst überfällig. – So sicher, wie er positiv ist.

Rents denkt eine Weile darüber nach und sagt dann: – Schlimme Sache.

Ich kann nicht widerstehen, darum trag ich noch dicker auf: – Ali ist auch positiv. Weißt du, die waren zusammen. Haben so auch noch nen kleinen Jungen gekriegt. Der britische Steuerzahler sollte dir dankbar sein, sage ich witzig, – du beseitigst Sozialschmarotzer.

Jetzt sieht Renton etwas mitgenommen aus. Kleine Notlüge natürlich, obwohl es mich gewiss nicht überraschen würde, wenn Murphy Vollbild-Aids hat, so wie die Fotze drauf ist. Das hier ist allerdings nur eine kleine Anzahlung auf die Leiden, die den Rent Boy noch erwarten. Er hat sich wieder etwas gefangen und versucht nun sogar, eine lächerliche Kaltschnäuzigkeit rauszukehren. – Wie deprimierend. Gut, hier drüben zu sein, grinst er und betrachtet die schiefen, schmalen Häuser, die aussehen wie schwankende Betrunkene, die sich gegenseitig stützen. – Scheiß auf Leith. Gehen wir rüber in den Rotlichtbezirk und trinken ein paar Bier, schlägt er vor.

Wir gehen hin und verleben einen netten Tag mit Picheln. Wir machen's uns vor einem Café gemütlich, und ich merke, dass meine Schwindeleien Renton getroffen haben, auch wenn ihn ein paar Bier wieder etwas kesser gemacht haben. – Ich versuch, zurechtzukommen und dabei so wenig Leuten wie möglich das Leben zu versauen, sagt er wichtigtuerisch, während wir einen Trupp krakeelender englischer Rabauken an uns vorbeiziehen sehen.

Das möcht ich sehen.

– Ja, ich geb zu, das ist hart. Sie *sind* ja auch unsere wichtigste Ressource, sage ich, und als er mich ausgesprochen verwirrt ansieht, füge ich hinzu: – Mit uns meine ich *Männer mit Ambitionen*, anders gesagt, die einzigen Leute, die heute zählen.

Renton will protestieren, aber dann überlegt er es sich, lacht und klopft mir auf den Rücken, und mir wird klar, dass wir abartigerweise fast wieder so was wie Freunde geworden sind.

Ich entscheide mich dafür, diese Nacht lieber auf Rentons Sofa zu pennen, statt zu dem Affentanz im Hotel zurückzukehren. Offenkundig wollten Rabs alte Hooligan-Kumpels gestern Abend einfach jeden aufklatschen, als wär ihnen plötzlich aufgefallen, dass es bald schon wieder nach Hause ging und sie vor lauter Kifferei und Rumvögelei bislang ganz vergessen hatten, irgendwen zu vermöbeln. Es gab Pläne, heut nach Utrecht zu fahren, um sich mit irgendwelchen bescheuerten Käsköppen zu schlagen. Da scheiß ich drauf, ich bleib hier bei Renton.

Renton lebt mit so einer deutschen Perle zusammen, Katrin, einem mürrischen, mageren Nazi-Girl ohne Titten, genau die Sorte, auf die Renton eigentlich immer abfährt. Knabenhaft. Hab mir schon immer gedacht, dass er ein verkappter Homo ist, der sich nicht richtig traut, das auszuleben, und deswegen Mädchen fickt, die wie kleine Jungs aussehen. Wahrscheinlich in den Arsch, das bietet befriedigende Enge für den weniger gut bestückten Mann. Allerdings könnte ne Nummer mit dieser Katrin sich lohnen. Könnte. Knochige Mädchen ohne Titten und Arsch sind normalerweise ziemlich versaut, sie kompensieren damit, dass ihnen die Polsterung fehlt, die wir Jungs so schätzen. Diese eiskalte kleine Teutonenkuh sagte kaum ein Wort und reagierte nicht mal auf meine Versuche, ihr charmante Höflichkeiten zu sagen. Wie zum Teufel hat sich magnifico Italia jemals mit diesen pseudosächsischen Fotzen für die Zweite Weltklopperei zusammentun können? Aber aye, vielleicht verlöte ich ihr einen, und sei es nur, um Rents zu ärgern. Es ist schon komisch, wie er so dasitzt und fit, fast kontinental aussieht. Er ist immer noch total dünn, aber nicht so, dass es abstoßend ist. Er hat ein bisschen mehr Fleisch auf seinem alten rothaarigen Schädel. Sein Haar ist etwas dünner und geht langsam zurück; Kahlheit ist der Fluch vieler Rotschöpfe.

Der beste Weg ist, die Fotze hinzuhalten, ihn zutraulich werden zu lassen. Und dann kriegt er's. Und ich weiß, von wem. Denn es geht nicht um das Geld, es geht um den Verrat. Ich erwärme mich schon mal für das Thema, während wir uns fertig machen, auf ein weiteres Bier rauszugehen. – Was Begbie angeht, warst du in Leith der Held, weil du die Fotze abgezogen hast, erzähl ich ihm. Natürlich ist das eine dreiste Lüge. Begbie ist ein Mistkerl, aber niemand mag einen, der bescheißt.

Aber Renton weiß das. Er ist nicht blöd, das ist ja das Problem, die rothaarige Judas-Sau ist alles andere als blöd. Er kneift die Augen immer noch auf die alte zynische Art zusammen, wenn er etwas, das er hört, nicht glaubt oder anderer Ansicht ist. – Da bin ich nicht so sicher, sagt er. – Begbie hat eine Menge durchgedrehter Kumpels. Die Sorte von Jungs, die jeden nur so aus Spaß plattmachen. Und ich hab ihnen sogar noch einen Grund geliefert.

Nur zu wahr, Klau-Kid. Ich frage mich, wie Lexo Setterington, die Kante, Begbies ehemaliger ›Geschäftspartner‹, der keine halbe Meile von hier in meinem Hotel residiert, wohl reagieren würde, wenn er erführe, dass Rents in der Stadt ist. Wird er sich wohl veranlasst fühlen, im Namen seines Freundes Gerechtigkeit zu üben? Yep, er hat über Begbie hergezogen, aber das bedeutet bei nem Typen wie ihm natürlich gar nichts. Im besten Fall wird er sich nur an die Strippe hängen, um seinem Kumpel François Bescheid zu geben, der mit dem nächsten Flugzeug hier wär. Aye, der verdammte Kleiderschrank hat durchaus was Bösartiges an sich. Dem wär es definitiv eine Freude, dem Beggar Boy zu erzählen, dass er Rents Adresse kennt.

Verführerisch, aber … nein. *Ich* will derjenige sein, der diese gute Nachricht überbringt. Renton hat einen Club, eine Woh-

nung, eine Freundin. Der wird nicht von jetzt auf gleich verschwinden, vor allem nicht, wenn er sich in Sicherheit wiegt.
– Kann sein, sage ich schroff und füge dann in anderem Tonfall hinzu, – aber du solltest mal wieder nach Edinburgh kommen, die Familie besuchen, sag ich, wobei mir einfällt, dass ich meine eigene kaum gesehen hab, seit ich wieder da bin.

Renton zuckt mit den Achseln. – War ich ein paar Mal. In aller Stille sozusagen.

– Hatte ich keine Ahnung von ... sage ich, ziemlich sickig, weil der Wichser sich rein- und wieder rausschleichen konnte, ohne dass ich davon erfahren hab.

Darüber lacht die rothaarige Fotze lauthals. – Ich hätte nicht gedacht, dass du mich so vermisst.

– Nee, aber meine Faust hat dein Gesicht vermisst, versichere ich dem Dreckskerl.

– Das meinte ich ja, sagt er und fügt dann mit hoffnungsvollem Blick hinzu, – ich hab gehört, Begbie sitzt noch.

– Aye. Der wird noch ein paar Jahre absitzen müssen, schwindele ich mit meinem besten Pokerface. Ich glaube, das hab ich ganz gut hinbekommen.

– Dann könnte ich ja vielleicht mal rüberkommen, grinst Renton.

Gut. Soll die Fotze leichtsinnig werden. Langsam beginnt es, mir Spaß zu machen.

Später mache ich ein Treffen zwischen uns und Terry und Rab aus, weil ich mir vorstellen könnte, dass Renton mit seinen Kontakten in Amsterdam und der Musikszene ganz nützlich sein könnte. Als ich ihm erzähle, was wir vorhaben, scheint er recht interessiert zu sein. Also sitzen ich, Rab, Terry, Billy und Rents bei einem Bier und einem Joint im Hill Street Blues Café in der Warmoestraat zusammen und palavern. Terry und Billy erinnern sich noch vage von früher an Rents; aus dem Clouds, vom Fußball und so. Aber Terry guckt ihn immer noch skeptisch an. Nur zu wahr: Niemand traut einem Betrüger, der die eigenen Leute reinlegt, und er wird sein Fett hundertpro noch abkriegen.

Rab Birrell, der (vernünftigerweise) auf den Utrecht-Trip verzichtet hat, weil aufgeschlagene Lippen, gebrochene Nasen und blaue Augen auf Hochzeitsfotos nicht gut kommen, erklärt uns im Café grade etwas. Aus irgendeinem Grund scheint sich Rab über Terry und mich geärgert zu haben, wahrscheinlich weil wir ihn die meiste Zeit mit seinen Fußballkumpels allein gelassen haben, und ich glaube, die wollten ein Veteranentreffen, während Rab sich eher was Gemäßigteres vorgestellt hatte. Aber er weiß eine Menge, dieser Birrell, und er hat was vorgebracht, was Terry nicht in den Kram passt. – Ich versteh trotzdem nicht, warum wir hier filmen müssen, sagt er zu Rab.

Rab guckt mich nervös und ernst an. – Du vergisst die Bullen. Diese Art von Filmen ... er zögert und wird etwas rot, als Terry die Lippen schürzt und eine tuntige Handbewegung macht, – ... na schön, Terry, diese Sorte von Filmen, die wir machen wollen, ist strafbar nach dem OPA.

– Na schön, Mister verfickte Studentenfotze, hakt Juice Terry nach, – ... dann erklär uns mal, was der OPA ist.

Rab räuspert sich und blickt erst Billy und dann Rents um Unterstützung heischend an. – Das ist der Obscene Publications Act, das Gesetz, in dem das geregelt ist, was wir machen wollen.

Renton sagt nichts. Er hat diesen undurchschaubaren Gesichtsausdruck aufgesetzt. Renton. Wer ist er? Was ist er? Er ist ein Verräter, ein Betrüger, eine Fotze, ein Streikbrecher, ein Egoist, er ist all das, was man sein muss, um in der neuen kapitalistischen Weltordnung voranzukommen. Und ich beneide ihn. Ich beneide den Dreckskerl aufrichtig, denn er interessiert sich echt für niemanden außer für sich selbst. Ich wäre gern so wie er, doch Leidenschaft, wilde, impulsive, italienisch-schottische Leidenschaft brennt zu stark in mir. Ich schaue ihn an, wie er dasitzt und alles vorsichtig vom Rande aus beobachtet, und ich spüre, wie sich meine Hände vor Wut um die Stuhllehnen krallen, bis die Knöchel weiß hervortreten.

– Aye, wir müssen also wirklich aufpassen wegen der Polizei, sagt Rab zum Schluss nervös.

Ich seh ihn an und schüttle vehement den Kopf. – Es gibt Mittel und Wege, sich mit den Bullen zu arrangieren. Du vergisst eins: Bullen sind bloß Gauner mit Spätzündung.

Rab guckt skeptisch. Renton schaltet sich ein. – Sick Boy ... äh, Simon hat Recht. Leute kommen zum Verbrechen, weil sie in einem kriminellen Umfeld aufwachsen. Die meisten Cops werden auf der Gegenseite groß, daher dauert es bei ihnen etwas länger. Aber da sie durch ihre Arbeit intensiv in ein kriminelles Umfeld eingebunden werden, holen sie bald auf. Heutzutage ist man als Übeltäter bei der Polizei am besten aufgehoben. Da hat man schnell raus, was machbar ist und was nicht.

Man kann sehen, dass Birrell voll darauf abfährt, als hätte er eine verwandte Seele gefunden. Terry hat Recht, was die Fotze angeht. Der würde auch diskutieren, ob der Mond aus Käse ist oder nicht, wenn man so blöd wär und ihn ließe. Bevor er und Rents gemeinsam loslegen können, schalte ich mich deshalb ein.

– Ich will hier keine lange Scheißdiskussion. Ich sag dazu nur, überlasst die Polizei mir. Ich arbeite da schon dran. Ich rechne täglich mit einer Erfolgsmeldung. Da rufe ich doch auf der Stelle mal an.

Ich gehe aus der Kneipe raus und versuche, mit dem grünen Handy ein Netz zu kriegen. Eigentlich soll das auf dem Kontinent funktionieren, aber *einen Scheiß* tut es. Ich bin versucht, dieses Spielzeug für Unterbelichtete in die Gracht zu werfen. Stattdessen pack ich es wieder ein, geh zum Tabakladen, kaufe mir eine Telefonkarte und rufe von einer Zelle aus zu Hause an. Ich verspüre, wie mich ohne besonderen Anlass ein lustvoll verqueres sexuelles Verlangen überkommt, rufe Interflora an und bestelle ein Dutzend rote Rosen für Nikki und das Gleiche für Lauren, ihre kleine Freundin mit der Brille, wobei mich die Vorstellung, wie sie darauf reagieren wird, sogar noch mehr erregt.

– Keine Karte, instruiere ich die Frau am Telefon.

Dann rufe ich die Beschützer von Leith an. – Hallo. Mein Name ist Simon Williamson, ich bin der Inhaber des Port Sunshine. Ich würde gerne erfahren, was die Analyse der konfiszierten Pillen ergeben hat, erkläre ich und ziehe aus meiner Tasche einen Zettel, den mir Kebab-Cop gegeben hat. – Meine Tagebuchnummer lautet null sieben sechs zwei …

Nach einer langen Wartezeit höre ich am anderen Ende eine entschuldigende Stimme. – Tut mir Leid, Sir, das Labor ist etwas überlastet …

– Na toll, schnauze ich, ganz der ungeduldige, empörte Steuerzahler, und lege auf. Sobald ich zurück bin, schreib ich als Erstes an den Polizeipräsidenten, um mich saumäßig zu beschweren.

29
›... ein Dutzend Rosen ...‹

Lauren und ich werden mit Blumen erschlagen: jede ein Dutzend Rosen, blutrot mit dunkelgrünen Stängeln, von einem anonymen Absender, nur mit unseren Namen auf den Karten. Lauren bekommt sofort Angstzustände, sie glaubt, es sei jemand vom College. Wir sind ein bisschen verkatert, wir waren gestern Abend was trinken, nachdem sie aus dem Schoß ihrer Familie in Stirling zurückgekehrt war.

Dianne kommt aus ihrem Zimmer und ist von unseren Buketts beeindruckt. – Ihr Glücklichen, sagt sie, zieht ein tränenseliges Gesicht und quengelt: – Wo ist meiner! Wo ist mein verdammter Traumprinz!

Meine Mitempfängerin sucht mit verkniffenem Gesicht und knirschenden Zähnen zwischen den Blumen herum, als wäre darin eine Bombe versteckt. – Der Laden muss wissen, wer sie geschickt hat! Ich werd da anrufen und mich erkundigen, plärrt Lauren. – Das ist sexuelle Belästigung!

– Ach was, sagt Dianne, – dieser Alki im Pear Tree letzte Woche, das war Belästigung! Das hier ist Romantik! Schätz dich glücklich, Mädchen.

Das beschäftigt mich für den Rest des Tages und hilft mir über ein paar öde Lehrveranstaltungen hinweg, bevor ich wieder nach Hause gehe und mich für den Sauna-Dienst umziehe. Ich will die Schicht mit Jayne tauschen, und sie hat auch zugestimmt, doch ich kann Bobby nicht finden, der das absegnen muss. Zweifellos hockt er in einem der Dampfbäder und schwitzt sich einen mit seinen Kumpanen. Es ist Donnerstagabend, und aus irgendeinem Grund ist das immer Gangsterabend. Die zahllosen kompakten, leicht übergewichtigen Körper triefen genauso vor Gold wie vor Schweiß. Es ist komisch, aber von Montag- bis Mittwochabend kommen vornehmlich Geschäftsleute, freitags meistens Jungs, die sich was gönnen, und samstags Fußballer, aber heute Abend dominiert das kriminelle Element.

Gegen Ende meiner Schicht bemerke ich, dass mir die Handtücher ausgegangen sind, und gehe in den Massageraum nebenan. Jayne trommelt auf einen Riesenfleischberg auf der Liege ein, seine durch Dampfbad-Exzesse bedingte krebsrote Farbe erscheint im Licht der in den Kiefernholzboden eingelassenen Leuchten hellgrün. Jaynes Gesicht wird von unten angestrahlt, und ich kann das Grinsen um ihren Mund, aber nicht ihre Augen sehen, als ich mit dem Kopf auf den Stapel weißer, immer jungfräulich weißer Handtücher deute, bevor ich mir ein paar schnappe und den Rückzug antrete, während die wabbelnde Masse unter einer Handkantenattacke aufstöhnt. Als ich rausgehe, höre ich so was wie ›Doller … hau ruhig doller drauf, du kannst *ruhig* doller draufhauen …‹ Ich bin leicht verstimmt, als mir klar wird, dass das ein Typ ist, der sonst immer nach mir fragt. Aber wen kümmert's. Endlich finde ich Bobby und tausche die Schicht. Bei Bobby ist ein Kerl namens Jimmy, ein Kunde, dessen vollen Namen ich nicht kenne und der mich fragt, ob ich schon mal daran gedacht hätte, im Bereich Begleitservice zu arbeiten. Ich gucke skeptisch, aber er sagt: – Ich frag nur, weil Sie hervorragend zu einem Kollegen von mir passen würden. Es ist gutes Geld, und Sie werden groß zum Essen ausgeführt … grinst er.

– Es ist der Nachtisch, der mir Sorgen macht, grinse ich zurück, – der neunundsechzigste Teil davon.

Jimmy schüttelt energisch den Kopf. – Nein, nichts Derartiges. Dieser Mann mag einfach nette Gesellschaft, das ist alles, er geht einfach gerne mit einem schönen Mädchen an der Seite aus. Das wäre der Deal. Alles, was ihr sonst noch aushandelt … tja, das geht nur euch beide was an. Er ist Politiker, aus Übersee.

– Warum fragen Sie mich?

Er lacht so herzhaft, dass man seine Zahnfüllungen sieht. – Na ja, zum einen sind Sie sein Typ, und zum anderen sind Sie immer picobello angezogen. Ich wette, Sie gehören zu den Mädchen, die ein paar atemberaubende Modelle im Schrank haben, sagt er und setzt ein eselhaftes Grinsen auf. – Lassen Sie es sich mal durch den Kopf gehen.

– Okay, das tu ich, erkläre ich ihm und mach mich auf den Weg nach Haus, zum ersten Mal seit einer ganzen Weile, ohne erst noch was trinken zu gehen. Ich gehe in mein Zimmer und mache ein paar intensive Stretching-, Beuge- und Atemübungen. Dann gehe ich ins Bett und schlafe so gut wie seit Monaten nicht mehr.

Ich stehe am Morgen fast begierig auf, bin ganz ungewohnterweise vor Lauren und Dianne im Bad und überlege dann eine Ewigkeit, was ich anziehen soll. Wieso diese Aufregung? Tja, ich will nach Leith und bin mehr als froh, dass die Jungs wieder da sind. Es ist seltsam, aber mir hat die letzten Tage definitiv etwas gefehlt. Als ich in den Pub komme, wird mir klar, was es war. Sick Boy, oder Simon, wie ich ihn nennen sollte, hat sich für mich in der kurzen Zeit seit seiner Abreise nach Amsterdam von einer kleinen Ablenkung zum Hauptgang gemausert. Ich hatte halb geglaubt, dass meine freudige Erwartung Rab gelten würde, aber als ich Simon in blank geputzten schwarzen Schuhen, schwarzer Hose und einem grünen Sweatshirt sah, dachte ich nur noch: Hallo, was haben wir denn da. Er hatte ein paar Tage alte Bartstoppeln, und das streng nach hinten geklatschte Haar à la Steven Seagal war verschwunden und durch einen locker fallenden, fast flauschigen Schnitt ersetzt worden, der ihn weicher aussehen ließ. Seine Augen funkelten und hüpften vom einen in der versammelten Truppe zum nächsten und schienen bei mir zu verweilen.

Er sah so blendend aus, dass mir sofort Zweifel hinsichtlich meiner eigenen Erscheinung kamen. Nachdem ich lange mit mir zu Rate gegangen war, hatte ich mich für eine weiße Baumwollhose, schwarzweiße Turnschuhe und eine kurze blaue Jacke entschieden, die, wenn ich die unteren Knöpfe zumachte, mein Dekolletee in dem V-Ausschnitt des etwas hellblaueren Tops akzentuierte.

Ich schaue Rab an und sehe jetzt bloß noch einen durchschnittlich gut aussehenden Mann, dem jedoch jedwedes Charisma abgeht. Simon dagegen verströmt diese Eigenschaft aus allen Poren. Diese Art, wie er seine Ellbogen auf die lange, fleckige Theke stützt, sein Kinn auf die Stelle zwischen Handballen und Handgelenk legt und dann träge mit den Fingern über die Bartstoppeln am Hals reibt. Ich denke: Ich will mit meinen Fingern das machen, was seine machen.

Irgendwas ist im Gange. Simon kommandiert alle herum, Terry ist amüsiert, und Rab wirkt nachdenklich. Seine Hochzeit ist erst in einigen Monaten, aber er hat seinen Junggesellenausstand früh anberaumt, für den Fall, dass sie ihn unter Drogen setzen und in einen Güterzug nach Warschau verfrachten würden oder etwas Derartiges. Ich behalte Simon im Auge, aber er gibt mir durch nichts zu erkennen, dass er der Rosenmann ist.

Melanie kommt etwas zu spät und setzt sich neben mich. Ich sehe zufällig, wie Simon gereizt auf seine Uhr guckt. Rab und er scheinen sich permanent über den Film zu streiten. Es fällt jetzt immer wieder der Name eines neuen Typen, ein geheimnisvoller Kerl namens Rents aus Amsterdam.

Simon kapituliert mit erhobenen Händen spöttisch vor Rab. – Okay, okay, der Film muss also aus rechtlichen Gründen in Amsterdam gedreht werden oder vielmehr so aussehen, als wär er dort gedreht. Aber die Innenaufnahmen können wir doch wohl im Pub drehen, argumentiert er. – Ich meine, wir brauchen ja bloß ein paar Anfangseinstellungen mit Außenaufnahmen von Straßenbahnen, Grachten und solchem Scheiß. Das wird niemand merken.

– Aye, ist wohl so, räumt Rab ein, klingt aber, als würde es ihm vor Sorge im Hals stecken bleiben.

– Gut, haken wir das also ab, sagt Simon großspurig und guckt mich dann direkt an, und ich spüre, wie sich unter seinem Scheinwerferlächeln mein Herz öffnet und mein Magen zusammenzieht. Ich grinse nervös zurück. Simon reibt sich wieder müßig die Stoppeln. Ich würd ihn am liebsten mit einem Rasiermesser rasieren, ihn einseifen und die wechselnden Emotionen in seinen großen, dunklen Augen beobachten, während ich ihm langsam mit der Klinge übers Gesicht fahre …

Ich werde aus meinen Gedanken gerissen, obwohl es schwer fällt, sich nicht ausschließlich auf Simon zu konzentrieren, doch nun sagt er: – Du solltest doch das Skript schreiben, Terry, wie geht's voran?

Mich interessiert ganz allein, wie gern ich dich ficken würde, Mr Simon Sick Boy Williamson, mich ganz um dich herumschlingen und jeden verdammten Tropfen aus dir in mich reinquetschen, dich benutzen, aufzehren und erschöpfen, sodass du nie wieder eine andere Frau haben willst …

– Echt super, aber ich hab noch nichts aufgeschrieben. Es is alles hier drin, grinst Terry breit, tippt sich an den Kopf und strahlt mich an, als hätte ich ihm die Frage gestellt, als wären die anderen gar nicht da. Terry. Die Sorte Mann, die man nicht gerade attraktiv nennen kann, aber trotzdem ficken würde, bloß weil sie so begeistert zur Sache gehen. Vielleicht ist *er* der Phantomflorist. – Terry, dass du Sex im Kopf hast, wissen wir. Aber wir brauchen den auf Papier.

– Ich versteh, was du meinst, Sahneschnitte, grinst er, sich durch sein lockiges Haar streichend, – aber ich bin nich direkt einer, der was aufschreibt. Was ich vielleicht tun könnte, wär auf n Band zu sprechen, und irgendwer tippt es dann ab, fügt er hinzu und guckt mich dabei hoffnungsfroh an.

– Du willst also damit sagen, du hast einen Scheiß getan, attackiert ihn Rab und guckt sich in der Runde um.

Ich schaue Melanie an, die desinteressiert mit den Achseln zuckt. Ronnie grinst, Ursula löffelt eine Heiße Tasse, und Craig sieht aus, als hätte er ein Magengeschwür. Dann kramt Terry verlegen ein paar A4-Bögen hervor. Ich würde die Handschrift eher krakenhaft als krakelig nennen.

– Wieso sagste denn, du hättest nichts gemacht? fragt Rab, nimmt ihm die Seiten weg und überfliegt sie.

– Schreiben is nich mein Ding, Birrell, sagt Terry schulterzuckend, aber er ist ziemlich verlegen. Rab reicht es mir kopfschüttelnd weiter.

Ich lese ein Stückchen, und es ist so grotesk unbeholfen, dass ich es einfach vorlesen muss. – Terry, das ist ja der reinste Blödsinn! Hört euch das mal an: ›Die Jungs ficken die Alte in den Arsch. Die eine Alte leckt die andere Alte sauber.‹ Das ist ja schauderhaft!

Terry zieht die Schultern hoch und fährt sich erneut über seinen Lockenkopf.

– N bisschen minimalistisch, Mr Lawson, schnaubt Rab, als er mir die Seiten wieder wegnimmt und damit vor Terrys Gesicht rumwedelt. – Das ist Hühnerkacke, Terry. Das ist kein Skript. Hier gibt's gar keine Story. Es wird nur gevögelt, lacht er und reicht sie an Simon weiter, der sie gelassen studiert.

– Das wollen wir ja auch, Birrell; is ja n Pornofilm, verteidigt sich Terry.

Rab verzieht das Gesicht und lehnt sich zurück. – Aye, das ist das, was die ganzen Pennbrüder wollen, denen du deine Fickfilmchen zeigst. Ich dachte, wir wollen hier nen richtigen Film drehn. Ich mein, das ist ja nicht mal wie n Drehbuch geschrieben, er wedelt mit der Hand in der Luft herum.

– Vielleicht sieht es jetzt noch nich so aus, Birrell, wart's ab, bis die Schauspieler ihm Leben einhauchen ... wie dieser Jason King früher im Fernsehn, sagt Terry, einer plötzlichen Eingebung folgend. – Jede Menge Anspielungen und so. Die Swinging Sixties sind wieder total in, so nen Touch müsste man dem geben.

Während dieses Disputs haben die Übrigen, die gelangweilt und zerstreut aussahen, kein Wort gesagt. Simon legt Terrys Notizen vor sich auf den Tisch, lehnt sich im Stuhl zurück und fängt an, mit den Fingern auf die Stuhllehne zu trommeln. – Als jemand mit Erfahrung in der Branche darf ich da vielleicht vermitteln, sagt er auf seine pompöse Art, bei der man nie weiß, ob es Wichtigtuerei oder Ironie ist. – Rab, warum nimmst du nicht Terrys Skript und baust einen Handlungsverlauf ein?

– Den hat es auch scheißnötig, sagt Rab.

– Aye, es sollte ja auch keine dämliche Doktorarbeit sein, Birrell, macht Terry lauthals geltend.

– Gut, sagt Simon, gähnt und räkelt sich wie eine Katze, die Augen funkeln im gedämpften Licht, – ich glaube, du brauchst hier ein bisschen Unterstützung, Terry. Er wendet sich an den Rest von uns und schlägt vor: – Ich glaube, das Beste wäre, wenn sich Rab und Nikki hinsetzen und Terrys Grundideen in ein richtiges Drehbuch umschreiben würden. Ganz rudimentär nur, reduziert es einfach auf ein paar Szenen, Locations ... das brauch ich euch ja nicht zu erklären, schließlich studiert ihr Filmwissenschaft, ihr wisst, wie ein Drehbuch aussieht, strahlt er uns so breit an, dass sich, glaub ich, selbst Rab geschmeichelt fühlt.

Aber ich will nicht mit Rab arbeiten, Simon, sondern mit *dir.*

Terry schaltet sich an dieser Stelle ein. – Ich, äh, wir wolln doch nich ... soll keine Beleidigung sein, aber, äh, so viele Studenten dransetzen. Wie wär's denn, wenn wir beide das machen, Nikki? fragt er optimistisch und fügt dann hinzu: – Ich mein, wir könnten n paar von den Stellungen ausprobieren und so. Um sicherzugehen, dass das alles auch wirklich funktioniert.

– Oh, ich denke, das kriegen wir an dem Abend dann schon hin, Terry, erkläre ich ihm eilig. Ich schaue hinüber zu Simon und stelle mir vor, dass *wir* ein paar der Stellungen ausprobieren könnten, aber er sagt gerade Mel etwas ins Ohr, und sie grinst. Wenn er doch nur hersehen würde.

– Ich glaub, es wär für mich und Nikki einfacher, wo wir uns ja ohnehin sehen, an der Uni und so, sagt Rab mit Blick zu mir.

Ich hätte Simon wirklich vorgezogen, und ich bin drauf und dran, Spielchen zu spielen, aber dann nicke ich doch zustimmend, denn ich überlege: Hat Rab die Blumen *doch* geschickt? Aber warum an Lauren? – Okay, sag ich leise, – das leuchtet ein.

Terry ist daraufhin ein bisschen eingeschnappt und guckt weg, rüber zur Theke.

– Prima. Solange es unserem pornografischen Erzählschema folgt; französisch, hetero, lesbisch, anal und Cumshots, erklärt Simon und fügt hinzu, – dazu jede Menge Bondage. Bei den Standardszenen verlass ich mich auf eure Fantasie.

Terrys Laune hebt sich etwas, und er schaltet sich wieder ein, als Simon zurück zum Kern der Sache, zum Sex, kommt. – Unser großes Problem ist Analverkehr. Simon wendet sich an Mel und mich. – Beziehungsweise das große Problem von euch Mädchen.

Der kalte Blick, mit dem er dieses Wort begleitet, friert mir die Eingeweide ein. – Ich mach das nicht, erkläre ich ihm.

Auch Mel schüttelt den Kopf und meldet sich zum ersten Mal heute zu Wort. – Nie un nimmer mach ich das. Sie fängt Terrys Blick auf, guckt ein bisschen verschämt und stößt ihn mit dem Fuß an. – Nich vor der Kamera, Terry!

Simon verzieht das Gesicht. – Mmm ... darüber müssen wir reden. Versteht ihr, meiner Meinung nach geht es heutzutage nicht ohne. Also, mir persönlich ist das nicht besonders wichtig, aber wir leben nun mal in einer analfixierten Gesellschaft.

Rab verdreht die Augen, und Terry nickt in begeisterter Zustimmung.

– Ich meine, denkt mal drüber nach, erwärmt sich Simon, – da habt ihr Rednecks in Provinzkäffern, die erzählen, Außerirdische wären den weiten Weg aus einer fernen Galaxie gekommen, bloß um ihnen ne Sonde in ihren verschwitzten Hintern zu stecken … moderne Pornografie, die Zanes, die Blacks, die haben heute alle diese Konstellationen mit Dreifachpenetration drin. Schaut euch die Videos von Ben Dover an. Fitte junge Mädchen kriegen's heute immer in den Arsch.

– Saugeile Videos, ergänzt Terry mit Kennermiene.

Simon nickt in ungeduldigem Einverständnis. – Es ist so: Wenn früher eine Braut in einem Video in den Arsch gefickt wurde, war es so gut wie sicher, dass sie ne alte Kuh mit Dehnungsstreifen war, schlabberig, voller Cellulite und reif für den Abdecker. Das hat sich total geändert. Für jedes junge Mädchen, das ernsthaft vorhat, Pornostar zu werden, ist Analbegehung praktisch obligatorisch.

– Nicht für mich, sag ich leise, und nur Simon hört es, zieht es jedoch vor, nicht darauf zu reagieren. Also werde ich in der Aussprache und in meinen Vorbehalten etwas deutlicher. – Viele Frauen machen kein Anal. Manche machen nur lesbische Szenen. Wir drehen hier doch keinen schwiemeligen, schweinischen Männerporno. Ich dachte, wir wollten versuchen, was Innovatives ohne sexistische Dialoge und Themen zu machen. Was ist daraus geworden? Hat eine einzige geile, grinsende Klassenfahrt nach Amsterdam das alles kaputtgemacht?

– Nein. Wir sind innovativ, behauptet Simon weiter, – aber wir müssen alle Bereiche abdecken, und dazu gehört auch Analsex. Es ist ja nicht echt, Nikki, es ist bloß geschauspielert.

Doch, es *ist* echt. Es *geht nicht* unecht. Gefickt werden ist gefickt werden, und das ist eins der wenigen Dinge in unserem Leben, die noch echt und nicht konstruiert sind.

– Aye, sagt Rab, unwissentlich Simons Stichwortgeber, – wir müssen uns immer vor Augen halten, dass es sich um die Darstellung von Sex, nicht um echten Sex handelt, und das ist was für die Freakshow. Ich meine, wer hat schon im wirklichen Leben Dreifachpenetration?

– Bloß du und deine schwuchteligen Studentenfreunde, sagt Terry.

Rab ignoriert ihn, ängstlich darauf bedacht, nicht missverstanden zu werden. – Machen wir eine echte Geschichte, mit realen Menschen, die so tun, als hätten sie echten Sex. Der Analsex lenkt nur vom Thema ab, wenn die Mädchen das nicht machen wollen, ist das okay.

– Nein, Simon schüttelt den Kopf. – Verstehst du, Rab, das ist alles der Art geschuldet, wie wir unsere Arschlöcher betrachten. Heute glauben wir als Spezies, wenn unsere Seele denn irgendwo im Körper ihren Sitz hat, dann in unseren Ärschen. Da läuft alles zusammen. Ist doch einleuchtend. Deswegen sind wir so besessen von Fäkalwitzen, Analsex, analen Hobbys … der Arsch – nicht das Gehirn, nicht der Weltraum – ist die letzte Grenze. *Das* macht uns zu Revolutionären.

Aber ich will es trotzdem nicht machen, deswegen ziehe ich die Brauen hoch und sehe Mel und Ursula unterstützungheischend an. – Ich sag's dir noch mal: Es macht mir keinen Spaß. Ich hab's einmal ausprobiert. Es tut mir weh, und ich finde es unpersönlich, kalt und unangenehm. Ficken tu ich gerne, aber nicht schnaufend wie ein Zirkusfreak in die Hocke gehen und verkrampft drauf warten, wie viel von einem Typen wohl in mein Arschloch passt.

– Vielleicht musst du nur eingeritten werden. Manche Mädchen, die darin Erfahrung haben, sind wirklich scharf drauf, meint Terry.

– Ich will kein verdammtes Arschloch, das so groß ist wie der Kanaltunnel, Terry. Ich will ja hier nicht rumstänkern, Terry zwinkert mir auffällig zu, – aber ich steh einfach nicht auf so was. Ich hab nichts dagegen, ich will es nur nicht *machen*.

– Was mich angeht, mir macht's nix aus, es zu *machen*, ich will bloß nich, dass alle Leute es wissen, sagt Melanie. – Ich mein, manche Sachen behält man doch lieber für sich. Bisschen Privatsphäre muss sein.

– Nach dem Motto ›So eine bin ich nich‹, lacht Terry.

– Tja, Terry, du hast leicht reden, bei Mädchen is das was anderes.

– Sollte es aber nicht, nicht in diesem Zeitalter des Feminismus und so. Dann wendet er sich an Rab. – Post-Feminismus, sollte ich lieber sagen. Siehste, Birrell, manchmal merk ich mir sogar den Scheiß, den du erzählst.

– Freut mich zu hören.

Simon klatscht in die Hände. – Denkt an Baccarra. Niemand in der Branche steht drauf, wenn ein Mädchen singt ›Sorry I'm a Lady‹. ›Yes Sir I Can Boogie‹ wollen wir hören.

– Na schön, Simon, grinse ich, – *but we need a certain song.*

Er öffnet sein Portmonee. – Hier hast du deinen Song, erklärt er mir und zeigt ein Bündel Geldscheine. Dann schnappt er sich ein Filmplakat. – Und hier. Wir stehen hier an vorderster Front. Vergessen wir das nicht. Man muss sich fragen, woher rührt diese Besessenheit vom Analen?

– Oh ja, das passt perfekt in die Gesellschaft, in der wir leben, immer mit uns selbst beschäftigt, alles fürn Arsch, bemerke ich.

– Nein, Süße, das kommt alles aus der Pornografie. Diese Fotzen sind die wahren Pioniere. Die Pornografie niest, und die Populärkultur kriegt nen Schnupfen. Die Menschen wollen Sex, Gewalt, Lebensmittel, Schoßtiere, DIY und Erniedrigung. Geben wir ihnen, was sie wollen. Schau dir die Erniedrigung im Fernsehen an, schau dir die Zeitungen und Illustrierten an, schau dir die Klassengesellschaft an, den Neid, die Bitterkeit, die unsere Kultur ausdünstet: In Großbritannien wollen wir sehen, wie Leute gefickt werden, sagt er und sieht kurz aus wie einer der Aliens aus *Unheimliche Begegnung*, gefangen in einem Lichtbalken, der durch eine Lücke zwischen den Mietshäusern auf der anderen Straßenseite fällt. – Na ja, verschieben wir diese Diskussion auf später.

Terry guckt verschmitzt und sagt: – Aber ich sag dir was, du solltest Gina casten. Die wird keine Bedenken haben, sich ins Rektum rammeln zu lassen.

– Niemals, Terry. Für Amateurpornos ist sie okay, aber sie hat nicht das Zeug zum Filmstar. Überlass das Casting mir. Neulich bin ich einem Typen von früher begegnet, Mikey Forrester, der hat einen Saunaclub. Für ihn arbeiten ein paar attraktive Mädchen. Das Casting wird kein Problem sein. Wir brauchen Gina nicht, sagt Simon und scheint bei der Nennung ihres Namens zu schaudern.

Terry zuckt die Schultern. – Tja, das liegt ganz bei dir, Alter, aber sie sagt, ich soll dir sagen, dass sie dir die Fresse poliert, wenn sie in dem Film nich mitmachen darf, sagt Terry hämisch grinsend.

Melanie nickt bestätigend. – Aye, mit der würd ich mich nich anlegen, die is total hart drauf. Die zieht das voll durch.

Simon, Sick Boy, schlägt sich verzweifelt vor die Stirn. – Na wunderbar. Eine alte Schabracke will meinen Kopf, und meine Hauptdarstellerinnen wollen keinen Analsex machen. Tja, du kannst Begbies Zwillingsschwester sagen, sie kann sich verpissen.

– Das sagst du ihr, grinst Terry.

Als sich die Versammlung auflöst, warte ich noch und spreche Simon an: – Was die Rekrutierung angeht ... vielleicht kann ich da helfen. Ein paar Freundinnen fragen, ob sie Interesse haben. Mädchen, die sich auskennen, sozusagen.

Simon nickt zögernd.

– Ich muss los, aber ich ruf dich später an, sage ich, als ich Rab rübergucken sehe, der auf mich wartet, und ich bin sicher, dass ich in seinen Augen Eifersucht hab aufblitzen sehen.

30
Päckchen

Ich hab mal wieder n bisschen zu derb hingelangt, Schore, die ich von Seeker hatte. Ali hat zu mir gesagt, wennde mal wieder zugeballert bis, komm bloß nich her, ich will so was nich vor Andy. Hatse ja auch Recht, also mach ichs auch nich. Die Woche gings meistens von einem Sofa zum nächsten; Monny seins, meiner Ma ihrs un dem armen Parkie seins, was eigentlich nich richtig ist, wo er doch selber grad versucht, die Kurve zu kriegen. Der arme Kerl brauchts echt nich, dass ich ihm vor der Nase rumzappel und rumzitter. Das is das Üble jetz, nur n winziger Rückfall, un schon musste teuer bezahlen. Der Entzug haut jetz echt rein, schon nach dem kleinsten Druck. Es is, als ob sich der alte Körper an alles erinnert, waste früher gemacht hast, un dir sagt, ›Tut mir Leid, Junge, aber da hastes‹.

Ich schlepp mich also das erste Mal seit Tagen nach Haus. Andy wird in der Schule sein, und ich hoff, Ali is unterwegs. Aye, die Bude is verlassen, also pflanz ich mich in den großen, abgenutzten Sessel, leg mein Alabama-3-Tape ein un sing mit. Ich seh mein Kumpel Zappa, den Kater, der einzige Kerl, der nie schlecht von mir denkt. Ich guck mir Zeug an, was ich mir neulich aus der Bibliothek von Leith geholt hab und wovon ich mir Notizen gemacht hab. Ich bin bloß rein, um aus m Regen zu kommen, aber am Schluss hab ich dann Notizen über die Geschichte gemacht. Ich hab überlegt, dass Leith sein Motto Durchhalten is, un das muss auch mein Motto sein. Ich mach die Glotze an und geb n bisschen Wasser an die Blumen, in der Hoffnung, dass Zappa nich schon wieder den großen Yucca-Kerl ausgebuddelt hat.

Aber das Schicksal hält nen verrückten, schlimmen Tag für mich bereit. Denn es klingelt an der Tür, und als ich hingeh, krieg ich den Mund nich mehr zu, Alter. Es is der Tollwutkater höchstpersönlich, der da vor mir steht. Ich überleg, seit wann is der draußen, dann sinkt mir das Herz in meine Trichterbrust, und ich denk nur noch, uaaah, was hat Sick Boy wohl erzählt? Ich kann nen Moment kaum sprechen, dann grinst er mich an, und ich find meine Sprache wieder. – Franco, ey, gut dich zu sehn, Alter. Seit wann biste raus?

– Seit zwei verfickten Wochen, meint er, als er an mir vorbei in die Wohnung marschiert, und ich guck, dass seine genagelten Absätze bloß nich die Lasur vom Holzfußboden zerkratzen. Ali würd ausrasten, denn der Vermieter is n echt giftiger Sack. – Fuck, ich hab mir nich lang Zeit gelassen, mir innerhalb von n paar Stunden gleich ne Perle geangelt. Ficken für Schottland, wa, du Fotze, erklärt er mir. – Was zum Henker treibse so? fragt er, dann macht er n saures Gesicht. – Du bis doch wohl nich auf dem beschissenen Smack, oder?

Tja, wenn das Auge von *dem* Tiger auf dir ruht, entfernste dich besser nich *allzu weit* von der Wahrheit.

– Äh, nich wirklich, Alter, aber äh, es geht sozusagen immer so ein Tag nach m anderen, Herr Jesus, nich? Hab aber seit Ewigkeiten nix angerührt.

– Das will ich auch schwer hoffen, denn ich hab die Schnauze voll von Junkies. Willste ne Line Koks?

– Äh ... äh ... ich weiß jetz nich, was ich sagen soll, Alter. Aber weiß ich ja eh nie.

Begbie wertet das als n Okay und holt n Briefchen raus. Er schüttelt ne gute Portion raus, und obwohl ich eigentlich keine Koksnase bin, denk ich, ich muss das jetz schon aus Gründen der Etikette machen, Alter. Das gehört sich einfach so. Un ne kleine Line kann nich schaden.

Franco fängt an zu hacken. – Hab gehört, du bis für ne Zeit in Perth gewesn, sagt er. – Elender Scheißknast. Hab dich Blödmann vermisst, sagt er mit nem kleinen Grinsen, was ich so interpretiere, dass er mich quasi *an sich* vermisst hat und mich nich etwa *im Knast* vermisst hat.

Was soll ich dazu sagen? – Äh, ich hab dich auch vermisst un so, Franco, Alter, aber du siehst ja echt gut aus, fit un alles, muss man schon sagen, Alter.

Er tätschelt eine Betonwand von Bauch. – Aye, hab schwer trainiert im Bau, nich wie gewisse andere. Das macht sich jetz bezahlt, aber hallo, er zieht sich ne Monsterline rein. – Ich hab ne junge Perle, wir wohnen draußen in Wester Hailes, aber wir kriegn ne Wohnung in der Lorne Street. Da draußen wohnen is fürn Arsch. Superfigur auch, dabei zeichnet er mit n Händen die Umrisse von ner Perle mit Sanduhr-Figur. – Aye, hat bloß n Blag am Hals, wa. War vorher mit einem zusammen, der den Lauten gemacht hat, also hab ich ihm die Fresse poliert. Kann sich bedanken, dass er nich mehr abgekriegt hat. Ich hab erst bei meiner Ma gewohnt, aber das is fürn Arsch, ständig is sie dran von wegn unserer Elspeth und dem Typ, mit dem sie geht, erzählt Franco, bei dem das Koks schon reinhaut; er rattert die Silben raus wie ne Kalaschnikow, Alter.

Ich mach mich über den Stoff her und zieh ihn hoch. Ich komm wieder hoch und reib mir die Nase. – Äh ... was machen die Kleinen?

– War sie gestern besuchen, wa. Denen gehts gut, aber June, die Fotze, geht mir voll auf die Nerven. Wieso zum Henker hab ich mich bloß je mit der eingelassen? War ja nich ma was Anständiges zu ficken, ich sollte mir mal mein Scheißdez untersuchen lassn.

– Haste das, äh, Gefängnis schon ausgeschwitzt?

Begbie-Cat steht jetzt voll unter Strom und guckt mich an, als wollter mir den Kopf abreißen. – Was zum Teufel soll der Scheiß denn heißen? Häh?

– Äh, ich hab halt ziemlich lange gebraucht, wieder in den alten Rhythmus reinzukommen, und im Vergleich zu dir, Alter, war ich ja nur fünf Minuten drin, erklär ich ihm. Aber der Beggar Boy is jetz voll in Fahrt und erzählt einen vom Knast, und das is echt, echt beunruhigend, Mann, denn ich muss so an den Rent Boy denken und die Knete, die ich wiedergekriegt hab, und wie ich mich da bei Sick Boy verplappert hab, und was, wenn ers Beggars erzählt?

Franco zieht neue Lines aus, während ich die erste noch nich mal verkraftet hab. Er erzählt noch ne Weile von den kaputten

Fotzen im Knast, dann starrt er mich so mit seinen bösen, bösen Augen an und meint: – He, Spud, als ich im Bau war ... da hab ich n Päckchen gekriegt.

Renton muss ihn ausgezahlt ham un alles! – Aye, Alter. Ich hab auch eins gekriegt! Es war von Mark ...

Begbie erstarrt mit einem Schlag und glotzt mir direkt in die Seele, Alter. – Du hast n verficktes Paket von Renton gekriegt, an dich adressiert?

Ich steh voll unter Strom und weiß nich, was ich sagen soll, deswegen red ich einfach drauflos. – Nun ja, äh, also, Franco, ich wusste sozusagen nich genau, dass es vom Rent Boy war. Es kam halt einfach mit der Post, anonym quasi. Aber, äh, ich hab bloß irgendwie gedacht, das wär von ihm.

Total in Rage haut sich Franco die Faust in den Handballen und fängt an, auf und ab zu rennen. Die Alarmglocken machen jetzt einen Heidenrabatz, Alter. Wieso is der so drauf, wenn er die Knete gekriegt hat? – Stimmt genau, Spud! Genau das hab ich mir auch gedacht! Nur diese dreckige, abartige, linke Junkiesau würd Päckchen mit abartigen Schwuchtelpornos schicken, wo sich beschissene nackte Tucken gegenseitig innen Arsch poppen, und an uns adressieren! Er hat uns ja mit der Nase drauf gestoßen, Spud! FOTZE! brüllt Franco, haut auf den Tisch, dass n Glasaschenbecher runterfliegt, der Gott sei Dank nich kaputtgeht.

Schwulenpornos ... was zum Teufel ... – Aye, will mal sagen, das wär dem Rent Boy sein Humor, sag ich, bemüht, aus all dem schlau zu werden, und heilfroh, dass ich nix von der Knete verraten hab.

– Bei jedem von den Perversen, die ich im Bau fertig gemacht hab, hab ich mir vorgestellt, es wär der dreckige Renton, faucht diese üble Raubkatze. Dann hackt er was für zwei neue Lines. Er zieht eine weg und meint: – Ich hab Sick Boy in seinem dämlichen neuen Pub getroffen, im Port Sunshine! Aye, die Fotze hats echt weit gebracht, wa. Natürlich kannste heute nich mehr mit ihm reden, hat den Kopf ja immer voll mit der nächsten scheißgroßen Linkerei.

– Kann ich n Lied von sing, Alter, nicke ich un beug mich über die neue Line, obwohl mein Herz immer noch von der ersten rast und ich immer noch am Schwitzen bin.

– Aye, un ich hab Second Prize oben in Scrubbers Close gesehn, mit den ganzen Obdachlosen.

– Hab gehört, der Junge wär vom Saufen weg, japse ich, als der Stoff mich wie n Schnellzug überfährt.

Begbie schmeißt sich in meinen Sessel. – Aye, war er, bis ich der Fotze mal n bisschen Vernunft eingebläut hab. Hab ihn rüber ins EH1 auf der Mile gezerrt. Wollte doch nich *einen* verfickten Drink, da hab ich n paar Wodkas in der Fotze seine Scheißlimo gekippt, sagt er mit so nem langsamen, freudlosen Lachen. – Jetz isser wieder gut dabei, sagt er. – Muss mal n bisschen ausspannen. Den ganzen Tag bescheuerten Alkis Kirchenlieder vorsingen und aus der Scheißbibel lesen? Scheiß drauf, da hab ich also mal den scheißguten Samariter gespielt und die Fotze vor einem scheißöden Leben gerettet. Die machen ne verfickte Gehirnwäsche mit dir, die Fotzen in dieser beschissenen Mission. Ich werd den Fotzen schon ihr Scheißchristentum beibringen …

Da denk ich drüber nach, und dass es Second Prize echt gut geschafft hatte, alles wieder auf die Reihe zu kriegen. – Aber die Ärzte ham doch gesagt, er darf nich mehr trinken, Franco, ich fahr mir mit m Finger über die Kehle und mach ein röchelndes Geräusch, – oder es is Feierabend.

– Den Scheiß hat er mir auch erzählt, ›der Doktor dies, der Doktor das‹, aber ich hab der Fotze klar gesagt, die Scheißlebensqualität isses, darauf kommts an. Besser ein Jahr gut drauf wie fünfzig Jahre als Jammergestalt. Die Fotze is schon wie die ganzen alten Wichser im Port Sunshine. Hab ihm gesagt, er soll sich ne verfickte neue Leber transplantiern lassen. Schon biste wieder wie neu.

Und so muss ich mir das Ewigkeiten lang anhörn, Alter, und ich bin echt froh, als der Beggar Boy geht, denn das ganze Gewaltzeug, was der immer redet, kann einen schon mal n bisschen Nerven kosten. Man hat dauernd Angst, dass man versehentlich nickt, während man eigentlich den Kopf schütteln müsste, und all so was. Obwohl ich gut auf dem Charlie bin, reiß ich mich am Riemen und lass dem Knaben Zeit zu verschwinden, bevor ich auch raus in den Nieselregen geh und den Autopilot auf Stadtbibliothek/George IV Bridge einstelle. Durchhalten.

Mir is immer noch n bisschen leicht im Gehirn, als ich in die

Edinburgh-Abteilung komm und ein Mädchen beobachte, wie es so n Mikrofisch einlegt. – Äh … tschuldigung, kannste mir das mal zeigen? Hab ich noch nie gemacht, mein ich und zeig auf ne freie Maschine.

Sie guckt mich nur ne Sekunde an und meint: – Klar, und zeigt mir, wie man die lädt. Also, war total einfach, Alter, und ich kam mir wie der letzte Trottel vor. Aber dann leg ich los! Bald schon les ich über den großen Beschiss von 1920, als Leith von Edinburgh gegen den Willen der Bevölkerung geschluckt wurde. Damit hat der ganze Trouble angefangen, Alter! Vierzueins dagegen, Alter, vierzueins.

Als ich zurück in die Stadt Richtung Hafen geh, ändert sich das Wetter, und es fängt echt heftig an zu regnen. Für n Bus hab ich kein Geld, also heißt es Kragen hoch und die Beine in die Hand genommen. Am St James Centre hängen n paar junge Typen rum, un einer davon is mein Kumpel Curtis. – Alles klar, Alter? sag ich, der Koksrush is mittlerweile ziemlich verflogen.

– Alles klar, Sp-Sp-Spud, meint er. Der kleine Kerl is bloß n bisschen nervös mit dem Stottern, aber wenn man cool bleibt und ihn nich drängt, findet der Bursche schnell den richtigen Rhythmus, und die gute alte Kommunikation plätschert wie n Bächlein, Alter. Wir quatschen ne Runde, bevor ich abhau un die John Lewis durch zum Picardy Place geh, dann den Walk erreiche und mich an den Hauswänden halte, um nich so nass zu werdn.

Als ich in Pilrig die Grenze ins Nich-allzu-sonnige-Leith überschreite, entdeck ich Sick Boy auf der Straße, und er scheint besserer Laune zu sein. Ich dachte, er würd mich ignorieren, aber nee, Alter, der Knabe entschuldigt sich quasi oder kommt ner Entschuldigung so nah, wie das bei ihm geht. – Spud. Lass uns, äh … das von neulich vergessen, Alter, sagt er.

Offenkundig hat er mich nich an Franco verpfiffen, obwohl der Generalissimo in seim Pub war, deswegen hab ich bei dem Kollegen jetzt n besseres Gefühl. – Aye, mir tuts auch irgendwie Leid, Simon. Danke, dass du, äh, Franco nichts erzählt hast.

– Scheiß auf die Fotze, sagt er kopfschüttelnd. – Ich fürchte, ich hab echt viel zu viel im Kopf, um mir Gedanken um Typen wie den zu machen. Dann winkt er mich in nen Pub, die Shrub Bar. – Trinken wir n Bier, bis der Scheißregen aufhört, sagt er.

– Prima, aber … äh, du muss mir aushelfen, Alter, ich bin blank, gesteh ich ihm.

Sick Boy atmet schnaufend aus, geht aber trotzdem rein, ich also hinterher. Der erste Typ, den ich drinnen seh, is Vetter Dode, der an der Bar steht, und wir ham ihn dann quasi auf m Hals. Dode zieht diese Weedgie-in-Edinburgh-Nummer ab: bessere Fußballmannschaft, besserer öffentlicher Nahverkehr, Pubs, Clubs, preiswertere Taxis, herzlichere Menschen, der ganze übliche Glasgow-Schmus, Alter. Und wahrscheinlich hat er sogar Recht und so, aber der Knabe *lebt* nun mal in Edinburgh.

Als er auf n Pott muss, starrt Sick Boy grimmig seinen Rücken an und meint: – Wer ist denn die Fotze?

Ich erzähl ihm also einen über den guten Mann und meine, dass ich gern Dodes PIN-Nummer wüsste, denn hätt ich die, würd ich dem Arsch seine Taschen nach seiner Karte filzen, weil er reichlich Kohle auf m Konto hat. – Aye, der redet dauernd davon, dass man sich in der Clydesdale Bank die Nummer selber aussuchen kann.

Als Dode zurückkommt, genehmigen wir uns noch einen und setzen uns. Aber dann passiert was echt Irres! Der Typ zieht seine Jacke aus, und Sick Boy und ich gucken uns bloß baff an. Direkt da steht sie, Alter, vor unseren Augen! Man kann Dodes Löwentattoo sehn, mit ›Aye Ready‹ auf m einen Arm un seinen King Billy mit m Pferd auf m anderen. Aye, und direkt unter dem Pferd steht auf ner Schriftrolle seine PIN-Nummer, eintätowiert, damit er sie nie vergessen kann: 1690.

31

›... eine abgeschnittene Hinterbacke ...‹

Ist eine richtige kleine Denkfabrik, unsere Wohnung in Tollcross. Ständig werden Joints und Tassen mit Kaffee rumgereicht. Rab und ich sitzen über dem Skript. Dianne sitzt mit dem Konzept ihrer Diplomarbeit neben uns und freut sich über unser Gekicher, während wir Seite um Seite am Computer runterhacken. Ab und zu linst sie auf den Monitor, gibt beifälliges Schnurren und gelegentlich einen nützlichen Vorschlag von sich. In der Ecke versucht Lauren, die ebenfalls an etwas arbeitet, an unser Gewissen zu appellieren, damit wir uns an der Seminararbeit beteiligen. Obwohl sie unverkennbar neugierig ist, weigert sie sich, einen Blick auf unser Skript zu werfen. Rab und ich ziehen sie ständig auf, indem wir Sachen wie ›Blowjob‹ und ›in den Arsch‹ flüstern und kichern, während Lauren puterrot wird und ›Fellini‹ oder ›Powell und Pressburger‹ murmelt. Dianne kapituliert irgendwann und sammelt ihr Zeug zusammen. – Ich verdrück mich, ich halt's nicht mehr aus, sagt sie.

Lauren guckt uns gereizt an. – Stören sie dich auch so?

– Nein, sagt Dianne reuevoll, – aber jedes Mal, wenn ich einen Blick riskiere, werde ich total scharf. Wenn ihr ein Motorengeräusch und Stöhnen aus meinem Zimmer hört, wisst ihr, was ich mache.

Lauren zieht einen Flunsch und beißt auf ihrer Unterlippe herum. Wenn es sie so sehr stört, warum geht sie dann nicht auch in *ihr* Zimmer? Als wir einen groben Entwurf von etwa sechzig Seiten fertig und ausgedruckt haben, kann sie ihre Neugier nicht mehr zügeln und kommt herüber. Sie guckt sich den Titel an, drückt dann auf die ›Nächste Seite‹-Pfeiltaste und liest mit wachsendem Unglauben und Ekel. – Das ist grässlich … das ist widerlich … das ist obszön … und ist dabei nicht mal cool. Das hat nicht das geringste Niveau. Das ist Müll! Ich kann's nicht fassen, dass ihr einen derartig erniedrigenden, reißerischen Schund geschrieben habt … schäumt sie. – Und du hast vor, diese Sachen mit anderen Menschen zu machen, mit Fremden, du wirst sie diese Sachen mit dir anstellen lassen!

Ich fühle mich fast genötigt, sie zu korrigieren: ›alles außer Analsex‹, aber stattdessen reagiere ich hochnäsig und kontere mit einem Zitat, das ich mir für solche Gelegenheiten gemerkt hab. – Ich möchte wissen, was schlimmer ist, hundertmal von Negerpiraten genotzüchtigt zu werden, eine abgeschnittene Hinterbacke zu haben, bei den Bulgaren Spießruten zu laufen, bei einem Autodafé ausgepeitscht und gehängt und dann seziert zu werden, Galeerensklave zu sein, kurz, all das Elend zu erdulden, das wir durchgemacht haben, ich sehe Rab an, und er stimmt ein, – oder hier herumzusitzen und nichts zu tun?

Lauren schüttelt den Kopf. – Was für einen Blödsinn quatscht ihr denn jetzt?

Rab schaltet sich ein. – Das ist Voltaire, aus *Candide*, erklärt er. – Wundert mich, dass du das nicht kennst, Lauren, sagt er unserer Kleinen, die nervös zittert und sich eine Zigarette ansteckt. – Was war es noch mal, das Candide antwortete? Rab zeigt mir einen erhobenen Finger, und wir erklären wieder unisono: – Ja, das ist eine schwierige Frage.

Lauren windet sich immer noch in ihrem Stuhl und guckt uns wütend an, als würden wir sie böswillig verarschen, aber wir sind bloß von unserem Skript so mitgerissen.

– Hübsche Blumen, sagt Rab mit Blick auf meine Rosen, als wollte er schön Wetter machen. – Ich hab noch nen andern frischen Strauß im Mülleimer gesehn. Er grinst frech. – Was verbirgt sich denn dahinter für ne Geschichte?

Lauren blickt ihn scharf an, doch ich spüre, dass das eine ganz harmlose Bemerkung war, worauf ich sofort denken muss, dass es *doch* Sick … Simon war. Rab können wir definitiv aus dem Kreis der Verdächtigen ausschließen.

Wir bleiben auf, bis die Geschäfte wieder öffnen, überarbeiten den Entwurf und nehmen Änderungen vor. Obwohl Rab und ich müde waren und uns der Gedanke beunruhigte, das Skript runter nach Leith zu bringen und den anderen zu zeigen, verließen wir die Wohnung dank Laurens Kritik hoch motiviert. Wir gingen in einen Copyshop und machten mehrere Kopien, die wir binden ließen. Als wir uns zum Frühstück in ein Café setzten, begriff ich trotz all unserer Hochstimmung darüber, fertig geworden zu sein, und unserer Erschöpfung, wie fassungslos Lauren eigentlich gewesen war. Ich hab plötzlich Schuldgefühle und frage: – Meinst du, wir sollten zurückgehen und nachschauen, wie es ihr geht?

– Nee, das würd's nur noch schlimmer machen. Lass ihr etwas Zeit, schlägt Rab vor.

Und das ist mir nur recht; ich will ganz bestimmt nicht zurück. Denn ich genieße all das hier in Rabs Gesellschaft. Ich genieße den schwarzen Kaffee, den Orangensaft, die Bagels und die Tatsache, dass wir hier sitzen und ein fertiges Skript auf dem Tisch haben. Ein Filmskript, das *wir verfasst haben*, ich freue mich darüber, dass wir *etwas erreicht haben*, Rab und ich, wir haben uns einfach hingesetzt und es gemacht. Und ich fühle mich Rab sehr nahe und denke, dass ich mir vielleicht mehr von solchen gemeinsamen Momenten wünsche. Aber diesmal ist es nichts rein Sexuelles, wie meine Sexfantasien von Simon, es fühlt sich sogar irgendwie seltsam asexuell an. Nicht bloß Ficken, sondern Momente wie dieser. Das bringt mich auf einen Gedanken: – Meinst du, deine Freundin würd das gutheißen, dass du die ganze Nacht durchmachst und mit einer anderen Frau einen Porno schreibst?

Rab weiß direkt, was das soll. Er nimmt emotional Abstand von mir, zuckt nur mit den Schultern und gießt sich aus der Warmhaltekanne neuen Kaffee ein. Es herrscht einen Moment lang Schweigen, dann will er etwas sagen, überlegt es sich anders, und dann zahlen wir, verlassen das Café und erwischen den Bus nach Leith.

Auf dem Weg nach Leith seh ich ihn vor meinem inneren Auge, dann sind wir im Pub, und da steht er. Simon Williamson. Die anderen trudeln auch ein. Ursula in einem Trainingsanzug, der an einem britischen Mädchen grässlich aussähe, aber an ihr irgendwie cool wirkt. Craig und Ronnie, die siamesischen Zwillinge, und dann leuchten meine Augen auf, als ich Gina zum ersten Mal, seit sie mir geholfen hat, wiedersehe. Ich gehe zu ihr hin und lege ihr eine Hand auf die Schulter. – Vielen Dank, dass du mir neulich so geholfen hast, gurre ich.

– Du hast mir aufs Hemd gekotzt, sagt sie barsch, und ich bin kurz erschrocken, aber ihre Aggressivität ist nur oberflächlich, und sie grinst. – Bloß n kleiner Aussetzer. Passiert jedem mal.

Dann kommt Melanie, ganz unverstellt und freundlich, und umarmt mich wie eine lang vermisste Freundin. Meine Stimmung steigt, als wir jedem eine Kopie geben. – Denkt dran, sage ich, – das ist bloß ein ganz grober Entwurf. Vorschläge sind herzlich willkommen.

Zumindest der Titel kommt an. Sie kichern alle, als sie auf dem Deckblatt lesen:

DIE SIEBEN SÄULEN DER GEILHEIT

Ich erkläre rasch den Plot. – Die Story geht ungefähr so: Sieben Typen arbeiten auf einer Ölbohrinsel. Einer von ihnen, Joe, schließt mit einem anderen, Tommy, eine Wette ab, nach der jeder von den sieben Jungs während des Landurlaubs am Wochenende eine Frau ins Bett kriegen muss. Aber sie müssen nicht bloß zum Ficken kommen, sie müssen auch ihre allseits bekannten jeweiligen sexuellen Vorlieben befriedigen. Unglücklicherweise sind unter ihnen zwei, die andere Pläne kultureller und sportlicher Natur haben, und ein Dritter ist ein hoffnungsloser Spätentwickler. Also stehen die Chancen gut für Tommy. Aber Joe hat Verbündete; Melinda und Suzy, die ein erstklassiges Bordell leiten und denen es gelingt, die sieben Weiber zu finden, die diese wählerischen Suchenden ein für alle Mal erleuchten.

Simon nickt enthusiastisch und schlägt sich auf den Oberschenkel. – Das hört sich gut an. Das hört sich sogar verdammt gut an.

Während die anderen lesen, gehen Rab und ich lieber runter, um in dem verschlossenen leeren Pub ein Bier zu trinken. Wir machen eine halbe Stunde lang Smalltalk über das Skript und die Universität, bevor wir wieder raufgehen. Als wir durch die Tür kommen, sitzen sie in perplexem Schweigen da. Ich denke, oh,

Scheiße, aber dann begreife ich, dass sie uns mit Ehrfurcht betrachten.

Melanies brüllendes Lachen bewirkt einen abrupten Druckabfall im Raum. Sie wirft das Manuskript auf den Tisch, sie kann sich kaum beherrschen. – Das ist einfach zu abgefahren, grinst sie mich an, die Hand vor den Mund haltend. – Ihr beide seid irre.

Dann meldet sich Terry zu Wort und sieht dabei Rab an. – Aye, es is ganz nett, aber hör mal, Birrell, das hier is kein dämliches Uni-Projekt. Hier musste dir die Nille rubbeln können, um es zu bringen, nich bloß das Kinn. Das hier is das echte Leben, Alter.

Rab guckt ungeduldig zurück. – Lies doch erst mal richtig, Lawson. Es sind sieben Macker auf ner Ölbohrinsel, verdammt noch mal, sie ham Schichtende und müssen sieben Bräute finden.

Simon guckt Terry feindselig an, dann wendet er sich mit feuchten Augen an uns und ist offenbar aufrichtig bewegt. – Das ist ein verdammter Geniestreich, Leute, sagt er, steht auf und packt Rab an den Schultern, dann küsst er mich auf die Wange, bevor er sich über den Tresen lehnt und nach Augenmaß ein paar JDs einschenkt. – Da ist ja wirklich alles drin! Mir haben besonders die Bondage- und Spankingszenen gefallen. Die sind echt gepfeffert!

– Yeah, sag ich total euphorisiert, aber ich versuche, seine Kommentare möglichst lässig aufzunehmen, während sich die schmuddelige Müdigkeit nach unserer Nachtschicht bemerkbar macht, – der britische Markt, verstehst du. Diese sehr britische Obsession? Deren kulturelle Ursprünge im System der Public Schools und der Nanny-Kultur liegen?

Rab nickt enthusiastisch. – Außerdem verweist es auf unsere Softpornotradition und die repressive Natur unserer Zensur, sagt er; wir werden plötzlich immer überheblicher. – Wie Lauren sagen konnte, da wär kein künstlerischer Anspruch drin, ist mir unbegreiflich.

– Vergiss das mit der Kunst, Birrell, mir gefiel die Stelle mit dem Knaben, der von Blowjobs besessen ist, zwinkert Terry und schiebt genüsslich die Unterlippe über die Oberlippe.

Simon nickt bedächtig und sagt mit verbissener Befriedigung und dem Enthusiasmus eines Scharfrichters: – Jetzt müssen wir das besetzen.

– Ich will die ganzen Suchenden spielen, sagt Terry. – Heutzutage geht das mit Effekten und geschickten Schnitten. Nur n paar verschiedene Perücken, n paar Verkleidungssachen wie Brillen und so ...

Wir alle lachen, allerdings ein wenig verhalten, denn wir wissen, dass es Terry todernst damit ist. Simon schüttelt den Kopf. – Nee, jeder von uns muss eine Rolle übernehmen – oder vielmehr jeder, der vor laufender Kamera einen hochkriegt.

– Von meiner Seite gibt's da keine Schwierigkeiten, sagt Terry und tätschelt zufrieden seinen Schritt. Dann meint er zu Rab: – Du sagst ja gar nichts, Birrell. Keine Lust auf ne kleine Rolle, Betonung auf klein?

– Leck mich, Terry, sagt Rab betont freundlich, – der ist schon groß genug, allerdings wär in deiner großen Fresse auch bei nem halben Dutzend Riesenschwengeln immer noch Luft.

– Von so einem träumst du wohl, Birrell, meint Terry verächtlich.

– Seid friedlich, Kinder, meint Simon würdevoll. – Es mag eurer Aufmerksamkeit entgangen sein, aber es sind Damen anwesend. Nur weil wir einen pornogra... äh, Film für Erwachsene machen, heißt das nicht, dass wir selbst vulgär sein müssen. Behaltet die Gossensprache für euch, hier an diesem Tisch hat sie nichts zu suchen.

Wir sind mächtig stolz auf unsere Leistung, Rab und ich. Als wir los zur Uni wollen, um unsere Noten in den Seminararbeiten zu checken, kommt Simon zu mir rüber und flüstert mir ins Ohr. – Mein Leben lang habe ich von dir geträumt, jetzt bist du Wirklichkeit geworden.

Die Blumen sind *doch* von ihm.

Im Bus Richtung Stadt redet Rab von dem Film und Filmen im Allgemeinen, doch ich bin mit den Gedanken woanders. Ich kann ihn gar nicht mehr sehen oder hören, ich kann nur noch an Simon denken. *Mein Leben lang habe ich von dir geträumt, jetzt bist du Wirklichkeit geworden.*

Ich bin Wirklichkeit für ihn geworden. Aber unser Leben ist unwirklich. Das hier ist nicht das wirkliche Leben. Das hier ist Entertainment. Als ich an der Uni bin, sehe ich, dass mir McClymont fünfundfünfzig Punkte gegeben hat. Nicht überragend, aber bestanden. Da sind ein paar kaum entzifferbare Anmerkungen.

> Recht ansprechende Arbeit, verliert etwas durch die irritierende Verwendung typisch amerikanischer Entstellungen unserer Sprache. ›Colour‹ schreibt man nicht ›color‹. Nichtsdestotrotz haben Sie einige gute Argumente vorgebracht, doch unterschätzen Sie nicht die Rolle schottischer Auswanderer in Wissenschaft und Medizin – Politik, Philosophie, Erziehung, Ingenieurwesen und Architektur waren nicht alles.

Bestanden. Jetzt kann ich diesen Teil des Studiums und diesen schaurigen alten Saftsack für immer vergessen.

32
Linkerei Nr. 18741

Ich gucke raus auf die Rasenfläche hinter den Häusern, wo eine Frau Wäsche aufhängt. Tief hängende, düstere Wolken ziehen rasch über die Dächer der Mietshäuser hinweg und verdunkeln den schönen blassblauen Himmel. Das Frauchen guckt hoch, erkennt mit verzweifelt gerunzelter Stirn, dass es gleich anfangen wird zu schiffen, und tritt frustriert gegen den Wäschekorb.

Der Film war leicht zu besetzen; Craig und Ursula werden die Bondageszenen machen, Terry als Fickmeister wird es Mel in den braunen Salon besorgen. Ronnie wird den Boxer geben, der darauf abfährt, Nikki und Melanie zu beobachten, wenn sie es treiben (und da wird er nicht der Einzige sein), und ich werd der sein, der die Orgie will. Ich werd Mikey Forrester überreden, mit einer seiner blöden kleinen Nutten die Blowjobszene zu machen. Dann brauchen wir nur noch einen weiteren Typen für die normale Sexszene, ich muss mal sehen, ob Rab das machen will oder vielleicht sogar Renton, und einen jüngeren Stecher für die Rolle des unerfahrenen Jungen, der die Unschuld verlieren soll.

Wenn unser Film so werden soll, wie es uns vorschwebt, ist Geld unser Problem. Ich bin fest entschlossen, daraus keine Ein-Ei-und-ein-Butterbrot-Produktion zu machen. Ich werd allen zeigen, wie falsch es von ihnen war, SDW nicht als Macher, als große Nummer im Sexgewerbe anzuerkennen. Aber das darf man nicht auf die billige Tour machen, denn das erwarten sie ja. Ich hab keinen Zugriff auf solche Summen, wie diese verkommenen Fotzen sie für nichts verballern. Aber Spud und sein doofer Kumpel aus Glasgow haben mich auf eine Idee gebracht, und ich hab mich ein bisschen umgetan. Daraus könnte was werden. Natürlich hab ich neben seinem schlicht gestrickten noch einen weitaus komplizierteren Plan im Kopf, der Daniel Murphy notgedrungen ausschließen muss.

Alex McLeish?

Es ist alles eine Frage des Spielerkaders, Simon, und ich bewundere das Team, das du zusammengestellt hast, insbesondere diese Nikki. Sehr viel versprechend. Dieser Murphy allerdings, tja, er hat den Job erledigt, als er reinkam, aber ich glaub nicht, dass er Profi genug ist, um sich einen Stammplatz in der Mannschaft zu erspielen.

Danke, Alex. Ganz meine Meinung: Murphy ist eine reine Notlösung. Und ich nehm mir den Rat des Meisters höchstpersönlich zu Herzen und tu mich auf dem Kontinent nach neuen Verpflichtungen im Sinne des Bosman-Urteils um. Könnte natürlich schwierig werden, den alten Publikumsliebling Mark Renton zurück nach Leith zu locken. Aber ich beginne meine Talentsuche in der näheren Umgebung. Im Pub warten ein paar Nachrichten von einem gewissen Paul Keramalindous von der Links Agency, einer Yuppie-Werbeagentur auf der Queen Charlotte Street, die angeblich den Inbegriff des ›neuen Leith‹ darstellt. Den Nachrichten zufolge interessiert er sich für das Leith Business Against Drugs Forum. Ich verspüre den erhöhten Muskeltonus und verstärkten Speichelfluss, die mir sagen, dass ich eine Witterung aufgenommen habe, und rufe zurück. Ein sehr produktives Gespräch; der Knabe erzählt mir, dass auch andere Firmen Interesse gezeigt hätten, und schlägt mir einen Termin in der nächsten Woche vor, um sich zu einem Vorgespräch in den Assembly Rooms zu treffen. Er fragt mich, ob ich jemanden wüsste, den ich gern ›mit ins Boot‹ nehmen würde. Ich denke an meine dünn gesäten gesetzestreuen Kontakte hier. Wen zum Henker könnte ich mitnehmen? Lexo mit seinem Ex-Frittenbuden-Thai-Café? Mikey Forrester mit seinem Saunaclub und seinen räudigen Nutten? Auf keinen Fall. Das hier ist mein Deal, ganz allein meiner. Ich gebe Paul zu verstehen, es sei vielleicht besser, die Sache im Rahmen zu halten, ich, er und ein paar der Leute, die er mir genannt hat.

– Klingt vernünftig, trillert es cool aus dem Hörer, – zumindest bis es richtig läuft. Die sprichwörtlichen vielen Köche, ich versteh schon.

Ich geb die angemessenen zustimmenden Laute von mir, hänge auf und trage den noch zu bestätigenden vorläufigen Termin in meinen Kalender ein. Ich bin überzeugt, dass der Trottel in null Komma nichts mit unterwürfiger Dankbarkeit alles fressen wird, was aus meinem Arsch kommt. Von diesem Erfolg beflügelt, entschließe ich mich, aufs Ganze zu gehen und mir Renton den Roten zu angeln.

Ich beginne meine Charmeoffensive, indem ich wieder bei Renton anrufe, um ihm von dem Plan zu erzählen, zumindest so viel, wie ich ihn wissen lassen möchte. Am Telefon komm ich mit Rents' Schweigen schwer zurecht, das an einer Stelle richtig nervenzerfetzend wird. Ich möchte sein Gesicht sehen, diese verschlagenen, berechnenden Augen, die er blitzschnell zu veritabler Chorknaben-Unschuld morphen kann, wenn er glaubt, durchschaut worden zu sein. – Und, was hältst du davon?

Er klingt einigermaßen beeindruckt. – Das könnte was werden, sagt er mit, wie es scheint, vorsichtigem Enthusiasmus.

– Ganz recht, die werden anbeißen.

– Aye, Weedgies sind doch ziemlich berechenbar, überlegt Rents. – Ich meine, jeder andere im UK und in der Republik Irland wünscht diese sechs Countys seit Jahrzehnten zum Teufel, bloß diese Wichser äffen immer noch die schlimmstmöglichen Hirnis von da drüben nach.

– Ja, stimme ich zu, denen fehlt jede Originalität, besonders den Hunnen. Benennen ihren Fanclub nach West Ham und klauen den Song bei Millwall. Allerdings würd ich drauf wetten, dass die meisten von denen bei der Royal Bank of Scotland sind, aber ein paar müssen auch bei der Clydesdale sein.

– Was genau hast du da vor?

– Wie ich schon sagte, ich brauche lediglich ein paar Auslandskonten. Komm her und mach mit, Mark, dränge ich. Dann schlucke ich schwer. – Ich brauche dich. Du schuldest mir was. Bist du dabei?

Es gibt nur ein kaum merkliches Zögern. – Aye. Kannst du irgendwann noch mal rüberkommen? Damit wir alles besprechen und die Details abklären können?

– Ich kann am Freitag kommen, erkläre ich ihm und hoffe, ich kling nicht allzu eifrig.

– Dann sehn wir uns dann, sagt er.

Ja, du wirst schon noch sehen, Renton, du verdammte diebische Ratte.

Kaum hab ich aufgelegt, klingelt mein grünes Handy, dessen Nummer ich nur an Jungs weitergebe, und es ist Franco. – Ey, hab mir n Handy besorgt, erzählt er mir. – Voll geil. Wir ham heute Abend n gemütliches Kartenründchen, Malky McCarron, Larry un so. Nelly is aus Manchester da un so, hm, du Fotze?

– Oh, Scheiße, ich muss arbeiten, sag ich mit geheuchelter Enttäuschung und bin heilfroh, dass ich diesem Rotarierclub für gefährliche Irre, den sie als Begbies Kartenründchen bezeichnen, fernbleiben kann. Mir von besoffenen Hirnamputierten das Geld abnehmen zu lassen, ist nicht meine Vorstellung von einem schönen Abend.

Aber es ist hochinteressant, dass Begbies Anruf gleich nach meinem Gespräch mit Renton kam. Für mich bedeutet das, dass sie zueinander finden sollen.

33
Spülsession

Ali war nur n einziges Mal da, mit dem Kind, und wir hatten gar keine Gelegenheit, mitnander zu reden. Trotzdem bin ich überraschend gut drauf, gut drauf, gut drauf, Mann, denn die Recherche geht gut voran, und ich bin ganz weg von den Drogen. Ali war eher ... äh ... skeptisch, Alter, denn das Spielchen kennt sie in- und auswendig, aber um fair zu sein, ich glaub, sie ist immer bereit, im Zweifelsfall zu meinen Gunsten zu entscheiden. Gut is auch noch, dass ich un Sick Boy quasi wieder so ne Art Freunde sind. Ich treff ihn nachher, weil wir da so n kleinen Plan am Laufen ham.

Ich war in meiner kleinen Schwester Roisin ihre Wohnung, die, ums so frank und frei wie unser Mr Begbie zu sagen, nich grad die Art von Mädchen ist, mit der ich je gut konnte. Sie is zehn Jahre jünger als ich, karriereorientiert und hat den traditionellen Lifestyle des Murphy-Clans quasi nie richtig akzeptiert. Ihr Freund is allerdings n echt cooler Junge un arbeitet grad in Spanien, darum hat er mir seine Saisonkarte für die Easter Road dagelassen. Ehrlich gesagt, ich war ewig nich mehr bei nem Spiel, Alter, aber die Grünen spielen im Moment Zauberfußball. Dieser Alex McLeish erinnert mich n bisschen an Rents und auch an diesen Großstadtkater aus *NYPD Blue*, wie ham sie den noch genannt? Robinson Crusoe? Nee, aber irgendwie die Richtung. Kann natürlich auch einfach die Fellfarbe sein. Aber jetzt ham wir diesen Jungen aus Frankreich hinten und den kleinen schwarzen Jungen im Mittelfeld. Da guck ich mir vielleicht das Heimspiel gegen Dunfermline an, was gegen die Langeweile tun, Alter, die ist immer das Übelste. Langeweile und Angstzustände. Erstere treibt mich zum Speed. Dann krieg ich voll Angstzustände, und da kommt dann wieder das alte H zu seinem Recht.

Das mit der kleinen Schwester is allerdings echt frostig gelaufen, Mann. Ja gut, wir ham neun Monate im selben Mutterleib logiert un so, aber ich schätz mal, als wir da auszogen, is jeder von uns in ner andern Zeit, in ner andern Ära gelandet. Ich steck mir also das Kartenheftchen in die Bürzeltasche und verzieh mich aus Rosh ihrer Bude.

Auf dem Weg runter hör ich so n Geschrei und Gekreisch im Treppenhaus. Als ich auf n nächsten Treppenabsatz komm, seh ich, dass es June is, Francos Ex, mit den beiden kleinen Begbie-Blagen, un eins von denen is am Plärren, und das größere wird von June vertrimmt, die total auszurasten scheint, au weia, aber hallo! – DU HAST IHN GEHAUN! LÜG JETZ BLOSS NICH! WAS HAB ICH DIR VERDAMMT NOCH MAL GESAGT, SEAN!

Der Begbie-Bengel steht einfach da und steckt die Schläge ein, zieht zwar den Kopf ein wie n Drücktierchen, aber viel auszumachen scheints ihm nich. Der Kleine is wie n wilder Hip-Hop-Breakdance-Kater, der vor den Schlägen wegtaucht, um sie abzufedern. Der Kleinere sieht total verschreckt aus und is jetzt mäuschenstill.

– Hey! ruf ich. – Is ja gut, June!

– Spud, sagt sie und fängt plötzlich an zu heulen und n Kopf zu schütteln, als würd sie total zusammenklappen, quasi.

Ich sag mal so, das is ne ziemlich abgefahrene Situation, in der ich da gelandet bin. Ich mein, ich wusste nich mal, dass die hier im selben Aufgang wohnt. – Äh ... alles klar bei dir ... sag ich und schnapp mir ihre Einkaufstüten, an einer is der Griff gerissen.

– Aye ... danke, Spud, es sind bloß die zwei hier, schluchzt sie und weist mit dem Kopf auf die beiden Kurzen.

– Wie Jungs nu mal so sind, hm, grinse ich. Der kleinere gibt mir n vorsichtiges Lächeln zurück, aber der andere kleine Kater aus m Begbie-Wurf guckt mich mit nem voll beängstigenden Blick an, un das schon in so jungen Jahren. Aye, der kommt nach Franco, aber hundertpro, ich sags euch!

June steckt den Schlüssel ins Schloss und macht auf. Die Kurzen stürmen rein, der ältere schreit was von Sky Sports. June guckt ihnen nach, n Zwei-Mann-Abrissunternehmen. Dann sieht sie mich an und meint: – Ich würd dich ja auf ne Tasse reinbitten, Spud, aber da drin ist n totales Durcheinander.

Nicht nur da is alles durcheinander, Alter. Echt, die June sieht sozusagen tierisch fertig aus. So wie die das sagt, braucht sie wen zum Quatschen. Ich weiß, ich bin mit dem Sick-Dings und Kusin Dode im Pub verabredet, aber ich würd selbst gern mal wieder mit irgendwem reden. Mit Ali geht das nich, und auch nich mit der kleinen Rosh oben, die mich am liebsten von hinten sieht. – Kann nich schlimmer als unsere Bude sein, erklär ich ihr. June guckt mich an, als würd sie drüber nachdenken un es dann einsehn, sozusagen.

Als ich in die Wohnung komm, is das n Chaos aus Klamotten un Spielzeug. In der Spüle türmt sich n Berg Abwasch, der aussieht, als stünd er da schon seit Jahren. Ich find kaum n Platz auf der Arbeitsplatte, um die Tüten abzustellen.

June is am Zittern, und ich biet ihr ne Kippe an und geb ihr Feuer. Sie setzt den Kessel auf und kann keine sauberen Tassen finden. Sie versucht, eine zu spülen, will n bisschen Spülmittel reintropfen lassen, aber aus der Flasche kommt nur n Furzgeräusch. Sie geht an eine der Einkaufstüten und holt ne neue raus, kriegt mit ihren zitternden Händen aber den Verschluss nich auf. Sie fängt wieder an zu heulen, diesmal isses nich bloß Schluchzen, sondern richtig Flennen. – Tut mir Leid, sin die Nerven, hier klappt einfach nix ... guck dich doch hier um. Es sin die Kinder ... die halten einen auf Trab ... keiner unterstützt mich; ja gut, Frank is draußen, aber er war bloß einmal hier, um sie zu sehn, is nich mal mit ihnen rausgegangen! Erst zehn Minuten aus m Knast und trägt schon tolle neue Hemden, Klamotten un Schmuck ... diese Sovereign-Ringe ... ich komm nich hinterher, Spud ... ich komm nich hinterher ...

Ich guck mir den Berg Geschirr an. – Weißte was, ich helf dir dabei, jetzt bring wir ma die Küche auf Vordermann. Dann fühlste dich besser, Mann, wenn das weg is, denn so funktioniert das, wennde dich scheiße fühlst, so total antriebslos, und dann nen Riesenberg Abwasch in der Spüle siehst, das is das Schlimmste, Mann, das ultimativ Schlimmste, quasi als würd alle Energie den

Abfluss runtergehn, Mann, einfach weg. Komm schon, June, n geteiltes Problem is nur noch n halbes Problem und so.

– Nee, is schon gut ...

– He! Komm schon! Ich bind mir ne Schürze um. – Hau rein, Frau, packen wirs an!

June protestiert, als ich mich auf den Abwasch stürze, aber nur halbherzig, und als ich vorankomm, legt sie auch n Zahn zu, und ruckzuck is alles weg, Alter, das Problem beseitigt, un alles ist wieder im Lot un machbar. Einfach den Kopf freimachen un es anpacken, Alter, es einfach tun. Kapiert? Wie mit meiner Schreiberei, Alter, einfach rangehn und es machen!

Das hab ich richtig gut gemacht, Alter, quadratisch, praktisch, gut. Ich flieg total weg, Alter, ich flieg weg, als wär ich auf dem weltbesten Speed. Ich muss sagen, June is in ner besseren seelischen Verfassung als die, in der ich sie vorgefunden hab, Alter, unbedingt.

Aber als ich dann in den Pub komm, bin ich für Sick Boy zu spät, und es liegen ein, zwei Meilen zwischen ihm un seiner guten Laune. Kusin Dode kaut ihm n Ohr ab, und er guckt mich an und hält mir seine Uhr vors Gesicht.

34
Linkerei Nr. 18742

Ich warte hier in diesem Drecksschuppen von Pub auf dem Walk auf einen abgefuckten Junkie, der mich von diesem öden Glasgower mit vorzeitig ergrauendem Haar, vierschrötigen Gesichtszügen und Augen mit dem permanenten Ausdruck aufgeschreckter Streitsucht, den man normalerweise nur bei den Ziegen im Streichelzoo sieht, erlöst. Willkommen zu Haus in Schottland, aber ehrlich. Dieser Spast, Cousin Dode, diese pseudo-sächsische, nordeuropäische, kulturlose, schweineschmalzärschige Null von einem Hunnenarschloch; diese Missgeburt von Höhlenaffe aus einem Slum an der Westküste besitzt die Frechheit, mir mit lateinischen Zitaten zu kommen; mit *Latein*, *mir*, einem Renaissancemenschen von mediterranem und jakobitischem Geblüt. Er holt was zu trinken und hebt sein Glas. – *Urbi et orbi*, sagt er.

– Cheers, *similia similibus curantur*, grinse ich giftig.

Cousin Dodes Pupillen werden groß wie ein schwarzes Loch, das alles in seiner Umgebung einsaugt. – Das kenn ich nich, was heißt das denn, meint er mehr als bloß beeindruckt, geradezu begierig.

Tja, keine Ahnung, was das noch gleich heißt, aber ich will gefickt sein, wenn ich das gegenüber diesem Dreckschwanz zugeb. – Ein Haar vom Hund, der dich gebissen hat, zwinkere ich. – Passt zum Anlass.

Cousin Dode legt den Kopf auf die Seite und mustert mich eingehend. – Ich seh schon, du bist n intelligenter Kerl. Schön, wen auf meiner Wellenlänge kennen zu lernen, er schüttelt den

Kopf, und ein gequälter Ausdruck macht sich auf seiner Visage breit. – Das is mein Problem, ich lern nich viele Leute auf meiner Wellenlänge kennen.

– Das kann ich mir vorstellen, nicke ich mit unbewegter Miene, was für diese Macaroon-Bar-und-Spearmint-Kaugummi-Fresse natürlich zu hoch ist.

– Will sagen, dein Kumpel Spud, n ganz lieber Kerl, aber nich unbedingt der Hellste. Du hingegen, du hast was auf m Kasten. Er trommelt sich mit dem Zeigefinger an die Stirn. – Aye, Spud hat erzählt, du machst Filme und so n Zeug.

Seltsam, dass Murphy sich herabgelassen hat, mir so eine gute Presse zu geben. Nicht Pornos, sondern Filme, nichts Geringeres. Da beschleicht mich glatt das sentimentale Gefühl, ich sei vielleicht ein bisschen hart zu meinem Kumpel mit den langen Fingern gewesen. – Man tut, was man kann, Dode. Wie heißt es noch mal: *ars longa, vita brevis.*

– Die Kunst währt lang, das Leben kurz, einer von meinen Lieblingssprüchen, nickt er, von einem Ohr zum anderen grinsend.

Endlich kommt Kollege Murphy rein und macht noch dazu nen verdammt aufgekratzten Eindruck. Als der Rattenficker aus Glasgow zum Pott geht, bringe ich mein ausgeprägtes Missfallen zum Ausdruck. – Fuck, wo warst du? Die Uhr tickt hier nicht nach Tipperary-Zeit. Die langweilige Fotze da labert mich seit Ewigkeiten zu!

Aber der guckt mich bloß beschissen selbstgefällig an. – Ging nich anders, Alter, bin zufällig June übern Weg gelaufen. Ich hab mit ihr ne kleine Session eingelegt, verstehste, ihr in der Küche geholfen, allein kriegtese den Kram nich gebacken.

– Ach, so nennt man das heutzutage, bemerke ich viel sagend. Ich hätte es mir denken können. So ist Spud eben, wird bei der kleinsten Versuchung schwach, obwohl ich schon völlig am Ende sein müsste, um mit June Crack zu rauchen. Komisch, hätt ich nicht von ihr gedacht, erst recht nicht mit den Kindern, aber ich schätze, heutzutage sind alle drauf, und um ihr gegenüber fair zu sein, sie hat voll diesen kaputten, ausgemergelten Cracknutten-Look. – Und wie geht's June? frag ich, ohne zu wissen, warum. Ist ja nicht so, als ob es mich besonders interessiert.

Spud zieht einen Schmollmund und stößt Luft aus und macht dabei ein furzendes Geräusch, das deutlich zu laut ist und in einem gastronomischen Betrieb mit Niveau Anlass zur Verlegenheit gegeben hätte. – Ehrlich gesagt, sie sieht ziemlich fertig aus, Alter, meint er, während dieser Dode vom Klo zurückkommt und eine neue Runde Bier holt.

– Da wette ich drauf, nicke ich, und wir wissen alle, warum.

Dode hebt ein Glas Lager und stößt mit Spud an. – Okay, Spud! Hau weg, die Scheiße! Dann wiederholt er die stupide Übung mit mir, und ich ringe mir ein Grinsen aufgesetzter Jovialität ab.

Ich giere langsam nach jeder Ablenkung von meiner gegenwärtigen Gesellschaft, daher schenke ich dem Mädchen hinter der Theke eins meiner freundlichen, strahlenden Lächeln, das in meiner Jugend dazu geführt hätte, dass sie sich unwillkürlich übers Haar gestrichen hätte. Aber heute ist es ihr nur ein ziemlich cooles Zucken der Mundwinkel wert.

Wir ziehen also durch diverse Bars, bis wir irgendwann in der Stadt landen, wo wir schließlich ins berühmte City Café in der Blair Street gehen, ein altes Stammlokal von mir. Ich bemerke die Pool-Tische, die neu dazugekommen sind, seit ich das letzte Mal hier war. Die müssen wieder weg: ziehen zu viele Deppen an. Wo wir davon sprechen, mir geht das unentwegte Gelaber dieses Cousin Dode dermaßen auf den Sack, dass ich sogar überaus erfreut bin, als ich Mikey Forrester mit einer offensichtlich geistig umnachteten, aber sexy aussehenden Nutte im Kielwasser reinkommen seh.

Ich werde hier im City Café noch zum Liebling der Belegschaft, ich hab das Niveau des Publikums echt angehoben. Ich hab ihnen den größten Junkiepenner, den Leith je hervorgebracht hat, einen Hunnen aus dem dreckigen Glasgow und nun den räudigen Forrester angeschleppt; Scheiße in Geschenkverpackung, wenn's je welche gegeben hat. Ich überlege: Was ist los, bin ich urplötzlich zur seifenfreien Zone geworden? Die Thekenbesatzung wird nach Lokalschluss Rentokil rufen müssen.

– Das ist Mikey Forrester, bedeute ich Dode. – Er hat Anteile an ein paar Saunaclubs und einen Stall von knackigen kleinen Nutten, die für ihr Abendessen Schwänze lutschen. Es ist die alte

Nummer: Er bringt sie auf Droge und lässt sie dann im Stoßgeschäft arbeiten, um das Zeug zu bezahlen, du verstehst schon.

Dode dreht sich um, nickt und mustert Mikey mit einem beiläufigen Blick milder Missbilligung, gepaart mit einer Prise Neid.

– Aye, äh, Seeker macht das auch, sagt Spud, selbst nach all den verdammten Jahren klebt ihm immer noch dieses freche, idiotische Problemkind-Grinsen im Gesicht wie Scheiße am Schuh.

Ich schüttle den Kopf. – Seeker bumst sie doch bloß, das ist der einzige Weg, auf dem so ein wandelndes Elend wie er Muschis abkriegen kann, erkläre ich. Ich gestatte mir, etwas Unbehagen bei dieser üblen Nachrede zu empfinden, während ich in meiner Tasche das Fläschchen mit Rohypnol befühle, mit dem mich Seeker höchstselbst am Nachmittag versorgt hat. Noch jemand, der mir von Nutzen sein kann, wenn auch nur in sehr begrenztem Rahmen. Ich ziehe Spud näher zu mir heran, um ihm ins Ohr flüstern zu können, wobei ich bemerke, dass ihm ein Klumpen braunes Schmalz das Ohr verstopft. Meine Nase verzieht sich vor Ekel über den widerlichen, ranzigen Geruch: – Ich werd mal kurz mit Mikey was Geschäftliches besprechen. Ich drücke ihm eine Zwanzig-Pfund-Note in die Hand. – Halt den Dreckschwanz bei Laune.

– Entschuldigt mich, Kollegen, ich sag mal kurz hallo, der alten Zeiten wegen, erkläre ich an Dode gewandt und verziehe mich in Richtung Forrester. Forrester ist so ein Kerl, den eigentlich keiner leiden kann, mit dem aber anscheinend jeder irgendwann Geschäfte macht. Er strahlt mich an, und seine Zähne erinnern mich an die Siedlung in Bingham – die ganze Anlage von Grund auf erneuert, seit ich sie das letzte Mal gesehen hab. Ich bin überrascht, dass Mikey sich statt für goldene für geschmackvolle, natürlich wirkende Kronen entschieden hat. Er trägt Sonnenstudiobräune, und seine sich lichtenden, grau melierten Haare sind radikal kurz geschoren. Sein silberblauer Anzug sieht wie Qualitätsware aus. Nur die Schuhe, teures Leder, aber dringend putzbedürftig, und vor allem die weißen Frotteesocken, ein seit den frühen Achtzigern von deren Müttern im Dutzend gekauftes Weihnachtsgeschenk für alle Bekloppten, weisen ihn als ehemaligen Intimus von Murphy aus.

– Hi, Simon, wie steht's?

Ich bin dankbar, dass er sich entschieden hat, mich mit Simon und nicht mit Sick Boy anzusprechen, und antworte demgemäß: – Prächtig, Michael, prächtig. Ich grinse seine Begleiterin an. – Ist das die reizende junge Dame, von der du mir erzählt hast?

– Eine von ihnen, grinst er und meint: – Wanda, das hier ist Sick … äh, Simon Williamson. Er ist der Knabe, von dem ich dir erzählt hab, gerade frisch aus London zurück.

Diese Mieze ist echt hübsch; schlank, geschmeidig, ein dunkler Typ, der so, na ja, *latino*mäßig aussieht, dass sie mit einem passenden Cousin-Dode-Zitat geliefert werden sollte. Sie steht in dieser ersten Blüte des Junkie-Nuttentums, in der sie echt toll aussehen, kurz bevor der große Absturz beginnt. Dann wird sie erst mal eine Pfeife brauchen, um überhaupt aufstehen und weiterarbeiten zu können, und ihr Aussehen ist hin, und Mikey oder irgendeine andere Fotze wird sie von der Arbeit im Saunaclub abziehen und auf die Straße oder in eine Crackhöhle schicken. Ach ja, die große Hure Babylon und ihr vorhersehbarer Auf- und Abstieg. – Biste der Filmtyp? fragt sie weggetreten, mit dieser traurigen, leicht arroganten Haltung des Smackheads, die mir, glaube ich, bei jeder zweiten sozialen Interaktion begegnet ist, seit ich sechzehn war.

– Erfreut, dich kennen zu lernen, Süße, grinse ich, gebe ihr die Hand und küsse sie auf die Wange.

Du bist richtig, altes Mädchen.

Und so werden Mikey und ich uns rasch über die Besetzung einig. Mir gefällt diese Wanda; obwohl sie völlig abhängig von Mikey und daher gänzlich in seiner Gewalt ist, ist sie doch noch so unbedacht, ihn ihre Geringschätzung spüren zu lassen. Was es für ihn nur noch ergötzlicher macht, seine Macht über sie langsam zu erhöhen. Aber sie hat Stolz, auch wenn der Junk das letzte Fünkchen davon aufzehren wird, noch bevor er ihr Aussehen ruiniert, eine Formel, die für Mikey bare Münze bedeutet.

Wir haben also alles geklärt, und ich gehe wieder rüber zu Spud und Dode, wo Letzterer den Ersteren gerade ziemlich lautstark über Frauen aufklärt. – Is das Einzige, waste mit Fraun machen kanns, sie lieben, behauptet er. – Hab ich Recht oder nich, Simon? Sag's ihm!

– Da könntest du richtig liegen, George, grinse ich.

– Lieb se und sei tapfer genug, sei stark genug, sie zu lieben. *Fortes fortuna adjuvat* … das Glück is mit den Tapferen. Hab ich Recht, Simon? Hab ich Recht?

Spud versucht, was zu sagen, was mich glücklicherweise der Notwendigkeit enthebt, diesem Ratten fickenden, dämlichen Arschgesicht eine begeisterte Bestätigung zu geben. – Aye, aber manchmal isses quasi …

Cousin Dode würgt ihn mit einer wegwerfenden Handbewegung ab, die beinahe einem anderen Typen das volle Pint aus der Hand schlägt. Ich nicke dem Kerl unauffällig entschuldigend zu. – Kein Aber, kein Manchmal. Wennse sich beschwern, schenk ihnen mehr Liebe. Wennse sich dann immer noch beschwern, noch mehr Liebe, verkündet er lautstark.

– Ganz genau, George. Ich bin überzeugt davon, dass die Fähigkeit des Mannes, Liebe zu geben, die Fähigkeit der Frau, Liebe zu empfangen, übersteigt. Deswegen sind wir die Herren der Schöpfung, so einfach ist das, erkläre ich knapp.

Dode starrt mich mit offenem Mund an, seine Augen drehen sich langsam, wie ein Daddelautomat, der Richtung Jackpot gestupst wird. – Dieser Mann hier, Spud, dieser Mann ist ein verdammtes Genie!

Dieser Cousin Dode ist wie der typische Glasgower sehr schnell betrunken, hackebreit schon nach ein oder zwei Bier. Und anstatt, wie es der Anstand gebietet, bewusstlos zu werden, scheinen sie diesen Zustand Ewigkeiten aufrechterhalten zu können; torkeln herum, wiederholen zwanghaft immer wieder dieselbe banale Botschaft, das aber mit zunehmender Aggressivität. – Danke sehr, George, nicke ich. – Aber ich muss gestehen, dass ich die Kneipen langsam satt hab. Wisst ihr, das ist praktisch kein großes Vergnügen für mich als Kneipenwirt, und überall sind Leute, ich nicke Richtung Forrester, – auf deren Gesellschaft ich nicht unbedingt Wert lege. Lasst uns was mitnehmen und woandershin gehen.

– Aye! brüllt Dode, – alle Mann mit zu mir! Ich hab ein absolut klasse Tape, das ihr hörn müsst! N Kumpel von mir hat ne Band … absolut spitze. Spitze, sag ich euch!

– Super, grinse ich zähneknirschend. – Ist es euch recht, wenn ich telefoniere und uns ein wenig Gesellschaft beschaffe, Gesellschaft weiblicher Art? Ich schwenke das rote Handy.

– Ob uns das recht is? Ob uns das recht is? Was fürn Kerl! Was fürn Kerl! verkündet Dode den ganzen Trinkern, die um uns herum in Grüppchen gedrängt stehen, während meine Nackenhaare versuchen, vor Scham die Bar zu verlassen. Manche Menschen würden sich geschmeichelt fühlen, ich gehöre nicht dazu. Ich bin fest davon überzeugt, dass es verheerender ist, von einem hirnlosen Trottel ein gutes Charakterzeugnis ausgestellt zu bekommen, als von den hippsten Szenepäpsten verdammt zu werden.

Wir steuern Richtung Ausgang, ich vorneweg, hastig durch die Menge pflügend, nur innehaltend, um ein Mädchen in einem engen grünen Jackenkleid anzulächeln, das ein hübsches, nur leider von einer Manchester-Dauerwelle gekröntes Gesicht hat. Dann gibt es eine unfreiwillige Verzögerung, als ich mich um zwei in die Breite gehende Mittdreißiger herumarbeiten muss, die von den Diäten endgültig Abschied genommen und den Rest ihres Lebens Wodka, Red Bull und Kummerspeck geweiht haben. Dann weiche ich einer hereinkommenden Posse junger Männer mit unruhigem Blick und Goldfischfressen aus, die Richtung Theke drängen.

Dode singt Spud immer noch mein Loblied, als wir raus in die Nacht treten. Ich zittere. Es ist nicht die Kälte, es sind nicht die Drogen. Es rührt daher, dass ich die Höhen und Tiefen, das ganze Ausmaß meines Ränkespiels empfinde, und Cousin Dodes Lobgesang dessen monströse, aber exquisite Parameter ausmisst. Fickt mich, Leute, es ist toll, am Leben zu sein.

35
Das Geld kommt aus m Automat

Wir mit was zu trinken auf Dode seine Bude. Sick Boy hat ne Flasche Absinth gekauft, was n bisschen dubios is, denn wir wolln ja Dode abfülln, nich uns alle drei. Sick Boy guckt sich voll angewidert das Hunnen-Poster an der Wand an, und ich knall mich aufs Sofa. Mann, sin meine Füße schwer.

Der George-Kusin scheint von der Aussicht, dass n paar Sexmiezen vorbeikommen, angetan, un um absolut ehrlich zu sein, Alter, wär das nich unbedingt das Schlechteste. Aber ich glaub, Sick Boy hat das nur gesagt, damit wir auch wirklich zu Dode gehn.

Aber das erzähl ich dem Kusin nicht, denn das ist nicht das, was der West-Coast-Boy hörn will. – Wo bleim die Perlen, Simon, sin die auch wirklich locker drauf?

– Aber hallo, nickt Sick Boy. – Die sind naturgeil. Die drehn Amateurpornos, allesamt, schnurrt dieser abartigste Kater im Körbchen, während Dode die Augen verdreht und die Lippen spitzt. Sick Cat nickt mir zu und macht mit der Hand vor seinem Mund so ne Plappermaulgeste, während er anfängt, den Absinth einzugießen.

– Äh, fang ich zur Ablenkung an, – sag doch mal, Dode, wie kommts, dass du *Kusin* Dode genannt wirst? während ich seh, wie Sick Boy unauffällig Dodes Glas mit Rohypnol präpariert. Ich steh auf so was echt nich, Alter. Es heißt, dass wenn man zu viel reintut, das Herz von nem Typ sozusagen stehn bleibn kann, einfach so. Aber Sick Boy scheint zu wissen, was er macht, nimmt mit m Auge vorsichtig Maß.

Dode ist nur zu glücklich, die Geschichte erzählen zu können und meine Neugier zu befriedigen. – Die Story geht so: Dieser Spezi von mir, zu Haus in Glesca, Bobby heißt er, der nennt jeden ›Cousin‹. Sick Boy gibt ihm sein Glas. – Is einfach dem Knaben seine Art zu reden, seit wir kleine Blagen in Drum warn, sagt er und trinkt nen Schluck. – Dann warn da abends ma n paar Typen aus der Stadt, die das nich wussten un hörten, wie er die ganze Zeit was von Cousin Dode labert ... so blieb das irgendwie hängen, meint er, immer noch am Glas nippend.

Bald werden Dodes Lider schwer, und er kriegt es nich mal mit, wie Sick Boy das Tape von seinen Kumpels ihrer Band rausnimmt und stattdessen Chemical Brothers laufen lässt. – Heimpornos ... lallt er und sinkt in die Couch, während ihm die Augen zufallen, und dann isser ausgezählt.

Ich un Sick Boy filzen direkt dem Kerl seine Taschen, un ich dachte, ich würd deswegen so n bisschen n schlechtes Gewissen ham, denn Dode is echt in Ordnung. Aber nee, Alter, das alte Langfinger-Gen schlägt sofort durch, und ich bin voll dabei und filze die Fotze bis aufs Hemd, aber Sick Boy meint: – Lass sein, lass stecken, un deutet mit m Kopf auf das Bündel Patte, das ich ihm aus der Tasche gezogen hab.

Und er hat voll Recht, Alter, ich bin bloß n bisschen gierig geworden un hab gedacht, bei dem dicken Bündel wird der Knabe n paar Scheine nich vermissen. Aber ich weiß, was Sick Boy will, die Scheckkarte von der Clydesdale Bank, die wir auch finden und konfiszieren.

Um 23.57 gehen wir raus zum Automaten und tippen die Nummer ein, keiner von uns auch nur n bisschen überrascht, dass sie stimmt, und heben 500 Pfund ab, dasselbe dann noch mal um 0.01. – Weedgies, was, kichert Sick Boy und ergänzt dann zärtlich, – saublöde Fotzen.

– Aye, aber nich zu verachten, erklär ich ihm.

– Nur zu wahr, sagt Sick Boy und gibt mir die Hälfte der Knete, aber mit nem kleinen Zögern, bevor er sie mir in die Pfote drückt. – Keine Schore, Alter. Ein nettes kleines Mitbringsel für die Frau des Hauses, klar?

– Aye, okay, sag ich. Jetzt schreibt der Knabe einem schon vor, wie man seine Asche ausgeben soll, Alter, und das geht echt nich.

Aber es fühlt sich gut an, wie in alten Zeiten, ich un Sick Boy voll am Ablinken, und das erinnert mich daran, dass wir früher echt gut warn, Alter, die Besten. Na ja, vielleicht nich so gut wie n paar andere Jungs, die mir da einfalln. Aber ich fühl mich jetz echt scheiße wegen Kusin Dode, denn der is echt in Ordnung, fast schon n Freund, aber jetz isses halt passiert. Und er hätt auch nich so großkotzig tun sollen von wegen Protestantismus rules, Alter. Wennde dich für den Größten hältst, kommt schon einer, der dich zurechtstutzt. Könnt sich Sick Boy auch mal merken, aber hey, auweia, ich hör mich ja schon wie Franco an!

Aber dann sind wir wieder in Dodes Wohnung und stecken die Karte zurück in seine Brieftasche und die Brieftasche zurück in seine Tasche. Sick Boy kocht schwarzen Kaffee und lässt ihn abkühlen, dann flößt er Dode welchen ein. Das Koffein bringt ihn wieder auf Vordermann, er tritt mit n Beinen aus, trifft den Couchtisch und stößt n paar Gläser um.

– Mensch, Alter, hey!

– Du warst weggetreten, Dode, lacht Sick Boy, als unser Lieblings-Weedgie sich verwirrt aufsetzt und die Augen reibt.

– Aye ... sagt Dode und versucht sich zu orientieren. – Der Absinth is ja irre, stöhnt er und guckt auf die Uhr auf dem Kaminsims. – Scheiße nee, *tempus fugit*, aber echt.

– Typisch Glasgower, sagt *Felinus Vomitus*, quasi mein neuer lateinischer Name für unseren Sick Cat, – erst große Sprüche, aber wenn's zur Sache geht, halten sie mit uns Jungs aus Leith nicht mit!

Dode rafft sich auf und taumelt in purem Trotz zu unserm mitgebrachten Sprit. – Ihr wollt Kampftrinken sehn? Ich zeig euch Kampftrinken!

Ich un Sickest Cat werfen uns n schnellen Blick zu und hoffen, dass der gute Dode wieder umkippt, bevor ihm das Geld ausgeht.

36
Linkerei Nr. 18743

Das Rumpeln schwerer Aluminiumfässer auf dem Steinboden. Die lautstarke Kameraderie der Brauereiwagenmannschaft, während sie ein weiteres Fass vom LKW rollen, erst auf die Matte, dann die hölzerne Rutsche runter, der Typ unten lässt das Kissen die Wucht des Aufpralls abfangen, bevor er das Fass packt und aufstapelt. Aber dieses Rumsen, diese lauten Stimmen.

Mein Kopf tut beschissen weh. Mir fällt mit einigem Entsetzen ein, dass ich mich bereit erklärt hab, heute Abend bei meiner Mutter im Familienkreis zu speisen. Ich weiß nicht, was mich in meiner Verfassung mehr stören würde, ihr nachsichtiges Geglucke oder die Gleichgültigkeit des alten Herrn, die gelegentlich in offene Feindseligkeit umschlägt. Damals Weihnachten, Jahre her, als er mich in der Küche abgepasst und in der Boshaftigkeit des Suffs geflüstert hat: – Ich weiß, was du treibst, du Fotze, und ich weiß noch, wie verstört und ängstlich ich war. Was hatte ich getan, das er durchschaute? Später hab ich natürlich begriffen, dass er nichts Bestimmtes meinte, dass er einfach seinen Selbsthass auf mich projizierte, dass er behauptete, mich, mein Wesen zu durchschauen, weil es auch das seine war. Aber den entscheidenden Unterschied hat er vergessen, nämlich dass er ne armselige Niete ist und ich nicht.

Bloß mein Kopf tut weh. Das Besäufnis gestern: was für ein langwieriges Spektakel für lächerliche fünfhundert Pfund Weedgie-Kohle. Natürlich ist Mr Murphy mit seinem Anteil an unseren unrechtmäßigen Einkünften hochzufrieden, aber für mich war das Ganze nicht mehr als ein Probelauf.

Spud mag sich bei einem mäßig bedeutsamen innerschottischen Pokalspiel bewährt haben, aber das heißt nicht, dass er fürs internationale Parkett taugt. Oder, Alex?

Man weiß natürlich nie, Simon, aber ich bin geneigt, diesen Renton vom Kontinent mit ins Boot zu nehmen. Er ist ein launischer Spielertyp, und er hat uns in der Vergangenheit schon hängen lassen, aber manchmal muss man auf diesem Niveau schon ein solches Risiko eingehen. Alex Ferguson hat das mit Eric Cantona eindrucksvoll bewiesen. Ich bin der festen Überzeugung, dass Murphy mit dieser Partie überfordert wäre. Mir gefällt aber diese Nicola Fuller-Smith immer noch sehr gut.

Ab-so-lut meine Meinung, Alex. Wir beide erkennen ein Talent, wenn wir es sehen.

Dieser beschissene Kater macht mich allerdings fertig; ich hab den Tatterich, während die Brauerei-Jungs fröhlich singen und Morag mir zubrüllt: – Wir brauchen noch n paar Beck's hier oben!

Das ist nicht das Leben, das ich mir erträumt hab. Ich schleppe mich zitternd mit einem, dann mit zwei Kästen die Treppe hoch und fülle systematisch die Kühlschränke unter der Theke auf. Später kapituliere ich vor meinem Zustand und zünd mir im Büro eine Zigarette an. H ist leichter aufzugeben als die Kippen. Aber die Post bringt Erfreulicheres in Gestalt eines Briefes aus dem Büro des Polizeipräsidenten!

Lothian Police
Dein Freund und Helfer

12. März

Ihr Zeichen: SDW
Unser Zeichen: RL/CC

betr.: Leith Business Against Drugs

Sehr geehrter Mr Williamson,

herzlichen Dank für Ihr Schreiben vom 4. des Monats.

Ich vertrete seit langem die Auffassung, dass der Krieg gegen die Drogen nur mit Hilfe der gesetzestreuen

Öffentlichkeit gewonnen werden kann. Da Drogenhandel häufig in Gaststätten und Clubs vonstatten geht, stehen wachsame Wirte wie Sie bei diesem Kampf in vorderster Linie, und ich freue mich, dass jemand Zivilcourage beweist und sein Lokal zur drogenfreien Zone erklärt.

Mit freundlichen Grüßen

R.K. Lester
Polizeipräsident, Lothian Police

Ich hab noch gut eine Stunde Zeit bis zum Aufmachen, darum geh ich mit dem Brief in ein Rahmengeschäft auf dem Walk und lasse ihn in einen schicken Goldrahmen fassen. Dann geh ich zurück und häng ihn an einen Ehrenplatz hinter die Theke. Im Endeffekt ist es ne Genehmigung, hier Drogen zu verkaufen, ohne dass irgendein übereifriger Streifenbulle mich hochnehmen kann, wenn er den großen Boss nicht in Verlegenheit bringen will. *Jetzt* werd ich meine Ruhe haben, und das ist alles, was man will, alles, wonach es einen im Leben verlangt: in Ruhe gelassen zu werden, während man damit beschäftigt ist, mit anderen Geschäfte zu machen. Mit anderen Worten, ein wohlanständiges, amtlich beglaubigtes Mitglied der kapitalistischen Gesellschaft zu sein.

Endlich kommt auch die Sonnenbank, die ich bestellt hab. Ich will keine käseweißen Körper am Set. Ich leg mich zur Probe für eine halbe Stunde drunter.

Beflügelt eile ich nach draußen zu einer Telefonzelle, aus der ich die *Evening News* anrufe, wobei ich mir beim Reden die Nase zuhalte. – Da is so n junger Kerl unten in Leith, äh, von der Port Sunshine Tavern, äh, der versucht da so ne Leith-Business-sacht-nein-zu-Drogen-Initiative, äh, auf die Beine zu stelln. Der hat n Schreiben vom Polizeipräsidenten, der ihn unterstützt, wa.

Wie aufgeregt sie bei der Erwähnung des Präsidenten werden! Innerhalb einer Stunde schicken sie mir einen pickligen, unterbelichteten Blödmann, der einen Fotografen dabeihat, gerade als meine ersten Gäste, der alte Ed und sein Trupp, eintrudeln und auf der Tafel nach dem Tagesgericht (Shepherd's Pie) gucken. Die

Pressefritzen machen ein paar Fotos und stellen ein paar Fragen, und ich lehne mich zurück und mach mich wichtig. Ich erkläre dem Knaben, dass Mos Kartoffelauflauf in Leith so berühmt ist wie Betty Turpins Fleischeintopf es immer in Weatherfield war. Der kleine Kerl guckt verblüfft, scheint aber ganz glücklich mit dem zu sein, was er bekommen hat.

Das war kein schlechter Start in den Tag, und ich bin um fünfhundert Pfund reicher. Das sind natürlich nur Peanuts verglichen mit dem, was wir brauchen, um einen anständigen, auf internationalem Niveau produzierten Fickfilm zu drehen, aber ich hab bereits eine größere Linkerei ins Auge gefasst. Pornografie ist das Filmgenre, das ich mir als Betätigungsfeld ausgesucht habe, aber darauf werde ich mich nicht lange beschränken. Ich werd den großen Zionistenzinken offenbaren. Frohlockend lege ich mir eine Mörderline Koks, die jetzt genau richtig ist, auch wenn ich mir dann schnellstens eine Packung Kleenex holen muss, um eine plötzliche Flut von dünnflüssigem Rotz einzudämmen.

Schon verrückt, dass ein Besäufnis mit Spud Murphy und einem bescheuerten Hunnen aus Glasgow so inspirierend sein kann. Das Koks ist erste Sahne, haut den Kater weg wie nichts. Das Telefon klingelt am anderen Ende der Theke, und Morag geht ran und hält den Hörer hoch. Ist ihre beträchtlichen Fettpolster in Gold wert, das alte Mädchen. Klar, ich könnte eine fickbare junge Studentin holen, wie Nikki zum Beispiel, die dem Auge und dem Schwanz schmeichelt, aber die könnte den Laden nie so schmeißen wie diese alte Fregatte. – Für dich, meint sie.

Ich rechne mit irgendeiner Edelmuschi und hoffe sogar, Nikki könnte dran sein, aber nein, es ist der dämliche Spud, der ausgehen und das Geld vom armen Dode verprassen will, als wären ich und er wieder dicke Freunde.

– Tut mir Leid, alter Junge, zu viel zu tun im Moment, erkläre ich ihm knapp.

– Äh, wie wärs n dann mit Donnerstag?

– Donnerstag kommt nicht in Frage. Wie wär's mit niemals? Würd dir niemals passen? frage ich schroff und belle dann: – Hervorragend! in das verblüffte Schweigen am anderen Ende der Leitung, ehe ich den Hörer aufknalle. Dann hebe ich wieder ab und rufe jemanden an, der mir nützlich sein kann, meinen alten Kumpel Skreel in Possil nämlich, und bitte ihn, was für mich herauszufinden.

Schon in jungen Jahren bin ich zu dem Schluss gekommen, dass andere Menschen Gegenstände sind, die man manipulieren, gewissermaßen herumschieben kann, um das für einen selbst Vorteilhafteste herauszuholen. Außerdem fand ich heraus, dass es besser ist, statt Drohungen Charme einzusetzen, und dass Liebe und Zuneigung besser funktionieren als Gewalt. Liebesentzug oder die Androhung von Liebesentzug genügen meistens schon. Natürlich gibt es Leute, die einem den schönsten Plan durchkreuzen. Normalerweise sind das Freunde oder Lover. Mein bester Freund ist mit meinem Geld abgehauen. Renton. Ein zweiter Mensch, der mich gelinkt hat, war der Alte von meiner Frau.

Ich werd die Fotzen beide drankriegen. Aber im Moment ist es Skreel, den ich drankriegen möchte, *mein* alter Weedgie-Kumpel. Ja, es ist an der Zeit, Kontakt aufzunehmen, wo ich nun auf Dauer wieder im Norden bin. Ich begrüße ihn, erledige das übliche Geplänkel und komm dann zum Geschäftlichen. Skreel traut seinen Ohren nicht. – Du willst, dass ich n Mädchen auftue, das *wo* arbeitet?

– An der Kasse im Ibrox Stadion, wiederhole ich geduldig. – Am liebsten ein schüchternes Mädchen, verletzlich, relativ unerfahren, das vielleicht noch zu Hause bei den Eltern wohnt. Wie sie aussieht, ist egal.

Dieser letzte Zusatz macht ihn sogar noch misstrauischer. – Was zum Teufel hast du vor, Williamson?

– Schaffst du das?

– Überlass das mir, erklärt er nachdrücklich. – Sonst noch was?

– Einen Brillentrottel, der bei Mama wohnt …

– Das is einfach!

– … aber bei einer Geschäftsstelle der Clydesdale Bank in der Innenstadt von Glasgow arbeitet.

Skreel bittet mich erneut, meinen Wunsch zu wiederholen, und lacht dann ins Telefon. – Willste die verkuppeln?

– In gewisser Weise, erkläre ich ihm. – Nenn mich Amor, scherze ich, bevor ich auflege und in meiner Tasche nach dem beruhigenden Briefchen Koks wühle.

37
›... ein politisch korrekter Fick ...‹

Lauren ist stinksauer auf mich, und ich hab keine Ahnung, wo sie steckt. Vielleicht ist sie nach Stirling gefahren. Immerhin zeigt es, dass ihr etwas daran liegt, oh ja. Dianne, die über ihrer Arbeit sitzt, sieht das ganz entspannt. Sie trommelt mit dem Bleistift gegen ihre Zähne und meint: – Lauren ist ein etwas anstrengendes kleines Ding, aber sie ist noch ziemlich jung und wird bald lockerer werden.

– Lieber heute als morgen, erwidere ich. – Sie gibt mir das Gefühl, eine dreckige Nutte zu sein ... Ich spreche das Wort aus, und es zerreißt mich innerlich: Ich muss daran denken, was ich mit Bobby und seinem Kumpel Jimmy gestern abgemacht hab. Wo ich heute Abend hingehe. Das ist was anderes als im Saunaclub, wo du über die Extras bestimmst, auch wenn erwartet wird, dass man wenigstens Handjobs ausführt, und das ist das Einzige, wozu ich bereit bin – meine plumpen, unbeholfenen Zusatzleistungen zu meinen bescheidenen Massagetechniken. Ich brauche den Job und ich brauche das Geld, vor allem jetzt vor den Osterferien. Aber draußen zu arbeiten, mit jemandem aufs Hotelzimmer zu gehen, heißt eine Grenze zu überschreiten, die ich nie überschreiten wollte. Nur ein Essen und ein Drink anschließend, hat Jimmy gesagt. *Alles, was ihr sonst noch aushandelt... tja, das geht nur euch beide was an.*

Ich breche auf, schick in Schale geworfen, mein rotschwarzes Kleid unter meinem schwarzen Versace-Mantel. Ich versuche zu verschwinden, bevor Dianne mich so sieht, doch sie erwischt mich und pfeift anerkennend. – Heißes Date, was?

Ich grinse so rätselhaft ich kann.

– Hast du ein Glück, verdorbenes Stück, lacht Dianne.

Ich gehe raus auf die Straße, gar nicht mehr daran gewöhnt, mich auf hohen Absätzen fortzubewegen, und winke mir ein Taxi ran. Ich lasse es etwa fünfzig Meter vor dem exklusiven Hotel in New Town anhalten; ich stolpere nicht gerne abrupt irgendwo rein, ich koste meine Ankunft lieber aus und lasse alles auf mich wirken. Es hat eine eindrucksvolle georgianische Fassade, aber innen ist es kernsaniert, und alles ist ultramodern. Der Empfangsbereich hat riesige Fenster, die fast bis zum Boden reichen. Die automatischen Türen gleiten auf, und ein Portier im Frack nickt mir zu. Ich spüre meine hohen Absätze, die über den Marmorboden klicken, als ich zur Bar gehe.

Ich will mir nicht anmerken lassen, dass ich nach jemandem suche, damit mich niemand fragt, nach wem, denn ich weiß es nicht. Wie sieht ein baskischer Politiker aus? Es gelingt mir nie, in Situationen wie dieser cool zu bleiben. Der Barkeeper des Hotels hat mich schon mal gesehen, das merke ich, vielleicht im Saunaclub, und nickt mir knapp zu. Ich lächele warm zurück und merke, dass ich rot werde, als hätte ich zu schnell einen doppelten Scotch gekippt. Nein, es ist viel schlimmer, ich komme mir völlig nackt vor oder wie eine Nutte vom Straßenstrich in arschknappem Mini und Overknees mit Plateausohle. Aber die Begleitservice-Geschichte funktioniert prima; sie wollen ihre Kunden keinen Peinlichkeiten aussetzen, die Männer, die dieses Hotel frequentieren. Wäre ich bloß eine dahergelaufene Freischaffende, wäre ich längst rausgeflogen und vermutlich umringt von einem Haufen Bullen.

Mein Klient ist ein bekannter baskischer Nationalist, der unter dem Vorwand hier ist, sich über die Arbeit des schottischen Parlaments zu informieren. Man hat mir gesagt, er trüge einen blauen Anzug. An der Theke sind zwei Männer in blauen Anzügen, und beide sehen mich an. Der eine hat weißes Haar und ist tief gebräunt, der andere ist dunkelhaarig und hat einen olivgrauen Teint. Ich hoffe, der Dunkelhaarige, Jüngere wäre meiner, erwarte aber eigentlich, dass es der andere ist.

Dann spüre ich plötzlich, wie mir jemand auf den Arm tippt. Ich drehe mich um, und vor mir steht ein fast schon klischeehafter Spanier in einem blauen, *hellblauen* Anzug, der zur Farbe seiner Augen passt. Er ist in den Fünfzigern, aber noch gut in Schuss. – Sie sind Niieekiie? fragt er erwartungsvoll.

– Ja, sage ich, während er mich auf beide Wangen küsst. – Sie müssen Severiano sein.

– Wir haben einen gemeinsamen Freund, grinst er, eine Reihe überkronter Zähne entblößend.

– Und wer wäre das? frage ich und komme mir vor wie in einem James-Bond-Film.

– Jiiem, Sie kennen doch Jiiem ...

– Ah ja, Jim.

Ich war besorgt, dass er mich auf der Stelle nach oben lotsen würde, aber er bestellt uns etwas zu trinken und sagt vertraulich: – Sie sind sehr schön. Ein schönes schottisches Mädchen ...

– Eigentlich bin ich Engländerin, erkläre ich ihm.

– Oh, macht er, offenkundig enttäuscht.

Natürlich, er ist ja Baske. Ich muss also ein politisch korrekter Fick sein. – Allerdings habe ich schottisch-irische Vorfahren.

– Ja, Sie haben einen keltischen Knochenbau, sagt er anerkennend. So viel zu Miss Argentina. Wir machen ein bisschen Smalltalk, trinken aus, steigen dann draußen in ein wartendes Taxi und fahren die kurze Strecke auf die andere Seite von New Town, was zu Fuß nicht mehr als fünfzehn Minuten sind, na ja, mit meinen Absätzen vielleicht zwanzig. Ich bewahre angesichts hemmungsloser Schmeicheleien ein saccharinsüßes Lächeln. – Schöne Niieekiie ... so schön ...

Wir essen in einem Restaurant zu Abend, das momentan en vogue sein soll. Ich nehme als Vorspeise eine Platte mit Meeresfrüchten, darunter Tintenfisch, Krebsfleisch, Hummer und Gambas, angerichtet auf einer fantasievollen Zitronensauce mit frischen Kräutern. Als Hauptgericht gibt es einen Lammbraten à la Nouvelle Cuisine mit Spinat und gemischtem Gemüse, und als Nachtisch gönne ich mir karamellisierte Orange mit einer üppigen Portion Eiscreme obendrauf. Das alles wird mit einer Flasche Dom Perignon heruntergespült, einem fruchtigen, aber ziemlich schweren Chardonnay und zwei großen Brandys. Ich entschuldige mich kurz und erbreche das alles auf der Toilette, putze mir dann die Zähne, schlucke etwas Magnesiummilch und gurgele mit Listerine. Das Essen war hervorragend, aber ich verdaue nie etwas nach neunzehn Uhr. Danach ruft Severiano ein Taxi, und wir fahren zurück ins Hotel.

Ich bin leicht nervös und hab einen ziemlichen Schwips, als wir auf sein Zimmer kommen, darum schalte ich den Fernseher an, wo die Nachrichten oder eine Dokumentation gerade die üblichen Klischeebilder einer Hungersnot in Afrika bringen. Severiano nimmt den Begrüßungswein aus dem Eiskübel und schenkt zwei Gläser ein. Er streift seine Schuhe ab und macht es sich, in die aufgeschüttelten Kissen gelehnt, auf dem Bett bequem und grinst mich an, sein Lächeln ist irgendwo zwischen liebenswertem kleinen Jungen und schmierigem Lustgreis angesiedelt. – Seeez dich zu mir, Niieekiie, sagt er, neben sich aufs Bett klopfend.

Für einen Sekundenbruchteil bin ich fast versucht, ihm nachzugeben, aber dann schalte ich auf Businessmodus um. – Ich werde Sie massieren und etwas mit der Hand befriedigen. Mehr mache ich nicht.

Er blickt mich traurig an, seine großen südländischen Augen scheinen sich fast mit Tränen zu füllen. – Weenn ess nur daass sein sool ... sagt er und zieht seinen Reißverschluss auf. Sein Schwanz springt wie ein freudig erregtes Hündchen heraus. Und was macht man mit freudig erregten Hündchen?

Na ja, ich fang an, ihn zu kraulen, das schon, doch dann stellt sich wieder das alte Problem ein: Ich verstehe mich einfach nicht besonders auf Handjobs. Ich verzehre ihn mit den Augen, liebe es, Macht über ihn zu haben. Seine glühenden Augen kontrastieren mit dem Eis in denen von Simon, dem Eis, das ich so gerne zum Schmelzen bringen würde, wie es in dieser Werbung heißt, aber ich spüre, wie mein Handgelenk von der immergleichen Bewegung müde wird, und es stimuliert mich einfach nicht genug. Nein, es langweilt mich zu Tode. Das überträgt sich auf ihn, und er guckt frustriert, gekränkt und sogar verärgert. Wie auch immer, mir gefällt, wie die Eichel immer aus der unerhört langen Vorhaut auftaucht, und ich beschließe, mich daran gütlich zu tun. Ich schaue ihn an, lecke mir die Lippen und erkläre: – Normalerweise tu ich so was ja nicht, aber ...

Dieser Baske ist über das Bonusangebot hocherfreut. – Oh, Niieekiie ... Niieekiie, Babiiiee ...

Ich handele schnell einen sehr guten Preis aus, wobei mir die günstige Marktsituation entgegenkommt, und nehme ihn in den Mund, nachdem ich mich vorher vergewissert hab, dass ich genug Speichel als Schutz gegen einen etwaigen strengen Geschmack produziere. Er hat wirklich eine lange Vorhaut, daher ist die Wahrscheinlichkeit, dass sein Schwanz beim ersten Lecken muffig schmeckt, eher groß. Aber beim ersten Kontakt hat er einen frischen, intensiven Geschmack, der mich an spanische Zwiebeln erinnert, aber das kann auch einfach eine ethnozentristische Assoziation sein. Bei Handjobs stelle ich mich vielleicht linkisch an, aber ich weiß, wie man einen Blowjob anständig erledigt: Selbst als Kind war ich schon oral veranlagt, ein Erst-mal-dran-lecken-Typ.

Ich merke es, als er kurz vorm Abspritzen ist, daher schiebe ich seinen störrischen Schwanz von mir weg, und er jammert und bittet und bettelt, aber ich werd sein Sperma nicht schlucken. Er steht jetzt total neben sich, und mein Körper verkrampft sich vor Angst, als er mich packt, und für ein paar Sekunden überlege ich nüchtern, dass ich jetzt vergewaltigt werde und welche Gegenwehr ich leisten könnte. Dann begreife ich, dass er sich nur wie ein Hund an mir reibt, mit heißem Atem wirres Zeug auf Spanisch in mein Ohr stammelt und auf mein Kleid abspritzt.

Es war keine Vergewaltigung, aber auch nicht einvernehmlich, und es war erniedrigend für mich. Ich stoße ihn wütend weg, und er sinkt kraftlos auf dem Bett in sich zusammen, jetzt voller Reue und wortreicher Entschuldigungen. – Oh, Niieekiie, es tut mir so Leiiid … bitte vergiiieb mir … und er wälzt sich zu seinem Jackett hinüber und holt das Geld raus, damit ich das auch wirklich tue, während ich in das verspiegelte Badezimmer gehe, ein Handtuch finde, es nass mache und seine Soße aus dem Kleid reibe.

Danach ist er ziemlich charmant, immer noch zutiefst zerknirscht, und ich rege mich ab, und wir trinken den Wein aus. Ich bin ein bisschen betrunken, und er fragt mich, ob er ein paar Polaroids von mir in BH und Höschen machen darf. Ich spiele ihm die arme Studentin vor, und er rückt noch mehr Kohle raus. Ich ziehe das Kleid aus und trockne den feuchten Fleck mit dem fest installierten Fön, während er die Kamera vorbereitet.

Er lässt mich posieren, und ich bin froh, dass ich den Wonderbra anhabe, während er ein paar Aufnahmen macht. Ich stelle fest, dass ich auf der ersten ziemlich grausam und missbilligend gucke, also versuche ich es bei der zweiten mit einem aufgesetzten Lächeln. Ich mache mir Sorgen wegen meiner knochigen Knie und bin sicher, dass ich den Ansatz eines Spitzbauchs bekomme. Angespornt von seiner Begeisterung und meiner Angst, aus dem Leim zu gehen, biete ich ihm was fürs Auge und turne ein paar Dehnübungen vor. Großer Fehler, denn Severiano wird wieder liebeshungrig, springt vom Bett und versucht, mich zu küssen. Jetzt habe ich Angst, denn mir ist bewusst, dass ich halb nackt und damit noch hilfloser bin. Ich weiche zurück und hebe abwehrend die Hand, was, von einem eisigen Blick begleitet, seine Leidenschaft abzukühlen scheint. – Vergiiieb mir, Niieekiie, bettelt er, – ich bin ein Scheweiiin …

Ich ziehe mich wieder an, stecke das Geld in meine Handtasche und lasse ihn mit einem coolen, sanften Goodbye in seinem Zimmer zurück.

Als ich den Flur entlang zu den Aufzügen gehe, bin ich zwischen zwei widerstreitenden Emotionen, Erniedrigung und Triumph, hin und her gerissen. Ich zwinge mich, an das viele Geld für die leichte Arbeit zu denken, danach fühle ich mich besser.

Der Aufzug kommt, und drinnen steht ein junger Portier mit ungesunder Gesichtshaut und einem vollen Gepäckkarren. Er nickt kurz, und ich quetsche mich rein, wobei ich den Ausschlag registriere, der sich seinen Unterkiefer entlangzieht. Es ist aber keine Akne, denn er hat es nur auf der einen Seite. Mir wird klar, dass es aussieht, als habe er sich geschlagen oder sich betrunken das Gesicht an einer Wand oder dem Pflaster aufgeschrammt. Während wir hinunterfahren, guckt er mich mit schuldbewusstem Grinsen an, und ich erwidere es mit einem, wie ich glaube, ähnlichen Lächeln. Die Aufzugtüren öffnen sich, und dann bin ich draußen, verwirrt, mit schwirrendem Kopf. Ich will nur noch raus aus dem Hotel, weg vom Schauplatz des Verbrechens.

Ich gehe also durch die Lobby und kann durch die Glastür vor mir schon den Bürgersteig sehen, der regennass im Schein der Straßenlampen glänzt. Dann geht die Tür plötzlich auf, und mich durchfährt es wie ein Blitz, als ich mit Unbehagen erkenne, wer da ins Hotel kommt. Es ist mein verfickter Tutor, McClymont, und er kommt direkt auf mich zu, während sich sein Gesicht zu einem Grinsen verzieht, als er mich erkennt.

Oh mein Gott.

Das Gesicht zieht sich zusammen wie eine zerknüllte Zeitung, und ein Ausdruck schmieriger Geringschätzung tritt in seine Augen. – Miss Fuller-Smith ... Diese Stimme, barsch und zugleich sanft, schneidet mir ins Bewusstsein.

Oh mein Gott. Ich spüre, wie sich mein Herzschlag beschleunigt, und das Geräusch meiner klackenden Absätze kommt mir ohrenbetäubend vor. Ein Gefühl der Ohmacht ergreift mich; mir ist, als würden sich alle Augen hier im Hotel-Foyer auf McClymont und mich richten, als wären wir im Mittelpunkt eines Bildes gefangen. – Hallo, ich ... fange ich an, aber er wirft mir einen seltsamen Blick zu, als kenne er die tiefsten Geheimnisse meiner Seele. Er mustert mich von oben bis unten, und ein kaltes Glitzern tritt in die Augen dieses dezidiert dauergeilen Dozenten. – Leisten Sie mir doch auf einen Drink Gesellschaft, sagt er mit einem Nicken Richtung Bar, mehr im Befehlston als bittend.

Ich weiß einfach nicht, was ich sagen soll. – Ich kann nicht ... ich, äh ...

McClymont schüttelt bedächtig den Kopf. – Ich wäre sehr enttäuscht, wenn Sie das nicht täten, Nicola, sagt er, rollt dabei die Augen, und ich kapiere die Botschaft. Ich hab zwar schon meine letzte Arbeit bei ihm abgegeben, aber irgendetwas zwingt mich dennoch, ihm zu gehorchen. Im Seminar bin ich nur selten gewesen, deswegen kann er mich immer noch durchfallen lassen. Wenn ich es nicht packe, wird mein Dad mir die finanzielle Unterstützung streichen, und ich wär geliefert. Ich mache die entwürdigende Kehrtwende, fasse mich langsam wieder und folge ihm in die Bar. Der Barkeeper starrt mich kalt an, als McClymont fragt, was ich trinken möchte.

Jetzt sitze ich also mit diesem dreckigen alten Sack an der Bar, und bevor ich wieder Oberwasser bekommen kann, indem ich ihn frage, was er hier macht, stellt er mir dieselbe Frage. – Ich habe auf meinen Freund gewartet, erkläre ich ihm, während ich ein Glas Malt Whisky an die Lippen führe. Das habe ich von Simon, und McClymont ist offenkundig mit meiner Getränkewahl zufrieden. – Aber er hat mich auf dem Handy angerufen und gesagt, er würde sich verspäten.

– Ach, wie schade, sagt McClymont.

– Und Sie selbst? Sind Sie öfter hier? frage ich.

McClymont wird ein bisschen mürrisch, offenkundig ist er der Ansicht, ich wäre schließlich seine Studentin oder eine Frau oder jünger als er oder alles drei auf einmal, und er sei daher derjenige, der hier die Fragen zu stellen hat. – Ich war bei einem Treffen der Caledonian Society, sagt er wichtigtuerisch, – und bin auf dem Heimweg von einem Regenschauer überrascht worden. Da dachte ich, ich gehe hier kurz etwas trinken. Wohnen Sie hier in der Nähe? fragt er.

– Nein, oben in Tollcross, ich … äh … Aus dem Augenwinkel sehe ich zitternd, wie Severiano, der Baske, mit einem anderen Mann im Anzug herunter in die Bar kommt. Ich wende mich ab, aber der Typ im Anzug, nicht der Baske, kommt direkt zu uns rüber. – Angus! ruft er, und McClymont dreht sich um, erkennt ihn und grinst. Dann bemerkt der andere mich und legt fragend die Stirn in Falten. – Und wer ist diese bezaubernde junge Dame?

– Das ist Miss Nicola Fuller-Smith, Rory, eine Studentin von der Uni. Nicola, dies ist Rory McMaster, Mitglied des schottischen Parlaments.

Ich schüttle diesem Mittvierziger vom Typ Rugby-Langweiler die Hand.

– Warum schließt ihr euch uns nicht an? fragt er und weist auf den Basken, der mit einer Grimasse zu mir herüberschaut.

Ich versuche zu protestieren, aber McClymont schnappt sich unsere Gläser von der Theke und bringt sie rüber an den Tisch. Ich versuche dem Basken, der mich grimmig ansieht, als fühlte er sich in eine Falle gelockt, ein ›Tut-mir-soo-Leid‹-Grinsen zuzuwerfen. Ich setze mich in der züchtigsten Haltung hin, die das Kleid erlaubt. Ich komme mir hier machtloser und zum Objekt degradierter vor, als ich mich je beim Ficken mit einem Fremden vor einer Videokamera fühlen könnte. – Darf ich vorstellen, Señor Enrico De Silva, Abgeordneter des baskischen Parlaments in Bilbao, sagt McMaster. Angus McClymont und Nicola … äh, Fuller-Smith, richtig?

– Ja, lächle ich demütig und spüre, wie ich in meinem Stuhl

versinke. Enrico; mir hat er erzählt, sein Name wäre Severiano. Er wirft mir einen Blick reuevoller Komplizenschaft zu. – Diese junge Dame ist ihrää Partnerrin, nein? fragt er McClymont mit gewisser Beklommenheit.

McClymont wird ein wenig rot und verzieht dann das Gesicht zu einem Grinsen, bevor er lacht: – Nein, nein, Miss Fuller-Smith ist eine meiner Studentinnen.

– Was studiert sie dään? fragt Enrico alias Severiano alias ›der Baske‹.

Ich fühle, wie ich in Rage gerate. Ich bin verdammt noch mal anwesend, kapiert? Ich schalte mich ein. – Mein Hauptfach ist Filmwissenschaft. Aber ich studiere schottische Sprache und Kultur im Nebenfach. Das ist sehr interessant, wissen Sie, lächele ich gequält bei dem Gedanken, dass ich den Penis dieses Mannes noch vor wenigen Minuten im Mund gehabt habe.

Ich entschuldige mich und stehe auf, um in den Waschraum zu gehen, wobei mir bewusst ist, dass ihre Augen an meinem Arsch kleben, als ich gehe, dass sie über mich reden werden, aber ich kann nicht anders, ich brauche etwas Platz zum Nachdenken. Ich fühle mich hilflos und weiß nicht, wen ich von meinem Handy aus anrufen soll. Ich bin kurz davor, bei Colin zu Hause anzurufen, so verzweifelt und verwirrt bin ich, aber dann entscheide ich mich für Simon. – Ich bin in einer etwas peinlichen Klemme, Simon. Ich bin im Royal Stewart Hotel in New Town. Könntest du mir bitte helfen?

Simon wirkt ziemlich kalt und gereizt und bleibt einen Moment lang stumm, aber schließlich sagt er: – Ich schätze, Mo kommt eine Weile allein zurecht. Ich bin gleich da, rotzt er mir hin und legt auf.

Gleich? Wann zum Teufel ist das? Ich frische mein Make-up auf, bürste mir das Haar und gehe wieder raus.

Als ich an den Tisch zurückkehre, sitzen die drei Männer in lüsterner Komplizenschaft beieinander. Sie haben über mich gesprochen, ich weiß, dass sie das getan haben. Besonders McClymont ist ziemlich betrunken. Er schwafelt weitschweifig über irgendwas, ich glaube, über Schottlands exponierte Stellung innerhalb des Vereinten Königreichs, und schließt mit: – … und das ist exakt das, was unsere englischen Freunde übersehen.

Mich ärgert weniger sein Gerede als sein impertinenter, giftiger Blick, der auf mir ruht. – Ich kann Ihnen nicht ganz folgen. Sprechen Sie nun als Nationalist oder Unionist?

– Nur ganz im Allgemeinen, sagt er, die Augen zusammenkneifend.

Ich greife nach meinem Glas mit Scotch. – Wissen Sie, es ist seltsam, aber ich hatte immer gedacht, die Bezeichnung ›Nordbrite‹ würde von schottischen Nationalisten ironisch oder sarkastisch verwendet werden. Ich war überrascht, als ich herausfand, dass sie ursprünglich von Unionisten geprägt wurde, die danach strebten, als Teil des United Kingdom anerkannt zu werden. Ich sehe meinen Basken und den MSP an. – Also drückt sich in dem Begriff ein ehrgeiziges Bestreben aus, denn kein Engländer hat sich jemals oder wird sich wohl je selbst als ›Südbrite‹ bezeichnen. Das passt irgendwie dazu, dass ›Rule Britannia‹ von einem Schotten verfasst wurde. Es war das Betteln um eine Aufnahme, die es niemals geben wird, sage ich mit einem traurigen Kopfschütteln.

– Ganz genau, sagt der MSP, – aus diesem Grunde sind wir der Ansicht …

Ich sehe weiterhin McClymont an, während ich den Politiker übertöne. – Andererseits ist es ein wenig traurig, dass Schottland immer noch nicht imstande ist, seine Unabhängigkeit von der Union zu erlangen. Das zieht sich schon viel zu lange hin. Schauen Sie sich doch nur an, was die Iren bereits erreicht haben.

McClymont sieht sehr wütend aus und setzt zu einer Erwiderung an, doch ich sehe, wie Simon das Hotel-Foyer betritt, und winke ihm zu. Er sieht schick aus in seinem sportlichen Jackett und dem Pullover mit Rundhalsausschnitt, hat aber irgendwie mehr Farbe als sonst. Ja, er war unübersehbar auf der Sonnenbank. – Ah, Nikki, Baby … entschuldige die Verspätung, Darling, sagt er, beugt sich herab und küsst mich. – Fertig zum Aufbruch? fragt er und blickt dann zum ersten Mal die anderen Männer an. Er macht ein Gesicht wie eine verwöhnte Katze, der man Essensreste vorsetzt, unwirsch, aber mit rasiermesserscharfem Blick, und schüttelt jedem von ihnen energisch die Hand. Er strotzt vor herrischer Selbstgefälligkeit, hat die Situation sofort im Griff. – Simon Williamson, blafft er und erkundigt sich dann in weicherem Tonfall: – Ich hoffe doch, meine Freundin war in guten Händen?

Die anderen gucken den Basken an und setzen ein schuldbewusstes, nervöses Lächeln auf. Sie fühlen sich in Simons Gegenwart unwohl, er hat sie mühelos eingeschüchtert. Aber ich fühle mich entsetzlich, erniedrigt und zum ersten Mal seit langem, zum ersten Mal seit meinem ersten Handjob, wie eine Hure. Simon hilft mir in meinen Mantel, und ich bin heilfroh, hier wegzukommen. Wir steigen in den Wagen, und ich merke, dass ich weine, aber das Gefühl, eine Prostituierte zu sein, war flüchtig und ist nun vorbei. Ich weiß, dass meine Tränen unaufrichtig sind, denn ich will, dass Simon mich nach Haus bringt, dass er mich ins Bett bringt. Ich möchte, dass er glaubt, er würde mich erobern, dabei will ich ihn, und ich will ihn heute Nacht. Aber Simon zeigt sich von der Heulerei unbeeindruckt. – Was ist los? fragt er gelassen, während er den Wagen über die Lothian Road steuert.

– Ich hab mich in eine Situation gebracht, in der ich ein bisschen in Panik geraten bin, erkläre ich ihm.

Simon lässt das sacken und meint dann gelangweilt: – So was kann passieren, aber ihm offenkundig nicht, dem Tonfall seiner Stimme nach zu urteilen. Wir halten vor meiner Wohnung und schauen in den Himmel. Er ist klar und voller Sterne. Ich habe noch nie derart viele gesehen, jedenfalls nicht hier in der Stadt. Colin ist mit mir mal an die Ostküste gefahren, in ein Cottage in der Nähe von Coldingham, und der ganze Himmel war mit Sternen übersät. Simon schaut nach oben und sagt: – Der bestirnte Himmel über mir und das moralische Gesetz in mir.

– Kant … sage ich mit einer Mischung aus Bewunderung und Bestürzung und frage mich, worauf er mit dem Moralgesetz-Zeug hinauswill. Weiß er, was ich getan habe? Aber er wendet sich nur rasch zu mir um und wirkt irgendwie leicht gekränkt. Er sagt nichts, aber in seinen Augen steht ein drängender Ausdruck. – Du hast mein Lieblingszitat meines Lieblingsphilosophen verwendet, erkläre ich, – Kant.

– Oh … ist auch eins meiner Lieblingszitate, sagt er, und ein Lächeln erhellt plötzlich sein Gesicht.

– Hast du Philosophie studiert? Hast du Kant gelesen? frage ich ihn.

– Ein wenig, nickt er. Dann erklärt er: – Das ist die traditionelle Vielseitigkeit der Schotten. Weißt du, man kommt von Smith über Hume zu den Denkern auf dem Kontinent wie Kant, die alte schottische Schnellstraße eben.

In seinem Tonfall liegt eine Selbstgefälligkeit, bei der sich in mir alles zusammenzieht, denn sie erinnert mich an McClymont. Ich will einfach *nicht so von ihm denken*, daher wage ich einen Vorstoß: – Komm mit rauf auf einen Kaffee, oder wir trinken ein Glas Wein zusammen.

Simon schaut auf seine Uhr. – Ein Kaffee wär mir recht, sagt er.

Wir gehen nach oben, und in der Hoffnung, dass er mich ausfragen wird, danke ich ihm erneut für sein Eingreifen, doch er spielt es runter. Im Korridor bleibt mir das Herz stehen, denn unter der Tür zum Wohnzimmer fällt Licht durch. – Da arbeitet wohl Dianne oder Lauren bis in die Puppen, erkläre ich flüsternd und führe ihn in mein Zimmer. Er setzt sich auf den Stuhl, dann sieht er mein CD-Regal, steht auf und schaut sich meine Sammlung an, die Miene immer noch unergründlich.

Ich gehe Kaffee machen und komme mit zwei dampfenden Bechern zurück ins Schlafzimmer. Als ich reinkomme, sitzt er auf dem Bett und liest in einem Buch mit moderner schottischer Lyrik, eine der Pflichtlektüren für McClymonts Seminar. Ich stelle die Becher auf den Teppich und setze mich neben ihn. Er lässt das Buch sinken und lächelt mich an.

Ich möchte ihn am liebsten verschlingen, doch in seinen Augen ist etwas, kalt wie Granit, das mich davon abhält. Sie blicken durch mich hindurch, in mich hinein. Dann leuchtet plötzlich eine unglaubliche Wärme darin auf, die vor einer Sekunde noch undenkbar gewesen wäre. Das Leuchten ist so stark, dass ich wie gebannt bin, mich formlos fühle, bar jeder Ausdehnung und Dichte. Allein meine innere Gier nach ihm ist mir bewusst. Dann höre ich ihn etwas sagen, in einer anderen Sprache, bevor er meinen Kopf sanft in beide Hände nimmt. Er hält einen Moment inne, seine tiefen, ebenholzschwarzen Augen saugen mich auf, und dann küsst er mich: auf die Stirn, dann auf beide Wangen, jeder Kuss zugleich fest und sanft, präzise explodierend und erregende Informationen in den jetzt nebelhaften Kern meines Selbst schickend.

Ich merke, wie sich mein Körper und mein Geist voneinander lösen, mit einer Macht losreißen, die mich unisono mit dem bullernden Heizkörper neben uns durchzurütteln scheint. Als er meinen Rücken streichelt, denke ich an die roten Rosen, die geschlossenen Blütenblätter öffnen sich, und ich sinke zurück aufs Bett. In diesem Moment nimmt eine plötzliche Willenskraft von mir Besitz, und ich denke, wenn er aus mir eine andere macht, muss auch ich ihn verändern, also lege ich den Arm um seinen Hals, ziehe ihn zu mir herab und öffne meinen Mund. Meine Hände umschließen seinen Hals, und ich küsse ihn so heftig, dass unsere Zähne aneinander stoßen. Dann küsse ich, schlecke an seinen Augen, seiner Nase, folge der Salzspur vom Nasenflügel zur Oberlippe, dann wieder seine Wangen, dann seinen Mund. Meine Hände lösen sich von seinem Kopf und wandern zu seinem Oberkörper, und ich zerre an seinem Pullover, aber er hebt nicht die Arme, um es mir leichter zu machen, er streift mir das Kleid von den Schultern. Aber ich bewege meine Arme nicht, denn nun graben sich meine Fingernägel sanft in das muskulöse Fleisch seines Rückens, und damit sind wir in einer Pattsituation, auch er kann mir das Kleid nicht runterziehen. Dann gelingt es ihm wie einem Meistertaschendieb, durch mein Kleid hindurch hinter meinem Rücken irgendwie den Verschluss meines BHs zu lösen. Als er sich nun meiner Brust zuwendet, reißt er mein Kleid und den BH mit einer solchen Heftigkeit fort, dass ich meine Hände von seinem Rücken löse, denn täte ich das nicht, würden die Träger meines Kleides reißen. Dann befreit er meine Brüste, und alles geht nun langsamer, während er sie streichelt, sie mit einer vorsichtigen Ehrfurcht behandelt, wie ein kleiner Junge, dem man die Pflege eines weichen, kuscheligen Haustiers anvertraut hat.

Erneut blickt er mir tief in die Augen, sagt dann mit einem ernsten, fast traurigen, enttäuschten Ausdruck im Gesicht:
– Scheint, als müsste es jetzt sein.

Dann steht er auf und zieht seinen Pullover aus, während ich meine Beine vom Bett schwinge und mein Kleid, dann mein Höschen abstreife. Zwischen meinen Beinen pulsiert eine derartige Hitze, dass ich fast erwarte, mein Schamhaar in Flammen stehen zu sehen. Ich blicke auf, und Simon ist aus seiner Hose und seinem weißen Calvin-Klein-Slip gestiegen, und für einen Sekundenbruchteil bin ich schockiert, denn es sieht aus, als besäße er keinen Penis. Er ist weg! Für diesen kurzen Augenblick glaube ich beinahe, er wäre entmannt worden, und überlege mir unsinnigerweise, dass diese Tatsache seine Zurückhaltung in Bezug aufs Liebemachen erklären würde, er besitzt keinen Schwanz! Dann begreife ich, dass er doch einen hat, oh ja, sehr wohl einen hat, er ist nur von meinem Blickwinkel aus waagerecht auf mich gerichtet wie eine Waffe im Anschlag. Und ich will ihn. Ich will ihn in mir haben, jetzt. Ich will ihm nicht sagen müssen, dass wir später *Liebe machen* können; später kann ich dir einen abkauen, du kannst mich lecken, befingern, in jeder Weise erforschen, die du möchtest, aber bitte lass uns das erst aus dem Weg schaffen, fick mich jetzt einfach durch, jetzt, in dieser Sekunde, denn ich bin heiß. Aber er schaut mir nur in die Augen und nickt, dieser Kerl nickt mir verficktnochmal zu, als hätte er all meine Gedanken lesen können. Dann ist er über mir und in mir, füllt mich aus, dehnt mich, stößt direkt in mein Inneres vor. Ich schnappe nach Luft, dann habe ich mich drauf eingestellt, und er wird härter, aber ich wälze uns herum, und wir sind ein ineinander verschlungenes, zuckendes, pumpendes Knäuel, und ich weiß nicht, wer von uns es verlangsamt, aber wir lassen uns wieder Zeit, und dann pumpt sich das Tempo unserer Liebe wie aus eigener Kraft hoch und wir trommeln aufeinander ein, in diesem Fickkrieg einer gegen den anderen, der sich anfühlt wie jeder gegen jeden. Für einen Augenblick kommt es mir vor, als hätte ich uns beide besiegt, mich *und* ihn; dass ich mehr will, mehr, als er mir je geben kann, mehr als mir *irgendjemand* je geben kann. Dann quillt diese Energie in mir empor wie etwas, das sich befreit hat und entweicht, bevor es mich packt und mit sich reißt. Ich komme in explosiven, rasenden Stößen, und erst als mein Orgasmus verebbt, wird mir klar, dass ich gellend geschrien habe, und ich denke, hoffentlich sind weder Lauren noch Dianne da, denn es wirkt so angeberisch, so lächerlich leistungsorientiert. Simon fasst das als Erlaubnis auf, zu tun, was er tun muss. Er reißt mein Haar zurück und hält mein Gesicht an seins, sodass ich ihm in die Augen sehen muss, als er so heftig kommt, dass sein Orgasmus meinen noch verlängert. Dann zieht er mich an seine Brust, und als ich kurz sein Auge sehen kann, bin ich mir fast sicher, eine Träne darin zu sehen. Er lässt allerdings nicht zu, dass ich mich bewege und mich vergewissere, sein Griff ist fest, aber egal, ich bin eh völlig verausgabt. Wir liegen in dem verwüsteten, schweißgetränkten Bett, und das Einzige, woran ich denke, als ich mit seinem Schweiß und Duft und dem muffigen Sexgeruch nach Frühstücksspeck in der Nase einschlummere, ist, wie gut es sich anfühlt, anständig durchgefickt zu werden.

38
Linkerei Nr. 18744

Das war eine angenehme Überraschung, wie jeder Anruf auf dem weißen Handy. Natürlich war es ausgezeichnet, Sex mit Nikki zu haben, aber da war dieses Fickpremieren-Syndrom: Egal wie gut es ist, es gibt dabei immer einen rein mechanischen Aspekt, den man einfach unappetitlich finden muss. Später, als ich mich zum Aufbruch fertig machte, hat sie mich gefragt, ob ich Psychospielchen spielen würde. Als Kommentar war es eher neckisch als ernst gemeint, aber vielleicht war die Brevitas dazu gedacht, etwas Gewichtigeres gleichzeitig anzusprechen und zu verschleiern. Macht nichts, denn es ist wie bei jedem sportlichen Wettkampf: Die Begabtesten wissen, dass man sich immer mehr auf die eigene Leistung als auf die des Gegners konzentriert. Also grinste ich geheimnisvoll und schwieg. Scheiß auf Scheißliberale, die von ›Aufrichtigkeit‹ in Beziehungen schwafeln: Was wär das unfassbar langweilig. Nein, in Beziehungen geht es nur um Macht, und nun ist die Zeit gekommen, sie erst mal auf Eis zu legen. Sie wird vor meinen Augen zusammenbrechen, ich weiß, das wird sie, und das wird mir ein Hochgenuss sein. Ich erzähle ihr, meine Nummer hätte sich geändert, und geb ihr die des roten Handys. Das Beste daran ist immer, die Nummer auf dem weißen Handy zu löschen und ins rote einzugeben.

Das war eine komische Sache vor ihrem Haus, als sie mich überrumpelte, als ich die Sterne anschaute. Ich hab eine Zeile aus einem Nick-Cave-Text zitiert und gedacht, sie würd ›Cunt‹ zu mir sagen – Fotze. Ich hab nicht kapiert, dass sie Kant, den Philosophen, meinte. Ich hab sogar Renton deswegen angerufen. Er meinte, Cave hätte die Zeile wortwörtlich bei Kant geklaut. Wohin zum Teufel treibt die Welt, wenn dein Lieblingsdichter dich mit so einer schäbigen Abkupferei enttäuscht?

Ja, der Sex war hervorragend. Das Maß ihrer Fitness, Kraft und Geschmeidigkeit ist beeindruckend, und das heißt, ich muss auf mein Gewicht achten und weiterhin ins Sportstudio gehen. Aber der Kick, den mir das gegeben hat, ist nichts im Vergleich zu dem, der mich erwartet, als ich in Barrs Zeitungsladen am unteren Ende des Walks springe und mir die Morgenausgabe der *News* hole. Die Story ist auf Seite sechs, mit einem Bild von meiner Wenigkeit und einem eingeklinkten Foto von Polizeipräsident Roy Lester, einem überraschend jung wirkenden Mann mit Schnauz, der ein bisschen aussieht wie der eine von den Village People. Ich gehe nach nebenan in Mac's Bar und trinke eine Flasche Beck's, während ich gespannt lese:

WIRT IN LEITH ERKLÄRT DROGEN DEN KRIEG

BARRY DAY

Ein Edinburgher Gastronom hat den rücksichtslosen Verkäufern gemörderischer Rauschgifte wie Ecstasy, Speed, Marihuana und Heroin nun den Krieg erklärt. Simon Williamson, der neue Betreiber der Port Sunshine Tavern in Leith, war entsetzt, als er zwei junge Männer dabei ertappte, wie sie in seiner Gaststätte Tabletten konsumierten. „Ich glaubte, schon alles gesehen zu haben, aber da war ich doch schockiert. Was mich erschütterte, war die Offenheit und Dreistigkeit, mit der es geschah. Diese so genannte Drogenkultur ist allgegenwärtig. Dem müssen wir Einhalt gebieten. Ich habe selbst erlebt, wie Rauschgift das Leben von Menschen zerstören kann. Was ich vorhabe, ist mehr als eine Kampagne, es ist ein moralischer Kreuzzug. Wir Geschäftsleute müssen den Worten endlich Taten folgen lassen."

Nachdem er eine Zeit lang in London tätig war, ist Mr Williamson erst vor kurzem ins heimatliche Leith zurückgekehrt. „Ja, mir tun viele der jungen Leute Leid, die nie eine Chance hatten, ein rechtschaffenes Leben zu führen. Ich bin schließlich kein Unmensch. Aber irgendwann kommt der Zeitpunkt, an dem man sagen muss, genug ist genug, jetzt ziehen wir die Glacéhandschuhe aus. Es hocken viel zu viele Menschen hinter zugezogenen Vorhängen zu Haus herum und bedauern sich selbst …"

Das lässt sich ja hervorragend an für den guten Simon David Williamson. Das Foto zeigt einen grimmig entschlossenen Williamson hinter der Theke, und die Bildunterschrift lautet: *Drogensumpf – Simon Williamson in Sorge um Edinburghs Jugend.* Aber das Beste kommt erst im Leitartikel:

Leith kann stolz auf Simon Williamson sein, einen Geschäftsmann mit Prinzipien, dessen neue Initiative das Startzeichen für öffentlichen Widerstand gegen diese Geißel gibt, die unsere Gesellschaft befallen hat. Auch wenn derartige Probleme international und keineswegs auf Edinburgh begrenzt sind, kommt den Menschen, die hier leben, doch eine entscheidende Rolle bei deren Bekämpfung zu. Mr Williamson verkörpert das neue Leith der progressiven und zukunftsorientierten Unternehmer, die zugleich ein Gefühl der Verantwortung für die Leute ›aus dem Viertel‹ mitbringen, besonders für die Kinder, die skrupellosen Dealern zum Opfer fallen, deren einziges Ziel es ist, junge Menschen zu ruinieren und zu zerstören. Dieses Gelichter sollte nicht vergessen, dass ›Bewahren‹ das Stadtmotto von Leith ist, und genau das ist die Absicht von Simon Williamson. Die *News* wird seine Kampagne vorbehaltlos unterstützen.

Wunderbar. Ich trinke aus und gehe rauf in die Wohnung, um mir zur Feier des Tages eine Riesenline zu hacken. Meine Kampagne. Jeder liebt die Kämpfernatur. Ich muss an Malcolm McLaren und die Pistols denken. Tja, Malcolm, deine zerfledderte alte Gebrauchsanweisung für den Rock 'n' Roll Swindle wird demnächst aktualisiert.

Ich beschließe, mit dem Taxi zu meiner Mutter zu fahren. Als ich ankomme, ist sie überglücklich. – Wase bin ich nich stolz auf dich! Meine Simon! In den *Ievening News*! Nach allem, wase ich durchmachen musste wegen diese Drogen!

– Jetzt werd ich mich revanchieren, Ma, erkläre ich. – Ich weiß, dass ich in jungen Jahren kein Unschuldslamm war, aber jetzt ist die Zeit gekommen, es wieder gutzumachen.

Sie zitiert aus der Zeitung, einen Blick obstinater Selbstgefälligkeit immer auf meinen Alten gerichtet. – Alless für die jüngeren Leute! Ich habse immer gewusst, dass noch was Anständiges aus ihm wird! Ich habse immer gewusst! Triumphierend trällert sie meinem Vater ihr Loblied auf mich vor, der ganz und gar nicht so wirkt, als könne ihn ihre Begeisterung anstecken, während er unbeirrt die Rennen verfolgt. Die laufen bei ihm ständig, obwohl er heutzutage gar nicht mehr wettet.

Da könnte ich dem alten Scheißer gleich noch was anderes reinreiben. – Es gibt da auch eine neue Freundin, Mum, und diesmal ist es nicht bloß irgendeine, erzähle ich ihr, und sie umarmt mich erneut. – Ach, Junge ... hörst du das, Davie?

– Umpf, knurrt der alte Schurke, skeptisch zu mir aufblickend. Jemand mit einem Saisonticket der Cad Rovers erkennt immer ein verwandtes Gesicht auf den billigen Plätzen. Macht aber nichts, Pater, Simon Williamson liegt immer noch auf der Pole. David John Williamson hingegen ist ein fertiger, verbitterter alter Sack, der es hinter sich hat, der nichts geleistet hat, außer einer guten und lammfrommen Frau das Leben jahrelang zur Hölle zu machen.

Ich weiß noch, als ich klein war, da habe ich wirklich zu ihm aufgesehen, und um fair zu sein, er war lieb zu mir. Hat mich überallhin mitgenommen, sogar mit zu seinen Freundinnen nach Haus. Hat mich bestochen, damit ich meiner Ma nichts erzähle. Aye, damals hat er mich anständig behandelt. Die anderen Kinder haben immer zu mir gesagt, ›Ich wünschte, mein Dad wär so wie deiner‹. Aber kaum war ich in der Pubertät und begann mich für Muschis zu interessieren, war's das gewesen. Da war ich ein Konkurrent, der bei jeder Gelegenheit weggeschubst und mies gemacht werden musste. Hat ihm allerdings nicht viel genützt, denn damals war ich schon nicht mehr aufzuhalten.
– Und, schon ein paar Fantasy-Sieger getippt? frage ich ihn.

– Ein, zwei Mal, sagt er widerwillig und gibt sich Mühe, höflich zu sein, weil sie im Raum ist. Wären wir alleine, würde er nur die Zeitung sinken lassen, mich lange anstarren und mich knurrend fragen, ›Was willst n du hier?‹ Das wäre die ganze Begrüßung, die mir zuteil würde.

Meine Mutter ist immer noch von meiner Auserwählten dran, und mir wird plötzlich klar, dass ich gar nicht weiß, von wem ich da geredet hatte, nur dass ich so jemanden in meinem Leben brauche. Meine ich Nikki, nach den Abenteuern von gestern Nacht, oder Alison, die kommen und in der Bar arbeiten wird, oder ist es diese kleine fette Perle aus Glasgow, die ich meine?

Wahrscheinlich. Ich kann über meinen Coup nicht hinausdenken. Wenn der klappt, bin ich ein Genie. Wer immer dann meine neue Frau wird, mit Mama wird sie's schwer haben. – Solange sie sich nur anständig um meinen Jungen kümmert und nicht versucht, mir mein Bambino wegzunehmen, schnurrt sie das unsichtbare Flittchen drohend an.

Ich bleibe nicht lange; schließlich habe ich eine Kneipe zu führen. Kaum bin ich raus, geht mein grünes Handy, und es ist Skreel mit den verlangten Informationen. – Ich hab diese Sache für dich erledigt, erklärt er mir.

Ich spreche ihm rasch meine ewige Dankbarkeit aus, rufe dann kurz entschlossen in der Kneipe an und lasse Mo und unsere neue Angestellte, die reizende Ali, den Laden schmeißen, murmele irgendwas von einer Jahreshauptversammlung des Gaststättenverbands, die ich ganz vergessen hätte. Ich gehe direkt zum Bahnhof Waverley und setze mich in den Zug nach Glasgow. Ich hab das Drehbuch dabei und lege den Drehplan fest. Wir werden die Fickszenen als Erste drehen, einfach jede Menge davon abdrehen. Mit der Orgie anfangen und uns von da zurückarbeiten. Als ich im siffigen Glasgow aussteige, habe ich eine Erektion, die (Gott sei Dank) sofort in sich zusammenfällt, als ich Skreel sehe, der mich auf dem Bahnsteig erwartet. Man sieht ihm an, was er ist: ein Mann, mit dem der Junk so Verheerendes angerichtet hat, dass er für immer dieses traumatisierte, völlig verstörte Auftreten an den Tag legen wird. Das ist der große Unterschied, das vollfertige Aussehen unterscheidet den Ex-Drogensüchtigen aus der Arbeiterklasse von seinem Pendant aus der Mittelschicht. Das ist Schore plus Armutskultur und gänzlichem Mangel an Erfahrung oder Erwartung von irgendwas anderem. Wobei man sagen muss, Skreel ist besser weggekommen, als der größte Optimist hätte hoffen können. Die tödliche Überdosis seines Kumpels Garbo durch ungestreckten Stoff hat ihn gründlich zur Vernunft gebracht. Jetzt ist er clean, na ja, so clean, wie ein Siffsack aus Glasgow eben sein kann. Er erkundigt sich nach Renton, was mich irritiert, und nach unserem renommierten räudigen Sohn der Ostküste. – Wasn mit Spud, wie gehts n dem?

Ich schüttle den Kopf, als ich feierlich über einen Mann den Stab breche, den ich mal als Freund betrachtete, der aber heute bestenfalls als kaum noch tragbarer Bekannter bezeichnet werden kann. Nein, das ist unzutreffend, er ist eher ein verfickter Widersacher. Ich überlege, dass Murphy eigentlich hierhin ziehen sollte, der ist doch nichts anderes als ein heimatvertriebener Glasgower. – Er hat sich eigentlich nicht geändert, Skreel. Man kann keinen zu seinem Glück zwingen, wa, ich mein, ich hab seit Jahren alles bei der Fotze versucht, ich mache eine Pause und sinne eine Sekunde über diese Lüge nach, aber, na ja, im Rahmen meiner Möglichkeiten hab ich das wohl auch, – ham wir alle, ergänze ich fromm.

Skreel trägt das Haar jetzt lang, um seine wie zwei offene Taxitüren abstehenden Ohren zu verbergen. Sein Adamsapfel hüpft unter einem ungepflegten, fusseligen Ziegenbärtchen auf und ab. – Ne Schande, so n netter Kerl.

– Spud is Spud, grinse ich und spekuliere fast schon genüsslich auf das Ableben dieses Idioten, während ich an mich und Alison denke … nein, Letzteres streichen. Lesley. Ich spüre ein seltsam nagendes Gefühl in der Brust und muss einfach fragen. – Lesley … hängt sie immer noch hier rum?

Skreel guckt mich skeptisch an. – Aye, aber mach der bloß kein Ärger.

Ich wundere mich, dass sie immer noch lebt. Ich glaube, das letzte Mal habe ich sie in Edinburgh gesehen, kurz nachdem die kleine Dawn gestorben war. Dann habe ich gehört, sie wär in Glasgow und würde sich mit Skreel und Garbo rumtreiben. Dann habe ich gehört, sie hätte sich eine Überdosis verpasst. Ich nahm an, sie wäre denselben Weg wie Garbo gegangen. – Ist sie immer noch drauf?

– Nee, lass die in Ruhe. Sie is clean, hat sich echt berappelt. Verheiratet, mit m Kind.

– Ich würde sie gern wiedersehen, um der guten alten Zeiten willen.

– Keine Ahnung, wo sie wohnt. Ich hab se mal im Buchanan Centre gesehn. Sie is jetz clean, hat sich berappelt, wiederholt er beharrlich. Ich merke, dass er mich von Lesley fern halten will, aber okay, es gibt Wichtigeres.

Der Gute hat sich jedenfalls mächtig für SDW ins Zeug gelegt. Wir gehen in die Clydesdale-Bank, und der Junge hinter dem

Schalter, den er mir zeigt, sieht perfekt aus: übergewichtig, träge Haltung, trübe, fast betäubt wirkende Augen hinter einer Elvis-Costello-Brille. Wenn sich die heiße kleine Nutte an ihn ranmacht, wird ihm das Blut vom Kopf in den Unterleib strömen, und er wird ihr völlig hörig sein. Aye, Nikki wird ihn in Zungen sprechen lassen, während er dankbar mit seiner Zahnbürste ihr Klo putzt. Yep, der Junge gehört mir. Oder vielmehr ihr.

Sie schuldet mir was, nachdem ich sie gestern aus dieser peinlichen Lage mit den drei Lackaffen befreit habe. Die hatten diesen Blick, als wollten sie sich alle gleichzeitig auf sie stürzen. Sie war da ein bisschen durcheinander; die coole, schicke, sexy kleine Braut. Für diesen Job braucht man Mumm, und ich hoffe, sie hat so viel im Arsch, wie ich glaube.

Was mich anbelangt, kann ich es kaum erwarten, mich an das Mädchen meiner Träume ranzumachen. Ich fühle mich so sehr nach Terry-Thomas-mit-reicher-Witwe-an-Deck-eines-Luxusliners, dass ich mir unter die Nase fasse, um mich zu vergewissern, dass mir nicht tatsächlich eine Rotzbremse gewachsen ist. Mein Coup, mein Film, mein Auftritt.

39

›... eine Frage der Titten ...‹

Lauren ist aus Stirling zurück. Ich frag mich, was im elterlichen Heim vorgefallen sein mag, das sie mit einer so kräftigen Dosis Leben-und-leben-lassen-Philosophie geimpft hat. Man könnte fast sagen, sie entschuldigt sich für ihre Einmischung, obwohl sie natürlich darauf beharrt, dass ich Unrecht hätte. Gott sei Dank klingelt das Telefon. Es ist Terry, der uns zu einem flüssigen Mittagessen einlädt. Ich will hingehen, schließlich werden wir in zwei Tagen Sex vor der Kamera haben, und es wäre nicht schlecht, ihn vorher etwas besser kennen zu lernen. Lauren ließ sich nur mühsam zum Mitkommen überreden, weil sie eigentlich unsere wiedergewonnene Eintracht damit begehen wollte, einen Joint zu rauchen und über die Fernsehnachrichten zu lachen, ehe wir zur Nachmittagsvorlesung gingen. Aber ich blieb hartnäckig und konnte sie sogar dazu bringen, etwas Eyeliner und Lippenstift aufzulegen, dann machten wir uns auf den Weg in die Stadt.

Gerade als ich gehen will, klingelt wieder das Telefon, und diesmal ist es mein Dad. Ich hab ein schlechtes Gewissen wegen meiner Aktivitäten gestern Abend in dem Hotel, während er sich über Will auslässt, immer noch erfolgreich verdrängend, dass *sein* Sohn möglicherweise schwul sein könnte. Worin besteht schon der große Unterschied zwischen seinen beiden Kindern? Beide lutschen Schwänze, nur macht seine Tochter es für Geld. Ich kann es kaum abwarten, aufzulegen und aus dem Haus zu kommen.

Die Business Bar ist so ein Zwischending zwischen Club und Pub, mit einem DJ-Pult und zwei Plattenspielern in der Ecke. Es ist rappelvoll, weil sich rumgesprochen hat, N-Sign würde zwischendurch hier auflegen; anscheinend ist er ein alter Freund von Rabs Bruder Billy und Juice Terry. Terry macht uns mit Billy bekannt, einem echten Hünen. Wenn ich mir Rab jetzt so ansehe, erscheint er mir sogar wie eine verwässerte Version seines Bruders. Wie Billy lächelt und uns die Hand gibt, wirkt gentlemanlike und irgendwie altmodisch, aber dabei kein bisschen gekünstelt. Er sieht so fit und gesund aus, dass ich eine sofortige hormonelle Reaktion nicht leugnen kann, doch er ist schon wieder hinter der Theke und zu beschäftigt zum Flirten.

Terry macht sich an Lauren ran, der wirklich unwohl dabei ist. Irgendwann erklärt sie ihm, er solle seine Hände bei sich behalten. – Sorry, Herzchen, Terry hebt die Hände gen Himmel, – ich bin halt einfach so n taktiler Typ, wa.

Sie schneidet eine Grimasse und geht aufs Klo, um Ruhe zu haben. Terry dreht sich zu mir und sagt leise: – Red mal n Wort mit der. Is die verklemmt oder was? Wenn jemals ne Perle was zwischen die Beine gebraucht hat, dann die, hm? Todsicher.

– Eigentlich war sie ziemlich relaxt, bevor du angefangen hast, ziehe ich ihn auf, aber ich kann ihm schwer widersprechen. Wenn irgendwer Lauren durchficken würde, wäre ich ihm zu Dank verpflichtet, denn das *würde* sie relaxen. Sie hat zu viel Freizeit, mit der sie nichts anderes anfängt, als Frustrationen und Ängste zu pflegen und sich Sorgen über irgendwelchen Scheiß zu machen. Den Scheiß anderer Leute.

– Ist das nicht Mattias Jack an dem Tisch da in der Ecke? fragt Rab Terry.

– Aye, aber sicher! Billy hat mir erzählt, letzte Woche wärn Russell Latapy und Dwight Yorke da gewesen. Wo Fußballer sind, sind auch Torten, grinst Terry. – Aber was sagste zu den beiden hier, Rab, sind die nich was fürs Auge? Einer seiner Arme liegt jetzt um meine Hüfte, den anderen hat er ausgestreckt, als wollte er die gerade zurückkommende Lauren in die Umarmung locken. Aber die hält Distanz zu ihm und blickt auf die Uhr. – Ich gehe zurück zur Vorlesung.

Rab und ich verstehen den Wink. Wir trinken aus und lassen Terry vergnügt an der Bar mit Billy bechernd zurück. Als wir gehen, grinse ich: – Man sieht sich Donnerstag.

– Kann's kaum erwarten, prostet Terry mir zu.

– Tut mir Leid wegen dem Scheiß, sagt Rab, während wir am neuen Hotel Scotsman vorbei die North Bridge hochlaufen.

Obwohl es ein sonniger Tag ist, geht ein starker, böiger Wind, der mir die Haare durcheinander weht. – Es war nett, du musst dich nicht ständig für deine Freunde entschuldigen, Rab. Ich weiß, wie Terry ist, und ich find ihn klasse, sage ich, während ich mein Haar an den Kopf drücke und versuche, es mir hinter den Ohren festzustecken. Ich sehe, wie Lauren, die einen dicken Bissen KitKat mampft, die Schultern hochzieht und mit verkniffenem Gesicht dem Wind trotzt, dann flucht und heftig zwinkert, weil ihr etwas ins Auge geflogen ist. Ich denke an das Bergman-Seminar, das uns erwartet, und bin fast versucht, nicht hinzugehen, da ich zu dem Thema schon reichlich Stoff gesammelt habe. Ich sitze es aus und fühle mich schuldig, weil ich mich langweile, während Rab und Lauren total gefesselt sind. Danach habe ich keine Lust, noch herumzuhängen; Rab zieht ab, und Lauren und ich gehen nach Hause, wo Dianne mit Pasta auf uns wartet.

Das Essen ist gut, sogar hervorragend, aber mir bleibt es fast im Hals stecken, denn im Fernsehen sehe ich *sie*. Carolyn Pavitt, die englische Olympiamedaillensensation, wie Sue Barker sie bezeichnet. Carolyn mit dem strahlenden Lächeln und dem blondierten Haar, das sie jetzt etwas länger trägt. Sie macht einen auf süßer Fratz, aber mit diesem subtilen Anflug von Dynamik, der bei John Parrott und einem Fußballer als Studiogast den Wolf im Mann hervorlockt. Ich hoffe, dass Ally McCoists Mannschaft die blöde, flachbrüstige Kuh fertig macht und als die Schwachsinnige dastehen lässt, die sie ist. ›*A Question of Sport*‹? Was zum Teufel versteht die schon von Sport? Eine Frage der Titten müsste es heißen. Wo sind denn deine, Süße?

Dann schaue ich genauer hin. Da *sind* Titten. Sprachlos starre ich sie an und begreife: Sie hat sie machen lassen! Englands tittenlose Gegnerin leistungsfördernder Präparate und Olympiamedaillen-Turnkuh hat sich passend zum blond gefärbten Haar und den überkronten Zähnen als zynische Vorbereitung auf eine neue Karriere in den Medien ein paar Implantate verpassen lassen.

Ich weiß doch, wie diese beschissene, verlogene, heuchlerische Kuh tickt …

Dianne verbringt den Abend bei ihren Eltern. Lauren und ich bleiben zu Hause und gucken weiter fern. Sie ärgert sich über ein Kulturmagazin, in dem eine Runde von Intellektuellen das Phänomen blutjunger japanischer Autorinnen diskutiert. Sie zeigen eine Reihe von Klappenfotos der Autorinnen, auf denen man hübsche junge Mädchen in Posen sieht, die an Softporno grenzen. ›Aber können sie auch schreiben?‹, fragt einer der Experten. Ein Professor für Populärkultur schnauzt todernst und ungeduldig: ›Ich sehe nicht, wieso das von irgendeiner Bedeutung sein sollte.‹

Das bringt Lauren vielleicht auf die Palme! Wir rauchen ein bisschen Dope und kriegen Heißhunger davon. Ich esse noch einen Teller Pasta, und Lauren macht eine Flasche Rotwein auf. Es ist eigentlich nur ein kleines zweites Schüsselchen, das ich gegessen hab, aber ich komme zu der Überzeugung, dass es zu schwer im Magen liegt. Weil ich an die Polaroids denke, die Severiano/Enrico gemacht hat, geh ich auf die Toilette und erbreche die Nudeln wieder, dann putz ich mir die Zähne und schlucke etwas Magnesiummilch, um die Magenwände zu beruhigen.

Als ich zurückkomme, sehe ich Lauren neidisch beim Essen zu; für so ein winziges Mädchen isst sie sehr viel. Sie ist so, wie sie alle gerne wären, diese Showbiz-Mädchen, die behaupten, sie wären nicht magersüchtig und fräßen wie die Scheunendrescher. Bei denen wissen wir, dass sie lügen. Nicht so unsere Lauren. Die mampft ständig auf irgendwas rum. Der Wein ist bald alle, und eine Flasche Weißer wird entkorkt. Es ist ein entspannter Abend, ganz wie früher, ich und sie, nur wir beide, ein Mädchenabend zu Hause. Dann klopft es an der Tür, und Lauren fährt richtig hoch vor Schreck, dann macht sie ein mürrisches, ärgerliches Gesicht. – Geh nicht hin, drängt sie. Ich zucke mit den Achseln, aber es klopft hartnäckig weiter.

Ich stehe auf.

– Och, bitte nicht, Nikki … bettelt Lauren.

– Es könnte doch Dianne sein, vielleicht hat sie ihre Schlüssel verloren oder so was. Ich mach die Tür auf, und natürlich ist es nicht Dianne, es ist Simon, und er grinst von einem Ohr zum anderen. Er sieht so blendend aus, so zum Anbeißen, dass ich ihn reinlassen muss, obwohl ich weiß, dass er nur mit mir spielt. Als er ins Wohnzimmer kommt, macht Lauren ein langes Gesicht.

– Ich hab die Pasta gerochen, grinst er breit und guckt auf ihren fast leeren Teller. – Der Spaghettifresser in mir, strahlt er.

– Du kannst was haben, wenn du möchtest. Ist noch jede Menge übrig, erkläre ich ihm und sehe dabei, wie Lauren das Gesicht abwendet.

– Danke, aber ich hab schon gegessen. Er klopft sich auf den Bauch, während sein Blick zu Lauren wandert. – Das ist ein hübsches Oberteil, sagt er zu ihr. – Wo hast du das her?

Sie guckt ihn an, und für einen Moment erwarte ich, dass sie sagt, ›Was zum Teufel interessiert dich das?‹, aber sie murmelt: – Das ist bloß von Next. Sie steht auf und trägt ihren Teller in die Küche, dann höre ich, dass sie direkt in ihr Schlafzimmer geht, und frage mich, ob das die Reaktion ist, die Simon mit seiner Bemerkung provozieren wollte.

Wie zur Bestätigung zieht er die Brauen hoch und senkt die Stimme. – Das Mädchen muss dringend mal zur Stilberatung, säuselt er in leisem, ungeduldigem Verschwörerton. – Aber ein wirklich hübsches Mädchen. Das sieht man sogar unter dem ganzen Mist, den sie anhat. Ist sie vielleicht eine Lesbe?

– Das glaube ich nicht, sage ich amüsiert.

– Schade, sagt er gedankenverloren, mit fast greifbarem Bedauern.

Da pruste ich doch los, aber er reagiert nicht, also sinniere ich: – Ich muss immer an das erste Kapitel von George Eliots *Middlemarch* denken, wenn ich Lauren ansehe.

– Hilf mir mal auf die Sprünge, bittet Simon und fügt hinzu, – ich bin zwar recht belesen, aber nicht groß im Zitieren.

– ›Miss Brodie besaß jene Art von Schönheit, die durch ärmliche Kleidung offenbar besonders zur Geltung kommt‹, zitiere ich.

Simon scheint darüber nachzudenken und dann zu beschließen, sich unbeeindruckt zu zeigen. Das kränkt mich, und ich hasse mich dafür, dass ich so empfinde. Ich sollte ihm sagen, dass er sich verpissen soll. Warum ist die Anerkennung dieses Mannes von zweifelhaftem Charakter mir plötzlich so wichtig geworden?

– Hör mal, Nikki, ich hab dir einen Vorschlag zu machen, sagt er ernst.

Jetzt beginnt mir der Kopf zu schwirren. Was meint der? Ich spiele es runter. – Diese Art Vorschläge kenn ich zur Genüge, sage ich. – Bin mit Terry was trinken gewesen. Nach dem Essen. Ich glaub nicht, dass er bis Donnerstag warten kann.

– Aye, das ist ein großer Tag, sagt er bedächtig, – aber, nein, damit hat es nichts zu tun. Ich sähe es gerne, wenn du mir bei der, äh, Finanzierung helfen könntest. Rein geschäftlich.

Rein geschäftlich? Nach neulich Nacht? Was redet der da? Und dann erzählt er mir von seinem seltsamen Plan, der so aufregend, so faszinierend klingt, dass ich einfach zustimmen muss.

Sick Boy – allerdings.

Ich weiß, dass er versucht, Psychospielchen mit mir zu spielen, die Blumen und das alles, aber genau dasselbe versuche ich bei ihm. Die Vertrautheit, die Zärtlichkeit von neulich Nacht ist wie weggeblasen. Jetzt bin ich eine Geschäftspartnerin, ein Pornostar. Ich laufe durch ein Minenfeld und bin mir dessen bewusst, aber ich kann nicht anders. Na schön, Sick Boy, ich werd dieses Spielchen mitspielen, solange du willst. – Ich hab heute Rabs Bruder Billy kennen gelernt. Er wirkt sympathisch, erkläre ich ihm und schaue, wie er reagiert.

Simon zieht eine Braue hoch. – Business Birrell, sagt er. – Komisch, ich wusste bis zu dem Junggesellenausstand gar nicht, dass Rab sein Bruder ist. Dabei ist die Ähnlichkeit nicht zu übersehen. Aye, ich hatte vor Jahren eine kleine Auseinandersetzung mit ihm, als er die Business Bar grade aufgemacht hatte. Ich war mit Terry da, der seinen Overall von der Arbeit anhatte. Wir haben ein bisschen gebechert. Ich hab zu Business gesagt: ›Boxen, ein etwas bourgeoiser Sport, oder?‹ Das war ironisch gemeint, aber ich denke, das war ihm zu hoch. Jedenfalls hat er uns Hausverbot erteilt, lacht er leise, als würde er Rabs Bruder eher belächeln als beneiden.

– Er hat da einen schönen Laden, leg ich nach.

– Aye, aber er ist bloß das Aushängeschild dafür. Die Business Bar gehört den Geldgebern hinter Billy Birrell, schnarrt er giftig. – Er ist bloß ein besserer Barkeeper. Frag Terry, wenn du mir nicht glaubst.

Vielleicht ist Simon nicht eifersüchtig auf Billy, aber er ist definitiv neidisch auf dessen Bar. Es lässt sich nicht leugnen, dass sie etwas gediegener ist als das Port Sunshine.

– Hör zu, Nikki ... fängt Simon an, – wegen neulich Nacht ... ich würde dich gerne noch mal richtig ausführen. Ich muss Freitag nach Amsterdam, um meinen alten Freund Renton zu treffen wegen dieser Scheiß-Finanzierung. Wir drehen am Donnerstag, also wird's danach ein Besäufnis geben. Was machst du denn morgen?

– Nichts, antworte ich zu schnell und möchte ›dich ficken‹ hinzusetzen, halte mich aber zurück. Ich muss cool bleiben. – Na ja ... ich hatte vor, in den Commonwealth Pool zu gehen. Nach meiner Schicht im Saunaclub.

– Klasse! Da bin ich gern, ich geh da auch in den Fitnessraum. Wir könnten uns dort treffen, und dann führe ich dich zum Essen aus. Wär das okay?

Das ist mehr als okay. Mein Herz rast, denn jetzt hab ich ihn an der Angel. Er gehört mir, und das bedeutet, na gut, was bedeutet das? Das bedeutet, es ist mein Film, meine Gang, mein Geld: Es bedeutet alles.

Anschließend bleibt er nicht mehr lange, und Lauren kommt wieder rein, überaus erleichtert, dass er gegangen ist. – Was wollte er? fragt sie.

– Oh, er hat mir nur ein paar Details zu dem Film erzählt, sage ich und sehe, wie sie das Gesicht verzieht.

– Der Kerl ist ganz schön selbstverliebt, oder nicht?

– Oh, klar. Wenn der sich einen runterholen will, bucht er erst ein Hotelzimmer, sage ich.

Zum ersten Mal seit langem lachen wir beide gemeinsam laut heraus.

Na ja, *so* gut kenn ich ihn auch wieder nicht, aber ich hab den starken Verdacht, dass Selbstachtung für Simon nie ein besonderes Problem dargestellt hat. Aber nun heißt es er und ich; unvermeidlich, auf Gedeih und Verderb.

40
Linkerei Nr. 18745

Es war ein fantastisches Essen im Sweet Melindas in Marchmont. Wir hatten uns im Commie Pool getroffen, Nikki so was von umwerfend in einem roten Bikini, dass ich dachte, mich trifft der Schlag. Aus Angst, meine Selbstbeherrschung zu verlieren, stürzte ich mich in die Schwimmerei, und Nikki hielt begeistert bei meinen sechzehn Bahnen mit, was etwa dreißig in einem normalen Becken entspräche. Anschließend mit dem Taxi ins Restaurant. Sie sah mehr als schön aus, fast ätherisch, noch so vom Sport erhitzt, ich musste meinen Blick auf das Taxameter konzentrieren. Ich glaube, Nikki war etwas verstimmt, weil ich sie nur in ein Restaurant im Viertel ausführte, nicht in die City, aber das wurde anders, sobald sie das Ambiente, den Service und vor allem das Angebot an Meeresfrüchten sah. Ich ließ mir einen gebratenen Tintenfisch mit Pernod und Schnittlauchmayonnaise schmecken, während Nikki hin und weg war von den gebackenen Jakobsmuscheln mit süßer Chilisauce und Crème fraîche. Ich suchte einen schönen Chablis aus, um es zusammen mit großen Bissen des köstlichen selbst gebackenen Brots hinunterzuspülen.

Ich hab nur den einen Gedanken, sie mit zu mir zu nehmen, die Erinnerung an diesen makellos straffen Körper in dem roten Bikini brannte mir so im Gehirn, dass es schon schwierig war, über den Coup zu reden oder auch nur nachzudenken. Und schüchtern ist sie überhaupt nicht, ganz im Gegenteil. Auf dem Rücksitz des Taxis macht sie meinen Hosenschlitz auf und lässt ihre Hand hineingleiten, und sie kaut mir mit zermürbender

Heftigkeit im Gesicht rum. Einmal nagt sie mit ihren Zähnen so heftig an meiner Unterlippe, dass ich fast aufschreie und sie wegstoße.

Wir halten und zahlen das Taxi, und mein Hosenstall steht immer noch offen, und als wir im Treppenhaus sind, löst sie mir den Gürtel. Ich ziehe ihr die Strickjacke über den Kopf, schiebe ihre Bluse hoch und fege den BH runter. Wir zerren im Treppenhaus wild aneinander rum, und die Tür gegenüber meiner geht auf, und dieser irgendwie pädophile Typ, der da mit seiner Mutter wohnt, späht in den Flur und knallt die Tür dann wieder zu. Ich fische meine Schlüssel raus und mache die Wohnungstür auf, während Nikki ihre schwarzen Baumwollvelours-Jeans runterzieht, und meine Hosen fallen auch zu Boden, sobald wir in der Wohnung sind und die Tür hinter uns zutreten. Ich ziehe ihr die Jeans ganz aus und ihr weißes Spitzenhöschen runter und schlecke an ihrer Muschi, die schwach nach Hallenbadchlor schmeckt, lasse meine Zunge genussvoll auf Erkundungsfahrt gehen und sauge dann kräftig an ihrer Klitoris. Ich spüre, wie sich ihre Fingernägel in meinen Hals und dann in meine Wange bohren, und kann kaum atmen, aber dann drängt sie mich zurück und beginnt sich zu drehen, ich lasse von ihrer süßen Muschi nicht ab, aber sie windet sich, um an meinen Schwanz zu kommen. Ihre Zunge schlägt mit schnellen, heftigen, elektrisierenden Bewegungen dagegen, dann umschließt sie ihn mit ihrem Mund. Wir kommen eine Weile nicht weiter, bis wir beide uns instinktiv voneinander lösen und uns in die Augen blicken und dann alles ganz unscharf und langsam wird, wie bei einem Verkehrsunfall. Wir haben die Hände überall am Körper des anderen, spiegeln dessen geduldige, fast forensische Liebkosungen. Ich spüre jeden Muskel und jede Sehne unter ihrer federzarten Haut, und ich fühle, dass sie sich stechend in mich hineinbohrt, als würde mir mein Fleisch behutsam von den Knochen gelöst.

Es wird heftiger, und sie nagelt mich mit der ungeheuren Kraft ihrer Oberschenkel, die so täuschend schwach erscheinen, am Boden fest. Sie fasst das Ende von meinem Schwanz, reibt ihn gegen ihren Busch und schiebt ihn dann langsam in sich hinein. Wir ficken eine Weile im langsamen Rhythmus, bis wir beide so weit sind. Dann lassen wir uns aufs Bett fallen. Ich greife in die

Nachttischschublade und angele ein Briefchen Koks raus. Erst zögert sie, aber ich lege zwei Lines, drehe sie um und trockne die feuchte Senke auf ihrem Rücken, unten am Ende ihrer Wirbelsäule, mit einem Zipfel der Decke ab. Mir bleibt angesichts dieses tollen Arschs fast die Luft weg, aber dann ziehe ich eine Line Koks auf dieses Fleckchen unten an ihrer Wirbelsäule und sniefe sie weg. Meine Finger fahren hinab zwischen ihre Arschbacken, über den umgekehrten Schmollmund ihres Arschlochs, wobei sie sich leicht verkrampft, und tauchen dann in ihre nasse Vagina. Dann, als der Kick vom Koks mich durchrast wie der Zug nach Norwich Hackney Downs, bin ich wieder in ihr, und sie ist wieder auf den Knien und bockt und stößt wild gegen mich.
– Snief es … sag ich nach Luft ringend und zeige auf die Line auf dem Nachttisch.

– Ich mach … so … einen … Scheiß … nicht, stößt sie hervor, während sie wie eine Schlange zurückschnellt und sich mit ungestümer Wucht und großartiger Körperkontrolle auf meinen Schwanz spießt.

– Zieh es verdammtnochmal weg, schnauze ich sie an, und sie blickt mich mit anzüglichem Blick über ihre Schulter an und sagt: – Oh, Simon … und dann nimmt sie den Geldschein und zieht die Line weg, während ich sie ficke, etwas langsamer, damit sie die Line sniefen kann, und dann so hart ich kann, die Hände um ihre schlanke Taille gelegt; die gekrümmte Schlange verharrt in dieser Haltung, und wir sind wie zwei Teile eines Kolbenmotors und schreien beide, als wir kommen.

In der Nacht fickten wir noch ein paar Mal miteinander. Als der Wecker klingelte, stand ich auf, machte Omelett mit Paprika und Tomaten und setzte italienischen Kaffee auf. Nach dem Frühstück fickten wir noch mal. Nikki ging dann in die Stadt zur Uni, ich sniefte eine Line, trank einen weiteren doppelten Espresso, packte ein bisschen Wäsche und Zahnputzzeug für Amsterdam in die Tasche, warf sie mir über die Schulter und ging in leicht euphorisiertem Tran zur Arbeit.

Es bringt einen doch nichts schneller wieder runter, als in den Scheißladen zu gehen. Ich hab Probleme, mich zu entscheiden, ob ich ne Stellenanzeige aufgeben oder den Klempner rufen soll. Am besten beides, wie es scheint, denn da wartet ein alter Boiler, der kurz vorm Platzen steht. – Schon wieder nach Amsterdam? Da warste doch grade! So geht's nich, Simon, so nich, sagt Mo, schüttelt gereizt den Kopf und weicht meinem Blick aus, während sie die Theke wienert.

– Morag, ich sehe ein, dass ich dir in letzter Zeit ein bisschen viel zugemutet hab, aber jetzt hast du ja Alison als zusätzliche Hilfe. Es ist ein geschäftliches Treffen, *très* wichtig, erkläre ich ihr und lasse das alte Schlachtross vor sich hin schnaubend zurück.

Es ist eiskalt, als ich am Flughafen ankomme. Wie vorauszusehen war, hat mein Flug Verspätung, und es ist schon früher Abend, als ich mich mit Renton in seiner Bude treffe. Es knistert etwas im Chez Rents, die Stimmung zwischen ihm und seiner Perle Katrin ist gereizt, was (glücklicherweise) auch dadurch nicht besser wird, dass ich ihr Calvin-Klein-Parfüm aus dem Duty Free mitgebracht hab. Für drittklassige Bräute genügt das. – Für dich, Katrin, grinse ich mit einem tiefen Blick in ihre Augen, doch in ihnen begegne ich nur teutonischem Stahl. Wer weiß, vielleicht ist die kleine Kraut-Perle gar kein schlechter Fick. Nach einem kurzen Moment wird ihr Blick freundlicher und wirkt sogar etwas verschämt. – Daaanke schöööön ... meint sie gedehnt.

Natürlich mach ich das alles nur, um Renton auf die Palme zu bringen, aber wenn es ihn ärgert, gibt er mir nicht die Genugtuung, sich das anmerken zu lassen. Wir gehen ins Café Thysen, unterwegs macht der onanistische Rotkopf sein Handy an, um irgendeinen Freund anzurufen, den ich kennen lernen soll. Der Typ arbeitet offenbar hier als Pornohändler. Ja, der Wichser ist schon von Nutzen. Wir haben folgende Idee ausgeknobelt: Wir richten zwei Konten in Zürich ein, bei zwei verschiedenen Banken, eins für die allgemeine Filmfinanzierung, eins für die Produktion. Die erste Bank hat die Anweisung, wenn sich auf dem allgemeinen Konto ein Guthaben von mehr als fünftausend Pfund angesammelt hat, alles, was diesen Betrag übersteigt, auf das Produktionskonto bei Bank Numero Duo zu überweisen. – Die Schweizer Banken stellen keine Fragen, erklärt Renton, – und wenn man zwei davon benutzt, ist das Geld praktisch nicht mehr zurückzuverfolgen. Die Pornoleute hier machen das alle so und ein paar von den großen Clubveranstaltern auch.

– Ausgezeichnet, Rents. Klären wir jetzt die Details, sag ich.

Wir labern noch weiter, aber nach einer Weile wirkt er etwas unkonzentriert, und ich weiß auch, warum. – Die reizende Katrin kommt wohl nicht her und leistet uns bei einem Getränk Gesellschaft, Mark? Ich grinse, während wir über eine geschwungene Brücke zu einem Pub an der Ecke gehen.

Er murmelt etwas zur Erwiderung, als wir die Kneipe betreten.

Es ist eine richtig schöne Kneipe, ein alte holländische braune Kneipe mit Holzboden, Holzvertäfelung und großen Fenstern, die das verblassende Tageslicht hereinlassen. Ich bleibe stehen, um mir alles anzusehen und damit Renton die Getränke holen muss. Alte Gewohnheiten legt man nur schwer ab. – *Mak ik twee beer*, sagt er zu der lächelnden Thekenfrau.

Nach einer Weile taucht sein Freund auf, ein Holländer namens Peter Muhren, den er ›Miz‹ nennt. Miz handelt offenkundig mit etwas, das er ›Erotik für Erwachsene‹ nennt. Der Kerl sieht aus, als sei der Begriff ›schmierig‹ für ihn erfunden worden. Er ist dünn, hat kurze schwarze Haare, ein verschrumpeltes Gesicht, scharfe Nagetieraugen und einen schmutzigen, spärlichen Bart. Diese linke Ratte werd ich gut im Auge behalten. Während er uns rüber ins Rotlichtviertel führt, labert er unentwegt vor sich hin. – Ich habe ein kleines Büro in Neuizuids Voorburgwall. Ich vertreibe Videos von dort; von meiner eigenen Produktionsfirma, Sachen von Freunden, europäische und amerikanische Importe, Gonzo-Filme und sogar Heimpornos, wenn sie gut gemacht sind. Wenn die Muschi heiß, das Bild scharf und der Sex einfallsreich oder ekstatisch genug ist, dann vertreib ich es, sagt er, während er eine Kippe aus der Packung nimmt. Was für ein abstoßender Schmutzfink.

Wir kommen ins Rotlichtviertel und gehen eine enge Treppe rauf in sein Büro. Hinten ist ein Raum durch eine Glaswand abgetrennt, in dem ein riesiger Videoschnittplatz, ein paar Monitore und ein Mischpult sind. Ein Großteil von Miz' Arbeit scheint sich hier abzuspielen. Er erklärt mir, dass er viele DVDs aus den USA importiert und Raubkopien davon macht, die Szenen auseinander schneidet und zu neuen Filmen zusammenstellt. – Es kommt nur auf das Schneiden an, sagt er nonchalant, – das und die Verpackung. Das mach ich bei einem Freund, der Desktoppublishing hat.

Miz versucht sich als wichtigen Typen hinzustellen, aber so einen Scheiß habe ich auch schon vorher in London gesehen. Das ist zwar ganz beeindruckend hinsichtlich der Kohle, die es einbringt, aber kaum eine Herausforderung. Nach einer Weile langweilt es mich, und ich schlage vor, dass wir noch ein Bier trinken gehen.

Wir gehen raus, vorbei an den von rotem Neonlicht gesäumten Schaufenstern, in denen die Nutten sitzen. Langsam fallen mir wieder Sachen über diese Ecke ein. – Weißt du noch, wie wir mit sechzehn das erste Mal hier waren, Rents? Ich wende mich an Miz. – Wir haben beide so ner dreckigen fetten Nutte einen verlötet. Wir haben eine Münze geworfen, und Rents war als Erster dran; ich hab draußen gewartet. Als ich dran war, meinte sie, ›Ich hoffe, du hältst länger durch als dein Freund. Er war ganz schnell fertig, hat mich dann aber gefragt, ob er noch einen Moment hier sitzen bleiben darf, da hab ich ihm einen Kaffee gemacht.‹ Als ich dann wieder rauskomm, ein paar Stunden später, nachdem ich die Schnitte durchgefickt hatte, als würd ein japanischer Superexpress durch sie durchrasen … Ich lache, als Rotkäppchen schnaubt, es wär wahrscheinlich so schnell vorbei gewesen wie ein japanischer Superexpress. Ich rede einfach weiter und übertöne seinen bemitleidenswerten Kommentar. – Da sag ich zu dem Wichser hier, ›Na, hat der Kaffee geschmeckt?‹

Wir gehen zu einem Club, Rents flitzt rein und nickt jedermann zu, als wär sein Schwanz mindestens zehn Zentimeter länger als dieses dünne, weiße Teil, was auf den Fotos, die wir früher immer hinten an die Wartehäuschen vom Bus geklebt haben, aus seinen lächerlichen roten Schamhaaren raushing. Wieder in seiner Gesellschaft zu sein ist komisch. Es ist ein erschreckend gutes Gefühl, keine Spur von Verlierer-Nostalgie, und einander weiterhin nicht zu trauen gibt dem ganzen Unternehmen irgendwie einen geilen Kick.

Ich hopse ein bisschen rum und trinke ein paar Bier, aber alles in Maßen. Nach einer Weile zieht Rents mich beiseite, und wie in alten Tagen zeigt sich, bei all seiner ansonsten stoischen Betrachtung der Dinge, seine Schwäche, wenn er die kritische Menge Alkohol aufgenommen hat: Er kann einfach nicht aufhören zu reden. Es scheint noch schlimmer zu sein als früher, denn er erzählt mir, dass er heute kaum noch trinkt und selten mal Ecstasy nimmt. Zu seinem Glück ist man normalerweise selbst zu breit, um sich daran zu erinnern, was er gesagt hat. Aber diesmal nicht, Rent Boy. – Mit Katrin läuft's nicht gut, verrät er mir. – Ich komm definitiv für ne Weile wieder rüber, mir gefällt dieser Plan, der könnte funktionieren … Er zögert eine Sekunde. – Begbie ist immer noch im Bau, stimmt doch, oder?

– Noch für gut n paar Jahre, hat man mir erzählt.

– Wegen Totschlag? Erzähl mir keinen, meint Renton skeptisch.

Ich schüttle bedächtig den Kopf. – Franco war nicht grade ein Vorzeigehäftling. Die Fotze hat ein paar Leute drinnen zusammengewichst. Und ein paar Schließer auch. Den Schlüssel haben sie weggeschmissen, ich wedele mit der Hand durch die Luft.

– Gut, dann riskier ich's mal.

Gute Nachrichten für Simone de Bourgeois beziehungsweise Simon, den baldigen Bourgeois. Danach gewinnt der Abend, da Miz uns mit Koks versorgt, das er bei diesen marokkanischen Homos organisiert hat, von denen mich einer anschwuchtelt, als wär ich an seinem schmierigen Arsch interessiert. Ich verdrück mich mit dem Stoff auf die Toilette und zieh mir durch beide Nasenlöcher was rein.

Nach einer Diskussion über Ethnie und Drogen, in der Renton *mich* beschuldigt, einen rassistischen Standpunkt zu vertreten, gehen wir nach hinten zu Miz und setzen uns. – Komm mir nicht mit dem antirassistischen Film, Renton, das Drehbuch dafür ist von mir. Ich hab nicht einen rassistischen Knochen in mir, erkläre ich ihm. Ich registriere, dass Miz sich mit einem Mädchen unterhält, das eine übergroße Nase hat. Sie scheint schon mitten auf der Stirn zu beginnen und kurz über ihrem Kinn zu enden, wo ein hübscher kleiner Mund sitzt. Sie sieht so verdammt … Ich will so *unbedingt* Sex mit ihr haben, anstatt mit Renton zu reden, der mir gerade was über Kokain ins Ohr brabbelt.

Dann ist das Mädchen mit dem tollen Riesenzinken verschwunden, und ich frag Miz, wer sie sei, und er sagt, bloß eine Freundin, und ich sage: – Hat sie einen festen Freund? Such sie. Sag ihr, ich fänd sie toll. Sag ihr, ich möchte sie ficken.

Er guckt ganz verletzt und ernst und meint: – He, du redest da über eine gute Freundin von mir, Alter.

Ich bringe eine fadenscheinige, unaufrichtige Entschuldigung vor, die er, da ihm jedes Gespür für Ironie fehlt, schmollend akzeptiert. Ich stehe auf, um das Mädchen an der Bar zu suchen, aber stattdessen lande ich bei einer Jill aus Bristol, die vielleicht nicht lesen, schreiben oder Trecker fahren kann, aber ich schätze, sie kann bumsen wie eine Plumpsklotür im Wirbelsturm. Anschließend erweist sich, wie Recht ich hatte, denn genau das machen wir für den Großteil der Nacht fröhlich in ihrem Hotelzimmer. Ich ruf Renton auf seinem Handy an, und er mault mich an, – Wo bist du denn abgeblieben?

Ich informiere ihn darüber, dass ich eine liebreizende junge Dame kennen gelernt hab, während er nach Haus zu seiner irren Schnalle gehen darf, um in den Genuss der einzigen Art Fick zu kommen, die er je kriegen wird, einen Hirnfick nämlich. Streich Katrin und setz an die Stelle ... wie hieß noch gleich das bekloppte Mädchen, mit dem er in den alten Zeiten rumlief? ... ach ja, Hazel. Ja, je mehr sich die Dinge ändern, desto mehr bleiben sie gleich.

Diese Jill ist ein echter Schuss, ein total unprätentiöses Mädchen, das Urlaub hat und genau das tut, was unprätentiöse Mädchen im Urlaub tun, wofür ich verfickt dankbar bin. Am nächsten Morgen vollziehen wir pro forma das alte Ritual des Telefonnummerntauschens.

Ich bin etwas gereizt, weil ich keine Zeit hab, bei ihr im Hotel ein Frühstück abzustauben, denn ich muss meine Reisetasche aus Rentons Wohnung holen. Als ich hinkomme, erwarte ich halb, Rents bei einem gemütlichen Vierer mit Miz und den Marokkanern vorzufinden, doch es ist Katrin, die im Morgenrock die Tür aufmacht und mich reinlässt. – Si-mahnn ... sagt sie auf ihre düster theatralische Art.

Renton ist auf, in einem orangen Frotteemantel auf das Sofa drapiert und wie üblich am Zappen. Der Anblick dieser karottenfarbenen Pracht ist überwältigend. – Mark, mein Handyguthaben ist alle, kann ich deins benutzen? Ich muss bloß eben ne SMS an eine scharfe Frau schicken.

Er steht auf und fummelt das Handy aus seiner Jackentasche. Ich tippe den Text rein:

HI ZUCKERSCHNITTE. KANNS KAUM ERWARTEN WIEDER AN DEINEN HÜBSCHEN ARSCH ZU KOMMEN. HOFFE DER IST IM GEFÄNGNIS NICHT ZU SCHLAFF GEWORDEN. BALD GEHÖRT ER WIEDER MIR. DEIN ALTER KUMPEL.

Ich fisch mein Adressbuch raus und tippe Francos Nummer ein. Nachricht verschickt. Ihr dürft Amor zu mir sagen.

Ich verabschiede mich rasch und geh zum Bahnhof, wo ich gerade rechtzeitig den Shuttlezug zum Flughafen erwische. Im Zug bricht mir der Schweiß aus, weil Renton ja was Wertvolles geklaut haben könnte, und ich checke den Inhalt meiner Tasche. Mein guter Ronald-Morteson-Sweater ist noch da. Noch wichtiger, hat er irgendwas Belastendes gesehen? Ich weiß, wie der tickt, der wird das alles mit dem Staubkamm durchsucht haben. Nein, es scheint noch alles da zu sein, wo's hingehört.

Ich klettere aus dem Flieger und rein in ein Taxi und fahr zum Pub. Rab ist mit ein paar Freunden von der Uni und jeder Menge Equipment da. Betacams, Digicams und 8-mm-Kameras, ein Monitor, Ton- und Beleuchtungsequipment. Er stellt mir die Studenten als Vince und Grant vor, und ich führe sie nach oben.

Unser Set ist minimalistisch: ein Haufen Matratzen auf dem Fußboden. Als sie das Equipment aufbauen und die Darsteller einzutrudeln beginnen, knistert die Luft vor Spannung. Mein Herz macht einen Sprung, als Nikki hereingehüpft kommt, sich zu mir rüberschleicht und säuselt: – Wie war Amsterdam?

– Hervorragend, mehr davon später, grinse ich und wende mich ab, um Melanie zuzuwinken, die gerade reinkommt. Meine zweite weibliche Hauptrolle ist ein sehr sexy aussehendes Mädchen – in dem Sinne, wie Fischstäbchen zum Abendessen manchmal *hundertprozentig genau* das sind, was man will –, aber kaum Haute Cuisine. Sie müsste eigentlich schön sein, aber ökonomische und soziale Umstände haben sie veranlasst, anders mit sich umzugehen als Nikki. Wenn ich anfange, so zu denken, danke ich Gott, dass ich eine italienische Mutter hab.

Mein Ensemble, meine Crew; und was für eine Bande das ist. Abgesehen von Mel, Gina und Nikki wären da Jayne, ihre Freundin aus dem Saunaclub, und die Schwedin (oder ist sie Norwegerin) Ursula, die nicht so gut aussieht, wie es klingt, aber eine totale Fickmaschine ist. Dann sind da Wanda, Mikeys mit ihren zugeballerten Augen etwas mitgenommen aussehende Nutte, die mit gekreuzten Beinen in der Ecke sitzt. Ich selbst, Terry und seine Fickkumpels Ronnie und Craig sind da. Rab und seine Studentenfreunde sehen aus, als fühlten sie sich etwas unbehaglich.

Bei der Probe wird klar, dass ich mit Terry und seinem Anhang Schwierigkeiten kriegen werde. Bei den Sexszenen sind sie nicht so schlecht, da haben sie Übung, aber sie kapieren den Unterschied zwischen Ficken vor der Kamera und einen Pornofilm drehen nicht. Darüber hinaus sind sie grottenschlechte Schauspieler. Selbst bei den rudimentärsten Sätzchen, und die sind wirklich sau-rudimentär, patzen sie unweigerlich. Meine Absicht ist es, ihr Selbstvertrauen dadurch aufzubauen, dass wir mit dem anfangen, was sie können. Also drehen wir zuerst die Sexszenen, angefangen mit der Orgie, die eigentlich die Schlussszene ist, aber sie wird ihnen Mut machen und müsste dazu beitragen, bei ihnen *esprit de corps* zu wecken.

Es gibt so viele elementare Probleme. Ich hab die Rolle eines Teenagers mit Melanie besetzt, was vom Alter ungefähr hinkommen müsste. Aber ich seh ihre Arme, auf die ›Brian‹ und ›Kevin‹ tätowiert ist. – Melanie, du sollst eine unschuldige Jungfrau darstellen. Diese Tattoos müssen überschminkt werden.

Sie schaut durch einen Nebel von Embassy Regal zu mir hoch und kichert sich dann einen mit Nikki. Diese Gina guckt, als wollte sie jeden im Raum erst ficken, dann zerreißen und dann auffressen. *Très* naturgeil. Ne Schande, dass sie so potthässlich ist.

Ich klatsche in die Hände, um ihre Aufmerksamkeit zu wecken. – Schön, Leute. Kommt, ihr Lieben, kommt schon! Hört zu! Heute beginnt der Rest eures Lebens. Bis jetzt habt ihr Heimpornos gemacht. Jetzt drehen wir einen richtigen Pornofilm. Da kommt es entscheidend auf die Fähigkeit an, auf Kommando reinkommen, loslegen und aufhören zu können. Habt ihr alle eure Texte gelernt?

– Yeah, meint Nikki träge.

– Schätze schon, kichert Melanie.

Terry zuckt die Achseln auf eine Art, die mir verrät, dass die

Fotze nicht den kleinsten Scheiß gelernt hat. Ich spüre, wie ich die Augen verdrehe und im Kopf nach Eingebung suchend die Zimmerdecke scanne. Gut, dass wir mit der Bumserei anfangen.

Melanie und Terry sind schon in den Startlöchern. Sie lassen ungeniert die Klamotten fallen, und Rabs Kumpels machen sich an der Ausrüstung zu schaffen. Es *ist* schon schräg, Terry nackt zu sehen, als Rab mir die Einstellung am Monitor der Betacam zeigt. Ich schalte einen der digitalen Videorekorder an und ziehe auf, um beide ins Bild zu bekommen. Grant frickelt ein bisschen an der Beleuchtung rum, um die zu harte Ausleuchtung zu korrigieren, und Vince erklärt uns, dass der Ton läuft. – Action! Na los, Tez, ran mit dem Kolben ans Bohrloch, sage ich, nicht, dass er in der Richtung Aufmunterung nötig hätte, denn er ist direkt an ihr dran und bearbeitet sie mit seinen Fingern und seiner Zunge. Ich zoome langsam näher ran, mein zudringliches Auge auf der schleckenden Zunge und dem feuchten Schlitz. Sie ist allerdings ein bisschen steif, daher breche ich die Szene ab. – Du wirkst ein bisschen verkrampft, Melanie, Schätzchen, bemerke ich. – Ich kann mich nich richtig gehen lassen, wenn alle zugucken, beschwert sie sich, – es ist nich so wie im Pub, wo alle mitgemacht ham.

– Tja, musst du aber. Das ist das Pornobusiness, Darling, erkläre ich ihr. Ich sehe, wie lüstern und animalisch Nikki sie beobachtet, ihre spitze kleine Zunge eine Salzkruste von ihren etwas grausamen Lippen leckt, und da kommt mir eine Idee. Ich kann in einer Schlampe wie in einem Buch lesen, und die hier kann es kaum abwarten. – Hört mal, neue Regel am Set. Wer nicht aus den Klamotten steigt, verpisst sich nach unten, sage ich und öffne dabei meinen Gürtel.

Rab, der hinter dem Stativ steht, sieht ganz entsetzt aus. Er guckt erst zu Nikki, dann zu Gina, die sich bereits aus ihrem Oberteil schält. Nikki macht auch Anstalten, ihres auszuziehen, und ich halte sekundenlang inne, um die Bewegung zu bewundern, mit der es über ihren Kopf gleitet. Heilige Scheiße, dieses Mädchen ist echt gut gebaut. Auf so eine gesunde, sportliche, turnstundenmäßige Art sagt Nikki zur Technikcrew: – Na los, Jungs, während sie ihren BH auszieht und ihre gebräunten Titten freilegt, die fest wie Felsen wirken und deutliche Radarsignale an meinen Schritt senden. Sie knöpft ihren Rock auf, zieht dann den Slip runter und steigt aus beidem raus, um eine frisch rasierte Möse zu entblößen.

– Ni-kay ... sage ich und klinge, ohne es zu wollen, wie Ben Dover in seinen Videos, mit dieser bewundernden Pause, die unbedingt dazugehört.

– Ich kann jederzeit loslegen, schnurrt sie mit Schmollmund.

Scheiße, das ist das Mädchen, das ich schon vor Ewigkeiten hätte kennen lernen sollen. Die Welt hätte uns gehört. Und sie kann immer noch uns gehören.

Konzentrier dich, Simon. Ich suche Zuflucht hinter dem Objektiv und versuche, ganz aufs Technische umzuschalten.

Jetzt titschen Ginas dicke Euter durch die Gegend, und Terry fallen gleich die Augen aus dem Kopf. Manchmal kann er mich zur Verzweiflung treiben – dieses schäbige Gieren nach Quantität statt Qualität.

Der arme Rab macht sich immer noch ins Hemd, aber man merkt, dass er bleiben will. – Ich bin nur fürs Kreative zuständig ... meine Verlobte bekommt ein Kind ... ich will da nicht mitmachen ... Ich seh mich als Filmemacher, nicht als verdammten Pornostar!

– Na schön, die Crew kann machen, was sie will, aber ich komm langsam in die richtige Stimmung, verkünde ich, ziehe mein T-Shirt aus und werfe dabei einen Blick in den Wandspiegel. Der Bauch sieht nicht übel aus, das Fitnessstudio und die Diät zeigen Wirkung. Ich lege schnell zu, aber ich nehme auch schnell wieder ab. Bloß eine Feinjustierung der Lebensweise: nichts Gebratenes, lieber Hochprozentiges als Bier, dreimal die Woche ins Studio statt nur einmal, laufen, anstatt sich in Autos zu quetschen, Kokain ja, Gras nein, und – ja – wieder rauchen. Das Ergebnis: Die Pfunde purzeln.

Wanda blickt auf und verkündet mit traniger, schwerer Stimme, dass die Typen, die was anhaben, am schärfsten aussehen, was mich und die restlichen Akteure ein wenig irritiert. – Siehste? Junkienutten stehn auf dich, Rab, sagt Terry, und Wanda zeigt ihm lässig ein V-Zeichen.

Meine Taktik ist aber aufgegangen, denn Terry und Melanie sind schon bald richtig bei der Sache, und ich werde geil. Dann kommt Nikki zu mir rüber und sagt: – Ich würd mich gern auf dein Knie setzen.

Ich will eigentlich mit ›Hau ab, ich führ Regie‹ antworten, aber raus kommt es als atemlos gehauchtes – Okay, während sich dieser zauberhafte Arsch anmutig auf meine Oberschenkel herabsenkt. Ich spüre, wie mein Schwanz steif wird und sich nach oben in die Krümmung ihres Rückens biegt, während wir Terry und Mel in Aktion beobachten. Ich muss konzentriert bleiben, ich darf nicht vergessen, dass ich im Regiestuhl sitze. – Leg dich auf den Rücken, Terry; Mel, du setzt dich obendrauf …

Disziplin.

Mel saugt an Terrys Schwanz, züngelt an seiner Eichel, schleckt den Schaft, und nach einer Weile bugsiert Terry sie über die Lehne des großen Polstersessels … Nikki rückt sich ein bisschen zurecht, um sich sanft noch näher an mich zu drücken …

Discipline will ease my hunger …

Mel stützt sich mit den Ellbogen auf dem Sessel ab, und Terry schiebt ihr von hinten einen rein. Nikkis Haar fließt über ihren Rücken, und sein Pfirsichduft umspielt meine Nasenlöcher … droht meine Sinne zu betäuben …

Discipline will quench my thirst …

Jetzt zieht Terry ihn raus, und ich keuche ein paar aufmunternde Worte, während meine Hand auf Nikkis Schenkel ruht, dieser glatten, makellosen, seidigen Haut …

Discipline will make me stronger …

Terry ist wieder drin, und er und Mel ficken jetzt wie eine Dampframme; Mel gibt das Tempo vor und stößt auf seinen Schwanz runter, als wollte sie ihn verschlingen. Bei Terry zeigt sich der abwesende, traumverlorene Gesichtsausdruck, den Männer haben, wenn sie den Sex genießen, so als wären sie gar nicht richtig bei der Sache. Dieses innere Abschalten, wenn man mit einer geilen Frau zusammen ist, damit man nicht abspritzt, wenn man mit ner Schreckschraube zusammen ist, natürlich auch, nur dass man es dann macht, damit er steif bleibt. Aber im Grunde ist es ein und dasselbe.

… if it doesn't kill me first …

Ich beschließe, die Aufnahme hier abzubrechen. – Schnitt! Stopp, Terry! STOPP!

– Ach, Scheiße, was … ächzt Terry.

– Okay, Mel, Terry. Ich möchte, dass ihr jetzt die Cowgirl-von-hinten versucht, die klassische Einstellung, die in jeden Pornofilm gehört.

Terry guckt zu mir rüber und meckert: – Auf die Weise macht das Ficken aber keinen Spaß.

– Hier geht's nicht darum, dass dir das Ficken Spaß macht, Terry, sondern darum, dass es *aussieht, als ob* du beim Ficken Spaß hast. Tu's für die Kohle! Tu's für die Kunst!

Ich schaue mich kurz um, ob sich die anderen, abgesehen von Rab und der Crew, auch richtig aufgeilen. Gina guckt mich mit Raubtiergrinsen an. Sie fragt: – Wann kommen wir denn zum Einsatz?

– Das sag ich dir dann schon, nicke ich, und schon jetzt steht für mich fest, dass die meisten Szenen mit ihr den Schnitt nicht überleben werden.

Melanie ist für die Pope John Paul (wie wir aus der Branche die Reverse-Cowgirl-Position oder RC nennen) genau richtig gebaut, leicht und biegsam, aber mit einer guten Portion Kraft. Terry liegt einfach da, seinen Lustkolben von Melanie umschlossen, die sich darauf auf und ab bewegt. Seine Hände umklammern ihre Taille, als er das Tempo ändert und etwas tiefer reinstößt, worauf sie ein finsteres Gesicht macht. – Gut so, Terry, verdien dir deinen Hafer. Fick sie durch! Mel, versuch weiter in die Kamera zu gucken. Guck weiter in die Kamera. Fick Terry, aber liebe das Objektiv. Terry ist bloß ein Requisit, bloß Nebensache bei deinem Vergnügen. Du bist der Star, Baby, du bist der Star … Nikki hat nach hinten gefasst und mit ihrer Hand meinen Schwanz umschlossen, – … und du bist wunderschön, das ist dein großer Auftritt.

Ich schiebe Nikki sanft weg, stehe auf, nehme sie bei der Hand und rufe: – Schnitt! Dann erkläre ich Nikki: – Ich will, dass du mitmachst, lutsch Terrys Schwanz. Terry, du machst das klasse. Jetzt leckst du Mel, während Nikki dir einen bläst.

– Aber ich will endlich kommen! quengelt er, während Ursula ihm Handtücher bringt, und zieht ein Gesicht, bevor er aufs Klo geht, um sich frisch zu machen.

– Komm schon, Tel, ruf ich ihm zu, – sei nicht so verdammt

undankbar. Ich hab gesagt, du leckst Mel, während dir Nikki einen bläst. Und du willst dich noch beklagen?

Wir bringen diese Einstellung über die Bühne. Nikki mit Terrys Schwengel zu sehen, ist ein seltsam befremdliches Gefühl für mich, vor allem, weil es ihr Spaß zu machen scheint. Ich bin erleichtert, als es vorbei ist, und wir machen Mittagspause, die anderen zumindest. Rab und ich sehen uns am Monitor an, was wir gefilmt haben. Ich muss die anderen telefonisch herscheuchen, denn sie bleiben einfach im Scheißpub kleben. Nikki scheint was getrunken zu haben, vielleicht braucht sie das, um locker zu werden. Es ist komisch, aber ich entwickle so ungemütlich besitzergreifende Gefühle für sie. Mir gefällt die Vorstellung gar nicht, dass sie von Lawson vor der Kamera gefickt wird. Und es steht noch viel Schlimmeres bevor.

Gina quengelt mich immer noch an. – Ich un Ursula un Ronnie un Craig ham immer noch nix gemacht.

– Wir führen eine Person nach der anderen ein und steigern uns zu einem Höhepunkt, erkläre ich noch mal. – Geduld! Ich lasse Terry und Mel wieder rammeln. – Jetzt versuch's in ihren Arsch, Terry, sage ich, – komm, Lawson, jetzt will ich mal ein bisschen Anal-Action sehen …

Meine Motivationsarbeit kann ich mir schenken: Das ist, als würde man Dracula ermuntern, sich die Halsschlagader vorzunehmen. Terry zieht Mel von seinem Schwanz, rückt sie sich zurecht und legt sich ihre angewinkelten Beine über die Schultern. Dann spuckt er kräftig, schmiert seinen Sabber in ihr Arschloch und bohrt sich dann langsam rein. Ich gebe Nikki mit dem Kopf ein Zeichen, jeder von uns greift eine von Mels Arschbacken, und wir ziehen sie auseinander, während Terry reinstößt. Ich hab Rab instruiert, genau auf die Positionen der Kameras zu achten, damit wir nachher eine Nahaufnahme von der Arschfickszene und eine von Mels Gesicht haben, die wir als Schuss und Gegenschuss bringen können.

Melanie knirscht mit den Zähnen und schneidet Grimassen (die unverzichtbare Einstellung für frauenfeindliche Managertypen, die ›die Schlampe leiden sehen‹ wollen), geht aber, als sie Gefallen dran findet und endlich weiß, wie sie ihn unterbringen soll, auf diese träumerische Art ab (unverzichtbare Einstellung für die träge, transgressiv-romantische Yuppiefrau, die einen harten Tag im Büro hatte und sich einfach nur noch hinlegen und einen entspannenden Arschfick genießen will). Es ist ja so wichtig, dass das Mienenspiel das gesamte emotionale Spektrum abdeckt. Denn genau das ist Porno eigentlich, ein sozialer und emotionaler Prozess. Genitale Interaktion kriegt jeder hin ... Nikki küsst mich heftig auf die Lippen und nimmt dann meinen Schwanz in den Mund, und ich kann sehen, dass Rab an der Theke steht, Gina ihn anguckt und dann ein verärgertes Gesicht macht, und Craig an Wandas Nippeln saugt, und ich denke, dass keiner von denen mich je kontrollieren wird, niemals ... Dann fällt mir ein, dass noch was fehlt. – Schnitt! rufe ich, als Nikki gerade anfängt, meinen Schwanz zu lutschen.

– Was? Terry rammelt einfach weiter. – Das soll wohl n Witz sein!

Nikki nimmt meinen Schwanz aus dem Mund und guckt zu mir hoch.

– Nee, Terry, nee, komm schon. Wir müssen das in der Cowgirl-Stellung machen. RAC, Reverse Anal Cowgirl.

– Scheiße ... meint er, zieht ihn aber raus.

Nikki guckt Terry an, dann Mel. – Wie war das? fragt sie.

Mel macht einen durchaus zufriedenen Eindruck. – Erst tut's weh, aber dann macht's Spaß. Terry is echt gut, er steckt ihn immer glatt rein. Manche Jungs wissen nich, wie man's macht, die rammeln gegen das Stückchen Haut, gegen das Perineum, bis es total wund und empfindlich is. Terry weiß, wie man ihn glatt reinschiebt, sagt sie.

Terry winkt stolz ab. – Reine Übungssache.

– Die Nächte in Saughton, was, Tel, witzele ich, und Rab Birrell lacht darüber, genau wie Gina, ein Mädchen, dem Frauengefängnis auf die Stirn geschrieben steht. Das Thema gefällt mir, darum singe ich zur Melodie von ›Summer Nights‹ aus *Grease*: *– But a-ha, those Saugh-haugh-ton nah-hahts ... tell me more ... tell me more ...*.

Das Gelächter wird lauter, und selbst Terry lacht mit.

Aber in Nikki scheint jetzt der Profi zu erwachen, sie greift meine Regieanweisung auf und lässt meine Latte Latte sein, weil sie endlich weiterkommen will. – Hör mal, Mel, meint Nikki,

– weißt du, was ich echt wunderbar fand, was mich echt aufgegeilt hat? Das war, als Terry dir auf den Arsch gespuckt hat. Und es so reingeschmiert hat. Darf ich das bei dir machen?

– Aye, wenn du möchtest, grinst Mel.

Terry ist es egal, aber ich bin sehr angetan. Ja, Nikki ist hier der Star. Das Mädchen hat es drauf. Alex McLeish?

Die Konkurrenz wird um sie rumschleichen wie die Hyänen, wenn wir nicht bald alles wasserdicht machen. Denk an Agathe, Latapy ...

Ich denke, das wird schon, Alex, davon bin ich überzeugt. Keine Sorge, ich arbeite dran. Ich zieh hinter den Kulissen schon die Fäden.

Aber im Moment muss ich erst mal meinen Trainerpflichten nachkommen und Terry daran erinnern, dass es ein Teamsport ist, dass wir Disziplin beweisen und geschlossen auftreten müssen. – Denk dran, Terry, spritz deine Sahne nicht in Mel rein. Du musst ihn rausziehen, dann anwichsen und auf ihr Gesicht spritzen. Denk an das Erzählschema der Pornografie, das wir Punkt für Punkt abarbeiten: Französisch, Rubbeln, Fotzelecken, Ficken, verschiedene Stellungen, Anal, Zweilochpenetration und schließlich der Cumshot. Alles nach Lehrbuch.

Terry hört sich das alles etwas skeptisch an. – Ich steh nich drauf, ne Braut zu ficken, ohne in sie abzuspritzen.

– Denk dran, Terry, hier geht's nicht um Sex. Hier geht es um Schauspielerei, um eine Darstellung. Es spielt keine Rolle, ob es dir gefällt oder nicht ...

– Natürlich gefällt's mir, is doch das Salz in der Suppe, meint er.

– ... denn du und ich, wir sind nur Schwänze. Mehr sind wir nicht. Die Mädchen haben das Sagen.

Im Hintergrund lasse ich Ronnie und Ursula eine Routinesache machen, und Craig fickt Wanda, die daliegt wie eine Leiche. Sie sind reine Staffage, während ich die Haupthandlung im Vordergrund spielen lasse.

– Ich bin so weit, sagt Terry, der wieder bretthart ist, während Rab unergründlich guckt. Dieser Grant hält uns mit der Beleuchtung auf. Dann sind wir startklar. Er nickt Rab zu, und Vince verkündet, dass der Ton läuft.

– ACTION!

Wir drehen also, während Nikki kräftig auf Melanies Arschloch spuckt und es ihr reinreibt. Gina lutscht Terrys Ständer, und Mel, obendrüber wie ein Krebs, ist bereit, sich darauf niederzulassen. Und als sie sich gerade hinunterlässt, geht die Tür auf, und unsere dicke Morag kommt rein. – Simon ... oh ... schluckt sie, wobei ihr die Augen aus dem Kopf quellen, – ... da is ... äh ... der Mann von der *Sunday Mail*. Sie ham nen Fotograf ... Sie dreht sich auf dem Absatz um, stürmt hinaus und knallt die Tür hinter sich zu.

Verschissene *Sunday Mail* ... Fotograf ... was zum ... ich hab vage in Erinnerung, dass ich heut Abend zu einem Treffen von Leith Business Against Drugs muss, aber das ist noch eine Weile hin ...

Dann höre ich hinter mir einen entsetzlichen Schrei. Ich fahre herum und sehe, dass Mel abgerutscht und mit ihrem ganzen Gewicht auf Terry gefallen ist.

– AAGGGHHHH! DU FOOOOOTZEEE! schreit er vor Schmerz.

Melanie ist wieder hochgekommen und sagt: – Oh, Terry, das tut mir echt Leid, die Tür ging auf, und da hab ich mich erschrocken und bin ausgerutscht ...

Es ist Terrys Schwanz; es sieht aus, als hätte er sich das Scheißding gebrochen. Er ist eingefallen und ganz schwarz und blau und rot. Er brüllt, Nikki ruft von ihrem Handy aus einen Krankenwagen, und ich denke: die verschissene *Sunday Mail* ... Scheiße, was machen wir bloß, wenn sein Schwanz hinüber ist? Er ist mein verdammter Hauptdarsteller ... – Rab, regel du das hier, bringt Terry ins Krankenhaus ...

– Aber was ...

– Die beschissene Presse ist unten!

Als ich runterkomme, steht da ein junger, eifriger Boulevardblattschmierling, von dem man sich gut vorstellen kann, dass er in einem schmuddeligen Trenchcoat in zwanzig Jahren noch denselben Job macht. – Tony Ross, er reicht mir die Hand. Ich hab Schiss, weil der Mann mit der Kamera da ist, und gucke zu Mo rüber, die mir Ratlosigkeit zurücksignalisiert. – Es ist wegen Leith Business Against Drugs. Wir bringen einen Artikel.

– Oh ... na, wie sich das trifft. Ich bin gerade auf dem Weg zu unserem ersten Treffen in den Assembly Halls. Begleiten Sie mich doch, dränge ich, ängstlich bemüht, sie hier rauszuschaffen.

– Wir brauchen aber Fotos von der Kneipe, quengelt der Fotofritze.

– Die können Sie immer noch machen. Kommen Sie mit zu den Assembly Rooms, dann können Sie alle maßgeblichen Leute kennen lernen, erkläre ich dem Schreiberling, während ich schon zur Tür rausgehe und ihn und den verwirrten Fotografen nötige, mir zu folgen.

Aber Morag ist mir ebenfalls auf den Fersen und winkt mich zurück. – Simon, zischt sie, – was hat das alles zu bedeuten?

– Es ist ein Notfall, Mo. Terry geht's nicht gut. Kümmer dich drum!

Als ich mit den Zeitungsleuten im Schlepptau über die Constitution Street marschiere, fällt mir ein, dass ich für das Meeting zu früh dran bin, aber dann sag ich zu dem Kerl an der Tür zu den Assembly Rooms: – Mist, ich dachte, es wäre halb acht. Dieser Tony Ross schlägt vor, zurück ins Port Sunshine zu gehen, aber ich lotse ihn ins Noble's. Das gibt mir Gelegenheit, große Reden hinsichtlich der Anti-Drogen-Kampagne zu schwingen, doch ich bin etwas unkonzentriert, denn ich mach mir Sorgen um Terrys Schwanz und darüber, wie weit uns das in Verzug bringen wird. Ich entschuldige mich kurz, husche nach draußen und rufe Rab auf dem grünen Handy an. Es sieht nicht gut aus.

Dann schleppe ich Ross und den Fotografen zurück zu den Leith Assembly Rooms, zur Gründungsversammlung unserer Organisation Leith Business Against Drugs. Paul Keramalindous ist der zentrale Ansprechpartner, ein Yuppie-Werbefritze, der Alkohol für die legalen Drogenbarone verdealt, die um ihre Marktanteile fürchten.

Paul ist hier die Ausnahmeerscheinung. Die anderen in unserem Leith Business Against Drugs Forum sind die sattsam bekannten besorgten Bürger, sprich Penner ohne Durchblick, die keinerlei Drogenerfahrung haben oder je machen werden oder auch nur jemanden kennen, der sie hat. Es sind ein paar Ladenbesitzer alter Schule aus Leith dabei, aber die meisten repräsentieren die neu angesiedelten Blue-Chip-Firmen. Dann noch ein

Typ vom Gemeinderat, ein rotgesichtiger Alkoholiker, dem schon vor zwanzig Jahren die Puste ausgegangen ist und der sich zu todlangweiligen Versammlungen schleppt, zu denen sonst niemand hinwill.

Ross stellt ein paar Fragen, sein Kumpel macht ein paar Aufnahmen, aber sie langweilen sich bald und verschwinden, was ich ihnen nicht verdenken kann. Es ist zwar beträchtliche Sachkenntnis am Tisch versammelt, aber die konzentriert sich auf ungefähr drei der Köpfe, die anderen sind weit jenseits von dämlich. Wenigstens sind sie schlau genug, den Mund zu halten, und gewährleisten so, dass sich die Diskussion intelligent entwickelt. Wir beschließen, uns um einen Batzen Fördergelder zu bewerben, den irgendeine staatliche oder halbstaatliche Organisation für lokale Aufklärungsinitiativen ausgelobt hat, und wählen ein Komitee, das diese Gelder verwalten und die Geschäfte der Gruppe leiten soll. Ich versteh mich mit meinem mittelmeerstämmigen Kumpel Keramalindous schon ganz gut und unterstütze seine Wahl zum Vorsitzenden in dem sicheren Gefühl, dass er es umgekehrt bei meiner angestrebten Rolle genauso machen wird. Ja, ich werde gerne den Gordon Brown zu seinem Tony Blair geben und mache ihnen den in finanziellen Dingen umsichtigen, freudlosen Schotten: – Es ist zwar eine undankbare Aufgabe, aber es macht mir nichts aus, Schatzmeister zu werden, erkläre ich der Horde verkniffener Mienen rund um den Tisch. Heilige Scheiße, wenn dieser Haufen die Crème der Geschäftswelt von Leith darstellt, sollte sich der Hafen wirklich ernsthafte Sorgen hinsichtlich der Stabilität seines vermeintlichen Aufschwungs machen. – Will sagen, ich bin unbedingt der Ansicht, das sollte jemand sein, der mit Barzahlungsverkehr vertraut ist. Ich meine, im Umgang mit öffentlichen Geldern kommt es nicht nur darauf an, dass alles offen und ehrlich geschieht, man muss auch *sehen*, dass alles offen und ehrlich geschieht.

In der Runde wird begeistert genickt.

– Sehr vernünftig. Ich schlage Simon als Schatzmeister vor, sagt Paul.

Und so wird es auch beschlossen. Nach einer endlos öden Sitzung lade ich Paul in die Noble's Bar auf einen Drink ein und schaffe es, den Knilch von der Stadtverwaltung abzuschütteln, der sich noch herumdrückte, weil er hoffte, eingeladen zu werden. Die Getränke rollen zügig an, und wir haben bald einen Kleinen sitzen. – Dieser Pullover, fragt er, – ist der von Ronald Morteson?

– Allerdings, nicke ich mit lebhaftem Stolz, – aber man beachte: Lambswool von den Shetlands, nicht Fair Isle.

Hinter der Theke arbeitet ein junges, attraktives Mädchen, und ich knipse kurz mein Zahnpastalächeln an. – Hab dein Gesicht hier noch nie gesehen.

– Nein, ich hab erst letzte Woche angefangen, erzählt sie mir.

Wir schäkern ein bisschen, und Paul beteiligt sich begeistert, ohne zu realisieren, dass ich alles nur ihm zuliebe inszeniere. Anders als in meinen Teenagerjahren und Zwanzigern mache ich mir heute normalerweise nur noch dann die Mühe einer ernsthaften Anmache, wenn ich mir einen eindeutigen finanziellen und sexuellen Gewinn davon verspreche.

Im Noble's ist viel zu früh Feierabend, daher nehme ich Paul, nachdem ich mich nun vergewissert hab, dass er erstens gerne einen hebt und zweitens fotzenversessen ist, mit in den Port Sunshine und mache oben auf, um für uns beide noch einen Absacker einzuschenken. – Das war ja eine umwerfende Schnecke eben im Pub, Mann. Ich schätze, bei der hättest du landen können.

– Ich zeig dir was Besseres, erkläre ich ihm. Pauls Augenbrauen heben sich unwillkürlich und verraten ihn als totalen Sexfreak. Gut. Ich springe ins Büro, schalte das Überwachungssystem des Pubs ein und vergewissere mich, dass eine leere Kassette eingelegt ist. Dann suche ich ein Tape raus, das wir früher am Tag aufgenommen haben, nehme es mit und lege es in den Videorekorder unter dem großen Barfernseher ein.

Nikkis fantastischer Arsch füllt den Bildschirm aus, und wir ziehen auf, um zu sehen, wie sie Terrys Ständer lutscht, während er auf dem Rücken liegend die Muschi von Mel leckt, die über ihm hockt. An einer Stelle, als sie sich über ihm nach hinten beugt, scheinen seine Korkenzieherlocken mit ihrem Schamhaar zu verschmelzen. – Das ist ja unglaublich ... stößt Paul aus, – das dreht ihr hier?

– Ja, wir drehen einen Film in Spielfilmlänge, sage ich, während die Kamera groß auf Nikki geht, die Terrys Schwanz lutscht, ihre gierigen Augen verschlingen die Seele des Betrachters so unfehlbar wie ihr Mund seinen Schwanz. Sie ist total professionell, ein echter Star. Das war eine gute Aufnahme. – Das Mädchen ist scharf, was?

Paul trinkt einen kleinen Schluck, seine Augen stieren wie die eines Rehpinschers, der von einem Rottweiler gefickt wird. Seine Stimme wird ganz schwach und dünn. – Yeah ... wer ist das? krächzt er.

– Sie heißt Nikki. Du wirst sie kennen lernen. Sie ist eine gute Freundin, ein nettes Mädchen, gebildet sozusagen. Studiert an der Uni, der richtigen Uni, Uni Edinburgh, und zwar was Richtiges, nicht an der Heriot Watt oder an einem von diesen Colleges, die in den Achtzigern erfunden wurden und Töpferkurse für frustrierte Emanzen anbieten.

Er kneift die Augen zusammen, und ein kleines Grinsen kräuselt sich über sein Gesicht. – Macht sie ... äh ... ist sie ... ich meine, macht sie auch andere Sachen?

– Ich bin sicher, ich kann bei ihr ein gutes Wort für dich einlegen.

– Dafür wär ich dir *wirklich* zu Dank verpflichtet, sagt er, eine Braue gen Himmel ziehend.

Ich bereite ein paar Lines vom Besten vor, nur um zu sehen, was die Fotze dazu sagt. – Das Koks wartet!

Paul sieht mich auf diese verwirrte, unbehagliche Art an, wie die jungen Mädchen in diesen Gonzo-Pornos gucken, wenn sie realisieren, dass sie es gerade zum ersten Mal in den Arsch besorgt kriegen und wahrscheinlich die ganze Welt via Webcam und Internet zuguckt, und es nicht *ganz* das war, was ihnen eigentlich vorschwebte. – Meinst du wirklich, wir sollten, äh ... ist, äh, ist das wirklich angebracht, unter diesen Umständen ...?

Und ich spule meine ›Komm-du-stehst-doch-drauf‹-Nummer ab. Wenn die Fotze keine Koksnase ist, dann bin ich Mister Daniel Murphys Modeberater. – Na los, Paul, grinse ich, während ich die Lines fein hacke, – spiel nicht die Unschuld vom Lande. Wir sind Geschäftsleute, gebildete Menschen. Wir sind doch schließlich keine Asseln. Wir wissen, was gut für uns ist und dass man eine bestimmte *Linie* nicht überschreiten darf, ja, das Wortspiel war beabsichtigt.

– Na ja … ich schätze, vielleicht eine ganz kleine und verschwiegene, grinst er und zieht nachdenklich eine Braue hoch.

– Eben, Paul. Wie ich schon sagte, wir sind nicht wie die Unterschicht, von der Sorte kriege ich hier drin genug zu sehen, mein Junge, das kann ich dir verraten. Wir haben uns ja im Griff, Menschenskind, ist doch nur ein kleiner Frischmacher.

Ich sniefe ein Schätzchen weg, dann zuckt Paul die Achseln und tut es mir gleich. Und das sind wirklich fette Lines, eher Lammrümpfe als Pudelbeinchen. Ich dachte, dieser Onanist würde sehen, dass ihn die Überwachungskamera filmt, aber er sieht es offenbar nicht. – Oh … das ist guter Stoff … meint Paul, der mit den Händen fuchtelt und gar nicht mehr aufhört zu reden, – mein Boss in der Agentur kriegt seinen Stoff frisch vom Erzeuger geliefert. Ein Typ fliegt von Botafogo nach Madrid und dann hierher. Direkt aus dem Arsch von dem Kerl im versiegelten Päckchen. So ein Zeug hab ich noch nie gehabt … aber das hier ist erstklassig …

Das ist es definitiv, alter Knabe. Nun, da die Mission erfolgreich abgeschlossen ist, beschließe ich, den Abend in schon fast ungebührlicher Hast zu beenden. – Also gut, Paul, du musst mich jetzt entschuldigen, Partner, sage ich, ihn zur Tür bugsierend. – Ich hab noch eine Kleinigkeit zu erledigen.

– Ich würde gern noch was unternehmen … ich bin total drauf …

– Das musst du allein machen, Paul, ich treffe noch eine befreundete Dame, lächele ich, und Paul nickt grinsend zurück, kann aber seine Enttäuschung nicht verbergen, dass ich ihn einfach stehen lasse wie bestellt und nicht abgeholt. Ich bringe ihn noch raus und schüttle ihm die Hand; der arme Bastard ist total aufgeputscht. Er hält ein Taxi an und verschwindet. Ich hätte Paul ja erlaubt, noch zu bleiben, aber er hat seine Karten zu schnell auf den Tisch gelegt. Mein Alter hat früher ständig diesen Spruch aus einem alten Cagney-Film gebracht: ›Gib einem Penner nie eine faire Chance‹, und das entpuppte sich als der beste Rat, den er mir je gegeben hat. Es wäre definitiv grausam, so etwas zu tun. Wenn man ihnen alles durchgehen lässt, lernen sie nie daraus. Und dann würden sie in Zukunft noch viel gemeiner verarscht werden, und das von jemandem, der noch skrupelloser ist. Es tut mir mehr weh als ihm. *Cruel to be Kind*, wie Shaky schon sagte. Oder war das Nick Lowe?

Paul. Was für ein Trottel. Den mit Nikki bekannt machen, *meiner* Nikki? Das wüsst ich aber. Pflaumen wie die sind oberste Preisklasse, und die ist zu kostbar für Schwachmaten wie den.

Ich habe schon den ganzen Tag über an sie gedacht. Manche Mädchen kriegt man nicht mehr aus dem Kopf, weil man nicht genau festmachen kann, was einen an ihnen eigentlich begeistert. So eine ist sie; schön, ja, aber auch mit der Gabe, dir jedes Mal eine neue Seite zu zeigen. Kontaktlinsen oder Lesebrille. Das Haar offen und fließend oder im Pferdeschwanz, im Zopf oder hoch gesteckt. Die Kleidung mondän und teuer vom Designer oder lässig sportlich. Einstellung und Körpersprache herzlich, dann distanziert. Weiß *genauestens*, wie Männer zu packen sind, und tut es, ohne auch nur darüber nachzudenken. Ja, das Mädchen passt zu mir.

41
Leith wird niemals untergehen

Samstagmorgen, Alter, un Ali noch am Pennen, ich also los in die Bibliothek. Drogentechnisch klappts besser, weil ich voll mit meinem Buch beschäftigt bin, aber mit mir und ihr quasi, da siehts immer noch nicht besonders aus. Ich bin sicher, irgendwer hat ihr was Böses eingeflüstert. Keinen Schimmer, ob das ihre Schwester oder Sick Boy war, was wahrscheinlicher is, wo sie jetz mit ihm im Pub arbeitet. Der linke Hund hat mich bloß benutzt, um Kusin Dode abzulinken. Danach wollt er mich nich mehr kennen. Wenigstens hat er Franco nix von Renton seiner Kohle erzählt und wirds wohl auch nich mehr, weil jetz jeder von uns was über den andern in der Hand hat.

Keine Freunde zu haben hat wenigstens ein Gutes, dass ich nämlich mit meinem Leith-Buch vorankomm. Samstag is n übler Tag der Versuchung, weil so viele Typen un Drogen auf der Straße sind, darum zisch ich in die Stadt un in die Edinburgh-Abteilung. Diese Microficheklamotte ist krass. Alles auf einer Rolle Film, so viele Infos, so viel Geschichte, auch wenn alles von denen da oben selektiv aufgeschrieben worden is, um deren Seite der Story zu erzählen. Aber ich schätze, da kann man auch andere Storys rauskitzeln.

Leith 1926, der Generalstreik. Da lieste dir durch, was die alles zu sagen hatten damals, und siehst dann total, wo die Labour Party früher dran geglaubt hat. Freiheit für den einfachen Malocher. Heute heißt es immer ›Schmeißt die Tories raus‹ oder ›Lasst die Tories nich ans Ruder‹, was nur ne nette Art is zu sagen, ›Lass uns am Ruder, Alter, lass uns am Ruder, denn uns gefällts hier.‹

Aber ich mach mir Notizen ohne Ende, und die Zeit rauscht weg wie nichts.

Als ich wieder die Straße runter zum Hafen bin, is irgendwas am Laufen. Ich hüpf mit den ganzen Notizen von mir in die Wohnung, total gut drauf. Andy hat sein Cabs-Auswärtstrikot an, und ich guck Ali an, die mit n paar gepackten Taschen dasteht. Un echt, sieht aus, als gings zu nem Auswärtsspiel. – Wo warste? fragt sie.

– Äh, ich war bloß inner Bibliothek, wegen der Geschichte von Leith, Recherche und so.

Sie guckt mich an, als würd sie mir nich glauben, und ich würd mich am liebsten mit ihr hinsetzen und ihr den ganzen Kram zeigen, aber ihr Gesicht is voll angespannt und schuldbewusst. – Wir fahrn zu meiner Schwester. In letzter Zeit ... sie guckt zu Andy rüber, der mit nem Luke Skywalker aus Plastik nen Darth Vader verkloppt, und senkt die Stimme, – ... du weißt, was ich mein, Danny. Ich wollte dir n Zettel dalassen. Ich brauch einfach n bisschen Abstand zum Nachdenken.

Oh nein, nein, nein, nein, nein. – Für wie lang denn? Wie lang?

– Weiß nich. N paar Tage, zuckt sie mit n Achseln un zieht an ner Kippe. Normalerweise raucht sie nie, wenn Andy dabei is. Sie hat große goldene Ohrreifen an un ne weiße Jacke un sieht klasse aus, Alter, einfach nur klasse.

– Ich hab nix genommen, erklär ich ihr. – Ich hab auch nix dabei, sag ich und zieh demonstrativ die Taschen auf links. – Ich mein, ich hab seit Ewigkeiten nichts genommen, ich bin nur mit dem Buch zugange.

Sie schüttelt irgendwie nur langsam den Kopf un nimmt die Taschen. Aus der krieg ich nix raus, die wird nix sagen.

– Worüber musste denn nachdenken? frag ich. Dann mein ich: – Du muss über ihn nachdenken, oder? Das isses, was? Ich bin n bisschen laut geworden, werd aber wieder ruhig, denn ich will keine Szene vor dem kleinen Mann. Das hat er nich verdient.

– Es gibt keinen *ihn*, Danny, egal, was du denkst. Das Problem sind du und ich. Da gibt's nich mehr viel du und ich, oder? Deine Kumpels, deine Gruppe, jetzt dein Buch.

Jetz bin ich dran, nix zu sagen. Der kleine Mann guckt zu mir hoch, und ich zwing mich zu lächeln.

– Du weißt, wo ich bin, wenn du mich brauchst, sagt sie, macht einen Schritt auf mich zu und küsst mich ins Gesicht. Ich will sie in die Arme nehmen und sagen, geh nich, sagen, dass ich sie liebe und will, dass sie für immer bleiben soll.

Aber ich sag nix, weil ich einfach nich kann, ich kann einfach nich. Eher friert die Hölle zu, bevor ich das über die Lippen bring, dabei will ich es so gerne sagen. Es is … es is, als wär ich einfach körperlich dazu nich in der Lage, Alter.

– Beweis mir, dass du allein zurechtkommst, Danny, flüstert sie und drückt meine Hand, – beweis mir, dasstes auf die Reihe kriegst.

Und der kleine Andy guckt über die Schulter un lächelt un sagt: – Tschüss, Papa.

Und dann sind sie weg, Alter, einfach weg.

Ich guck aus m Fenster und seh, wie sie die Straße Richtung Junction Street runtergehn. Ich lass mich in den Sessel fallen. Zappa, der Kater, springt plötzlich auf die Armlehne und jagt mir nen Scheißschreck ein. Ich streichel ihm übers Fell und fang an zu heulen, trockene, tränenlose Schluchzer, mehr wie so ne Art Anfall. Irgendwann krieg ich fast keine Luft mehr. Da reiß ich mich n bisschen zusammen. – Nur noch wir beide, Kollege, sag ich zu der Katze. – Für dich isses leichter, Zappa, Alter, ihr Kater seid da emotional nich so engagiert, ihr nehmt einfach die auf m nächsten Dach, un fertig ist die Laube, sag ich zu dem Knaben und guck ihm dann in die grünen Schlitzaugen. – Du has das ja hinter dir, Alter, mein ich und lach, – ich mein, sorry wegen den Klöten, echt nich in Ordnung, aber das is nur zu deinem Besten, verstehste. Aber ich hatte n echt schlechtes Gewissen, als ich dich dafür weggebracht hab.

Der Kater sperrts Maul auf und miaut, deswegen geh ich nachsehn, was zu spachteln da is. Weder für *Homo sapiens* noch für Katzenvolk besonders viel, der Schrank is ziemlich leer. Das blöde Katzenklo stinkt vor sich hin, un wir ham kein Katzenstreu mehr. – Danke, Alter, sag ich zu Zappa, – da haste mir geholfen. Statt im Selbstmitleid zu versumpfen, bin ich deinetwegen gezwungen, für Katzenfutter un Katzenstreu rauszugehn. Unters Volk und so. Ich geh vielleicht bis zur Kirkgate und besorg dir was von diesem Katzenminzezeug, Alter, da kannste dich zudröhnen.

Aye, die kleinen Ameisen machen mich echt kribbelig, und ich kann voll nich still sitzen. Ich geh die Straße runter auf die Kirkgate, erledige meine Einkäufe im Kwik Save und komm dann an der Statue von Queen Vic am Anfang vom Walk raus. Da ist ganz schön was los, denn es is n überraschend milder Tag für März. Jungspunde hängen rum und lassen Hip-Hop auf den Beat Boxes laufen. Mütter und Kinder mampfen Süßigkeiten. Ne Menge Politnasen ham Stände aufgebaut und wolln, dass man revolutionäre Schriften un so was kauft. Schon komisch, Alter, aber viele von diesen politischen Typen sehn aus, als kämen se aus reichen Elternhäusern, Studenten und so. Nich, dass ich was dagegn hab, aber ich find, es solltn Leute wie ich sein, die fürn Umsturz agitieren, aber alles, was wir tun, is Drogen nehmen. Nich wie beim Generalstreik und so. Was is mit uns passiert?

Joey Parke kommt mir entgegen und sieht mich. – Alles im Lack, Spud? Wie isses? Gehste am Montag zur Gruppe?

– Aye ... sag ich zu ihm. Ich wusste gar nich, dass wir uns am Montag treffen.

Und dann kriegt der arme Parkie die ganze Packung, Alter, ich erzähl ihm, dass Ali weg is, dass sie Andy mit zu ihrer Schwester genommen hat.

– Echt übel, Alter. Aber die kommt doch wieder, oder?

– Hat gesagt, es is bloß fürn paar Tage, sie muss mal n klaren Kopf kriegen. Will sehn, ob ich alleine klarkomm. Weißte, das macht einen echt fertig, Alter. Sie arbeitet in dem Pub, Sick Boys Pub un so. Die Sache is doch so, wenn ich allein klarkomm, wird sie sagen, ›Dem geht's gut‹, un mich verlassen. Wenn ich Bockmist bau, wird sie sagen, ›Guck dir den Heckenpenner an‹, un mich verlassen. Sieht also quasi echt finster aus.

Parkie muss noch was erledigen, also bring ich das Katzenstreu hoch zu Kollege Zappa und versorg den Kerl mit was zu fressen und nem sauberen Pott. Ich pack die Katzenscheiße und -pisse in ne Zeitung und steck alles in ne Plastiktüte. Ich geb Zappa sein Katzendope und guck zu, wie er auf der Stelle, wo was davon auf m Boden is, rumkratzt, dann im Kreis rumrennt und sich drin wälzt, und denk, so was könnt ich jetz auch gebrauchen, Alter.

Ich also allein zu Haus un lechze total nach Gesellschaft. Dann überleg ich mir, vielleicht krieg ich den Tag mit Gelehrsamkeit rum, hol meine Aufzeichnungen für das Geschichtsbuch raus und les sie noch mal durch. Meine Handschrift is nich so doll, deswegen brauch ich ne Weile, das alles zu entziffern. Dann klingelts an der Tür, und ich denk, vielleicht is sies, die zurückkommt, weil sie denkt, ›Nee, so n Blödsinn, Danny Boy, ich kann das nich bringen, ich hab dich lieb‹, und mach ganz aufgeregt die Tür auf, un, nee, es is nich Ali.

Es is so wenig Ali, wies überhaupt nur geht.

Es is Franco.

– Alles klar, Spud? Wollt nur n bisschen quatschen, wa.

Ich hab gedacht, ich brauch Gesellschaft, egal, was für ne Gesellschaft, aber gemeint hab ich, sozusagen, *fast* egal welche. Auf Knaststorys war ich nich mal besonders scharf, als ich selber drin war. Aber zu Haus sind sie n totaler Albtraum. Deswegen versuch ich, über andere Sachen zu reden, was bei Franco echt nich leicht is, mein Buch über die Geschichte von Leith, zum Beispiel. Ich erzähl ihm also davon. Ich erzähl ihm, ich müsste eigentlich Leute wie ihn über Leith ausfragen. Aber da hab ich wohl, äh, quasi das Falsche zu Franco gesagt, denn die Dschungelkatze kann das gar nich lustig finden. – Was für ne Scheiße erzählste da? Willste mich verarschen?

Hoo, hoo, hoo, Ungezähmter. – Quatsch, Franco, nee, Alter, verstehste, ich will bloß, dass das Buch über das echte Leith geht, über n paar von den *echten* Leuten, ja? Wie du, Alter. Jeder in Leith kennt dich.

Franco wird ganz starr in seinem Sessel, aber ich glaub, er hat Gott sei Dank beschlossen, sich n bisschen gebauchpinselt zu fühlen.

Und ich versuch, meinen Standpunkt rüberzubringen, so vorsichtig auftretend wie die bewusste Katze auf m heißen Blechdach. – Weil sich alles verändert, Alter. An einem Ende haste das Scottish Office und am andern das neue Parlament. *Embourgeoisement* nennen das die Studierten. Noch zehn Jahre, dann gibts hier keine Leute mehr wie mich und dich. Guck dir Tommy Younger's an, Alter, das is jetz ne Café-Bar. Jayne's heißt das jetz. Weißte noch, wie wir da manchmal durchgemacht ham!

Franco nickt, und ich weiß, ich geh ihm auf die Titten, aber ich bin quasi irgendwie nervös, un wenn ich nervös bin, Alter, red ich einfach drauflos und kann nich aufhörn ... Schüchtern kriegste kein Wort raus, nervös findste kein Ende. – Das ist wie das mit dem Säbelzahntiger, Alter. Die wolln nur noch handzahme, gut betuchte Schmusekatzen in der Stadt, ich mein, guck dir an, was sie mit Dumbiedykes machen. Die wolln uns in Siedlungen am Stadtrand stecken, Franco, das sag ich dir, Alter.

– Leck mich, ich geh in keinen Asselbunker vor der Stadt, erklärt er mir. – Ich war n paar Mal in Wester Hailes, als ich die Alte kennen gelernt hab. Nur n einziger beschissener Pub, wa, du Fotze, das is doch voll fürn Arsch.

– Aye, aber bald is das alte Leith verschwunden, Franco. Guck dir Tollcross an, Alter, das is jetz n Bankenviertel. Guck dir die South Side an: n Studentenviertel. Stockbridge is schon seit ewig Yuppieville, das liebe alte Stockeree. Wir und Gorgie-Dalry sin bald die letzten Arbeiterviertel in der Innenstadt, Alter, und das auch nur wegen den Fußballvereinen. Ein Glück, dass die in der Stadt geblieben sind.

– Ich gehör nicht zur Scheißarbeiterklasse, sagt er und zeigt auf seine Brust, – ich bin scheißnochmal freier Unternehmer, meint er, jetz schon lauter.

– Aber Franco, ich sag doch nur ...

– Haste das geschnallt?

Also, das is jetz n altbekannter Weg, den ich oft gegangen bin. Wenn ich eins gelernt hab, dann wie man in so nen Situationen zurückrudert. – Aye, is klar, Mann, is klar, Alter, ich heb kapitulierend die Flossen.

Das scheint den Beggar Boy n bisschen zu besänftigen, aber der Junge *is* schon n bisschen reizbar veranlagt, so viel is amtlich. – Eins kann ich dir gratis sagen, Leith wird niemals untergehn, meint er.

Franco-Cat peilt nich, was ich meine. – Leith vielleicht nich, Alter, aber Leith, *wie wirs kennen*, erklär ich ihm, führ das aber nich weiter aus, denn ich weiß, wies dann weitergeht: Er sagt, ›Nee, wirds nich‹, ich sag, ›Doch, wirds wohl, Alter, hat doch schon angefangen, ich seh nich, wies anders kommen soll‹, dann sagt er, ›Weil ich das verficktnochmal sag‹, un damit Schluss.

Er legt zwei Riesenlines Koks, und ich muss dran denken, was ich Ali versprochen hab, aber na gut, ich hab gesagt, ich lass die Finger vom Stoff, un das heißt für mich Smack, un ich hab gesagt, ich lass die Finger von Base, aber nich Koks generell, Alter, davon hat keiner was gesagt. Außerdem isses Franco, da kann man sich gar nich weigern.

Voll drauf gehn wir n Bier trinken, und ich lotse Begbie vom Port Sunshine weg, was leicht is, weil er eh lieber zu Nicol's geht. Franco kriegt ne SMS auf seim Handy. Er steht da und glotzt ungläubig drauf. – Wasn los, Franco, Alter?

– IRGENDNE FOTZE WILL MICH HIER VERARSCHEN! kreischt er, und zwei Mädels mit Buggies, die an uns vorbeikommen, scheißen sich fast ein.

– Wasn los?

– Ne dreckige SMS ... man sieht nich, von wem ... Der Knabe is gar nich begeistert, er fummelt an den Knöpfen seines Telefons rum. Wir gehn in den Pub, und er is immer noch mit m Handy dran, während ich bei Charlie an der Theke Bier hol. Begbies Handy klingelt noch mal, er geht ran, total argwöhnisch diesmal. – Wer is da?

Es kommt ne Pause, un seine Laune bessert sich, Gott sei Dank. – Okay, Malky. Prima.

Er schaltet es aus und erklärt mir: – Kartenründchen bei Mikey Forrester. Mit Norrie Hutton, Malky McCarron un Konsorten. Nehmwer was zu trinken mit.

Ich erklär ihm, dass ich blank bin, was nich stimmt, aber Kartenründchen mit Begbie bedeutet, dass einfach so lang gespielt wird, bis er dein ganzes Geld gewonnen hat, egal wie lang er dafür braucht. Deswegen bin ich nich scharf drauf. – Dann komm eben auf n Bier mit, du Fotze, meint er.

Na ja, da kann ich nich gut nein sagen, wir also innen Schnapsladen, und Begbie hält sich immer noch dran von wegen Renton und wie gern er den umlegen würd. Dem seine Laune gefällt mir gar nich, Alter, un Typen wie Malky un Norrie un Mikey Forrester muss ich auch nich direkt haben. Sie sitzen um nen Tisch rum, und es liegen Unmengen Koks da, massig JD-Flaschen und Dosenbier. Nachdem ich dreißig Eier verlorn hab, steig ich aus. – Du kanns dich ja um die Musik kümmern, Spud, meint Begbie, aber man kann quasi nich wirklich auflegen, was man will, bloß das, was er sagt. – Leg Rod Stewart auf, du Fotze … *every day ah spend ma tahmm … drinkin wahnn, feelin fahnnn …*

– Glaub nich, dass ich was von Rod Stewart hab, meint Mikey. – Früher schon, aber als sie auszog, hatse stapelweise meine Platten weggeschleppt.

Franco starrt ihn an. – Dann hol se dir von der Scheißfotze doch zurück! Fuck, n Kartenründchen ohne Rod Stewart is nix. Denn darum gehts bei nen gottverdammten Kartenründchen doch: sich besaufen, Rod Stewart singen. Es gibt doch nix Geileres, wa, du Fotze!

– Habt ihr die Fotos von Rod Stewart auf der einen CD gesehn? fängt Norrie an. – Da hatter Weiberklamotten an, echt wie ne Torte, auf einem davon. Und auf einem sieht er wie ne Schwuchtel aus!

Klar, ich kenn die Fotos; Rod Stewart hat die Haare zurückgegelt, n Schnurrbart un ne Brille auf. Aber ich sag nichs, denn ich seh, was Franco davon hält.

– Was fürn Scheiß verzapfste da, Norrie?

– Ja, das eine Album, *Greatest Hits.* Auf eim Foto isser angezogen wie n Mädchen und auf m andern wie ne Schwuchtel.

Begbie zittert vor Wut. – Was meinste mit ›angezogen wie ne Schwuchtel‹?! Hältste Rod Stewart für ne beschissene Schwuchtel? Rod Stewart? Isses das, waste sagen wills?

– Ich hab keine Ahnung, ob er ne Schwuchtel is oder nich, lacht Norrie.

Malky ahnt, was kommt. – Is ja gut, Frank, teil die Karten aus.

Mikey sagt: – Rod Stewart is keine Schwuchtel. Der hat mit Britt Ekland gefickt. Habt ihr die in dem Film mit diesem Callan gesehn, den, dense oben in den Highlands gedreht ham?

Aber Franco hört gar nix mehr. Er sagt zu Norrie: – Also wennde Rod Stewart für ne Schwuchtel hältst, musste ja andere Fotzen, die Rod Stewart gut finden, auch für Schwuchteln halten, wa.

– Nee, ich … ich …

Es is zu spät, Alter, ich seh gar nich hin, aber ich hör n Klirren und Geschrei, un als ich mich wieder umdreh, kann ich Norries Gesicht nich erkennen, es sieht aus, als hätter ne schwarze Maske auf.

Aber es is nur ne Kapuze aus Blut, denn Franco hat ihm ne Flasche Jack übern Schädel gezogen.

– Mensch, Franco, in der Flasche war noch was drin, mault Mikey, während Franco aufsteht un zur Tür marschiert. Malky hilft Norrie ins Badezimmer. Ich geh einfach hinter Franco zur Tür raus un die Treppe runter. – Verdammt große Fresse, die freche Fotze, meint er und starrt mich an, aber ich guck ihn nich an, ich denk bloß, zurück zu Nicol's, noch n Bier, damit er sich beruhigt, un dann verdrückste dich einfach nach Haus. So dringend brauch man Gesellschaft auch wieder nich, Alter, *so dringend* brauch man die nie.

42

›… Penisfraktur …‹

Armer Terry, es hat ihn wirklich schlimm erwischt. Wir riefen einen Krankenwagen, und sie brachten ihn direkt ins Krankenhaus, wo sie ihn untersuchten und ihm sagten, er hätte eine Penisfraktur. Es war ernst, denn sie verlegten ihn direkt von der Notaufnahme auf die Station. – Wenn er gut anspricht, sagte der Arzt, – dann dürfte es keine Probleme geben. Er wird wieder voll funktionsfähig sein. Es können allerdings Komplikationen auftreten, aber zu diesem Zeitpunkt sollten wir noch nicht über Amputation nachdenken.

– Was … meinte Terry mit Entsetzen, als ihm aufging, dass sie ihm kein Krankenbett gegeben hätten, wenn es nicht ernst wäre.

Der Arzt betrachtete ihn verkniffen. – Das wäre nur der schlimmstmögliche Fall, Mr Lawson. Aber ich kann gar nicht genug betonen, wie ernst das hier ist.

– Ich weiß, dass es ernst ist! Fuck, das weiß ich! Es ist schließlich mein Schwanz!

– Deswegen brauchen Sie Ruhe und müssen jede Belastung vermeiden. Die Medikamente, die wir Ihnen gegeben haben, sollen verhindern, dass Sie unfreiwillig eine Erektion bekommen, bis sich das Gewebe hoffentlich von selbst regeneriert. Das ist eine der schwersten Frakturen, die ich je gesehen habe.

– Aber wir ham doch nur …

– Das passiert weitaus häufiger, als man denkt, erklärt ihm der Arzt.

Rabs Handy klingelt, Simon ist dran. Rab sagt, er sei sehr besorgt, aber offenkundig mehr wegen der Probleme, die sich daraus für den Film ergeben, als um Terry. Selbst Rab und mir fällt es schwer, Witze zu machen. Irgendwann meint er zu mir: – Ich hab schon immer gedacht, dass Terrys Schwanz ihn mal in Schwierigkeiten bringen würde, das hat jeder in der Siedlung gesagt. Aber wer hätte gedacht, dass *er* mal seinen *Schwanz* in Schwierigkeiten bringen würde!

Aber wir können das nicht witzig finden. Gina, Ursula, Craig, Ronnie und Melanie sind wie vor den Kopf geschlagen, und Mel fühlt sich schrecklich, als ihr die ganze Tragweite bewusst wird. – Ich konnte doch nichts dafür ...

– Es war ein Unfall, sag ich ihr und streiche ihr über den Rücken. Ich geb allen ein Küsschen und gehe nach Hause, wo ich die Geschichte Lauren und Dianne erzähle. Dianne hebt die Hand an den Mund, und Laurens Gesichtchen kann die Schadenfreude kaum verhehlen. Sie hat vegetarische Lasagne gemacht, und wir setzen uns zum Essen.

– Damit wären deine pikanten Pornofilmpläne ja wohl passé, sagt Lauren, während sie sich ein Glas Weißwein einschenkt.

Es tut einem fast Leid, ihr den Wind aus den Segeln zu nehmen, so glücklich sieht sie aus. – Ach was, Schätzchen, die Show muss weitergehen.

– Aber ... Lauren scheint außer sich zu sein, als sie das hört.

– Simon lässt sich nicht beirren, wir drehen den Film trotzdem. Er wird schon einen Ersatz finden.

Lauren geht vor Wut an die Decke. – Du wirst doch nur ausgenutzt. Wie kannst du nur! Die benutzen dich!

Dianne schiebt sich eine Gabel voll Essen in den Mund und guckt mich mit angestrengter Miene an. Sie schluckt schwer und zuckt gelassen die Achseln. – Lauren, das ist nicht deine Sache, es hat nichts mit dir zu tun. Bitte beruhig dich wieder.

Das macht mich noch bekloppt. Ich muss sie irgendwie dazu bringen, ihre neurotische Einstellung einzusehen.

– Ich hab die Nase voll davon, Film zu studieren, wenn ich die Möglichkeit hab, selber einen zu drehen. Was regt dich daran so auf?

– Aber das ist Pornografie, Nikki! Du wirst nur benutzt!

Ich atme ruhig durch. – Das kann dir doch egal sein. Ich bin ja nicht dumm, es ist meine freie Entscheidung, erkläre ich ihr.

Sie mustert mich mit stillem, gefasstem Zorn in den Augen. – Du bist meine Freundin. Ich weiß nicht, was sie mit dir angestellt haben, aber ich lasse nicht zu, dass sie damit durchkommen. Was du tust, richtet sich gegen dein eigenes Geschlecht. Du versklavst und unterdrückst damit alle anderen Frauen! Du studierst das, Dianne! Erklär du es ihr, drängt sie.

Dianne schnappt sich das hölzerne Besteck und nimmt sich noch Salat. – Ein klein bisschen komplexer ist es schon, Lauren. Das wird mir mehr und mehr klar. Ich glaube nicht, dass Porno an sich das Problem ist. Ich denke, es ist die Art, wie wir konsumieren.

– Nein … nein, ist es nicht, denn die Leute an der Spitze sind immer Männer!

Dianne nickt zustimmend, als habe Lauren das bestätigt, worauf sie hinauswollte. – Aye, aber in der Pornoindustrie wahrscheinlich in geringerem Ausmaß als überall sonst. Was ist mit Filmen mit lesbischer Handlung, die von Frauen für Frauen gedreht werden? Wie passt das in dein Schema? fragt sie.

– Das ist falsches Bewusstsein, plärrt Lauren.

Ich bin zu sehr in Eile, um zu diskutieren, selbst wenn ich Lust dazu hätte. – Du verstehst keinen Spaß, Lauren, erkläre ich ihr, während ich aufstehe und meine Tasche nehme. – Lasst das Geschirr stehen, Mädels, ich mach das, wenn ich zurück bin, versprochen. Ich bin etwas spät dran.

– Wo gehst du hin? fragt Lauren.

– Zu meiner Freundin, um ein paar Texte zu üben, erkläre ich ihr, soll die bedauernswerte, frigide kleine Schlampe doch an ihren Komplexen ersticken.

Sie steht sogar auf, aber Dianne packt sie am Handgelenk, zieht sie wieder runter und redet dabei auf sie ein wie auf ein kleines Kind, zu dem sie offenkundig geworden ist. – Lauren! Jetzt reicht's! Setz dich und iss auf. Komm jetzt.

Ich höre noch ein paar Geräusche, als ich die Treppe runtergehe und raus in die Kälte trete. Ich nehme den Bus nach Wester Hailes, wo Melanie wohnt. Ich brauche Ewigkeiten, um ihre Wohnung zu finden. Als ich ankomme, hat sie gerade ihren Sohn ins Bett gebracht. Wir üben unseren Text und dann auch ein bisschen Handlung, und schließlich bleibe ich über Nacht.

Am nächsten Morgen warten wir, bis ihre Mutter kommt, bevor wir den 32er-Bus nach Leith rein nehmen. Es nieselt, und bis wir den Pub erreichen, sind wir völlig durchnässt. Die sehen irgendwie verärgert aus, und mir fällt auf, dass die Kamera fehlt. Dafür sitzt auf einem Stuhl ein großer, hagerer Mann, etwa fünfunddreißig, mit lockigen Haaren, Backenbart und stechendem Blick.

– Das ist Derek Connolly, erklärt mir Simon. – Derek ist ein professioneller Schauspieler, der uns coachen wird. Vielleicht hast du ihn schon mal im Fernsehen gesehn, als schottischen Schwerverbrecher in *The Bill*, *Casualty*, *Emmerdale* oder *Taggart*.

– Eigentlich war ich in *Taggart* ja Anwalt, wirft Derek ein.

Wir fangen mit ein paar Rollenspiel-Übungen an und arbeiten dann am Skript. Wenn ihn unsere schauspielerischen Bemühungen frustrieren, lässt er sich das zumindest nicht anmerken. Ich wünschte, ich hätte mich in den Theater-AGs an der Uni mehr engagiert. Alles macht sich irgendwann bezahlt.

Später gehe ich mit zu Simon nach Hause und erzähle ihm, dass ich mit Mel geprobt hab. – Hättest sie mitbringen sollen, sagt er.

Aber nein, das wäre nichts. Ich behalte ihn ganz für mich allein.

43
Linkerei Nr. 18746

Obwohl mittlerweile Frühling ist, ist es immer noch kühl, und es fällt mir nicht leicht, mich von Nikki loszureißen. Außerdem graut es mir langsam davor, Mo und Ali im Pub gegenüberzutreten. Ich verschieb das, geh mit ihr frühstücken und dann raus nach Niddrie an den Schnittplatz, wo ich schnell ein paar Kopien von dem Tape ziehe, auf dem Paul sich amüsiert.

– Worum geht's da eigentlich?

– Och, nur ne Kleinigkeit außer der Reihe, erklär ich ihr, als ich den Werbemenschen aus Leith von meinem grünen Handy aus anrufe. Nikki sagt, dass sie ins Seminar muss und mich später anrufen würde. Ich sehe zu, wie sie sich zum Gehen fertig macht, wie elegant sich ihr Arsch in ihrem langen Rock bewegt. Komisch, aber in unserer grässlich vermännlichten Kultur verstehen es nur noch wenige Frauen, einen Rock anständig zu tragen, daher fällt es einem auf, wenn eine es tut. Sie zieht ihren langen Mantel mit der Kapuze über, macht den Reißverschluss zu, und ich kann ihr strahlendes Lächeln sogar unter der pelzgefassten Kapuze noch sehen, als sie mir zum Abschied zuwinkt und geht.

Ich sag Paul, er müsse mich dringend um zwölf Uhr in der Shore Bar am Water of Leith treffen. Wir kommen exakt zur selben Zeit an. Paul sieht verwirrt aus, aber noch nicht so verwirrt, wie er bald sein wird. Ich lege eine Rechnung, ein Scheckheft und einen Kugelschreiber vor ihn hin. – Okay, Paul, wenn du das hier einfach abzeichnen würdest.

– Du bist ja fix, sagt er, setzt seine Brille auf, eindeutig weitsichtig, und studiert dann die Rechnung und das Scheckheft. – Kann das nicht warten … was … das ist das Geld für das Aufklärungsvideo … wo geht das hin? Ich hab diese Rechnungen nie gesehen. Was ist das für eine Firma, Bananazzurri Films?

Ich lasse den Blick durch die Bar mit ihren hohen Decken und soliden Holzpaneelen schweifen. – Das ist meine Filmproduktionsfirma. Benannt nach den Banana Flats um die Ecke, wo ich aufgewachsen bin, mit einem schicken kleinen Verweis auf meine italienischen Wurzeln.

– Aber … wieso?

– Tja, erkläre ich, – Sean Connery hat seine Produktionsfirma Fountainbridge Films genannt, nach dem Ort, an dem er aufgewachsen ist. Das fand ich einfach verdammt smart.

– Aber was hat das mit dem Aufklärungsvideo für Leith Business Against Drugs zu tun?

– Nicht das Geringste. Damit soll ein Film mit dem Titel *Die sieben Säulen der Geilheit* teilfinanziert werden. Das ist die Anschubfinanzierung. Es wird ein Film für Erwachsene, oder wenn du so willst, ein pornografischer Film.

– Aber … aber … was zum Teufel soll das? Das kannst du nicht machen! Auf keinen Fall! Paul springt auf, als wollte er auf mich losgehen. Das hatte ich nicht erwartet.

– Pass auf, ich geb das Geld zurück, sobald ich über meine anderen Gelder verfügen kann, erkläre ich beschwichtigend. – So läuft das Geschäft. Manchmal muss man Peter berauben, um Paul zu bezahlen, oder andersrum. Ich grinse und denke an den holländischen Pornomenschen, Peter Muhren alias Miz.

Paul steht auf und will gehen. Er hält inne und zeigt mit dem Finger auf mich. – Wenn du glaubst, ich würde das unterschreiben, bist du verrückt. Und eins will ich dir gleich sagen: Ich werde zum Komitee gehen und zur Polizei, und ihnen erzählen, was für ein Gauner du bist!

Er ist ziemlich laut geworden. Gott sei Dank ist die Bar noch leer. – Komisch, erzähl ich ihm, – ich dachte, du wärst ein Typ, der weiß, wie der Hase läuft. Da hab ich mich wohl geirrt. Ich ziehe eine Kopie des Videos hervor. – Dein Chef ist vielleicht hier dran interessiert, Freundchen. Zerstör es, wenn du möchtest, ich hab Kopien. Nicht nur für ihn; auch eine für die *News* und eine für diese Fotze von der Stadtverwaltung. Darauf ist zu sehen, wie du die Line Koks wegziehst und über den Stoff redest, den dein Chef bezieht.

– Du machst Witze ... sagt er langsam und sieht mir dabei ruhig ins Gesicht. Dann flackert sein Blick.

– Mit einem Wort: nein, sage ich und reiche ihm die Kassette. – Nimm sie mit, wenn du mir nicht glaubst. Nein, nimm sie auf jeden Fall. Jetzt setz dich wieder.

Er scheint ein oder zwei Sekunden darüber nachzudenken. Dann kapituliert er und lässt sich gehorsam auf den Sitz fallen, während ein Mädchen mit zwei großen Tassen Cappuccino kommt. Im Shore wissen sie, wie man einen anständigen Cappuccino macht. Ich hab das traurige Gefühl, dass er an Paul verschwendet sein wird, weil er mit den Gedanken woanders ist, klar, wahrscheinlich stellen sich seine Geschmacksknospen schon mal auf die Gefängniskost ein. Das übersteigt bei weitem seine schlimmsten Albträume. Ich will aber nicht, dass er total vernichtet rumschlurft, damit wird er anderen auffallen und sich in kürzester Zeit verraten. – Nun geh nicht zu hart mit dir ins Gericht. Du bist nicht der erste Kerl, der auftritt wie Graf Koks und damit reinfällt, sage ich, an Renton denkend, – und du wirst auch nicht der letzte sein. Betrachte es als lehrreiche Erfahrung. Ein hergelaufener Asozialer mit Patte ist immer dubios, zwinkere ich ihm verschwörerisch zu, – denn die stammt zwangsläufig aus der Tasche eines gutgläubigen Trottels. Und der gutgläubige Trottel bist diesmal du, erkläre ich und zeige mit dem Finger auf ihn. – Aber du wirst gestärkt daraus hervorgehen.

– Mit welchem Recht tust du *mir* so etwas an? jammert er.

– Du hast dir die Frage grade selbst beantwortet, Freundchen. Denk mal drüber nach. Und nun sei so gut und verpiss dich, ich muss mich um Geschäfte kümmern. Ich meine, trink erst noch deinen Cappuccino, die machen hier großartigen Cappuccino.

Aber nein, er lässt ihn stehen, und ich denke daran, dass ich ja bei den Drogen des Millenniums – Koffein und Kokain – etwas kürzer treten wollte. Doch als er gebrochen davonwankt und in seinen Wagen steigt, um nach Suburbia zurückzukehren, die Karriere am seidenen Faden, nehm ich seinen Kaffee auch noch, und als ich so dasitze und den kreisenden, kreischenden Möwen zuschaue, denke ich, ja, Leith ist die angesagte Stadt. Wie hab ich es bloß so lange im dreckigen, tristen London ausgehalten?

Bei Derek Connolly, dem Schauspieler, hat sich noch etwas zusätzlich ergeben. Er und seine Freundin Samantha wollen den Part des Erleuchtung Suchenden spielen, der normalen Sex will und in der Pension verführt wird. Also mieten wir eine miese Bude in den Links an. Rab protestiert ein bisschen wegen seiner Arbeit für die Uni, aber nach kurzer Bauchpinselei ist er mit Vince, Grant, dem Beleuchtungskram und den Digicams zur Stelle. Wir machen schnell ein bisschen Guerilla-Filmerei der normalen Heterosex-Sequenz mit der Verführungsszene, und die Ergebnisse sind sehr gut. Wenn man die unvollständige Orgie mitzählt, hab ich schon zwei der sieben Typen ›erleuchtet‹.

Ich fahr zurück in meinen Pub, um nach meiner Truppe zu sehen. Es ist ziemlich viel los. Ich seh Begbie, der sein Jagen-und-Töten-Gesicht aufgesetzt hat, und diesen Larry zur Nebentür reinkommen, also beschließe ich, Terry zu besuchen, bevor ich dann mit Nikki nach Glasgow fahre. Mo titscht im Dreieck, dass sie schon wieder allein gelassen wird. Ali kommt rein und sieht fertig aus. Ich erkläre Morag, so säh's nun mal aus, und ich müsste nach Glasgow, um mich nach Expansionsmöglichkeiten umzutun. – Expansion? Glasgow? Was redeste da?

– Eine Kette von Themenkneipen im Stil von Alt-Leith. Port-Sunshine-Franchise-Unternehmen im Westen, dann runter in den Süden. Ich sehe mich in dem verrottenden Loch um. – Den Markennamen exportieren, lache ich. – Notting Hill, Islington, Camden Town, die Innenstadt von Manchester, Leeds ... sie werden fallen wie Dominosteine!

– Das geht nich, Simon, sagt sie kopfschüttelnd, aber ich versuch mich zu verpissen, bevor Begbie und sein Schnorrerkumpel mich entdecken. Aber es ist zu spät, er sieht mich und ist direkt bei mir.

– Bleibste nich auf n Scheißbier? kommandiert er mehr oder weniger.

– Würd ich gern, Frank, aber ich muss einen kranken Kumpel im Krankenhaus besuchen, bevor ich den Zug nach Glasgow nehme. Ruf mich die Woche auf dem Handy an, und wir gehen richtig schädeln.

– Aye ... wie is noch mal deine verfickte Nummer?

Ich rück mit der Nummer vom Grünen raus, und Begbie tippt sie in sein Handy ein und merkt offenkundig, dass es nicht die ist, von der die SMS kam. – Is das das einzige Scheißhandy, daste hast?

– Nein, ich hab noch eins fürs Geschäftliche. Warum? frage ich. Eigentlich hab ich drei Handys, aber das für die Perlen geht andere Leute nichts an.

– Ich hab ne verfickte SMS von irgendner Fotze gekriegt, da will mir einer blöd kommen. Das war irgendwie ne Auslandsnummer. Klappte nich, wie ich zurückgerufen hab.

– Ach ja? Obszöne Telefonanrufe, was? Demnächst schleicht dir noch einer nach, Franco, scherze ich.

– Was zum Teufel soll n das heißen? funkelt Begbie mich an.

Ich spüre, wie mein Blut gefriert, ich hätte fast vergessen, wie umfassend die Paranoia dieses Mannes ist. – Es war nur ein Witz, Frank, bleib locker, um Himmels willen, scherze ich, bilde eine Faust und berühre ihn kumpelhaft, aber nur ganz leicht an der Schulter. Es entsteht eine Pause von vielleicht zwei Sekunden, die mir wie zehn Minuten vorkommen, in denen ich sehe, wie sich ein riesiges schwarzes Loch auftut und mein Leben darin verschwindet. Dann, gerade als ich glaube, dass ich mir zu viel rausgenommen habe, scheint er sich abzuregen und macht sogar selbst einen Scherz. – Von wegen mir schleicht einer nach, mir siehts eher so aus, als würd mir verficktnochmal jeder aus m Weg gehn. Meine beschissenen so genannten Kumpels un so, sagt er und nagelt mich mit einem hoffnungsvollen Blick fest.

– Wie ich schon sagte, Frank, wir treffen uns in der Woche. Ich hatte in letzter Zeit viel um die Ohren, musste mich hier einarbeiten, aber das hab ich bald im Griff, erkläre ich ihm.

Dieser Larry guckt mich mit verschlagenem Grinsen an. – Hab gehört, dasste auch mit anderen Sachen beschäftigt warst, Alter.

Mir läuft es kalt den Rücken runter, während ich mich frage, wer da wohl geplaudert hat, aber ich nicke geheimnisvoll und verziehe mich, während ich Franco und Larry angrinse. Im Gehen sag ich Morag noch: – Ein Bier für die Jungs, Mo, auf meine Rechnung. Prost, Kumpels! trällere ich, und als ich außer Sicht bin, hüpfe ich geradezu den Walk entlang, leichtfüßig wie ein Kind, so vergnügt bin ich, dem Elend der Kneipe entronnen zu sein.

44
›... Guinnessbuch der Rekorde ...‹

Es muss an meinem Umgang liegen, aber ich merke, ich fange an, wie eine Einheimische zu empfinden. Das Leben ist süß; es ist ein warmer Frühlingstag, deswegen schreite ich beschwingt aus und nehme die Pfiffe von ein paar Bauarbeitern mit einer beiläufigen, hochnäsigen Geringschätzung auf, wobei ich mich als biestige, scharfe, arrogante Zicke fühle. Nachdem die Seminare jetzt vorbei sind, kann ich das nach Herzenslust tun. Ich gehe durch die immer dichter werdenden Touristenströme auf den Straßen der Innenstadt zum Krankenhaus, um Terry zu besuchen. Den armen Terry.

Die Luft ist noch ein bisschen frisch und kühl, aber mit Pullover gar nicht unangenehm. Mir wird bewusst, dass mir der Film richtig Spaß macht. Überraschenderweise nicht mal so sehr der Sex. Ich bin zwar scharf drauf, aber es ist nie so gut, wie ich vorher erwartet hatte. Es ist viel zu sehr Arbeit, zu viel Schauspielern für die Kamera, deswegen ist der Sex oft langweilig und unbequem. Manchmal kommt man sich vor, als wollten wir ins Guinnessbuch der Rekorde, dieser Hundert-Leute-in-einer-Telefonzelle-Quatsch, und Simons ständiges Stop-and-go-Spiel scheint über das für den Film Notwendige hinauszugehen, es ist, als ob er so Macht über uns ausübt. Aber das Wichtigste ist, bei etwas mitzumachen, irgendwo dabei zu sein. Das gibt einem das Gefühl, wirklich zu leben.

Gestern haben wir in Tantallon in North Berwick die Szene auf der Burg gedreht, die zu den potenziell schwierigsten gehörte. Simon hat von einem befreundeten Tischler einen hölzernen

Pranger anfertigen lassen. Ronnie musste seine Brille tragen, und Ursula steckte er todschick und sexy in einen kurzen weißen Rock und ein weißes T-Shirt, was ihr blondes Haar und ihre Sonnenbankbräune vorteilhaft betonte. Am frühen Morgen filmten wir, wie Ronnie in einen Reisebus steigt und sie ihm folgt. Dann fuhren wir runter zum Busbahnhof. Der Bus nach North Berwick war fast leer. Wir filmten Ronnie, der im Bus sitzt und mit Brille, Notizbuch und Fotoapparat wie ein Nerd aussieht. Rab war draußen, auf der Ladefläche eines Vans, der von Craig gesteuert wurde, und machte die Außenaufnahmen.

Im Bus nahmen wir auf, wie Ursula zu Ronnie sagt: – Darf ich mich hierhin setzen? Ich komme aus Schweden.

Ronnie hat am meisten vom Schauspielunterricht profitiert, und Derek meint, er sei ein Naturtalent. – Natürlich, erklärte er. – Ich erforsche alte Burgen.

Dann drehten wir die Prangerszene, wo er sie entdeckt und sie ihm erklärt, sie sei stecken geblieben. Da kann er dann nicht anders, als sie von hinten zu nehmen. Damit war auch der dritte Typ abgefertigt.

Als ich ins Krankenzimmer komme, merke ich, dass die Streitereien zwischen Rab und Terry nicht aufgehört haben, nur weil Terry bettlägerig ist. Ich glaube, Rab freut sich insgeheim über Terrys missliche Lage, auch wenn Terry selbst wieder etwas besserer Laune zu sein scheint. Auf seinem Schränkchen neben dem Bett stapeln sich Obst, das er sicherlich nicht anrühren wird, und alle möglichen Konserven und Take-away-Kartons. Unter dem Bettzeug sind die Umrisse eines Gestells erkennbar, das um seine Hüften befestigt ist und seinen verletzten Penis schützen soll.

– Das fasziniert mich. Ist er eingegipst? Oder geschient? Oder was? frage ich ihn.

– Nee, ist nur so ne Art Bandage.

Simon rauscht herein und sieht sich im Krankenzimmer um, als wäre es eine Immobilie, die er gerade erstanden hat. Hier drinnen ist es warm, und er hat seinen Pullover ausgezogen, aber nicht, wie man es gemeinhin macht, um die Hüfte geknotet, sondern um den Hals gelegt wie ein versnobter Kricketspieler. Er lächelt mir zu und wendet sich dann an den Patienten. – Na, wie behandeln sie dich, Terry?

– Die ham hier ein paar scharfe Schwestern, ich sag's dir, aber das macht einen echt fertig. Ich leide jedes Mal Qualen, wenn ich ne Latte krieg.

– Ich dachte, die hätten dir Medikamente gegeben, damit du nicht hart wirst, meint Rab.

– Das Zeug wirkt vielleicht bei Typen wie dir, Birrell, aber nichts auf der Welt kann verhindern, dass ich nen Harten krieg. Der Doc macht sich schon Sorgen, der hat zu mir gesagt, wenn dir dauernd der Knochen steht, heilt das nie.

Simon sieht ihn betrübt an und verkündet schlechte Neuigkeiten. – Wir können die Dreharbeiten nicht länger hinauszögern, Terry. Wir müssen uns einen Ersatzmann suchen. Tut mir Leid, Kumpel.

– Ihr werdet nie einen finden, der mich ersetzen kann, erklärt Terry uns sachlich, keineswegs arrogant, für ihn war es die vollkommen neutrale Feststellung einer Tatsache.

– Tja, die Dreharbeiten laufen prima, begeistert sich Simon. – Ronnie und Ursula waren gestern fantastisch, und Derek und seine Freundin waren im Aufzug einfach toll.

Terry betrachtet Simon ruhig, offensichtlich entschlossen, ihm einen Dämpfer zu versetzen. – Ach übrigens, Sicky, wieso haste denn den Pullover um die Schultern wie ne Schwuchtel?

Simon erwidert mit einem gereizten, frostigen Blick und reibt die Lambswool zwischen Daumen und Zeigefinger. – Das ist ein Sweater von Ronald Morteson. Wenn du auch nur die geringste Ahnung von Mode hättest, wüsstest du, was das bedeutet und warum ich ihn zu tragen beliebe, wie ich ihn trage. Na, jedenfalls, er guckt mich, dann wieder Terry an, – freut mich, dass du okay bist und die Genesung vorangeht. Nikki, wir haben noch etwas Geschäftliches vor.

– Oh ja, unbedingt, grinse ich.

Rab durchbohrt Simon mit Blicken und würde nur zu gerne fragen, wohin wir wollen, aber er verpasst seine Chance, da wir gemeinsam aufbrechen und uns auf den Weg in die Innenstadt zum Bahnhof und dem Zug nach Glasgow machen.

Im Zug instruiert mich Simon bezüglich unserer Zielperson, und für mich ist das alles sehr aufregend, dabei jedoch seltsam beunruhigend, weil wir so viel Mühe investieren, um diesen Typen aufzutreiben. Als er ihn beschreibt, sehe ich unsern Mann förmlich vor mir. Mit seiner abgehackten, kurzen Sprechweise, bar jedes ironischen Untertons, gibt Simon mir das Gefühl, wir wären beim MI5. – Bekanntenkreis gleich null, Stubenhocker, Modelleisenbahnfan mit leichtem Übergewicht. Es gibt ja solche Menschen, deren Eltern bewusst oder unbewusst versuchen, sie an ihr Zuhause zu fesseln, indem sie sie für das andere Geschlecht unattraktiv machen, und zwar dadurch, dass sie sie zwingen, unvorstellbar reichhaltige und scheußlich regelmäßige Mahlzeiten einzunehmen. In unserem Fall hat der Betreffende auch noch ausgesprochen schlechte Haut, die Spätfolge einer schlimmen Siebziger-Jahre-Akne, wie sie moderne Ernährungsgewohnheiten und Hautpflegeprodukte nahezu gänzlich ausgerottet haben. Im Fernsehen und so sieht man gelegentlich noch den ein oder anderen osteuropäischen Fußballer mit derart ungesundem Teint, aber hier im Westen nur sehr selten, nicht mal in Glasgow. Unser Knabe legt wohl Wert auf Tradition. Was wir von ihm brauchen, ist eine Kundenliste: Namen, Adressen und Kontonummern. Nur einen Ausdruck, oder besser noch auf Diskette.

– Und was, wenn ich ihm nicht gefalle? frage ich ihn.

– Wenn du ihm nicht gefällst, ist er ein Homo, ganz einfach. Und wenn sich das als zutreffend erweisen sollte, mach ich mich an ihn ran, sagt er, und ein Lächeln erscheint auf seinem Gesicht. – Tunte krieg ich hin, wenn es sein muss, sagt er mit breitem Grinsen, – den koketten Teil meine ich, sein Gesicht verzieht sich angewidert, – nicht den Sex.

– Es ist trotzdem Blödsinn, was du da erzählst. Ich gefalle nicht jedem Hetero-Mann, sage ich kopfschüttelnd.

– Natürlich tust du das, sonst sind sie schwul oder verkappte Schwule oder …

– Oder was?

Ein noch breiteres Grinsen zerknittert sein Gesicht. Ich sehe, wie sich die Lachfältchen ausbreiten. Aber er sieht wirklich wie ein Italiener aus, dieses Gesicht hat so viel Charakter. – Fisch nicht nach Komplimenten.

– Oder was? beharre ich.

– Oder wollen Geschäft nicht mit Vergnügen vermischen.

– Hat dich nicht abgehalten, grinse ich.

Simon zieht ein übertrieben bekümmertes Gesicht. – Sage ich ja. Ich bin machtlos, dir zu widerstehen, und so wird es ihm auch gehen, denk an meine Worte. Dann sagt er sanft: – Ich glaube an dich, Nikki.

Ich weiß, was er mit seinen Worten bezweckt, und sie zeigen die gewünschte Wirkung. Jetzt bin ich richtig tatendurstig. Dann steigen wir aus dem Zug und gehen zu dem Pub, und ich sehe ihn allein an der Theke stehen, den Mann meiner verschwitzten kleinen Verfolgungsalbträume. Simon nickt und verschwindet dann, während ich meinen Stolz runterschlucke und in Aktion trete.

45
Easy Rider

Ich bin ja voll panne irgendwie; hauptsächlich, weil ich von dem Speed so tierisch drauf war un n paar Downer genommen hab, um runterzukommen, deswegen war ich nich klar bei Verstand, als Chizzie das Tier am Telefon war. Hab nie viel von dem Tiger gehalten, n übler Typ, echt, aber der hat sich im Knast sozusagen an mich rangehängt. Wusste gar nich, dass er raus is. Ich war bloß so scharf auf Gesellschaft, un Chizzie hatte den Namen von nem Pferd, n Tipp, der von nem Kollegen namens Marcel kam, der einem nie ne Niete andrehte. Benny in Slateford nimmt also die Wette an, un wir zurück zur Tränke, um zuzusehn, wie unser Junge, Snow Black, der 8-zu-1-Außenseiter, das Rennen um 2.45 in Haydock nach Hause schaukelt.

Ich habs echt nich gepackt, Alter. Vom Start weg führt unser Junge das Feld an. Nach der halben Strecke liegt er meilenweit vorn. Auf der letzten Achtelmeile schieben sich n paar andere Hottehüs n bisschen ran, aber unser Junge is schnell wie der Wind. Ich hab echt noch nie so n einseitiges Rennen gesehn. Nich dass ich mich etwa beschwern will oder so, Alter, ganz im Gegenteil. Wir: – JAAAAAAA! und fallen uns unterm Fernseher inner Kneipe in die Arme, und dann gefrier ich für ne Sekunde und denk dran, wen er sonst noch innen Armen gehabt hat und wie die sich gefühlt ham müssen. Ich mach mich mit der Ausrede los, dass ich zum Feiern noch n paar Bier von der Theke hol. Als ich in meiner Tasche nach den Scheinen wühle, find ich noch n paar Valium.

Als wir wieder beim Buchmacher reinkommen, kannste alles in Bennys Gesicht lesen. – Heißer Tipp, wa, grummelt er.

– Allerdings, Catboy, grins ich.

– Man muss halt Augen un Ohrn offen halten, wa? grinst Chizzie. – So spielt das Leben, Sportsfreund. Mal gewinnste, mal verlierste.

Das is echt das geilste Gefühl überhaupt, Alter, vier verdammte Riesen, Mann, und Chizzie hat achtnhalb. Vier Riesen! Ich werd mit Ali und Andy in Ferien fahrn, Disneyland, Pariee, die Stadt der Lichter! Nett von dir, Marcel, un aye, nett von dir, Chizzie, dasste mich has mitmachen lassen, kann man nich anders sagen!

Wir gehen wieder innen Pub un kippen zur Feier des Tages n paar Bier, dann wolln wir noch in die Stadt. Ich will den guten Chisholm so schnell wie möglich abschütteln, aber der Junge war korrekt zu mir, da schuld ich ihm was, deswegen isses wohl angebracht, noch kurz mitzugehn. Wir warten auf n Taxi oder meinetwegen auch n Bus, aber nix kommt; typisch Schottland, Alter, voll die Scottish Football Association im Leistungsspektrum des motorisierten öffentlichen Personen-Nahverkehrs. Dann verschwindet Chizzie auf m Parkplatz von der S&N-Brauerei. Ich denk, der stellt mal ne Stange Wasser weg, aber nach ner Weile hält n blauer Sierra vor mir, und wer sitzt am Steuer, wenn nich der Perverso-Kater Gary Chisholm.

– Die Kutsche is vorgefahrn, Sportsfreund, sagt Chizzie, dessen Goldzähne blitzen wie n Tigergebiss.

– Ähm, aye ... mein ich und steig ein ... Ich denk mal, Alter, die Politnasen sagen, es is ne klassenlose Gesellschaft, deswegen isses eigentlich egal, wessen Karre du nimmst. Eigentum is Diebstahl, klaro?

– Ich muss in die Stadt un nen Zahn zulegen bis zur Geisterstunde, wa, du Fotze, meint er und bricht in dieses irre, schrille Lachen aus, das einem glatt die Haut in Streifen vonnen Knochen zieht.

Wir lassen die Karre an der Johnston Terrace stehn, gehn die Strecke zur Grundschule Royal Mile un dann oben bei Deacon's rein. Nicke n paar Nasen zu, die grade aus m Martello Court kommen. Nach ner Weile knallt das Bier ziemlich rein, ich vertrag nich mehr so viel, war auch immer eher n Andere-Drogen-Typ.

Chizzie fängt an, von alten Bekannten zu erzähln: Knastbrüder, Schläger un so. Das is nich die Art von Unterhaltung, auf die ich steh, denn es sin quasi immer die kaputten Typen, die ihm einfallen. Ich geh auf n Pott und denk an das ganze Geld in meiner Tasche, Alter, dass ich mit dem Geld problemlos ne Perle kriegen kann, und aus irgendnem Grund zieh ich mir ne Packung Gummis aus m Automaten und steck sie ein. Ich fühl die Downer, Alter, wie sie mir n Loch in die Tasche brennen. Die klink ich demnächst ein.

Als ich zurückkomm, seh ich, dass Chizzie seine Gedanken in dieselbe Richtung gelaufen sin wie meine, und das macht mich nervös. – Ich brauch jetz was zum Ficken, meint er zu mir. Dann erklärt er: – Jetz is ne gute Zeit zum Abschleppen, wa, zwischen vier un sechs. Da kriegste die hackedichten Weiber, die den ganzen Nachmittag gesoffen ham un nich mehr wissen, wo sie sin. Alles klar, Chizzies Jagdinstinkt is geweckt.

Und gerade jetz musste nich lang suchen. Da is so n Mädchen mit roten Haaren anner Theke. Ihre weißen Leggings sin ganz lappig un ausgebeult, als wär die ganze Elastizität weg, un es steckt irgendwas drin, was fast wie n Klumpen Scheiße aussieht. Die is absolut stramm, Alter, der möchtste echt nich zu nah kommen, aber scheiße nee, Chizzie sofort hin. Er gibt ihr einen aus, sagt irgendwas, und dann kommtse rüber un setzt sich zu uns. – Alles klar, Süßer? fragt sie mich. – Ich bin Cass, sagt sie. Heilige Scheiße, die Schnitte sieht ja aus wie die letzte Pennerin. Sie lacht laut, schiebt ihr Gesicht dicht vor meins, un ihre Hand liegt kurz auf meinen Eiern un krallt sich dann in meinen Oberschenkel. Dieses große, rote Gesicht, total aufgedunsen un glühend vom Alkohol, is direkt vor meinem, un ihre Zähne sin gelb un verfault. Wozu ich sagen muss, dass ich auch Scheißzähne hab, un ich kann mir vorstellen, mein Gesicht sieht auch wie ihrs aus, von dem Bier, denn Chizzie hat auch schon so n Ballon. Allerdings krieg ich vom Saufen keine rote Birne, bei mir läuft da nämlich quasi die ganze Farbe raus, un ich werd voll weiß. Sie hat sich ins Zeug gelegt, denn sie hat tüchtig Eyeliner un Lippenstift drauf, un sie fragt uns, was fürn Sternzeichen wir wärn un lauter so n Weiberzeugs.

Aber die stinkt, Alter; die hat sich echt eingeschissen.

Also, ich seh ziemlich verschwommen, sag ich mal, denn nee, ich bin nich mehr so n Bierfan dieser Tage. Dieses schwere, dickflüssige Bier, Alter. Aber Chizzie übernimmt die Kontrolle un lotst uns raus aus m Pub und zurück zur Johnston Terrace un wieder rein in den geklauten Wagen. Beinah wär Chizzie im Rückwärtsgang in die geparkten Autos gekracht, kriegts aber geregelt, un wir fahrn übers Kopfsteinpflaster Richtung Holyrood Park, während um uns die Dunkelheit fällt.

Die Schnalle is irgendwie ganz schön krabitzig. Erst hatse hinten randaliert wie n besoffener Bierkutscher, und jetzt zeigtse ihre roten Schamhaare, klettert vom Rücksitz zu uns nach vorn un quetscht sich so zwischen uns. Chizzie is am Fluchen, weil sie auf der Gangschaltung sitzt und er nich ran kann, und dann gehts erst mal mit ziemlichem Karacho bergab. – Okay, guckt mal hier, ihr Fotzen! Wer will hier ein wegstecken? grölt sie. Ich mein, Ali hat mich ja nu seit Ewigkeiten nich rangelassen, aber man muss schon quasi ein an der Waffel ham, um die Schnalle anzufassen.

Chizzie lacht und rammt die Karre beinah gegen die großen schwarzen Tore vom Holyrood Park, aber er zieht rechtzeitig rüber, un wir sin drin. Er hält an, un wir gehn innen Park. Ich seh den großen Hügel, Arthur's Seat. Hinter uns sin jede Menge Bauarbeiten zugange. Irgendne Regierungsaktion, quasi wegen der Wahl un dem Parlament un so. Jetzt, wo die Sonne weg is, isses ne Idee frisch geworden.

– Wo gehn wa hin, lallt sie, während wir Chizzie zur Rückseite von der Baustelle folgen. Wir kommen hinter so nen großen Zaun, abseits von der Straße zum Hügel hin. Es is keiner in der Nähe, obwohl wir übern Zaun hören können, dass immer noch Bauarbeiter da sin un Überstunden machen, aber die können uns nich sehn.

– N cooles Eckchen zum Partymachen, wa, zwinkert Chizzie. Es is jetz ziemlich dunkel. Ich find in meiner Tasche eine von den Valium und klink sie ein, rein aus Nervosität, Alter, rein aus Nervosität.

– Klingelts langsam ma bei dir, Schätzchen, lacht Chizzie, und dann macht der Kerl einfach n Hosenstall auf und holt ihn raus, also seinen Schwanz, quasi, n fettes, knotiges Teil. Andere Typen ihre Schwänze sehn immer voll scheiße aus, Alter. – He, du, los, mach, sagt er mit echt bedrohlicher Stimme zu der Perle, – lutsch da ma dran.

Die bekloppte Braut guckt n bisschen verdutzt, als würd sie grad erst schnallen, worums überhaupt geht. Aber dann zuckt sie kaltschnäuzig mit n Schultern, geht auf die Knie und fängt an, Chizzies Schwanz zu lutschen. Chizzie steht einfach da mit nem gelangweilten Gesicht. Nach ner Minute oder so meint er: – Verdammter Mist. Hat echt keine Ahnung, wie das richtig geht, sagt er. Dann guckt er mich grinsend an un meint: – Ich glaub, ich muss der doofen Sumpfkuh mal beibringen, wie man richtig Schwänze lutscht, wa, Spud.

Er unterbricht un packt ihre Haare un zerrt sie rüber zu den eingeschweißten Backsteinstapeln. – Is ja gut ... ich komm ja ... Scheiße, ich komm doch schon, kreischt sie un packt dabei sein Handgelenk.

Das is ja jetz voll daneben von ihm. – Reg dich ab, Chizzie! Verdammte Scheiße, ruf ich, aber die Downer knallen rein und irgendwie verebbt meine Stimme einfach.

– Halt deine doofe Fresse, schnauzt Chizzie sie an un achtet gar nich auf mich, während sie ihn total bockig anstarrt. Er drückt sie neben dem Backsteinstapel wieder runter auf die Knie. – Stell dich da rauf, Spud, sagt er. Ich bin mittlerweile ziemlich hinüber, also klettere ich einfach auf die Backsteine drauf.

– Okay, meint Chizzie, – jetzt hol dein Scheißschwanz raus.

– Aye, asklar! Heilige ... Scheiß ... lalle ich, während der Dynamic Earth Dome mir irgendwie voll aus m Sichtfeld rutscht ... dann fang ich an, mich schlappzulachen.

– Aye, du verfickter beschissener Drecksack, brüllt mich die bekloppte Braut an, un ihr Gesicht is saugemein, Alter, als wär ich der gewesen, der sie annen Haaren rumgeschleift hat, dabei hab ich ihr überhaupt nix getan.

– Nee ... so is das gar nich, fang ich an, – ich will bloß n guter Kumpel sein, sozusagen ...

Chizzie lacht sich einen ab und brüllt: – Mach hin, du Fotze! Ich will der Drecksau hier bloß was beweisen ...

Die Braut schnallt irgendwie nix mehr, un ich verlier auch n bisschen den Überblick. – Raymond hat mir gesagt, du kanns den Kleinen zurückkriegen, murmelt das Mädchen betrunken, ganz in ihrer eigenen Welt, so wie ich ...

– Los jetz, du, du Fotze, sagt Chizzie, während ich in sein irres

Gesicht guck und anfang, wie n doofer kleiner Junge zu kichern, als er mir n Reißverschluss aufmacht und meinen Schwanz rausholt. Ich spür überhaupt nix, aber Chizzie hält meinen Docht fest. Chizzie! Er guckt auf das Mädchen runter. – Verstehste, Weiber un Blaskonzert, sagt er wieder zu mir. – Hab noch keine getroffen, die das richtig konnte. Dann wieder zu ihr: – Un jetz pass bloß auf, denn besser kriegstes nie wieder beigebracht, meint er und sagt dann wieder zu mir: – Da haste die verfickten Weiber. Das is so, wie de immer denkst, Ischen können kochen, wegen deiner Ma, aber obwohl se bei simplen Gerichten okay sin, würd man sie nie an was ranlassen, wofürde Einfallsreichtum brauchst oder … Finesse. Wodran liegts denn, dass Meisterköche immer Typen sin, die im Fernsehn un so? Das Gleiche beim Blasen. Die meisten rammen ihn sich einfach innen Mund und nuckeln, gehn dran rauf und runter, als wolltense ihren Mund zur Fotze machen. Als ich im Kinderfickerflügel war, hat mir n Junge gezeigt, wie mans richtig macht … erst leckste mit der Zunge am ganzen Schwanz lang … er packt sich meinen Schwanz un fängt an zu lecken … – dazu brauchste bei Spud nich lang … hä hä hä …

Dynamic Earth … soll ja doll da drin sein.

– Du spinns wohl, Arschloch, schnauf ich, als seine kalte Zunge sachte über meine voll empfindliche Penishaut gleitet … Chizzie klingt wie n guter Onkel von *Blue Peter* oder wie Fanny Craddock oder so … um mich dreht sich alles, un es wird dunkel …

– Mach es, Nutte! faucht Chizzie, und für nen Moment denk ich, er meint mich, aber er meint die Perle, und sie fängt an, es ihm nachzumachen, und nimmt die Spitze von seinem Schwanz innen Mund.

– Besser … besser, meint er, – dann musste um die Eichel züngeln … jetzt wirds schön fest hier, Sportsfreund …

Das stimmte auch voll, aber ich spürte nix. Einfach gar nix …

Un jetzt hör ich Chizzie und muss an den Jungen denken, der den Oscar gekriegt hat, wie der gesagt hat, ›Ich bin der König der Welt‹, bloß weil er n Film fürs Kino gemacht hat, der n bisschen Überlänge hatte, dacht ich, denn ich war letzten Sommer drin, ja?, un ich denk an Sick Boy, un ich wette, der zieht solche Nummern vorm Spiegel ab und sagt auch ›Ich bin der König der Welt‹ … und Chizzie erzählt weiter … – … dann fängste an, ihn innen Mund zu nehmen, vorsichtig ... ganz vorsichtig is richtig ... da brauchste n verdammtes Feingefühl ... das is kein Scheißwettbewerb, wie viel du dir in dein Maul stopfen kanns ... beweg weiter die Zunge ... immer die ganze Länge vom Schwanz runter ... besser ... bes-saaah ...

– Oh, fuck, Chizzie, Alter, japse ich, mir is ganz flau im Magen, und guck auf das fiese Gesicht von Chizzie um meinen Schwanz rum runter, und wenns irgendn Gesicht gibt, dasste nich um deinen Schwanz rum sehen wills, is das seins, und irgendwie raff ich jetz erst, was hier abgeht, un zieh ihn raus ...

Seine Augen funkeln böse, un er guckt erst mich an un dann runter auf die Alkibraut, die immer noch seinen Schwanz lutscht. – Da, siehste! sagt er triumphierend. – Hab die Fotze auf Touren gebracht ... boah ...

– Ich wär bloß bald vonnen Steinen runtergefallen ... den Steinen ... hab ich zu ihm gesagt.

Aber mittlerweile seh ich alles nur noch durch n dünnen, wässrigen Haferschleim, während Chizzie brutal ihren Kopf packt. – Jetz isses so weit, das Tempo zu erhöhen, jetz wirds Zeit, zu lutschen ... lutsch ... LUTSCH, DU DRECKIGE NUTTE! Un er fickt sie brutal in den Mund, fickt ihren Kopf, rammt ihn ihre Kehle runter un macht dazu so n manischen Rennkommentar: – Und jetz is Chizzie auf der letzten Grade, er nimmt die verfickte Mähre hart ran, un da is die Ziellinie ... HUUURRRAAAHHH!!!!

Er hat sich unerbittlich in ihrer roten Mähne festgekrallt, rammt ihr seinen Unterleib ins Gesicht, zieht dann raus und lässt sie an seiner Suppe würgen un sich verschlucken, husten un ihren Mund abwischen. Er nickt ihr zu. – Herzlichen Glückwunsch, Sie ham grad Ihr Sexamen an Chizzies Bumsakademie bestanden.

Das war voll daneben, Mann, nee, nee, nee, deswegen taumel ich zu dem Mädchen hin, quasi, un knie mich neben sie. – Is ja wieder gut, hm, tröste ich sie, es is, als würden wir beide das brauchen, Alter, sie un ich, ja? Un sie sagt plötzlich: – Wenn schon, dann alle beide, ihr alle beide, ihr Drecksäcke, un dann fängt sie an, an meinem Unterleib rumzumachen, aber ich krieg keinen Steifen, deswegen küss ich sie auf n Mund un sag: – Okay ... okay, un zieh ihr die Leggings un den Slip aus. Ich zieh dran, um diesen trocknen Klumpen Scheiße rauszuschütteln, wie so n brauner Golfball quasi, und dann schieb ich ihr n Finger in die Muschi und werd hart. Ich hab n bisschen Mühe, den Präser aus der Packung raus und über meinen Schwanz zu friemeln, aber das muss sein … muss sein … muss sein … aus ihr tropfen so pappige, widerlich riechende Kügelchen, so ne Art eingedickter Mösensaft, ja?, un mein Kolben geht leicht rein. Ich kann Chizzie-Cat hörn, der sich über uns lustig macht un höhnt, während sich das alles abspielt, un sie knurrt irgendwie was zurück, un ich komm mir vor, als wär ich gar nich richtig hier. Ich so ne Zeit lang am Ficken, aber es is scheiße, nich so, wie ichs mir vorgestellt hab … wie blöd bin ich, dass ich überhaupt gedacht hab, es würd so sein wie mit Ali, un dann bin ich sauer, Alter, sauer auf mich selbst, un sie kreischt rum, macht mich irgendwie an un sagt: – Na los, du! Doller, verdammt noch mal! Is das alles, waste zu bieten has? Und ich stoß weiter rein, bis ich meine Soße in die Büchse abspritz, um die ich mich da rumgeschlungen hab …

Ich roll runter un versuch, meine Hose hochzuziehn, den Präser immer noch an meinem Schwanz. Jetzt is Chizzie über ihr, er packt sie und schubst sie rum auf alle viere un würgt nen Gelben aus seim Hals hoch, un sie sagt: – Fuck, was solln …? aber dann zieht er n bisschen Rotze hinten aus seiner Nase und mischts in seim Mund zu nem spritzigen Cocktail. Dann rotzt er auf ihr scheißeverkrustetes Arschloch. Chizzie is positiv, im medizinischen Sinne des Wortes, sag ich mal, bloß, ich sag mal so, bloß in dem Szenario, denn im realen Leben is der quasi n voll negativer Typ, ja, deswegen macht er sich über ne Lümmeltüte gar keinen Kopf. Irgendwie denk ich, dasser weiß oder glaubt, dass sies auch is un so, aber wahrscheinlich isses ihm egal, denn er fickt sie brutal hart innen Arsch. So macht man das eigentlich nich, da fängste eigentlich erst mal ganz vorsichtig an … nich, dass Ali und ich das machen, oder *überhaupt* noch was machen … aber sie is bloß am Stöhnen un weint n paar sanfte Tränen un sieht dabei aus wie n aufgeblähter gestrandeter Wal oder Seehund, ders einfach nich zurück ins Wasser schafft.

Als er fertig ist, steigt er von ihr runter und putzt sich seinen scheißeverklebten Schwanz an ner sauberen Stelle von ihrn weißen Leggings ab.

Sie rollt sich auf n Rücken, ganz rot im Gesicht, un der Rotz läuft ihr aus der Nase, un sie brüllt: – Du dreckiges Schwein! während sie ihre Leggings hochzieht.

– Halt dein blödes Maul! faucht Chizzie und haut ihr voll in die Fresse. Es gibt n knackendes Geräusch, und ich spann mich total an, wie gelähmt, trotz der Valium un dem Bier, als hätter mich geschlagen, nich sie. Dann stößt sie so n spitzen Schrei aus, weil er ihr nen Tritt versetzt, der ihr fast die Titte auf links dreht.

Dadurch find ich meine Stimme wieder, denn das is irgendwie ... voll scheiße, Mann. – He, na hör mal, Chizzie ... sag ich, – das is jetz aber voll daneben ...

– Ich werd dir sagen, was voll daneben is, Sportsfreund, sagt er un zeigt auf sie runter, wie sie leise schluchzend dasitzt un sich ihre Titte reibt, – dreckige Nutten, die sich mal waschen sollten! Bitte, jetz wirste gewaschen!

Dann fängt er an, auf ihre Haare zu pissen, so ne fiese, alte, schale Bierpisse auch noch, Alter. Un die rührt sich nich mal oder so, sitzt einfach da un heult. Die sieht so erbärmlich aus, Alter, so elend, gar nich wie n menschliches Wesen, un irgendwie geht mir durch n Kopf, seh ich vielleicht für andere Leute so aus, wenn ich vollfertig bin? So n einsamer Jogger, ganz in Weiß, läuft an uns vorbei, guckt un dreht dann ganz schnell ab, ohne aus m Tritt zu kommen. Ich kann hörn, wie die Jungs auf der Baustelle sich was zurufen. Chizzie is echt n fieser Knochen, jeder weiß das. Jeder, der so was macht wie er ... aber Chizzie hat seine Zeit dafür abgesessen. Seine Schuld gegenüber der Gesellschaft abgegolten un so. Bloß – was sehn die, wenn sie mich mit ihm sehn?

Un dann kapier ichs; ich kapier, dass ich n fieser Dreckskerl bin un so. Aber es is irgendwie so, als hätt ich nich die Art von ... Niedertracht, Alter, die Niedertracht, ich sag mal, sich das auch noch auszudenken. Wie bei den meisten Menschen auf der Welt is meine Fiesheit mehr ne passive Fiesheit, ne Fiesheit durch Unterlassung quasi, dadurch, dass ich nix tu, weil mich keiner so doll interessiert, dass ich dazwischengehn würd, außer bei Leuten, die ich gut kenn. Warum kann ich nich für alle Menschen so empfinden wie für die, die ich kenn? Chizzie is n gefährlicher Irrer un echt kein Umgang, aber er war n Kumpel im Knast un er hat mich mit dem Tipp angerufen, un das is ja gewissermaßen auch nich nix ... denn ich fahr mit Andy un Ali nach Disneyland, un alles kommt wieder in Ordnung, un alles bloß dank Chizzie ...

Wir haun ab, ich und Chizzie, un laufen quer durch n Park zum Ausgang Abbeyhill, um in ne andre Kneipe zu gehn. Die Bekloppte lassen wir in ihrem Elend und ihrer, na ja, Entwürdigung zurück, und ich seh mich noch mal nach ihr um, denn da, wo sie is, werd ich auch landen, das weiß ich, wenn Ali mich erst mal abserviert hat, wars das gewesen, finito ... un das hatse ja eigentlich schon, darum isses das vielleicht auch ... aber nee, denn jetz hab ich Geld und komm mit ihr wieder ins Reine, und dann hab ich ja das Buch über Leith un wir fahrn nach Disneyland, Alter ...

Wir torkeln n bisschen durch die Gegend un dann in nen Pub. Ich sag zu Chizzie, dass er das eben nich hätt machen dürfen, und er dreht sich um und sagt: – Mit so nen Fotzen darfste kein Mitgefühl ham. Das is dein Problem, Spud, du bis zu nett zu so Fotzen. Fotzen wie du denken, wenn alle bloß die ganzen Scheiß-Asylanten un so lieb ham würden, dann wär alles Friede, Freude, Eierkuchen. Aber so läuft das nich. Weißte, wieso, Sportsfreund? Sein Gesicht is nur n paar Zentimeter von meinem weg, aber ich kanns trotzdem kaum richtig erkennen. – Weißte, wieso? Weil die ein bloß verarschen, deswegen. Denk an meine Worte.

Ich bin besoffen, absolut breit un hab dick Patte in der Tasche. Aber da is was in Chizzies Gesicht, was mir nich passt. Hat eigentlich weniger damit zu tun, was er gesagt hat oder was er der Frau getan hat oder so. Wenn ich so überleg, isses die Art, wie er die Augenbrauen hochzieht un dich anstarrt un dann den Kopf zurückwirft. Ich weiß schon Minuten bevors so weit is, dass ich dem Chizziekater eine reinhau. Un die paar Minuten nehm ich mir Zeit, ihn anzumachen, damit er un ich beide wissen, was gleich kommt, sag ich mal so.

Dann hau ich voll zu un denk, ich hab danebengehaun, weil ich nix in meiner Faust oder am Arm merk, aber dann seh ich Blut aus seiner Nase kommen un hör Geschrei vonner Theke.

Chizzie hält sich nach meinem Schlag die Hand vors Gesicht, dann springt er auf, packt das Glas, un das Bier spritzt rum. Ich bin auch aufgesprungen, ja, er haut nach mir, aber verfehlt mich, un der Barmann brüllt uns an. Chizzie hat das Glas wieder hingestellt, aber er brüllt trotzdem: – RRAAAUUUS!

Ich will also aus m Pub rausgehn, aber dann bleib ich stehn und überleg: Ich geh doch nich mit Chizzie raus, von wegen, Alter, deswegen bleib ich stehn und lass ihn zuerst rausgehn. Als er draußen is, knall ich die Kneipentür hinter ihm zu und schieb den Riegel vor. Chizzie versucht, die Tür einzutreten, weiler wieder zu mir reinwill, aber dann sin die beiden Barkeeper da, machen die Tür auf und brüllen ihn an, er soll sich verpissen. Chizzie versucht, sich reinzudrängen, aber der Typ packt ihn, also verpasst ihm Chizzie eine. Der Typ un Chizzie ledern sich, un der andere Kerl packt mich un schmeißt mich raus. Also heißts jetz irgendwie Chizzie un ich gegen die Kerle vom Pub, wobei die Pubjungs nen leichten Vorteil ham, denn ich bin besoffen un sediert un Chizzie is besoffen, un ich bin sowieso nich grad ne Kampfmaschine. Also kriegen wir ordentlich was ab, dann gehnse wieder rein un lassen uns zerschlagen un stöhnend auf der Straße liegen.

Wir gehen jeder für sich uns gegenseitig anschnauzend un beschimpfend die Straße lang, und dann vertragen wir uns gewissermaßen wieder un wolln noch irgendwo weitersaufen.

Aber wir kriegen in keiner Kneipe mehr was außer in so nem totalen Rattenloch, wo sie jeden Irren reinlassen, egal wie hackedicht un durchgeprügelt un blutverschmiert er is, un nach ner Weile hab ich dann n kleinen Blackout, un als ich wach werd, merk ich, dass ich Chizzie verlorn hab. Ich steh auf, geh zur Tür, un ich bin irgendwo in Abbeyhill, un mir bleibt nix anderes übrig, als mich stur weiterzuschleppen.

– ALISON! A-LI-SAAAAAAN ... hör ichs schreien, während mich kleine Blagen, die inner Straße bei den Abbeyhill Colonies spieln, ganz misstrauisch angucken, un dann stolpere ich un fall n paar Stufen runter un zieh mich am Treppengeländer wieder hoch. Es schreit wieder einer, und dann begreif ich erst, dass ich das bin.

Ich komm auf n Rossie Place gewankt, vorbei an den großen roten Mietshäusern Richtung Easter Road, un brüll immer noch, es is, als hätt ich zwei Gehirne, eins, das denkt, n anderes, das brüllt.

Zwei Perlen in Hibs-Trikots gehn vorbei, un eine sagt: – Halt die Fresse, du Irrer.

– Ich fahr nach Disneyland, sag ich zu ihr. – Ich glaub, da biste schon, Junge, antwortet eine von den beiden.

46
Linkerei Nr. 18747

Nikki ist eine Göttin. Ich hab sie beobachtet; sie weiß, wie man Menschen manipuliert, wie man ihnen das Gefühl gibt, sie wären was Besonderes. Zum Beispiel fragt sie dich nicht, ob du ne Kippe möchtest, sie fragt: ›Hast du Lust, eine Zigarette mit mir zu rauchen?‹ Oder: ›Sollen wir ein Glas Wein zusammen trinken?‹, und zwar immer Rotwein, niemals Weißwein. Das unterscheidet eine Klassefrau von diesen üblen Dauerwellen aus Fife oder Essex mit ihren Weißweinfürzen. ›Soll ich uns beiden einen Tee machen?‹ Oder: ›Ich würd wirklich gerne mit dir zusammen die Beatles hören. Norwegian Wood. Das wäre toooooll.‹ Oder: ›Warum gehen wir nicht ein paar neue Klamotten für mich aussuchen?‹

Bei unserem Finanzierungsschwindel schlägt sie sich besser als ich, und ich fange langsam an, mir Sorgen zu machen, weil ich nicht weiterkomme. Wenigstens laufen die Dreharbeiten besser, auch wenn ich gestern Abend die zweifelhafte Ehre hatte, zu filmen, wie Mikey Forrester in einem Aufzug im Martello Court von Wanda einen geblasen kriegt. Brian Cullen, ein alter Freund aus Leith, macht die Security in Edinburghs höchster Spitze; damit ist natürlich das Martello Court gemeint, nicht Mikeys dünner Pimmel. Trotzdem, damit wär der Suchende Nummer vier bedient.

Unser linkes Geschäft hat mir Sorgen gemacht, doch zum Glück werden meine Gebete erhört und Skreel ruft mich an. – Alles klar, Alter, sagt er, während ich ein Niesen unterdrücke, um die Line, die ich grade gezogen habe, nicht gleich wieder rauszuschnauben. Derzeit scheint sich das meiste von dem Scheißzeug in meinen Neben- und Stirnhöhlen abzulagern. Wenn ich mich schnäuze, hab ich mehr davon im Taschentuch als in meiner Lunge. Ich sollte besser meine eigene Rotze recyclen. Meine Nase ist hinüber, ich brauch die Pfeife.

– Skreel. Eben hab ich an dich gedacht, alter Freund und Kupferstecher. Grad hab ich noch zu nem Freund von mir gesagt: Skreel, mein Kumpel in Glasgow, das is einer. Der hat mich noch nie hängen lassen. Und, gibt's Neuigkeiten, Alter? Hm?

– Oh Mann, wo bis du denn drauf, Sick Boy?

– Ist das so auffällig? kichere ich. Ach ja, das Koks. Ich bin Arm in Arm mit Satan auf einem abgefuckten, kurvenreichen und kostspieligen Weg zur Hölle.

– Und ob. Na, jehnfalls, die Schnitte, die du suchst, heißt Shirley Duncan. Sie ist ne fette, kleine Perle, wohnt bei ihrer Ma in Govanhill. Kein Freund. Von der schüchternen Sorte. Sie un ihre Freundinnen heben meistens freitags nach der Arbeit einen in der All Bar One. Sie wird heut Abend da sein.

Was ist dieser Glasgower für ein Prachtmensch. – Ich treff dich um sechs im Sammy Dow's.

– Is gebongt, Chef.

Meine Hose und mein Jackett sind von Armani, darunter trage ich den Lambswoolsweater von Ronald Morteson. Meine Schuhe sind von Gucci. Dummerweise finde ich kein passendes Paar Socken in meiner Kommode, und so bin ich gezwungen, so weiße Sportdinger von Adidas mit diesem ätzenden Frotteehandtuchlook anzuziehen. Ich muss unbedingt diese Dinger loswerden und am Bahnhof Waverley noch in einen Sock Shop, bevor ich in den Zug nach Glasgow steige, sonst kann ich es vergessen.

Ich kaufe ein paar dünne Teile in Navyblau und überleg, ob ich die von Adidas für Skreel aufheben soll, aber das könnte er in den falschen Hals kriegen. Kurz bevor ich in den Zug steige, checke ich die Nachrichten auf meinem Handy. Renton teilt mir mit, dass er wieder in Schottland ist. Alles klar, die Fotze schiebt ja schöne Paranoia. Verrät nicht mal, wo er wohnt, wahrscheinlich aus Sorge, ich könnte das sofort einem von Francos Kumpels weitererzählen. Aber das kriege ich schon noch raus.

Ich ruf das Malmaison in Glasgow an, weil ich denke, dass ich die Linkerei umso entschlossener durchziehen werde, wenn ich mich irgendwo einquartiere, wo es richtig teuer ist.

Raus aus dem Zug, rein ins Sammy's, und da steht Skreel an der Theke. Mir wird klar, dass ich vier Jahre lang nicht mehr hier war. Ich versuche, nicht zusammenzuzucken, als er mich ein paar anderen einheimischen Kesselflickern als Sick Boy vorstellt.
– Sick Boy ist n Mann aus Edinburgh, lacht Skreel, – is ja eigentlich n Widerspruch in sich, aber bitte.

Weedgies. Würd man ihnen ihre Messer wegnehmen und sie zur Körperhygiene erziehen, könnten sie prima Haustiere abgeben. Aber hier hat Skreel das Sagen, und er hat seinen Auftrag ausgeführt, daher bin ich absolut bereit, als kleine Vorspeise meinen Stolz zu schlucken und mich von ihm aufziehen zu lassen, eingedenk des Festmahls, das mich später noch erwartet. – Spaß beiseite, wo ist die Kleine? Ich senke meine Stimme und stimme eine Melodie an, die ich von einer Zeichentrickfigur hab, ich glaub, es war Catnip aus *Herman & Catnip: – I'm in de mood for luff...*

– Ich will lieber gar nichts über die Linkerei wissen, die du hier vorhast, du mieser Hund, grinst Skreel, was im Klartext heißt, dass er es *unbedingt* wissen will. Der Umschlag, den ich ihm in die Tasche stopfe, bringt ihn zum Schweigen.

– Eines Tages werd ich's dir erzählen, aber nicht jetzt, sage ich mit schneidend kalter Endgültigkeit.

Wir gehen raus und durch den trostlosen Nieselregen über den George Square in die Merchant City, wie die Weedgies lächerlicherweise diesen aufgemotzten Teil ihres Saustalls nennen. Ein Polizist hält einen öffentlich trinkenden Penner an und befiehlt ihm, seine Dose wegzustecken. So ein Schwachsinn. Wenn es Glasgow mit seiner Null-Toleranz-Politik gegenüber Pennern ernst wäre, müssten sie die gesamte Bevölkerung auf Viehtransporter laden und rauf in die Highlands verfrachten.

Das sage ich Skreel, und er sagt, dass er mich abstechen würde, wenn ich nicht sein Freund wär.

Ich erwidere, ich hätte nichts anderes erwartet.

Es ist die typische All Bar One, sie könnte überall sein. Der Mangel an Persönlichkeit in solchen Läden scheint auch jede Individualität aus ihren Kunden zu saugen. Es ist ein Ikea-Showroom, in dem sich Leute nach Büroschluss besaufen, weil sie darauf spekulieren, irgendwen zu finden, der blau oder verzweifelt genug ist, sie mit nach Hause zu nehmen und zu ficken. Ich sehe ein Meer von üblen Manchester-Dauerwellen; noch mehr als man samstags im Arndale Centre zu Gesicht bekommt.

Wir gehen an die Theke, Skreel zeigt mir Shirley Duncan und verlässt mich dann mit einem jovialen – Viel Glück.

Na dann, hallo, Baby. Ich hätte sie auf Anhieb erkannt. Sie ist mit zwei anderen Mädchen da, eine davon geht so, die andere wirkt ein bisschen nuttig. Aber das fragliche Mädchen, meine Shirley, hat mehr als nur ein paar Pfund Übergewicht. Das ist etwas, worin ich mit Renton übereinstimme: Fett ist abstoßend. Man kann es drehen und wenden, wie man will, es ist und bleibt eine sozial stigmatisierende Entstellung, die auf Fressgier, auf einen Mangel an Selbstkontrolle und, machen wir uns nichts vor, auf einen psychischen Defekt hinweist. Bei einer Frau wohlgemerkt; bei einem Mann kann es ein Zeichen von Charakter und *joie de vivre* sein.

Sie ist so um die zwanzig, würde ich sagen (das ist ein weiterer Aspekt bei Fettleibigkeit: je fetter, desto nebensächlicher das Alter), und von einer dominanten Mutter eingekleidet worden. ›Schätzchen, dieses Fünfziger-Jahre-Debilen-Kleid aus billigem Material, das ich aus m Supermarkt hab, sieht entzückend an dir aus.‹ Ich stehe mit einem JD und Cola an der Theke und warte darauf, dass ihre nuttige Freundin rüberkommt. Ich schenke ihr ein Lächeln, und sie erwidert es und streicht sich die Ponyfransen aus der Stirn, ihre Miene reinste Plastikunschuld. Aber ich wette, dieses Starlet ist ein Naturtalent auf der großen Besetzungscouch des Lebens.

– Ist hier freitags immer so früh schon so viel los? frage ich, während Sting davon singt, wie es als Englishman in New York ist.

– Oh, aye, das is Glesca, sagt sie. – Von wo biste?

Hach, welch leichte Beute. Wenn es doch nur sie wär und nicht die Kartoffelbreihüfte da drüben. – Bloß aus Edinburgh, war geschäftlich hier, aber ich dachte, ich genehmige mir noch einen, bevor ich zurückfahre. Kommst du gerade von der Arbeit?

– Aye, vor nem Weilchen.

Ich stelle mich dem Mädchen vor, das Estelle heißt. Sie will mich zu einem Drink einladen. Ich bestehe darauf, dass ich ihr einen ausgebe. Sie erzählt mir, dass sie mit Freundinnen da ist, daher gebe ich als echter Gentleman aus Edinburgh eine Runde aus.

Die Braut ist beeindruckt, kann einen das wundern? – Ist der Pullover von Ronald Morteson? fragt sie und befühlt die Qualität der Wolle. Ich grinse nur vieldeutig. – Dacht ich's mir doch! Sie mustert mich auf diese wohlmeinende, prüfende Weise, die man in Edinburgh oder London praktisch nie erlebt, es sei denn bei Frauen, die doppelt so alt sind. Ich bin ein Leith-Man in Dreeck-spatz-Land, oh-hooh ...

Als ich mit den Gläsern rübergehe, stelle ich fest, dass sie alle ziemlich angeheitert sind, sogar Shirley Duncan. Estelle guckt mich an und wendet sich Marilyn zu, dem dritten Mädchen. – Die ist in der Stimmung, noch einen wegzustecken, kichert sie und hustet was von ihrem Drink aus.

– Hast du dich verschluckt? grinse ich und seh Shirley Duncan an, die mir einen traumatisierten Blick zuwirft. Sie ist eindeutig das hässliche Entlein von den dreien.

– Komisch, sonst hat sie beim Schlucken keine Probleme, lacht Marilyn, und Estelle gibt ihr einen Stups. Ich dämme meinen natürlichen Instinkt ein, diese Marilyn flachzulegen, Estelle würd's zur Not auch tun, aber das Geschäft geht vor.

Shirley guckt verlegen, ja, sie ist definitiv die Außenseiterin in dieser Gruppe. – Was machst du beruflich, Simon? fragt sie schüchtern.

– Oh, ich mache PR. Hauptsächlich Werbung. Ich bin kürzlich erst von London zurück nach Edinburgh gekommen, um da ein paar Projekte auf den Weg zu bringen.

– Mit was für Klienten hastes da zu tun?

– Film, Fernsehen, so in dieser Art, sage ich. Ich erzähl weiter einen vom Pferd, weitere Gläser werden geleert, und ich sehe ihre drei Gesichter, auf denen die roten Flecken immer größer und röter werden, als der Alkohol schnell durch ihre Körper schießt, ihre Hormone durcheinander wirbelt und sie aufflammen lässt wie ein Signalfeuer. Aye, das ist wie eine Las-Vegas-Leuchtreklame, die sagt: BUMS MICH.

Und über diese Estelle weiß ich gleich Bescheid; die würde in sechs Monaten in King's Cross für mich ihren Arsch versilbern gehen, wenn ich ihr die volle Behandlung angedeihen lassen würde. Oh ja, es gibt so Schnecken, die riechen förmlich nach seelischen Defekten, bei denen weiß man gleich, dass der böse Papa oder Stiefvater Narben auf der Seele hinterlassen hat, die einfach nicht abheilen wollen und die, auch wenn sie wie eine soziale Geschwulst eine Weile vielleicht nur latent vorhanden sind, nur darauf warten, aufzubrechen. Man kann es in ihren Augen lesen, dieser kaputte, verletzte Zug, der sich in dem Bedürfnis manifestiert, sich in selbstzerstörerischer Liebe einer bösen Kraft hinzugeben, und zwar so lange hinzugeben, bis es sie zerfrisst. Bei solchen Mädchen ist das ganze Leben von Missbrauch geprägt, und in einem sollte man sich nicht täuschen lassen: So unerbittlich, wie ihr nächster Peiniger bereits nach ihnen sucht, sind sie selbst darauf programmiert, ihn zu suchen und zu finden.

Die Nacht geht bei Klatty's weiter, und ich mache mich von Estelle und Marilyn los, um mich zu ihrem völligen Entsetzen an die nicht weniger geschockte Shirley Duncan ranzumachen. Sie ist fett, und sie ist abgefüllt, und ich fühl mich wie ein Sexgangster und Sozialarbeiter in einem, und kurz darauf gehen wir knutschend raus und Richtung Malmaison. Sie sagt: – Ich hab so was erst einmal gemacht …

Als wir ins Bett steigen, beiße ich die Zähne zusammen und denke an unsere geplante Linkerei. Ich bin sauhart, und meine Hände gleiten über ihre schweren Brüste, ihre schlabberigen Oberschenkel auf und ab und über diese Mondlandschaft von Arsch. Kaum bin ich drin, kommt sie schon. Aus Gründen der Selbstkontrolle beschließe ich, nicht in den Gummi abzuspritzen, sondern stöhne pro forma, strecke den Körper durch und stoße zuckend mit dem Becken zu, um eine Ejakulation vorzutäuschen.

Wenn ich mich nicht sehr irre, hab ich zum ersten Mal einen Orgasmus vorgetäuscht. Es fühlte sich recht befriedigend an.

Als das Morgenlicht hereinfällt, wird mir das ganze Ausmaß meines Opfers deutlich und erfüllt mich mit Ekel. Dann steht sie auf und sagt: – Ich muss los, ich muss heute arbeiten.

– Wie? frage ich leicht konsterniert. – Du musst arbeiten, obwohl die Rangers auswärts spielen?

– Ach so, nein, ich arbeite nicht mehr im Ibrox. Da habe ich letzte Woche aufgehört. Ich arbeite jetzt in einem Reisebüro.

– Du arbeitest nicht …

– Das war wirklich toll letzte Nacht, Simon. Ich werd dich anrufen! Ich muss mich beeilen, und schon ist sie zur Tür raus, und ich lieg da, geschändet von einer fetten Pissnelke, dank der Inkompetenz von Skreel, dieser Fotze!

Ich frühstücke im Hotel, gehe voller Selbstekel zur Queen Street und klingele Skreel auf seinem Handy an. Er beteuert seine Unschuld, aber ich weiß, dass mich diese dreckige Glasgower Fotze gelinkt hat. – Ich hatte keine Ahnung, Meister. Aber egal, halt dich an sie, die kann dir erzählen, wer sonst da arbeitet.

Ich mache mit einem ›Pffffff‹ das Handy aus und hoffe, dass Nikki mehr erreicht hat als ich.

47

›... Ubiquitous Chip ...‹

Ich bin wund und müde. Mel und ich mussten die Boxringszene mit Craig spielen. Wenigstens musste ich anschließend nicht mit ihm ficken. Das Drehbuch ist geändert worden; das stellten wir als Erstes fest, als wir uns an einem kalten Morgen in einem Boxclub in Leith trafen. Rab baute die Kamera auf und kam zu mir rüber. – Das sollteste nicht machen, davon stand nichts in unserem Skript.

Ich erwidere nichts, aber ich frage Simon. – Wofür soll das gut sein? ›Jimmy holt einen 45-Zentimeter-Doppeldildo raus. Er hat aufgedruckte Längenangaben.‹

– Aye, sagt er, während er Mel herbeiwinkt. – Ich fand, wir bräuchten vor der großen Lesbenliebesszene mehr Spannung zwischen den Mädchen. Das war alles zu sanft, zu schwesterlich, zu verschmust. Ich hatte den Eindruck, es würde am besten funktionieren, wenn's eine gewisse Spannung zwischen den Charakteren gäbe. Beide wollen Tams Schwanz für sich allein haben, versteht ihr?

Ich schaue Mel an, und sie tätschelt mir den Arm. – Das wird schon.

Aber die Szene ist nicht leicht zu spielen. Melanie und ich sind auf allen vieren im Boxring, und der Dildo steckt zwischen uns, in uns. Wir müssen uns rückwärts gegeneinander drücken, und diejenige, die am meisten von dem Dildo in sich drinstecken hat, wenn unsere Arschbacken sich berühren, hat gewonnen und wird von Craig gefickt. Noch schlimmer ist es, wie Simon das inszeniert; er hat Leute zum Anfeuern mitgebracht, aus dem

Pub, in dem sie früher Terrys alte Schmuddelvideos geguckt haben.

Es fühlt sich anders an. Zum ersten Mal, seit ich hier mitmache, fühle ich mich benutzt, nicht wie ein Mensch, sondern zum Objekt degradiert, während diese hässlichen Männer aus dem Pub um den Ring herumstehen und mit verzerrten Gesichtern johlen und schreien. Irgendwann spüre ich Tränen über mein Gesicht laufen. Simons Anfeuerungsrufe, – Komm schon, Nikki, komm, Baby … du bist die Beste … soo sexy … irritieren mich total und machen es noch schlimmer. Ich spüre, wie ich ganz trocken werde und mich verkrampfe. Ich bete darum, dass er einfach die Klappe hält. Egal, was er sagt, ich höre andere Worte in seinem Kopf: *In Großbritannien sehen wir es gerne, wenn andere gefickt werden.* Nach zahllosen Wiederholungen fallen Mel und ich uns erschöpft in die Arme. Ich bin wund gescheuert und fühle mich erniedrigt. – Macht eine Pause, Mädchen. Wir haben genug scharfe Sachen für den Schnitt.

Als ›Gewinnerin‹ absolviert Mel ihre Nummer mit Craig. Simon legt mir den Arm um die Schultern. Er fühlt sich schleimig an. – Fass mich nicht an, sage ich und schiebe seinen Arm weg. Als Mel fertig ist, gehen wir zusammen in den botanischen Garten, drehen einen Joint und gucken uns vorbeigehende Männer jeden Alters aus, bei denen wir zu erraten versuchen, ob sie sich Pornos ansehen oder nicht. Dann spielen wir Slip oder Boxershorts, Schwanz wie ein Hengst oder Schwanz wie ein Hamster und versuchen zu beurteilen, was jeder so in der Hose hat. Wir werden immer lauter und zugekiffter, höhnischer und ätzender, und lecken unsere Wunden, indem wir mit dieser Ersatzhandlung eine gewisse Rache üben.

Simon kommt später in der Wohnung vorbei. – Du warst echt gut, Nikki, die Szene hat dir wirklich was abverlangt.

– Es hat mich verletzt, erkläre ich ihm schroff, – es hat wehgetan.

Simon sieht mich an, als würde er gleich selber in Tränen ausbrechen. – Es tut mir Leid … ich wusste nicht, dass es so laufen würde … das lag an dem Pack, das da vorbeigekommen ist, diese Arschgesichter aus Terrys Pornoclub … Ich sinke in seine Arme. – Du warst so toll, Nikki, aber ich werde dir so etwas nie wieder zumuten.

– Versprochen? frage ich, zu ihm hochschauend; es tut gut, Arme um mich herum zu spüren, so klein, wie ich mich jetzt fühle.

– Versprochen, sagt er.

– Jedenfalls, sage ich, – ist Nummer fünf damit wohl ebenfalls erleuchtet.

– Was ist mit der anderen Sache? fragt Simon, und ich erkläre ihm, dass alles gut läuft.

Denn ich hatte gewusst, dass er anrufen würde. Nach der Arbeit hat er mich zum Essen in einen Laden namens Ubiquitous Chip ausgeführt. Ich hatte da unbedingt hingehen wollen, weil mir der Name so gut gefiel. Simon, Terry und die anderen in Edinburgh verachten Glasgow und seine Einwohner irgendwie, aber ich war schon ein paar Mal mit Leuten von der Uni zum Ausgehen hier und finde es, als neutrale Beobachterin, freundlicher, ungezwungener und lebendiger als Edinburgh.

Das Chip war unser zweiter Abend. Beim ersten im O'Neill's habe ich ihn problemlos geködert und gefragt, ob er nicht Lust hätte, noch woandershin zu gehen. Wir sind in einen kleineren, ruhigeren Pub gegangen, und er wirkte ziemlich entflammt.

Als er mich am Ende des Abends zum letzten Zug zur Queen Street begleitete, ging der arme Trottel wie auf Wolken. Als ich ihm gestattete, auf dem Bahnsteig mit mir zu knutschen, konnte ich spüren, wie seine Erektion mich anstupste. Ich war viel zu sehr Dame, um es zu erwähnen.

Ich stieg in den Zug und winkte ihm zum Abschied so förmlich zu, wie ich konnte. Während ich zusah, wie seine Gestalt kleiner wurde, versuchte ich ihn mir schlanker vorzustellen, mit einer modischeren Brille oder gar Kontaktlinsen, und dachte ... nein.

Unser nächstes Date ist also im Chip, wo ich den entscheidenden Zug mache. Simon hatte mir gesagt, ich soll es cool angehen, aber er weiß ja nicht, wie vernarrt Alan in mich ist. – Ich will doch nicht mehr als einen Ausdruck mit sämtlichen Kunden deiner Filiale, Alan. Sie werden nicht erfahren, dass es von mir kommt. Ich möchte sie an eine Marketingfirma verkaufen. Und dazu die Kontonummern.

– Ich ... ich ... ich werd sehen, was ich tun kann.

Ich gehe zur Toilette, rufe von meinem Handy aus Simon an und erzähle ihm die guten Neuigkeiten.

– Nein, Nikki, zier dich ein bisschen, komm seinen Vorbehalten zuvor.

– Aber er ist verrückt nach mir! Er ist dazu bereit!

– Vielleicht ist er im Moment dazu bereit, aber um das durchzuziehen, müsstest du permanent an seiner Seite sein, vierundzwanzig Stunden am Tag. Willst du das etwa?

– Nein, aber …

– Jetzt ist alles wunderbar, aber wenn er später alleine in seinem Bett liegt, nachdem er sich bis zur Besinnungslosigkeit einen auf dich runtergeholt hat, und die Bitterkeit und der Selbstekel einsetzen, werden ihm Zweifel kommen.

Simon mag keine umfassenden Kenntnisse der menschlichen Natur besitzen, aber auf die Schwächen versteht er sich. Es war einleuchtend. Aber wer würde seiner Wichsfantasie einen Wunsch abschlagen? Welcher Mann könnte sich dem widersetzen?

Aber Simon hatte Recht, Alan *hatte* bereits Bedenken. Solange ich zugegen war, war alles okay, aber allein gelassen schien er sich schnell wieder zu besinnen. Als ich zurückkam, erklärte er, er könne mir die Namen und Adressen besorgen, aber die Kontonummern könnten ihn in Schwierigkeiten bringen. Wieso ich für Marketingzwecke denn die Kontonummern bräuchte?

Was sollte ich darauf sagen? – Ich will sie an einen Hacker verkaufen, der sich ins System der Bank einklinkt und die Konten leer räumt.

– Nein! Das kann ich nicht!

– War nur ein Witz, lache ich.

Er sieht mich nervös an, lacht dann aber auch.

– Ich kenne doch keinen Zugangscode. Und keine Signatur. Dadurch würde die Firma einfach Zeit beim Erstellen ihrer Datenbank sparen. Bloß damit sie so schnell wie möglich so viele Daten wie möglich über ihre potenziellen Kunden einscannen können, das ist alles. Ich nehme eine Fritte aus meiner Schale. – Tolle Fritten, meine ich zu ihm, durch die Tatsache entschädigt, dass die Fritten hier wirklich sehr gut sind.

48
Nutten aus Amsterdam, Teil 5

Edinburgh ist so, wie ich es in Erinnerung hatte: kalt und nass, obwohl der Winter doch eigentlich hinter uns liegt. Ich bitte den Taxifahrer, mich nach Stockbridge zu fahren, zur Wohnung meines Kumpels Gavin Temperley. Temps war einer meiner wenigen Freunde, die H nie angerührt haben, deswegen bin ich mit ihm in Kontakt geblieben. Für Typen wie Begbie hat er nie Zeit übrig gehabt.

Als ich ankomme, verlässt gerade ein attraktives Mädchen in den Zwanzigern die Wohnung. Temps macht ein undurchdringliches Gesicht. Offensichtlich haben sie sich gestritten. – Äh, tschuldige, dass ich dich grad nich vorgestellt hab, sagt er, als wir reingehen. – Das war Sarah. Äh, ich bin im Moment nicht direkt die Nummer eins ihrer Charts.

Ich dachte bei mir, dass ich mich schon mit ner beschissenen Notierung zufrieden geben würde. Ich stelle meine Taschen ab, dann gehen Gav und ich in den Pub und anschließend ein Curry essen. Dieser Inder ist gut und preiswert und bei Paaren beliebt, aber auch bei Trupps besoffener Jungs. In Amsterdam gibt's auch ein paar nette Curryhouses, aber keine vergleichbare Curry-Kultur. Wenn man sich die Gruppe lärmender, besoffener Idioten ein paar Tische weiter anguckt, möchte man sagen: Gott sei Dank. Glücklicherweise sitze ich mit dem Rücken zu ihnen, daher kann ich das Brinjal Bhaji und die Garnelen Madras besser genießen als Gav, der sich ihr lautes, ödes Treiben angucken muss. Nach einem Weilchen sind wir selbst zu angetrunken, um sie weiter zu bemerken. Bis ich die Treppe runter pissen gehe.

Auf dem Rückweg vom Klo macht mein Herz einen Satz und schlägt mir dann bis zum Hals. Einer von den Bekloppten kommt mit geballten Fäusten die Treppe runtergestürmt und direkt auf mich zu. Ich erstarre. Oh, heilige Scheiße ... er ist es ... ich werde ihn abblocken und ihm eine reinhauen, dann trete ich ihm vors Bein und ...

Nein.

Es ist bloß irgendein Irrer, der sich aggressiv an mir vorbeidrängt, aber ich nehm's ihm nicht übel. Ich könnte diesen Soziopathen sogar dafür küssen, dass er *nicht* Begbie ist. Vielen Dank, du bekloppter Headbanger.

– Willste auch noch n Foto? fragt er im Vorbeigehen.

– Tschuldigung, Kollege, hab dich für ne Sekunde mit einem verwechselt, den ich kenne, erkläre ich.

Der Penner murmelt irgendwas und geht dann zum Pott. Ich spiele kurz mit dem Gedanken, ihm nachzugehen, aber ich beherrsche mich. Eins, was mir Raymond, mein Shotokan-Karate-Lehrer eingehämmert hat, war, dass es das Wichtigste beim Kampfsport ist, zu lernen, wann man ihn *nicht* einsetzt.

Nach dem Spachteln gehen Gav und ich zurück in seine Wohnung und sitzen bis spät in die Nacht zusammen, trinken, erzählen Geschichten, reden über das Leben und was so alles seit damals passiert ist. Etwas in seinem Verhalten stimmt mich traurig. Ich fühle mich schrecklich, ihm gegenüber so zu empfinden, und ich seh auch nicht auf ihn herab, weil ich den Jungen verdammt noch mal ehrlich gern hab, aber er macht den Eindruck, als hätte er seine eigenen Grenzen erkannt, ohne zu lernen, mit dem, was er hat, zufrieden zu sein. Er erzählt mir, dass er beim Arbeitsamt immer noch auf der gleichen Besoldungsstufe steht und auch nicht weiter aufsteigen wird. Er ist bei der Beförderung so oft übergangen worden, dass er sich gar nicht mehr darum bemüht. Er vermutet, dass er als Schluckspecht abgestempelt ist. – Komisch, als ich da anfing, war es gradezu ne Grundvoraussetzung, Säufer zu sein. Der Ruf, dauernd im Pub rumzuhängen, bewies deine soziale Kompetenz, deinen Sinn fürs Networking. Heute brandmarkt es einen als Alkoholiker. Sarah ... sie möchte, dass ich das alles hinschmeiße und mit ihr auf Reisen geh, Indien und so, sagt er kopfschüttelnd.

– Mach das doch, rate ich ihm mit drängender Stimme.

Er funkelt mich so böse an, als wollte ich ihn zum Kindesmissbrauch verleiten. – Wenn sie so was vorschlägt, ist das ja okay, Mark, sie ist vierundzwanzig, nicht fünfunddreißig. Das ist ein ziemlicher Unterschied.

– Scheiß drauf, Gav. Du wirst es für den Rest deines Lebens bereuen, wenn du nicht gehst. Wenn du das nicht tust, dann wirst du sie verlieren und in zwanzig Jahren noch in dem Scheißbüro hocken, der Alki mit den zittrigen Händen, die armselige Gestalt, die keiner je selber werden will. Und damit wärst du noch gut dran, vielleicht schmeißen die dich auch beim geringsten Anlass einfach raus.

Gavins Blick wird ganz leer und glasig, und ich begreife plötzlich, wie demütigend und verletzend sich meine betrunkene Tirade für ihn anhören muss. Früher konnte man mit den Leuten so reden, sie wegen ihrer Arbeit zu Scheißhauspapier zerreißen, aber neuerdings sind sie in der Beziehung alle so empfindlich, denn da wir alle älter geworden sind, steht mehr auf dem Spiel. – Ich weiß nich, meint er lustlos und hebt sein Glas an die Lippen, – manchmal denk ich, dass ich einfach zu festgefahren bin. Dass das hier alles ist, erklärt er und sieht sich in seinem hübsch renovierten und eingerichteten Zimmer um. Es ist eine erstklassige Edinburgher Wohnung in einem viktorianischen Altbau: Erkerfenster, großer Marmorkamin, abgeschliffene Böden, Teppiche, richtig antike Möbel oder Repliken, lasierte Wände. Alles ist makellos, und man kann sich denken, dass die Hypothek auf dieser Hütte der eigentliche Grund ist, warum er hier bleiben will. – Ich glaub, ich hab den Absprung verpasst, erklärt er mit Galgenhumor.

– Nee, tu es einfach, fordere ich ihn auf. – Du könntest die Wohnung hier untervermieten, erkläre ich ihm, – dann wär sie immer noch da, wenn du zurückkommst.

– Schauen wir mal, grinst er, aber wir beide wissen, dass er's nicht tun wird, der verdammte blöde Hund.

Gav spürt meine Geringschätzung und sagt: – Dir fällt so was leicht, Mark; ich bin nicht wie du, meint er fast abbittend.

Ich möchte am liebsten sagen, fuck, warum sollte mir das leichter fallen? Das redet er sich doch nur ein. Ich darf allerdings nicht vergessen, dass er mein Gastgeber und mein Freund ist, deswegen sag ich bloß: – Das ist deine Sache, Alter, nur du kannst dein Leben leben, und du weißt selbst, was am besten für dich ist.

Seine Miene verdüstert sich noch mehr, als er diese Feststellung überdenkt.

Am nächsten Tag beschließe ich, unter die Leute zu gehen. Ich setze einen Hut auf, um mein auffälliges rotes Haar zu verbergen, und eine Brille, die ich sonst nur im Fußballstadion oder im Kino trage. Ich hoffe, dass das, plus der neun Jahre, in denen ich älter und fülliger geworden bin, als Verkleidung ausreicht. Ich werd mich auf jeden Fall von Leith fern halten, wo sich noch am ehesten Kumpels von Begbie rumtreiben können, die mich kennen. Ich habe gehört, dass Seeker immer noch oben am Walk lebt, und ich bin so dämlich, hinzugehen, zu meinem zweiten deprimierenden Wiedersehen.

Seekers untere Schneidezähne werden von einer Metallklammer zusammengehalten. Das macht sein fieses Grinsen noch fieser als früher, wie bei dem Beißer aus den Bond-Filmen mit Roger Moore. Gav Temperley hat mir erzählt, dass ein Mob aus Fife oder aus Glasgow, je nachdem, mit wem man spricht, versucht hat, ihm die Zähne zu ziehen. Ich bin froh, dass es ihnen nicht gelungen ist, denn sein Killergrinsen war ein Kunstwerk. Temps hat gesagt, Seeker hätte an den meisten Jungs, die beteiligt waren, blutige Rache geübt, an einem nach dem anderen. Das könnte auch Bullshit sein. Aber eins ist sicher, er ist jemand, dessen Gesellschaft mir einen gewissen Schutz vor Begbies alter Crew bieten könnte. Möglicherweise.

Seeker behandelt mich, als wär ich nie weg gewesen, er versucht sofort, mir Junk zu verkaufen, und scheint überrascht, als ich ablehne. Als wir uns in seiner Bude hinsetzen, frag ich mich schnell, wie ich so blöd sein konnte, hierher zu kommen. Seeker und ich waren nie richtige Freunde, es war immer nur rein geschäftlich. Er hatte keine Freunde, nur einen Klumpen Eis, wo eigentlich sein Herz sitzen sollte. Mich überrascht, wie wenig physische Angst Seeker mir einflößt, obwohl er immer noch groß und kräftig aussieht, und ich frage mich, ob mir das mit Begbie ähnlich ginge. Was einen bei Seeker frösteln lässt, ist seine stille, freudlose Verkommenheit. Er zieht unter dem Sofa etwas raus, das wie der umgedrehte Deckel eines Monopolyspiels aussieht. Ich kann kaum fassen, was ich darin sehe: ein paar benutzte Kondome, gefüllt, die da einfach rumliegen, strategisch platziert.

– Die Arbeit einer Woche, grinst er mit diesem langsamen Totenkopfstarren und streicht sich das lange Haar aus dem Gesicht. – Das war ne Kleine, die ich aus dem Pure abgeschleppt hab, erklärt er mir gleichgültig, auf eins der Kondome zeigend. Sie sahen aus wie tote Soldaten auf einem Schlachtfeld, ein Holocaust. Ich wär nicht gern zugegen gewesen, als sie hergestellt wurden.

Ich weiß nie richtig, wie ich in solchen Situationen reagieren soll. Ich guck mir einen David-Holmes-Flyer aus dem Vaults an, der an der Wand hängt. – Ich wette, das war ein netter Abend, sage ich und zeige darauf.

Seeker ignoriert mich und weist auf ein weiteres Kondom. – Das war eine Studentin aus m Substantial. Englisches Mädel, ergänzt er. Und für einen Moment kommt es mir tatsächlich so vor, als wären das Frauen, zu einem Streifen blassrosa Gummi eingeschmolzen und geschrumpft von irgendeinem Laserstrahl, der aus Seekers Schwanz kommt. – Die da, er zeigt mir eine bräunliche, – war eine, die ich abends mal im Windsor getroffen hab. Hab's ihr in alle Löcher besorgt, erklärt er mir, ehe er zischend die Standardreihenfolge runterrasselt: Mund, Fotze, Arsch.

Ich seh Seeker förmlich über irgendeiner doofen kleinen Maus, wie er sie in den Arsch fickt und sie die Zähne vor Schmerz zusammenbeißt, während die Warnungen von Eltern und Freunden, sich nicht mit den falschen Leuten einzulassen, den unbarmherzigen Soundtrack zu ihrer Qual und ihrem Elend liefern. Vielleicht hat sie sogar versucht, sich danach an den Drecksack zu kuscheln, um sich selbst weiszumachen, es sei ihre freie Entscheidung gewesen, eine geheime Übereinkunft, nicht etwas, das einer Vergewaltigung gleichkommt. Vielleicht hat sie aber auch nur gemacht, dass sie Land gewinnt, sobald sie konnte.

Seekers Augen, diese in den Schnee gepissten Löcher, huschen über ein weiteres Kondom. – Das war ne echt versaute kleine Nutte, der ich's so richtig besorgt hab ...

Er war bekannt dafür, dass er versuchte, Mädchen zum Drücken zu überreden. Mikey Forrester und er gaben ihnen H und fickten sie dann, während sie panne waren. Sie liebten es, Mädchen draufzubringen, die dann für nen Druck mit ihnen fickten. Ich betrachte Seeker und denke, wie Leute sich doch von der Bosheit vereinnahmen lassen, sich für so geringen Lohn in ihren Möglichkeiten einschränken und bestimmen lassen. Was hat er von all dem? Einen Fick mit einer Leiche.

Das ist jetzt also meine Posse: ein schäbiger kleiner Beamter und ein alter Bekannter, der mit H dealt, zu dem Begbie kaum Kontakt hatte. Nein, ich kann's kaum abwarten, wieder wegzukommen. Ich rufe meine Ma und meinen Vater an, die jetzt in Dunbar wohnen, und kündige meinen Besuch an. Als ich rausgeh, meint Seeker: – Denk dran, wenn du deine Meinung änderst un n Pack haben willst…

– Aye, nicke ich.

Ich gehe nach draußen und gucke den Walk rauf und runter; Leith zieht mich an und stößt mich zugleich ab. Das ist wie auf einer Klippe: Der Rand übt eine unwiderstehliche Anziehungskraft aus, aber zugleich hat man Angst davor. Ich stelle mir ein Brötchen mit Ei und einen Becher Tee im Canasta vor, oder ein Pint Guinness im Central. Schlichte Freuden. Aber nein, ich gehe in die andere Richtung. Pubs und Cafés gibt's auch in Edinburgh.

Ich ruf Sick Boy an, der immer noch versucht, meinen Aufenthaltsort in Edinburgh spitzzukriegen, aber den werd ich ihm keinesfalls anvertrauen. Außerdem will ich nicht, dass Gav Scherereien kriegt.

Ich frage, wie die Dinge stehen, und er ist euphorisch über die Dreharbeiten und die Fortschritte bei seinem linken Geschäft. Dann erzählt er mir Besorgnis erregende Neuigkeiten über Terry Lawson. – Gehste heut Nachmittag bei ihm vorbei? frage ich.

Er schnarrt mir über die Leitung abgehackt ins Ohr: – Würd ich gern, aber ich spiel Fives im Jack Kane. Birrell geht hin, sagt er und spuckt Rab Birrells Telefonnummer aus. Ich fand Rab ganz nett, als ich ihn in Amsterdam kennen gelernt hab. Ich kannte seinen Bruder flüchtig, ist Jahre her, war ein netter Kerl, zudem ein guter Boxer. Ich ruf Rab an, und er erzählt mir noch mal die Geschichte von Terrys Missgeschick. Rab will ihn besuchen, daher verabreden wir uns im Doctor's Pub. Er kommt mit zwei umwerfend gut aussehenden Mädchen, die er mir als Mel und Nikki vorstellt.

Ich weiß sofort, wer sie sind, und augenscheinlich wissen sie auch das ein oder andere über mich. – Du bist also der berühmte Rents, von dem wir so viel gehört haben, strahlt Nikki cool, wunderschöne, große Augen, die mich verschlingen, Zähne wie Perlen. Ich spüre einen Ruck in meinem Innersten und ein Knistern von Elektrizität, als sie mein Handgelenk berührt. Dann nimmt sie ihre Zigaretten und sagt: – Komm, rauch doch eine Zigarette mit mir.

– Hab ich vor Jahren aufgegeben, sag ich zu ihr.

– Also keine Laster, neckt sie mich.

Ich zucke möglichst enigmatisch mit den Schultern und erkläre dann: – Na ja, ich bin ein alter Freund von Simon.

Nikki streicht sich die langen braunen Haare aus dem Gesicht, wirft den Kopf zurück und lacht. Sie hat diesen leicht nasalen Vorstadtakzent aus Südengland, ohne die Affektiertheit der Reichen oder den vollen Klang der Arbeiterschicht. Sie ist eine derart attraktive Frau, dass eine so nichts sagende Stimme schon fast anstößig ist. – Simon. Ein interessanter Kerl. Du wirst also bei dem Film mitmachen?

– Ich werd's mal versuchen, grinse ich.

– Mark wird sich um die Finanzierung und den Vertrieb kümmern. Er hat jede Menge Kontakte in Amsterdam, erklärt Rab.

– Klasse, sagt Melanie in einem wunderbaren Edinburgher Proletenakzent, der die Farbe von den Wänden schälen könnte.

Ich hole eine neue Runde Getränke. Ich bin neidisch auf Sick Boy, Terry, Rab und jeden anderen, der eine Fick-Szene mit diesen beiden hat, und beschließe, mich selbst so schnell wie möglich in diesen kleinen Club einzubringen. Ich hege keinerlei Zweifel, dass Sick Boy mit einer oder beiden pennt.

Aber nun ist Besuchszeit, also begeben wir uns zum Krankenhaus und auf Terrys Zimmer. – Alles klar, Mark? fragt Terry herzlich. – Wie geht's Amsterdam?

– Nicht übel, Terry. Is ja echt Pech mit dem kleinen Betriebsunfall, drücke ich mein Mitgefühl aus. Terry ist auch so ein Typ von früher, an den ich mich erinnere. Der war schon immer eine Marke für sich.

– Aye ... so was kann passieren, was? Muss mich zurückhalten, nich leicht bei den ganzen scharfen Krankenschwestern hier.

– Na ja, denk an die Zukunft, lege ich ihm nahe und deute mit dem Kopf zu den beiden Mädchen, die sich angeregt unterhalten, – du wirst ihn schließlich noch brauchen.

– Allerdings, das Salz in der Suppe. Eine Zukunft ohne Sex … Er schüttelt in echtem Entsetzen den Kopf, es ist ja auch ein grauenvoller Gedanke.

Ich habe bemerkt, dass Mel und Nikki rumalbern und offensichtlich etwas planen. Sie haben irgendeinen Unsinn vor. Dann ziehen sie plötzlich die Vorhänge um Terrys Bett zu. Zu meiner Überraschung holt Nikki ihre Titten raus, und Mel folgt ihrem Beispiel. Dann fangen sie an, sich langsam und innig zu küssen und gegenseitig ihre Brüste zu liebkosen. Ich bin von den Socken und versuche, das mit dem Edinburgh auf einen Nenner zu bringen, das ich verlassen hatte.

– Nich … aufhörn … quiekt Terry; unter seinem Gerüst müssen ihm die Nähte aufplatzen, als sich sein Steifer aufrichtet. – AUFHÖRN, VERDAMMT …

– Was sagste? fragt Mel.

– Bitte … ich mach kein Spaß … jammert er, die Hand vor den Augen.

Schließlich hören sie auf und lachen sich schlapp, während er sich in Schmerzen windet. Anschließend bleiben wir nicht mehr lange; Terry kann es kaum erwarten, dass wir abhauen.

– Kommst du mit, noch was trinken, Mark? fragt Mel beim Verlassen der Station.

– Yeah, lass uns einen Whisky zusammen trinken, schnurrt Nikki. In Clubs hab ich schon Tonnen von Mädchen ihrer Sorte kennen gelernt: kokett, unwiderstehliche Sexualität verströmend. Es prickelt einem ein bisschen in den Ohren, und man fühlt sich wie was ganz Besonderes, doch dann begreift man, dass sie zu jedem so sind. Aber man muss mich nicht lange bitten. Ich bin begierig auf Gesellschaft, auch wenn sich mein Magen etwas heikel anfühlt und meine Verdauung sich bemerkbar macht. – Ich muss mal auf die Toilette. Ich hatte die Curryhouse- und Lagerbier-Kultur hier ganz vergessen.

Ich setze mich ab und gehe aufs Männerklo. Es ist eine große Toilette; Pinkelrinne, eine Reihe von Waschbecken und sechs Scheißhauskabinen aus Aluminium. Ich geh direkt in die erste

Kabine und reiße mir schnell meine Hose und Unterhose runter, bevor ich anfange, meine Innereien zu entleeren. Was für eine Erlösung. Als ich mir gerade den Arsch abputzen will, höre ich, wie jemand aufs Klo kommt und in die Kabine nebenan geht.

Als er sich hinsetzt und ich meine Loch-Hygiene gerade beende, höre ich einen Fluch, gefolgt von einem Klopfen gegen die metallene Trennwand. Die Stimme kommt mir vertraut vor.

– He, Kumpel, hier is kein Fuck-Scheißhauspapier. Kannste ma was unten durchschiem?

Ich will gerade ›logo‹ sagen und auch über die mangelnde Wartung der Klos schimpfen, da erscheint mir ein Gesicht vor Augen, und mir erstarrt das Blut. Aber das kann doch nicht sein. Nicht hier. Das ist einfach unmöglich.

Ich gucke durch den Spalt unten an der Trennwand, eine Lücke von etwa zehn Inches. Ein ordentliches Paar schwarze Schuhe. Aber sie haben Stahlkappen. Und dann diese Socken.

Die Socken sind weiß.

Ich ziehe instinktiv meine eigenen, in Trainingsschuhen steckenden Füße von dem Spalt weg, als die Stimme drohend brüllt:

– Lass rüberwachsen, Kumpel!

Zitternd reiße ich etwas Papier von der Rolle und schiebe es langsam unter der Wand durch.

– Alles klar, knurrt die Stimme.

Während ich meine Unterhose und meine Hose hochziehe, erwidere ich in Angstschweiß gebadet: – Gern geschehen, und versuch dabei so schnöselig wie möglich zu klingen. Ich geh schnell raus, ohne mir die Hände zu waschen.

Ich kann Rab, Nikki und Melanie am Getränkeautomaten auf mich warten sehen, aber ich mache kehrt und flitze den Flur runter, zitternd. Ich muss hier weg. Eigentlich sollte ich cool bleiben und aus einiger Entfernung gucken, wer da aus der Tür kommt, um mir Gewissheit zu verschaffen anstatt diese quälende Ungewissheit zu ertragen, aber nein, ich muss so weit von diesem verfickten Krankenhaus weg, wie ich nur kann. Die Fotze ist wirklich da. Er lebt. Er ist raus.

49
ALLEIN ZU HAUS

Die beschissene June war am Apparat, meint, ich soll vorbeikommen, weil Sean Michael was getan hat. Da denk ich mir, soll der dämlichen kleinen Fotze von Michael doch ne Lehre sein, nich so n beschissenes Weichei zu sein. – Geh mir nich auf n Senkel, verklicker ich ihr. Wennse sich richtig um die Blagen kümmern würd, würden die auch nich so n beschissenen Ärger machen.

Jetzt fängt die andere an: – Was is los, Frank?

Ich leg die Hand über die Sprechmuschel. – Die bescheuerte June. Regt sich auf, weil die Blagen sich kloppen. Is doch genau das, wozu Jungs da sin, sag ich. Ich nehm die Hand wieder weg.

– Scheiße, komm gefälligst her, Frank! kreischt die mich immer noch mit dieser ätzenden schrillen Stimme durchs Telefon an. – Alles is voll Blut!

Ich knall den Hörer auf un schnapp mir meine Jacke.

– Wir wollten doch ausgehn, sagt Kate und macht n voll saures Gesicht.

– Mein Sohn is scheißnochmal am Verbluten, du dämliche Fotze! erklär ich ihr, stürm raus und denk dabei, dass sie eigentlich n paar in die Fresse verdient hätte, so scheiß-unsensibel zu sein. Kriegtse vielleicht auch noch. Fängt langsam an, mir auf die Titten zu gehn. So sin die Weiber. Ja, klar, am Anfang war alles schön, wa: die Flitterwochenzeit, aber die hält nie lange vor, nee, echt nich.

Der Van is im Arsch, also ich auf m Walk, un die erste Fotze, die ich seh, is Malky, der grad aus m Buchmacher kommt. Und wenn der da rauskommt, weißte, wo der hingeht, in die Scheißkneipe nämlich. Bombensicher. Hab die Fotze nich mehr gesehn, seit ich dem Großmaul Norrie bei unserm Kartenründchen die Flasche überziehn musste. – Alles klar, Franco? Zeit für n Bier?

Ich habs zwar eilig, aber ich hab n Heidendurst. – Nur eins auf die Schnelle, Malky. Häusliche Krise: Die eine Fotze nervt einen am Telefon, die andere Fotze nervt einen zu Haus. Is echt schlimmer wie im Knast.

– Sach bloß, meint Malky.

Malky is okay, die Fotze. Komisch, wo ich an Norrie denk, fällt mir ein, wie ich mal vor Ewigkeiten wegen nem Streit wegen irgendwas inner Glotze Malky bei Goags Nisbet die Rübe eingehaun hab. Was wars noch mal? ... Tennis. Ich weiß nich mehr, wer da spielte, war aber Scheiß-Wimbledon. Aye, ich hab der Fotze ne Flasche Sherry übern Kopf gehaun. Aber das is alles längst vergessen, denn wir warn alle hackebreit, da kann so was schon mal vorkomm. Aye, Malky is in Ordnung. Er stellt zwei Pints Lager hin und erzählt mir von Saybo aus Lochend, der blöden Fotze.

– Dieser Saybo, die Fotze, hatte n Springmesser inner Tasche. Der Idiot fängt n Streit mit Denny Sutherlands Mob an, un eine von den Fotzen will ihm in die Eier treten un trifft stattdessen die Tasche mit m Messer drin. Da geht das Messer auf, eins von den Scheißdingern mit richtig was dahinter, un der Fotze voll in die Eier.

Ich versuch, drauf zu kommen, weswegen ich Malky damals die Flasche übergezogen hab. War das wegen Tennis oder wegen Squash? Jedenfalls eins von den Spieln mit so nem Scheißschläger. Er war für die eine Fotze, ich für die andere ... was weiß ich, is alles n bisschen verschwommen.

Malky erzählt mir, dass Nelly aus Manchester wieder da is un sich die ganzen Tattoos aus m Gesicht hat wegmachen lassen, mit so ner verfickten Operationstechnik. Kein Wunder, die Fotze hat ja vielleicht auch ausgesehn; einsame Insel aufer Stirn, ne Schlange auf der einen Backe, n Anker auf der andren. Verdammter Schwachkopf; da kannste bei jeder Gegenüberstellung gleich ›Hallo!‹ rufen. Die Fotze hat sich immer für den Größten gehalten. Aber gut, dass wern wiederham, solang er nich anfängt, sich für was zu halten, wasser nich is.

Nach n paar Bierchen geh ich dann hin und find sie unten vorm Treppenhaus, wie sie mit irgendner Kuh am Streiten is, die auf m Absatz kehrtmacht und reingeht, als sie mich kommen sieht. – Wo warste! Ich warte auf n Taxi! sagt sie.

– Geschäfte, mein ich und guck mir Michael an. Der kleine Sack hält sich n Stück Stoff ans Kinn. Das is voll Blut.

Ich schau Sean an und geh auf ihn zu, und er weicht zurück un duckt sich. – Was fürn Scheiß haste da gemacht!

Sie mischt sich ein. – Das hätt ihm die Kehle durchschneiden können! Hätte direkt ne verdammte Schlagader treffen könn!

– Was is n passiert, verdammte Scheiße?

Ihr treten die Augen aus der Rübe, als hättse irgendwas genommen. – Er hat n Stück Draht zwischen die Türpfosten gespannt, genau in der Höhe von Michael seim Hals. Dann hat er den Kleinen gerufen, er soll komm, da wär ET im Fernsehn, weißte, die Telefonreklame, wo der Junge für die Hibs n Elfer gegn die Hearts schießt. Michael kam ganz aufgeregt angerannt. Glück, dasser nich richtig gemessen hat und er nich mit m Hals reingerannt is. Das hätt ihm doch scheißnochmal n Kopf abreißen könn!

Ich denk für mich, ist doch echt clever, wa, für mich beweist das doch nur Initiative. Ich un Joe ham so Sachen als Blagen auch ständig gemacht. Wenigstens zeigt das, dass er Manns genug is, was zu tun, statt die ganze Zeit dämlich rumzusitzen und Scheißvideospiele zu spieln wie andere Kröten heutzutage. Ich guck Sean an.

– Ich hab das aus *Kevin allein zu Haus*, sagt er.

Ich steh mit den Händen in den Hüften einfach da un guck June an, die dämliche Fotze. – Dann isses verficktnochmal deine Schuld, erklär ich ihr, – wenn du ihn so ne Scheißvideos gucken lässt.

– Wieso meine …

– Scheißvideos zeigen, die Kindern nur gewalttätige Ideen in die Köpfe setzen, schnauz ich die Fotze an, aber ich werd mich mit der nich streiten, nich hier auf der Scheißstraße. Denn wenn ich das tu, kriegt sie n paar vor die Fresse, und das hat mich ja letztendlich überhaupt reingerissen, die beschissene Kuh hat mich so genervt, dass ich ihr die blöde Fresse poliern musste. Das Taxi kommt, und ich steig ein. – Ich bring ihn hin und lass es nähen, un du verpisst dich, sag ich zu ihr. Denn mit der Gesichtsbaracke will ich mich nich sehn lassen. Sonst denken die Leute am Ende, wir wärn immer noch zusammen. Man brauch nich die abgenagten Knochen vonnen Chickenwings von letzter Woche, wenn man nen frischen McDonald's haben kann, sag ich immer.

Aye, die hat echt den vollen Cracknutten-Look, und, Alter, wenn die direkt vor den verdammten Blagen ihren Augen Steine raucht ... aber nee, die weiß nich mal, was Steine sin, die sieht einfach nur so vollfertig aus.

Ich schnapp mir Michael un steck ihn ins Taxi, und wir zischen ab un lassen die Fotzen auf der Straße stehn. Der kleine Scheißer hält sich immer noch den Lappen drauf. Is wirklich nich in Ordnung, was Sean da mit ihm gemacht hat. – Triezt er dich viel? frag ich.

– Aye ... sagt Michael, un seine Augen sin total feucht wie bei nem kleinen Mädchen.

Dem kleinen Scheißer muss ich mal n paar weise Ratschläge auf n Weg geben, un zwar genau jetz, sonst erwartet ihn nur Scheiße im Leben. Darauf kannste einen lassen. Un sie wird sich nich drum scheren, nee, die nich. Die wird bloß warten, bis mal wieder was passiert, un dann ihre Scheißkrokodilstränen heuln. – Na, heul deswegn nich, Michael. Ich war auch der Jüngere und habs von deinem Onkel Joe genauso abgekriegt. Man muss lernen, sich durchzusetzn. Besorg dir n Scheißbaseballschläger und schlag der Fotze den Schädel ein, wart ab, bis er in der Pofe liegt un am Ratzen is. Das wird ihm ne Lehre sein. Hat bei Joe auch funktioniert, nur dass er von mir ne Dachlatte übern Kopf gekriegt hat. So was musste machen. Er is vielleicht stärker als du, aber er ist nich stärker als ne verdammte Dachlatte in die Fresse.

Man kann sehn, wie das der kleinen Fotze zu denken gibt.

– Un du hast Glück, dasste einen wie mich has, der dir das alles verklickert, denn weißte, als ich in deinem Alter war und es ich un Onkel Joe hieß, da war keine Sau da, die mir helfen konnte, da musst ich alles von selbst draufkommen. Die alte Fotze, die ich als Vater hatte, hat sich da n Scheißdreck drum geschert.

Der Kleine zappelt total in seim Sitz rum un macht n blödes Gesicht. – Was denn nu schon wieder? frag ich.

– In der Schule haben sie gesagt, dass wir nicht fluchen sollen. Miss Blake sagt, das wär nicht schön.

Miss Blake sacht, das wär nich schön. Kein Wunder, dass Sean das kleine Arschgesicht fertig machen wollte. – Un ich weiß, was deine Miss Blake verdammt nötig hat, erklär ich ihm. – Lehrer wissen nen Scheißdreck, lass dir das von mir gesagt sein, ich zeig auf meine Brust. – Hätt ich je auf irgendnen Scheißlehrer gehört, hätt ichs im Leben nie zu was gebracht.

Das gibt dem Jungen zu denken, das merkt man. Ganz wie ich, die kleine Fotze, n richtiger Denker. Wir kommen ins Krankenhaus, in die Notaufnahme, und die Schwester kommt un macht diese bescheuerte Untersuchung. – Das muss genäht werden.

– Aye, mein ich, – weiß ich auch. Kriegense das hin?

– Ja, wenn Sie bitte warten wollen, bis Sie aufgerufen werden, meint die.

Dann warten wir ne verfickte Ewigkeit. Was fürn Haufen Scheiße. In der Zeit, die wo für die Scheißuntersuchung gebraucht wurde, hätt mans auch gleich nähen können. Mir reißt hier langsam die Geduld, un ich will die Rotzgöre gerade mitnehmen und ihm ne Naht in Heimarbeit verpassen, da werden wir aufgerufen. Die ganzen Scheißfragen, die se da stellen, als hätte *ich* dem kleinen Scheißer was getan. Ich steh kurz vor m Ausrasten, aber ich reiß mich zusammen, um sicherzugehn, dass er Sean nich verpfeift, und wenn auch bloß aus Versehn.

Als wir endlich fertig sind, flüster ich ihm ins Ohr: – Und verpfeif Sean auch nich in der Schule, an deine Miss Blake oder wie die Fotze heißt, kapiert? Sach, du wärs hingefallen.

– Okay, Dad.

– Scheiß auf okay, vergiss bloß nich, was ich gesagt hab.

Ich sag ihm, er soll hier warten, während ich auf n Pott geh, eine qualmen. Heutzutage kannste nich mal mehr irgendwo eine rauchen.

Es dauert Ewigkeiten, bis ich das Scheißding find, ich muss schließlich sogar n ganzes verficktes Treppenhaus rauf. Als ich da bin, muss ich auch noch scheißen. Garantiert war das Scheißkoks, das ich genommen hab, mit beschissenem Abführmittel gestreckt. Aye, dafür wird einer n paar in die Fresse kriegen. Ich geh in eine von den Kabinen und zieh die Hosen runter, bevor ich schnalle, dass kein Papier da ist. Die sollten doch eigentlich astrein gewartet sein, un was is? Verfickte Scheißseuchenherde. Kein Wunder, dass beim NHS die Leute sterben wie die Fliegen. Zum Glück is in der Kabine nebenan n anderer Typ am Scheißen.

– He, Kumpel, ich hau an die Aluminiumwand, – hier is kein Fuck-Scheißhauspapier. Kannste ma was unten durchschiem?

N Moment lang rührt sich nix.

– Lass rüberwachsen, Kumpel, ruf ich.

N paar Blatt Papier werden unter der Tür durchgeschoben. Wurd auch langsam Zeit.

– Alles klar, mein ich und fang an, mir n Arsch abzuwischen.

– Gern geschehen, sagt der Typ, so total schnöselig. Wahrscheinlich einer von den Ärzten, die hier in jedem rumstochern, der hält sich für werweißwas. Ich hör ne Tür gehen und dann ne andere. Die dreckige Sau hat sich nich mal die Hände gewaschen. Und das im Scheißkrankenhaus!

Glück für den Siffsack, dasser nich mehr da war, als ich rauskam. Ich schrubb mir jedenfalls die Hände ordentlich ab, ich bin ja nich so ne Drecksau wie gewisse andre Leute. Pass auf, wenn das die Fotze war, die mein Jungen genäht hat mit dreckigen Flossen …

50
›... einen Fischauflauf ...‹

Dieser Mark ist ein komischer Vogel. Ich frag mich, ob wir ihn mit unserer Tittenshow für den armen Terry in Verlegenheit gebracht haben. Wir haben vor den Toiletten auf ihn gewartet, aber er verschwand einfach, ohne noch was mit trinken zu gehen oder wenigstens tschüs zu sagen. – Vielleicht hat er sich in die Hose gekackt, lachte Mel, – und musste nach Hause, sich umziehen!

Wir genehmigten uns jedenfalls ein paar, und dann ging ich nach Haus, wartete auf meinen Anrufer aus Glasgow und machte einen Fischauflauf, während ich mich mit Dianne unterhielt. Sie hatte Jayne, Freida und Natalie, die Mädchen aus dem Saunaclub, interviewt.

Dianne freut sich, weil sie gut vorankommt. – War wirklich nett, mich mit diesen Mädchen bekannt zu machen, Nikki. Jetzt habe ich genug für eine statistisch repräsentative Gruppe zusammen, was meine Untersuchung mit ein bisschen wissenschaftlicher Seriosität unterfüttert.

Sie ist ein kluges Mädchen und hat eine wahnsinnige Arbeitsmoral. Manchmal beneide ich sie. – Du bist die Größte, Süße, erkläre ich ihr. Ich gehe in die Küche, fülle eine Gießkanne mit Wasser und lege ein Polly-Harvey-Tape ein. Ich fange an, die Blumen zu gießen, von denen eine oder zwei etwas vernachlässigt aussehen.

Ich hör mein Handy im Wohnzimmer klingeln und rufe Dianne zu, dass sie drangehen soll. Sie scheint irgendwem einen Moment zuzuhören, bevor sie sagt: – Entschuldigung, Sie sprechen da wohl mit der Falschen. Ich bin Dianne, Nikkis Mitbewohnerin.

Sie reicht mir das Handy, es ist Alan. Er war so sehnsüchtig und verzweifelt, dass er nicht mal den Edinburgher Akzent von einem englischen unterscheiden konnte. Ich stell ihn mir vor, bei der Arbeit in seiner Bank, auf seine goldene Taschenuhr wartend.

– Nikki ... Ich muss dich wiedersehen ... wir müssen reden, winselt er, während ich ins Wohnzimmer gehe. Armer Alan. Die Weisheit der Jugend gepaart mit der Dynamik des Alters. Gute Kombination fürs Bankwesen, die aber nichts einbringt. Zumindest ihm nicht.

Immer müssen sie reden.

– Nikki? bittet er flehentlich.

– Alan, sage ich, um zu zeigen, dass ich zwar noch dran bin, aber vielleicht nicht mehr lange, wenn er nicht aufhört, meine Zeit zu vergeuden.

– Ich hab nachgedacht ... sagt er eindringlich.

– Über mich? Über uns?

– Ja, natürlich. Über das, was du gesagt hast ...

Ich weiß nicht mehr, was ich gesagt habe. Welche dummen ausgefallenen Versprechungen ich ihm gemacht habe. Ich will das, was er hat, und zwar sofort. – Hör mal, was hast du gerade an: Boxershorts oder einen Slip?

– Was meinst du damit? jammert er. – Was ist das für eine Frage? Ich bin auf der Arbeit!

– Trägst du auf der Arbeit keine Unterhose?

– Doch, aber ...

– Willst du wissen, was ich anhab?

Am Telefon entsteht eine Pause, gefolgt von einem lang gezogenen – Waaa ...

Ich kann seinen heißen Atem fast in meinem Ohr spüren, der arme Liebling. Männer sind so ... hündisch. Uns nennen sie läufige Hündinnen, aber das ist nur eine Projektion, denn sie wissen, dass sie selbst hündisch sind, dass das ihre Natur ist: sabbernde, leicht erregbare, würdelose Rudeltiere. Kein Wunder, dass man sagt, der Hund sei der beste Freund eines Mannes. – Es sind keine sexy Dessous, es ist ausgewaschene, zerschlissene Baumwollunterwäsche mit Löchern und ausgeleiertem Gummibund. Das liegt daran, dass ich Studentin bin und pleite. Ich bin pleite, weil du dich weigerst, mir einen einfachen Ausdruck mit den Namen der Kontoinhaber deiner Filiale und ihren Kontonummern zu geben. Ich hab ihre PIN-Nummern nicht, ich werd sie nicht ausplündern. Ich will sie nur an eine Marketingfirma verkaufen. Die zahlen mir pro Name fünfzig Pence. Das wären fünfhundert Pfund für tausend Namen.

– Wir haben über dreitausend Kunden bei unserer Filiale …

– Süßer, das wären fünfzehnhundert Pfund, und ich wär alle meine Schulden los. Und ich wäre mehr als bereit, so eine Initiative zu belohnen.

– Aber wenn ich erwischt werde … Er atmet schwer aus. Alans permanenter Elendszustand kuriert einen von der Vorstellung, Dummheit könnte ein Segen sein.

– Liebling, das wirst du nicht, erkläre ich ihm, – du bist viel zu clever.

– Ich treff dich morgen um sechs. Dann habe ich die Listen.

– Du bist ein Engel. Ich muss aufhören, ich hab einen Auflauf im Ofen. Bis morgen, Liebling!

Ich mache Schluss und gehe in die Küche an den Herd. Dianne blickt von ihrem Bücherstapel auf. – Männerprobleme?

– Die sind kein Problem, die armen kleinen Herzchen, sage ich gnädig, – überhaupt kein Problem, ich schiebe ihr mein Becken entgegen und tätschele meinen Schritt. – Pussypower schafft sie alle.

– Yeah, meint Dianne und trommelt mit ihrem Stift gegen ihre Zähne. – Das ist das Traurigste, was ich bei meinen Recherchen rausgefunden hab. Die ganzen Mädchen, mit denen ich gesprochen habe, haben diese Power, diese Titten-, Arsch- und Muschipower, aber sie verkaufen sie zu billig. Sie verschenken sie praktisch. Das ist ne verdammte Tragödie, Schwester, sagt sie in beinahe warnendem Tonfall.

Das Festnetztelefon klingelt, und ich erkenne nicht gleich, wem die Stimme gehört, die auf den AB spricht. – Hi, Nikki, ich hab deine Nummer von Rab. Ich wollte mich dafür entschuldigen, dass ich mich gestern einfach in Luft aufgelöst habe. Es ist, äh, etwas peinlich … Dann wird mir klar, dass das Mark Renton ist, und ich nehme ab.

– Hi, Mark, mach dir deswegen keine Gedanken, Süßer, ich unterdrücke ein Lachen, als Dianne mich fragend anguckt, – wir hatten so was schon vermutet. Hattest du nicht was von Curry erwähnt? Was treibst du so?

– Jetzt im Moment? Nichts. Der Typ, bei dem ich wohne, ist mit seiner Freundin ausgegangen, also sitz ich rum und guck fern.

– So ganz allein?

– Aye. Und was hast du so vor? Lust, was trinken zu gehen?

Da bin ich mir nicht so sicher, und ich bin auch nicht sicher, ob ich Lust auf Mark hab. – Ach, ich bin nicht so in Ausgehlaune, aber komm doch auf ein Glas Wein und einen Joint vorbei, wenn du Lust hast, sage ich. Nein, der ist nicht mein Fall, aber er weiß viel über Simon, und der ist hundert Prozent mein Fall.

Und so taucht Mark etwa eine Stunde später auf, und ich bin zwar nicht schockiert, aber doch überrascht, dass er und Dianne sich von früher kennen. So ist Edinburgh eben manchmal, Schottlands größtes Dorf. Also sitzen wir dann alle ne Weile kiffend rum, und ich versuche, das Gespräch auf Simon zu bringen, doch es wird bald unübersehbar, dass Mark und Dianne aufeinander stehen. Ich komme mir total überflüssig vor. Schließlich schlägt er vor, runter ins Bennett's oder ins IB zu gehen.

– Yeah, cool, meint Dianne. Das ist seltsam; sonst lässt sie ihre Arbeit nie einfach so liegen, und eigentlich hatte sie heute wieder eine Nachtschicht an der Diplomarbeit eingeplant.

– Ich hab keine Lust, wegzugehen, erkläre ich ihnen. – Ich dachte, du hättest so viel zu tun, meine ich lachend.

– Das eilt nicht, grinst Dianne durch zusammengebissene Zähne. Als Mark kurz pissen geht, schneide ich ihr eine Fratze.

– Was denn? fragt sie mit einem leichten Grinsen.

Ich schlinge die Arme übereinander und mache Fickbewegungen. Sie verdreht gelangweilt die Augen, doch ein kleines Lächeln umspielt ihre Lippen. Er kommt zurück, und sie gehen.

51
Linkerei Nr. 18 748

Renton traut sich auch weiterhin nicht in die Nähe des schönen Hafens Leith. Nicht, dass ich ihm daraus nen Vorwurf mache. Er will mir nicht mal sagen, wo er wohnt, allerdings weiß ich, dass seine Ma und sein Dad heute irgendwo außerhalb leben.

Nikki erzählt mir, dass es in ihrer WG heftig zwischen Rents und ihrer Mitbewohnerin Dianne knistert. Wie's scheint, hat er früher mal mit ihr gebumst. Ich kann mich nicht an sie erinnern, dabei bilden Rentons Ex-Ficks nicht unbedingt so ein unüberschaubares Meer von Gesichtern wie ein Winterschlussverkauf auf der Princes Street. Wobei ich sagen muss, er hat immer versucht, seine Perlen von mir fern zu halten, wahrscheinlich, damit ich sie ihm nicht ausspanne. Renton hatte schon immer den Hang, verblüffend viel in Beziehungen zu investieren, konnte sogar manchmal den liebeskranken Trottel spielen. Aber was für eine Frau kann das schon sein, die sich mit nem Rotschwänzchen einlässt?

Skreel hat mich mit Tina, einer anderen Ische, zusammengebracht, die weniger stressig als die erste war und mir problemlos eine Liste der Saisonkarteninhaber besorgt hat. Sie hat mir erzählt, dass sie insgeheim Celtic-Fan wär. Das kommt dabei raus, wenn man auf dem Arbeitsmarkt Chancengleichheit einführt.

Ich bin im Pub und bester Laune, trotz der Gruppe von jungen Prolls, die immer noch bei der Jukebox rumhängt. Dieser Philip hat ne ziemlich große Klappe, ich hab ein paar Mal beobachtet, wie er mit Begbie geredet hat. Er hält sich offensichtlich für den großen Macker, aber zumindest schlägt er mir gegenüber einen etwas respektvolleren Ton an, weil er weiß, dass zwischen Franco und mir irgendeine Verbindung besteht.

Der Typ koordiniert gerade die Kräfte, um seinen großen, schlaksigen Kumpan mit dem Sprachfehler zu verarschen, diesen unterbelichteten Curtis, der anscheinend immer Opfer ihrer Hänseleien ist. Sie produzieren sich vor den kleinen Schnepfen, mit denen sie zusammenstehen, aber es ist ehrlich gesagt ziemlich witzlose Kost. – Er is n verdammter Homo, sagt der Kerl, und die Schultern von einem anderen Kretin zucken, als hätte er eine Nervenkrankheit. Waren wir in dem Alter etwa auch so öde und bescheuert?

– Bin ich nich! Ich bin k-k-kein H-H-H-Homo! brüllt der arme Curtis und rennt aufs Klo.

Philip bemerkt, dass ich rübergucke, dreht sich zu den kleinen Perlen um und dann wieder zu mir. – Vielleicht isser kein Homo, aber er is ne Jungfrau. Er hat noch nie einen weggesteckt. Den sollteste mal ranlassen, Candice, sagt er zu einer von den dummen kleinen Torten.

– Leck mich doch, sagt sie und guckt ganz verlegen zu mir rüber.

– Ah, die Jungfräulichkeit, grinse ich, – nicht zu verachten! Die meisten echten Probleme im Leben kommen erst, wenn wir sie verloren haben, erzähle ich ihnen, doch selbst die trübsten so dahingesagten Sprüche sind an dieses Pack vergeudet.

Ich geh aufs Klo zum Pissen, und da steht Curtis. Ja, der ist wirklich ein bisschen von der langsamen Truppe. Schon seine Existenz auf Erden straft den anarchistischen Gedanken Lüge, kein Gesetz sei ein gutes Gesetz; unser Inzestverbot zum Beispiel gibt es, damit nicht noch mehr Figuren wie er hier rumschlurfen. Er ist n Langfinger und locker mit Spud befreundet, was einen nicht gerade verblüfft. Ein Begbie-Azubi und ein Spud-Azubi, die in ein und derselben Posse unter meinem verdammten Dach heranreifen. Philip, dieser sadistische Scheißkerl, und seine Kumpels scheinen Curtis permanent zu schikanieren. So wie ich es früher bei Spud gemacht hab, in der Schule und unten am Fluss und in den Links und an der Eisenbahn. Komisch, bei dem Gedanken bekomme ich jetzt fast ein bisschen Schuldgefühle. Der Knabe pisst direkt neben mir und wendet mir mit debilem Grinsen sein Gesicht zu, er sieht total nervös und schüchtern aus. Ich gucke unabsichtlich runter und sehe ihn.

Ihn.

Den Größten, den ich je gesehen hab; der Pimmel, nicht das traurige Etwas, das dranhängt.

Ich beende mein Wasserlassen, betrachte sinnend meinen eigenen Penis, schüttel ihn ab, pack ihn wieder weg und ziehe den Reißverschluss hoch. Ich bring es nicht über mich, zuzusehen, wie er dasselbe macht. Dieser Hirni hat einen größeren Kolben als ich; einen größeren Kolben als irgendwer. Was für ne Verschwendung. Dann, als ich zum Waschbecken gehe, frage ich beiläufig: – Na, wie isses, Junge; Curtis, oder?

Der Bursche dreht sich um und starrt mich beunruhigt an. Dann kommt er ganz furchtsam ans Waschbecken rüber. – Aye ... erwidert er. – Nich sch-sch-sch-schlecht. Er hat feuchte Augen und blinzelt, und sein Atem stinkt entsetzlich, als hätte er seinen eigenen ungewaschenen Schwanz gelutscht – was bei ihm durchaus möglich wär, selbst mit nem schlimmen Rücken – und seinen Magen mit Sperma voll gepumpt, das durch den Konsum von billigem Bier und schlechten Drogen ganz schal geworden ist. Er ist wie eins dieser Chemieklos bei Raves oder Konzerten, das mal dringend gereinigt werden müsste. Aber ich denke an die Aktiva dieses jungen Kerls. – Du bist ein Freund von Spud, stimmt's, konstatiere ich und füge ohne eine Antwort abzuwarten hinzu, – Spud ist auch ein guter Kumpel von mir. Kennen uns noch aus dem Sandkasten.

Der Knabe guckt mich an, ob ich ihn verarschen will. Nicht, dass er es merken würde, wenn dem so wär. Dann sagt er: – Ich m-m-mag Spud, und fügt dann verbittert hinzu, – er ist der Einzige, der nich versucht, mich zu v-v-verarschen ...

– Ein prima Kerl ... nicke ich, und bei dem Gestotter von dem Jungen muss ich an diese Stelle in einem alten amerikanischen Protestsong denken: ›*The average age of the American combat soldier was ni-ni-nineteen.*‹

– Der weiß, dass man manchmal eben voll schüchtern is, nölt der Kleine mit dem Großen.

Ein Kumpel von Spud. Gütiger Himmel, ich kann mir direkt vorstellen, wie die beiden sich unterhalten. ›Manchmal bin ich voll schüchtern.‹ ›Aye, ich auch, ey.‹ ›Mach dir nichts draus, schmeiß n paar Valium.‹ ›Aye, klasse.‹

Ich lass mir Zeit und nicke mitfühlend, während ich mir die Hände wasche. Himmel, dieses stinkende Loch muss auch mal gründlich sauber gemacht werden. Bezahl ich die Putzfrauen fürs Putzen oder nicht? Aber das Leben wär zu einfach, zu un-schottisch, wenn die Leute tatsächlich das machen würden, wofür sie da sind. Unser schüchterner Junge hier, was soll der eigentlich machen? – Schüchtern zu sein ist nichts Schlimmes, Alter. Das war jeder mal, lüge ich. Ich halte meine Hände unter den Trockner. – Komm, ich geb dir einen aus, sage ich, während ich die letzten Tropfen von den Händen schüttle.

Der Kleine nimmt mein Angebot nicht gerade überschwänglich auf. – Ich bleib hier nich länger, sagt er, wütend nach draußen zeigend, – nich, wenn die mich v-v-verarschen!

– Weißt du was, Kumpel, ich geh im Caley ein Bier trinken. Ich brauche mal ne Pause. Komm doch einfach mit.

– In Ordnung, sagt er, und wir stehlen uns aus dem Nebeneingang auf die Straße. Es ist arschkalt hier, und es fällt nieselnder Schneeregen. Eigentlich sollte jetzt Frühling sein, verdammtnochmal! Junior ist nur Vorhaut und Knochen, wie man so sagt. Anscheinend wandert jeder Krümel Nahrung, den sein Körper aufnimmt, direkt in seinen Schwanz. Beim Sex mit einem Mädchen würde er wahrscheinlich so doll abspritzen, dass er mit schlimmen Dehydrierungserscheinungen für Wochen auf die Intensivstation müsste. Und dann dieser hervorstehende Adamsapfel, die teigige, pickelige Haut … er ist wahrlich kein Filmstar. Aber in der Welt des Pornos, wenn er auf Kommando einen hochkriegt …

Wir kommen ins warme, einladende Caley mit seinem offenen Kamin, und ich hol uns Pints und Brandys, mit denen wir uns in eine stille Ecke setzen. – Nun erzähl mal, warum ziehen dich deine Kumpels so auf?

– Das is, weil ich n bisschen schüchtern bin … un mein St-Stottern …

Mühsam mein Desinteresse überspielend, überdenk ich dieses Problem und sage dann: – Ist es dein Stottern, das dich schüchtern macht, oder bist du schüchtern, weil du stotterst?

Curtis zuckt die Schultern. – Ich war beim Arzt, und der hat gesagt, das sin bloß die Ne-ne-nerven …

– Warum bist du denn nervös? Du siehst doch nicht anders aus als deine Freunde. Du hast doch keine zwei Köpfe oder so was. Du ziehst dich genauso an, nimmst die gleichen Drogen …

Der Kleine senkt den Kopf, und es sieht aus, als würd sich unter dieser Baseballkappe rein gar nichts abspielen. Dann sagt er in gequältem Flüsterton: – A-a-aber … wennde e-e-es noch nie gemacht hast und sie ha-ha-haben …

Die Durchschnittslänge des gewöhnlichen Sovies tragenden schottischen Wichsers lag bei ne-ne-neunzehn Inches …

Dazu fällt mir nichts ein. Ich nicke bloß so mitfühlend wie möglich. Mit wachsendem Unbehagen wird mir klar, dass diese Fotzen häufig noch gar nicht alt genug sind, um von Rechts wegen ficken, geschweige denn Alkohol trinken zu dürfen. Dem Herrn sei gedankt für Polizeipräsident Lesters Friedensvertrag hinter der Theke.

– Dieser Philip meint, er wär n wi-wi-wichtiger, harter Kerl, weil er mit B-B-B-Begbie rumzieht. Früher war er mein be-bester Freund un so. Ich bin vielleicht schüchtern bei Mädchen, aber ich bin kein H-H-H-Homo. Danny … Spud, der versteht, dass man manchmal bei nem M-M-M-Mädchen, das man mag, schüchtern wird.

– Du warst also noch nie mit einem von den Mädchen, mit denen ihr da immer rumalbert, zusammen?

Die Jungfotze wird knallrot. – Nee … nee … äh … nee.

– Da haben die ja Glück gehabt. Mit dem Ding da unten würdest du sie glatt in zwei Stücke spalten, sage ich und nicke Richtung Beletage. – Ließ sich nicht übersehen, Alter. Wette, du hast die Brust gekriegt! Irgendwelche italienischen Vorfahren? frage ich.

– Nee … äh, schottische, äh. Dann guckt er *mich* an, als könnte *ich* eine dubiose Schwuchtel sein.

Die Fotze ist also totaler Pazifist im Krieg der Geschlechter. Glück für die Ischen, denn mit seiner Rambokanone hätte er ihn schon längst im Alleingang gewonnen.

– Du musst doch schon mal Angebote gehabt haben, insistiere ich.

Der Kleine ist jetzt völlig aufgelöst, und seine Augen füllen sich mit Tränen, als er sich stotternd und stammelnd an eine vergangene Demütigung erinnert. – Ich war einmal mit … mit … so nem Mädchen zusammen, und die hat gesagt, er wär zu g-g-groß und dass ich ein F-F-Freak wär.

Pech für die arme Fotze, dass er seine erste Fickchance ausgerechnet bei nem Doofchen hatte. – Stimmt überhaupt nicht, Alter. Sie war der Freak, die blöde, verpennte Kuh, berichtige ich ihn kopfschüttelnd. Also, er hat krumme Schultern, einen verstohlenen, unsteten Blick, bei seinem Mundgeruch würde jede Frau lieber seine Rosette küssen, und er stottert fürchterlich. Ich möchte wetten, schuld daran ist irgendeine doofe kleine Tusse, die zu blöd war, um zu merken, dass sie den Jackpot geknackt hatte. – Hör mal, kennste eigentlich Melanie?

In den Augen des Jungen blitzt ein kleines Leuchten auf. – Die, die mit euch oben diese Pornos macht?

– Scheiße! Davon sollte eigentlich keiner was wissen, fluche ich, hol tief Luft und widerstehe der Versuchung, ihn zu fragen, woher er das über unseren Club weiß. – Ja, die meine ich, sage ich gefasst.

– Äh, aye, ich s-s-s-sach mal, vom Sehn her.

– Gefällt sie dir?

Bubi verzieht das Gesicht zu einem nachdenklichen Lächeln. – Aye, die gefällt jedem … und die andere auch, die sich so g-g-gefleckt ausdrückt … sagt er wehmütig.

Soll die kleine Fotze erst mal gehen lernen, bevor er Marathon laufen darf. – Gut, denn sie mag dich auch. Beide mögen dich.

Das arme Milchgesicht errötet.

– Nee, echt.

– Nee … d-d-du ve-ve-verarschst mich …

Der Tag ist einfach nicht lang genug, um bei dem Jungen was zu erreichen. – Hör zu, Junge, ich bin zur Hälfte Italiener, mütterlicherseits. Bist du Katholik?

– Schon, aye, a-a-aber ich geh nie zur Kir…

Ich bringe ihn mit einer Handbewegung zum Schweigen. – Spielt keine Rolle. Ich bin es auch, und ich schwör beim Leben meiner Mutter, dass Melanie auf dich steht und möchte, dass du mit ihr eine Nummer in einem der Pornos schiebst. Ich stehe auf, gehe mit stoischer Miene zur Theke und bestell noch eine Runde. Soll er sich das mal durch den Kopf gehen lassen. Als ich zurückkomme, will er etwas sagen, aber um Zeit zu sparen, komme ich ihm zuvor. – Außerdem bekämst du Geld dafür. Du bekämst Geld dafür, Melanie einen zu verlöten und auch noch anderen Mädchen. Un nich bloß in Schmuddelpornos, sondern in nem richtigen Pornofilm. Was hältste davon?

– Du machst Wi-Wi-Witze ...

– Seh ich aus, als würd ich Witze machen? Terry, mein Hauptdarsteller, ist leicht lädiert, und wir brauchen frisches Blut. Du bist genau der Richtige. Geld dafür kriegen, dass man Mel bumst? Komm schon, Alter!

– Ich lieb aber nur Candice, schnieft er störrisch.

Noch so ein dämlicher verkappter Romantiker. Wie bedauerlich. Die kleine Flitsche im Sunshine. – Hör zu, Kollege, ich weiß, dass die dich da voll verarschen, ich zeig nach draußen, – ... aber das werden sie nich mehr tun, wenn du der große Pornostar bist, der nur Edelmuschis fickt. Denk mal drüber nach, zwinkere ich, trinke aus und lass den Kleinen allein, damit er genau das macht.

Als ich wieder ins Sunshine komme, hockt Spud in der Ecke und wird von Ali ignoriert. Nach einer Weile steht er auf und versucht ihr irgendwelches Geld zu geben, aber sie sagt ihm, er soll abhauen. Er ist total weggetreten und sieht einfach abstoßend aus. Der echte Speedalki-Look; ungekämmte Haare mit hinlänglich Fett drin, um jede Frittenbude von Leith zu versorgen, die Augen mit so schweren Lidern, dass es wirkt, als wären sie permanent geschlossen, schwarz umrandet wie mit Dichtungsringen, leuchtend rote Adern, das alles eingebettet in eine faserige Haut von der Farbe und Konsistenz alter Chapatti. Mensch, hallo, Hübscher! Hier kommt Männe, Ali-Schatz, wow, was fürn Fang! Da lass ich dich ein paar Jahre aus den Augen, und prompt passiert so was. Du hast deine Ansprüche so weit runtergeschraubt, dass du zur verfickten Witzfigur geworden bist. Aber kein Comedy-Chick von Marti Caine über French und Saunders bis zu Caroline Aherne hat je so viele Lacher gekriegt wie du, wenn du mit dem da am Arm in eine Kneipe kommst. Spuds Stimme wird erregter, und ich spüre, dass meine Anwesenheit nur Öl ins Feuer wäre, deswegen mach ich Ali auf mich aufmerksam und signalisiere ihr, dass sie ihn rausschmeißen soll.

Ich seh Curtis reinkommen und seine Kumpels demonstrativ ignorieren. Einer von ihnen, dieser Philip, wird brüsk beiseite geschoben, als er dem Jungen kameradschaftlich den Arm um die Schultern legen will. Stattdessen geht Curtis rüber zu Spud, um ihn raus und die Straße runter zu begleiten. Mein neuer Hauptdarsteller. Der neue Juice Terry!

Mo und Ali scheinen so gut klarzukommen, dass sie meine Abwesenheit nicht mal bemerkt hatten. Ich beschließe, die Gunst der Stunde zu nutzen, und verschwinde wieder durch den Nebeneingang und um die nächste Ecke in die Wohnung rauf. Ich will grad zur Inspiration ein Russ-Meyer-Video einlegen, als ich mich zufällig im Wandspiegel sehe. Die Wangenknochen erscheinen mir etwas markanter. Doch, ich hab ein bisschen abgenommen.

Schimon, meine Glückwünsche schum Erfolg diescher Produktionschfirma.

Mensch, danke schön, Schean. Pornografie war nie mein Ding, aber isch weisch einen schön in Schene geschetschten Arsch schu schätschen, von einer hübschen Schtange Geld gansch schu schweigen …

Es könnte alles nicht besser sein. Fast alles. Mir fällt ein, dass Mo mir erzählt hat, Francis Begbie wär wieder da gewesen und hätte nach mir gefragt.

Ich checke die Nachrichten auf dem grünen Handy, und tatsächlich, da ist ne SMS von ihm beziehungsweise ›Frank‹, wie er selbst unterzeichnet:

MUSS DICH SEHN WG 3STER FOTZE
DIES NICH MEHR LANG M8

Das kann ich mir gut vorstellen, ›Frank‹. Dieser Schwachkopf. Es muss um Renton gehen. Die ›3ste Fotze‹ muss wohl Renton sein. Da ist auch noch ne SMS von Seeker. Wenn je ein Kommunikationsweg einem Mann auf den Leib geschneidert wurde, dann ihm die SMS:

ALLES ABHOLBEREIT

Drogen. Gut. Ich hab nur noch wenig da. Ich hol das Tütchen raus, zieh was aus und sniefe eine ordentliche Line, die gut reinhaut. Jetzt eine Zigarette. Ich zünd mir eine an, und der Rauch in meinen Lungen fühlt sich nach dem Koks herrlich sauber und frisch an.

Ich schaue in den Spiegel, tief in den Spiegel. – Hör zu, Franco, wird Zeit, dass wir beide uns mal richtig aussprechen, die Luft reinigen. Es geht um deine Zwangsvorstellungen wegen Renton. Seien wir doch mal ehrlich, Franco, und ich bin sicher, du wirst meine Offenheit in dieser Frage zu schätzen wissen, das alles geht weit über das mit der Kohle damals hinaus. Du benimmst dich wie ein verschmähter Liebhaber. Klar, das weiß ganz Leith. Okay, akzeptieren wir, dass du unverkennbar verrückt nach ihm bist. All die Jungs im Gefängnis, hast du dir vorgestellt, sie wären er, wenn du mit ihnen Liebe gemacht hast? Es tut mir aufrichtig Leid, dass es mit euch beiden nicht geklappt hat. Komisch, aber ich dachte immer, dass du derjenige wärst, der gibt, und Rents derjenige, der es einsteckt. Aber mittlerweile kommen mir da Zweifel. Ich weiß einfach, dass du der heulende, quiekende Tuntenknecht im Fummel bist, der sich mit Tränen in den Augen nach vorne beugt, während der Rotschopf dir Obszönitäten ins Ohr flüstert und sich deinen eingefetteten Arsch vorbereitet. Und wenn er's dir dann besorgt, wimmerst und miaust du wie die versaute kleine Töle, die du …

Die Türglocke.

Ich mach auf, und da steht er. Direkt vor mir.

– Franco … grad hab ich noch an dich gedacht … komm doch rein, Alter, stammele ich und klinge fast wie der kleine Curtis von vorhin.

Nach der Reaktion in seinen Augen zu urteilen, hat der Bastard meine Gedanken gelesen. Wie laut hab ich denn bloß geredet? … doch bestimmt nicht … aber wenn er den Briefschlitz aufgeklappt hat, um erst mal reinzulinsen … und mich schon im Flur gehört hat …

– Renton besorg ichs … faucht er.

Oh Scheiße, bitte, lieber Gott, tu mir das nicht an … – Was? bringe ich krächzend heraus.

Begbie merkt, dass irgendwas nicht stimmt. Er guckt mich auf diese fiese, taxierende Weise an und sagt leise: – Renton is wieder da. Er is gesehn worden.

Und während ich in seine fünf Meilen weit ins Leere starrenden Augen sehe und gefriere, schreit irgendein elementarer Lebenswille in mir: Tu was, Simon, tu irgendwas. Tu's für Schottland, ach nee, sagen wir Italien. – Renton? Wo? Wo ist die Drecksau! Und dann blicke ich in die Hölle, dieses einsame schwarze Loch hinter den Pupillen seiner irren Augen, mit einem ebenso hasserfüllten Starren, aber das ist, als wollte man eine Feuersbrunst mit einer Woolworth-Wasserpistole löschen. Ich warte darauf, dass er zustößt wie eine Kobra, ich sehne mich fast danach: Menschenskind, tu es jetzt, erlös mich aus meinem Elend, denn selbst zugekokst halt ich das nicht länger aus.

Begbie fixiert mich weiter und senkt dann seine Stimme Gott sei Dank zu einem leisen Fauchen. – Ich dachte, das könntest *du* mir vielleicht verraten.

Ich klatsche mir an die Stirn, wende mich ab und tigere erregt hin und her, in Gedanken bei den Höllenqualen, die Renton uns – mir – bereitet hat. Ich bleibe abrupt stehen und zeige mit dem Finger auf Franco, ja, durchaus anklagend, denn durch die Dummheit dieses Arschlochs wurde uns die Tasche geklaut, er war derjenige, der darauf aufpassen sollte. – Wenn die Fotze wieder hier ist, will ich mein verdammtes Geld ... Dann überleg ich, wie ich für Begbie rüberkomme, und füge hinzu, während ich mir mit der Handfläche wieder vor die Stirn haue: – Und ich versuch hier, mit einem verdammten Minibudget einen Scheißfilm zu drehen!

Ein exzellenter Schachzug. Franco scheine ich damit gerade so zufrieden zu stellen. Er kneift die Augen noch stärker zusammen. – Du has meine Fuck-Handynummer. Wenn Renton sich bei dir meldet, sagste mir sofort Bescheid.

– Und umgekehrt, Franco, sag ich, mittlerweile koste ich die Empörung richtig aus, wozu das Weiße seinen Teil beiträgt; verspüre die Kraft und die Klarheit meiner Verachtung, die schiere Chuzpe meiner Verlogenheit. – Und pack die Fotze bloß nich an, bevor ich meine Kohle gekriegt hab, mit Zins und Zinseszins. Danach kannst du mit ihm machen, was du willst ... sofern ich dabei tatkräftig mithelfen darf, versteht sich.

Ich bin Begbie wohl hinreichend aufgebracht erschienen, denn er sagt: – Okay, dreht sich dann um und geht.

Renton. Ich fass es nicht, dass ich diese Fotze decke. Allerdings nicht mehr allzu lange. Die Konten sind alle eingerichtet. Sobald der Film im Kasten ist, trennen sich unsere Wege.

Ich folge Franco nach draußen und die Treppe runter, und er dreht sich zu mir um und fragt: – Wo willste verficktnochmal hin?

– Äh … zurück in den Pub. Ich war nur auf nen Sprung weg und muss wieder zurück.

– Geil, zischen wir ein, sagt er.

So folgt mir das geistige Pantoffeltierchen mit rein, und ich muss mit ihm an der Theke einen trinken. Ein Pluspunkt: Er vermacht mir ein Briefchen Koks, das mich über Wasser halten wird, bis ich zu Seeker komme. Trotzdem nicht gerade ne Traumsituation. Wenigstens ist Spud weg, allerdings nicht ohne vorher noch Alison aus der Fassung gebracht zu haben, die offensichtlich geweint hat. Jetzt untergräbt diese irische Sackratte schon die Arbeitskraft meiner Angestellten.

Begbies Zug steht immer noch im Hauptbahnhof von Paranoia-City, er schwadroniert was von Päckchen in der Post, was meinen Pulsschlag enorm beschleunigt, und dass Renton eine abartige Schwuchtel wär, was Musik in meinen Ohren ist. Oh, wie ich mir wünsche, dass Renton mit ihm zusammentrifft, schon aus reiner Neugier, weil ich sehen möchte, wie weit Franco gehen wird. Überraschenderweise erkundigt er sich nach dem Film.

– Na ja, sag ich tiefstapelnd, – das ist eigentlich mehr n Freizeitvergnügen, Frank.

– Diese Pornostars und so, die Kerle mein ich, gibts da … ich mein, müssen die ne bestimmte Scheißlänge ham?

– Eigentlich nicht, aber natürlich, je größer, desto besser, erkläre ich ihm.

Franco packt sich Orang-Utan-mäßig an die Eier, was ein leichtes Unwohlsein bei mir auslöst. – Dann wär ich ja genau richtig!

– Aye, aber das Allerwichtigste ist, immer nen Ständer zu kriegen. Viele Jungs mit großen Schwänzen kriegen vor der Kamera einfach keinen hoch, wenn es drauf ankommt. Die Fähigkeit, jederzeit einen hochzukriegen, ist das Entscheidende, deswegen war Terry so gut ... Ich verstumme, weil ich mir plötzlich bewusst werde, dass Franco mich hasserfüllt anstarrt. – Alles in Ordnung, Frank?

– Aye ... is bloß, wenn ich an diese Fotze von Renton denk ... sagt er, kippt seinen Drink runter und hebt dann zu einer Hasstirade an wegen seinen Kindern, um die sich June angeblich nicht ordentlich kümmert. – Wie die schon aussieht, wie direkt aus m KZ. Sieht aus, als wärse sterbenskrank.

– Aye, Spud hat schon erzählt, sie wär hart drauf. Aber so ist das bei Crack. Sagen wir's mal so, ich schlag bei Koks auch schon mal ganz schön zu, Frank, ich mein ja bloß, Crack zieht einen wirklich runter, erkläre ich ihm und genieße es, Murphy richtig hinzuhängen.

Begbie guckt mich entgeistert an, und seine Finger, die das Glas umschließen, werden ganz weiß. Ich hol tief Luft, denn die Fotze steht kurz davor, zu explodieren. – Crack ... June ... am Rauchen ... VOR MEINEN VERFICKTEN KINDERN?!

Ich sehe meine Chance und ergreife sie: – Hör zu, Spud hat mir erzählt, er hätt mit ihr ne kleine Session eingelegt, ihr ›in der Küche geholfen‹. Ich verrat dir das bloß, damit du Bescheid weißt, wegen der Kinder un so ...

– Genau, sagt er und guckt zu Alison hinüber, die total verheult aussieht. – DEIN KERL IS N ARSCHLOCH! NE DRECKIGE JUNKIEFOTZE IS DER! DIE SOLLTEN DEIN SCHEISSBLAG INS HEIM STECKN!

Dann stürmt Franco aus der Kneipe. Alison steht für ein, zwei Sekunden ungläubig da und bricht dann in hemmungsloses Schluchzen aus, nur um gleich von Mo getröstet zu werden. – Was ... blubbert sie, – was erzählt der denn da ... was hat Danny denn gemacht ...?

Ich muss die Theke übernehmen, während die beiden die Sterbender-Schwan-Nummer abziehen. Ich bin zwar froh, dass Begbie, dieser Halbaffe, weg ist, nicht aber, dass er mein Personal außer Gefecht gesetzt hat. Und mein nächster Kunde auf diesem Förderband verlorener Seelen, das sich Bierschwemme nennt, ist niemand Geringerer als der arme Paul, mein Freund von Leith

Business Against Drugs, der aussieht, als läge das Gewicht der ganzen Welt auf seinen Schultern. Ich führe ihn ans ruhige Ende der Theke, und er fängt sofort an, wegen dem Geld zu lamentieren. – Es geht um *meinen* Hals, Simon!

Ich red Klartext mit der Fotze: – Eins will ich dir sagen, entweder du hältst die Klappe, oder mit deiner jämmerlichen Karriere ist Feierabend! Nachdem ich das klargestellt hab, schlage ich eine sanftere Tonart an. – Hör zu, Paul, mach dir keine Sorgen. Du verstehst einfach nicht, wie das Geschäft funktioniert, in meiner Branche. Wir kriegen es wieder rein, verkünde ich gut gelaunt, froh, selbst einen kühlen Kopf zu bewahren, während ihn alle um mich herum verlieren.

Was für eine exkrementale kleine Existenz.

– Hier, das ist ein Mann, der was von Wirtschaft versteht, grinse ich, als der alte Eddie reingeschlurft kommt, die Nase in die Luft gereckt wie ein römischer Imperator. – Ed, wie stehn die Aktien, alter Knabe?

– Nich übel, seufzt Eddie.

– Wunderbar! strahle ich. – Was darf es sein? Geht aufs Haus, Ed, erkläre ich ihm.

– Wenns aufs Haus geht, nehm ich n Pint Special und n großen Grouse.

Selbst die dreiste Unverschämtheit dieser alten Säuferfotze bringt mich heute nicht aus dem Konzept. – *Certainment*, Eduardo, schmunzele ich und rufe dann der Marjory Proops von Leith zu: – Mo, wärst du mal so nett, mein Herz? Ich deute mit dem Kopf auf den am Boden zerstörten Paul und wende ich mich wieder Ed zu. – Ich erklär meinem Freund Paul hier gerade die kleinen Tricks des Geschäftslebens. In welcher Branche warst du noch mal tätig, Eddie?

– Ich war Whaler, erklärt mir das griesgrämige alte Wrack. – Auf m Walfänger.

Ein Mann der See. Dann hallo, Sailor. Oder sollte es besser heißen, hallo, Whaler? – Ach, dann kennste Bob Marley von früher?

Die alte Teerjacke schüttelt energisch den Kopf. – Auf den Booten aus Granton gabs kein Bob Marley. Jedenfalls nich, als ich noch dabei war, erklärt er uns mit Nachdruck und kippt den Grouse runter.

– Die nächste Runde geht auf dich, Paul, grinse ich breit, – und ich erwarte, dass du unserm Ed hier noch nen Whisky spendierst. Wie zivilisiert eine Gesellschaft eigentlich ist, erkennt man daran, wie sie mit ihren älteren Mitgliedern umgeht, und in dieser Hinsicht sind wir hier in Leith allen um Lichtjahre voraus. Stimmt's oder hab ich Recht, Ed?

Eddie guckt Paul bloß streitlustig an. – Ich nehm n Whisky, aber pass auf, dass es n Grouse ist, warnt er den konsternierten Werbeheini, als würde er dem armen Schwein damit auch noch eine große Gefälligkeit erweisen.

Ich beschließe, die jammernde Yuppieschwuchtel zu ignorieren, und überlasse Mo und Ali den Gelüsten verbitterter Matrosen, denn Juice Terry kommt in den Pub. – Tel! Als geheilt entlassen?

– Aye, grinst er. – Muss aber immer noch vorsichtig sein und die Tabletten nehmen.

– Klasse. Was darf's sein?

Meine Laune ist nun sogar noch besser. Bald haben wir die Mannschaft komplett. Alex?

Von entscheidender Bedeutung, Simon. Unglücklicherweise gewinnt man heutzutage nichts mit bloß elf Stammspielern. Wir müssen rund vierzig im Stall haben, die alle heiß drauf sind, zu spielen.

– Ich darf nich mal was trinken bei den Scheißtabletten, klagt Terry und fährt sich durch die Locken. Der Pornodarsteller-Schnauz, den er sich spaßeshalber hatte stehen lassen, ist verschwunden.

– Jesses, Tel, was für n Albtraum. Kein Bumsen, kein Saufen, lache ich und deute auf Eds Kumpels, die sich in der Ecke an ihre halben Pints klammern. – Wenigstens kannst du dich so schon mal mit dem Rentenalter vertraut machen.

– Aye, meint er bedauernd, derweil ich beobachte, wie Paul, dieser Wichser, dem nun klar ist, dass ich ihm mühelos den ganzen Abend die kalte Schulter zeigen kann, Vernunft annimmt und sich deprimiert verdrückt.

Um Terry aufzuheitern, nehme ich ihn mit ins Büro und lege ein paar Lines von dem Gramm, das ich von Begbie hab. Ich erzähle Tezzo vom Besuch meines früheren Freundes Monsieur

François Begbee. – Dieser Mann hat echt einen Sprung in der Schüssel, sage ich, während ich die Lines mit meiner Kreditkarte fein hacke und Terry mit einem Kopfnicken auffordere, sich zu bedienen, – aber das Koks ist von ihm, also hat der Knabe durchaus seinen Nutzen.

Terry lacht und beugt sich übers Koks. – Einen Sprung in der Schüssel? Der Kerl ist n echtes Scherbengericht, sagt er, bevor er eine wegsnieft.

Ich nehm die nächste und fange an, über meine Pläne für den Film zu schwadronieren. Terry sieht auf einmal aus, als fühlte er sich nicht wohl. – Alles klar, Tel?

– Nee ... mein Schwanz ... das muss das Koks sein, es zwickt tierisch, is total am Pochen.

Der arme Terry verzieht sich, beinah in der Mitte abgeknickt. Schon traurig, den einst so stolzen Mann derart seiner Männlichkeit beraubt zu sehen. Da er immer noch nicht verfügbar ist und ich mir Sorgen um Mels Sexleben mache, rufe ich sie an. Vielleicht wär's ja nett, wenn sie den kleinen Curtis kennen lernen würde.

52
CRACKNUTTE

Ich bin echt auf hundert. Die Pissfotze is fällig, als Mutter scheißunfähig. Aye, die kriegt ihr Fett ... aber die Kleinen, die könn doch nich ins Heim, un wenn meine Ma sie nich nimmt ... dann musse sich halt was überlegen, denn ich un Kate könn die kleinen Fotzen ja wohl schlecht nehmen ... DRECKIGE VERFICKTE NUTTE!

Ihretwegen komm ich auch noch innen Scheißregen, es is total am Schiffen. Ich hab sogar Wasser innen Schuhen, weil ich in ne Scheißpfütze gesprungen bin, wie n verstopfter Gully. Als ich zu Haus bin, schmeiß ich mir direkt meine Jacke über, kick meine alten Scheißschuhe in die Ecke un zieh die neuen Timberlands an.

– Wo gehste hin, Frank?

– Zu der verkackten Drecksnutte, die meine Kinder hat.

Scheißregen, der macht einen total kirre. Den ganzen Fotzen ist vor Kälte der Rotz am Laufen, aber von wegen, die Hälfte von denen hat die kolumbianische Grippe vom zu vielen Koksen. Sick Boy is der Schlimmste, ich sag ja nix gegen n bisschen Nasepudern, aber Crack rauchen, so was machen nur dreckige Vollversager, und dann auch noch vor meinen Scheißkindern!

Ich also zu ihr hin und guck sie an, und die guckt zurück, als besäß sie noch die Scheißfrechheit, alles zu leugnen. Ich sag bloß zu den Kurzen: – Holt eure Mäntel, ihr kommt mit zu meiner Ma.

Kommt überhaupt nich in die Tüte, dass die mit zu mir komm. Scheiß drauf. Ich glaub, meine Ma nimmt sie, wenn sie erst mal weiß, was los is, wenn sie die Gefahr kennt, in der sie schweben.

– Was ... was is n los? fängt June an.

– Du, du dreckige Scheißnutte, bleib mir vom Hals, sag ich dir, warn ich die Fotze bloß. – Mir reißt bald der Geduldsfaden, un ich übernehm keine Verantwortung für das, was ich vielleicht tu, wennde noch mal deine verschissene Junkiefresse aufmachs!

Die kennt mich gut genug, um zu wissen, dass ich keinen vom Pferd erzähl, und sie macht große Augen, un ihre Visage wird noch kalkiger wie sons. Man guck sich die nur an, n Scheißwrack, wieso hab ich das nich eher erkannt? Ich frag mich, wie lang sies schon so treibt. Die Kinder sin fertig un fragen: – Wo gehen wir hin, Dad?

– Zu eurer Oma. Die weiß wenigstens, wie man Kinder großzieht. Ich guck June an. – Un die schießt sich wenigstens nich mit Junkies die Lampe aus.

– Was meinste? Wovon redeste überhaupt? wagt die Drecksau mich zu fragen.

– Auch noch abstreiten, wa? Willste behaupten, Spud Murphy, die Fotze, wär letzte Woche nich hier gewesn?

– Aye ... aber da is nix gewesen, un sowieso, meint sie mit nem irren Flackern in den Augen, – geht dich doch gar nix an, was ich mach.

– Vor meinen Kindern ne Session? Geht mich nichts an! Ich sag zu den beiden: – Ihr zwei, raus. Eure Ma un ich ham was Privates zu reden. Geht raus ins Treppenhaus und wartet da auf mich! Na los, haut ab!

– Session ... hä ... aber ... fängt sie an, – er hat mir n bisschen in der Küche geholfen ...

Während die Kurzen rausmarschieren, sag ich zu ihr: – Ich helf dir! HIER NIMM DAS! Ich hau der Fotze eins in die Fresse, und Blut spritzt ihr ausser Nase. Ich pack sie bei den Haaren, un die sin so scheißfettig, dass ich mir die ums Handgelenk wickeln muss, um n guten Halt zu kriegen. Sie schreit, während ich n Stopfen in die Spüle mach, das Wasser aufdreh un das Becken voll laufen lass. Als es voll is, steck ich ihren Kopf rein. – IS DIR DAS HILFE GENUG, DU FOTZE?!

Ich zieh ihren Kopf raus, und sie prustet Wasser und Blut aus ihrer Nase und zappelt rum wie n Fisch anner Angel. Ich hör n Geräusch, und da steht der kleine Michael in der Tür un sagt: – Was machst du da mit Mum, Dad?

– Zurück ins Scheißtreppenhaus! Ich wasch die bloß, weil se Nasenbluten hat! Hau ab! Ich sags nich zweimal!

Die kurze Fotze zischt raus, und ich tunk June ihren Kopf wieder in die Spüle. – DIR HELF ICH, DU DRECKIGE VERWICHSTE CRACKNUTTE, MEHR ALSTE BRAUCHS!

Ich zieh ihren Kopf wieder raus, aber die dreckige Schizonutte packt so n kleines Scheißzwiebelmesser vom Trockengestell und haut es mir rein! Steckt mitten zwischen meine Scheißrippen. Ich lass los, und die zerschlägt mir n Teller auf m Kopf. Ich semmel ihr noch eine, und sie fällt auf die Fresse und fängt an zu kreischen, während ich mir das Messer aus n Rippen zieh. Überall Scheißblut. Ich stiefel kurz in sie rein, lass sie zusammengekugelt da liegen und geh zu den Kindern raus. Als ich ins Treppenhaus komm, steht da die alte Fotze von gegenüber mit den Armen um die Kinder. – Kommt, Jungs, sag ich zu ihnen, aber die stehn bloß da, deswegen pack ich mir Michael, denn für so n Scheiß hier hab ich echt kein Nerv, aber dann is June, die dreckige Sau, wieder auf n Beinen un hinter mir un brüllt die Rentnerfotze an: – RUFENSE DIE POLIZEI! DER WILL MIR DIE KINDER WEGNEHM!

– Ma! fängt Michael, die Scheißmemme, an. Sean hätte dem Arsch die verfickte Rübe absäbeln sollen, is wahrscheinlich nich mal von mir, so ne Scheißschwuchtel wie der. Ich verpass ihm eine mit m Handrücken, un sie packt auf m Treppenabsatz seinen Arm, un die kleine Fotze hängt wie beim Tauziehn zwischen uns. Er voll am Schreien, da lass ich ihn einfach los, un beide knallen auf die Stufen. Die alte Pottsau is wieder am Keifen, un dann kommen zwei Bullen die Treppe hoch, un einer meint: – Was is hier los?

– Gar nichts. Kümmert euch um euern Dreck, sag ich.

Sie am Kreischen: – Er will mir die Kinder wegnehm!

– Stimmt das? fragt mich der ältere Bulle.

– Das sin meine Scheißkinder! sag ich.

Die alte Fotze auf m Treppenabsatz sagt: – Der hat das Mädchen geschlagen, ich hab's gesehn! Und den Kleinen da auch, den kleinen Burschen! Dann meint die glatt zu mir: – Das is n ganz Übler, der is durch und durch verkommen!

– Du hälts deine Scheißfresse, du alte Fotze! Das geht dich n Scheißdreck an!

Der ältere Bulle meint: – Sir, wenn Sie nicht das Haus verlassen, werde ich Sie wegen Hausfriedensbruch festnehmen. Wenn diese Frau Anzeige erstattet, stecken Sie in ernsten Schwierigkeiten!

Also zieh ich nach ner echt großen Rumschreierei einfach ab, denn wegen der Sau will ich doch nich innen Bau. Un die Bullenschweine gucken mich auch noch an, als wär ich n verdammter Kinderschänder. Na gut, ich hätt Michael nich schlagen solln, aber das war der ihre verfickte Schuld, wenn die mich aufregt. Schön, geh ich eben zum Scheißsozialamt, un jeder wird erfahrn, dass sie schuld is, dass sie ne dreckige, beschissene Cracknutte is, die vor meinen Scheißkindern Drogen nimmt …

Wenn die irgendwen festnehmen wolln, sollnse doch die Fotze aus *Kevin allein zu Haus* einlochen. Ich weiß, dass der selbst noch n Kind war, wie er die Filme gemacht hat, aber ich weiß nich, wie ne Fotze wie der heutzutage noch mit sich leben kann.

53
›… selbst schlaff über dreißig Zentimeter lang …‹

Ich gehe hoch in Simons Wohnung. Sie ist unaufgeräumt, aber das stört mich nicht. Ich stürze mich mit einem Satz auf ihn, halte ihn fest und presse meine Lippen auf seine. Er ist verkrampft, steif. – Äh, wir haben Besuch, erklärt er mir. Wir gehen rein, und auf dem Ledersofa sitzt ein junger Typ, an den ich mich vage aus Simons Pub erinnere. Eine von diesen schemenhaften, irgendwie abstoßenden Figuren, die man nur aus dem Augenwinkel wahrnimmt. Jetzt wirkt er wie ein ganz normaler junger Kerl: schlaksig, unangenehm riechend, pickelig, nervös. Ich lächele ihn an und sehe, wie sein Gesicht knallrot anläuft und seine Augen feucht werden. Dann wendet der arme kleine Kerl den Blick ab.

Wir gucken ihn an, und ich frage mich, was hier abgeht. Simon sagt kein Wort. Dann klopft es an der Tür, und ich gehe aufmachen. Es sind Mel und Terry. Sie küsst mich und geht rein, umarmt Simon und setzt sich dann neben den Jungen. – Alles klar, Curtis, Alter?

– Äh-äh, aye, sagt er.

Terry ist immer noch ziemlich bedrückt. Er setzt sich in einen Sessel in der Ecke.

– Das ist Curtis, erklärt mir Simon. – Er wird als Darsteller bei uns mitmachen. Als der Typ sich ein klägliches Lächeln abringt, denke ich, das muss ein Witz sein. Dann schaut Simon von Mel zu mir und erklärt: – Ich möchte, dass ihr Ladys aus diesem nicht sehr viel versprechenden Material den schärfsten jungen Hengst formt, den Leith je hervorgebracht hat. Na ja, sagen wir, den zweitschärfsten, sagt er mit spöttischer, selbstironischer Prahlerei und einer Verbeugung.

– Er ist n großer Junge, kichert Mel, – wenn du verstehst, was ich meine.

– Zeig ihn ihr, Curt, sei nicht schüchtern, sagt Simon, während er in die Küche geht.

Curtis bekommt wieder feuchte Augen und ein puterrotes Gesicht. – Na los, gestern Abend hast du ihn mir doch auch gezeigt, grinst Mel.

Ich werfe ihr einen kurzen Blick zu, während er nervös seinen Gürtel aufmacht und seinen Reißverschluss aufzieht. Dann fängt er an, dieses Ding aus seiner Unterhose zu holen, und es will gar kein Ende nehmen. Selbst schlaff ist es über dreißig Zentimeter lang und hängt ihm fast bis zum Knie runter. Ich bin sprachlos. Was noch wichtiger ist, ist der Umfang ... ich hätte nie gedacht, dass es mir auf die Größe ankommt, aber ... Der Junge ist also mit von der Partie. Wie könnte es bei über dreiunddreißig Zentimetern anders sein? Total unerfahren (bis letzte Nacht, wette ich, als Melanie ihn in die Finger bekommen hat), fast schon ein Freak, aber er ist der Mann für uns.

Simon weist ihn an, sich wie die richtigen Pornostars die Schamhaare zu rasieren, damit er noch länger wirkt.

Terry sagt: – Was das Rasieren angeht, guck dir das Gesicht von dem Kleinen an. Dem traust du zu, um sein Prachtstück rumzurasieren?

– Du musst gerade reden, Terry. Die Fäden schon gezogen?

Ich frag mich, wie wir ihn einreiten sollen, damit er auch in der Lage ist, es vor der Kamera zu bringen, aber ich schätze, Mel hat da schon mal vorgearbeitet.

– Ich helf dir beim Rasieren, sagt Mel.

Das Problem hat sich also erledigt. Simon bittet mich, in die Küche zu kommen. – Mel hat ihn gestern entjungfert, sie kümmert sich um ihn, bestätigt er mir. – Wir müssen den Jungen komplett dekonstruieren, sagt er, – und in unserem Sinne neu zusammensetzen. Die volle Eliza-Doolittle-Behandlung für die kleine Fotze. Nicht bloß die Ficktechniken. Jeder Trottel kann ficken, und jeder Idiot mit einem willigen Partner kann die verschiedenen sexuellen Stellungen durchprobieren, er wirft durch die Tür einen Seitenblick auf Terry. – Guter Gott, wie wir uns von unserer Liebe zum Sex den Verstand trüben lassen. Aber wir müssen ihn total umkrempeln, ihn in ein verficktes empfindungsfähiges menschliches Wesen verwandeln. Kleidung. Aussehen. Haltung. Umgangsformen.

Ich nicke zustimmend, aber zuerst stehen ernsthafte Geschäfte an. Wir sagen den anderen, sie sollen uns im Pub treffen, und Simon gibt Curtis beim Rausgehen ein Päckchen. – Das ist ein Geschenk, mach's auf.

Curtis reißt das Papier auf und enthüllt den schockfarbenen, grässlichen blonden Kopf einer aufblasbaren Sexpuppe. Simon sagt: – Sie heißt Sylvie. Die ist fürs Training in einsamen Nächten, obwohl ich glaub, dass es davon in Zukunft nicht mehr viele geben wird. Willkommen bei *Sieben Säulen*!

Der arme Curtis weiß nicht recht, was er mit Sylvie anstellen soll, als sie sich auf den Weg zum Port Sunshine machen. Simon hält mich noch kurz zurück, denn er will unbedingt die Fortschritte unserer ›Linkerei‹, wie er es nennt, besprechen.

Wir hatten die beiden Listen bekommen, beide auf gesonderten Disketten. Rabs Dad hat geholfen, sie zuzuordnen und ins selbe Format zu konvertieren. Es gibt unter den Saisonkarteninhabern bei den Rangers 182, die Konten bei der Filiale der Clydesdale Bank in Merchant City haben. 137 davon haben die 1690 als PIN-Nummer. Ich verstehe einfach nicht, woher Simon das wissen konnte, und er, ebenso wie Mark, haben es mir geduldig erklärt. Ich begreif's trotzdem nicht. Trotz McClymonts Seminaren über schottische Sprache und Kultur bin ich nicht mal annähernd in der Lage, die schottische Mentalität oder Kultur zu begreifen. Von diesen 137 jedenfalls machen wiederum 86 vom Onlinebanking Gebrauch.

Das Entscheidende ist, dass sich die Geldbeträge auf den 86 Konten zwischen 3216 Pfund im Soll und Guthaben von 42214 Pfund bewegen. Simon erklärt, dass er und Mark ins Onlinebanking-System der Clydesdale-Bank eingedrungen sind. Mittels der 1690er PIN-Nummer haben sie eine Gesamtsumme von 62412 Pfund von den größeren Guthaben abgebucht und auf ein Konto bei der Swiss Business Bank in Zürich transferiert, wie er mir berichtet, während er zwei Lines Koks legt.

– Nich meine Tasse Bier, sage ich und hole meine Blättchen, Dope und Tabak aus meiner Umhängetasche.

– Oh, das weiß ich. Die sind beide für mich. Ich hab zwei Nasenlöcher, erklärt er, – na ja, jetzt jedenfalls noch. Aye, drei Tage später wird der größte Teil des Geldes, abzüglich 5000 Pfund, auf das Produktionskonto überwiesen, das wir für Bananazzurri Films bei der Banque de Zürich eingerichtet haben.

– Also gehen wir jetzt rüber in den Pub, um das zu feiern?

– Neeeiin ... meint Simon, – du, ich und Rents haben das Geld aufgebracht. Wir sind die Einzigen, die darüber Bescheid wissen. Erzähl nie jemand anderem davon, warnt er mich, – oder wir wandern alle für lange Zeit ins Gefängnis. Wir lassen das Geld auf den Konten, es ist weitaus mehr, als wir brauchen, um unseren Film zu realisieren. Die anderen erfahren es noch früh genug. Fürs Erste feiern ich, du und Rents das unter uns.

Und ich bin begeistert, aufgeregt und mehr als nur ein bisschen ängstlich, wenn ich mich frage, worauf wir uns da eingelassen haben. Wir brechen also auf, um uns mit Mark im Restaurant Café Royal zu treffen, wo wir drei uns Austern und flaschenweise Bollinger schmecken lassen. Mark schenkt den Champagner ein und flüstert: – Das hast du großartig gemacht.

– Ihr beiden wart auch nicht schlecht, sage ich einigermaßen entgeistert, aber jetzt auch sehr besorgt über das Ausmaß unseres Betrugsmanövers. – Das ist unsere Sache, das bleibt streng unter uns? frage ich nervös, und Mark nickt in ernstem Einverständnis. – Das heißt, dass Dianne nichts darüber wissen darf?

– Ganz recht, erwidert Mark ernst. – Für so einen Scheiß machen die hinter dir glatt die Tür zu und schmeißen den Schlüssel weg. Aber hört mal, was ist mit Rab? fügt er mit plötzlicher Besorgnis hinzu. – Er muss was wissen, weil er ja die Info über die Computerprogramme von seinem alten Herrn bekommen hat.

– Rab ist in Ordnung, sagt Simon, – aber er kann mitunter etwas puritanisch sein und würd sich in die Hose scheißen, wenn er wüsste, was für Ausmaße dieser Schwindel hat. Aber er glaubt, es ginge nur um die Kreditkarte von irgendeinem Trottel. Ich hab ihn für seine Dienste entlohnt. Reden wir nicht mehr davon, lächelt er und stimmt dann fröhlich ein Liedchen an, eine seltsame Weise, die ich noch nie zuvor gehört habe.

On the green, grassy slopes of the Boyne
Where the Orangemen with William did join
And they fought for our glorious delivery
On the green, grassy slopes of the Boyne

Orangemen must be loyal and steady
For no matter what 'ere may betide
We must still mind our war cry ›no surrender!‹
And remember that God's on our side ...

– Ich liebe Schottland, sagt Simon und nimmt einen Schluck Champagner. – Es gibt so viele bescheuerte Fotzen, die an den letzten Scheiß glauben, das ist wirklich leicht verdientes Geld. Dieses ganze Celtic-Rangers-FC-Ding ist die beste Linkerei, auf die je einer gekommen ist. Das ist nicht nur ein Freibrief, Trottel zu schröpfen, es ist auch eine Lizenz, ihre Kinder und Kindeskinder zu schröpfen. Diese Lizenz wird auf ewig verlängert; Murray und McCann, diese Jungs wissen, was sie tun, aber nur zu gut.

Mark grinst mich an und sagt dann zu Simon: – Ich nehme an, dass wir jetzt alle so vermögend sind, tut deiner Entschlossenheit, den Film zu drehen, keinen Abbruch?

– Nicht im Geringsten, erwidert Simon. – Dabei geht es nicht um Geld, Rents, das wird mir jetzt klar. Geld machen kann jedes blöde Arschloch. Hier geht es darum, etwas zu erschaffen, das Geld einbringen *wird*. Hier geht es um Ausdruck, darum, seiner selbst gewahr zu werden, um das Leben, darum, verwöhnten reichen Fotzen, die mit silbernen Löffeln im Maul geboren wurden, zu zeigen, dass wir alles können, was diese Wichser können, und das auch noch besser.

– Mmmm, macht Mark, – darauf trinke ich, und hebt sein Glas zu einem weiteren Toast.

Simon blickt mich an, sagt nichts, spitzt jedoch seine Lippen in schmerzlicher Offenheit. Dann sagt er tadelnd: – Keine Shoppingexzesse, Nikki, ich werde die Hand auf dem Geld halten. Wenn du pleite bist, sag einfach Bescheid.

Ich weiß nicht, ob ich Simon traue, ich glaube noch nicht mal, dass er und Mark einander trauen. Aber das Geld und das ganze

Drumherum sind mir beinahe egal. Ich liebe das hier. Ich fühle mich lebendig.

– Na, jedenfalls, falls wir geschnappt werden, musst du dem Richter nur schöne Augen machen und erklären, du wärst von zwei niederträchtigen Asozialen reingelegt worden. Dann lassen sie dich laufen, während Rents und ich baumeln werden, stimmt's Mark?

– Absolut, sagt er und schenkt Champagner nach.

Anschließend gehen wir noch in Rick's Bar in der Hanover Street. – Ist das nicht Mattias Jack? meint Simon, auf einen Typen in der Ecke zeigend.

– Gut möglich, überlegt Mark und bestellt eine weitere Flasche Champagner.

Simon und ich gehen zu ihm nach Hause nach Leith und ficken die ganze Nacht wie die Tiere. Am nächsten Tag gehe ich angenehm erschöpft und wund gefickt nach Hause und erledige dann meine Seminare und die Arbeit im Saunaclub. Als ich von meiner Schicht heimkomme, ist Mark in der Wohnung und unterhält sich mit Dianne. Er grüßt mich kurz und geht.

– Was ist denn hier gebacken?

– Er ist ein alter Freund. Wir gehen morgen mal wieder einen trinken.

– Um der alten Zeiten willen, was?

Sie grinst kokett und zieht eine Braue hoch. Sie hat so was Strahlendes an sich – ich frage mich, ob sie schon mit ihm gebumst hat.

Später sind Simon, Rab und ich in diesem Videostudio unten in Niddrie, in dem er schon mal mit mir war. Ich hatte gar nicht gewusst, dass es so was in Edinburgh gibt, genau genommen hab ich so was noch nirgendwo gesehen. Der Typ, der *Vid In The Nid* betreibt, ist ein alter Freund von Rab aus seiner Zeit als Fußball-Hooligan. Viele von denen wirken heute wie Geschäftsmänner, und dieser Steve Bywaters erinnert eher an einen Sozialarbeiter als an einen ehemaligen Fußballschläger. Wenn es um den Austausch von Kenntnissen und Ressourcen geht, scheinen sie ein so eng geknüpftes Netzwerk wie die Freimaurer zu haben. – Wir haben alles da, wir können alles hier erledigen, sagt er und sieht dabei aus wie ein grundanständiger wiedergeborener Christ.

Auf dem Rückweg sagt Rab: – Klasse, oder?

Sick Boy schüttelt den Kopf. – Aye, aber das können wir auch in Amsterdam machen. Vergiss den OPA nicht!

– Hast Recht, sagt Rab, aber ich hege den Verdacht, dass Simon auch noch andere Pläne hat.

54
Linkerei Nr. 18749

Das City Café ist voll mit Leuten, die später clubben gehen wollen, als Curtis und seine Kumpels reinkommen und mich einladen, mich zu ihnen zu setzen. Wir sitzen neben ein paar Studenten, die voller dämlicher Verschwörungstheorien stecken und ganz aufgedreht debattieren, wer alles in Wirklichkeit nicht tot ist: Elvis, Jim Morrison, Lady Di. Zu erfüllt von der selbst empfundenen Unsterblichkeit der Jugend, um zu glauben, dass irgendjemand tatsächlich abtritt. Gefangen in einer lebensbejahenden, den Tod verdrängenden bourgeoisen Traumwelt.

Ein paar von den kleinen Asseln wie Philip spotten und lachen über diese Spintisierereien; sie wissen, dass das alles Quatsch ist. Durch AIDS haben sie in den Achtzigern in den Siedlungen und den Problembezirken der Innenstadt genug Tod miterlebt, um solch naiver Anschauungen beraubt zu sein. Komisch, aber ich bin überzeugt, dass unsere Generation früher genauso empfunden hat wie die Vorstadt-Kids. Heute allerdings nicht mehr, und ich sowieso nicht. – All diese Figuren sind so tot, wie man nur sein kann, erklär ich einem der Studenten, und die Kids mit den dicken Sovies prusten los und fangen auch an, sie kräftig zu verarschen.

Unterdessen widme ich mich Curtis. – Schau dir deine Freunde an, die sich über diese Studenten lustig machen. Er senkt langsam den Kopf. – Und jetzt fünfzehn Jahre vorspulen: Wer hat da das schöne Haus, den Job, die Firma, die Kohle, den Wagen, und wer haust auf Stütze in einem Slum?

– Stimmt … nickt Curtis.

– Und weißt du auch, warum?

– Weil die ne bessere Ausbildung haben un so?

Nicht übel. – Ja, auch das. Gibt es weitere Gründe?

– Weil sie reiche Eltern haben, die ihnen das Startkapital geben können? Un die Kontakte un so?

Dieser Knabe ist gar nicht so blöd, wie ich dachte. – Sehr gut, Curt, sehr gut. Aber jetzt nimm beides zusammen, und was ergibt sich dann?

– Weißnich.

– Anspruchsdenken. Sie werden diese Dinge bekommen, weil sie damit rechnen, sie zu bekommen. Was sollten sie auch sonst erwarten? Leute wie du und ich, wir erwarten solche Sachen nicht. Wir wissen, dass wir uns den Arsch aufreißen müssen, um sie zu verdienen. Für mich zum Beispiel, einen überdurchschnittlich gebildeten, aber dennoch unterqualifizierten Mann, gibt es keine echte Einstiegsmöglichkeit in ein solches Leben. Was glaubste wohl, warum ich am Rande der Gesellschaft illegale Geschäfte mache? Weil ich die Leute so witzig finde? Weil ich so gerne unter Pennern, Nutten, Junkies und Dealern bin? Von wegen. Ich hab mich mit Zuhälterei, Einbruchdiebstahl, Raub, Kreditkartenbetrug und Drogenhandel nicht abgegeben, weil mir das Spaß macht, sondern weil ich keine Möglichkeit hab, in legale Geschäfte einzusteigen, die nach meinem Dafürhalten in Niveau, Status und Vergütung meinen Kenntnissen und meinen Fähigkeiten angemessen wären. Ich bin ein tragischer Fall, Curtis, ein tragischer Fall. Aber das kann und wird sich ändern, erkläre ich mit einem Blick auf die Uhr, denn es wird Zeit, die anderen zu treffen. – Hör mal, sage ich und nehme einen kräftigen Schluck, – haste was mit dieser Aufblaspuppe anfangen können?

– Äh, nee ... sagt er ganz verlegen. – Ich hab's versucht, aber sie hatte n Loch.

– Nur eins! Verdammt, eigentlich hätte sie mindestens drei haben müssen! Ich lache über seine bekümmerte Miene.

Wir trinken aus und gehen in den Laden von N-Sign, um Bildmaterial mit Clubbern in Aktion zu bekommen. Curtis tanzt mit seiner Posse, und Rab hält die Kamera auf ihn gerichtet. Dann folgt sie Nikki, die mit Mel gesprochen hat und nun auf ihn zugeht. Sie tanzt ein bisschen vor ihm rum, nimmt ihn dann bei der

Hand und führt ihn ins Büro des Clubs, das Carl für uns ausgeräumt hat.

Als der Club dichtmacht, kommen wir zur eigentlichen Arbeit und bereiten den Dreh einer unserer Schlüsselszenen vor. Rab und seine Freunde bauen das Equipment im Büro auf.

– G-g-glaubst du, M-melanie und Nikki mö-mö-mögen mich wirklich? fragt Curtis.

– Wie meinst du das?

– Na ja, ich glaub, die sind nur n-n-nett zu mir, weil d-du ihnen das be-be-befiehlst.

– Guck ne Braut nich mit deinen großen Hundebabyaugen an und wunder dich dann, wenn sie Feuer und Flamme is, Alter. Das is deine Ausstrahlung, erkläre ich.

– Aber M-M-Mädchen m-m-… Er kriegt nervöse Gesichtszuckungen, – … s-s-stehn nich auf mich.

– Ja, die doofen kleinen Torten. Aber das sind keine Frauen mit Welterfahrung. Wenn ne Partie mal über Pilrig rauskommt, kriegt sie einen Blick fürs Wesentliche, vor allem, wenn ihre Bütte schon n bisschen ausgeleierter is. Dann is Durchmesser gefragt, grinse ich und mache dehl-dehl, dehl-dehl-dehl-dehl-dehl … die Anfangstakte des alten Bowie-Klassikers ›Width of a Circle‹. Aber das macht Curtis nicht viel lockerer. Als er grade wieder mal aus Nervosität pissen geht, gehe ich zu Nikki. – Mach mal irgendwas, damit Curt sich begehrt fühlt. Sein Selbstwertgefühl ist am Boden.

Als er von der Toilette zurückkommt, geht Nikki zu ihm, und ich höre sie sagen: – Curtis, ich kann's kaum erwarten, dass du mich fickst.

Der Rotzlöffel zwinkert bloß mit hängendem Unterkiefer und wird rot. – Und w-w-was willst du damit sa-sa-sagen?

Ich kann mich nicht beherrschen, ich pruste los. – Du bist echt ein Komiker, Curtis! Das kommt ins verdammte Skript! Und ich kritzele fieberhaft in meinem Drehbuch rum.

Nachdem ich ein paar aufmunternde Worte an meine Stars gerichtet habe, gibt Rab mir das Okay, und es kann losgehen.

– Okay, Leute, das ist die Schlüsselszene des Films. Jetzt kommt die Stelle, wo ›Joe‹ die Wette mit ›Tam‹ gewinnt. Curtis, hier verliert deine Figur, ›Curt‹, seine Jungfräulichkeit. Also mach dir nichts draus, wenn du nervös bist, du *sollst ja* sogar nervös sein. Ich möchte einfach, dass ihr beide noch mal wiederholt, was ihr vorhin gesagt habt. Also, Nikki, du führst ihn ins Büro, knallst die Tür zu, lehnst dich dagegen und sagst...

– Ich würde so gerne mit dir ficken, Curt, sagt Nikki mit lüsterner Stimme und blickt Curtis an.

– Und jetzt du, Curt, nicke ich ihm zu.

– Und w-w-was willst du damit sa-sa-sagen ...

– Hervorragend. Dann legst du ihn über den Schreibtisch, Nikki. Überlass Nikki das Kommando, Curtis. Gut, probieren wir's mal.

Natürlich ist es nicht annähernd so gut wie beim spontanen ersten Mal, aber nach vielen Versuchen haben wir ein paar brauchbare Aufnahmen im Kasten. Damit sind sechs Suchende abgefickt, und unser einziges Problem ist jetzt, dass Terrys Schwanz immer noch zu lädiert für einen Arschfick ist. Aber kein Grund zur Sorge, ich hab da eine Idee.

55
Nutten aus Amsterdam, Teil 6

Ich hab Martin und Nils Bescheid gegeben, ich bräuchte mal eine Pause vom Club. Katrin hab ich erzählt, ich müsste nach Haus und mich mal wieder ein bisschen um meine Eltern kümmern. Aber was immer ich gedacht hatte, was meiner derzeitigen seelischen Verfassung gut tun würde, es war genau *das* hier. Es war das Einzige, was ich tun konnte, um mich von ihr abzunabeln. Dianne Coulston.

Die meiste Zeit der Nacht lagen wir in Gavs Gästebett und schliefen miteinander. Sie einfach begehren, schmerzhaft begehren, scheinbar völlig zerschlagen und doch schnell wieder erregt sein. Die Erfahrung sagt mir, dass das nichts mit Liebe oder Gefühlen zu tun hat, es ist nicht mehr als die natürliche Reaktion, wenn zwei einander fremde Körper so nah beieinander sind. Dass es sich abnutzen wird. Aber scheiß auf die Erfahrung.

Heute Morgen trägt sie mein T-Shirt, und es ist immer ein schönes Gefühl, wenn ein Mädchen so was macht. Wir sind in der Küche und machen uns Kaffee und Toast. Gav kommt rein, schon fertig für die Arbeit. Er sieht sie, macht große Augen und verdrückt sich. Ich rufe ihn zurück, denn ich möchte nicht, dass er sich in seiner eigenen Wohnung wie ein Fremder fühlt. – Gav! Komm doch her!

Er kommt verlegen wieder rein. – Das ist Dianne, erkläre ich ihm.

Dianne lächelt und streckt ihm die Hand hin. Er schüttelt sie und frühstückt einen Happen mit mir und, aye, mit meiner Freundin. Aber ich musste an Katrin denken, und was ich Dianne erzählen soll. Das beschäftigt mich immer noch, als ich sie verlasse und mich auf den Weg in die Stadt mache.

Wenn das ganz Alltägliche so sonderbar erscheint, weißt du, was für ein abartiges Leben du geführt hast. Ich bin in den Princes Street Gardens mit meiner Schwägerin Sharon und meiner Nichte Marina, die ich vorher noch nie getroffen hatte. Ich hab Sharon seit Jahren nicht gesehen. Ich glaub, beim letzten Mal hab ich auf der Beerdigung meines Bruders mit ihr gebumst, auf dem Klo, als sie mit Marina schwanger war.

Ich kann nicht nur keinerlei emotionalen Bezug zu der Person herstellen, die ich damals gewesen bin, ich kann mir nicht mal vorstellen, wie so jemand sein könnte. Vielleicht mache ich mir da nur was vor, wer weiß, aber so empfinde ich zumindest. Wär ich immer noch dieser Mensch, wenn ich hier geblieben wäre? Wahrscheinlich nicht.

Sharon hat Fett angesetzt. Ihr Körper hat sich mit ganzen Schichten davon gewappnet. Die alte Sharon, dicktittig, sinnlich, ist nun in mehrere Rollen Fleischteppich gewickelt. Ich denk nicht darüber nach, wie ich für sie wohl aussehe, das ist ihr Problem. Ich bin nur ehrlich, was meine ablehnende Reaktion angeht. Sobald wir reden, schäme ich mich für meinen Widerwillen gegen eine reine Äußerlichkeit. Sie ist eine nette Frau. Wir sitzen Kaffee trinkend auf der Piazza, während uns Marina von einem finster blickenden Karussellpferd aus zuwinkt.

– Tut mir Leid, dass es zwischen dir und dem Jungen, mit dem du zusammen warst, nicht funktioniert hat.

– Ja, wir haben uns letztes Jahr getrennt, sagt sie, steckt sich eine Regal an und bietet mir auch eine an, aber ich lehne ab. – Er wollte Kinder. Ich wollte nich noch was Kleines, erklärt sie, bevor sie ergänzt: – Aber ich schätze, das war nich der einzige Grund.

Ich sitze bedächtig nickend da und fühl mich so irritiert und unbehaglich wie immer bei solchen Vertraulichkeitsorgien, wenn einem die Leute gleich intimste Geständnisse machen. – Kommt vor, meine ich achselzuckend.

– Und bei dir, bist du mit jemandem zusammen?

– Na ja, das ist n bisschen kompliziert … Ich hab letzte Woche jemanden wiedergesehen, erkläre ich und spüre, wie ein seltsames Strahlen in mein Gesicht tritt und mein Mund sich zu einem

Lächeln verzieht, als ich an sie denke, – jemanden, den ich von früher kenne. Und drüben in Holland gibt es auch jemanden, aber das läuft im Moment nicht so toll. Na ja, nee, das ist vorbei.

– Ganz der alte Mark, was?

Ich war schon immer eher der Typ für feste Beziehungen als für One-Night-Stands, allerdings ohne mich in einem von beidem besonders hervorzutun. Aber wenn man jemand Neuen kennen gelernt hat, denkt man immer ... egal wie oft man vorher Mist gebaut hat ... das ist es. Wir haben zu viel Hoffnung, um das, was einem die Erfahrung sagt, auch nur in Erwägung zu ziehen. – Hör mal ... ich greife in meinen Rucksack und gebe ihr einen Umschlag, – das ist für dich und Marina.

– Das will ich nich, sagt sie und schiebt ihn weg.

– Du weißt doch gar nich, was es ist.

– Ich kann's mir denken. Geld, oder?

– Aye. Nimm es.

– Nee.

Ich sehe sie so eindringlich an, wie ich kann. – Hör zu, ich weiß, was alle in Leith über mich sagen.

– Hier redet keiner über dich, sagt sie auf eine Weise, die trösten soll, aber eigentlich dem Ego verfickt abträglich ist. Die müssen doch wenigstens ...

– Is kein Drogengeld. Das versprech ich dir. Hab ich mit meinem Club verdient, erkläre ich und hab Mühe, angesichts der Ironie dieser Behauptung keine Zahnschmerzen zu bekommen. Jeder auf der Welt, der einen Dance-Club betreibt, verdient sein Geld mit Drogen, wenn auch nur indirekt. – Ich brauche es nicht. Ich möchte was für ... meine Nichte tun. Bitte, bettle ich und gehe etwas ins Detail, so unangenehm es mir ist: – Mein Bruder und ich waren wie Tag und Nacht. Beide Bekloppte, aber auf unterschiedliche Weise. Sharon lächelt dazu, und ich erwidere es mit seltsamer Zuneigung, als ich mich an das Gesicht meines Bruders erinnere, ihn sehe, wie er den Kopf für mich hinhält, und wünsche mir plötzlich, ich wär netter zu ihm gewesen. Weniger streitsüchtig, weniger dogmatisch und so. Aber das ist Quatsch. Man war, was man war, und ist, was man ist. Ach, scheiß auf die späte Reue. – Komisch, ich vermisse gar nicht unser früheres Verhältnis, sondern die Möglichkeit, dass es irgendwann mal anders geworden wäre. Ich hab mich in so vielen Dingen verändert. Ich denke, ihm wär es ähnlich gegangen.

– Vielleicht, sagt sie zweifelnd und reserviert, und ich weiß nicht, ob sie ihn meint oder mich oder uns beide. Sie betrachtet den Umschlag und befühlt ihn. – Da müssen ja ein paar Hundert drin sein.

– Acht Riesen, verrate ich ihr.

Ihr fallen beinahe die Augen aus dem Kopf. – Achttausend Pfund! Mark! Sie senkt die Stimme und schaut sich um, als wären wir in einem Agentenfilm. – Du kannst doch nicht mit so viel Geld in der Tasche rumlaufen! Du wirst überfallen oder Gott weiß was ...

– Dann bring's mal lieber auf die Bank. Pass auf, ich nehm's nicht wieder mit. Wenn du es nicht nimmst, bleibt's auf dem Tisch liegen. Sie will etwas sagen, aber ich komme ihr zuvor. – Pass auf, ich würd's nich machen, wenn ich's mir nich leisten könnte. So n Vollidiot bin ich nun auch wieder nich.

Sharon steckt es in ihre Tasche, und Tränen treten ihr in die Augen, als sie mir die Hand drückt. – Ich weiß nich, was ich sagen soll ...

Das ist mein Stichwort, den Abgang zu machen. Ich sag ihr, ich würd mit Marina in *Toy Story* gehen, damit sie in der Zwischenzeit das mit der Bank erledigen und ein bisschen Shoppen gehen kann. Als ich mit dem Kind an der Hand losmarschiere, frage ich mich, was Begbie wohl machen würde, wenn er mir jetzt über den Weg liefe. Er würde doch bestimmt nicht ... Ich krieg die totale Paranoia, dass er das Kind oder Sharon schikanieren könnte, deswegen klettern wir lieber in ein Taxi und fahren runter zum Dominion, denn in Morningside kann ich mir Franco wahrhaftig nicht vorstellen. Als der Film aus ist, setze ich Marina bei Sharon ab.

Später gehe ich die George IV Bridge hoch und entdecke ein weiteres vertrautes Gesicht. Aber das kann nicht sein, der kommt doch nicht aus einer Bibliothek! Ich geh ihm nach und pack ihn am Kragen, als wär ich ein Bulle. Ihm rutscht erst mal das Herz in die Hose, dann dreht er sich um, und aus seinem feindseligen Blick wird ein strahlendes Lächeln.

– Mark ... Mark, Mensch ... wie gehts dir?

Wir gehen in einer Bar in der Nähe was trinken. Ironischerweise heißt sie Scruffy Murphy's, ein Spitzname, mit dem Spud früher immer von allen gepiesackt wurde. Während ich zwei Guinness organisiere, kann ich mir den Gedanken nicht verkneifen, dass Spud so fertig aussieht wie eh und je. Wir setzen uns, und er erzählt mir von seinem Projekt mit der Geschichte von Leith, was mich echt umhaut. Nicht, weil es so interessant klingt, das auch, aber es ist eher die Vorstellung, dass Spud sich mit etwas Derartigem befasst. Aber er redet mit großem Enthusiasmus darüber, bevor wir auf die alten Zeiten zu sprechen kommen. – Was macht Swaney? Der kann doch nich immer noch hier rumhängen, erkundige ich mich nach einem alten Freund.

– Thailand, sagt Spud.

– Du machst Witze, erwidere ich, erneut total baff. Swaney hat immer erzählt, er wollte da hin, aber ich kann nicht fassen, dass er es tatsächlich gemacht hat.

– Aye, der Kater hats gemacht, nickt Spud, dem jetzt auch das schier Unglaubliche daran klar zu werden scheint. – Und das auf einem Bein un so.

Wir unterhalten uns eine Weile über Johnny Swan, aber es gibt nur eins, was ich wirklich wissen will, und schließlich frage ich so beiläufig wie möglich: – Sag mal, Spud, is Begbie schon aus m Knast?

– Aye, schon seit Ewigkeiten, klärt Spud mich auf, und mir wird ganz flau. Mein Gesicht fühlt sich taub an, und es klingelt in meinen Ohren. Ich kann mich kaum noch darauf konzentrieren, was Spud sagt, in mir dreht sich alles. – Seit kurz nach Neujahr. Die Fotze war gestern noch bei mir. Der Kerl ist durchgeknallter denn je, sagt er ernsthaft. – Geh dem aus m Weg, Mark, er weiß nix über das Geld ...

Ich erwidere mit unbewegter Miene: – Welches Geld noch mal?

Spud strahlt mich mit einem breiten, innigen Lächeln an und wirft mir im Gefühlsüberschwang die Arme um den Hals. Für so ein schmächtiges Kerlchen ist die Umarmung ziemlich kräftig. Als er mich loslässt, hat er Tränen in den Augen. – Danke, Mark, sagt er.

– Ich weiß nich, wovon du redest, sag ich achselzuckend und wahre mein Stillschweigen. Was du nicht weißt, können sie auch nicht aus dir rausprügeln. Ich erkundige mich nicht mal, was sein Immunsystem oder das von Ali und dem Kind macht. Sick Boy ist ein notorischer Lügner und darin weitaus weniger gut beziehungsweise unterhaltsam als früher. Ich werfe einen Blick auf die Uhr im Pub. – ... Hör mal, Alter, ich muss los. Ich treff mich mit meiner Freundin.

Spud sieht darüber etwas traurig aus und scheint dann irgendwas zu überlegen. – Hör mal, Catboy, kannste mir, äh, n Gefallen tun?

– Aye, klar, nicke ich zögerlich und frag mich, um wie viel er mich wohl anhauen wird.

– Na ja, Ali und ich ... wir, äh, geben die Wohnung auf. Ich bleib ne Weile bei nem Freund, aber ich kann den alten Kater nich mitnehm. Kannste den n Weilchen nehmen?

Ich frage mich, von welchem Kater er spricht, aber dann dämmert mir, dass er eine echte Katze meint. Ich verabscheue diese Biester gründlich. – Tut mir Leid, Alter ... ich bin kein Katzenfreund ... un ich wohn doch bei Gav.

– Mist ... meint er und sieht so verfickt gotterbärmlich aus, dass ich irgendwas dagegen tun muss. Ich rufe Dianne an und frage, ob sie Lust hat, sich ein Weilchen um eine Katze zu kümmern. Dianne sieht da kein Problem und erzählt, dass Nikki und Lauren schon überlegt hätten, sich eine Katze anzuschaffen. So gesehen wär das ja ein guter Test, ob sie auch damit klarkommen würden. Sie sagt, sie würde sie fragen, was sie auch tut und mich dann direkt zurückruft. – Die Katze hat vorübergehend ein neues Zuhause, sagt sie.

Spud freut sich, als er das hört, und wir verabreden einen Termin, um die Kreatur nach Tollcross zu bringen. Als ich Spud verlasse, um selbst in diese Richtung aufzubrechen, spüre ich trotz meiner Benommenheit eine hässliche Wut, die mich innerlich aufzufressen scheint. Ich reiße mich zusammen und rufe meinen Geschäftspartner auf seinem Handy an. – Simon, wie isses?

– Wo steckst du?

– Ist doch egal. Bist du sicher, dass Begbie immer noch im Gefängnis sitzt? Jemand hat mir erzählt, er wäre raus.

– Wo hasse das n her?

Großkotz Sick Boys Rückfall ins breiteste Schottisch überzeugt ganz und gar nicht. – Kann dir doch egal sein.

– Tja, das ist Unsinn. Soweit ich weiß, sitzt er immer noch.

Verlogene Fotze. Ich schalte das Handy aus und gehe den Grassmarket runter und dann die West Port hoch Richtung Tollcross, während mir fieberhafte Gedanken durch den Kopf schießen und schreckliche Gefühle an meinen Eingeweiden nagen.

56

›… wobei er auf meiner Schulter liegt …‹

Wie es scheint, haben ich und Zappa, unser Pflege-Kater, uns schon miteinander vertraut gemacht. Ich hab angefangen, mit ihm Katzengymnastik zu machen, nachdem ich letzte Woche auf Channel Four gesehen habe, wie so was geht. Ich hebe ihn dreißigmal hoch in Position eins, wobei er auf meiner Schulter liegt und ich aus der Hocke aufstehe. Dann nehme ich Position zwei ein, bei der ich mit einer Hand seinen Bauch stemme und mit der anderen seine Brust abstütze, dreißigmal auf jeder Seite.

Lauren kommt rein und guckt ziemlich überrascht: – Nikki, was machst du denn mit dem armen Kater?

– Katzengymnastik, erkläre ich, weil ich fürchte, sie könnte denken, ich hätte jetzt auch Sex mit Tieren. – Wenn man viel zu tun hat, werden Haustiere oft vernachlässigt, deswegen ist das die ideale Methode, sich fit zu halten und sich gleichzeitig mit der Katze zu beschäftigen. Man bringt sich in Form und hat auch noch das taktile und Gemeinsamkeit schaffende Element. Solltest du auch mal versuchen, sage ich und setze ihn ab.

Lauren schüttelt skeptisch den Kopf, aber ich hab's eilig, wegzukommen, denn heute drehen wir die letzte Pornoszene mit Terry und Mel und mit Curtis als Fick-Double. Ich fahre rüber nach Leith, wo wir uns alle in Simons Wohnung treffen.

Auf Curtis' Gesicht liegt ein einfältiges Lächeln. Der Junge ist formbar, was das Bumsen anbelangt. Er folgt mir und Mel wie ein krankes Hundebaby, das um Futter bettelt, beziehungsweise Muschi, in seinem Fall. Nein, das ist nicht fair. Der Junge will mehr. Er will Liebe, Dazugehören, Anerkennung. Eigentlich macht er uns allen mit seiner unübersehbaren, unverhüllt ehrlichen Art unsere eigenen Bedürfnisse bewusst. Er wünscht sich aufrichtig, dass wir ihn mögen. Oder gar lieben. Und wir, wir necken ihn so, dass es schon fast an Grausamkeit grenzt.

Warum? Kosten wir unsere Macht aus, oder liegt es daran, dass wir, wie Lauren wahrscheinlich behaupten würde, hassen, was wir machen?

Ja, wie ich schon sagte, er ist einfach eine würdelosere Ausgabe von uns anderen: ein trauriger Gralsritter, der noch nicht gefunden hat, wonach er sucht. Aber was ihn angeht, der kleine Bastard hat noch Zeit. Vielleicht beeinflusst das unser Verhalten, unser Handeln ihm gegenüber. Ich bilde mir ein, immer noch zwischen meinen Beinen zu spüren, dass er in mir war. Ich habe eine kleine, enge Muschi und hätte nie gedacht, dass ich *so viel* darin unterbringen könnte. Manchmal überrascht man sich selbst.

– Gefällt dir das? frage ich, während ich mit meinem Nacken ganz nah an sein Gesicht komme.

– Aye, das riecht echt super.

– Ich würde dich gerne mehr über Parfüms lehren, Curtis, dich überhaupt so viele Dinge lehren. Und wenn ich dann alt und verschrumpelt bin und du immer noch ein gut aussehender junger Mann, der in der ganzen Stadt Jungfrauen einreitet, Mädchen, die erst halb so alt sind wie du, wie es sich für einen ganzen Mann gehört, der in die Jahre kommt, wirst du mich nicht hassen. Du wirst meiner mit Liebe gedenken und mich wie ein menschliches Wesen behandeln.

Mel grinst, während sie an einem Glas Rotwein nippt; vielleicht ahnt sie nicht, wie ernst es mir damit ist.

Curtis für seinen Teil entsetzt schon der Gedanke: – Niemals würd ich dich mies behandeln! quiekt er geradezu.

Diese kindlichen Jungen, wie süß und lieb sie sind, und dann wachsen sie zu Monstern heran. Aber mit zunehmendem Alter scheinen sie dann wieder erträglicher zu werden; aufs Neue sanft und zärtlich. Das sollte mal jemand Sick Boy Simon erzählen. Curtis ist ebenso sein Lieblingsschüler wie meiner. Und das, was Simon ihm beibringt, gefällt mir nicht.

Rab und seine Crew treffen ein und bauen die Kameras auf.

Aber Curtis war süß. Er wollte Mel nicht in den Arsch ficken. – Das is abartig, das will ich nich machen.

– Richtig so, Curtis, sage ich, während Mel ihm versichert: – Das macht mir nichts aus, Curtis.

Plötzlich meint Simon: – Okay, belassen wir es erst mal dabei, und blickt auf seine Uhr. – Kommt, wir gehen ins Kino! Ich frage mich, was er vorhat, während Rab anfängt zu meckern, aber Simon scheucht uns raus in ein Taxi und ins Filmhouse, wo sie gerade eine Scorsese-Reihe zeigen. Es läuft *Wie ein wilder Stier* mit De Niro.

Nach der Vorführung meint Curtis in der Bar begeistert zu Simon: – Der war toll!

Simon will gerade etwas sagen, als ich einhake. – Hat es einen bestimmten Grund? Dass du uns hierher gebracht hast? frage ich ihn.

Simon ignoriert mich und sagt zu Curtis: – Du bist Schauspieler, Curt. De Niro ist Schauspieler. Meinst du, der wollte sich unbedingt tonnenweise Gewicht anfressen und wie ein Schwabbel rumlaufen? Meinst du, der hatte Lust, im Ring den Arsch voll zu kriegen? Er wirft mir einen Blick zu. – Sollte keine Anspielung sein. Nein. Er hat das getan, weil er Schauspieler ist. Hat er Scorsese beim Dreh vorgejammert, ›Das is abartig‹ oder ›Das tut sauweh‹ oder ›Das empfinde ich irgendwie als kalt, entfremdet und billig‹? Nein. Weil er *Schauspieler* ist, betont er und erklärt: – Dich mein ich damit nicht, Mel, du bist keine Primadonna.

Jetzt kann ich erkennen, dass das Ganze genauso an meine wie an Curtis' Adresse gerichtet ist. Die Manipulation ist so unübersehbar wie Terrys Ständer. – Wir *sind keine* Schauspieler, wir sind Pornodarsteller, erkläre ich ihm. – Wir müssen unsere eigenen Grenzen …

– Nein. Das ist kleinbürgerlicher Mist. Das sind die Einzigen, die noch nicht mitbekommen haben, dass Porno mittlerweile Mainstream ist. Virgin verkauft Pornofilme. Greg Dark führt Regie bei Videos von Britney Spears. Tittenmagazine und Männermagazine und Frauenmagazine sind kaum noch zu unterscheiden. Selbst das verklemmte, zensierte britische Fernsehen lockt uns mit Andeutungen davon. Junge Menschen heutzutage unterscheiden als Verbraucher nicht mehr zwischen Pornografie,

Erotikfilmen und Mainstreamkino. So, wie sie auch keine Unterschiede mehr zwischen Alkohol und anderen Drogen machen. Wenn man darauf abfährt, okay, wenn nicht, auch gut. So einfach ist das.

– Denkst du nicht, es ist ein bisschen überheblich, Curtis zu erklären, was junge Leute denken? sage ich, aber das kommt mir selbst albern vor, mir fehlt die Überzeugungskraft angesichts von Simons unbedingter Gewissheit.

– Ich sag nur, wie ich das sehe. Ich versuche, einen Film zu drehen.

– Gegenseitiges Einverständnis bedeutet dir also gar nichts?

– Gegenseitiges Einverständnis ist ein dehnbarer Begriff, muss es auch sein. Wenn nicht, wie sollen wir dann wachsen? Wie sollen wir uns entwickeln? Es muss im historischen Prozess eine Entwicklung geben, mit Absprachen muss man flexibel umgehen können.

– Aber mein Arschloch wird für niemanden flexibel sein, Simon. Akzeptier das. Finde dich damit ab.

– Nikki, das steht gar nicht zur Debatte. Wenn du keine Analszene machen willst, gut. Das ist dein gutes Recht. Aber als Regisseur dieses Films behalte ich mir das Recht vor, meinen Hauptdarstellern zu erklären, wie prüde sie im Grunde sind, grinst er.

So macht er das immer, mit einem Witz sein ernst gemeintes Anliegen verkaufen. Er meint, er hätte den beschissenen Streit gewonnen, hat er aber nicht. – Wir *nehmen* eine sexuelle Handlung *vor*, wir *faken* sie nicht. Das Einzige, worauf es bei einer sexuellen Handlung wirklich ankommt, ist das gegenseitige Einverständnis. Wenn kein gegenseitiges Einverständnis besteht, wird daraus Nötigung oder Vergewaltigung. Die vordringlichste Frage ist, lasse ich mich vergewaltigen, um einen Film zu machen? Die Antwort ist nein. Die anderen Mädchen vielleicht. Das ist deren Sache, sage ich, und kann Mel dabei nicht ansehen. Ich sehe Simon immer noch unverwandt an, als ich frage: – Die zweite Frage lautet, wirst du zum Vergewaltiger werden, um diesen Film zu drehen?

Er sieht mich an und macht große Augen. – Ich zwinge Leute zu nichts, was sie nicht wollen. Das ist das Entscheidende.

Ich könnte ihm fast glauben, bis ich mitbekomme, womit er

im Taxi auf dem Rückweg nach Leith total überdreht Curtis zutextet, während er gleichzeitig Rab übers Handy anbrüllt. – Du fickst mit deinem Schwanz, aber Liebe machst du mit Körper und Seele. Der Schwanz ist gar nichts. Ja, ich will noch weiter gehen: Der Schwanz kann dein größter Feind sein. Warum? Weil der Schwanz ein Loch braucht. Das bedeutet, das Mädchen hat dich immer in der Hand, solange die Beziehung auf einer rein körperlichen Ebene, soll heißen Fickebene gehalten wird. Egal, wie groß dein Schwanz ist oder wie geschickt du ihn einsetzt, er ist austauschbar. Tausende, ja, Millionen von Schwänzen stehen Schlange, um den Platz einzunehmen, den deiner einnimmt, und jedes hübsche Mädchen mit Grips weiß das. Glücklicherweise fehlt den meisten das Bewusstsein dafür. Nein, um dem Mädchen wieder die Kontrolle über die Beziehung zu entreißen, musst du in ihren Kopf eindringen.

Meine Güte – aber ich war ja gewarnt. Es ist nicht mein Arsch, um den ich mir Sorgen machen sollte, es ist mein Kopf.

Aber momentan ist es Mels Arsch, um den ich mir Sorgen mache. Ich bin so besorgt um ihn, als wäre es mein eigener. Ich reiße mich zusammen, ich werde ja schon wie Lauren. Mel hat Mumm; sie hat mir sogar erzählt, dass sie es mag. Dann sind wir wieder in der Wohnung, und das Equipment wird erneut aufgebaut.

Simon hat noch Koks nachgelegt, und ich höre, was er Curtis erzählt, während Melanie sich umzieht. – Curtis, mein Freund, du verstehst es langsam wirklich, mit deinem Rohr umzugehen. Du hast Respekt vor den Perlen, aye, voll in Ordnung, aber für diese Szene brauchen wir n bisschen mehr Schwung. Hast du schon mal die Formulierung gehört, ›lass die Schlampe leiden‹?

– Nee, aber ich mag Melanie …

Sick Simon schüttelt den Kopf. – Am Anfang behutsam, aber sobald du drin bist, bohr ihn rein, die mögen es, wenn es wehtut. Die vertragen Schmerzen besser als wir. Mensch, die können sogar Kinder kriegen.

– Nicht aus unserem Arsch, mische ich mich ein.

Er merkt, dass ich zugehört habe, und klatscht sich vor die Stirn. – Ich versuch, Curtis Regieanweisungen zu geben, faucht er, – würdest du mich bitte meine Arbeit tun lassen, Nicola, Herzchen?

– Lass die Schlampe leiden, ist das die Ecke, aus der du kommst, dieser frauenfeindliche Kack?

– Nikki, bitte, lass mich meine Arbeit machen. Machen wir den Film fertig, dann haben wir etwas, worüber wir diskutieren können.

Gott sei Dank braucht es nur einen Take für jede der Arschfick-Einstellungen: von vorne mit an den Körper gepressten Beinen, von hinten und Cowgirl-von-hinten anal. Dann setzen wir uns mit Mel zusammen. – Wie war das? frag ich.

– Es hat wehgetan, verdammt wehgetan, schürzt sie heftig atmend die Lippen. – Aber es war auch gut. Gerade wenn man denkt, es wär nich auszuhalten, wird's gut, gerade wenn man denkt, es wär gut, wird's unerträglich.

– Wow, sagt Sick Boy und legt den Arm um sie. – Gut gemacht, Leute, damit ist der letzte Suchende, Juice Terry, bedient. Ich werd Terry und dich die Stellungen noch mal simulieren lassen, Mel, und wir nehmen den Schwanz von Curtis für die Penetration in Großaufnahme. Wir brauchen noch mehr Sachen für die Orgienszene, ein paar Establishing Shots, aber die Suchenden sind alle durch. Unsere *Sieben Säulen* sind so was von im Kasten – geil!

57
Klarinette

Es war toll, Mark zu treffen, un echt geil, n bisschen Zuspruch wegen dem Buch zu kriegen. Ich war so gut drauf, als ich nach Hause kam, dass ich, obwohl ich n bisschen alle war, mein Manuskript rausgeholt hab un noch mal übers letzte Kapitel rübergegangen bin. Es war, als hätt mich Rents irgendwie, ich sag mal, inspiriert. Der letzte Teil geht nur noch über Schore un Aids un so, über all die Jungs, dies erwischt hat; die total Vollfertigen un die Cats, die echt in Ordnung warn, Leute wie Tommy.

Un nachdem ich das durchgesehn hab, denk ich, ich raffs nich, Alter, denn ich bin fertig. Die Rechtschreibung is nich so doll, aber da könn die sich drum kümmern, ich wills nich zu geleckt machen, sonst ham die armen Kerle beim Verlag nix zum drin Rumstreichen.

Da hab ich erst geschnallt, dass fast Morgen war, un ich wollte bloß noch runter zur Post un es an so n Verlag schicken, an den, der lauter so Sachen über schottische Geschichte macht. Dann würd ich zu Ali un ihr von dem Geld erzählen, ihr erzähln, dass wir ne Reise nach Disneyland buchen, für den Kurzen un was weiß ich. Wollt ich schon neulich im Port Sunshine, aber sie hatte zu tun, un ich war knülle un konnt nich vernünftig reden. Die wollte bloß, dass ich abhau. Ich dachte, is jetz zu spät, ins Bett zu gehen, aber ich bin so aufgekratzt, deswegen hab ich das Alabama-Tape eingelegt und n bisschen allein rumgetanzt.

Dann bin ich runter innen Schreibwarenladen, nen fetten gepolsterten Umschlag besorgen, un dann ab zum Postamt. Bevor ichs in den Kasten geschmissen hab, hab ich dem Päckchen n Kuss gegeben.

Du Goldstück!

Ich dachte, das Beste wär jetz, mich aufs Ohr haun un dann Ali un Andy abpassen, wenn sie den Kurzen von der Schule abholt, un ihnen die ganzen Neuigkeiten von wegen Disneyland un so erzähln! Vielleicht ja nich mal das in Paris, sondern das in Florida! Aye, da drüben in der schönen Sonne, wär doch geil, un bei dem Scheißwetter hier. Terry Lawson hat mir erzählt, er wär mal da gewesen, und es wär cool wie nur was.

Dann denk ich, eigentlich haste jetz ne kleine Feier zur Belohnung verdient, wo das Buch fertig is! Genau! Alle Schulden bezahlt, Patte in der Tasche, ich, Ali un Andy bald in Disneyland. Bloß n paar Bierchen quasi. Ich also am Überlegen, wo soll ich das begießen? Denn in Leith musste vorsichtig sein, Alter, Leith ist echt nich Edinburgh. Da gibts dermaßen viel Pubs in Leith, un in jedem findste Gesellschaft, ob du wills oder nich, un es is nich immer die beste Gesellschaft. Da musste echt aufpassen, mit wemde feierst.

Von der Junction Street bieg ich ein aufn Walk, vorbei an Mac's Bar. Ich guck rüber zur Central Bar un dann den Walk hoch und weiß, dass dahinter die Bridge Bar is, das EH6, das Crown, die Dolphin Lounge, das Spey, die Caledonian Bar, Morrisons, das Dalmeny, das Lorne, das Vicky, das Alhambra, das Volley, das Balfour, das Walk Inn oder Jayne's, wies jetz heißt, das Robbie's, das Shrub, die Boundary Bar, das Brunswick, das Red Lion, das Old Salt, das Windsor, das Joe Pearce's, das Elm ... un das sind nur die, die mir sofort einfalln, un auch nur die am Walk selbst, ohne die in den Nebenstraßen un so. Nee, Alter, nee, jede Pinte am Walk birgt die Aussicht auf n Totalabsturz. Das Gleiche gilt für die Duke Street un die Junction Street, sogar für die Constitution un die Bernard Street. Deswegen such ich mir die trendigere, gesetztere und voll gentrifizierte Shore aus, Alter, wo n echter Mann der Feder aus Leith sein Bier trinken sollte.

Hier unten siehts echt anders aus, Alter, alles saniert; in den Docks jetz lauter schicke Bars un Restaurants, jede Menge so für Yuppies umgebaute Lagerhäuser. In der Zeitung hat gestanden, dass sie die Nutten von ihren angestammten Plätzen weggeschafft ham, wegen Beschwerden von den Anwohnern. Das find ich total nich fair, denn die ham immer da gearbeitet, un die Leute sehn doch, wie die Gegend is, bevorse da hinziehn.

Ich geh in so ne riesige, alte Bar, so total die Holzvertäfelung un so, und bestell mir eins von ihrn kalten Guinness. Ich guck nach draußen, wo die Möwen rumschwirrn, un kann sehn, wie n Kreuzfahrtschiff einläuft.

Ich sitz da also, und da kommt Curtis rein. – Dachte, ich hab dich reingehn sehn. Da sag ich z-z-zu mir ... der arme Junge verzieht voll spastisch das Gesicht, un seine Augen zucken, – ... Sp-p-pud würd doch nie in so n Laden gehn.

Tja, Mann, un dann hab ich nen schweren Fehler gemacht. Ich hatte das Bier noch innen Knochen von als ich mir gestern Abend einen mit Rents gebrannt hab, un nach n paar Pints war ich irgendwie angesäuselt. Der kleine Curtis is voll in Feierstimmung, weil er so ne Art Orgie mit den Mädchen von dem Film hinter sich hat, den Sick Boy grade dreht. Mir gefällt voll der Gedanke nich, dass Ali in nem Pub arbeitet, wo die alle um sie rum sin. Manchmal denk ich, dass er versuchen könnte, sie da reinzuziehn, un da friert mir voll das Blut in den Adern ein. Denn der kann Leute dazu bringen, Sachen zu machen, die sie von sich aus nie machen würden. Aber Ali nich, Alter, nich meine Ali. Un ich wollt echt nich weggetreten un unansprechbar zu der Schule gehn, um sie un Andy abzuholn, deswegen kauf ich Curtis n bisschen Base Speed ab, weil ich mich wieder fit machen will.

Als ich an der Schule ankomm, fühl ich mich saugut, aber Alis Blick sagt mir direkt, dass jetz einer von den Momenten is, wo du denkst, du wärst gut drauf, aber in Wirklichkeit biste vollfertig. Sie hat so ne pelzgefütterte Kapuzenjacke an, die ich noch nie gesehn hab, un n Pullover un Leggings un Stiefel. Sie sieht spitze aus. Der Kleine is auch gut eingemummt, Schal un Mütze un so.

– Was willst du, Danny?

– Hi, Dad, sagt der Kleine.

– Alles klar, Sportsfreund? mein ich zu dem Kleinen un sag dann zu Ali: – Super Neuigkeiten. Ich bin an n bisschen Kohle gekommen un will mit euch nach Disneyland ... Paris ... oder Florida, wennde wills! Mit dem Buch bin ich auch fertig, is schon unterwegs zu den Leutchen vom Verlag! Un gestern hab ich Mark getroffen, Rents, weißte? Er war zuletzt in Amsterdam, aber wir warn zusammen n paar Bierchen trinken. Er findet die Idee mit dem Buch auch spitze un so …

Ihre Miene hat sich allerdings nich ne Spur verändert, Alter.
– Danny … wovon redest du überhaupt?

– Pass auf, lass uns doch einfach ins Café gehn, un wir reden drüber, sag ich und strahl den Kurzen an. – N Milchshake bei Alfred's, wie wärs, Kumpel?

– Aye, meint er, – aber bei McDonald's. Da sin die Milchshakes besser.

– Nee, Alter, nee, denn Alfred nimmt nur die besten Zutaten, bei McDonald's die Milchshakes bestehn nur aus Zucker, das is schlecht für dich, Kollege, das is übel. Globalisierung un so, Alter, das is alles falsch … un ich merk, ich komm ins Schwafeln, un Ali erdolcht mich mit ihren Blicken, – … aber ich sag mal, wennde gerne willst, könn wir auch zu McDonald's …

– Nein, sagt Ali kalt.

– Och, Mum, macht der kleine Kerl.

– Nein, sagt sie, – wir haben keine Zeit. Tante Kath wartet auf uns, und ich muss heut Abend arbeiten, sagt sie. Dann wendet sie sich an mich und kommt ganz dicht ran, un für n Moment denk ich, sie würd mich küssen, aber sie flüstert mir ins Ohr:
– Du bist ja total zu. Bleib von meinem Sohn weg, wenn du auf Drogen bist! Dann dreht sie sich um un nimmt Andy an der Hand, un dann gehn sie weg.

Er dreht sich noch n paar Mal um und winkt, und ich zwing mich zu lächeln un wink zurück un hoff bloß, dass er die Tränen in meinen Augen nich sehn kann.

Ich geh zurück ins Shore, ne andere Kneipe. Es is ziemlich voll, un ne Jazzband spielt. Oh Mann, ich bin down, irgendwie is das Leben aus mir rausgerissen worden. Ich denk bloß noch, was brauchste die Kohle, wenn die Leute, für die man se ausgeben will, gar nix mit einem zu tun ham wollen? Was hab ich noch, wenn die nich da sind?

Nee, Alter, alles eine Riesenscheiße.

Ich guck mich um zu der Band un dem jungen Mädchen an der Klarinette, das echt gut is, so nen schönen Sound macht, dasste quasi voll heulen könntes, Alter. Dann seh ich so n alten Knaben an der Theke, mit nem breiten Lächeln im Gesicht, und da kommt mir n schrecklicher Gedanke: Jeder in der Bar, überhaupt alle, selbst Ali un mein kleiner Andy, werden schon bald tot sein. In zehn oder zwanzig oder dreißig oder vierzig oder fünfzig oder sechzig oder was weiß ich wie vielen Jahren. Ach, die netten Leute, Mann, un die schrägen un grässlichen un irren auch, die werden nich mehr hier sein, werden nich mal mehr existieren. Eigentlich schon ziemlich bald.

Ich mein, was soll der ganze Scheiß dann eigentlich?

Ich kehre der Shore den Rücken un geh nach Haus. Ich weiß nich, was ich machen soll. Ich bin noch nich lang zu Haus, da ruft Franco an, ich soll ihn abends im Nicol's treffen. Meint, er muss mit mir über June reden. Vielleicht hat Franco mitgekriegt, dass sie n bisschen abgespannt aussieht. Is ihm vielleicht doch nich so egal. Er sagt, dass er mit Second Prize auf Achse is. Wär nett, Secks zu sehn, sag ich mal. – Sei Punkt acht Uhr da. Ich seh dich dann, klar?

Ich lass mir das zwar durch n Kopf gehn, aber im Moment is mit mir sowieso nix anzufangen. Dann klingelts noch mal, un es ist Chizzie das Tier. Direkt nach Franco quasi. Muss irgendwas mit m Knast-Biorhythmus zu tun ham. Aber Chizzie … diesem bösen Kater bin ich extra aus m Weg gegangen. – War doch irre, letzte Woche, wa? Gehen wir n Bierchen trinken, Sportsfreund? meint er.

– Nee, Alter, ich schieb ne ruhige Kugel, weißte, un denk mir dabei, dass ich *dem* jedenfalls nich wieder Gesellschaft leiste.

Seine Stimme kriegt so n nasalen, unheimlichen Ton. – Hab deine Alte gestern gesehn, Sportsfreund, die hat da im Port Sunshine hinter der Theke gestanden. Ziemlich scharfes Teil. Hab gehört, ihr seid nich mehr zusammen, wa?

Mir läufts eiskalt n Rücken runter, Alter. Ich krieg kein Wort raus.

– Aye, hab gedacht, ich treff mich ma mit ihr. Geh schön mit ihr essen. Ich weiß, wie man ner Perle n schönen Abend macht, wa! In so was bin ich unschlagbar.

Mein Herz macht bloß noch bumm bumm bumm, Alter, aber ich lach un spiel es runter un sag: – Äh, aye, ich komm doch auf n Pint mit. Wird mir gut tun. Vielleicht mal wieder n Abstecher in die Stadt. Könn wir uns im, äh, Nicol's inner Junction Street treffen? Da arbeiten n paar scharfe Mädchen hinter der Theke. Eine davon soll immer für n Spaß zu haben sein, quasi.

Er schluckt es. – Das is doch n Wort, Murphy. Wie viel Uhr?

– Um acht.

Aber ich geh nich dahin, nich in den Scheißladen inner Junction Street, ich geh runter ins Port Sunshine, um n Auge drauf zu haben, was da läuft.

58
GLÜCKSTREFFER

Ich hab Second Prize, die Fotze, aus seiner Bude gezerrt un Spud Murphy angerufen, weil ich diesem Scheiß mit June mal auf n Grund gehn will. Irgendne Fotze hat hier irgendwas nich richtig geschnallt, oder irgendwer will mich verscheißern. Kumpels. Echte Kumpel gibts nich, das merkste, je älter de wirst. Second Prize am Billardtisch, stellt sich total an und versucht n Scheißtomatensaft zu trinken wie ne verfickte Schwuchtel. Der Fotze geb ich Tomatensaft. Scheiß-ungesellig nenn ich das! – Der ganze Mist von wegen Alkoholiker is doch gequirlte Scheiße. N Scheißpint kannste ja wohl trinken, das wird dich nich umbringen. Ein verficktes Pint!

– Nee, ich darf nich trinken, Frank, hat der Arzt gesagt, fängt er an, un seine verblödeten Äugelchen ham den bescheuerten Ausdruck von Gehirnwäsche, den die Fotzen immer ham, wenn sie, wiese das nennen, das Licht des Herrn in sich gefunden ham. Licht des Herrn, leck mich am Arsch …

Scheiß auf den ganzen Schwachsinn. – Was wissen die verfickten Fotzen schon? Meiner Ma hamse gesagt, sie soll nich mehr rauchen. Die raucht sechzig Stück am Tag. Sagt sie zu mir, ›Was soll ich machen, Frank, ich brauch ne Kippe für die Nerven. Is das Einzige, was hilft, die Pillen bring nix.‹ Ich sag bloß zu ihr, ›Wennde die Kippen drangibst, wirstes ja sehn.‹ Sie würd n verfickten Schock kriegen, und das würd sie dann umbring. Ich sag ihr, ›Wenn was nich kaputt is, musstes auch nich reparieren.‹ Da wirste ja wohl n verficktes Pint vertragen.

– Nee, ich kann nich …

– Pass auf, ich hol dir jetz n Scheißpint, un fertig aus, erklär ich ihm, geh zu Charlie hinter der Theke und hol zwei Pints Lager. Dass die Fotze mir das bloß trinkt; ich verschwend meine Scheißkohle doch nich für nix. Als ich die Pints zurücktrag, seh ich ne Fotze in die Kneipe kommen, aber es is nich Spud. Ich geh zu Second Prize, um die Billardkugeln aufzusetzen. – Okay, jetz biste dran, du Fotze.

Ich muss an meine Ma denken un wie ich versucht hab, ihr n Gefallen zu tun. Nich, dass es für sie n Scheißunterschied machen würd. Solangse ihr saublödes Bingo hat. Wenns nach mir ging, würdense die Läden dichtmachen; ne beschissene Verschwendung von Zeit und Geld. Is ja nich wie Pferdewetten, is ja nich so, als wär da irgendn Spaß dabei.

Egal, Second Prize is jetz fällig. Ich schlag ihn im ersten Spiel, un wir fangen noch eins an, un ich guck zur Tür. Immer noch nix von Murphy zu sehn. – Du Fotze has dein Pint noch gar nich angerührt, mein ich zu Secks.

– Mensch, Franco … ich kann nich, Alter …

– Kanns nich oder wills nich? sag ich und guck der Fotze genau in die Augen. Dann guck ich aus irgendnem Grund zu dem Typ hinter uns an der Theke, der die Rennsportseiten im *Record* liest. Irgendwas is an dem. Ich kenn die Fotze aus m Bau, vielmehr *weiß ich was über die Fotze* aus m Bau. Er war n dreckiger Kinderficker. Die Fotzen hab ich alle gekannt, ich habs mir da zur Aufgabe gemacht, mir Gesichter zu merken. Die ham alle versucht, sich vor mir zu verstecken, denn von denen wusste jeder, dass ich n mir verdammt gut ansehn wollte. Was hatte der hier noch mal gemacht? War das der, der so n Kind entführt hat, oder der, der das blinde Mädchen vergewaltigt hat, oder der, der sich an dem kleinen Jungen vergriffen hat? Scheiße, weiß ich nich mehr. Aber hier kommts bloß drauf an, dass das verfickte Ding, das Vieh, n verdammtes Tier is. Da sitzt die Fotze einfach im selben Pub wie ich un Second Prize, sitz einfach anner Scheißtheke un liest im verfickten *Record*.

Charlie hinter der Theke gibt dem Wichser sein Scheißpint, als wär das n normaler Mensch, un die alten Knacker, die inner Ecke sitzen, sehn mich an. Zwar scheißfreundlich un so, aber die sehn mich auf die gleiche Art an, wie sie die Fotze da ansehn. Alles, was die sehn, is ne üble Type aus m Knast. Aber ich bin nich wie die Fotze da und werd nie so sein. Der trinkt da sein Bier, wies ihm grade passt! Läuft frei rum, schleicht um die Schulen, wartet auf die Knirpse un verfolgtse dann bis nach Haus …

Aye, da steht er, an meinem verfickten Wasserloch, in *meinem* verfickten Pub! N dreckiges Tier! Da kennt der nix! – Da hinten steht n dreckiges Tier, sag ich zu Second Prize, der die Kugeln aufstellt, – n beschissenes Tier, das frei rumläuft, erklär ich ihm.

Second Prize guckt mich an, als wollter das einfach so durchgehn lassen. Der is doch vor lauter Christenscheiß und Nächstenliebedreck nich mehr richtig im Kopf. Den ganzen Fotzen hier hamse doch wohl ins Gehirn geschissen. – Der will nur n Bier trinken, Frank, lass ihn in Ruhe. Komm schon, meint er und stößt die Kugeln an, extra schnell, als wüsster, dass ich mir die Fotze krallen will.

Was is bloß los mit den Fotzen hier?

Un er guckt mich an und blinzelt so, als hätt er den Ausdruck in meinen Augen gesehn, und sagt: – Dein Stoß, Frank, aber ich hör gar nich richtig hin, denn ich fixier immer noch die Fotze an der Theke.

– N Tier, sag ich zu Secks, wobei ich das in die Länge zieh, un dann geh ich un mach meinen Stoß un spür beim Bücken so nen Schmerz, da wo mich die Fotze von June gestochen hat. Ich verzieh das Gesicht und versenk mit Wucht die grüne Halbe. Dabei stell ich mir vor, das wär der Kinderfickerfotze sein Kopf. Jetzt reißt mir aber langsam der Geduldsfaden, wa.

Second Prize sagt: – Nich schlecht, Franco, oder so was in der Art, aber ich kann den Sack nich hörn, denn ich konzentrier mich auf die Scheißtheke.

– Vielleicht lauert der auf n Kind. Vielleicht auf mein Scheißkind, wa, sag ich und geh auf die Theke zu.

Second Prize wird direkt quengelig un meint: – Franco … komm schon … un er nimmt sein unberührtes Pint und meint: – Lass uns erst mal austrinken, aber für die Scheiße isses jetz zu spät, er weiß, dass ich nich hinhör, ich geh einfach rüber und bau mich hinter dem dreckigen Kinderficker auf.

– Dreimal die verfickte Sechs. Die Zahl des Tiers, säusele ich der Fotze ganz sanft ins Ohr.

Der Kerl dreht sich blitzschnell rum. Er guckt unverschämt, als hätter die Nummer schon mal gehört. Dann starre ich mitten in ihn rein, bohr so richtig in seinem Innersten rum un seh die Scheißangst, die er jetz hat, aber auch noch was anderes, seine Verkommenheit, die ganze dreckige widerliche Verkommenheit in dieser Drecksau, aber es is, als könnter dasselbe in mir sehn, als hätten wir irgendwas gemein. Also muss ich handeln, ehs die andern Fotzen sehn, denn ich bin nich wie der, fuck, nie im Leben.

Was kann ich in der Fotze sehn ...

Sein Bild von sich selbs, geschmiedet aus der brutalen Quälerei von andern; das fällt um ihn rum in sich zusammen, wie er vor mir steht, vor dem Kerl, den er flüchtig als Begbie kennt. Aye, er is entsetzt, benommen vor Angst un Schmerz; ne perverse, herrliche Scheißübelkeit. Sein Verstand un sein Körper spieln ihm alle möglichen Streiche. Un die Fotze sieht die Wirkung seiner Macht auf andere, indem er die Wirkung meiner Macht über ihn an sich selbst spürt. Er spürt die komplette Erlösung, die in der Selbstaufgabe liegt, ne vollständige und bedingungslose Unterwerfung unter den Willen nes anderen. Das übersteigt bloße Gewalt bei weitem, geht sogar weit übers Sexuelle raus; es is ne Art Liebe, ne bizarre, prahlerische Selbst-Bewunderung, sogar über das Scheißego geht das weit hinaus. Ich seh was ... ich bin ...

Nein ... nein ... Schluss mit dem ganzen viehischen Scheiß ...

Aber das isses, was nen harten Mann eigentlich ausmacht; es is ne Reise, ne verdammte selbstzerstörerische Suche nach den eignen Grenzen, denn die eignen Grenzen tauchen immer in Gestalt nes noch härteren Manns auf. N großer, starker, beinharter Mann, der es dir zeigt, der dich lehrt, der dir demonstriert, wo deine Scheißparameter liegen. Chizzie ... so heißt der Kerl ... Chizzie.

Nee ... Die Fotze will was sagen, aber ich kann den nich reden lassen. Ich merk, wie meine Augenbrauen n bisschen hochschnellen, so wie mein Glas zu dem Tier ... wie heißt er noch? ... Chizzie seiner Kehle.

Der Wichser schreit auf un hält sich sein Hals, un Blut spritzt über die ganze Theke. Muss ne Arterie oder Vene erwischt ham. Tatsache is, ich hatt gar nich vor, das mit der Fotze zu machen, das war einfach nur n Glückstreffer. Glück für ihn, denn eigentlich wollt ich, dasses langsamer geht. Ich wollt ihn schreien hörn, bitten un betteln wie die Kinder, die er wahrscheinlich missbraucht hat. Aber das einzige Kreischen, das ich hör, kommt von der blöden Sau von Second Prize, als dem Kinderficker sein Blut rausspritzt, un eine von den alten Fotzen sagt bloß: – Großer Gott.

Ich fahr rum und hau Secs vors Maul, dass er aufhört, wie n Pipimädchen rumzuflennen. – Halt bloß die Fresse!

Jetzt taumelt der Kinderficker gegen die Theke und fällt hin; sein Blut spritzt in Fontänen übern Linoleumboden. Second Prize steht neben der Jukebox und murmelt so was wie n Scheißgebet.

– Das geht aber nich, Franco, fängt Charlie kopfschüttelnd an, – Tier oder nich, das hier is meine Kneipe.

Ich guck den Arsch nur an und zeig mit m Finger auf ihn. Second Prize, die bescheuerte Arschgeige, betet immer noch vor sich hin. – Hör zu, sag ich zu Charlie und den beiden alten Knaben, – da die Fotze is n Kinderficker. Dein oder mein Kind hätt als Nächstes dran sein könn, sag ich, un der Kerl zuckt noch mal un stirbt, un alles kommt einem so friedlich vor, ich fühl mich wie n verfickter Heiliger, wa. – Also, Charlie, sag ich, – gib mir zehn Minuten, dann ruf die Bullen. Es warn zwei junge Fotzen, die den Knaben allegemacht haben, schärf ich jeder von den Fotzen ein. – Wenn einer mich verpfeift ... und das wegen nem Kinderficker, tja, dann mach ich nich nur den fertig, sondern auch jeden, den er kennt. Kapiert?

Charlie meint: – Keiner verpfeift irgendwen wegen nem Scheißkinderficker, Franco. Ich sag ja nur, dass ich versuch, hier mein verdammten Laden zu führn. Denk dran, es is nur fünf oder sechs Jahre her, dass Johnny Broughton genau in dieser verdammten Kneipe den Kerl damals erschossen hat. Wie sieht n das für mich aus?

– Ja, weiß ich doch, Charlie, aber da is nu mal nix zu machen. Soll dein Schaden nich sein, du kenns mich doch, sag ich und geh hin und sperr die Eingangstür ab. Ich will nich, dass Spud oder sonstwer jetz reinkommt.

Ich hol n Lappen von hinter der Theke un wisch die Tischkante, das Queue un alle Kugeln ab. Ich kipp unsere Biergläser aus un spül sie. Dann sag ich zu Second Prize: – Rab, wir gehn hinten raus. Na los. Vergiss nich, Charlie, zehn Minuten, dann n Notruf. Wir warn nich hier, kapiert?

Ich seh mir die beiden alten Tattergreise an. Der eine is Jimmy Doig, der andere Dickie Stewart. Die werden nix sagen. Gut, Charlie is sauer wegen dem Ärger mit n Bullen, is aber keiner, der ein verpfeift. – Ich würd den Laden gründlich sauber machen, Charlie, sag ich, – schließlich war hier n Kinderficker drin. Wer weiß, was hier drin jetz verseucht ist, mein ich und dreh mich zu den alten Säcken rum. Der eine ist cool, der andere tattert sich einen ab. – Alles in Ordnung mit dir?

– Aye, Frank, aye, mein Sohn, keine Sorge, sagt der coole Knabe, Jimmy Doig. Der alte Dickie zuckt n bisschen, aber kriegt noch n ›Alles klar, Frank, Sohn‹ raus.

Dann sind wir hinten raus, über n kleinen Hof in ne Nebenstraße, nachdem wir gepeilt ham, ob nich irgendwelche Säcke auf der Straße sind oder oben aus m Fenster gucken.

Als wir da weg sin, geh ich zu Spud un hoffe, dass der Zuspätkommer noch immer zu Haus ist. Ich sag Second Prize, er soll sich zurück in die Stadt verpissen, denn der wackelt rum wie dieser Shakin Stevens, der Typ, der immer so ne schlechten Elvis-Imitationen in *Top of the Pops* gemacht hat.

Spud is grad im Treppenhaus auf m Weg nach draußen, total schissig, als er mich sieht. – Äh, Franco ... tschuldige die Verspätung, Alter, ich hab mich mit Ali am Telefon verquatscht ... hab versucht, alles in Ordnung zu bringen. Ich wollt grade ins Nicol's.

– Ich war selbs noch gar nich da. Ich war bloß mit Second Prize in der Stadt, die Fotze wollt nich mit runter nach Leith, sag ich. – Meinte, dann würd er nur wieder saufen.

Er guckt mich bloß an und sagt: – Ach. Dann fragt er mich: – Du wolltes doch was wissen ... wegen June?

– Ach, scheiß drauf, vergiss es, mein ich und sag dann: – Hör mal, ich kann nich mit ins Nicol's. Ich hatte n kleinen Streit mit meiner Perle und muss zurück, nach ihr gucken, vorher muss ich aber noch zu meim Bruder Joe.

– Gut ... äh, dann geh ich auf n Bier ins Port Sunshine, nach Ali sehn un so.

– Aye, mein ich, – Scheißweiber, wa? Dann lass ich ihn am Fuß der Treppe stehn und geh zu Joe, will bloß hoffen, dass seine neugierige Nutte von Frau nich da ist, als ne Scheißambulanz und zwei Bullenwannen den gottverdammten Walk runterheulen.

Präsentation

59
Nutten aus Amsterdam, Teil 7

Ich bin wieder in Amsterdam, aber es fühlt sich nicht mehr wie zu Hause an. Ich frag mich, ob es daran liegt, dass Dianne nicht bei mir ist, oder weil ich diese verlogene Fotze Sick Boy dabei hab. So oder so, Amsterdam ist nicht mehr der Zufluchtsort, der es mal war.

Ich konnte mich kaum von ihr losreißen, um mit ihm ins Flugzeug zu steigen. Wie mir ihre Liebe jede Angst nahm; selbst meine Begbie-Paranoia ging gefährlich zurück. Nach allem, was ich wusste, hätte mir die Fotze auf meinen Spaziergängen im Grünen am Colinton Dell mit einer Axt nachpirschen können, sollte er doch. Als ich sie zum ersten Mal gesehen hab, war sie bloß ein hippes, frühreifes Schulmädchen, immerhin weitaus mehr als das, was ich darstellte. Ich war bloß ein Wichser. Aber die Dianne von heute ist eine Frau; cool und intelligent, gar nicht mal die verrückte Raverin, die ich erwartet hätte, sondern klug, belesen und damit sexier denn je.

Dianne.

Ich bin nicht so blöd zu glauben, das wär Schicksal oder Bestimmung. Wenn ich zurückblicke auf damals, kann ich sie, wenn ich ehrlich bin, nicht groß von einem der anderen Mädchen unterscheiden, mit denen ich was hatte. Was mich interessiert, ist das Hier und Jetzt. Wie sie ihre Brille auf die Nasenspitze schiebt und mich über deren Rand hinweg anguckt, wenn ich was gesagt hab, das sie zweifelhaft findet. Wie ich sie Brillenschlange nenne, während sie mich Rotschopf nennt, was wirklich ein grässliches Zeichen ist. Noch erschreckender ist die Tatsache, dass mir das irgendwie gefällt. Sind wir schon lange genug zusammen für solche sinnfreien Intimitäten? Offensichtlich.

Ich liebe sie und glaube, dass sie dasselbe für mich empfindet, sie sagt es jedenfalls, und ich denke, sie ist aufrichtig genug, ihre eigenen Gefühle zu kennen und in solchen Dingen nicht zu lügen. Vor der eigenen Seele kann man nicht lügen.

Ich habe Katrin Nachrichten hinterlassen und gefragt, wann die beste Zeit wäre, ein paar Sachen von mir abzuholen. Sie hat sich nicht gemeldet. Ich treffe mich mit Martin, wir gehen zusammen zu der Wohnung in der Brouwersgracht, und ich schließe selbst auf. Wir laden einige meiner persönlichen Sachen, die ich erst mal im Büro abstellen will, in seinen Van. Den Rest kann sie behalten. Als der letzte Karton eingeladen ist, fühle ich mich großartig, als wär ich allem ungestraft entkommen.

Sick Boy, den ich im Hotel gelassen hatte, hat mich die ganze Zeit übers Handy genervt. Wir machen uns auf den Weg zu Miz' Schneideraum, wo er mit einem Techniker namens Jack, einem Freund von Miz, schon die erste Kopie durchgesehen hat. Sick Boy nutzt zwar die technischen Einrichtungen von Miz, war ihm gegenüber aber bislang total unfreundlich und überheblich. Es ist wirklich peinlich. Um die Situation zu entschärfen, lad ich Miz zum Essen ein. Sick Boy scheint froh darüber zu sein, doch als er später wie verabredet in einem braunen Café zu uns stößt, ist seine Miene immer noch verräterisch.

Miz hat sich rundum begeistert über den Film geäußert und meint jetzt, dass wir seinem Freund Lars Lavish, einem der führenden Leute im Geschäft mit Gonzo-Pornos, eine Kopie geben sollten. – Lars wird am Cannes Adult Film Festival teilnehmen, schwärmt er, – wir treffen uns mal mit ihm.

Als ich Simon an der Theke allein erwische, frag ich ihn: – Was hast du gegen Miz? Willst du das Video lieber in Niddrie schneiden? Denn genau da werden wir landen, wenn du dein Scheißbenehmen nicht ablegst.

– Von diesem schmierigen Typ krieg ich eine Gänsehaut, schnaubt er. – Der hat doch nie und nimmer Kontakt zu ner Größe wie Lars Lavish …

– Er erzählt keinen Scheiß. Er kann uns helfen, auf wichtigen Pornofilmfestivals wie Cannes gezeigt zu werden.

– Aye, na schön, sagt Sick Boy leise. – Ich brauch seine Hilfe nicht, um meine Filme irgendwo aufführen zu lassen. Und wenn er glaubt, er kann auf das Ticket von Bananazzurri reisen, kann er sich gleich verpissen. Aye, im Moment brauchen wir die Fotze, aber dieser Holländer nervt mich, und sein Koks ist auch nicht gut. Bei meinem Glück werd ich der erste Idiot sein, der erwischt wird, weil er Koks nach Amsterdam *reinschmuggelt.*

Am nächsten Tag ruf ich früh morgens sein Zimmer an, aber er ist schon weg. Wie erwartet treffe ich ihn im Schneideraum an, wo er sich Miz gegenüber nun übertrieben unterwürfig benimmt. Er gibt deutlich zu verstehen, dass mein Input unerwünscht ist, deswegen geh ich in mein Büro und fange an, ein paar Dinge wegen des Clubs zu regeln. Schweren Herzens erkläre ich Martin, dass ich meine Beteiligung aufgebe und er einen anderen unserer Bekannten mit reinnehmen soll. Er reagiert ganz cool und macht es mir leicht: ein echt erstklassiger Mann.

Später treffen wir uns mit Miz und Sick Boy, die mittlerweile mit einer Ekel erregenden Beste-Kumpel-Nummer auftreten, in einem Club. Aber es ist besser als das, was vorher lief, und ich fühl mich wohl und entspannt. Dann steht plötzlich Katrin vor mir. Ich will gerade etwas sagen, da schüttet sie mir einen Drink ins Gesicht und lässt eine Flut von Beschimpfungen ab. Sie will sogar auf mich losgehen, wird aber von Freunden zurückgehalten und weggeführt.

Ich bin völlig geschockt, aber Sick Boy fand das Ganze ausgesprochen amüsant: – Oh Mann, die hat dir ja schön einen ausgescheppt, jubiliert er schadenfroh mit einem aufgesetzten, nasalen Glasgower Tonfall und klatscht sich auf die Schenkel.

Ich sehe in sein spöttisches Gesicht und versuche mich zu sammeln, indem ich an die seltsame Beziehung denke, die wir hatten und die durch die Jahre, die wir getrennt waren, nicht weniger geheimnisvoll geworden ist. Ich schätze, er war ein bisschen wie ich, wir wussten beide, dass Dekadenz eine schlechte Angewohnheit für Leute aus dem sozialen Wohnungsbau war. Eine lächerliche Angewohnheit sogar. Die *raison d'être* unserer Klasse hieß blankes Überleben. Scheiß drauf; unsere Punkgeneration gedieh nicht nur prächtig, wir besaßen auch noch die Frechheit, desillusioniert zu sein. Schon von frühester Jugend an waren Sick Boy und ich verdrehte Seelenbrüder. Die Verachtung, die spöttischen Bemerkungen, die Ironie, das Leute-Verarschen; wir hatten unsere eigene kleine Welt schon längst fertig gebaut, bevor Alkohol und Drogen kamen, die uns halfen, uns noch zu verfeinern, und uns den Freibrief ausstellten, voll und ganz darin aufzugehen. Wir stolzierten herum und versprühten einen Zynismus, der so profund, verächtlich und allumfassend war, dass wir das Gefühl hatten, uns könnte keiner was: weder Eltern noch Geschwister, Nachbarn, Lehrer, Streber, Schläger oder Hipster. Aber es war nicht leicht, sich ein Repertoire an Dekadenz zuzulegen, wenn man in Fort oder den Banana Flats lebte. Drogen waren die einfachste Möglichkeit. Dann begannen sie an die Substanz zu gehen, an den Träumen zu zehren, die sie irgendwann genährt und bestärkt hatten und die unter dem Leben, das sie uns eröffnet hatten, langsam zerbröckelten. Das artete alles in beschissen harte Arbeit aus, und harte Arbeit war das, was wir beide tunlichst vermeiden wollten. Was ich jetzt fürchte ist allerdings nicht das Heroin, es sind nicht die Drogen, sondern diese seltsame symbiotische Beziehung, die wir zueinander haben. Ich mache mir Sorgen, dass sie eine Eigendynamik entwickelt, die uns geradewegs zurück in den Hexenkessel zerrt, der heute schlimmer denn je ist, nach allem, was Spud mir über Franco erzählt hat.

Aber Sick Boy hat hart am Schnitt gearbeitet, da gibt's keinen Zweifel. Das gab mir die Gelegenheit, eine Menge von meinem Scheiß für den Club zu erledigen. – Hast du ne Kopie dabei, die ich mir ansehen kann? frage ich ihn.

Er mahlt langsam mit den Zähnen. – Neeeeiiiin ... das wär mir irgendwie nicht so recht. Ich halte alles unter Verschluss, bis ich allen die praktisch endgültige Fassung zeigen kann.

– Ach ja. Und wann wäre das?

– Ich hoffe, wenn wir zurück sind, direkt als Erstes morgen früh im Pub in Leith.

Seinem Pub in Leith, und das nur, weil die Fotze glaubt, ich würd nicht kommen.

– Und woher, frage ich und beuge mich im Stuhl vor, – dieses heftige Bedürfnis, alles geheim zu halten?

Die unverschämte Fotze bleibt geschwollen bis ins Letzte.

– Weil ich armer Irrer, er zeigt auf sich, – während du Mr Clubland gespielt hast und Birrell zu Hause den Familienvater, bis mir die Augen wehtaten im Schneideraum gesessen und diesen Film zusammenmontiert hab. Ich bin doch nicht so blöd, dass ich dich hier den Filmkritiker spielen lasse, ihn dann Birrell zeige, das Ganze von ihm noch mal zu hören krieg, und dann noch mal von Nikki und von Terry. Nee, besten Dank, ich steck die Prügel lieber en bloc ein.

Er denkt offensichtlich, *ich* würd die Prügel einstecken, nämlich dann, wenn ich Begbie unten in Leith über den Weg laufe. Soll die Fotze ruhig versuchen, mich reinzulegen.

60
›… ein Film von Simon David Williamson …‹

Hinter einem meiner Augen pocht es dumpf und bohrend. Ich stehe unter der Dusche, versuche mal wieder, einen Kater wegzuspülen, und wünsche irgendwie, man könnte die herabschießenden Wasserstrahlen absorbieren, sich einverleiben. Ich nehme eine Flasche Duschgel, drücke etwas von der schmierigen, mit synthetischen Kräuteraromen angereicherten Waschlotion in meine Hand, verteile sie über meinen Körper und mache mir dabei Sorgen, dass meine Bauchdecke schlaff werden könnte. Ich denke fitnessfixiert. Ich arbeite mich zu meinem Busch vor und versuche, sachlich und geschäftsmäßig zu denken. Versuche, nicht an Simon zu denken; an seine dunklen Augenbrauen, sein wie gemeißeltes italienisches Gesicht, sein eisiges Lächeln und die süßen Worte von seinen Schlangenlippen. Besonders nicht an die magnetischen Tiefen seiner großen Augen. Sie sind braun, erscheinen jedoch schwarz, ganz Pupille. Dass sie selbst bei Missbilligung nie kleiner zu werden oder sich abzuwenden scheinen, sie verlieren nur ihren schimmernden Glanz und trüben sich, sodass man sein Spiegelbild nicht mehr in ihnen sehen kann. Als würde man nicht existieren, als sei man plötzlich ausgelöscht worden.

Ich versuche, mich auf das Radio zu konzentrieren, das auf dem Badewannenrand thront. Ein begeisterter, speichelleckerischer Moderator befragt eine junge Frau zu ihren Lieblingsplatten und was diese Stücke ihr bedeuten. Ich erkenne auf Anhieb diese weiche, fade, ein wenig näselnde Stimme, die ihm antwortet. Als sie diese Platte, diese absolute Scheißplatte nennt, weiß ich sofort, dass sie es ist, noch bevor der Moderator ihren Namen nennt. – Jive Bunny and the Mastermixers, ›Swing the Mood‹! Oh, ich liebe diesen Song! Er ist so ... ich weiß auch nicht ... wissen Sie, wenn man in diesem Alter, in dem noch alles möglich erscheint, einen Lieblingssong hat ... also, da war ich vierzehn, und meine Karriere als Turnerin lief gerade so richtig an ...

Carolyn Fotzengesicht Pavitt.

Carolyn Pavitt und ich waren einst, in Anführungszeichen, ein Herz und eine Seele. Das war ein Etikett, das uns andere Leute verpassten; Eltern, Lehrer, Gleichaltrige, aber vor allem Trainer. Und das nur, weil die kleine Nikki und die kleine Carolyn zusammen zum Turnen gingen. Aber obwohl wir durch unseren gemeinsamen Sport aneinander gekettet waren, empfanden wir selbst nie diese innige Freundschaft. Man betrachtete uns brave kleine Mädchen als verwandte Seelen. In Wirklichkeit waren wir vom ersten Augenblick an erbitterte Rivalinnen.

Als Teenagerturnerinnen wetteiferten wir miteinander. Anfangs war ich besser als die linkische Carolyn, auch wenn sich das hässliche Entlein in einen Schwan verwandelte, sobald es die Matte betrat. Das Problem war nur, dass ich, als die Pubertät über uns hereinbrach, die Titten bekam, und sie die Trophäen.

Erst jetzt merke ich, dass ich die Dusche auf so kalt wie überhaupt möglich gestellt hab, und ich kann die Stimme von ›ganz Großbritanniens‹ Carolyn Pavitt gar nicht mehr hören. Ich spüre nur noch die schneidende Kälte, die Schwere, das würgende Gefühl in meiner Brust und glaube, ich müsste ohnmächtig werden, aber dann trete ich japsend unter der Dusche hervor. Ich schalte das Radio aus und rubbele mich mit dem Handtuch ab, während sich zur Belohnung ein warmes Glühen von meinem Innersten bis in die äußerste Schicht meiner Haut ausbreitet. Oh, du Fotze, Carolyn Pavitt.

Ich gehe in mein Zimmer und ziehe mich an. Ich frage mich, welchen Pullover ich anziehen soll, den engen aus Kaschmir oder den unförmigen aus Angora. Ich denke daran, dass ich ins Sportstudio muss, und entscheide mich für den zweiten. Ich frage mich, welchen sie wohl gewählt hätte. Aber heute kann mir nichts für längere Zeit die Laune verderben, denn ich bin ganz aufgeregt. Simon hat gestern noch ganz spät angerufen, dass ich heute Morgen um halb zehn im Pub sein soll, weil er den geschnittenen Film vorführen will! Ich denke an Carolyn. Deine Commonwealth-Bronze kannst du dir in den Arsch schieben, du über-kurz-oder-lang-arthritische Kuh!

Als ich in Leith ankomme, ist Simon schon reichlich aufgekratzt. Unübersehbar, dass er gekokst hat. Er küsst mich auf den Mund und zwinkert lüstern, als er den Kopf zurücknimmt.

Rab ist auch da, und wir unterhalten uns über die Seminararbeiten. Ich vermute, er hat besser abgeschnitten als ich. Ich erzähle ihm, dass ich damit rechne, durchgefallen zu sein, weil ich nicht genug dafür getan hab. Es ist eine ganz banale Unterhaltung, aber von seiner gleichzeitig wertenden und mitleidigen Miene kommt es mir hoch. Ich setze mich neben Mel, Gina, Terry und Curtis. Mark Renton kommt rein, sehr nervös und verstohlen, wie es scheint, und Simon ruft: – Bequemt sich der Rent Boy endlich nach Leith! Wir sollten den Rest von der alten Mannschaft zusammentrommeln! Ne kleine Kneipentour durch Leith!

Mark ignoriert ihn, nickt mir zu und begrüßt die anderen. Simon ist zur Theke gegangen und schenkt ein paar Gläser voll, während er weiter auf Mark herumhackt. – Ich hab mich schon gefragt, wann du genug Mumm aufbringst, dich hier unten sehen zu lassen. Hast dich mit dem Taxi bis vor die Tür gemogelt, was?

– Um nichts in der Welt hätte ich das Regiedebüt meines alten Kumpels verpassen wollen, meint Mark mit höhnischem Unterton, – besonders, wo er doch für meine Sicherheit garantiert.

Irgendwas geht hier vor, aber Simon beantwortet Marks unverhohlene Aggression mit einem bedeutungsvollen Grinsen. – Schön ... wer fehlt noch ... Miguel sagte, dass er kommen wollte ... Er dreht sich um und sieht Mikey Forrester reinkommen, herausgeputzt mit einem unwahrscheinlich weißen Trainingsanzug und goldbehangen, gefolgt von Wanda. – Ah, wenn man vom Teufel spricht! Miguel! Gerade rechtzeitig, komm und setz dich! Dressed for success, wie ich sehe, sagt er sarkastisch. Forrester scheint es nicht zu bemerken, er wirkt sogar bester Dinge, bis er Mark Renton entdeckt. Es entsteht eine eisige, unangenehme Pause, dann nicken sie sich kalt und widerwillig zu. Der Einzige, der für die frostige Atmosphäre unempfänglich zu sein scheint, ist Simon. – Dann wollen wir mal, Leute, brüllt er triumphierend, während er einen Karton mit Videokassetten aufreißt und jedem von uns eine überreicht. Anschließend legt Simon ein paar Lines, aber außer Terry und Forrester lehnen alle ab. – Dann bleibt mehr für die echten Kerle, sagt er halb erleichtert, halb geringschätzig, aber wir reagieren nicht, weil wir ungläubig die Cover unserer Videos begutachten.

Was mich angeht, wird mir von diesem Gefühl der Enttäuschung und des Betrogenwordenseins kotzübel. Ich sehe auf das Cover, und die erste Kugel trifft mich aus dem Hinterhalt. Mein Gesicht mit diesem Make-up; übergroß, noch greller, noch geschmackloser durch den billigen Vierfarbdruck. Noch schlimmer: Er hat das Foto benutzt, das er versprochen hatte, nicht zu benutzen, das, auf dem eine Titte kleiner aussieht als die andere. Ich seh aus wie ein schriller Transvestit oder die aufblasbare Sexpuppe, die er Curtis geschenkt hat; dieses schreiende, hässliche Bild und die Riesenlettern: NIKKI FULLER-SMITH in DIE SIEBEN SÄULEN DER GEILHEIT.

Aber was mich richtig fertig macht, sind die Credits:

EIN FILM VON SIMON DAVID WILLIAMSON
PRODUKTION: SIMON DAVID WILLIAMSON
REGIE: SIMON DAVID WILLIAMSON
BUCH: SIMON DAVID WILLIAMSON
UNTER MITARBEIT VON NIKKI FULLER-SMITH
UND RAB BIRRELL

Die anderen empfinden offensichtlich das Gleiche. – Wir sind im Bilde, sagt Rab kopfschüttelnd und wirft seine Kopie des Videos zurück in den Karton.

– Nein, im Bild ist nur er, sage ich wütend, während ich von dem Karton mit Videos zu Simon und wieder zurück blicke. Meine Brust ist wie zugeschnürt, und meine Fingernägel graben sich in meine Handflächen.

Wie leicht es nun fällt, von meinem Simon, meinem Geliebten, als Sick Boy zu denken. Das Gemurre wird lauter, aber er tut so, als würde er es nicht hören, er pfeift einfach nonchalant vor

sich hin, während er ein weiteres Video aus dem Karton nimmt.
– Fuck, was hattest du denn mit dem Drehbuch zu tun? fragt Rab eindringlich. – Wo ist bei dem Cover die gediegene Produktion geblieben? Das sieht scheiße aus, sagt er und tritt dabei gegen den Karton.

Si... nein, Sick Boy ist die Unschuld in Person. – Ihr seid sehr undankbare Kinder, sagt er verächtlich von oben herab. – Ich hätte Terry als Co-Regisseur und Rents als Co-Produzent angeben können, aber die wollen nur mit einem Namen zu tun haben, als Ansprechpartner, damit die geschäftliche Seite des Unternehmens nicht zu kompliziert wird. Damit bleibt an mir Trottel, er zeigt empört auf sich, – wieder alles hängen, und so was ist dann der Dank!

– Was du mit dem Drehbuch zu tun hattest, fragt Rab erneut mit schleppender, ruhiger Stimme und guckt dabei zu mir rüber.

– Da waren Änderungen nötig. Als Regisseur, Produzent und Cutter hatte ich das Recht dazu.

Terry blickt kurz zu Rents, der die Brauen hochzieht. Terry legt den Kopf in den Nacken und mustert die nikotingelbe Decke. Mich macht das innerlich fertig, nicht so sehr der Verrat, sondern die Lässigkeit, mit der Simon damit umgeht. In seinem schwarzen T-Shirt, seiner schwarzen Hose und schwarzen Schuhen steht er da wie ein düsterer Engel, der mit verschränkten Armen auf uns herabblickt, als wären wir nur Scheiße an seinem Schuh. Ich hab mich einem totalen Arschloch an den Hals geworfen.

Wir sitzen in jetzt von deutlich düsteren Vorahnungen eingefärbtem Schweigen da, während ein aufgeregter, überdrehter Sick Boy ein Tape in den Rekorder schiebt. Er küsst das Cover der Videobox. – Wir sind drin. Wir haben ein Produkt. Wir leben, sagt er sanft. Dann geht er ans Fenster, blickt auf die belebte, geschäftige Straße hinab und brüllt: – Habt ihr gehört? WIR LEBEN!

Neben Mel und Gina sitzend, schaue ich sie mir an, die erste Schnittfassung unserer Arbeit. Sie beginnt, wie wir erwartet haben, mit der Fernseherszene, in der Mel und ich Sex haben. Ich kann mir den Gedanken nicht verkneifen, dass mein Körper richtig gut aussieht; gelenkig, zart gebräunt, geschmeidig. Ich halte jedem Vergleich mit Mel stand, die fünf Jahre jünger ist als ich! Ich sehe mich flüchtig im Raum um und versuche, die Reaktionen abzuschätzen. Terry sieht jetzt frech und selbstgefällig aus, geht ganz in dem Porno auf. Curtis, Mel und Ronnie gucken erwartungsvoll, und Rab und Craig wirken verlegen. Renton und Forrester sind undurchschaubar. Gina wirkt überraschend aufgeregt, beinahe verschämt.

Dann geht es in der Kantine weiter, wo die ›Suchenden‹ ihren Ausflug nach ›Glasburgh‹ besprechen. Es wirkt wie ein amateurhafter, plump umgesetzter Tribut an die Eingangsszene von *Reservoir Dogs*, funktioniert aber trotzdem irgendwie. Auch im weiteren Verlauf sieht alles ganz erträglich aus, auch wenn Simon die ganze Zeit was von ›auf Film ausbelichten‹ und ›endgültige Schnittfassung‹ vor sich hin murmelt. Dann kommt die Szene, in der Simon und ich im Zug sind und dann in der angeblichen Zugtoilette ficken, die in Wirklichkeit das Scheißhaus hier im Laden ist.

– Boah, meint Terry. – Seht euch den geilen Arsch an … dann dreht er sich zu mir und sagt, – tschuldigung, Nik.

Ich zwinkere ihm zu, weil es mir langsam wieder besser geht. Es ist im Großen und Ganzen so, wie wir es erwartet haben, und um Simon gegenüber fair zu bleiben, er hat es ziemlich gut geschnitten. Das Ganze hat ein vernünftiges Tempo, auch wenn das Acting ärmlich ist, Curtis' Stottern an einigen Stellen doch unangenehm auffällt und man Rab deutlich anmerkt, dass er mit der Bildqualität nicht zufrieden ist. Aber es hat was, eine gewisse Energie. Erst als wir zu etwa drei Vierteln durch sind, bekomme ich mit, dass Mel fuchsteufelswild ist. Ich hör sie immer wieder sagen: – Nee … nee … so geht das nich, als führte sie Selbstgespräche. Ich gucke mich um und sehe sie fassungslos dasitzen, während wir uns gerade ansehen, wie sie Curtis' riesigen Schwanz lutscht. Aber sie lutscht ihn, *nachdem* er sie gerade in den Arsch gefickt hat. – Was soll das? kreischt sie.

– Was soll was? fragt Sick Boy.

– Wie du das zusammengeschnitten has, das sieht aus, als hätt ich seinen Schwanz gelutscht, nachdem er in meim Arsch gesteckt hat, faucht sie Sick Boy an.

Danach bin ich dran und erfahre dieselbe Behandlung durch

die Montage. Nahaufnahme von meinem Gesicht und dann ein Schnitt auf den Schwanz von Curtis, der in meinen Arsch hinein- und hinauszufahren scheint, aber das ist auch eine der Aufnahmen von Mels Arschloch. – Mich hat keiner in den Arsch gefickt! Was soll die Scheiße, Simon!

– Aye, unterstützt mich Curtis, – du wolltes das doch gar nich machen.

– Das ist doch nur so geschnitten, sagt Sick Boy. – Künstlerische Freiheit. Wir haben Outtakes davon genommen, wie Mel in den Arsch gefickt wird, und konnten im Schnitt dann die Farbe von Mels Arschbacken so abgleichen, dass sie denselben Hautton wie deine haben.

Ich wiederhole mich und höre meine Stimme in scheußlicher Panik schriller werden. – Ich sagte, mich hat keiner in den Arsch gefickt! Warum sind die Einstellungen so hintereinander geschnitten? Das bin ich nicht! Das ist Mel!

Sick Boy schüttelt den Kopf. – Pass auf, das war eine Schnittentscheidung, eine künstlerische Entscheidung. Als Schauspielerin wolltest du nicht in den Arsch gefickt werden, und das ist auch nicht passiert. Meinst du etwa, Ving Rhames ist in *Pulp Fiction* von dem Typen, der Zed gespielt hat, tatsächlich in den Arsch gefickt worden?

– Nein, aber das hier ist ein Pornofilm ...

– Es ist ein Film, sagt Simon. – Wir tun nur so, als ob. Wir machen das, was Tarantino mit Ving Rhames gemacht hat, denn Ving hat auch nur so getan. Ist er zu Tarantino hingegangen und hat gesagt, ›Oooh, diese Szene will ich nicht spielen, sonst denken die Leute, ich wär ein warmer Bruder‹? Einen Scheiß hat er!

– Nein, schreie ich, – weil das hier was anderes ist! Es ist ein Porno, und bei Pornos wird erwartet, dass die Darsteller nicht bloß so tun, als ob, sondern den Sex wirklich vollziehen!

– Na schön, Nikki, wir sind dem Rat einiger renommierter Pornofilmer in Holland und London gefolgt. Mark und ich dachten ... na ja, du weißt schon ...

Ich sehe Mark an, der abwehrend die Hände hebt. – Lass mich da raus, sagt er zu Simon, – du bist der große Macher. So steht es auf dem Cover, er nimmt ein Video in die Hand und wedelt damit rum. Nun interveniert Rab wütend zu unseren Gunsten, zeigt auf Simon und sagt: – Das ist nicht fair, Simon. Wir hatten eine Abmachung. Du hast die Mädchen gelinkt.

Mel steht kurz vorm Explodieren, sie sitzt da und umklammert die Lehnen ihres Stuhls. – So sehn wir aus wie total versaute Schlampen. Ich kenn kein Mädchen, das den Schwanz von nem Jungen lutschen würde, nachdem er grad in ihrem Arsch gesteckt hat!

Terry sieht sie kaltschnäuzig an. – Es gibt aber Perlen, die machen das, glaub mir, behauptet er.

Das nervt sie anscheinend. – Aye, aber doch nich auf Video, Terry, damit's die ganze Welt sieht!

Simon steckt die Hände in die Taschen seiner schwarzen Lederhose, damit sie nicht weiter in der Luft rumfuchteln. – Hört mal, die Leute wissen, dass das in dieser Sequenz nicht wirklich so läuft. Sie wissen, dass man sich, wenn man eine in den Arsch gefickt hat, erst den Schwanz wäscht, bevor man ihn in ihren Mund oder ihre Muschi steckt.

– Aber so hat das nich in dem Fuck-Skript gestanden, sagt Mel, steht auf und schreit: – Du hast uns verarscht!

Sick Boy zieht die Hände aus den Taschen. – Hier hat niemand irgendwen verarscht! brüllt er und klatscht sich die Hand vor die Stirn. – Der Schnitt ist ein kreativer Schaffensprozess, ein Handwerk, eine Kunst, um das erotische Erleben zu maximieren. Ich war vier Tage und Nächte im Schneideraum, bis mir die Augen gebrannt haben, und dann muss ich mir diesen Scheiß anhören! Ich brauche künstlerische Freiheit, um das Material zu montieren! Ihr seid Faschisten!

Jetzt schreien sich beide gegenseitig an. – Du dreckige schleimige Sau! brüllt Mel. Gina sagt: – Immer mit der Ruhe, aber sie trieft vor Schadenfreude.

– Halt den Rand, du blöde Primadonna, entgegnet Simon Mel und sieht nun wirklich so widerwärtig aus, wie ich es nie bei ihm vermutet hätte. Er ist nicht mehr der coole, unternehmerisch veranlagte Typ, als den ich ihn sehe, sondern ein mieser, dumpfer Schlägertyp wie tausend andere.

Aber Mel lässt sich nicht einschüchtern, denn auch sie ist eine andere geworden, als sie einen Schritt auf ihn zu macht und ihn anschreit: – DU LINKE FOTZE!

Sie stehn sich auf Armlänge zeternd gegenüber, und ich ertrag das nicht, schon die ohrenbetäubende Lautstärke der beiden und wie schlafwandlerisch sicher sie auf dieser Ebene miteinander umgehen. Es ist wie ein Albtraum aus der Kindheit, in dem sich die Eltern in dämonische Karikaturen ihrer selbst verwandeln.

Gina hält Mel fest, und Rab beschwichtigt Sick Boy, der sich unentwegt vor die Stirn schlägt oder vielmehr gegen seine Handfläche headbangt. Terry sieht Mark gelangweilt an. Mikey Forrester redet irgendein dummes Zeug zu Simons Gunsten und sagt dann was zu Mark, irgendwas wegen Becky oder wenn Becky ihn sieht. Mark schnauzt ihn wütend an: – Das war ja schon immer dein Stil, du miese hinterhältige Spitzelsau ... Mikey brüllt zurück, Mark würde die eigenen Leute beklauen oder so ähnlich, und ich habe Angst, er könnte damit unseren 1690-Betrug meinen. Jetzt brüllen sich alle gegenseitig an und gestikulieren und schubsen. Ich ertrag das nicht. Ich gehe raus, die Treppe runter in die Kneipe und trete auf die Straße. Ich sauge die stinkende, abgasgeschwängerte Frühlingsluft in mich hinein, während ich im Sturmschritt den Leith Walk raufmarschiere, weil ich so viel Distanz wie nur möglich zwischen mich und sie legen will. Ich glaub, es hat nicht mal jemand gesehen, dass ich gegangen bin.

Ich will in die Stadt, trotte durch den heftigen, schneidend kalten Wind und denke, in was für langweiligen Zeiten wir doch leben. Das ist unsere Tragödie: Niemand, abgesehen von destruktiven Ausbeutern wie Sick Boy oder farblosen Opportunisten wie Carolyn, bringt echte Leidenschaft auf. Alle sind von dem Müll und der Mittelmäßigkeit um sie herum wie erschlagen. Wenn das bezeichnende Wort der Achtziger ›ich‹ und das der Neunziger ›es‹ war, dann ist es im neuen Millennium ›irgendwie‹. Alles muss vage und relativierbar sein. Erst war mal Inhalt wichtig, dann war Stil alles. Und jetzt wird nur noch gefaked. Ich hatte sie für echt gehalten, Simon und die Übrigen.

Die Erkenntnis, dass in unserem globalen Dorf mein Vater mich irgendwann bei einem Arschfick zu sehen bekommt, der gar nicht stattgefunden hat, trifft mich wie eine Eisenfaust vor die Brust. Die Vorstellung von Analverkehr finde ich abstoßend; bei einer Frau ist das eine Verleugnung ihrer Weiblichkeit. Aber vor allem hasse ich es, ein Fake zu sein. Meine Familie. Die Jungs an der Uni, ein paar von den verbitterten, unreifen kleinen Nullen, die ich hab abblitzen lassen, sie alle holen sich in ihren möblierten Zimmern auf dieses Bild einen runter. Andere werden angesichts dieses Bildes denken, sie wüssten alles über mich, über meine Sexualität. McClymont wird, sobald seine Frau zu Bett gegangen ist, mit der Fernbedienung und einem Scotch dasitzen und sich auf das Bild, wie ich in den Arsch gefickt werde, seinen Docht kneten. ›Nehmen Sie doch Platz, Miss Fuller-Smith, oder vielleicht bleiben Sie ja lieber stehen … ha ha ha.‹ Colin wird es sehen und vielleicht sogar in unsere WG kommen. ›Nikki, ich hab das Video gesehen. Jetzt versteh ich, warum du mit mir Schluss gemacht hast. Es war ein verzweifelter Ruf nach Aufmerksamkeit, den ich nicht gehört habe … du bist offensichtlich verletzt und verunsichert …‹

Ein Auto rast vorbei, und ein Schwall Matsch klatscht gegen meine Seite und sickert mir eiskalt in die Stiefel. Als ich zu Hause ankomme, ist mir hundeelend. Lauren ist da, ja, sie ist gerade erst aufgestanden und noch im Morgenmantel. Ich hab eins der Videos dabei und setze mich neben sie aufs Sofa. – Gib mir ne Kippe, sage ich beinahe flehend.

Sie blickt mich an und sieht die Tränen in meinen Augen. – Was ist denn los, Herzchen?

Ich werfe ihr das Video in den Schoß. Ich fange furchtbar an zu schluchzen und sinke in ihre Arme, und sie drückt mich an sich. Ich weine jetzt heftig, doch mir kommt es vor, als tue das jemand anders, ich spüre nur ihre Wärme und rieche durch meine glucksenden, verrotzten Nebenhöhlen ihren frischen Duft. – Keine Angst, Nikki, alles wird wieder gut, tröstet sie mich.

Ich möchte näher an ihre Wärme heran, ich möchte in diese Wärme rein, ins Zentrum dieser Flamme, in ihren Schutz, weg von allem, was mich verletzen könnte. Ich umarme sie fester, so fest, dass ich einen leisen protestierenden Schrei höre, den sie unwillkürlich ausstößt. Ich möchte, dass sie … Ich hebe den Kopf, um sie zu küssen. Sie erwidert meinen Kuss mit zaghafter Furcht in den Augen. Ich möchte, dass sie frei ist, nicht so steif, wie sie sonst immer ist, ich möchte, dass sie sich räkelt und beugt … aber als meine Hand ihren flachen Bauch hinabwandert und sie zu streicheln beginnt, erstarrt sie und stößt mich weg. – Nicht, Nikki, bitte lass das.

Mein Körper wird so starr wie ihrer. Es ist, als hätten wir beide uns gerade eine kräftige Line Koks reingetan. – Tut mir Leid, ich dachte, dass du das willst, dass es das ist, was du immer wolltest.

Lauren schüttelt in verständnislosem Entsetzen den Kopf. – Hast du wirklich geglaubt, dass ich eine Lesbe bin? Dass ich auf dich stehe? Wieso? Warum kannst du nicht akzeptieren, dass Menschen dich mögen, ja sogar lieben können, ohne mit dir schlafen zu wollen? Hast du so ein geringes Selbstwertgefühl?

Hab ich das? Ich weiß es nicht, aber ich weiß, dass ich mir so was von ihr nicht bieten lasse. Für wen hält die sich denn? Für was halten die sich alle: Carolyn Pavitt bei *A Question of Sport*, Sick Boy Simon, der sich aufspielt wie ein Filmmogul? Und jetzt Lauren, die moralisierende kleine Lauren, die einen ständig anmacht, aber sobald sie bekommt, was sie sich zu wünschen glaubt, Reißaus nimmt. – Lauren, du bist neunzehn. Du hast einfach die falschen Bücher gelesen und mit den falschen Leuten geredet. Verhalt dich wie eine Neunzehnjährige, nicht wie deine Mutter. Das passt einfach nicht.

– Erzähl du mir nichts von passend und unpassend, nicht, wenn du versuchst, so was mit mir zu machen, kontert sie unbeeindruckt mit der ganzen Arroganz ihrer Sittsamkeit.

Als schwache Erwiderung darauf fällt mir nur etwas Dämliches ein. – Sex zwischen Frauen ist also unpassend, willst du das damit sagen?

– Stell dich nicht so dumm. Du bist keine Lesbe, und ich bin es auch nicht. Spiel nicht so dumme Spielchen, sagt sie.

– Ich steh aber ein bisschen auf dich, sage ich unterwürfig und hab das Gefühl, dass nun Lauren die große Schwester ist und ich die dumme kleine Jungfrau bin.

– Tja, ich steh aber nicht auf dich. Reiß dich zusammen und bums mit jemandem, der mit dir bumsen will, und vorzugsweise, ohne dass dabei Geld den Besitzer wechselt, sagt sie verächtlich, steht auf und geht ans Fenster.

Dabei spüre ich einen dumpfen, betäubenden Schlag in der Brust. – Du musst dich mal durchficken lassen! fahre ich sie an, steh auf und will gerade ins Schlafzimmer stürmen, als Dianne durch die Wohnungstür kommt. Sie hat sich die Haare schneiden lassen: einen Pagenkopf. Steht ihr gut.

– Hallo, Nikki, grinst sie, mit den Schlüsseln, ihrem Portmonee und ein paar Ordnern kämpfend, die Lippen gespitzt in lausbübischem Vergnügen über das, was sie gerade gehört hat.

Da schreit Lauren mich an: – Klar, dir haben die ganzen Schwänze ja auch unheimlich gut getan!

Dianne kraust die Stirn. – Oh! Hab ich grade was Interessantes verpasst?

Ich ringe mir ein blasses Grinsen an ihre Adresse ab, gehe in mein Zimmer und lasse mich aufs Bett fallen. Ich werd nie mehr einen Porno machen, und in den verfickten Saunaclub geh ich auch nie wieder.

61
Abfuhr

Das is schon mehr als Wehtun, es is, als hätt ich Zahnschmerzen am ganzen Körper. Denn es is Chizzie gewesen, der Typ, den sie allegemacht ham. So stands in der Zeitung. Un außerdem weiß ich, wers gewesen is. Aber was schlimmer is, ich weiß, wer das Ganze angeleiert hat: ich hier, Null-Freunde-, Null-Frau-, Null-Garnix-Murphy. Denn um eins komm ich nich rum. Mr Murphy mit Mrs Murphy und Murphy Junior existiert rein gar nich mehr, Alter. Es heißt jetz wieder Spud, der einsame streunende Kater, der Loser.

Ali will zurzeit nich mit mir reden, Alter, will mich nich mal Andy sehn lassen. Vorher wars schlimm genug, aber jetz isses richtig übel, quasi. Neulich abends bin ich ins Port Sunshine, um noch mal alles zu erklärn, un diesmal mit klarem Kopf. Ich dachte, die würd sich freuen, von wegen der Kohle un was ich damit vorhab, aber sie sagte bloß: – Im Moment möchte ich mit dir nirgendwohin reisen, Danny, und ich will auch nich, dass mein Sohn auf Drogengeld irgendwohin mitgenommen wird.

– Das is kein Drogengeld … es is … un ich seh, wie Sick Boy und Juice Terry mit nem Haufen Videos durch die hintere Tür kommen un rausgehn, – … es is vonner Arbeit.

– Ach ja? Was für eine Art von Arbeit? *Das hier* ist Arbeit, Danny, sagt sie un guckt sich um. Dann kommt pünktlich zur Öffnungszeit einer rein, den sie bedient. – Un ich würd es vorziehn, wenn du nich hierher kommen würdest, während ich zu arbeiten versuch.

Sitz ich also wieder zu Haus in der leeren, alten Bude. Ich muss an so nen Typ im Anzug denken, neulich in der Bernard Street; als ich zufällig mitgehört hab, wie der sagt: ›Mein Computer ist abgestürzt. Ich hab alles verloren.‹

Ich fühl mich wie der Typ un sein Computer zusammen, Alter. Un die Wohnung is n Saustall, muss man echt sagen. So ohne noch wen anders dabei wird man voll depro. Ich muss Zappa zurückholn, Mann, ich hatte bloß befürchtet, ich würd den Jungen vernachlässigen, aber jetz brauch ich Gesellschaft, un ich ruf Rents wieder an, aber irgendwie scheint dem sein Handy aus zu sein.

Das Port Sunshine war so ungefähr das Weiteste, wo ich war, seit ich das von Chizzie gehört hab. Ich sag mal so, ich wusste, dass es Ärger geben würd, aber ich hab nie geglaubt, dass so was passieren würd. Ich will hörn, wie das genau war, aber ich wills nich von Begbie hörn, den Kerl will ich einfach nich mehr sehn, ich versuch lieber, Second Prize zu finden. Aber nee, Alter, nee, ich treib mich nich in Leith rum, solang Franco in der Gegend is. Chizzie ... was hab ich Chizzie nur angetan?

Trostlos, Alter, trostlos wie sonst was.

Doch dann kommt plötzlich n kleiner Lichtstrahl rein, und ich stürz mich direkt drauf. Die Post kommt, und es ist n Brief, keine Rechnung, das siehste sofort.

Er is vom Verlag, denn es is n kleiner Stempel mit ›Scotvar Publishing‹ drauf. Ich denk mir also, das kann nur heißen, dass sies machen wolln, dass sie die Geschichte von Leith drucken! Hurra! Das muss ich gleich Ali zeigen! Dann wird sie sich das mit Disneyland noch mal überlegen! Ich werd einfach innen Pub marschieren und den Brief rumzeigen, vor allem wenn Sick Boy da is. Au ja, Alter, au ja! Bald werd ich ins Fernsehn kommen un was drüber erzählen oder so. Vielleicht krieg ich sogar n Vorschuss, wow, Alter, da mach ich den Umschlag wohl besser echt vorsichtig auf, falls da n Scheck drinsteckt. Ich halt ihn gegens Licht, aber er is zu dick, um was sehn zu können. Also mach ich ihn auf. Da is kein Scheck bei, aber den würdense ja sowieso nich gleich mitschicken. Ist doch klar, Honorare un so was, da verhandelt man später drüber.

Scotvar Publishing Ltd
13 Kailyard Grove, Edinburgh EH3 6NH
Tel: 0 131 987 5674 Fax: 0 131 987 3432
Website: www.scotvar.co.uk

Ihr Zeichen:
Unser Zeichen: AJH/MC

1. April

betr.: Geschichte von Leith

Sehr geehrter Mr Murphy,

haben Sie vielen Dank für die Zusendung Ihres Manuskriptes, dessen Lektüre ich gerade abgeschlossen habe. Bedauerlicherweise ist es nicht ganz das, wonach wir im Moment suchen, und nach reiflicher Überlegung haben wir uns gegen eine Veröffentlichung entschieden.

Mit freundlichen Grüßen

Alan Johnson-Hogg

UstNr.: 671 0987 276. Verlagsleitung:
Alan Johnson-Hogg, Kirsty Johnson-Hogg,
Conrad Donaldson QC

Das is heftig, Alter. Ich sitz wie betäubt da und fühl mich innerlich ganz leer un ausgelutscht. Das is wie als wenn man nen Korb von nem Mädchen kriegt, auf das man steht, is mir natürlich schon lang nich mehr passiert, wo ich doch mit Ali zusammen bin, quasi, aber so, als hätt man schon ewig auf n Mädchen gestanden un wär hingegangen und hätt gesagt, hey, alles klar, wie wärs mit, ich sag mal, uns beiden, quasi? … und sie sagt dann: Nee. Kannste dir abschminken. Verpiss dich.

Abfuhr, Alter.

Dann guck ichs mir noch mal richtig an. Dann denk ich: Is das wirklich ne Abfuhr? Ich mein, der Knabe sagt ja, sie hätten ne gewisse Zeit für den Entschluss gebraucht, es abzulehnen, ›nach reiflicher Überlegung‹, das heißt ja, sie ham überlegt, es zu nehmen, Mann. Dann heißt es, sie wollens ›im Moment‹ nich, un für mich liest sich das, als wollten sies aber auf jeden Fall in n paar Wochen oder Monaten, sag ich mal. Wenn sich die Marktsituation ändert oder so.

Darum greif ich zum Telefon un ruf den Typen an. – Gibts bei Ihnen nen Alan Johnson-Hogg?

Ne Frauenstimme, nich wirklich vornehm, mehr so aufgesetzt-vornehm, meint: – Wer spricht da bitte?

– Äh, ich bin n Autor, an dem er Interesse bekundet hat, und ich, äh, reagier auf n Schreiben von ihm ... alles klar?

Na ja, dann folgt ne Pause, und dann hab ich diese echt gebildete Stimme am Telefon: – Johnson-Hogg. Womit kann ich Ihnen helfen?

So vornehme Typen machen mich tierisch nervös, wenn ich da so drüber nachdenk, aber ich sag mir, nee, und leg einfach los: – Äh, hi, ich heiß Murphy, Danny Murphy, aber alle nenn mich Spud. Ich hab Ihnen quasi n Manuskript geschickt. Ich war mir jetzt bloß nich sicher, wie der Brief gemeint is. Verstehnse?

– Ah ja ... er kichert so komisch ins Telefon, – die Geschichte von Leith, nicht wahr?

– Aye ... ich weiß, Sie werden mich für blöd halten, aber ich sag mal, ich überleg grad, was Sie mit Ihrem Brief jetz genau meinten, Mann.

– Tja, ich glaube, er war doch recht eindeutig.

– Da erlaub ich mir, anderer Meinung zu sein, alter Junge. Denn Sie schreiben, dass Sies *im Moment* nich wollen. Für mich heißt das, dass Sies vielleicht später wollen. Also, wann, denken Sie, ist es denn dann, dass Sies wollen?

In der Leitung ist so ne Art hustendes Geräusch, dann sagt der Knabe: – Es tut mir Leid, wenn ich mich da nicht klar ausgedrückt habe, Mr Murphy. Um deutlicher zu werden, es ist ein recht unausgegorenes Werk, und Sie erfüllen nicht wirklich die Qualitätsansprüche, die eine Veröffentlichung ...

– Was willste sagen, Alter?

– Nun ja, die Grammatik ... die Rechtschreibung ...

– Aye, aber solln Sie nich diejenigen sein, die das alles in Ordnung bring?

– … ganz zu schweigen davon, dass das Thema nicht in unser Programm passt.

– Aber Sie ham doch auch früher schon Bücher über die Geschichte von Leith rausgebracht … Ich merk, wie meine Stimme total schrill wird, denn das is nich fair, das is einfach nich fair, nix is fair …

– Das waren ernsthafte Abhandlungen von ordentlichen Autoren, pflaumt mich der Typ quasi an, – das hier ist eine schlecht geschriebene Glorifizierung der Halbstarkenkultur, von Leuten, die nichts Nennenswertes für die Allgemeinheit geleistet haben.

– Wer will denn wissen …

– Tut mir Leid, Mr Murphy, Ihr Buch taugt nichts, und ich habe zu tun. Guten Tag.

Un dann legt der Typ einfach auf. All die Wochen, all die Monate, wo ich mir vorgemacht hab, was Bedeutsames zu tun, was Großes, und wofür das alles? Für nix, fürn Haufen unbrauchbare Scheiße, so wie ich einer bin.

Ich nehm mein Originalmanuskript von diesem Müll, stecks innen Kamin, zünd es an un seh zu, wie dieser kleine Teil meines Lebens in Rauch aufgeht, wie der ganze Rest auch. Wie ich so in die Flammen guck, muss ich an Chizzie denken … ich hab Chizzie auf m Gewissen … ein übler Typ, aber das hatter nich verdient, auch wenns ja eigentlich Begbie war, es muss Begbie gewesen sein … der Zustand, in dem er war, als er da abends bei mir vorbeikam … hat gesagt, er käm aus der Stadt, aber das nehm ich ihm nich ab …

Un ich sitz hier bloß rum, während mir die Kohle n Loch in die Tasche brennt, deswegen geh ich die Straße *rauf*, denn Begbie kommt beim Trinken nie weiter als Pilrig, und geh ins Old Salt, wo ich Kusin Dode vorfinde. Der arme Kater sieht genauso depro aus wie ich.

Er ist nich so selbstgefällig wie sonst, er sieht total abgefuckt aus. – Ich versteh das einfach nich, Spud. Ich dachte, ich hätt noch jede Menge Kohle vom Malochen: Ich wollt mit meiner Tochter Urlaub machen. Aber ich bin blank, total abgebrannt. Ich kann mir nich mal ne Woche in nem beschissenen Butlins leisten. Und *sie* lässt mich die Kleine nich mal sehn. Ich kann die Scheißhypothek nich zahlen, ich kann die laufenden Kosten nich zahlen. Ich weiß, dass ich n bisschen sorglos war, aber mir fehlt ungefähr ein Riese, von dem ich nich weiß, wo er hin is. Das is echt teuflisch, ich kann der Kleinen nich mal die Ferien bezahln …

Armer Dode … n anständiger Kerl, sag ich mal, hat mir immer ausgeholfen … es war wirklich nich okay, so was mit ihm zu machen … die Welt wär ohne den nutzlosen, verkommenen Junkie Murphy besser dran … der Mörder von Chizzie, der Ruin von Kusin Dode … von der armen Ali … und sogar vom kleinen Andy …

Dode versucht zu protestiern, als ich ihm dreihundert Pfund zustecke. – Nee, Spud, nee …

– Nimm schon, Alter, ich bin grad flüssig, un du has mir auch immer unter die Arme gegriffen, sag ich und kann ihm dabei nich in die Augen gucken, als ich mich vom Acker mach.

Ich hör, wie er zu so nem alten Knaben sagt: – Siehste den Kerl da, das is n verdammter Heiliger, oh ja …

Und ich denk, wenn der bloß wüsste, Alter, wenn der bloß wüsste, un jetz muss ich nur noch ne allerletzte gute Tat tun, Alter, ne letzte gute Tat.

… dann komm ich nach Hause, und das Erste, was ich seh, is das Buch, was da rumliegt, *Schuld und Sühne.*

62
Nutten aus Amsterdam, Teil 8

Es hat seltsam gut getan, Ali wiederzusehen, hier, im City Café. Seltsam, weil wir, obwohl wir zur selben Posse gehörten, beide gedrückt haben und so was alles, aus irgendeinem Grund nie so richtig miteinander warm geworden sind. Ich glaube, sie hat mich immer durchschaut, immer gespürt, dass ich ein Heuchler war, ein Sieger, der mit dem Verliererimage spielte. Aye, ein cleverer Aufsteiger, der sich eines Tages verpissen und einen Haufen Scheiße hinterlassen würde, den andere wegmachen konnten. Vielleicht hatte sie meine wahre Natur erkannt, ehe ich selbst dahinter gekommen war.

Aber vielleicht habe ich sie doch damit überrascht, dass ich Spud seinen Anteil gegeben hab. Hätte nie gedacht, dass die beiden mal als Paar enden würden, obwohl ›enden‹ nicht das richtige Wort ist, denn momentan ist ja Funkstille. – Mark, sagt sie und umarmt mich mit einer schlichten Herzlichkeit, die mich ganz verlegen macht.

– Hi, Ali, das hier ist Dianne. – Dianne, das ist Simon.

Dianne grüßt Ali herzlich und Sick Boy etwas reservierter, und ich denke mir, dass meine kleine Warnung vor ihm Wirkung zeigt, obschon sie sich in solchen Fragen ihre eigene Meinung bildet. Wahrscheinlich ist es eher Nikki, die sie gegen ihn aufgebracht hat. Er hatte schon fast gebettelt: – Komm doch in die Stadt, was trinken, Mark, Nikki spielt die Beleidigte. Ruft mich nicht mal zurück. Ich dachte mir: Geschieht dir recht, du Fotze. Erst als er sagte, er würde Ali mitbringen, hab ich eingewilligt.

– Wie heimelig, sagt Sick Boy, – noch mehr von der alten Crew wieder beisammen. Ich hätte François noch einladen sollen, kichert er mit einem Seitenblick zu mir. Ich versuche, möglichst nicht zu reagieren. Aber eins ist mir klar geworden – für den Fall, dass Begbie immer noch so durchgeknallt ist, wie sie behaupten (und nach dem, was ich gehört habe, ist er verrückter denn je), versucht mein alter Freund Sick Boy, mein Geschäftspartner, die Fotze, der ich ihren Anteil ausgezahlt habe, tatsächlich, mich umzubringen. Das ist weit mehr als bloße Heimtücke, mehr als nur Rache. Und jetzt ist er in Hochstimmung, offenkundig ziemlich zugekokst. Ali zieht mich beiseite, aber ich kann kaum verstehen, was sie sagt, weil ich unbedingt mithören will, wie Sick Boy Dianne zuquatscht. – Weißt du, Dianne, Nikki spricht in den höchsten Tönen von dir.

– Ich mag sie sehr gern, sagt Dianne geduldig, – und Lauren auch.

– Das, um es in der Sprache des Raps zu sagen, ist eine Bitch mit echten Problemen, feixt Sick Boy mit zuckenden Schultern und fragt dann: – Lust auf ne Line, Di? Ich würd dir das Briefchen zustecken, und du und Ali, ihr könntet dann für kleine Mädchen gehn …

– Nein danke, sagt Dianne auf ruhige, gelassene Art. Sie mag Sick Boy nicht. Das ist ja so geil, sie kann den Kerl wirklich nicht ausstehen! Und jetzt erkenne ich, dass seine Kräfte schwinden. Das Gesicht ist fleischiger, das Funkeln in den Augen springt einen weniger an, und durch irgendwas … das Alter? … Kokain? … sind die entschlossenen Bewegungen jetzt fahriger und weniger geschmeidig.

– Kein Problem, grinst Sick Boy und hebt die Hände.

Erleichtert, dass Dianne alle Psychospielchen, die er bei ihr versuchen könnte, problemlos parieren wird, kann ich meine ganze Aufmerksamkeit Ali zuwenden. Ich muss allerdings einräumen, dass die Fotze es einem nicht leicht macht. Ich muss mit anhören, wie er zu Dianne solche Sachen sagt wie: – Ich glaube nicht, dass man eine Niete wie Robert Burns mit den großartigen zeitgenössischen schottischen Lyrikern vergleichen kann.

Dianne schüttelt den Kopf, bleibt cool, widerspricht aber dennoch. – Das ist Blödsinn. Wer sind denn die großen zeitgenössischen Lyriker? Nenn mir einen, der besser ist als Burns.

Sick Boy schüttelt energisch den Kopf und macht eine wegwerfende Handbewegung. – Ich bin Italiener, ich denke eher gefühlsbetont, wie eine Frau, ich hab nicht diesen analen Aufzählungswahn, dem sich nordeuropäische Männer so gern hingeben. Ich kann mich nicht an Namen erinnern, will ich auch gar nicht, aber ich hab mal ein Buch mit neuer Lyrik gelesen, und dagegen kackt alles ab, was Burns je gemacht hat.

Aber seine laute Stimme und seine Seitenblicke verraten, dass er mich gern einbeziehen möchte, deswegen versuche ich mich ganz auf Ali zu konzentrieren, und ich glaube, ihr geht es genauso. – Ich hab dich noch nie in so guter Verfassung gesehen, Mark, sagt sie.

– Danke, ich drücke herzlich ihre Hand, – und du siehst fantastisch aus. Wie geht's dem Kleinen?

– Welchem? Andy geht's gut. Den anderen hab ich grade endgültig aufgegeben, sagt sie mit traurigem Kopfschütteln.

– Er ist doch nicht wieder am Drücken, oder? frage ich, und mir ist bei der Vorstellung aufrichtig unwohl. Er war in einer ganz passablen Verfassung, als wir neulich was trinken waren, na ja, er zwar ziemlich breit, aber nicht auf Droge. Armer Spud. Ich werd nie einen besseren Kerl kennen lernen, einen Menschen, der so seltsam verletzlich und doch gutherzig ist. Aber er hat sich über so lange Zeit so absolut zugeballert, dass man sein eigentliches Wesen, das jenseits der Drogen, heute kaum noch ausmachen kann. Die guten Absichten werden immer noch da sein und auf seiner ganz persönlichen Reise in den Hades den Wegesrand säumen. Er repräsentiert tatsächlich eine Erscheinungsform des Menschen, die durch die neue Ordnung obsolet geworden ist, aber er bleibt ein menschliches Wesen. Zigaretten, Alkohol, Heroin, Kokain, Speed, Armut und Gehirnwäsche durch die Medien: Die Vernichtungswaffen des Kapitalismus sind subtiler und effektiver als Nazismus, und gegen sie ist Spud machtlos.

– Ich weiß es nich, und langsam will ich's auch gar nicht mehr wissen, sagt sie wenig überzeugend.

Das ist nämlich das Problem bei diesem kranken kleinen Katzenbaby, man muss sich einfach um ihn kümmern, und er wird sich bloß wieder in die Scheiße reiten und dich dazu. Wahrscheinlich hat er auf seine Weise mehr Schmerz verursacht, als

Begbie, Sick Boy, Second Prize und ich zusammen es je könnten. Und obwohl ich seit Ewigkeiten nicht mehr mit ihm rumgezogen bin, weiß ich, dass er immer so bleiben wird. Aber Ali liegt trotzdem etwas an ihm, deswegen zerquetscht sie jetzt meine Hand zwischen ihren beiden, und ich seh die Fältchen um ihre braunen Augen, aber sie haben immer noch Feuer, Ali sieht immer noch wunderschön aus, ja wirklich, Ali ist zauberhaft, und das müsste Murphy genügen. – Red du mit ihm, Mark. Du warst sein bester Freund. Er hat immer zu dir aufgeschaut ... es hieß immer Mark hier und Mark da ...

– Nur weil ich woanders war, Ali. Das war nicht wirklich ich, das war bloß eine Rettungsfantasie. Ich kenn seine Art zu denken.

Sie versucht nicht mal zu widersprechen, was verfickt beunruhigend ist. Nun fühle ich mich schuldig, weil ich ihn kritisiere, statt für ihn einzutreten. – Es geht ihm heute noch schlechter, Mark. Ich glaub nicht mal, dass es das H ist, das ist das Traurigste daran. Er ist einfach so deprimiert, er hat null Selbstwertgefühl mehr.

– Wenn er mit einem Mädchen wie dir am Arm kein Selbstwertgefühl entwickelt, ist er verrückt, sage ich aus dem Bedürfnis heraus, den leichten Ton beizubehalten.

– Genau! schaltet Sick Boy sich lauthals ein und meint dann zu ihr: – Ich bin froh, dass die Sache mit Murphy und dir Geschichte ist, Ali.

Dann springt er mit plötzlicher Heftigkeit auf und stürzt rüber zur Jukebox. Zu meinem Entsetzen drückt er Elvis Costellos ›Alison‹ und fängt an, ihr direkte Blicke zuzuwerfen. Es ist so verfickt peinlich, und Dianne und ich wissen nicht, wie wir uns verhalten sollen.

Er tigert zur Theke und ordert eine Runde Brandy; wir andern gucken uns an und denken an Flucht. Dann geht er Richtung Toilette, gibt mir Zeichen, und ich steh auf und folge ihm zögernd nach hinten, wo er eine Kabine in Beschlag nimmt. – Halt dich mal n bisschen zurück, Alter, sag ich, während er auf dem Wasserkasten vier Lines legt, – du bringst Ali in Verlegenheit.

Er ignoriert mich und zieht sich eine Line rein. – Ich bin Italiener, ich bin leidenschaftlich, verdammtnochmal. Wenn die

Fotzen da draußen, diese schlappschwänzigen Piktenpimmel, so viel Leidenschaft nicht ertragen können, dann gibt's noch genug andere Pubs in Leith, in denen sie weitersaufen können. Sie und ich … er snieft eine weitere Line, – boah, du Sauzeug … sie und ich … wow! … sie und ich, das ist so was wie Bestimmung. Komm schon, Renton, komm schon, zimperlicher Käskopp, hör auf, deine Finger in eine Lesbe zu stecken, und zieh dir das in die Nase …

Ohne nachzudenken, fast wie auf seine Stimme konditioniert, zieh ich sie weg, in jedes Nasenloch eine. Die Lines sind die reinsten Mittelstreifen, und ich spür mein Herz Trommelwirbel in meiner Brust schlagen. Das war dumm.

– … denn die wird heut Nacht durchgefickt. Kein Vertun. Was willste wetten, dass ich sie durchficke? Mir ist jede Summe recht. Die kleine Scheißhausfliege hat's ihr schon längst nicht mehr besorgt, noch n paar Drinks, und sie wird drum betteln … komm mit, da kannste nem Experten bei der Arbeit zusehen, Rents … du hast sie nie gebumst, damals, oder … dann sieh mal zu …

Kokain bringt in Männern den schlimmsten Achtzehnjährigen zum Vorschein, der in ihnen steckt. Ich versuche, mich zusammenzureißen, tue alles dagegen, dass die Droge *mich* verwandelt.

Er geht rüber an die Theke, und ich setz mich schwitzend zu den Mädchen, schon kommt er mit einem Tablett mit noch mehr Brandy und Bier an. Scheiße nee, ich sehe das Entsetzen in Diannes und Alis Augen, als er die Gläser absetzt. – Ich will ja nicht zu gefühlsduselig werden, sülzt er und zwinkert Ali zu, – Spud und du, das konnte nich gut gehen, Ali. Eigentlich hieß es schon immer, du und ich, sagt er, die Gläser herumreichend.

Ali ist wütend, versucht aber, es heiter zu nehmen. – Ach ja, damit du mich auf n Strich schicken kannst?

– Wann habe ich etwas dergleichen je versucht, Ali? Hab dich immer wie eine Lady behandelt, grinst er.

Dianne stupst mich an. – Hast du gekokst?

– Nur eine kleine Line, damit er aufhört, rumzunerven, flüstere ich wenig überzeugend durch zusammengebissene Zähne.

– Hat super funktioniert, sagt sie sarkastisch.

Derweil dringt Sick Boy weiter auf Ali ein, sein Gesicht marionettenhaft. – Oder nicht? Oder nicht?

– Nur weil du wusstest, dass ich dir sonst gesagt hätte, du sollst dich verpissen, sagt Ali und hebt ihr Glas.

Dann sagt er mit süffisantem Grinsen: – Ich glaub, du hast mir nie verziehen, dass ich diese Lesley angebumst hab.

Ali und ich können kaum fassen, was er da sagt. Lesleys kleine Tochter Dawn ist schon vor Jahren am plötzlichen Kindstod gestorben, und jetzt gibt er zum ersten Mal zu, dass das Kind von ihm war.

Er scheint zu merken, dass er sich verplappert hat, und ein Hauch von Bedauern tritt in sein Gesicht, wird jedoch direkt von einem höhnischen Grinsen ausgelöscht. – Ach ja, ich hab von Skreel gehört, dass sie einen Spießer geheiratet hat. Totales Vorstadtleben. Zwei Kinder. Als hätte unsere Tochter, unsere süße kleine Dawn, nie existiert, schimpft er angewidert.

Ali faucht ihn an: – Was erzählst du da? Ich höre zum ersten Mal, dass *du* zugibst, dass das Baby überhaupt existiert hat! Du hast Lesley wie Scheiße behandelt!

– Sie war ja auch Scheiße ... konnte nicht mal richtig auf n Kind aufpassen, sagt Sick Boy kopfschüttelnd.

Ali sitzt in sprachloser Ungläubigkeit da, während ich krampfhaft überlege, was ich sagen könnte.

Sick Boy guckt sie an, als wollte er ihr gleich ein paar Weisheiten mit auf den Weg geben. – Ich sag dir eins, Ali, ich will dir ja nicht auf die Füße treten, aber du verhältst dich genauso. Wenn du bei Murphy bleibst, wird dein Kind im Heim landen, das ist sicher. Falls der arme kleine Kerl nicht schon längst das Vir...

– VERPISS DICH, DU BEKLOPPTER! brüllt Alison und kippt ihm den Brandy ins Gesicht. Er blinzelt und wischt sich mit dem Hemdärmel ab. Sie steht ein, zwei Augenblicke mit geballten Fäusten vor ihm und stürmt dann zur Tür raus. Dianne steht auf und folgt ihr.

Das Mädchen hinter der Theke, das die Brandys eingeschenkt hat, kommt mit einem Lappen, um Sick Boy zu helfen. – Die kommt wieder, sagt er, und in seiner Stimme ist fast so etwas wie Traurigkeit. Dann fügt er mit einem Grinsen hinzu: – Sie arbeitet für mich, und sie braucht das Geld!

Er kippt den Brandy runter. Eine plötzliche Furcht, dass Franco reinkommen könnte, dreht mir den Magen um, und ich blicke immer wieder zur Tür. Die Situation ist schon so vertrackt, dass ich sein Auftauchen für fast unvermeidlich halte. Ich hatte Angst, nicht um mich selbst, dazu hatte ich zu viel Koks intus, sondern um Dianne. Dieser beschissene Widerling Forrester und seine arschleckende Fresse. Schon ihn im Port Sunshine zu sehen, ging mir durch und durch. Jede Wette, dass er schon auf der Suche nach Begbie ist, um ihm zu erzählen, dass ich im Lande bin. Dann geht mir durch den Kopf, wenn es bei Sick Boy so ist, könnten womöglich auch Begbies Kräfte geschwunden sein. Vor meinem inneren Auge sehe ich, wie meine nach oben gekehrte Handfläche gegen Francos Nase knallt und sie ihm direkt ins Gehirn treibt.

Dianne kommt wieder rein, aber ohne Alison. – Sie hat sich ein Taxi geschnappt, sagt sie und fügt hinzu, – ich würde jetzt gern gehen.

– Klar, sagte ich und kippte den Kurzen runter. Als ich sie so betrachtete, wirkte sie mir weniger unangenehm berührt oder missbilligend als gelangweilt, und das beeindruckte mich. Ich dachte daran, dass sie diesen Scheiß echt nicht brauchte. Ich bring die üblichen Ausreden an, und wir stehen auf. Sick Boy erhebt keine Einwände gegen unseren Aufbruch. – Sag Nikki, sie soll mich anrufen, sagt er eindringlich, seine Zähne weiß gebleckt, eine grinsende Karikatur seiner selbst.

Wir gehen raus und steigen drüben am Hunter Square in ein wartendes Taxi. Mein Puls fliegt unangenehm von dem Koks. Ich steh total unter Strom, und das für nichts und wieder nichts. Ich weiß, dass ich steif wie ein Surfbrett neben ihr im Bett liegen oder die ganze Nacht bei Gav sitzen und mir Schrott im Fernsehen angucken werde, bis ich wieder runterkomme.

Dianne sagt nichts, aber ich begreife, dass ich ihr zum ersten Mal gründlich die Laune verdorben hab. Das soll mir nicht zur Gewohnheit werden. Nach einer Weile wird das Schweigen quälend, und ich muss es brechen. – Tut mir Leid, mein Schatz, sage ich.

– Dein Freund ist ne Fotze, sagt sie.

Ich hab sie dieses Wort noch nie vorher benutzen hören, und irgendwie klingt es aus ihrem Mund nicht richtig. Scheiße, ich werd alt. Dieses Zeug hat mir früher immer das Gefühl gegeben, unbesiegbar zu sein, als hätte ich eine Eisenstange im Körper. Die Stange ist immer noch da, nur betont sie jetzt irgendwie auch den Zustand des Fleischs, in dem sie steckt: alt, hähnchensehnig, zerfallend und vor allem sterblich.

Das Taxi gleitet an den Meadows vorbei, und ich seh Begbie mindestens dreimal, bevor wir Tollcross erreichen.

63
›... wenn du nur ein bisschen runterschalten würdest ...‹

Hier bin ich also wieder, in dem Saunaclub, den ich nie wieder betreten wollte. Und hier ist auch Bobby, der mich wieder belästigt. Das ist das Problem bei denen, den geilen Männern, ob alt oder jung, ob attraktiv oder hässlich: Sie sind verfickt unermüdlich, oder besser, unermüdlich, was das Ficken angeht. Er beschäftigt mich weiter, weil er mich mag, erzählt er mir. Es stimmt; meine Massagefertigkeiten sind bescheiden, und ich kann immer noch keinen vernünftigen Handjob machen, aber die meisten meiner Kunden haben es zu nötig, um mein Desinteresse und die Mängel meiner Technik zu bemerken. Aber Bobby meint nun, es wäre an der Zeit, vom Abmelken zum Schwanzlutschen überzugehen.

– Die Kunden mögen dich. Du solltest richtig Geld verdienen, Süße, erklärt er mir.

Es ist zu abseitig, um es ihm überhaupt erklären zu wollen, dass ich mit meinen Freunden noch ganz andere Sachen mache, es manchmal sogar mit Fremden vor laufender Kamera mache. Warum dann diese Scheu vor einem schnellen Blowjob hinter geschlossenen Türen im ›Miss Argentina‹? Erstens möchte ich nicht, dass die Bereiche meines Lebens, die von kommerzialisierten Sexhandlungen frei geblieben sind, noch weiter beschnitten werden, als es ohnehin schon der Fall ist. Alles zu seiner Zeit und an seinem Ort, wie mein Vater sagt. Es gibt den ganzen Tag so viel anderes, was man tun oder in Erwägung ziehen kann, als Schwänze zu lutschen.

Zweitens sind die meisten Kunden – traurig, aber wahr – echte

Widerlinge, und schon der bloße Gedanke daran, ihre Genitalien in den Mund zu nehmen, ist mehr als ekelhaft.

Bobby, und das muss man ihm hoch anrechnen, scheint über hinreichend Geschmacks- und Geschäftssinn zu verfügen, um zu wissen, dass seine persönliche Anwesenheit in ›der guten Stube‹, wie er es nennt, dem Niveau abträglich ist. Beim Thema Niveauverlust erwähne ich Mikey Forrester. Seine Haltung nimmt leicht feindselige Züge an, und er erwidert: – Das is n Drecksack. Ein Kleingeldlude, ein Junkie. Der hat nen Puff, eine Müllgrube, keinen Saunaclub.

– Ich hab seinen Massagesalon nie gesehen.

– Von wegen Massagesalon! Der kennt doch keine Diskretion, der versucht nicht mal Massagen zu machen. Die Weiber da wüssten überhaupt nich, was ne Massage is! Verkauft öffentlich Drogen, Kokain. Wenn ich das Sagen hätte, würden sie Drecksäcken wie dem den Laden dichtmachen. Nee, die kämen alle ins Loch! Dann senkt er seine Stimme und schlägt einen nachdenklichen, ernst-vertraulichen Ton an. – Du solltest dich mit diesem Pack nich abgeben, so n nettes Mädchen wie du. Damit handelste dir nur Ärger ein. Eins muss man bei den Typen wissen: Früher oder später ziehn die dich auf denen ihr Niveau runter. Das sag ich dir gratis.

Ich denke mir: *Das haben sie bereits*, und lächle höflich dabei. Keiner scheint Mr Forrester zu mögen, und ich bin sicher, das hat gute Gründe. Als ich nach Hause komme, erzähle ich Mark davon, der mit Dianne in der Küche gerade ein Pastagericht kocht. Er wirft den Kopf in den Nacken und lacht. – Mikey …

– Ist das der Zuhälter? fragt Dianne.

– Er betreibt einen Saunaclub, sage ich. – Nicht den, in dem ich arbeite, füge ich eilig hinzu.

– Könnte ich mich mit dem mal unterhalten? Für meine Diplomarbeit? fragt sie.

Mark kann nicht verbergen, dass ihm der bloße Gedanke schon widerwärtig ist. – Ich kenn ihn eigentlich nicht näher, erkläre ich ihr. Dann meine ich zu Mark: – Erinnere ich mich richtig, dass es da im Pub eine gewisse Spannung zwischen euch gegeben hat?

– Mikey und ich werden uns nie gegenseitig Weihnachtskarten schreiben, grinst Mark, während er gehackte Zwiebeln, Knoblauch und Paprika in eine Bratpfanne schaufelt und wie wild umrührt, während sie brutzeln. Er blickt zu Dianne und mir und sagt lachend, als hätte er unsere Gedanken gelesen: – Falls ihr euch vorstellen könnt, dass einer von uns überhaupt so was macht.

Ich glaube nicht, dass Mikey, oder was das angeht, irgendeiner meiner neuen Freunde auf Bobbys Weihnachtsgeschenkliste auftauchen würde. Ich höchstwahrscheinlich schon. Jetzt, wo Simon *persona non grata* ist, hab ich mehr Zeit im Saunaclub verbracht und so viele Schichten wie möglich runtergerissen, um mehr Geld zusammenzukriegen. Simon will ich nicht fragen, denn seine soziale Ächtung nach dem Filmdebakel war vollständig und umfassend: Um es mit Wilde zu sagen, er musste eine Zeit lang sein Kotelett allein essen. Um Solidarität mit meinen Kolleginnen aus der Sexbranche zu beweisen, hab ich seine telefonischen Nachrichten ignoriert: seltsame, befremdliche Mitteilungen, die darauf schließen lassen, dass er langsam ausrastet. Natürlich besteht zwischen Mark und mir das stillschweigende Einvernehmen, dass wir uns ihm nicht zu weit entfremden dürfen. Schließlich sind wir ja noch Partner bei unserem linken Ding.

Mark und er haben ein wirklich seltsames Verhältnis, sie sind Freunde und scheinen einander zugleich offen zu verabscheuen. Während wir die Lasagne essen – ich, Dianne, Lauren und Mark –, kann ich trotzdem nicht umhin, mich über ihn auszulassen. Ich lästere über seinen Geiz und seine Verlogenheit. Mark sagt angesichts meiner Wut nur bedächtig: – Es jemandem heimzuzahlen ist besser, als sich zu ärgern.

Da sagt er was Wahres, aber ich muss eingestehen, dass trotz all meines Gezeters meine Feindseligkeit Simon gegenüber in gefährlichem Maße abklingt. Ich vermisse das Ränkespiel. Lauren dagegen lässt ihren Hass auf ihn weiterhin lodern wie einen Hochofen. – Er benutzt dich nur, Nikki, ich bin froh, dass du nicht zu ihm zurückgehst. Er ist geistig verwirrt, hör ihn dir doch nur an, wenn er diese seltsamen Nachrichten auf dem AB hinterlässt. Ruf ihn nicht zurück, stößt sie mit einem schaurigen, keuchenden Husten hervor. Lauren klingt furchtbar und sieht furchtbar aus.

Selbst Dianne, die sonst nie jemanden kritisiert oder sich in fremde Angelegenheiten einmischt, sieht sich veranlasst, etwas zu sagen: – Das halte ich für gar keine schlechte Idee, und fragt Lauren dann: – Hast du die Grippe?

– Es ist nur eine Erkältung, sagt Lauren und meint dann zu mir: – Du bist zu gut für ihn, Nikki.

Nach einer Weile macht sich Lauren ein Lemsip und geht ins Bett, sie sieht wirklich schrecklich aus. Dann gehen auch Mark und Dianne, keine Ahnung, wohin, vermutlich zu Mark zum Bumsen. Während der Abend herankriecht, lese ich ein bisschen, zum Vergnügen, nicht für die Knochenmühle der Bildungsfabrik. Ich bin so froh, dass ich mit meinen Examensarbeiten durch bin. Während ich mich mit *Corellis Mandoline* vergnüge und Zappa streichle, der sich auf meinem Schoß zusammengerollt hat, versuche ich, nicht an Simon zu denken, als ich noch einmal die Stelle lese, in der Corelli zum ersten Mal auftritt. Es ist kindisch, die Romanfigur ist ganz anders als er ... es ist bloß ... es ist jetzt eine Woche her.

Es klopft laut an der Tür, und ich schrecke hoch, was den armen Zappa panikartig davonspringen lässt. Ich bin nervös und freudig erregt, denn ich weiß, dass er es ist. Es kann nur er sein. Ich gehe durch den Flur zur Tür und spiele dumme Spielchen mit mir, Spielchen, in denen es heißt, ›Wenn er es ist, sind wir füreinander bestimmt‹, wobei ich gleichzeitig hoffe, *dass* er es ist und dass er es *nicht* ist.

Er ist es. Seine Augen weiten sich, als ich die Tür öffne, aber die Lippen presst er weiter fest zusammen. – Nikki. Es tut mir Leid. Ich war etwas egoistisch. Darf ich hereinkommen?

Mir kommt es so vor, als hätte ich genau das in meinem jetzt etwa ein Jahrzehnt währenden Sexleben schon millionenfach durchgemacht. – Ach ja, sage ich kalt, – ich schätze, du willst nur reden, was?

Er verblüfft mich mit seiner Entgegnung. – Nein. Ich will nicht reden, sagt er, heftig den Kopf schüttelnd. Es fällt mir auf, dass Simon gut aussieht; körperlich gut in Form, deutlich sichtbare Sonnenbankbräune, mit dem leicht zerknitterten Look, der bei reifen Männern akzeptabel ist, solange sie gepflegt sind. – Geredet hab ich genug, sagt er und setzt den verletzten, verwundeten

Gesichtsausdruck auf, den man sofort als manipulative Maske erkennt, aber … – und alles war Blödsinn, verkündet er ohne große Umschweife. – Ich will zuhören. Ich will hören, was du sagst. Das heißt, wenn ich es dir wert bin, mit mir zu reden, und um ehrlich zu sein, könnte ich dir keine Vorwürfe machen, wenn's nicht so wäre.

Ich schaue ihn an und sage nichts.

– Okay, sagt er, hebt die Hände und lächelt traurig. – Ich wollte bloß sagen, dass mir der ganze Mist, den ich gemacht hab, Leid tut. Aber zu dem Zeitpunkt habe ich aufrichtig geglaubt, nur das Richtige zu tun, behauptet er traurig, bevor er sich umdreht und wieder die Treppe runtergeht.

Panik legt sich auf meine Brust, und ich hab keine Kontrolle über das, was ich sagen werde. Mir dreht sich alles, meine Erwartungen sind auf den Kopf gestellt. – Simon … warte … komm doch kurz rein. Ich mache die Tür ganz auf, und er zuckt mit den Achseln, dreht sich um und bleibt in der Tür stehen, macht aber keine Anstalten, die Wohnung zu betreten.

Stattdessen hebt er die Hand wie ein Schulkind, das die Lehrerin auf sich aufmerksam machen möchte. Und das funktioniert auch noch, ich kann es nicht fassen, aber dieses Schwanzgesicht weckt in mir tatsächlich den Wunsch, ihn in den Arm zu nehmen und zu sagen, ›Na, na, Kleiner, komm ins Bett, lass mich mit dir ficken.‹ – Nikki, ich versuche, wieder in die richtige Spur zu kommen, sagt er mit traurig glitzernden Augen. – Ich schade dir nur, bevor mir das nicht gelungen ist. Ich dachte, dass ich in diesem Bemühen schon ein gutes Stück weiter gekommen wäre, doch ein Blick in deine Augen verrät mir, dass ich noch einen langen Weg vor mir hab.

– Simon … höre ich mich blöken, der Laut scheint von jemand anderem zu kommen, – wenn du nur ein bisschen runterschalten würdest? Mit dem Kokain zum Beispiel? Das bringt doch immer deine unangenehmste Seite zum Vorschein.

Ich denke darüber nach, was ich gerade gesagt habe, und mir geht zu meinem Entsetzen auf, dass ich ihn noch nie erlebt habe, wenn er *kein* Kokain genommen hatte.

Und dieser Moment ist augenfällig keine Ausnahme. – Völlig richtig, bellt er plötzlich. Dann werden seine Augen wieder unergründlich und seelenvoll, und er sagt: – Nikki, mir schwimmt hier alles davon. Du weckst in mir den Wunsch, ein besserer Mensch zu sein, und ich weiß, dass ich mit deiner Liebe dieser Mensch werden kann, sagt er leise, während ich den Drogenschweiß auf seiner Stirn perlen sehe.

Es ist dieser schrecklich-schöne Moment, diese bittersüße Ausweglosigkeit, wenn du weißt, dass dich jemand verarscht, das aber mit solchem Elan und solcher Überzeugungskraft ... nein, es liegt daran, dass er genau das sagt, was du hören willst, in diesem Moment unbedingt hören musst. Er steht da im Türrahmen, das gesamte Körpergewicht auf den ausgestreckten Arm gestützt. Er ist nicht wie Colin, nicht wie die anderen. Er ist nicht wie die anderen, denn er ist absolut unwiderstehlich. – Komm rein, sage ich kaum hörbar.

64
Der will nur spielen

Der Kater knallt jetz voll rein, un ich mach n Spaziergang in die Stadt, um n freien Kopf zu kriegen. An St Andrew's vorbei, wo sie n neuen Busbahnhof bauen. Der alte war ne Müllkippe, un es is ewig her, dass ich das letzte Mal drin war. Genau, das war nämlich damals, als ich, Rents, Sick Boy, Franco un Second Prize runter nach London gefahren sin mit der ganzen Schore. Totales Paranoiapicknick, Alter, totales Paranoiapicknick. Da wärn wir n paar Jährchen eingefahrn, wennse uns erwischt hätten, aber hallo!

Keine Sonne, Mann; die Leute sin alle dick eingepackt gegen den grauen Nieselregen un den kalten Wind, trotzdem scheinense aus allen Richtungen mit ihren Einkaufstaschen auf einen zuzukommen. Aye, Alter, den Konsumterror kannste hier heut mal wieder live erleben, aber echt.

Ich geh spaziern, um nachzudenken, Alter, über diesen Dostojewski nachzudenken, un dass das n perfektes Verbrechen war. Die Geldverleiherin, die keiner abkonnte oder vermisste, genau wie den miesen Kinderficker Chizzie. Inner Zeitung? Totaler Schwachsinn. Zwei jüngere Typen, sagt Charlie von Nicol's Bar. Jede Wette, dass Begbie ihm die Zähne innen Hals geschlagen hat. Nee, Chizzie wird keiner vermissen, nich n Kinderficker, genauso wenig wie nen Junkie. Denn das is der Punkt, wo dieser Raskolni-Kater Scheiße gebaut hat. Der saß weiter brav im Körbchen un wartete bloß drauf, unter dem psychologischen Druck zusammenzuklappen, weil er wen umgebracht hat. Aber ich werd nich da sein, um zusammenzuklappen, von diesem Verbrechen werd nich ich profitiern, sondern nur die Nächsten un Liebsten.

Ich find mich in der Rose Street wieder, un dann seh ich ihn: Total gut drauf, seine Hände gestikulieren rum, un er wirft den Kopf zu nem wiehernden Gelächter zurück. Jetzt hält er sich mit einer Hand die Seite un legt die andere über die Schulter von seiner Perle.

Hab versucht, den Jungen auf seim Handy zu erwischen, ob wir n Bier trinken gehen, un ihm zu sagen, dass ich Zappa zurückham muss, weil ich den Kerl vermiss. Rents Perle und die, mit der Sick Boy rumhängt, die ham ihn. Aye, das is n echt inniger Vierer un der ganze Scheiß. Allerdings, ich kann mir nich vorstelln, dass Rents un seine Ische auf dieses Swingerzeug stehn, aber man weiß ja nie. Rents vielleicht, na gut, aber das Mädchen kommt mir dafür n bisschen zu bieder vor. Da denkste: vielleicht ja, vielleicht auch nich. Außerdem kennt Rents die Kleine von früher, da bin ich mir sicher. Jetzt gehn sie Arm in Arm. Rents scheint die Bedrohung durch Begbie egal zu sein, oder er glaubt nich dran. Wahrscheinlich hat er nich mal die Gerüchte gehört, was mit Chizzie passiert is.

– Spud! He, Alter, sagt er und drückt mich. – Das ist Dianne.

Sie guckt mich an, als würd sie versuchen, mich irgendwo hinzustecken, macht dann nen Schritt nach vorn un küsst mich auf die Backe un ich sie auch.

– Alles klar, Süße? Wie stehn die Aktien? frag ich die Perle.

– Nicht schlecht. Und selbst? fragt sie ganz frisch-fröhlich, ja echt, n richtiges Zuckerstück. Nich die Art von Mädchen, die man sonst von Rents gewöhnt is. Irgendwie hat ders immer mit so Problemmädchen gehabt: Goth- oder New-Age-Ischen mit Schnittwunden annen Handgelenken, denen er dauernd was von ›Heilung‹ und ›Reifungsprozess‹ erzählt hat. Hat ihn immer zur dunklen Seite hingezogen, den Burschen.

– Tja, Freunde, ich lass mich immer noch im alten Strudel von Leith rumwirbeln, rap ich ihnen einen vor, quasi.

Aber Rents hat sich irgendwie verändert. Früher wär er direkt mit drauf eingestiegen, jetzt hat er bloß n nachsichtiges kleines Lächeln für seinen schlicht gestrickten Kumpel übrig. – In letzter Zeit mal beim Fußball gewesen? fragt er mich.

– Aye, hab von meiner Schwester ihrm Kerl das Saisonticket. Dieser Sauzee, der is hervorragend, sag ich.

Renton guckt nachdenklich. – Aye, aber ich weiß nicht, ob mir die Vorstellung gefällt, ne Siegermannschaft zu unterstützen. Zu herdenmäßig, zu unhip, meint er auf ne Art, wo man nich weiß, ist das jetzt ernst oder Quatsch.

– Klar, deswegen bin ich ja für die Hearts, lacht die kleine Dianne und guckt zu ihm rauf, so total nachsichtig irgendwie. So n süßes Kätzchen, das Gesicht verändert sich total beim Lächeln.

– Das liegt jetzt alles hinter dir, Baby, die düsteren Zeiten sind vorbei. Den Jambo-Albatros um deinen Hals kannst du ein für alle Mal als abgeschossen betrachten, sagt Rents, während sie versuchen, sich gegenseitig auf die Straße zu schubsen.

– Für wie lange biste denn hier? frag ich ihn.

– Äh, ursprünglich nur für ein paar Wochen, aber jetzt überleg ich, ob ich nicht länger bleibe. Lust auf n Bier?

Also gehen wir auf n paar Bier in einen von diesen Schuppen für Touristen und Ausflügler. Als Dianne an die Jukebox geht, flüstert Rents: – Ich wollte dich eigentlich anrufen, um ein Bier trinken zu gehen, aber, äh, ich wollte nicht gern, na ja, nicht gern durch die Stadt laufen, wenn gewisse Leute sich hier rumtreiben, er verzieht sein Gesicht.

– Mensch, sei bloß vorsichtig, du weiß, was ich mein, flüstere ich.

Der Rent Boy grinst, als wärs ihm egal. Isses ihm ja vielleicht auch. Mir kommts so vor, als würd er nich richtig kapieren, wie durchgeknallt Franco ist. Wir brechen auf, gehen unserer getrennten Wege, die beiden wohin auch immer, scheint n Geheimnis zu sein, ich einfach zurück Richtung Hafen und zu meinem Kumpel Begbie. Denn jetzt fügt sich in meinem Kopf alles zusammen; der Busbahnhof, die Abzocke, Dostojewski, Renton un Begbie. Ist schon echt komisch, aber Renton hat das, was ich will. Er hat Begbie genau da, wo ich n haben will.

Ich also runter nach Leith und denke, daste, wennde aus Leith bis, eigentlich aus zwei Städten komms, Leith un Edinburgh, nich bloß aus der einen. Vor mir liegt der alte Hafen, usselig feucht, als die Straßenlampen anspringen un die Braun-, Grau- und Dunkelblautöne mit weißem, gelbem und orangem Schein überfluten. Ich muss dran denken, dass wir nur n kleines Stückchen südlicher als St. Petersburg liegen un dass sich der Raskolnikow da vielleicht genauso gefühlt hat.

Den Walk runter, vorbei an all den Pubs, die so einladend sin, wenn zufällig einer rauskommt, das laute Palaver un Musik un Gelächter und Rauch, ab und zu n lauter Ruf. Vorbei an den Frittenbuden mit Besoffenen un Pärchen un Gruppen von jungen Typen, die davor rumhängen. Vorbei an den Bushaltestellen mit nervösen alten Omas, die vielleicht nach m Bingonachmittag zurück in irgendne meilenweit entfernte Platte fahrn, un dann die alten Säufer un so, Leute, die seit Jahrzehnten nich mehr in Leith wohnen un dies doch immer wieder herzieht, weilse noch immer durch un durch Leither sin.

Ich bieg ab in die Lorne Street, geh hoch in Begbies Stock un klopf an die Tür. Ich kann Geräusche von drinnen hörn, als wollt grad einer weggehen. Die Tür geht auf, und raus kommt dieses Riesenbaby Lexo.

– Vergiss nich, was ich gesagt hab, ruft Begbie ihm nach, das Gesicht ganz hart, un der große Lexo nickt bloß und drängt sich an mir vorbei, wobei er mich fast umschmeißt.

Begbie guckt ihm nach, wie er die Treppe runtergeht, un guckt mich dann nen Moment an, eigentlich zum ersten Mal, dann geht er rein un gibt mir mit ner Kopfbewegung zu verstehn, dass ich mitkomm soll. Ich geh rein un mach die Tür hinter mir zu.

– Die Fotze soll bloß aufpassen. Sonst bring ich den Großen um, das sag ich dir, Spud, sagt er, während er in die Küche geht. Er macht n Kühlschrank auf, holt zwei Dosen Lager raus un gibt mir eine.

– Cheers, Catboy, mein ich und guck mich um. – Prima Bude.

Ich glaub, ich kann hier n kleines Kind riechen; da is so n Hauch von Pisse un Babypuder. Dann kommt so ne jüngere Perle, sieht nich schlecht aus, aber mit ziemlich sorgenvollem Gesicht, un nickt mir zu, aber Begbie stellt uns nich vor. Er lässtse n Bügeleisen aus m Schrank nehmen un wartet, bis sie wieder raus is.

– Lexo, der Scheißkerl, hat versucht, mich mit n paar Almosen abzuspeisen. Der Fotze hab ich n Marsch geblasen, ich mein zu ihm, ich un du, wir warn Partner, bis ich was andres gehört hab … Franco legt n paar Lines Koks. – Der hat aufgehört, mich im Bau zu besuchen, und nie n verficktes Wort von dem beschissenen Thai-Café erzählt oder dass die Scheißpartnerschaft aufgelöst wär. Das bedeutet, die Hälfte von dem Scheißladen is mir. Da hatter doch den Nerv, von wunders was für Schulden anzufangen, die er abzahlen musste, um das dämliche Café auf die Beine zu stelln, aber ich sag zu dem Wichser bloß, wir reden hier nich von verfickter Kohle, Fuck, wir reden hier von Freundschaft. Hier geht's ums Scheißprinzip.

Ich guck die ganze Zeit auf n großes Brotmesser auf nem Schneidebrett auf der Arbeitsfläche. Es wär perfekt, Alter, aber nich hier ... nich wo die Perle un ihr Kind im Haus sin. Ich sniefe ne Line.

– Das ist der letzte Scheißrest Koks, meint er und holt sein Handy raus, – aber ich besorg Nachschub.

– Nee, ich hab was zu Haus, komm doch mit rüber, dann gehn wers holen un dann n Bier trinken.

– Klasse, du Fotze, meint Franco und schnappt sich seine Jacke. Er ruft der Perle zu: – Ich geh n Weilchen weg, un ich geh ihm nach, und dann sind wir raus.

Er ist immer noch von Lexo dran. – Die Fotze ... der soll bloß aufpassen, oder ich mach das Riesenbaby alle.

Innerlich bin ich am Zittern, aber nich so vor Angst, vielleicht isses das Koks, deswegen sag ich: – Aye, das kannste ja, Franco. Den Donnelly haste ja auch allegemacht.

Franco bleibt abrupt stehn und starrt mich mit nem Blick an, der is echt arktisch, Alter. Das war seine Verurteilung wegen Totschlag. Da hats geheißen, er oder Donnelly, das hat jeder gesagt, un Franco hats übel erwischt, zweimal angestochen, denn der Kerl hat versucht, ihn mit m angespitzten Schraubenzieher plattzumachen. – Was zum Teufel meinste damit?

– Nix, Franco, komm schon, holn wir das Koks, und ich geb dir n Bier aus, Alter.

Begbie starrt mich noch ne Sekunde an, geht dann weiter, un wir gehn zu mir. Wir gehen hoch, un ich mach n großes Getue, such in allen Taschen nach m Koks. Ich geh in die Küche un leg n paar Messer griffbereit. Ich hoffe, der Irre machts kurz. – Komm hier rein, Franco, ruf ich.

Franco kommt in die Küche. – Wo is n das Scheißkoks, du nutzlose Fotze?

– Aye, diesen Donnelly haste allegemacht, fang ich an.

– Da weißte nich mal die Hälfte drüber, Spud, lacht er total unheimlich und klappt wieder sein Handy auf. – Dann besorg ich uns Stoff, du nixnutziger Wichser, dann tippt er ne Nummer rein.

– Chizzie das Tier, fang ich an. Franco klappt das Telefon zu. – Wo zum Teufel willste drauf raus? Begbie is in Alarmbereitschaft un guckt mich mit nem Blick an, der die Hölle einfriern lassen könnte. Wennde in dem seine Augen guckst, dann isses, als hätteste keine Haut mehr, Alter, keine Klamotten an, da biste nur noch ne pochende, pulsierende Masse von Blut, die jeden Moment zerlaufen un sich übern Boden ausbreiten wird.

Vielleicht isses das Koks oder es sin die Nerven, aber ich erzähl Begbie die komplette Story, meinen Plan, un dass er mir damit nen Gefallen tun würde. Aber er is fuchsteufelswild, Alter, fuchsteufelswild, deswegen denk ich, es is Zeit für Plan B. Ich zeig mit m Kopf auf die zurechtgelegten Messer auf m Tisch un sag: – Hey, Franco, ich hab vergessen, dir was zu geben …

– Was denn …

Un dann hau ich ihm die Stirn vor n Kopf, Alter, aber ich erwisch seine Fresse statt der Nase. Für n Sekundenbruchteil fühl ich mich total aufgeladen un versteh fast, was Begbie an der Gewaltnummer so geil findet. Dann steh ich da, in Kampfstellung, un guck ihn an. Er macht mich nich ein, was n Schock für mich is. Er fasst sich annen Mund, sieht Blut an sein Fingern. Dann steht er da und glotzt mich n Moment an.

– DU DRECKIGE, ABARTIGE SAU! stößt Begbie aus, springt vor und knallt mir n Kopf ins Gesicht. Ich taumel zurück, während ne Scherbe aus reinem Schmerz mitten rein in mein Gehirn schießt wie n weißer Blitz. Dann triffts mich noch mal, un ich find mich auf m Fußboden wieder, ohne mich ans Fallen zu erinnern. Mir stehn Tränen innen Augen, un sein Stiefel brettert in mich rein, ich kann nich atmen un fang an, Kotze hochzuwürgen, mein Körper zittert im Schock, un hinten läuft mir Blut die Kehle runter. So will ich das nich … mach es schnell …

– … mach es schnell … stöhn ich.

– Ich bring dich nich um! Du wirs nich sterben! WENNDE VERSUCHS, MICH DAZU ZU BRINGEN, DICH UMZUBRINGEN, DANN MACH ICH DICH ALLE! … ICH MACH DICH …

Begbie bleibt für ne Sekunde stockstarr, während ich versuch, raufzugucken und ihn klar zu erkennen, un da siehts aus, als wollt er gleich lachen, aber dann verzerrt sich sein Gesicht, un er haut gegen die Wand. – DU MIESE FOTZE! WIR GEBEN NICH AUF! FUCK, WIR SIN HIBS! WIR SIN AUS LEITH! WIR MACHEN SO NE VERFICKTE SCHEISSE NICH! bettelt er so quasi un sagt dann leise: – Lässt alle hängen ... Spud ... Dann sieht er wieder total durchgedreht aus. – ICH KAPIER, WASTE WILLST! DU WILLST MICH NUR BENUTZEN, DU DRECKSAU!

Ich versuch mich auf meine Ellbogen aufzustützen, versuch mich zusammenzureißen. – Aye ... ich will sterben ... einem wie mir hat Rents das Geld gegeben, dir nich ... dir hatter nix davon gesagt. Ich hab alles verballert. Für Junk.

Jetzt kann ich ihn gar nicht sehn, ich kann nur die Neonröhre hier inner Küche sehn, aber ich spür sein starren Blick. – Du ... ich kapier, waste da versuchs ...

– Den ganzen Batzen auf n Kopf gehaun, Alter, grins ich trotz der Schmerzen, – tut mir Leid, Catboy ...

Franco keucht, als hätt ich ihm innen Magen getreten, un ich will grad noch mehr sagen, da spür ich n Schlag gegen die Seite von meinem Gesicht, un es gibt so n ekeliges, ekeliges Knacken, als wär mein Kiefer gebrochen. Der Schmerz is unerträglich, macht mich aber irgendwie benommen. Dann hör ich wieder seine Stimme un dieses irre Gutzureden irgendwie. – Du has Alison un den Kleinen! Was wird aus denen, wennde stirbs, du egoistische Fotze!

Er stiefelt mich, und die Tritte prasseln nur so auf mich ein, aber ich kann sie nich spürn un denk über das alles nach ... Alison, der kleine Andy ... un ich erinnere mich an den einen Sommer, wir beide auf der Shore am Water of Leith, sie in ihrm luftigen Umstandskleid, ich ihren Bauch am Tätscheln, un dann fühl ich, wie die kleinen Füßchen treten. Wie ich zu ihr sag, wir beide mit Freudentränen innen Augen, dass das Kind all die Sachen schaffen wird, die ich nie geschafft hab. Dann isses wie damals in dem Krankenhaus, als ich ihn zum ersten Mal gehalten hab. Ihr Lächeln, seine ersten Schritte un sein erstes Wort, das war ›Dad‹ ... ich seh all die Sachen un will leben, Franco hat Recht, Alter, der hat Recht ... ich heb ne Hand un röchel: – Du has Recht,

Franco … du has Recht, stöhn ich, aber aus vollem Herzen. – Danke, Kumpel … danke, dasste mir das klar gemacht has. Ich will leben …

Francos Gesicht kann ich nich sehn, alles ist ne wirbelnde Dunkelheit, mit meinen Augen kann ichs nich, aber mit meim Geist schon. Un es ist kalt un bösartig, un ich hör, wie er sagt: – Dafür isses jetz zu spät, du Fotze, das hätteste dir überlegen sollen, bevor du die Fresse aufreißt un versuchs, mich auszunutzen …

Un er tritt wieder zu …

Un ich versuch zu stöhnen, Alter, aber es is, als wär ich weit weg un nix funktioniert un ich rutsch ab … es is dunkel … dann isses kalt, un ich werd mit Schlägen ins Gesicht wach gemacht un denk, ich bin im Krankenhaus, aber es is Francos Gesicht. – Hallo, hallo, werd ma wieder wach, du Fotze! Ich will nich, dasste den ganzen Spaß verpasst! Denn abkratzen wirste schon, du Wichser, aber ganz, ganz langsam …

Un dann landet wieder ne Faust in meinem Gesicht, aber ich seh nur, wie Alison mich anlächelt, un den kleinen Kerl, un ich denk daran, wie sehr ich sie vermissen werd, un dann hör ich Ali schreien: – DANNY! WAS IS HIER LOS … WAS MACHST DU DA MIT IHM, FRANK!

Sie is mit dem Kind inner Wohnung un – oh, nein … un Begbie brüllt zurück: – DER IS KRANK IM KOPF! DAS IS NE ABARTIGE SAU! BIN ICH DENN DER EINZIG NORMALE IN DEM IRRENHAUS HIER? BRING DEM MA VERNUNFT BEI!

Dann isser weg, zur Tür raus, un Ali ist am Weinen, dann knietse sich hin und hält mein Kopf. – Was is passiert, Danny? Isses wegen Drogen?

Ich huste Blut. – N Missverständnis … mehr nich … Ich guck zu dem Jungen hoch, er weint jetz auch, is ganz verängstigt. – Onkel Frank un ich ham nur gespielt, Sportsfreund … nur gespielt, weißte …

Ich versuch, mein Kopf hochzuhalten, versuch, vor ihnen tapfer zu sein, aber der Schmerz is überall, un alles dreht sich langsam, un ich fühl, wie ich untertauche un wegtrete, in nen wirbelnden schwarzen Abgrund stürze …

65
Linkerei Nr. 18750

Ich bin mit meinem alten Kumpel und neuen Geschäftspartner im City Café und gebe die guten Nachrichten bekannt. Renton, der aussieht, als hätte er ein paar Pfund zugelegt, starrt erst den Brief, den ich ihm gegeben habe, und dann mich mit unverhohlener Hochachtung an. – Ich weiß nicht, wie du das wieder hingekriegt hast, Simon.

– Das verdanken wir alles dem Demo, das ich gezogen und ihnen geschickt hab, erkläre ich. Ich sehe ihm an, dass er glaubt, wir hätten es diesem Miz zu verdanken, der seine Beziehungen hat spielen lassen. Soll er glauben, was er will.

Renton zuckt mit den Achseln und lächelt bewundernd. – Na gut, wir haben's bislang auf deine Tour gemacht und sind nicht allzu schlecht damit gefahren, erklärt er und studiert noch mal den Brief. – Vorführung beim Adult Film Festival in Cannes. Das kann sich sehen lassen.

Normalerweise sind Schmeicheleien wohlriechender Balsam fürs Ego, aber wenn sie aus Rent Boys Mund kommen, wappnet man sich immer für den anschließenden Tritt in den Unterleib. Wir diskutieren die Einrichtung der Webseite für unseren Film, www.siebensaeulen.com, und was wir darauf zeigen wollen. Mich interessiert aber in erster Linie, dass wir auch ein Produkt haben, das wir verkaufen können. Was bedeutet, dass irgendein Trottel in einem Lager in Amsterdam sitzen und Videos einpacken muss. Und ich kenne nur einen Menschen, der behauptet, dass er noch jede Menge in Amsterdam zu regeln hätte.

Wir machen also unsere kleine Spritztour, aber es ist alles andere als amüsant, in einem Lagerhaus rumzusitzen und Handlangerarbeit zu verrichten. In dem Loch fühlt man sich schrecklich, klaustrophobisch. Als ich wieder in Edinburgh bin, brauche ich eine Session in den Porty Baths, also beiß ich in den sauren Apfel und nehme die grotesk hohen Taxikosten für den Weg dahin auf mich. Renton leistet mir bis in die Innenstadt Gesellschaft und steuert murrend einen Zehner bei.

Ich sitze in einem der Sprudelbottiche im Portobello-Bad, genieße das warme Wasser und die Massagewirkung der Düsen und denke, dass es zu den Dingen gehört, die ich im vergangenen Jahrzehnt in London am meisten vermisst habe. Ah, die Sprudelbäder im Portobello. Es ist unmöglich, Nichteingeweihten die wahrlich tranceartige, schwelgerische Stimmung wiederzugeben, in die man hier verfällt, besser als jede Sauna und jedes Dampfbad. Und so herrlich old-school, dieser große Jules-Verne-Zinnkessel mit seinen Einstellskalen und Ventilen und Leitungen. Die alten Stinker, die tagsüber kommen, finden das herrlich.

Ich denke, das ist genau die richtige Stimmungslage, um die guten Nachrichten unters Volk zu bringen, deswegen begebe ich mich, nachdem ich widerwillig rausgeklettert bin und mir ein Handtuch um die Hüften geschlungen habe, zu meinem Spind und meinem Handy. Der Empfang ist gut für drinnen. Ich ruf jeden an, der mir in den Sinn kommt, und erzähle, dass wir für Cannes ausgewählt worden sind. Nikki quiekt vor Begeisterung, Birrell sagt nur knurrig: – Okay, als hätte ich ihm mitgeteilt, dass eine zehnjährige Haftstrafe, die er gerade kassiert hat, um ein paar Monate verkürzt worden ist. Terry reagiert ganz typisch. – Kanns kaum erwarten. Die ganzen französischen Schnitten un die vielen sexgeilen poshen Mädchen!

Ich fahre zurück nach Leith und in den Pub. Ich will mich eben nach oben in mein Büro schleichen, um die Nachrichten für Bananazzurri zu checken, da überfällt mich Morag auf dem Treppenabsatz. Ihre geschockten, verrückten Augen unter einem Mopp frischer Dauerwellen lassen mich vor Schreck erstarren. – Mo. Du warst beim Friseur. Steht dir, strahle ich.

Mo ist alles andere als zufrieden und mittlerweile wohl immun gegen meinen Charme.

– Vergiss meine Haare, Simon, es is n Kerl von der *Evening News* hier gewesen. Hat alle möglichen Fragen über dich gestellt un ob ich wüsste, dasste hier oben Filme drehst un so was.

– Was hast du gesagt?

– Ich hab gesagt, davon wüsste ich nichts, sagt sie kopfschüttelnd.

Morag verzinkt einen nicht, da kann ich mir sicher sein. – Danke, Mo. Das ist eine verdammte Schikane. Wenn der Spinner hier noch mal reinkommt, sag mir Bescheid. Ich werde ihn abknallen und sein verwichstes Haus niederbrennen lassen, fauch ich in ihr schockiertes Gesicht.

Gerade dachte ich, ich könnte heil nach oben entkommen, da muht die alte Kuh: – Ich brauch unten Hilfe, Simon. Ali musste ins Krankenhaus, ihrm Mann is was passiert.

– Wem, Spud?

– Aye.

– Was war los?

– Wissen sie nich, aber hörte sich an, als hätt's ihn schlimm erwischt.

– Okay, gib mir fünf … sage ich und fühle mich seltsam betroffen wegen Murphy. Nicht, dass wir noch richtige Busenfreunde wären, aber ich würd dem Heckenpenner auch nichts Böses wünschen. Ich gehe rückwärts die Treppe hoch, dem verwirrten Gesicht unter mir zuwinkend. – Muss die Post kontrollieren …

– Un Paula hat aus Spanien angerufen un gefragt, wie alles läuft. Ich hab ihr gesagt, gut, aber sie is meine Freundin, ich kann dich nich weiter decken, Simon. Ich werde Paula nichts vorlügen.

Ich bleib abrupt stehen. – Wovon sprichst du?

– Na ja, dieser Mr Cresswell von der Brauerei, netter Kerl, hat gesagt, die Lieferung von letzter Woche wär nich bezahlt worden. Ich hab ihm gesagt, du rufst zurück und klärst das.

Ich denke kurz nach, bevor ich zu Mo sage: – Cresswell ist ein Schwarzseher: typischer Sesselfurzer. Kapiert nicht, dass dieses Geschäft auf Kredit und Cashflow basiert. Nein, sitzt einfach in seinem schicken Büro in Fountainbridge rum und tut so, als würd er verstehen, wie die richtige Geschäftswelt funktioniert. Ein Tag an vorderster Front würde ihn umbringen. Ich red mit ihm, beende ich meine Tirade und verschwinde im Büro auf eine schnelle Stützline, bevor ich mich den Pflichten an der Theke stelle.

Ich habe für heute ein Treffen anberaumt, im Pub. Weiß der Henker, warum, um sie über den Spielstand auf dem Laufenden zu halten. Aber wahrscheinlich eher deswegen, weil das Koks durch meinen Körper jagt und ich lieber hier oben ein paar Leute zulabere, als unten Alkohol an alte und junge Volltrottel auszuschenken. Ich hab mich dafür entschieden, Forrester außen vor zu lassen, weil ich glaube, es gäbe Ärger, wenn er und Renton im selben Gebäude wären. Natürlich erweist mir Renton nicht mal die verdammte Ehre, überhaupt aufzutauchen. Rab Birrell trottet mürrisch herein, und Terry kommt und fragt sofort nach seinem Anteil. Die Fotzen scheinen plötzlich alle geldgeil zu werden. Für wen halten die mich? Das kommt aus Rentons Ecke; ich wette, der hat sich direkt ans Handy gehängt, hat allen Flausen in den Kopf gesetzt. – Tut mir Leid, Tel, die Gelddruckmaschine streikt grade, oder wenn du das lieber hörst: Vergiss es.

– So ist das also, ich krieg nix für meine Arbeit?

– Du kriegst keine Gewinnbeteiligung, Terry, erkläre ich. – Du bist fürs Ficken bezahlt worden. Es war doch immer klar, dass das meine Show ist.

– Ah ja, sagt er mit einem Grinsen, das bei mir ein ausnehmend unbehagliches Gefühl aufkommen lässt. – Wenn das so ist …

Terrys Enthusiasmus hat ihn für eine gewisse Zeit zu einem nützlichen Weggefährten gemacht. Sein Mangel an Ehrgeiz bedeutet, dass er nie eine große Nummer in der Branche wird. Man tut sein Bestes, gibt ihnen die Möglichkeit, zu lernen und zu reifen. Der Rest liegt bei ihnen. Aber er steckt das gut weg. Zu gut.

Dann sehen wir doch mal, wie die Fotze das hier aufnimmt: – Wir haben ein Problem, erkläre ich knapp. – Selbstredend können wir nicht alle nach Cannes fahren, zu teuer. Deswegen fahren nur ich, Nikki, Mel und Curtis. Die erste Garnitur. Rents ebenfalls, den brauch ich fürs Geschäftliche. Was die andern angeht – zu viele Köche.

– Ich kann sowieso nich, sagt Rab, – nich mit dem Kind, dem Seminar und allem.

Terry steht abrupt auf und geht zur Tür. – Tez, rufe ich und versuche, mir ein schadenfrohes Grinsen zu verkneifen.

Er dreht sich um und sagt: – Wieso zum Teufel bestellste mich hierher, wenn ich weder bezahlt werd noch mit nach Cannes fahr? Mir fällt ehrlich gesagt auch kein vernünftiger Grund ein, deswegen bin ich buchstäblich sprachlos, während er fortfährt: – Du verplemperst bloß meine Zeit. Ich geh ins Krankenhaus, Spud besuchen, knurrt er und geht.

– Ich auch, sekundiert ihm Rab, steht auf und folgt ihm. Das sind vielleicht Loser. Ich glaube, Rab kennt Spud gar nicht, daher nehme ich an, dass er einfach so geht, weniger, um einen Krankenbesuch zu machen.

In diesem Moment kommt Nikki rein und entschuldigt sich für die Verspätung. Sie sieht betroffen zu, wie die beiden gehen. Ich wende mich ihr zu. – Sollen sie sich doch in ihren eigenen scheißeverkrusteten Arsch ficken. Auf die sind wir nicht angewiesen, waren wir nie. Man darf den Schwanz nicht mit dem Hund wedeln lassen, und ich bin es leid, ihre verstiegenen Vorstellungen vom eigenen Marktwert weiterhin zu nähren.

Craig sieht nervös aus, Ursula lacht, und Ronnie grinst. Nikki, Gina und Mel gucken mich an, als ob ich noch was sagen sollte. – Wenn die Verkaufszahlen eingehen, regeln wir alles zwischen uns, erkläre ich. – Okay? Man kann kein Geld teilen, wenn noch nix zum Teilen da ist!

Ich halte den Verbliebenen einen Vortrag über die ökonomischen Zusammenhänge in der Branche, der den meisten der Anwesenden zu hoch ist. Schließlich hauen sie ab, nur Nikki bleibt noch da. Ich sehe ihr an, dass sie nicht glücklich darüber ist, wie ich mit Rab und Terry umgegangen bin. Ich spüre, wie sich etwas in mir zusammenzieht, als ich mir einer nagenden Verachtung für sie bewusst werde. Das ist schrecklich, schließlich bin ich doch wohl in die Frau verliebt. Sie scheint irgendwas zu spüren, macht Smalltalk und erzählt mir, dass sie daran denkt, den Saunaclub sausen zu lassen. Ich erkläre ihr, das sei keine schlechte Idee, weil diese Läden von fiesen Typen betrieben werden. Ich frage mich schon, ob sie dazu ausholt, mich um Kohle anzuhauen. Schließlich muss sie los zu ihrer Schicht, und ich verabrede mich für später am Abend mit ihr.

Damit sieht es so aus, als hätte sich meine Mannschaft verkleinert, aber ich kann im Moment keine Gedanken an tolldreiste

Rabauken wie Terry verschwenden. Ich gehe ins Büro, hacke und lege gerade eine kräftige Line, als eine Fotze von der Presse anruft. – Ich würde gerne mit Simon Williamson sprechen.

– Mr Williamson ist im Moment nicht da, erkläre ich ihm. – Ich glaube, er spielt Fives im Jack Kane ... vielleicht aber auch im Portobello.

– Wann erwarten Sie ihn zurück?

– Das kann ich momentan wirklich nicht sagen. Mr Williamson war in letzter Zeit sehr beschäftigt.

– Mit wem spreche ich bitte?

– Ich bin Mr Francis Begbie.

– Schön – wenn Sie Mr Williamson vielleicht bewegen könnten, mich anzurufen, sobald er zurückkommt.

– Ich werde ihm eine Nachricht hinterlassen, aber Simon ist ein recht spontaner Mensch, sage ich in die Muschel, während ich mit einer 50-Pfund-Note etwas Koks sniefe.

– Nun, sorgen Sie dafür, dass er mich anruft. Es ist wichtig. Da sind einige Dinge, die ich klären muss, brummt die wichtigtuerische Stimme.

– Du kannst mir meinen stinkenden Knastbruderschwanz lutschen, bescheide ich ihn und knall den Hörer auf, als mir die Line Koks ins Rückgrat fährt. Ich rolle den nagelneuen Fünfziger aus und ergötze mich an seiner Schönheit. Geld gewährt einem den Luxus, auf alles zu pfeifen. Man kann vorgeben, es abgeschmackt und vulgär zu finden, aber warte mal, wie abgeschmackt und vulgär es ist, wenn du keins in der Tasche hast.

Aber erst mal ruft das große Geld. Tanzen wir den Cannes-Cannes.

66
Nutten aus Amsterdam, Teil 9

Ich hab die Nase voll von wartungsintensiven Beziehungen. Trotzdem bin ich wieder in Amsterdam und wieder in was Ähnliches verwickelt. Denn Sick Boy spielt wie üblich den Beleidigten.

Wir sitzen in einem kalten, zugigen Lagerhaus in Leylaand am Stadtrand und stecken Videoumschläge in Schutzhüllen und Schutzhüllen in Kartons. Der Laden hier gehört Miz und ist ein Drecksloch, in dem sich aller möglicher Müll auf Paletten bis unter die Decke stapelt. Er hat diese eklige, blaugelb fluoreszierende Neonbeleuchtung, die aus solchen Aluleisten kommt, die von den rostroten Streben hängen. Ich versuche, an Gewinnspannen zu denken; 2 000 x £ 10 ÷ 2 = £ 10 000, aber das dauert Ewigkeiten, und Sick Boy ist unzufrieden. Ich hatte vergessen, dass die Fotze so ein extrem ausgeprägtes Talent hat, zu nörgeln, sich lauthals über Ärgernisse zu beklagen, die nebensächlich genug sind, um sie für sich zu behalten. Aber selbst das wäre noch seinem stummen Brüten vorzuziehen, das so schwer wie Teer in der Luft hängt. Es ist offenkundig, dass er das, was wir hier tun, nicht glamourös genug für sich findet, aber er hat wohl vergessen, dass ich, wenn ich erst mal geschnallt hab, dass er sauer ist, sein Gequengel und Gegreine entspannt zu genießen weiß.

– Wir brauchen Personal, Renton, sagt er, auf einen leeren Karton trommelnd, der auf seinem Oberschenkel liegt. – Wo ist eigentlich diese Krautschlampe von dir? Ist die jetzt definitiv weg vom Fenster, seit du Dianne besteigst?

Ich sage nichts, ich halte mich an meinen alten Grundsatz,

Sick Boy und mein eigenes Liebesleben auseinander zu halten. Nichts, was die Fotze diesmal angestellt hat, hat mich davon überzeugen können, diese Lebensregel zu revidieren. – Leck mich. Hör auf zu jammern und pack weiter, sage ich, während ich die ganze Zeit denke, ja, wo steckt die eigentlich? Hoffentlich weit weg. Ich halte den Kopf gesenkt, damit er das nicht in meinen Augen lesen kann.

Ich spüre seine Riesenscheinwerfer auf mir brennen. – Sieh dich vor, wieder mit dieser Dianne anzubändeln, sagt er. – In Italien haben wir eine Redensart darüber, Suppe von gestern wieder aufzuwärmen. Das funktioniert nie. Aufgewärmter Kohl, Alter. *Minestra riscaldata*!

Am liebsten würde ich der Fotze die Faust ins Gesicht rammen. Stattdessen grinse ich ihn an.

Dann scheint ihm ein Gedanke zu kommen, und er nickt gewichtig vor sich hin. – Wenigstens hat sie das richtige Alter. Ich liebe Frauen in diesem Alter. Geh nie mit ner Schnecke in den Dreißigern. Das sind alles verbitterte, giftige Kühe, die eigene Pläne verfolgen. Am besten noch unter sechsundzwanzig. Aber keine Teenager, die sind ein bisschen zu unreif und nerven mit der Zeit. Nee, zwanzig bis fünfundzwanzig sind die besten Jahrgänge für Mädchen, erklärt er und schwadroniert sich anschließend durch die Jukebox seiner Obsessionen. Ich bekomme Klassiker zu hören: Film, Musik, Alex Miller, Sean Connery; und neue Lieblingsthemen: hässliche Dauerwellen, Cracknutten, Alex McLeish, Franck Sauzee, Fernsehmoderatoren, Junk-Movies.

Er redet und redet, und ich hör es mir ungerührt an. Ich lass mich gar nicht erst verleiten, so was zu sagen wie: Gegen *Solaris* ist *2001* der letzte Scheiß, um mir dann seine vehemente Gegenrede anhören zu müssen. Oder andersrum, darauf zu warten, dass er genau diese Meinung vertritt und dann erwartet, dass ich versuche, ihn vom Gegenteil zu überzeugen. Auf jeden Fall schalten wir beide auf stur, als würde es uns zu weibischen Schwuchteln machen, wenn wir mal einer Meinung wären. Auf so was hab ich keine Lust, und ich hab nicht mal Lust, ihm zu sagen, dass ich dazu keine Lust hab.

Als ich ein weiteres Bild von Nikkis Arschbacken in eine Kassettenhülle stecke, merke ich, dass ich anfange, die Ohren auf

Durchzug zu stellen. Nikki hat einen tollen Arsch, zweifellos, aber wenn man zum dreihundertsten Mal ein papierenes Abbild davon in eine Hülle schiebt, verliert er an Attraktivität. Vielleicht sollte man sich pornografische Bilder nicht zu häufig angucken; vielleicht desensibilisieren sie einen, höhlen die eigene Sexualität aus. Sick Boys monotone Tiraden steigern sich noch: Pläne, Linkereien, das Los eines sensiblen Mannes unter lauter Junkies, Freimaurern, Schleimscheißern, Pennern, Nutten und Mädchen, die nicht wissen, wie man sich vernünftig anzieht.

Ich höre mich in unentwegter Zustimmung: – Mmmm, von mir geben. Aber nach einer Weile schüttelt er mich und brüllt: – Renton! Biste Eichenlaub? Hör gefälligst zu, du unhöfliche Sau! Gesprächskultur!

Ich bin ein bisschen raus aus dem Leither Rhymingslang, deshalb schalte ich nicht sofort. – Was?

– Ich sagte, ich möchte Tee aus Knochenporzellan trinken, erklärt er mir. Er sieht, dass er nun meine Aufmerksamkeit hat, denn ich will gefickt sein, wenn ich weiß, wovon die Fotze redet. Dann sieht er sich um und präzisiert seine Aussage. – Nein, was ich wirklich möchte, ist Tee in einer Umgebung trinken, in der das hier, dieser Porzellanscheiß, unangenehm auffällt, er hält einen Ajax-Teebecher hoch, – und Knochenporzellan eben verficktnochmal nicht, schimpft er, schmeißt plötzlich eine Videobox hin und springt auf. Sein Adamsapfel beult seinen Hals aus wie ein kleines Schwein den Bauch einer Schlange.

Und dann schmeißt er den Becher gegen die Wand, und ich zucke zusammen, als er in Stücke zerspringt. – Mensch, der Becher gehörte Miz, du Fotze, erkläre ich ihm.

– Tut mir Leid, Mark, sagt er verlegen, – das sind die Nerven. Zu viel Koks in letzter Zeit. Ich muss ein bisschen runterschalten.

Ich hab nie besonders auf Koks gestanden, aber das geht vielen Leuten so, und sie ziehen es sich trotzdem in den Zinken. Einfach weil es da ist. Die Leute konsumieren nun mal Scheiß, der ihnen nicht gut tut, oft nur deswegen, weil sich die Möglichkeit ergibt. Es ist naiv, anzunehmen, dass Drogen nicht den Gesetzen der modernen kapitalistischen Konsumgesellschaft unterliegen. Vor allem, da sich kein Produkt besser eignet, diese zu definieren.

Wir brauchen noch zwei endlose, ätzende Stunden, bis wir unsere Aufgabe erledigt haben. Ich hab Schwielen an den Händen, und Daumen und Handgelenke tun weh. Ich betrachte den Stapel eingepackter Videos. Aye, jetzt haben wir das ›Produkt‹, wie er es so gerne nennt, fertig für den Verkauf nach Cannes. Ich kann es immer noch nicht fassen, dass er uns bei den Filmfestspielen in Cannes untergebracht hat. Na ja, nicht *die* Filmfestspiele in Cannes, aber die für Pornofilme, die in Konkurrenz dazu stattfinden. Wenn ich das richtig stelle, normalerweise, wenn er gerade eine Frau anbaggert, was er ständig zu tun scheint, regt er sich gleich auf. – Es *sind* Filmfestspiele, und sie *sind* in Cannes. Also, was hast du für ein Scheißproblem?

Ich bin froh, aus dem Lagerhaus rauszukommen und wieder in die Stadt zu fahren. Diesmal lassen wir uns nicht lumpen und wohnen im American Hotel am Leidseplein. Ich hab früher schon mal gelegentlich einen Drink in der Bar genommen, aber nie geglaubt, ich würde hier mal absteigen. Wir sitzen an der Theke und zahlen die irrwitzigen Preise. Aber wir können uns das jetzt leisten, und zwar noch für eine ganze Weile. Na ja, einige von uns.

67
FUSSBALL AUF SKY

Ich wart drauf, dass Kate mit dem Blag nach Haus kommt, um mir mein verficktes Essen zu machen, bevor ich runter innen Scheißpub geh und Fußball auf Sky guck. Die soll bloß voranmachen, die Zeit läuft weg. Ich sitz also rum und guck in diesen Riesenscheißkasten von Fernseher, der läuft pausenlos. Ich hab die Scheißbox für Sky un alles, aber ich guck mir das Spiel heut Abend inner Kneipe an. Bessre Atmosphäre.

Ich denk immer noch an Ostern un dieses Tier von einem Kinderficker. Gab damals n ziemliches Getue, aber nur der übliche Scheiß: Hat einer ne Gruppe von Jugendlichen aus m Scheißpub laufen sehn bla bla bla … Gute Zeit, ne Fotze kaltzumachen, n gesetzlicher Feiertag. Da ham die Leute was anderes im Kopf, als über n verdammten Kinderschänder nachzudenken. Aber manchmal überleg ich doch, ob ich nich besser noch mal nach Charlie guck un diesen alten Säcken, um sicherzugehen, dass keiner das Maul aufmacht.

Schließlich hab ich die Welt scheißnochmal zum Besseren verändert, denn diese dreckigen Bestien ham den Tod verdient, so un nich anders seh ich das. Ganz genau so. Würden die Bullen auch sagen, wennse ehrlich wärn. Ich find, diese eine Zeitung hat Recht, die *News of the World*. Sagt uns, wo die ganzen Wichser wohnen, un wir könn dann hin un sie verficktnochmal auslöschen. Wär das ganze Scheißproblem direkt vom Tisch. Wie Murphy, die abartige Sau … so was nennt sich Freund … genau wie Renton … dem reiß ich das Herz raus un piss in das Loch.

Dann kriegstes mit der Angst zu tun. Mit der Angst, du könntes so werden wie die. Wie die ganzen verfickten Spinner. So reden die nämlich.

Dann guckste in das verfickte Buch, in die verfickte Bibel. Gab jede Menge davon im Bau. Ich kapier nich, wie man den Scheiß lesen kann; es ward dieses, dann schuf er jenes, das ist nich mal n ordentliches Englisch. Aber die erzähln dir, dass die Bibel sagt, Gott hätt den Menschen nach seinem Bild gemacht. Ich versteh das so, dass wennde *nich* versuchs, wie Gott zu sein, das ne verfickt schwere Beleidigung für die Fotze wär. Is jetz mein Standpunkt. Na gut, hab ich eben Gott gespielt, als ich das Sexungeheuer weggemacht hab. Na und?

Ich schalte hin und her, aber es is überall im Fernsehn: Kinderschänder, Pädophile, Päderasten, die ganze Scheißbrut. Da is so ne bekloppte Psychologenfotze, die erzählt, die hätten selber Gewalt erfahren, deswegen würden die das tun. Wenn ich den Scheiß schon hör. Tausende von Fotzen ham Erfahrung mit Gewalt gemacht, ohne so zu werden. Dann kannste auch sagen, ich hab nur Mitleid mit der Fotze gehabt, der hätt ja sons nur wieder Gewalterfahrungen gemacht, im Knast un so. Hätt ihm doch so gesehn nix Besseres passiern können.

Die Wohnung geht mir langsam auf n Zeiger, un weiß der Larry, wo die steckt, deswegen spring ich runter, mir ne *News* holn. Draußen isses arschkalt, deswegen geh ich mit der Zeitung direkt wieder hoch. Nur der übliche Scheiß, aber dann seh ich was, wo ich hängen bleib.

FOTZE.

Mir hämmert das Herz inner Brust, während ich les:

NEUE SPUR NACH KNEIPENMORD

Die Polizei, die weiterhin nach Spuren im Fall des im letzten Monat in einem Lokal in Leith ermordeten Mannes sucht, gab bekannt, Informationen durch einen anonymen Anrufer erhalten zu haben, die sie als „viel versprechend“ bewertet. Sie fordert den Anrufer auf, sich erneut zu melden.

Am Donnerstag vor Ostern hatte Charles Winters (52), der Wirt eines Pubs in Leith, den in Edinburgh beheimateten Gary Chisholm (38) blutüberströmt am Boden seines Lokals liegend gefunden. Mr Winters war im Keller gewesen, um das Fass zu wechseln, als er einen Streit und einen Schrei aus dem Schankraum hörte. Er stürzte nach oben, wo er Mr Chisholm mit durchschnittener Kehle am Boden des leeren Pubs fand und zwei Jugendliche im Alter zwischen fünfzehn und zwanzig fluchtartig den Tatort verlassen sah. Er leistete Mr Chisholm erste Hilfe, doch es war bereits zu spät.

Zu den neuen Hinweisen in diesem Fall sagte der die Ermittlungen leitende Beamte, Inspektor Douglas Gillmann: „Es ist richtig, dass wir einige neue Informationen zu diesem Fall erhalten haben, die sich zum derzeitigen Zeitpunkt der Ermittlungen als sachdienlich erweisen können oder auch nicht. Wir bitten den männlichen Anrufer, der sich am Dienstagabend bei uns gemeldet hat, erneut Kontakt mit uns aufzunehmen."

Auch die trauernde Familie des Opfers schließt sich der Bitte der Polizei an die Öffentlichkeit an, sachdienliche Hinweise zu liefern. Mrs Janice Newman (34), Schwester des Opfers, erklärte: „Gary war ein grundanständiger Kerl, der keinen bösen Knochen in sich trug. Ich kann nicht verstehen, dass jemand das Monstrum deckt, das meinen Bruder ermordet hat." Hinweise, die zur Aufklärung dieses Falles beitragen können, bitte unter der Rufnummer: 0131–989 7173.

Alles gequirlte Scheiße. Das is das Erste, was sie einem im Bau beibringen: Wenn die Bullen mit so was anfangen, stehn sie auf m Schlauch; das is bloß ihre Art, Druck zu machen. Dann muss ich an diese Fotze von Second Prize denken, daran, dass die Fotze sich nich mehr gemeldet hat. Der mit seinem verfickten besoffenen Geschwafel, nur Scheiße am Labern … noch so n so genannter guter Freund …

HEILIGE SCHEISSE …

Nich, dass ich an diesen Religionsmüll glaub, die Fotzen ham für mehr Ärger gesorgt als die dreckigen Kinderficker, drüben in Irland und so. Un es is bewiesen, dass diese Priesterfotzen die schlimmsten Kinderschänder überhaupt sind, und damit passt alles haargenau zusammen, wenn man mal drüber nachdenkt. Murphy is so gut wie tot. Aber das is das Problem mit manchen Fotzen: Die nehm sich nie die Zeit, sich mal anständig hinzusetzen un über alles nachzudenken. Kein Scheißgehirn im Kopf.

Kate kommt nach Haus, un nachdemse was zu essen gemacht un das Blag ins Bett gesteckt hat, fängtse an, sich die Haare zu waschen. Jetzt isse am Fönen. Ich kapier nich, wozu sie sich die Scheißhaare wäscht, wennse doch eh zu Haus bleibt. Vielleicht für morgen, für ihre Schicht in dem bescheuerten Klamottenladen. Ich wette, in dem Laden oder in irgendnem anderen von den Läden in dem verschissenen Shoppingcenter gibts irgendne Fotze, die scharf auf sie ist. Irgendne freche Fotze, die sich für was Besonderes hält. Einer von diesen rausgeputzten, muschigeilen Typen wie Sick Boy, Fotzen ohne Moral, die ne Braut nur ausnutzen.

Hauptsache, *sie* is nich scharf auf einen von denen. Das bringt mich auf n Gedanken. – Weißte noch, was mit dir un mir war, als wir uns kennen gelernt ham? frag ich.

Sie guckt zu mir hoch und macht den Fön aus. – Was meinst du? fragt sie.

– Du weiß schon, im Bett un so?

Jetzt guckt sie so, als wüsste sie, was ich mein. Das heißt ja wohl, dass sie auch noch dran denkt un so. – Das is Ewigkeiten her, Frank. Du kamst gerade aus m Knast. Das macht doch nichs, meint sie und verzieht n bisschen das Gesicht.

– Ja, jetzt machts nix mehr, aber es macht für mich verdammt was aus, wer sons noch alles davon weiß. Du has doch keinem was erzählt, oder?

Sie kramt ne Kippe raus un steckt sie an. – Wie ... türlich nich. Das is nur was zwischen dir un mir. Das geht keinen was an.

– Ganz genau, mein ich. – Also haste keinem was gesagt, oder?

– Nee.

– Nich mal der bescheuerten Evelyn? frag ich sie. Bevor sie was sagen kann, mein ich noch: – Denn ich weiß, was läuft, wenn Perlen unter sich sin. Ihr tratscht. Stimmts? Aye, ja logisch tut ihr das.

Man sieht, dass sie jetz was zum Nachdenken hat. Besser, sie erzählt mir keinen vom Pferd, besser für *sie*. – Ja, aber nich darüber, Frank. Das is privat und doch schon ewig her. Ich denk da überhaupt nich mehr dran.

Ach, sie denkt da gar nich mehr dran. Denkt nich mal mehr dran, dass sie zwei Wochen mit nem Typ im Bett gelegen hat, der sie nich vögeln konnte. Von wegen, da denkt die nich dran. – Das heißt also, ihr habt da nich drüber geredet, du un diese dämliche Evelyn und diese andere blöde Freundin von dir, die mit den Scheißhaaren …

– Rhona, meint sie ganz argwöhnisch.

– Die blöde Rhona. Du wills mir also weismachen, dass ihr da nich drüber redet. Über eure Macker un so?

Ihre Augen werden total groß, so als hättse Schiss. Wovor muss die denn wohl Schiss ham? – Aye, wir reden schon, fängt sie an, – aber nich über so ne Sachen …

– Nich über was?

– Nich über so intimes Zeug, Sachen, die im Bett abgehn un so.

Ich seh ihr scharf in die Augen. – Das heißt also, du redes mit deinen Freundinnen nich über Sachen, die im Bett abgehn?

– Türlich nich … was soll das, Frank, was is los? fragt sie.

Ich werd dir sagen, was verdammtnochmal los is. – Na gut, un was war damals, als wir mit n paar Leuten unten im Black Swan warn, weißte noch? Da war diese Evelyn dabei un die mit den Haaren, wie heißt die Torte noch mal?

– Rhona, sagt sie ganz besorgt. – Aber Fran…

Ich schnipp mit den Fingern. – Rhona, genau. Okay, pass auf, erinnerste dich an den, mit demde vorher zusammen warst, die Fotze, die ich inner Stadt plattgemacht hab? frag ich sie, un ihre Augen werden noch größer. – Ich weiß noch, dass wir da in dem Pub warn, im Black Swan, un du erzählt has, im Bett wär der eh scheiße gewesen, genau das haste damals über den erzählt, weißte noch?

– Frank, das is doch albern …

Ich zeig mit dem Finger auf sie. – Gib mir ne verdammte Antwort auf die Frage! Haste das gesagt oder nich?

– Aye … aber das hab ich nur gesagt … weil ich froh war, dass ich n los war … ich war froh, dass ich dich hatte!

Froh, mich zu haben, aber ja doch. Froh, die Fotze los zu sein. – Also haste das einfach nur so gesagt. Um mich un deine Scheißfreundinnen zu beeindrucken.

– Aye, genau! zwitschert sie schon fast fröhlich, als wär sie jetzt vom Haken.

Die kapiert einfach nich, dass sie sich nur noch mehr in Widersprüche verwickelt. Wie all diese Fotzen, die ihre Fresse nich halten können; labern sich bloß immer tiefer in die Scheiße. – Gut. Dann stimmte das also gar nich, dann warer nich scheiße im Bett. Er war spitze. Er war viel besser als ich. Is das denn jetzt die ganze Scheißwahrheit?

Jetzt is sie schon fast am Heulen. – Nein, nein ... ich mein ... es is doch egal, wie er im Bett war, ich hab das nur gesagt, weil ich ihn hasste ... weil ich froh war, ihn los zu sein. Es is völlig egal, wie er im Bett gewesen is ...

Ich gönn mir n kleines Grinsen an der Stelle. – Also haste das nur gesagt, weil es aus und vorbei war, weil das Schnee von gestern war?

– Aye!

Sie labert eine Scheiße. Da passt nix zusammen. – Also, was passiert dann, wenn *wir* uns trennen? Wenn wir Schnee von gestern sin? Erzählste dann so n Scheiß über mich, in jedem Scheißpub in Leith? So siehts aus, wa?

– Nein ... nein ... so is das nich ...

Der werd ich n Marsch blasen. – Das lass mal schön sein! Pass gut auf, wenn du jemals n Sterbenswörtchen darüber verlierst, wird von dir danach nich mehr viel übrig sein. Da werdense die Reste von dir mit der Lupe suchen müssen ... kapiert?!

Dann guckt sie doch tatsächlich zum Kinderzimmer und dann wieder zu mir. Dann fängtse an zu heulen. Die denkt, ich würd ihrem Scheißkind was tun, als wär ich irgendwie so n dreckiger Kinderschänder. – Pass auf, mein ich, – heul nich rum, Kate, na komm ... guck, ich habs nich so gemeint, sag ich un geh hin un leg n Arm um sie un sag, – ... es is bloß, weils viele Leute gibt, die mich hassen, verstehste? Die Fotzen ham so Sachen über mich behauptet, hinter meinem Rücken auch noch ... ich hab Zeug geschickt gekriegt ... Zeug mit der Post ... liefer denen keine Munition ... mehr sag ich ja gar nich ... gib denen keine Munition gegen mich ...

Un dann umarmt sie mich und sagt: – Niemand wird von mir je n böses Wort über dich hörn, Frank, denn du bis lieb zu mir un du schlägst mich nich, aber bitte mach mir nie wieder so ne Angst, Frank, denn das hat er immer gemacht, un so kann ich nicht leben, Frank ... du bist nich wie er, Frank ... er war Abfall ...

Ich setz mich grade hin und zieh ihren Kopf an meine Brust. – Is ja gut, sag ich, aber ich denk mir: Du weißt wirklich gar nix über mich, Herzchen. Aber ich spür, wie mir der Kopf anfängt wehzutun und mein Scheißherz anfängt, wie bekloppt zu pochen. Ich muss an die alle denken: Second Prize, der nich die Klappe halten kann, Lexo, die Fotze von Renton, der beschissene Scruffy Murphy. Aye, die Sau, der kann sich bedanken, dass ers nich richtig bekommen hat. Kriegter aber vielleicht noch. Will die Sau mich reinlegen! So denken bloß beschissene Schwachsinnige. Der hat noch verdammtes Glück gehabt.

Un die Fotze scheint über Chizzie Bescheid zu wissen. Ich komm noch dahinter, woher er den Scheiß weiß, ich werds aus ihm rausprügeln. Der glaubt, wenn ich innen Bau geh, isser aus m Schneider.

Von wegen aus m Schneider.

Un innen Bau geh ich auf keinen Fall wieder, nee, so weit kommts noch. Aber ich muss jetz vorsichtig vorgehn. Irgendwie scheint jede Sau Bescheid zu wissen, un obwohl ich selber weiß, dass mein Gehirn mir da bloß böse Streiche spielt, weiß ich einfach, dass sie mich jetz alle langsam einkesseln. Ich streichel Kates Haare, aber innerlich verkrampf ich total, un ich muss hier schnellstens raus, sons kann ich keine Verantwortung übernehmen für das, was ich tu. Also setz ich mich auf und sag ihr, dass ich rausgeh, Fußball gucken.

– Gut … meint sie und sieht dabei rüber zum Fernseher, als wollt sie sagen, kannste doch genauso gut hier gucken.

Ich mach ne Kopfbewegung zum Fernseher. – Mit den Jungs im Pub isses besser. Sons fehlt einem die ganze Atmosphäre.

Da denktse ne Weile drüber nach un sagt dann: – Aye, das wird dir gut tun, Frank. Es is Zeit, dasste mal wieder rausgehst, statt die ganze Zeit da im Sessel zu sitzen.

Ich überleg, was zum Teufel sie damit meint. Vielleicht sieht es verdammt verdächtig aus, wenn man immer im Haus bleibt, aber ich hab diese kleine Fotze, Philip, n Haus in Barnton für mich ausräumen lassen. Hab der Fotze für die Mühe zwei von seinen Sovie-Ringen zurückgegeben. Trotzdem sollte ich rausgehn. Allerdings, die is verdächtig spitz drauf, dass ich weggeh. Sie kann wegen dem Kind nich raus, aber vielleicht hatse irgendne Fotze hierhin eingeladen. – Du machs dir n ruhigen Abend, was?

– Aye.

– Keinen eingeladen? Die bescheuerte Rhona vielleicht?

– Nee.

– Auch nich diese Melanie, die Schlampe? Die hängt nur noch in Leith rum.

– Nee, ich setz mich bloß hier hin und les mein Buch, meintse un zeigt mir so n Buch.

Beschissene Bücherleserei. Das is alles Mist, setzt den Fotzen bloß komische Ideen innen Kopf. – Also überhaupt kein Besuch?

– Nöö.

– Na schön. Dann bis später, mein ich, werf mir meine Jacke über un geh raus in die Kälte. Is auch besser, dass keiner vorbeikommt. Fotzen wie Sick Boy, man weiß doch, wie die ticken. Erzähln der Scheiß-Melanie, hey, du hast doch bestimmt jede Menge süße kleine Freundinnen, die scharf drauf sin, sich beim Ficken filmen zu lassen …

SCHEISSDRECK …

Ich boxe gegen die Scheißwand im Treppenhaus …

Der weiß, was ihm blüht, wenn er so was versucht.

Auf m Weg zur Kneipe seh ich June, die Fotze, den Walk langlaufen und tu so, als wollt ich auf ihre Straßenseite wechseln. Der Fotze werd ich ihr Annäherungsverbot geben; freche Pissfotze, ich würd nich mal auf fünfundzwanzig beschissene Yards an die Sau rangehn. Ich will ihr bloß verklickern, dasses die Schuld von Murphy und Sick Boy war, die alles durcheinander gebracht ham, aber die Fotze dreht sich doch um un rennt weg! Ich brüll ihr nach, sie soll scheißnochmal stehn bleiben, damit ichs erklärn kann, aber da is die doofe Nuss schon weg. Scheiß auf die dämliche Nutte!

Ich mach das Scheißhandy an un erinnere die Fotzen Nelly un Larry dran, dass sie runterkommen, denn ich weiß, dass Malky schon an der Theke hängen wird. Malky, der verfickte Alki. Da isser, wie erwartet, un Larry un Nelly kommen nich viel später. Das Blöde is, hier drin is genau der gleiche Vibe. Als ob einen alle mit demselben Blick ansehn, der sagt, ›Aye, ich kenn dich, du Fotze.‹ Un wir reden hier von Freunden, oder so genannten verfickten Freunden.

Wir gucken uns das Hibs-Spiel auf Sky an. Die ham grad nen Lauf un verliern auf Sky nie. Dieser Zitelli macht n Tor mit nem klasse Fallrückzieher. Drei-eins, echt zu leicht. Aber irgendwie reden alle immer noch über den Kinderficker. Un ich sitz da un wünsch mir, die würden über irgendwas anderes reden, aber gleichzeitig find ichs auch geil.

– Ich wette, das war einer vom Nachwuchs, einer von den Jungs, die immer so gut mit Sovies bestückt sin, meint Malky. – Vielleicht hat der Dreckskerl einen von denen betatscht oder so, vielleicht als der noch n kleiner Junge war, un jetz is der groß un hat Muckis, un ruckzuck ist die Fresse dick! Nimm das, du dreckige Sexmonsterfotze!

– Vielleicht, mein ich und guck Larry an, der n breites doofes Grinsen im Gesicht hat. Fick mich, wenn ich weiß, worüber der so glücklich is.

Jetz erzählt die Fotze allen n doofen Witz. – N Metzger in Fife steht in seim Laden un es is arschkalt un er stellt sich über seinen elektrischen Heizstrahler. Kommt n altes Mütterchen rein, guckt sich die Schinkensorten inner Auslage an, kommt zu ihm rüber un fragt, hamse Ihren Ayrshire auch schon mal gebraten? Der Metzger guckt sie an und sagt, nee, ich wärm mir hier immer bloß die Hände.

Dem seine Art Humor versteh ich nich. Malky is der Einzige, der lacht.

Nelly meint zu mir: – Weißte, wenn ich die Fotze treffen würd, der das verfickte Monster allegemacht hat, würd ich der Fotze auf der Stelle n Bier ausgeben.

Komisch, so wie der das sagt, möcht ich am liebsten rufen: Dann lass mal jucken, du Fotze, denn du stehs direkt vor ihm, aber Freunde hin oder her, je weniger Leute davon wissen, desto besser. Ich muss immer noch an Second Prize denken. Verstehste, wenn der jetz wieder säuft un anfängt zu labern … Larry is immer noch am Grinsen, un mich nervt das hier langsam, deswegen geh ich aufs Scheißhaus un zieh mir ne Line rein.

Als ich zurückkomm, setz ich mich hin, un irgendne Fotze hat ne neue Runde Lager geholt. Malky zeigt auf das volle Glas. – Das da is deins, Frank.

Ich nick der Fotze zu, nehm nen Schluck und guck über den Rand von dem Pint Larry an, der mich mit diesem saublöden Grinsen inner Fresse anguckt.

– Was gibts n da verficktnochmal zu glotzen? frag ich die Fotze.

Er zuckt mit n Schultern. – Gar nix, meint er.

Von wegen, sitzt da bescheuert rum und guckt mich an, als wüsste er über alles Bescheid, was mir in meinem Scheißkopf rumgeht. Nelly is das auch aufgefallen, als ich ihm unter dem Tisch das Briefchen Koks zustecke. – Was is hier eigentlich gebacken? fragt er.

Ich nick zu Larry. – Die Fotze sitzt da un glotzt mich mit m saublöden Gesicht an, als wär ich irgendwie blöd, sag ich.

Larry schüttelt den Kopf, hebt abwiegelnd die Hände und meint: – Was? während Nellys Augen stahlhart werden. Malky guckt sich um, rüber zur Theke. Sandy Rae un Tommy Faulds trinken da was, un am Billardtisch steht n bisschen Jungvolk.

– Un, haste irgendwas zu sagen, Larry, hä? frag ich.

– Ich sag doch gar nix, Franco, meint Larry, ganz unschuldig guckend. – Ich hab nur an das Tor gedacht, er weist mit dem Kopf auf den Bildschirm hinter mir, auf dem grad die Wiederholung kommt.

Also denk ich mir, na schön, will ich ma nich so sein, aber manchmal nimmt der sich mehr raus, als gut für ihn is. – Na also, dann grins mich nicht so saudämlich an wie so n bescheuerter Vollspast. Wennde mir irgendwas zu sagn hast, dann sags einfach.

Larry zuckt mit n Achseln und wendet sich ab, un Nelly geht auf n Pott. Das Koks is nich übel, immer nur beste Qualität von Sandy. Für mich gibts sowieso immer nur das Beste. Die Fotzen würdens nich wagen, mir so n total gestreckten Dreck anzudrehn.

– Dein Kumpel Sick Boy, das is vielleicht n Typ, wa, Franco? Mit den Pornos un so, grinst Larry.

– Erwähn der Fotze ihren Namen nich in meiner Gegenwart. Die Fotze lässt n paar armselige Weiber über seim Pub durchvögeln un hält sich für wunders was für n dicken Hollywood-Produzenten. Wie Steven Spielberg oder wie die Fotze heißt.

Nelly kommt vom Scheißhaus zurück, un Malky guckt ihn an un fragt: – Wessen Scheißrunde is das jetz?

Aber Nelly hört nich hin, denn man sieht, dass er total so drauf ist, wie wenn man auf m Pott war un über was nachgedacht hat un dann jedem davon erzählen will. – Wisst ihr, wo ich nich drüber wegkomm? fängt er an, und bevor irgendeine Sau sagen kann, was, sagt er: – Jeder hier war schon mal im Bau, un dann nimmt er n großen Schluck Lager. N bisschen is auf sein blaues Ben Sherman getropft, aber er merkts gar nich. Ungepflegt, die Fotze.

Wir gucken uns alle an un nicken vor uns hin.

– Wisst ihr, wer noch nie drin war? Du kennst ihn, er guckt mich an, – ich kenn ihn, er zeigt auf sich selbst, – und du, er guckt Malky an, – und du, sagt er zu Larry, der wieder dieses dämliche Grinsen aufsetzt.

Was komisch ist, ich denk an Lexo, das Riesenbaby, das war der Erste, der mir sofort einfiel, aber Nelly überrascht mich, als er sagt: – Alec Doyle. Was hat der abgesessen? Ein Jahr? Achtzehn Monate? Einen Scheißdreck. Die Fotze muss nen Schutzengel ham.

Malky guckt Nelly ganz ernst an. – Un was willste damit sagen? Willste damit sagen, Doyle wär n Spitzel?

Nelly kriegt n ganz harten Blick innen Augen. – Ich sag bloß, dass er n Schutzengel hat.

Larry macht jetz n ganz nachdenkliches Gesicht. – Da haste Recht, Nelly, sagt er leise.

– Natürlich hab ich Recht, sagt Nelly mit nem total sauren Blick.

Malky sagt zu mir: – Was meinst du dazu, Frank?

Ich guck in die Runde, allen tief in die Augen, besonders Nelly. – Was mich angeht, war Doyle immer in Ordnung. Man nennt irgendwen nich einfach Spitzel, wenn mans nich beweisen kann. Un das bedeutet mit Fakten. Mit harten Fakten, verdammte Scheiße.

Das passt Nelly nich innen Kram, aber die Fotze sagt nix mehr. Nee, das hatter nich gern gehört. Die Fotze musste im Auge behalten, der kann aus m Stand in die Luft gehn, aber ich behalt den schon verdammt gut im Auge.

– Gutes Argument, Frank, meint Larry und nickt oberschlau vor sich hin, – aber Nelly hat auch n gutes Argument, sag ich mal, sagt er, nimmt das Briefchen von Nelly un geht auf n Pott.

– Ich habe nie irgendwen nen Spitzel genannt, sagt Nelly zu mir, als Larry weg is, – aber denk dran, was ich gesagt hab, meint er un nickt dann auch Malky zu.

Aye, Larry sollte besser aufpassen, was er sagt un so. Immer am Aufhetzen, die Fotze. Irgendwas is bei der Fotze im Busch, un er soll bloß aufpassen, dass ich nich dahinter komm, wasses is.

Na gut, wir sind gut drauf auf dem verfickten Koks un alle dafür, n Laden zu wechseln.

Wir genehmigen uns einen im Vine, dann n paar im Swanney's. Hier unten isses immer noch das echte Leith, aber alles ändert sich verdammt schnell. Was mich echt auf die Palme bringt, is, was sie mit m Walk Inn gemacht ham. Ich fass es nich, ich hab da n paar tolle Abende verbracht. Wir gehn noch in n paar andere Pinten un landen dann wieder da, wo wir gestartet sind.

Dieser Jungspund Philip hängt da auch rum. Ausgerechnet hier in dem Pub. Ich will nich, dass der Milchbart mit seinen Kumpels in ner Kneipe rumhängt, wo ich hingeh. – Du verpisst dich, erklär ich ihm.

– Äh, ich wart auf Curtis, er kommt mit dem Wagen rüber, fängt er an. Dann fragt er ganz hoffnungsvoll: – Äh, du kanns mir kein Koks besorgen, oder?

Ich seh mir die kleine Fotze an. – Woher haste n die ganze Asche für Koks?

– Von Curtis.

Aye, klingt ganz plausibel. Die Scheißmeute um Sick Boy, die Fotzenfressen scheinen immer gut bei Kasse zu sein. Mir ham schon n paar Leute erzählt, Renton wär wieder hier gesehn worden, oben inner Stadt un so. Also, wenn Sick Boy den getroffen un mir nix davon gesagt hat …

Aber der kleine Philip hängt immer noch hier rum. Ich geb Sandy Rae, der mit Nelly anner Theke sitzt, mit dem Kopf n Zeichen. Larry un Malky sind knülle un spielen am Daddelautomat. Sandy kommt rüber. Vertickt dem Kleinen n paar Grammbriefchen. Der große, schlaksige Jungspund, der mit dem Riesenschwengel, kommt rein, dann gehnse raus un klettern ins Auto, un ich kann sie noch losbrausen hörn.

Nelly kommt zu mir, un wir gucken beide zu Larry un Malky rüber. – Wylie, die Fotze, macht mich schon n ganzen Abend so komisch an, sagt Nelly.

– Aye, mein ich.

– Eins sag ich dir, Franco, der hat Glück, dass er dein Freund ist, sonst hätt ich der Fotze schon längst n paar vor die Fresse gehaun. Er sieht zu Larry rüber. – Beschissene Großschnauze.

– Lass dich nich aufhalten, erklär ich ihm.

Also geht Nelly rüber und knallt Larrys Kopf n paar Mal gegen den Daddelautomat. Dann dreht er ihn rum un verplättet ihm sauber eine. Larry fällt um, un Nelly stiefelt auf ihn ein. Malky legt ne Hand auf Nellys Schulter un sagt: – Das reicht.

Nelly hört auf, un Malky hilft Larry auf un bringt ihn raus. Larry dreht sich zu Nelly um un sagt irgendwas, hebt mit letzter Kraft ne Hand un will mit m Finger auf ihn zeigen, aber Malky zerrt ihn aus m Pub.

– Verfickte linke Sau, sagt Nelly und guckt mich dabei an.

Ich denke mir, gut, Nelly un ich sind Kumpels, aber irgendwann demnächst heißt es mal er oder ich, so viel is sicher. – Die Fotze hat ja den ganzen Abend praktisch drum gebettelt, bestätige ich. Malky kommt schon bald wieder rein. – Hab ihn mit nem Zehner in n Taxi gesetzt un ihm gesagt, er soll sich verpissen. Is aber nix Schlimmes mit ihm, nur n bisschen benommen.

– Hatter noch ne dicke Lippe riskiert? fragt Nelly. – Kann jederzeit n Rückspiel ham, wann immer er will.

– Aye, aber nimm dich in Acht vor der Fotze, meint Malky, – der hat immer n Scheißmesser dabei un vergisst nie was.

– Ich vergess auch nie was, meint Nelly, aber man merkt, dasser jetz nachdenklich geworden is. Un morgen früh wirds dann heißen, ›Oh Scheiße, ich hab zu viel Koks un so eingepfiffen und am Schluss Larry plattgemacht‹. Denn Fotzen wie der brauchen dazu Koks un n paar Bier. Das is der Unterschied zwischen mir un ihm.

68
Linkerei Nr. 18751

Jedes Mal, wenn ich Nikki zu Haus besuche, ist er da, hängt rum und schnüffelt wie ein liebeskranker Trottel hinter dieser Dianne her. Schon bizarr, dass wir beide mit Mädchen zusammen sind, die sich eine Wohnung teilen. Jetzt gerade liegt der Rent Boy auf der Couch, wartet, dass Ms Dianne fertig wird, und liest ein Buch über Pornografie und Sexarbeiterinnen, was immer das sein soll. Er hat die passende Frau gefunden; ich kann mir gut vorstellen, wie sie rumsitzen und intellektuell übers Ficken diskutieren, ohne es je richtig zu tun. Ich hab ihm und seiner neuen Schnitte die Chance auf n bisschen Action mit echten Insidern angeboten, und er sagt, ›Ich liebe meine Freundin. Was soll ich da mit diesem Scheiß?‹ Oh Verzeihung, Euer Großkotzigkeit.

Er stützt seinen blöden roten Schädel auf den Unterarm. – Hör mal, Si, ich versuch, Second Prize aufzuspüren. Weißt du, wo der steckt?

Darüber bin ich ziemlich entgeistert. Second Prize darf er auf keinen Fall begegnen. – Warum zum Gottfuckerbarmen willst du den denn treffen?

Rents setzt sich auf, beugt sich vor, scheint zu überlegen, und entscheidet sich dann, nicht zu lügen. – Ich will ihm seinen Anteil von der Kohle geben. Von damals in London. Ich hab jetzt alle ausgezahlt, na ja, bis auf ihn und Du-weißt-schon-wen.

Renton ist ein Idiot. Der widerwillige Respekt, den mir der Kerl mal abgenötigt hat, verflüchtigt sich rapide. Und von so einem Trottel hab ich mich linken lassen? Nein, er war bloß ein verzweifelter, dummer Junkie, der einmal im Leben Schwein hatte. – Du bist ja bescheuert. Das ist pure Geldverschwendung. Stell doch gleich einen Scheck auf die Tennent-Caledonian-Brauereien aus.

Rents steht auf, als Dianne und Nikki hereinkommen. – Ich hab gehört, er wär trocken. Er soll jetzt religiös geworden sein.

– Kann ich mir nicht vorstellen. Versuch's mal bei den Missionen oder Wohnheimen. Oder den Kirchen. Die versammeln sich alle am Scrubber's Close, die ganzen religiösen Alkis, oder?

Ich muss einräumen, dass Dianne sexy aussieht, auch wenn sie Nikki selbstverständlich nicht das Wasser reichen kann. (Na ja, die geht ja auch mit Renton.) – Ihr seht toll aus, Ladys, strahle ich. – Wir müssen in einem früheren Leben brave kleine Jungs gewesen sein, dass wir das verdient haben, was, Alter? grinse ich Rents an.

Renton reagiert mit einem leicht gequälten Blick, geht hin und küsst Dianne. – Okay ... können wir?

– Aye, sagt sie, und als sie gehen, rufe ich: – Wenn ihr nicht könnt, ich kann immer!

Ich erhalte keine Antwort. Diese Dianne mag mich überhaupt nicht, und sie bringt Rents gegen mich auf. Ich schaue Nikki an. – Das mit den beiden scheint ja was richtig Festes zu sein, sage ich, um etwas Restwürde in der Stimme bemüht.

– Oh Gott, meint sie theatralisch, – das muss L-I-E-B-E sein!

Am liebsten würd ich ihr sagen, pass bloß auf deine Freundin auf bei dieser schleimigen, kalthäutigen nordeuropäischen Klapperschlange. Aber die Strategie finde ich geistlos, in Gracemount muss man um Grazie bemüht sein. Seit sie das von Cannes gehört hat, ist Nikki völlig abgehoben und gebärdet sich wie eine Hollywooddiva der goldenen Ära. Das ist nicht unbemerkt geblieben. Terry redet von ihr nur noch als Nikki Fuller-Shit.

Sie ist so von sich selbst betört, dass sie beschließt, sich ein weiteres Mal umzuziehen. Sie zieht was Blau-Schwarzes an, das ich vorher noch nie gesehen hab. Es ist nicht ganz so entzückend wie das, was sie gerade ausgezogen hat, aber ich heuchle massive Begeisterung, damit wir nicht noch den ganzen Abend hier sind. Sie quasselt permanent über Cannes. – Mensch, wem wir da wohl begegnen werden! Ich in Cannes! Darum schlüpfe ich lieber kurz in Diannes Zimmer und schnüffle ein bisschen rum.

Ich sehe diesen Report, an dem sie arbeitet, und lese ein paar Seiten.

> Mit zunehmend kritischerer Verbraucherhaltung bedient die Sexindustrie, wie die anderen Industrien auch, spezielle Marktsegmente. Es ist sicherlich richtig, dass ein Zusammenhang zwischen Armut, Drogenmissbrauch und Straßenprostitution besteht, doch repräsentiert dies nur einen sehr kleinen Teil dessen, was heute die größte und facettenreichste Industrie in Großbritannien darstellt. Nichtsdestotrotz sind unsere populären Vorstellungen von Sexarbeiterinnen nach wie vor zum größten Teil vom Stereotyp ›Bordsteinschwalbe‹ geprägt.

Was für einen Scheiß bringen sie denen heute an der Uni eigentlich bei? Abschlüsse in theoretischer Hurerei? Ich sollte da selber mal hingehen und meinen Ehrendoktortitel einfordern.

Wir gehen auf einen Drink ins City Café, und ich erspähe Terry, der gerade versucht, eine Studentin hinter der Theke anzubaggern. Wie es aussieht, hat er den Laden zu seiner Stammkneipe erkoren. Ich will Nikki signalisieren, dass wir raus und lieber rüber ins EH1 gehen sollten, aber sie hat es nicht mitbekommen, und jetzt hat uns Lawson entdeckt.

– Sicky un Nikki! brüllt er und meint dann zur Thekenfrau: – Eine Runde für meine lieben alten Freunde, Bev, er grinst und packt dann Nikkis Arsch. – Stahlhart, Hübsche, du hast was für die Figur getan. Nicht ein Gramm zu viel.

– Eigentlich war ich in letzter Zeit ziemlich faul, sagt sie auf diese träge, verkiffte Art. Wieso lässt sie sich so von dem betatschen, verdammt? Als Nächstes lässt sie sich von ihm den Schwanz in die Möse stecken, und er sagt dazu: ›Mmh, feste Scheidenwände. Hast du Beckenbodengymnastik gemacht?‹ Ich bedenke Terry mit einem Blick, der sagen soll: Die Partie gehört zu mir, Lawson, du Wichser.

Für ihn bin ich gar nicht da. – Na, fällt aber nich unangenehm auf, das kannste mir glauben. Ich könnte glatt auf die Knie fallen und deinen Arsch anbeten. Also, wenn dir dieser Glückspilz hier, er würdigt mich eines flüchtigen Nickens, – mal Kummer machen sollte, weißt du, an wen du dich wenden kannst.

Nikki grinst, kneift in Terrys Rettungsringe und sagt: – Wie ich dich kenne, Terry, würdest du noch viel mehr wollen? Als ihn nur anzubeten?

– Nur zu wahr. Wo wir gerade dabei sind, wie wär's mit einem Stag-Abend? Ich war im Krankenhaus und bin als geheilt entlassen.

– Ach ja? Haben sie deinen Kopf auch untersucht? frag ich. – Das muss Station 45 gewesen sein, die Geschlossene.

– Ich bin also willens und fähig, sagt er, mich erneut ignorierend.

– Tja, Terry, wir haben da ein kleines Problem. Ich erzähl ihm das mit der Zeitung und dass ich keine Öffentlichkeit möchte, solang der Film nicht raus ist.

– Dann halt in meiner Bude. Trotzdem, trinken wir auf Cannes. Das wird n Hammer! Freut mich für euch, sagt er mit einem Grinsen, das mich frösteln lässt. Dann legt er mir einen Arm um die Schulter. – Tut mir Leid, dass ich erst so sauer war, Alter. Nur der blanke Neid. Aber nem alten Kumpel kann ich den Erfolg doch nich missgönnen.

– Hätten wir ohne dich nicht geschafft, Terry, sage ich, ziemlich geplättet von seiner Großmut. – Nett von dir, dass du die ganze Sache so gut aufnimmst. Ist einfach eine Geldfrage, Kumpel. Es kostet ein Vermögen, nach Cannes zu fahren, selbst für die paar Tage. Aber wenn der Schotter reinkommt, werd ich dich nicht vergessen.

– Kein Problem. Ich hab in der Zeit eh ein, zwei Sachen zu erledigen. Und Rab hat damit auch kein Problem. Hab neulich mit ihm geredet. Zu viel am Hals mit dem Kind und der Uni und so.

– Wie geht's Roberto? frage ich.

– Gut, glaub ich. Ich würd so n Leben in häuslicher Langeweile ja nicht aushalten, legt er los. – Hab's mal probiert. Nee, nix für mich.

– Für mich auch nicht, pflichte ich ihm bei, – ich bin vom Temperament her nicht langstreckentauglich. Mit Verantwortung kann ich umgehen, ich brauche sie sogar hin und wieder in längerfristigen Schüben, aber nicht auf Dauer.

– Er hat uns alle von Zeit zu Zeit mal gelinkt, grummelt Nikki zufrieden; der Drink ist ihr zu Kopf gestiegen, genau wie das beschissene Dope, das sie den ganzen Tag geraucht hat. So was von verkifft, und da wundert sie sich, dass sie es als Sportlerin nicht weit gebracht hat! – Und trotzdem lieben wir ihn dafür.

– Na ja, gelegentlich, sagt Terry.

– Ja. Wieso ist er so? Warum ist er so manipulativ? Ich glaube, das kommt daher, dass er in einem Haushalt mit lauter Frauen aufgewachsen ist, die ihn vergötterten. Genau, das ist dieses italienische Ding. Er weckt die mütterlichen Instinkte, die in allen Frauen schlummern, verkündet sie lauthals.

Nikki fängt an zu ätzen. Man kann's nicht anders sagen. Ich weiß nicht, aber diese Neigung zum Psychologisieren verliert nach einer Weile ihren Reiz. Meine Ex-Frau hat das auch immer gemacht, und eine Zeit lang fand ich es ja ganz nett. Das gab mir das Gefühl, ihr würde was an mir liegen. Aber dann merkte ich, dass sie das bei jedem machte, dass es nur eine Angewohnheit war. Schließlich war sie Jüdin, aus Hampstead und dann noch aus ner Familie von Medienfotzen; was will man da erwarten? Irgendwann war ich es dann leid.

Und Nikki nervt jetzt auch. Mittlerweile denke ich mir schon Vorwände aus, um nicht mit ihr zusammen zu sein. Ich kenne dieses Warnsignal: Ich fange an, mich nach hässlicheren, plumperen, weniger anmutigen, weniger intelligenten Mädchen umzugucken, aber das mit nem Riesenrohr. Mir wird klar, dass es nur noch eine Frage der Zeit ist, bis ich Nikki abschieße für eine, die ich nach fünf Minuten hassen werde. Und sie ist auch gar nicht der tolle Fick, für den sie sich hält, mit ihrem ganzen Gymnastik-Scheiß. Zunächst mal ist sie eine faule Kuh. Immer im Tiefschlaf, liegt den ganzen Tag rum, eine typische Scheißstudentin, während ich mit den Vögeln aufstehe. Schlafen war noch nie mein Ding: Zwei oder drei Stunden pro Nacht reichen mir völlig. Ich bin es leid, nachts mit einem Ständer aufzuwachen und einen warmen Kartoffelsack bumsen zu müssen.

Aber sie sieht so schön aus; woher kommt es dann, dass ich mittlerweile praktisch alles lieber mache, als mit ihr nach Hause zu gehen und sie zu ficken? Es läuft doch erst ein paar Monate. Habe ich schon die Nase voll von ihr? Ist meine Schmerzschwelle wirklich so niedrig? Unmöglich. Wenn doch, dann hab ich wirklich ein Problem.

Wir gehen zurück zu ihr, und sie zeigt mir ein paar Fotos in einem dieser neumodischen Wichsvorlagen-Männermagazine, die sich mittlerweile nicht mehr von reinen Tittenheften unterscheiden lassen. Diese andere Ex-Turnerin, diese Carolyn Pavitt, ist auf dem Cover. Die, die Nikki kennt, die, von der sie besessen ist.

– Die ist hässlich, bemerke ich wegwerfend. – Nur weil sie bei den Olympischen Spielen war und so oft im Fernsehen ist, wollen viele Typen sie bumsen. Ein reiner Prestigefick, das ist alles.

– Du würdest sie trotzdem ficken. Wenn sie jetzt durch die Tür da käme? Du würdest mich ignorieren und dich auf sie stürzen, sagt sie mit echter Gereiztheit in der Stimme.

Dieser Blödsinn wird mir wirklich zu viel. Sie ist total eifersüchtig und beschuldigt mich, es auf eine abgesehen zu haben, die ich noch nie bewusst wahrgenommen hab, bis sie mir Sekunden zuvor ein Bild von ihr unter die Nase gehalten hat. Ich stehe auf und will gehen. – Versuch's mal mit ein bisschen Selbstkontrolle, sage ich nachdenklich, als ich gehe. Sie knallt die Tür hinter mir zu, und ich kann einen recht beeindruckenden Schwall von Verwünschungen von der anderen Seite hören.

69
BULLEN

Diese Drecksau Donnelly hat n Messer und rammt es mir rein, un ich bring die Hände nich hoch, um ihn zu schlagen, es is, als wärn sie tonnenschwer, als würd sie wer festhalten oder als wärn sie aus beschissenem Blei, un jetzt stürzt sich dieses Tier, dieser Chizzie, auf mich, un ich tret nach ihm, un er sagt: – Ich liebe dich, Sportsfreund … danke, Sportsfreund …

Un ich brüll: – LASS MICH LOS, DU DRECKIGE KINDERFICKERSAU, ICH MACH DICH ALLE … aber ich kann meine Scheißarme immer noch nich bewegen, un die Fotze kommt näher … un dann hämmert es laut …

Ich werd im Bett wach, un ihr Kopf liegt auf meinem Arm, es war bloß n bescheuerter Traum, aber das Hämmern geht weiter, un aye, es is n Klopfen anner Tür, un sie wacht auf, un ich sag: – Mach ma auf …

Dann stehtse auf, total verschlafen, wa, aber als sie zurückkommt, is sie hellwach un beunruhigt und flüstert: – Frank, es is die Polizei, für dich.

DIE DRECKIGEN BULLEN …

Irgendne Fotze hat das von dem Kinderficker ausgeplaudert … Murphy … vielleicht is die Fotze im Krankenhaus gestorben oder die Pissflitsche von Alison hat mich verpfiffen … Second Prize, die miese Fotze … die alten Zausel …

– Okay … ich zieh mich schnell an, du hälts die Fotzen auf, erklär ich ihr, un sie geht wieder raus.

Ich zieh mich so schnell an, wie ich kann. Aye, Second Prize, die Fotze, hat über den Kinderficker gequatscht! Du solls nicht töten oder so n Scheißdreck … oder Murphy … kam mir vor, als ob er die ganze Story kannte …

FOTZE … FOTZE … FOTZE … FOTZE …

Ich guck, wie weits vom Fenster nach unten is, ich könnte übers Regenrohr innen Hof un übern anderes Treppenhaus raus. Aber vielleicht sitzen vorm Haus noch mehr von denen in ner Bullenwanne … nee, wenn ich stiften geh, bin ich geliefert … Frechheit siegt, vielleicht geht's gut … Donaldson erreichen, den verdammten Anwalt … wo is das Scheißhandy? …

Ich pack in meine Jackentasche … das Handy is tot, ich hab das Drecksding nie aufgeladen … Fuck …

Es klopft anner Tür. – Mr Begbie?

Da sin schon die Scheißbullen. – Aye, Moment noch.

Wenn die Fotzen irgendwas wollen, ich sag nix, ich geh direkt ans Scheißtelefon un ruf Donaldson an. Ich hol tief Luft un komm raus. Es sin zwei Polypen da: n Typ mit Henkelohren, die unter seiner Mütze rausstehen, un ne Torte. – Mr Begbie, fängt die Schnitte an.

– Aye.

– Wir sind hier aufgrund eines Vorfalls Anfang der Woche in der Lorne Street.

Ich überleg: Das mit Chizzie war nich in der Lorne Street …

– Ihre Ex-Frau, Ms June Taylor, hat eine Klage auf Unterlassung gegen Sie erwirkt. Sie sind sich bewusst, dass per einstweiliger Verfügung ein Annäherungsverbot gegen Sie ausgesprochen wurde, bis der Sachverhalt vor Gericht geklärt werden kann, erzählt die Polizistenische so oberwichtig, wa.

– Äh … aye …

Ich guck auf den Schrieb, den sie mir gibt. – Ich habe hier eine Kopie mit den für Sie geltenden Auflagen. Sie sollten bereits eine Ausfertigung davon erhalten haben. Wenn ich Ihnen den Inhalt in Erinnerung rufen darf, zirpt die Bullette schon beinah, – Ihnen ist ausdrücklich jede Kontaktaufnahme mit Ms Taylor untersagt.

Der andere Bulle schaltet sich ein. – Ms Taylor gibt an, Sie hätten sich ihr auf dem Leith Walk genähert, sie angeschrien und die Lorne Street hinunter verfolgt.

SCHWEIN GEHABT!

Es is nur wegen June, der Fotze! Ich bin dermaßen erleichtert, dass ich einfach loslachen muss, un die sehn mich an, als hätt ich den Kittel am Brennen, dann sag ich: – Aye … tschuldigung, Officer. Ich bin ihr nur zufällig begegnet und wollt mich dafür entschuldigen, wie ich mich ihr gegenüber benommen hab, ihr sagen, dass es n Missverständnis war. Ich hatte da was falsch verstanden un mich leicht im Ton vergriffen. Allerdings, sag ich, heb mein Hemd hoch und zeige die Wunde, – is sie mit m Messer auf mich losgegangen, un dann hat sie die verdammte Frechheit, mich anzuzeigen.

Kate nickt heftig und meint: – Das stimmt! Sie hat Frank mit nem Messer gestochen. Sehn Sie mal!

– Aber ich hab nix gesagt, meine ich achselzuckend, – der Kinder wegen, wissense.

Das Polizeigirl meint: – Schön, wenn Sie Anzeige gegen Ihre Frau erstatten wollen, steht Ihnen das frei. In der Zwischenzeit beachten Sie die Auflagen und halten sich von ihr fern.

– Machen Sie sich da mal keine Sorgen, sag ich lachend.

Der andere Bulle mit den Henkelohren will jetz kraftmeiern, soll wahrscheinlich das Polizeimäuschen beeindrucken. – Das hier ist kein Spaß, Mr Begbie. Sie können ernsthafte Schwierigkeiten bekommen, wenn Sie Ihre Ex-Frau belästigen. Habe ich mich klar genug ausgedrückt?

Ich überlege, dass ich die unterbelichtete Stange Pisse einfach so lang anstarren sollte, bis ihm die Augen tränen un er wegguckt, un ich weiß, das wird er, aber ich will nich, dass sie mich als Krawalltypen abstempeln un mir Druck machen, deswegen sag ich bloß lächelnd: – Ich halt mich bestimmt von ihr fern, machen Sie sich da mal keine Sorgen, Officer. Wärn Sie bloß schon vor zehn Jahren hier gewesen, um mir das zu sagen, da hätten wir uns viel geplatzte Seifenblasen erspart!

Die gucken bloß weiter streng. Da versuchste, n bisschen Humor zu beweisen, wa, aber so miesepetrige Fotzen raffen es einfach nich. Von June halt ich mich fern, meinetwegen, aber es gibt da n paar andere Fotzen, für die das nich gilt.

70
Autofahrn

Ali is ganz toll gewesen, muss man echt sagen, war jeden Tag da. Dem Kurzen ham wir erzählt, ich hätt n Autounfall gehabt, un ›Onkel Frank‹ hätt mich gerettet. Sie is hin zu Joe, Francos Bruder, un hat ihm erklärt, sie brauchen sich keine Sorgen machen, dass irgendwer irgendwas auspackt. Sollte sich eigentlich von selbs verstehn, aber Franco is ja nu mal so para. Ich hab Ali gesagt, sie soll das Geld nehm un auf ihr Konto einzahlen. Es is für sie un den Kurzen, sie kanns verwenden, wie sie will.

Ich hab n Kiefer gebrochen, es is alles so verdrahtet, dass ich voll nix Festes essen kann, dann drei gebrochne Rippen, gebrochne Nase un ne Oberschenkelfraktur. Außerdem hab ich schlimme Prellungen un ne Naht mit achtzehn Stichen auf m Kopf. Das *is* quasi voll so, als hätt ich n Autounfall gehabt.

Ich komm bald raus, un Ali hat schon überlegt, zurückzukommen. Aber ich will auf keinen Fall, dass sie un Andy bei mir sin, solang Begbie auf m Kriegspfad is. Ich muss das erst mit ihm ins Reine bringen. Es ist n Schlamassel, n Riesenschlamassel, aber das Verrückte is, ich hab was draus gelernt, Alter. Ich hab das Gefühl, dass ich jetz klarer seh. Ich hab Ali mit meiner blöden Nuschelstimme gesagt: – Für mich gäbs auf der Welt nix Schöneres, als dasste zurückkomms, aber du hasses selbs gesagt. Ich muss es erst mal auf die Reihe kriegen, allein zurechtzukommen, damit ich auch was im Haushalt tun kann un kochen un so was alles, wenn ihr zurückkommt. Ich würd gern erst mal den kleinen Kerl un dich besuchen kommen un – sag ich mal – dich auf n schickes Date ausführn.

Sie hat gelacht un mein lädiertes Gesicht geküsst. – Das wär toll. Aber du kanns nich allein nach Haus, Danny, nich in dem Zustand.

– Sin doch bloß n paar Kratzer. Ich hab ja immer schon gedacht, dass Franco eigentlich n Weichei is, nuschele ich durch den verdrahteten Kiefer.

Ali muss los und den Kurzen abholn, aber als ich entlassen werd, sin meine Ma, unsere Shauna un Liz da un bringen mich nach Haus. Sie machen den Ofen an un was zu essen un machen sich dann, ich sag mal, recht zögerlich zum Aufbruch bereit. – Das is doch dumm, Danny, sagt Liz, – komm doch mit zu uns.

– Aye, komm mit mir nach Haus, Junge, sagt meine Ma.

– Nee, ich komm zurecht, erklär ich ihnen, – keine Bange.

Sie gehn, un wie sich später am Abend rausstellt, war das ne echt gute Entscheidung, denn es hämmert einer an die Wohnungstür. Auf keinen Fall mach ich auf. – Biste da drin, Murphy? brüllt der Kerl un macht n Briefschlitz auf. Obwohl ich bei ausgeschaltetem Licht dasitz, spür ich richtig, wie die Augen des Bösen die Diele scannen. – Wär besser für dich, wenn nich, denn wennde bloß die Scheißtür nich aufmachs …

Ich hab n Riesenschiss, aber ich denk, das is typisch Franco. Was würd denn passieren, *wenn* ich die Tür aufmach? Aber er haut wieder ab.

Ich schlaf im Sessel ein, weil das grad so gemütlich is, aber nach ner Weile schlurf ich doch nach hinten in mein Bett un wach erst am nächsten Morgen auf, als wieder einer an der Tür is. Ich denk, das is wieder er, aber er isses nich.

– Spud … biste da?

Es is Curtis. Ich mach die Tür auf un rechne fast damit, dass Begbie dasteht un dem armen kleinen Kerl n Messer an die Kehle hält. – Äh, hallo, Curtis, Alter, ich, äh, leb momentan n bisschen zurückgezogen.

– Wegen B-B-Begbie, oder? Ich weiß das, weil Ph-Philip öfter mit dem zusammensteckt.

– Nee, Alter, das warn n paar üble Typen, die kriegten noch Geld von mir. Franco hat das für mich geregelt, quasi, erklär ich ihm; er weiß, dass ich n schlechter Lügner bin, aber er weiß auch, dass ich lüg, um ihn zu schützen, um ihn aus der Sache rauszuhalten. – Also, fang ich an, – ich hab gehört, du fährs zu n Filmfestspielen nach Cannes. Nich übel.

– Aye, meint er ganz begeistert, – aber es sin nich die echten, nur die für Pornofilme … sagt er noch, aber ich wünsch ihm viel Glück. Curtis ist n richtig lieber Junge, sag ich mal. Der hat mich regelmäßig im Krankenhaus besucht. Hat momentan nen Riesenspaß mit seinem Schwanz, aber er vergisst trotzdem seine Kumpels nich, und das rechne ich ihm hoch an. Zu viele Leute vergessen einfach, wo sie eigentlich herkomm, Sick Boy zum Beispiel. Aye, jetzt hält er sich für Werweißwen, aber ich sag da besser nix zu, denn Curtis mag Sick Boy. Aber er hats jetz auch gut; er bumst hübsche Mädchen un kriegt auch noch Geld dafür. Kein schlechtes Geschäft, wenn man so drüber nachdenkt. Ich sag mal, man kann auch auf üblere Art sein Geld verdienen, aber echt. Dann meint er: – Komm mit, ich hab n Wagen. Drehn wir ne Runde. Der ist nich geklaut oder so.

Also fahrn wir mit der alten Karre auf der A1 nach Haddington, un ich sag ihm, er soll Gas geben, un er machts, un ich überleg, dass ich jetzt bloß n Sicherheitsgurt aufmachen un auf die Bremsen treten müsste, um direkt durch die Windschutzscheibe zu fliegen. Aber bei meinem Glück sitz ich dann bloß lebenslang im Rollstuhl oder so. Curtis gegenüber wär das auch nich fair, un ich will doch unbedingt alles wieder gradebiegen, weil ich Ali un Andy hab, oder doch wenigstens die Chance, sie zurückzukriegen. Dostojewski. Versicherungsschwindel. Is doch alles Schwachsinn, irgendwie.

Wir fahrn raus in so nen kleinen Pub auf m Land, zwar nur n paar Meilen weg von Leith, aber ne komplett andere Welt. Aber für mich wär das hier auf Dauer nix. Manchmal denk ich: Wir drei zusammen in nem kleinen Cottage, wie geil das wär, aber dann begreif ich, wie ich mich langweilen würd, nich wegen Andy un Ali, aber durch den Mangel an Reizen generell, sag ich mal.

Ich leih mir Curtis sein Handy aus, ruf Rents an und verabrede mich für abends mit ihm in nem Pub am Grassmarket. Begbie kann ich mir am Grassmarket nicht vorstellen, un wir ham beide echt kein Interesse dran, Begbie zu begegnen.

71
Nutten aus Amsterdam, Teil 10

Spud ist übel zugerichtet. Sein Unterkiefer ist so stark geschwollen, als wollte ihm ein zweiter Kopf aus dem Gesicht wachsen, und er ist außer Puste vom Treppensteigen rauf in Gavs Wohnung. Er will immer noch nicht sagen, wer's war, und mümmelt mit seinem gebrochenen Unterkiefer nur vage was von unangenehmen Typen, denen er Geld geschuldet hat. Sarah ist besonders entsetzt über die schweren Verletzungen des armen Kerls. *Wenn* es Begbie war, dann ist er nicht umgänglicher geworden, kein Stück. Gav und Sarah begleiten uns noch auf ein Glas und gehen dann weg, ins Kino.

– Alle verdrücken sich, wenn ich auftauch, sagt er mit leiser, gedämpfter Stimme, – muss an meiner Persönlichkeit liegen. Aber schön, dass wir wieder Kontakt haben, hm, Mark, brummelt er erwartungsfroh und voller Hoffnung.

Es ist mir zuwider, ihm auch noch diese winzig kleine Seifenblase platzen zu lassen, aber ich heb mein Pint an, stelle es wieder hin und hole tief Luft. – Hör mal, Spud, ich werd nicht mehr allzu lange hier sein.

– Wegen Begbie? fragt er, und plötzlich glimmt Leben in seinen müden Augen auf.

– Zum Teil, gebe ich zu, – aber nicht nur seinetwegen. Ich will mit Dianne wegziehen. Sie ist ihr ganzes Leben lang noch nicht aus Edinburgh rausgekommen und möchte mal was anderes sehen.

Spud guckt mich traurig an. – Na dann ... aber du musst mir noch Zappa zurückbringen, eh du abhaust. Tuste mir den Gefallen, Mark? Mit bandagierten Rippen un bloß einem Arm kann ich die Transportbox für den Kater schlecht tragen, sagt er und deutet mit einer kläglichen Kopfbewegung auf seine Armschlinge.

– Aye, kein Problem, sage ich. – Aber du kannst auch was für mich tun.

– Aye? sagt Spud, und wie er es sagt, verrät, wie ungewohnt es für ihn ist, dass man ihm zutraut, irgendwas für irgendwen zu tun.

– Kannst du mir sagen, wo ich Second Prize finde?

Er sieht mich an, als hätte ich sie nicht alle, was vermutlich auch stimmt, bei dem Scheiß, in den ich mich schon hab reinziehen lassen. Dann lächelt er und sagt: – Okay.

Wir genehmigen uns noch n paar Bier, und dann setze ich Spud bei sich zu Hause ab, ohne selbst aus dem Taxi zu steigen. Anschließend fahre ich wieder zu Dianne, und wir gehen ins Bett. Wir lieben uns und bleiben am nächsten Tag lange liegen, um noch mal dasselbe zu machen. Nach einiger Zeit merke ich, dass Dianne irgendwie nervös und abgelenkt ist. Schließlich sagt sie: – Ich muss aufstehen und über die Diplomarbeit drüberlesen. Nur noch ein letztes Mal.

Ich gehe widerwillig aus dem Haus und rüber zu Gav, damit sie die nötige Ruhe hat. Fuck, der Tag ist pissfeucht und saukalt. Von wegen, der Sommer steht vor der Tür; die Wetterverhältnisse sind immer noch wie im Hochgebirge. Mein Handy vibriert in meiner Manteltasche. Es ist Sick Boy, und das Misstrauen strömt förmlich aus ihm heraus, als ich ihm sage, dass ich nicht gleich nach Cannes mitkommen würde. Ich erkläre ihm, dass ja ohnehin Miz da sein wird und ich erst mal nach Amsterdam muss, um ein paar Dinge im Club zu regeln.

Als ich bei Gav ankomme, erzählt er, dass *er* Sick Boy und Nikki in der Stadt über den Weg gelaufen ist und sie zum Essen eingeladen hat, zusammen mit mir und Dianne. Ich mache ein langes Gesicht bei dieser Aussicht, und ich glaube kaum, dass Dianne begeistert sein wird. Aber als ich sie später frage, hat sie nichts dagegen, vermutlich weil Nikki ihre Freundin ist.

Als wir uns mit den anderen treffen, zeigt sich Sick Boy von seiner besten Seite oder versucht es zumindest. Er flirtet unverhohlen mit Sarah, aber Nikki scheint das nicht zu stören, sie widmet Gav dafür übertriebene Aufmerksamkeit, der so guckt, als wollte man ihn für einen Vierer einspannen, was bei den beiden ja wahrscheinlich auch der Fall ist.

Nach einer Weile passt mich Sick Boy in der Küche ab. – Ich brauch dich in Cannes! jault er. Er ist doch so scharf drauf, bei der Reise Geld zu sparen; soll die Fotze halt bei mir anfangen. – Ich kann mich nicht einfach so absetzen. Meine ganzen Sachen sind noch in Holland, und die hol ich mir. Ich will nicht, dass Katrin sie sich krallt, und das macht sie bestimmt, wenn ich nicht schneller bin.

Er nickelt und nörgelt besser als Deirdre in *Coronation Street.* – Und wann willst du dann kommen?

– Ich werd am Donnerstag in Südfrankreich sein.

– Das will ich hoffen, ich hab das Scheißzimmer gebucht, schimpft er, dann reißt er flehentlich die Augen auf und schwenkt dabei den Brandy in seinem Glas rum. – Komm schon, Mark, das ist unsere große Stunde, alter Freund. Da haben wir unser Leben lang drauf gewartet. Jungs aus Leith in Cannes, heilige Scheiße! Wir sind im Rennen. Das wird ein unvergessliches Erlebnis!

– Deswegen würd ich es auch um nichts auf der Welt verpassen, erkläre ich ihm, – ich muss bloß vorher noch alles mit Katrin klären. Sie ist verdammt impulsiv ... Ich will nicht, dass sie Kleinholz aus meinen Sachen macht. Und ich kann Martin nicht einfach so hängen lassen. ›Sorry, Alter, ich weiß, wir haben sieben Jahre lang zusammen einen Club geführt, durch dick und dünn, aber jetzt ist mein alter Freund Simon wieder aufgetaucht und möchte, dass ich Pornos mit ihm drehe.‹

Er hebt die Hände und senkt den Kopf, als Sarah mit schmutzigem Geschirr reinkommt. – Schon gut, schon gut ...

Da ich grade Oberwasser habe, nutze ich das aus und füge hinzu: – Ich hab in den letzten neun Jahren verficktnochmal ein Leben geführt. Ich kann das nicht einfach ausknipsen wie einen Lichtschalter, weil du mich wieder als *persona grata* betrachtest, sage ich, während ich zusehe, wie Sarah raustrippelt, als liefe sie auf Scherben.

Er sagt irgendwas darauf, und so zicken und giften wir uns an, bis wir in eine Sackgasse kommen, das boshafte Vergnügen in den Augen des anderen entdecken und lauthals loslachen. – Wir können die Nummer nicht mehr bringen, Simon, sage ich. – Als kleine Jungs war das ja okay, aber langsam klingen wir wie ein altes Tuntenpärchen. Stell dir uns erst mal in zehn Jahren vor.

– Lieber nicht, sagt er und macht bei dem Gedanken ein Gesicht, als kriegte er ein Magengeschwür. – Das Einzige, was uns retten kann, ist a) jede Menge Geld und b) junge Mädchen im Schlepptau. In den Zwanzigern reicht das Aussehen, in den Dreißigern die Persönlichkeit, aber in den Vierzigern muss man entweder reich oder berühmt sein. Simple Milchmädchenrechnung. Alle denken, ich hätte hochfliegende Pläne, aber das stimmt gar nicht. Das ist bei mir eher Bestandssicherung, sozusagen Krisenmanagement.

Es verwirrt mich, dass er sich so öffnet, denn ich merke genau, dass die Fotze hinter der nihilistischen Großspurigkeit absolut ehrlich ist. Darf ich ihn um die Früchte seiner Linkerei bringen? Das kommt mir so grausam vor. Aber um was hätte *er* mich gebracht, wenn Begbie mich gefunden hätte? Nee, Sick Boy ist ne Fotze. Nicht mal, dass er so ein mieser Bastard wäre, er ist einfach nur ultraegoistisch. Wenn man mit den Haien schwimmt, überlebt man nur als größter davon.

Aber er zeigt überraschend viel Verständnis für meine Beweggründe und sagt, es wäre richtig von mir gewesen, England zu verlassen. – England ist runtergewirtschaftet, und wenn man nicht reich oder vermögend ist, ist man Bürger dritter Klasse. Amerika, das ist ein Land, behauptet er, – ich sollte dahin auswandern, meine eigene Kirche gründen und die naiven, leichtgläubigen Yankees durch den Kakao ziehen.

Nikki kommt rein und sagt mit fragend hochgezogenen Augenbrauen zu mir: – Simon und Küchen? Eine schlechte Kombination. Sie mustert ihn. – ... Benimmst du dich auch?

– Geradezu vorbildlich, sagt er. – Aber komm, Rents, kehren wir in den Schoß der Kirche zurück. Wir wollen die Mädchen doch nicht alle Temps überlassen.

Wir sitzen wieder um den Tisch herum, und Sick Boy, Gav und ich streiten uns wie in alten Tagen über den Text von ›Giving It All Away‹ von Roger Daltrey. – Es heißt ›I'd know better now, giving it all away‹, meint Sick Boy.

– Nee, sagt Gav kopfschüttelnd, – es heißt ›I know better now‹.

Ich wisch das alles beiseite. – Beide Positionen sind doch nur unbedeutende, kleinliche Besserwisserei, die an der Grundaussage des Songs gar nichts ändert. Wenn ihr hinhört, genau hinhört, werdet ihr feststellen, dass es ›*I'm no* better now‹ heißt, wie in ›*not* any better now‹. Ich bin immer noch derselbe. Ich hab nichts dazugelernt.

– Quatsch mit Soße, schnaubt Sick Boy, – in dem Stück geht's darum, aus der Warte des Älteren, Reiferen zurückzublicken.

– Aye, stimmt Gav zu, – so eine ›Wenn ich damals gewusst hätte, was ich heute weiß‹-Sache.

– Nein, da täuscht ihr euch beide, behaupte ich. – Hört euch Daltreys Gesang an, das ist Wehklagen, das hat so was Niedergeschlagenes; die Geschichte eines Kerls, der sich irgendwann mit den eigenen Grenzen abfindet. ›I'm no better now‹, weil ich nämlich derselbe kaputte Typ bin, der ich schon immer war.

Sick Boy reagiert darauf äußerst feindselig und ereifert sich, als ginge es um was Wichtiges. – Du weißt doch gar nicht, wovon du sprichst, Renton. Er wendet sich an Gav. – Sag's ihm, Gav, sag's ihm!

Der gute Mr Williamson scheint das ein bisschen persönlich zu nehmen. Der Streit geht weiter, bis Dianne sich einschaltet. – Wie könnt ihr euch über so trivialen Scheiß dermaßen aufregen? Sie schüttelt den Kopf und wendet sich an Nikki und Sarah. – Ich würd gern bloß mal *einen* Tag in deren Köpfen verbringen, nur um mal zu spüren, wie das ist, wenn einem so viel Müll dadrin rumschwimmt, und sie streicht mir mit einer Hand über die Stirn, während die andere auf meinen Oberschenkel fällt.

– Eine Stunde würd mir schon reichen, behauptet Sarah.

– Aye, meint Sick Boy mutig, der jetzt einsieht, wie geisteskrank das Ganze ist, und mich angrinst. – In den alten Zeiten hatten wir immer Begbie, der dann sagte: ›Das is alles n Haufen gequirlte Scheiße und geht mir auf n Senkel, also halt die Fresse, oder ich schlag dir die Zähne ein.‹

– Aye, zu viel Demokratie kann tödlich sein, lacht Gav.

– Dieser Begbie scheint ja ein echt origineller Typ zu sein. Den würde ich gern mal kennen lernen, erklärt Nikki.

Sick Boy schüttelt den Kopf. – Nein, würdest du nicht. Ich

mein, er steht eigentlich nicht so auf Mädchen, kichert er, und Gav und ich stimmen mit ein.

– Eigentlich auch nicht auf Jungs, was das angeht, füge ich hinzu, und wir bepissen uns fast.

Nach einer Weile kommt Nikki wieder auf Cannes, was, wie Dianne mir erzählt hat, jetzt ihr Hauptgesprächsthema ist, und Sarah und Gav kriegen sich in die Wolle. Dianne und ich nehmen das als Anlass zum Aufbruch, und sie sagt so was wie, sie müsste noch einen Ausdruck von ihrer Diplomarbeit machen. Dummerweise schließen Nikki und Sick Boy sich uns im Taxi an.

– Diese Sarah ist ja ein Schuss, erklärt Sick Boy.

– Au ja, oder? sagt Nikki heiser, das Gesicht vom Trinken gerötet und verschwitzt.

– Ich hab einen Vierer angeregt, aber dafür war sie nicht zu haben, bestätigt Sick Boy meinen Verdacht. – Temps wirkte auch leicht verärgert, fügt er hinzu. Dann wendet er sich an Dianne. – Nicht, dass du denkst, ich steh nicht auf dich, Di, ich hab dich nur nicht gefragt, weil du im Doppelpack kommst, und der Gedanke an Rents splitternackt …

Ich hatte ihr allerdings längst anvertraut, dass die Fotze bei mir deswegen schon angeklopft hatte. Sie guckt ihn vernichtend an und beginnt sich mit Nikki zu unterhalten, die einen ziemlich betrunkenen Eindruck macht. Wir gehen hoch in die Wohnung und in die jeweiligen Zimmer, und ich kann hören, wie Nikki und Sicky, wie Terry ihn nennt, sich betrunken rumstreiten.

Ich fange an, die letzte Fassung von Diannes Diplomarbeit zu lesen, während sie im Bad ist. Ich verstehe nicht allzu viel davon, was ich als gutes Zeichen werte, aber es sieht, na ja, richtig akademisch aus; Rechercheergebnisse, Querverweise, Fußnoten, ausführliche Bibliografien etc., und es liest sich ganz gut. – Scheint hervorragend zu sein, sage ich ihr, als sie reinkommt, – ich mein, soweit ich was davon verstehe. Aber für nen Laien liest sich das ganz gut.

– Es ist ein Bestanden, aber wohl nicht mit Auszeichnung, sagt sie ohne eine Spur von Mutlosigkeit.

Wir reden darüber, was sie nun machen wird, nachdem sie fertig ist, und sie küsst mich und sagt: – Apropos Laien, leih mir doch mal deinen Schwanz, wobei sie meinen Reißverschluss aufmacht und meinen steif werdenden Schwanz rausholt. Sie hält ihn fest in der Hand und fährt sich mit der Zunge über die Lippen. – Das hier werd ich machen, erklärt sie mir. – Und zwar immer und immer und immer wieder.

Ich denke mir: Noch öfter als ohnehin schon können wir es doch unmöglich tun.

Wir bleiben im Bett und wachen erst spät am nächsten Morgen wieder auf. Ich bringe zwei Becher Tee ans Bett und komme zu dem Entschluss, dass ich Dianne endlich alles erzählen muss, die ganze Geschichte. Und das tue ich. Ich bin nicht sicher, wie viel sie bereits wusste oder sich zusammengereimt hat, aber sie wirkt nicht besonders überrascht – allerdings tut sie das ja nie. Ich ziehe mich an, einen Fleecepullover und Jeans, während sie aufrecht im Bett sitzt. – Und jetzt willst du also einen alkoholkranken Freund aufspüren, den du fast zehn Jahre lang nicht gesehen hast, und ihm dreitausend Pfund bar auf die Hand geben?

– Aye.

– Hast du dir das auch wirklich gut überlegt? fragt sie mit einem Gähnen, während sie sich wachräkelt. – Ich bin ja nicht oft einer Meinung mit Sick Boy, aber du könntest dem Knaben mehr schaden als helfen, wenn du ihm so viel Geld auf einmal gibst.

– Es ist seine Kohle. Wenn er beschließt, sich zu Tode zu saufen, dann ist es eben so, erkläre ich ihr, aber ich weiß, dass es mir nur um mich geht, um *mein* Bedürfnis, reinen Tisch zu machen.

Die Kälte scheint sich im Gewebe der Stadt festzusetzen. Sie ist wie eine Krankheit, von der sich diese alte Stadt nie ganz zu erholen scheint, als drohte dem Wetter angesichts der schneidenden, eiskalten Winde von der Nordsee ständig ein Rückfall in richtigen Winter. Die Mile sieht gespenstisch aus, obwohl die Dämmerung kaum erst eingesetzt hat. Ich trotte über das Kopfsteinpflaster und finde den Close. Ich gehe durch ein schmales Sträßchen, das sich auf einen kleinen, dunklen Hof öffnet, umgeben von hohen alten Mietskasernen. Ein winziger abschüssiger Wall führt nach New Town.

Der Hof ist voller Menschen; alle lauschen einem alten Rauschebart mit wildem, traumatisiertem Blick, der aus der Bibel predigt. Es sind jede Menge versoffene Penner vertreten, aber auch viele AA- und NA-Fälle, die in leidenschaftlichen religiösen Ergüssen ihre Ersatzdroge gefunden haben. Nachdem ich die Menge eine Weile gescannt habe, entdecke ich ihn. Er sieht dünner und gepflegter aus, aber wie ein von irgendwas Genesender, denn genauso ist es ja auch, der eingefrorene Zustand der *Rekonvaleszenz*, ein Status, den die Temperenzlerbewegung in Stein gemeißelt hat. Es ist Rab McNaughton, Second Prize, und ich muss ihm dreitausend Pfund in bar geben.

Ich mache mich vorsichtig an ihn ran. Second Prize war ein enger Freund von Tommy, einer unserer alten Kumpel, der an Aids gestorben ist. Er hat mich immer beschuldigt, Tommy auf Junk gebracht zu haben, und mich sogar mal tätlich angegriffen. Der Mann war schon immer mit einer recht unmissverständlichen Art gesegnet. – Sec … Robert, korrigiere ich mich rasch.

Er sieht mich einen Moment an, registriert mich mit kurzer Geringschätzung und wendet sich dann wieder glühenden Auges dem Prediger zu, um jedes seiner Worte zu verschlingen und an den passenden Stellen mit den Lippen ein ›Amen‹ zu formen.

– Wie geht's? souffliere ich ihm.

– Was willst du? fragt er und wendet mir wieder vorübergehend seine Aufmerksamkeit zu.

– Ich hab was für dich, sage ich zu ihm. – Das Geld, das ich dir schulde … Ich stecke meine Hand in die Manteltasche, fühle das Bündel darin, wobei ich denke, das hier *ist* absolut lächerlich.

Second Prize dreht sich zu mir um. – Du weißt, was du damit machen kannst. Du bist böse; du, Begbie, dieser Pornograf Williamson, Murphy der Junkie … ihr seid allesamt böse. Ihr seid Mörder und Werkzeuge des Bösen. Der Teufel herrscht unten im Hafen von Leith, und ihr, ihr seid seine Erfüllungsgehilfen. Es ist ein sündiger Ort … sagt er, die Augen zum Himmel schlagend.

Ein baffes Gefühl zwischen Belustigung und Wut steigt in mir auf, und ich muss die Versuchung niederringen, ihm zu sagen, dass er absolute Scheiße redet. – Pass auf, ich will es dir geben, also nimm's einfach, und wir sehen uns im nächsten Leben wieder, erkläre ich ihm und stopfe ihm das Geldbündel in die Jackentasche. Eine korpulente Frau mit gelockten Haaren und starkem Belfaster Akzent kommt hinzu und fragt: – Stämmt was näch? Stämmt was näch, Rabört?

Second Prize zieht das Geldbündel aus seiner Tasche und wedelt mir damit vor dem Gesicht rum. – Das hier! Das hier stimmt nich! Glaubste, du kanns mich mit dem Mist kaufen? Dass ihr mein Schweigen kaufen könnt, du un Begbie? Du sollst nich töten! sagt er mit brennenden Augen, dann brüllt er mir ins Gesicht: – DU SOLLST NICH TÖTEN! und besprüht es mit Speichel, während er meine Nerven zerfetzt.

Er wirft das Geld in die Luft, und die Geldscheine wirbeln im Wind. Die Menge begreift plötzlich, was vorgeht. Ein dreckverkrusteter Mann in einem versifften Mantel schnappt sich eine 50-Pfund-Note und hält sie hoch gegens Licht. Ein Crustie stürzt sich aufs Pflaster, und in kürzester Zeit sind alle im Rausch der Habgier und ignorieren den alten Prediger, der, als er das Geld in der Luft herumflattern sieht, seine Predigt vergisst und sich raffend zu den anderen gesellt. Ich mache einen Schritt zurück, greife mir ein paar Hände voll Scheine und stopfe sie in meine Taschen. Ich sage mir, dass ich sie ihm zwar gegeben hab, damit er mit ihnen machen kann, was er will, aber wenn er sich entscheidet, sie unters Volk zu werfen, bin ich mit von der Partie. Ich gehe die Gasse hoch und aus der Einmündung zur Close auf die Mile raus, und ich kann mich des Gedankens nicht erwehren, dass ich grade wahrscheinlich die Säuferpopulation der Stadt zur Hälfte ausradiert und alle trockenen Alkis in den Rückfall getrieben habe.

Ich geh wieder nach Hause zu Dianne und sehe, dass Sick Boy immer noch da ist, pitschnass und mit einem Handtuch um die Hüften. – Morgen in Cannes, grinst er.

– Ich kann's kaum erwarten, nachzukommen, sage ich zu ihm. – Ist ja saublöd mit Amsterdam, aber es muss sein. Wann geht dein Flug?

Er sagt, um elf, deswegen mache ich mit ihm aus, mir mit ihm und Nikki ein Taxi zum Flughafen zu teilen. Beim Frühstück snieft er Koks und legt dann auf der Rückbank des Taxis noch mal nach, wobei er permanent von Franck Sauzee faselt. – Der Mann ist ein verfickter Gott, Renton, ein absoluter Gott. Ich hab ihn neulich mit einer teuren Flasche Wein bei Valvonna and Crolla rauskommen sehen und gedacht, genau das hat uns seit Jahren an der Easter Road gefehlt, diese Art von Klasse, schwadroniert er mit durchgeknallten Augen und mahlendem Kiefer. Nikki ist so stoned und im Cannes-Fieber, dass sie seinen Zustand kaum bemerkt. Ich verabschiede mich von ihnen und behaupte, ich würde den Flieger um halb eins nach Amsterdam nehmen. In Wirklichkeit fliege ich aber nach Frankfurt und von da weiter nach Zürich.

Die Schweiz ist ein scheißlangweiliges Land. Als ich erfuhr, dass Bowie hier lebt, habe ich allen Respekt vor ihm verloren. Aber die Banken sind unübertrefflich. Die stellen tatsächlich keine Fragen. Es zuckt auch wirklich niemand mit der Wimper, als ich das Formular unterzeichne, mit dem ich die Gelder vom Bananazzurri-Konto auf ein Konto überweise, das ich bei der Citibank eingerichtet habe. Na ja, der rundliche, beschlipste und bebrillte Bankmensch erkundigt sich: – Möchten Sie dieses Konto dennoch weiterführen?

– Ja, erkläre ich ihm, – wir müssen die Gelder kurzfristig verfügbar haben, weil die Filmproduktion anläuft, aber die Einlagen werden bald wieder aufgefüllt, da wir bereits Investoren für unser nächstes Projekt gewinnen konnten.

– Wir haben einige Erfahrung in der Finanzierung von Filmen. Es könnte sich vielleicht auszahlen, wenn Sie oder Ihr Partner Mr Williamson sich einmal mit Gustave unterhalten würden, wenn Sie das nächste Mal im Land sind, Mr Renton. Wir können Ihnen zu diesem Firmenkonto ein Produktionskonto einrichten, damit Sie sofort Schecks ausstellen und Rechnungen bezahlen können.

– Hm ... klingt interessant. Das würde uns sicher einige Mühe abnehmen, wenn wir sozusagen alles unter einem Dach abwickeln, sage ich und blicke auf die Uhr, denn ich will keinen Verdacht erregen, bin aber besorgt, aufgehalten zu werden. – Darüber sollten wir uns unterhalten, aber zunächst mal muss ich meinen Flug erwischen ...

– Selbstverständlich ... verzeihen Sie bitte, sagt er, und die Transaktion wird schleunigst ausgeführt.

Und das war's schon. Auf dem Rückflug nach Edinburgh kann ich an nichts anderes denken als an Sick Boy in Cannes.

72
›... die wogenden Wellen ...‹

Wir fliegen Business Class mit British Airways direkt von Glasgow an die Côte d'Azur. Beim Anflug auf den Flughafen von Nizza ist der Himmel wolkenlos blau, und ich kann die wogenden Wellen des Mittelmeers an den goldenen Sandstrand schlagen sehen. Das Zeichen zum Anlegen der Sicherheitsgurte für die Landung leuchtet, aber Simon hat sich zum vierten Mal auf die Toilette begeben und sie, wie man so sagt, erleichtert und belebt wieder verlassen. – Jetzt geht's los, Nikki, jetzt geht's los. Willst du sehen, wie gehandelt, gemauschelt, getrickst und gemaggelt wird?

– Nicht unbedingt ... sage ich, blicke von meiner *Elle* auf und sehe, wie sich seine Nasenflügel weiten. Ich kann Krümel von Kokain in den Nasenhaaren ausmachen.

– Die Fotzen werden nicht wissen, wie ihnen geschieht. Die haben doch noch nie mit einem wie mir zu tun gehabt, schnieft er geringschätzig und reibt sich die Nase. Dann sieht er mich beinahe gequält an und küsst mich sanft auf die Wange. – Du bist ein Kunstwerk, Süße, sagt er, bevor er seine Chamäleonaugen wandern lässt und ein Mädchen mit langen, lockigen Haaren ausmacht, das eine Sonnenbrille am Kopf kleben hat und eine Prada-Jacke trägt. – Guck dir das an, sagt er laut und zeigt auf sie, – die ganze Mühe zunichte gemacht durch eine Manchester-Dauerwelle. Ich wette, sie ist in der Werbebranche. Sie sollte ihren Friseur wechseln ... ach was, sie sollte die Fotze erschießen! sagt er und schiebt herausfordernd den Unterkiefer vor, während ein paar Leute missbilligend mit der Zunge schnalzen und weggucken.

Ich lächle milde, denn ich weiß, dass es nichts bringt, ihn zu bitten, etwas leiser zu sprechen. Jetzt quatscht er mich zu und erzählt mir seine Lebensgeschichte.

– Begbie hat ein Glas geworfen, hat nem Mädchen den Schädel gebrochen … ich hab immer mit nem Luftgewehr auf irgendwelche Fotzen geschossen … Renton war als Kind ein Tierquäler, der hatte was Komisches an sich … man hätte erwartet, dass aus ihm mal ein Serienmörder wird … Murphy hat mein Subbuteo-Team von Coventry City geklaut … ich hab's bei ihm zu Haus entdeckt, und natürlich hatte er es *zufällig grade gekauft*, als meins abhanden gekommen ist … meine Eltern waren keine reichen Leute … das war eine große Anschaffung … meine Mutter, eine anständige Frau, die reinste Heilige, fragt mich: ›Wo ist das schöne neue Team, das wir dir gekauft haben, Junge?‹ … Was konnte ich da sagen? ›Es ist bei dem räudigen Murphy, Mutter. Genau in diesem Moment schibbeln diese Spieler über den alten, abgetretenen Linoleumfußboden im Haus eines diebischen Hungerleiders und werden unter den Füßen achtloser, betrunkener Asozialer zermalmt, die in die Schlafzimmer torkeln auf der Suche nach Kindern, die sie missbrauchen können …‹ Hätte ich das etwa meiner Mutter sagen sollen? Die Wohnung der Murphys, was für ein beschissener Schweinestall …

Ich bin froh, aus dem Flugzeug rauszukommen. Wir holen unser Gepäck, und Simon geht sofort zum Taxistand. – Warten wir denn nicht auf die anderen, die mit easyJet kommen? frage ich.

– Ach, lieber nicht … sagt er vorsichtig. – Hör mal, Nikki, das, äh, Carlton war ausgebucht, deswegen musste ich die anderen im Beverly unterbringen. Aber das liegt immer noch zentral.

– Und eine Preisklasse drunter?

– Das könnte man so sagen, grinst er. – Unsere Suite kostet etwa vierhundert Pfund pro Nacht und deren Zimmer je achtundzwanzig Pfund pro Nacht.

Ich schüttle mit vorgetäuschtem Abscheu den Kopf und hoffe, dass er mein falsches Spiel nicht durchschaut.

– Aber ich brauche eine schicke Hütte fürs Geschäft … protestiert er. – Es vermittelt einen falschen Eindruck, in nem Rattenloch gesehen zu werden … was natürlich nicht heißen soll, dass das Beverly ein Rattenloch ist.

– Ich wette, doch, sage ich. – Das ist ausgesprochen spalterisch, Simon, wir sollten doch ein Team sein.

– Wir reden hier von Lochend und Wester Hailes. Für die *wird* das Luxus sein! Ich denke da auch an sie, Nikki, die wären doch sonst total aufgeschmissen. Kannst du dir Curtis wirklich im Carlton vorstellen? Mel mit ihren Tattoos? Nein, ich möchte weder sie noch mich selbst in Verlegenheit bringen, sagt er großkotzig, den Kopf in den Nacken geworfen, die Sonnenbrille auf der Nase, während wir unser Gepäck zum Taxistand rollen.

– Du bist ein solcher Snob, Simon, informiere ich ihn mit hörbarem Glucksen.

– Unsinn! Ich bin aus Leith, wie könnte ich da ein Snob sein? Wenn überhaupt was, bin ich Sozialist. Ich spiele nur auf der Klaviatur der Geschäftswelt, mehr nicht, mault er und sagt ein weiteres Mal: – Wehe, Renton lässt mich hängen, das wär ja totale Zimmerverschwendung ... bloß gut, dass ich so weitsichtig war, sein Zimmer im Carlton zu canceln und ihn auch im Beverly einzuquartieren ... der Fotze ist nicht zu trauen ...

– Mark ist in Ordnung. Er geht mit Dianne, und die ist ein Engel.

– Zugegeben, er kann unheimlich überzeugend sein, wenn er will. Aber du kennst ihn nicht so gut wie ich. Denk dran, ich bin mit Rents aufgewachsen. Ich kenne ihn. Er ist Abschaum. Sind wir alle.

– So ein unterentwickeltes Selbstwertgefühl, Simon? Das hätte ich nie erwartet.

Er schüttelt den Kopf wie ein Hund, der aus dem Wasser kommt. – Ich meine das in einem positiven Sinn, sagt er. – Aber ich kenne seine Veranlagung. Wenn diese Dianne deine Freundin ist, würd ich ihr raten, auf ihr Portmonnee zu achten.

Wir nehmen ein Taxi zum Carlton und fahren die verstopfte Uferstraße entlang. – Ich wollte eigentlich ins Hotel du Cap, erklärt Simon, – aber das war zu weit weg vom Zentrum des Geschehens und hätte jede Menge Taxifahrten bedeutet. Dies hier liegt direkt an der Croisette, klärt er mich auf, während er den lahmarschigen romanischen Taxifahrer in eindrucksvollem Französisch zurechtweist. – *Vite! Je suis très presse! Est-ce qu'il y a itinéraire de dégagement?*

Schließlich sind wir da und klettern aus dem Taxi. Zwei Gepäckträger kümmern sich sofort um unsere Koffer. – Checken Sie ein, Monsieur, Mademoiselle?

– *Oui, merci*, antworte ich, aber Simon steht immer noch draußen, schaut aufs Meer und beobachtet die wimmelnden Menschenmengen auf der Croisette. Dann dreht er sich zu der großartigen, weiß strahlenden Fassade des edwardianischen Hotels um. – Alles in Ordnung, Simon?

Er nimmt seine Ray Ban ab und steckt sie in die Brusttasche seines gelben Leinenjacketts. – Gönn mir kurz diesen Moment, schnieft er, während er meine Hand drückt, und ich sehe, dass ihm Tränen in die Augen steigen.

Wir treten ins Foyer des Hotels, das von atemberaubender Pracht ist; es wird beherrscht von schwarzen und goldenen Säulen. Man kann drei Marmorschattierungen unterscheiden; grau, orange und weiß, alle enden in prächtigen Blattgold-Kapitellen. Die Kristallkronleuchter, die majestätisch an mächtigen Ketten aus Messing hängen, der Marmorboden, die weißen Wände und die Bogengänge, das alles schreit geradezu Reichtum und Klasse.

Oben im Zimmer gibt einem die dicke Teppichschicht das Gefühl, durch Sirup zu waten. Das Bett ist gigantisch, und der Fernseher hat fünfzig Programme. Das riesige Badezimmer quillt über von Toilettenartikeln, und zur Begrüßung steht in einem Eiskühler eine Flasche Rosé de Provence bereit, die Simon öffnet. Er schenkt uns beiden ein Glas ein, das wir mit nach draußen auf den Balkon mit Blick aufs Meer nehmen. Ich schaue hinunter, und man sieht, dass das Hotel die Menschen ungemein beeindruckt. Sie spazieren über die Strandpromenade und gaffen zu uns hoch. Simon, der seine Sonnenbrille wieder aufgesetzt hat, winkt ein paar nach Promis Ausschau haltenden Touristen müde zu, und sie beginnen sich gegenseitig anzustupsen und uns mit ihren Kameras zu knipsen! Ich wüsste ja gerne, für wen die uns halten!

Wir relaxen auf dem Balkon, am Nabel der Welt, voller Zufriedenheit, trinken den Rosé, und zusammen mit der kleinen Erfrischung, die ich im Flugzeug hatte, und dem Wein gestern Abend bei Gavin macht mich die Hitze sehr schläfrig.

Aber wir sind hier. Ich bin hier. Ich bin Schauspielerin, ein verdammter Star, hier in Cannes. – Ich frage mich, wer im Moment noch hier wohnt? Tom Cruise? Leonardo DiCaprio? Brad Pitt? Vielleicht direkt im Zimmer nebenan?

Simon zuckt mit den Schultern und klappt sein Handy auf. – Wer auch immer. Sie alle müssen in unsere Pläne passen, sagt er träge und tippt eine Nummer ein. – Mel! Du bist da … wunderbar. Benimmt sich Curtis auch? … Schön … amüsiert euch, wir holen euch um sieben ab. Nach der Vorführung gibt's eine Party, und ich werd ein paar Einladungen organisieren … besauft euch nicht zu sehr … aye, genau … also, geht zum Strand oder seht fern … ich treffe euch um sieben bei euch in der Lobby … Gut, sagt er und klappt das Handy zu. – So was Undankbares, beschwert er sich und macht dann Mel nach. – Ich un Curtis ham kein Geld, Si-min, wie solln wir ohne Geld shoppen gehn?

Ich werde jetzt wirklich sehr müde. – Ich leg mich ein Stündchen aufs Ohr, Simon, erklär ich ihm und gehe wieder ins Zimmer.

– Aye, sagt er und folgt mir.

Simon wählt einen Porno aus einer Liste aus, die unter ›adult channels‹ auf dem Bildschirmmenü erscheint. Er entscheidet sich für *Rear Entry: In Through the Out Door.* – Das ist ja scharf, mir war vorher nie klar, dass dieser Albumtitel von Led Zeppelin eine Anspielung auf Analsex ist. Das bestätigt meine Einschätzung, dass Page was von einem Visionär hatte, du weißt schon, das Crowley-Zeug und der ganze Scheiß.

– Warum guckst du dir das an? … murmele ich schlaftrunken.

– Erstens, um uns geil zu machen, zweitens, um zu sehen, was die Konkurrenz macht. Guck dir das an!

Eine Frau liegt auf dem Rücken und wird gefickt. Als die Kamera zurückfährt, sieht man, dass der Typ sich ihre Beine über die Schultern gelegt hat. Daran soll man sehen, dass er sie zurückbiegt, um besser dranzukommen, damit er sie in den Arsch ficken kann, aber aus unserem Blickwinkel kann man unmöglich erkennen, ob sie es in den Arsch oder in die Fotze kriegt. Was mir jedoch auffällt, sind starke blaue Flecke an den Handgelenken der Frau, von denen einige bereits gelb werden. Das ist weniger beunruhigend als schäbig und lässt mich mein ohnehin nur oberflächliches Interesse an dem Film vollends verlieren, und ich werde langsam schläfrig. Um ehrlich zu sein, ich mach mir nichts draus, anderen Leuten beim Ficken zuzusehen, ich finde es langweilig. Die Matratze hier ist bequem, der Hotelmorgenmantel auch, und ich nicke ein …

Ich wache auf, weil mir ein bisschen kühl ist. Mein Morgenmantel ist offen, der Gürtel gelöst, und ich sehe, dass Sick Boy über mir im Bett kauert und wild masturbiert. Ich ziehe hastig den Mantel zu.

– Scheiße … jetzt hast du's verdorben, japst er verbittert.

– Was … du holst dir über mir einen runter?

– Und?

Ich setze mich alarmiert im Bett auf. – Warum schmink ich mir nicht gleich die Lippen blau und stell mich für dich tot?

– Ach, nein, meint er, – mit Nekrophilie hat das nichts zu tun, es ist viel harmloser. Es sollte eine Hommage sein! Menschenskind, noch nie was von *Dornröschen* gehört?

– Schlafen willst du nicht mit mir, aber du setzt dich hin und wichst und guckst dir schrottige Pornos an. Was für eine Scheiß-Hommage soll das sein, Simon?

– Du verstehst das nicht … murrt er, schnaubt mit laufender Nase und schnauzt dann: – Ich brauche ein bisschen … ein bisschen beschissene Inspiration.

– Was du brauchst, ist weniger beschissenes Koks, brülle ich, aber nur halbherzig, denn ich brauche *wirklich* ein bisschen Schlaf.

Und während ich versuche einzunicken, höre ich seine Stimme weiter salbadern. – Heyyy … du kiffst zu viel und erzählst Scheiße, sagt er, – aber dafür liebe ich dich. Änder dich bloß nicht. Pot ist ne großartige Droge für Weiber, Pot und Eckys. Ich bin ja so froh, dass du kein Koks nimmst. Das ist ne Jungs-Droge, Mädchen vertragen die nicht. Ich weiß, du wirst sagen, das wär sexistisch. Mitnichten, es ist eine Beobachtung, die auf der Anerkennung der Unterschiede zwischen Männern und Frauen fußt, was wiederum eine Anerkennung der Autonomie der Frau ist und somit ein feministischer Standpunkt. Also applaudier mir, Baby, applaudier mir … sagt er, während er aus dem Zimmer geht.

Als ich die Tür zuknallen höre, denke ich mir: Na Gott sei Dank.

73

Linkerei Nr. 18752

Ich schlängele mich durch die engen Seitenstraßen, komme auf die Croisette zurück, sehe mir alles gut an und brenne unauslöschlich einen genauen Plan der Stadt in mein Gedächtnis ein. Ich begutachte die Weiber, wie es ein äußerst erfahrener Landwirt bei der Royal Highland Show in Ingliston beim Hornvieh macht. Ich höre das Glucken der Chicks auf dem Sexmarkt, ein rascher prüfender Blick genügt mir für eine umfassende Beurteilung und Einschätzung. PR-Leute sprechen kurz angebunden mit eingefrorenem Grinsen in Handys, hochnäsige Shopper und hoffnungsvolle Rucksacktouristen, sie alle werden Gegenstand eines ›flüchtigen‹ unersättlichen Blicks.

Produzent spielen ist doch pisseinfach. Warum bei Pornos aufhören, warum keinen richtigen Film drehen? Ein bisschen Lotteriegeld organisieren, und ab geht's. Jeder macht das. Jeder Top-Gangster begreift, dass der beste Kriminelle ein Ex-Krimineller ist. Du musst Kapital anhäufen und dann legal werden, sobald es sich rechnet. Den ganzen Stress braucht man nicht, Gefängnisse sind was für Leute wie Begbie, die trotz ihrer dicken Posen doch nur Loser und Opfer sind. Du kannst ruhig ein bisschen einfahren in deiner Jugend, sagen wir sechs Monate, ganz kurz, als Lernerfahrung. Aber wenn du nach sechs Monaten Eingelochtsein nicht kapiert hast, dass Knast nicht zu dir passt, hast du ausgeschissen. Jeder hasst Gefängnisse, aber gewisse trübselige Fotzen hassen sie einfach nicht genug.

Cannes ist genau der richtige Ort für mich. Es steht für Optionen. Nicht bloß, dass es nicht Leith oder Hackney ist, nein, nicht der geografische Ort ist entscheidend, sondern ich. Hier bin ich nicht mehr bloß ein verzweifelter Hustler, der nichts zu verkaufen hat. Mir wird klar, dass ich, egal wie cool ich mich früher gegeben hab, niemals eine gewisse Vorhersehbarkeit, diesen Anflug von Verzweiflung hab ablegen können. Und das lag daran, dass alles immer nur Fassade war und ich überhaupt nichts vorzuweisen hatte, wenn es darauf ankam. Dadurch, dass ich einen verschwitzten Haufen Leiber zusammengebracht und das Ergebnis gefilmt hab, habe ich jetzt was zu verkaufen, das ihnen etwas wert ist. Etwas, das ich hergestellt habe. Simon Williamson hat ein Produkt, eins, das nicht Sick Boy heißt. Das ist Geschäft, nichts Persönliches. Ich hab einen Simon-David-Williamson-Film anzubieten.

Ich gehe zurück zum Hotel, um ein Sonnenbad zu nehmen, zu relaxen und vielleicht ein paar Perlen anzuquatschen. Wir haben nicht ewig Zeit, und dieser Komiker im Hotel hat mich angenervt, vierhundert Pfund pro Nacht, und dann muss man trotzdem noch fünfzehn Ocken pro Tag bezahlen, um den hoteleigenen Badestrand zu benutzen, wie der hotelfremde Pöbel, der eigentlich sowieso ausgesperrt werden sollte.

Nikki oben im Zimmer ist wieder auf, aber da uns die Zeit wegläuft, essen wir einen Happen im Hotel. Sie hat es gut weggesteckt, dass ich auf sie gewichst habe. Ich konnte ihr so gerade noch einreden, es wär eine Hommage an sie gewesen. Schnepfen – was ist da anderes zu erwarten. Jedenfalls fahren wir dann angenehm gesättigt zu der schäbigen Absteige von Mel und Curt, um sie zur Vorführung von *Die sieben Säulen der Geilheit* abzuholen.

Das Kino, in dem er gezeigt wird, ist ein kleiner, aber schicker Laden in einer der Nebenstraßen. Es heißt, dass Lars Lavish, Ben Dover, Linsey Drew und Nina Hartley (Nikkis Idol) zur Vorführung kommen wollen, aber ich sehe niemanden, der mir bekannt vorkommt. Wohlgemerkt, das Zuschaueraufkommen ist gut, und es schleichen sich noch einige Leute rein, als die Lichter schon ausgegangen sind. Ich versuche, die Zuschauer im Auge zu behalten, um die Reaktion dieses halb vollen Kinos abzuschätzen.

Ich bin so aufgeputscht, dass ich gar kein Koks brauche, aber ich zieh mir von meiner Karte trotzdem was rein. Mel und Curtis ebenfalls. Ich kann mir ein – Boah! nicht verkneifen, als Mel das erste Mal nackt auf der Leinwand erscheint. Sie knufft mich im Spaß in die Seite. Aber es ist Nikki, die Eindruck macht. Von dem Augenblick an, in dem sie das enge Lycra-Top auszieht und ihre rasierte Muschi entblößt und dann arrogant über die Leinwand stolziert, spürt man das Knistern in der Luft. Es gibt ein, zwei Mal lauten Beifall vom Publikum, und als ich mich zu ihr umdrehe, sehe ich sie keusch erröten und drücke ihre Hand. Der absolute Hit ist allerdings Curtis, oder sollte ich sagen, der Schwanz von Curtis. Beim ersten Anblick dieses Rohrs ertönen ein paar anerkennende ›Wows‹, und als ich mich umdrehe, sehe ich das riesige Gebiss unseres Goldjungen in der Dunkelheit leuchten.

Draußen nach der Vorführung drücken uns die Leute die Hände und geben uns ihre Karten. Man bestürmt uns, zu den verschiedensten Partys zu kommen. Ich weiß aber schon, wo ich hin möchte: nicht zu einer Porno-Veranstaltung, sondern zur Party der Filmbranche im großen Festzelt an der Croisette. Da wollen alle Pornodarstellerinnen und -darsteller gerne hin, aber ich schaffe es, uns vier Einladungen zu erschwatzen, und wir kommen rein.

Nach ein paar Drinks ist Nikki blau und fängt an, mir auf die Titten zu gehen. – Warum sprichst du mit dieser albernen Stimme, Simon? unterbricht sie mich, als ich eben mit einer scharfen Braut mit langen, glatten, blonden Haaren plaudere, die irgendwas Wichtiges bei Fox Searchlight zu sein scheint. – Mir wirft er meinen Mockneyakzent vor, und kaum ist er aus dem Flugzeug raus, macht er die Scheiße selber.

Die Foxy-Braut hebt eine Braue, und ich setze ein eisiges Lächeln auf. – Was für ein Akzent, Nikki, so spreche ich nun mal, sage ich mit Nachdruck.

Nikki stupst Mel an und sagt: – Scho schbreche isch nun mal, Nicola. Isch heiße Williamschon. Schimon Dafid Williamschon.

– Auch Schick Boy genannt! prustet Mel, und die beiden verdrehten, unangemessen eifersüchtigen Biester gackern los wie die Hexen in *Macbeth*, während irgendein Schleimscheißer ankommt, der Fox Searchlight am Arm nimmt und entführt.

Ich koche vor Wut über ihre dumme Nickligkeit. – Möglicherweise ist ja irgendetwas damit gewonnen, meine Bemühungen zu unterlaufen, Kontakte zu knüpfen und den Scheißfilm zu verkaufen, dessen Herstellung uns einen Großteil der letzten sechs Monate unseres Lebens gekostet hat, ich presse die Worte wütend zwischen zusammengebissenen Zähnen heraus, – aber ich weiß ums Verrecken nicht, was das sein könnte.

Sie gucken sich an und hören für Sekundenbruchteile auf zu lachen. Dann macht Melanie: – Ohhh … und sie kringeln sich wieder vor Lachen. Ach, drauf geschissen, ich tauche wieder in die Menge ein und richte mein Searchlight aus, um die Foxy Lady aufzuspüren, die ich gejagt habe.

Ich geh aufs Klo und will mir gerade ein bisschen Koks reinziehen, da seh ich ein paar Typen zusammen in eine Kabine gehen. Ich quetsche mich mit zu ihnen rein und staube ein paar Lines ab. Ich komme ultrageladen wieder raus, sehe mich um und entdecke, wie Nikki und Mel schamlos mit ein paar schleimig aussehenden Arschlöchern schäkern. Curtis scheint verschwunden zu sein. Ich gehe zu den Mädchen rüber. Ein Typ, der grade dabei war, sich an Nikki ranzuschmeißen, sieht mich ankommen und fragt hochnäsig: – Und wer sind Sie, bitte?

Ich trete dicht an ihn heran. – Ich bin die Fotze, die dir gleich deine dämliche Fresse poliert, weil du meine Perle anbaggerst, sage ich, einen Arm um Nikki legend. Der Wichser will im ersten Moment noch frech werden, verpisst sich dann aber feige. Nikki und Mel leider ebenfalls, unter dem Vorwand, etwas zu trinken zu holen, aber beide gänzlich unbeeindruckt von meinem Auftritt.

Ich gehe zurück aufs Klo, wo einer der Typen, die mir was von ihrem Koks abgegeben haben, mich hoffnungsfroh anspricht. – Tut mir Leid, Kumpel, geschlossene Gesellschaft, bescheide ich ihm.

– Das ist ja nicht direkt fair … beschwert er sich.

– Post-Demokratie, Alter. Und jetzt zieh Leine, brülle ich, knalle ihm die Tür ins Gesicht und pudere mir die Nase.

Kurz darauf bin ich wieder draußen und zieh meine Kreise, ganz in meinem Element, als mich ein bestimmter Singsang-Akzent in meinem Ohr aufschreckt. – Si-mon! Wie geht es dir, mein Freund?!

Es ist Miz, dieses Ekelpaket, und ich will gerade schon brüsk oder gar unflätig werden, da sich seine Nützlichkeit für uns erschöpft hat, da sagt er: – Ich möchte dich mit jemandem bekannt machen, und nickt mit dem Kopf zu einem großen Kerl mit Schnurrbart neben ihm, der mir irgendwie bekannt vorkommt. – Das ist Lars Lavish.

Lars Lavish, ehemaliger Pornodarsteller, ist einer der führenden europäischen Pornoproduzenten. Sein dauerhafter Ständer war legendär, und er galt als Godfather des Gonzo-Pornos, der Mädchen auf den Straßen von Paris, Kopenhagen und Amsterdam ansprach und in ein Studio lockte, um improvisierte Pornos mit ihnen zu drehen. Die Überredungskünste des Kerls sind berühmt. Alles, was er einsetzte, waren Charme, Überzeugungskraft und finanzielle sowie ficktechnische Anreize. Hatte erst kürzlich einen Riesendeal mit einem der großen Verleihe unterzeichnet und macht jetzt nur noch eigene Sachen, über die er die komplette künstlerische Kontrolle hat. Anders gesagt, ich stehe sprachlos vor meinem Star. Das ist mein Held, mein geistiger Ziehvater. Ich kann kaum einen klaren Gedanken fassen, geschweige denn sprechen.

Lars Lavish.

– Lars, ich schüttle seine Hand, und es kümmert mich nicht mal, dass er seinen Arm um Nikki legt.

– Freut mich, Sie kennen zu lernen, Simon, grinst er, auf Nikki herunterblickend. – Das Mädchen ist ja so scharf. Sie ist das Schärfste überhaupt, Alter, das Schärfste! *Sieben Säulen*, Mann, der ist ja so guuut! Ich denke, wir sollten uns mal ernsthaft über den Verleih für den Film unterhalten. Mir schwebt sogar ein Start in einigen ausgewählten Kinos vor.

Ich bin tot und im Himmel. – Jederzeit, Lars, jederzeit, Sportsfreund.

– Hier ist meine Karte. Bitte rufen Sie mich an, sagt er, küsst Nikki und verschwindet dann mit Miz, der sich mit zufriedenem Nicken zu mir umblickt, in der Menge.

Nikki und ich fangen kurz darauf eine bizarre Diskussion an, die etwas giftig wird. – Wieso unterscheiden sich diese ganzen Männermagazine wie *Loaded, FHM, Maxim* überhaupt nicht von Pornoheften wie *Mayfair, Penthouse* und *Playboy*, spärlich bekleidete Frauen auf dem Cover, nackte drinnen? Weil Männermagazine für Männer sind, die wichsen – was für alle Männer gilt –, aber gerne vorgeben, sie täten es nicht. Denn wie kann man was anderes als ein Wichser sein, wenn man über Vorstellungsvermögen und Sexualität verfügt? Leute wie Renton würden einem erzählen, dass gewisse Dinge sie erregen und sie dann zu ihrer netten, erwachsenen Freundin gehen, um das nett und erwachsen auszudiskutieren und anschließend diese Fantasien auf liebevolle, einvernehmliche, für beide Seiten erfüllende Art und Weise auszuleben – alles Scheiße.

– Aber …

– DAS IST DOCH ALLES PISSKRAM! Nein, wir brauchen Titten und Ärsche, weil sie für uns verfügbar sein müssen; zum Betatschen, Ficken und Vollwichsen. Weil wir Männer sind? Nein. Weil wir Konsumenten sind. Weil es Dinge sind, die uns gefallen, Dinge, von denen wir glauben oder man uns eingeredet hat, dass sie für uns einen Wert darstellen oder uns Erleichterung und Befriedigung verschaffen. Wir schätzen sie und brauchen daher zumindest die Illusion, dass sie uns zur Verfügung stehen. Für Titten und Ärsche kann man auch Coke, Chips, Speedboote, Autos, Häuser, Computer, Designerlabels oder Retroshirts setzen. Aus diesem Grund ähneln sich auch Werbung und Pornografie; beide verkaufen die Illusion von Verfügbarkeit und Folgenlosigkeit des Konsums.

– Deine Konversation langweilt mich, sagt Nikki und geht weg.

Scheiß auf sie. Ich laufe hier zu gottverdammter Hochform auf, und alles und jeder wird sich gefälligst in *meine* verfickten Pläne einfügen müssen.

74

›... mörderische Blasenentzündung ...‹

Lars Lavish versucht, mir an die Wäsche zu gehen. Diese Pornotypen sind ziemlich doof, aber dafür brutal unbeirrbar. Das ist öde, aber interessanter als Simons Gesellschaft. Der ist eine lahme, zugekokste Nervensäge. Ich will nicht zu hart mit ihm ins Gericht gehen, denn das ist seine große Stunde, und er soll sie ja auch genießen, inklusive Hochmut kommt vor dem Fall und was so dazugehört. Aber er ist einfach unmöglich. Er würde gerne alles ficken, was er sieht, genau wie Curtis, der tatsächlich alles fickt, was er sieht. Die poshen Mädchen stehen morbide und verzagt und girlyhaft Schlange für eine Ladung aus *diesem* Schwanz, über den ständig neue Gerüchte durch das Festzelt schwirren. Und sein großspuriges Auftreten verrät, dass der junge Kerl endlich in seinen Penis reinwächst. Gestern völlig ohne Patte, heute Mr Superlatte. Er war eine Weile mit einer Begleiterin verschwunden, und jetzt sind sie wieder aufgetaucht. – Wie geht's, Curt?

– Großartig, sagt er, ein Mädchen an der Hand hinter sich herziehend. Ihre Augen quellen fast aus dem Kopf, und sie kann kaum laufen. – Das ist die schönste Zeit meines Lebens!

Und dem kann ich kaum widersprechen.

Ich ziehe ihn zu mir ran und flüstere ihm ins Ohr: – Weißt du noch, was du über diese Typen gesagt hast? Mit denen du auf der Schule warst? Wie sie dich immer aufgezogen haben, du wärst ein Freak? Na, wer hatte nun Recht und wer nicht?

– Die hatten Unrecht, ich hatte Recht, sagt er. – Aber ... es is echt schade, dass Leute wie Danny un Philip un so nich hier sein können, um das alles zu sehn. Die wärn begeistert.

Simon hat das gehört und schaltet sich ein. – Das ist wie mit der U-Bahn in London, Alter. Die verlassen sich drauf, dass genug Leute dem Herdentrieb folgen. Verstehst du, die sorgen nicht für Abfallkörbe, sondern erwarten, dass du deinen Müll mit dir rumschleppst. Ich mach das nicht, ich schmeiß ihn einfach irgendwohin. Aber weil genügend Leute es tun, rechnet es sich, *keine* Abfallkörbe aufzustellen.

– Ich versteh nich, was …

– Was ich damit sagen will, Kumpel, ist, dass man Müll wegwirft, Müll trägt man nich mit sich rum, und sieh dich mal um, is doch toll hier ohne den ganzen Müll, meint er arrogant.

Sick Boy, oh Gott, das ist er wirklich, macht ein Riesentamtam um ein Mädchen namens Roni, das ihm zufolge bei Fox Searchlight ist. – Roni hat uns alle zur Party von Fox Searchlight morgen eingeladen, strahlt er.

Ich ziehe ihn beiseite. – Jetzt schnapp sie dir schon und fick sie gleich durch, Simon, darauf wartet sie doch. Oder geht diese Liebe nur durch die Nase?

– Sei nicht kleinlich, Nikki, sagt er höhnisch. – Sie ist nur ein Mittel, um an die Karten für diese Sause zu kommen.

Er steckt voller Bullshit. Die Party geht zu Ende, und wir gehen noch kurz in einen Club, aber da ist es so voll, dass man sich kaum bewegen kann, daher beschließen wir, in unsere Hotelsuite umzuziehen. – Is das geil hier, sagt Curtis, beeindruckt von der opulenten Kulisse.

Unsere kleine Truppe wird von einem Portier aufgehalten, der ziemlich herrisch fragt: – Sind Sie Gäste dieses Hotels?

– Nein, das kann man, selbst im allerweitesten Sinne, nicht behaupten, erwidert Simon steif. Als der Uniformierte sich anschickt, uns rauszuwerfen, zückt Simon dann den Zimmerschlüssel. – Gast zu sein bedeutet nämlich, mit einer gewissen Warmherzigkeit begrüßt zu werden, einer gewissen rudimentären Höflichkeit. Wir haben zwar Zimmer in diesem Hotel, aber Gäste, nein, so können Sie uns nicht nennen.

Der Portier will etwas sagen, aber mit der wedelnden Handbewegung von jemandem, der einen unangenehmen Geruch verscheucht, entlässt Simon ihn und rauscht an ihm vorbei. Ich folge Simon mit einem irgendwie entschuldigenden Grinsen, die anderen ebenfalls. Wir gehen hoch aufs Zimmer und trinken die Minibar leer, und Simon nervt mich mit dem unwiderstehlichen Geschleime, das er an die Adresse von Ms Fox Searchlight richtet. Das Tempo, in dem beide das Koks in sich reinschaufeln, ist ziemlich beängstigend.

– Ein pornografischer Film ... und Curtis hier ist der Star? fragt sie und starrt ihn glupschäugig an. Curtis liegt einfach auf der Couch, während Mel den Kopf schüttelt.

– Aye, na ja, Curtis und Mel und Nikki natürlich auch, ergänzt Simon gnädig. – Die Mädchen stehen im Porno immer im Vordergrund. Aber Curtis verfügt über ein gewisses Kapital, das ihn mehr als nur ein Stückchen über den 25-Zentimeter-Durchschnittsdarsteller hinauswachsen lässt! Ich habe natürlich auch eine Rolle ...

– Eeehrlich ... sagt Ms Searchlight, seinen Arm reibend, während sie sich gegenseitig mit Blicken verschlingen.

Von ihrem dahinschmelzenden Geturtel bekomme ich das Gefühl, zu viel Zuckerwatte gegessen zu haben. Ich höre ihm ein bisschen beim Schwadronieren zu und schlafe dann auf dem Bett ein. Als ich mitten in der Nacht mit Druck auf der Blase aufwache, taumele ich aufs Klo, um quälend lange gestoßenes Glas zu pissen, der typische Vorbote einer mörderischen Blasenentzündung. Die Minibar ist leer, Simon und Fox Searchlight sind weg, und Curtis und Mel liegen voll bekleidet und eng umschlungen pennend auf der Chaiselongue.

Ich sitze auf dem Klo und versuche, diese giftige Pisse aus meiner Blase zu pressen. Ich rufe den Zimmerservice an und lasse mir etwas Nurofen raufbringen. Glücklicherweise habe ich Cylanol in meiner Tasche. Ich nehme ein Pülverchen. Es tut trotzdem höllisch weh; ich kann nicht schlafen und bin in fiebrigem Schweiß gebadet. Simon kommt rein und sieht mein Elend. – Was ist los, Baby?

Ich erkläre es ihm gerade, da kommt der Zimmerservice. Simon bringt mir das Nurofen. – Das wird gleich wirken, Süße, keine Sorge ... hast du dein Cylanol genommen?

Ich nicke schwach.

– Hör mal, ich hab diese Roni nicht gefickt, erklärt er hastig, – wir sind nur am Strand spazieren gegangen, weil alle anderen eingepennt waren. Ich bin heutzutage strikt monogam, Baby, na ja, außer auf der Leinwand.

Ein Spaziergang am Strand. Das hört sich so romantisch an, dass es mir jetzt lieber wäre, er hätte sie in ihrem Hotelzimmer einfach schnell durchgefickt. Er sieht Mel und Curt und geht hin und rüttelt sie wach. – Es ist schon fast Morgen. Wärt ihr so nett, zurück ins Beverly zu gehen und uns ein bisschen alleine zu lassen, Leute? Geht das?

Mel schneidet ein Gesicht, steht aber auf. – Na schön ... los komm, Curtis.

Curtis steht auf und sieht meine Tränen. – Was hat Nikki denn?

– Frauenwehwehchen. Wird schon wieder. Man sieht sich später, sagt Simon.

Aber Curtis gibt sich damit nicht zufrieden, und er kommt rüber zum Bett. – Alles in Ordnung mit dir, Nikki?

Ich danke ihm für seine Anteilnahme, und als er mich auf meine fiebrige Stirn küsst, schlinge ich meine Arme um seine dünne Taille. Dann kommt auch Mel, und ich umarm sie und geb ihr einen Kuss. – Ist schon in Ordnung, ich glaub, die Medikamente fangen jetzt an zu wirken. Es ist bloß die Blase. Zu viel Wein und harte Sachen. Ich glaube, dieser ätzende Champagner hat ihr auch nicht gerade gut getan.

Als sie gehen, legen Simon und ich uns ins Bett und liegen steif und verkrampft Rücken an Rücken da, ich wegen der Schmerzen, er wegen des Kokains.

Schließlich beginnt es mir besser zu gehen, und ich entrolle mich im Bett. Es muss schon mitten am Nachmittag sein, als ich wach werde, weil Simon im Zimmer herumläuft. Er kommt und setzt sich mit einem Tablett vom Zimmerservice aufs Bett: Croissants, Kaffee, Orangensaft, Brötchen und frisches Obst. – Geht's dir jetzt besser? fragt er und gibt mir einen Kuss.

– Ja, viel besser, und ich blicke ihm in die Augen, beide sind wir still. Nach einer Weile drückt er meine Hand und sagt: – Ich habe mich letzte Nacht unsäglich benommen, Nikki. Es lag nicht nur am Alkohol oder am Koks, es war der Anlass. Ich wollte unbedingt, dass alles klappt, und ich war ein Kontrollfreak, ein Faschist.

– Was ist daran neu? meine ich.

– Ich möchte es heute Abend wieder gutmachen, bevor wir alle zu der Fox-Searchlight-Party gehen, sagt er, das Gesicht zu einem breiten Lächeln verzogen. Dann ergänzt er: – Ich hab hervorragende Neuigkeiten.

Er strahlt richtig. Ich muss ihn fragen. – Und die wären?

– Wir sind grade in die engere Auswahl für den besten Film des Festivals gekommen! Ich hab's heute Morgen am Telefon erfahren!

– Wow ... das ist ja ... na ja, wunderbar, höre ich mich sagen.

– Das kannst du laut sagen, meint Simon fröhlich. – Und du, ich und Curtis sind als beste Newcomer nominiert. In den Sparten Darstellerin, Regisseur und Darsteller.

Eine Welle der Begeisterung schießt in mir hoch, die so heftig ist, dass ich fast unter der Decke klebe.

Um unsere Nominierung zu feiern, führt mich Simon in ein Lokal aus, das er mir beschreibt als: ›eines der besten Restaurants, nicht nur in Cannes, sondern in ganz Frankreich. Und das heißt natürlich auf der ganzen Welt.‹

Ich trage ein glitzerndes erbsengrünes Prada-Kleid mit High Heels von Gucci. Meine Haare sind hochgesteckt, und mich schmücken kleine goldene Ohrringe, eine Halskette und ein paar Armreifen. Simon, der einen Anzug aus gelbem Baumwolltwill und ein weißes Hemd trägt, betrachtet mich und schüttelt den Kopf. – Du bist wirklich die Verkörperung des Weiblichen, sagt er und scheint dabei in beinahe ehrfürchtiger Bewunderung zu erstarren.

Ich hätte ihn beinahe gefragt, ob er dasselbe gestern Abend zu Ms Fox Searchlight gesagt hat, aber ich lasse es lieber, denn ich will diesen Augenblick nicht verderben. Wir sind hier, hier und jetzt, und ich weiß, dass das nicht von Dauer sein wird.

Und es *ist* wunderbar, eins dieser kleinen provenzalischen Restaurants, in denen man Kochen zur hohen Kunst erhoben hat. Von den *amuses-bouche* über einen vollendeten *homard bleu, suc lie de truffe noire et basilic pilé* und Hühnerbrust *demi-deuil*, bedeckt mit einer tintigen Trüffelsauce, bis hin zum *pièce de résistance*, knackigem grünem Salat, mit einer großen Portion Trüffeln umlegt. Himmlisch.

Als Nachtisch entschied ich mich für den Kaffee-Schokolade-*coupe glacée* mit einer kaum zu bewältigenden Tasse flüssiger Schokolade und einem *brioche* zum Eintunken. All das spülten wir mit einer Flasche Champagner, ›Cristal‹ Louis Roederer, einem Clos du Bois Chardonnay und zwei großen Remy Martins runter.

Wir waren von allem wie berauscht und lispelten einander verführerisch in Pidgin-Französisch an, als Simons Handy klingelte, das grüne. Es ärgert mich, dass er sie offenbar nie abstellt. – Ja?

– Wer ist es? zische ich, nicht wenig gereizt darüber, dass jemand unseren Augenblick stört.

Simon legt die Hand über den Hörer. Er sieht für einen Moment recht besorgt aus, dann tritt ein gehässiges Lächeln in sein Gesicht. – Es ist François. Irgendetwas ungeheuer Wichtiges wegen einer Kartenrunde in Leith, die ich vergessen habe. Wie nachlässig von mir, einen Termin doppelt zu belegen. Er spricht ruhig ins Handy. – Ich bin in Frankreich, Frank, bei den Filmfestspielen in Cannes.

Man hört eine scharfe Stimme am anderen Ende schnarren. Simon hält das Telefon von sich weg. Dann zwinkert er mir verschlagen zu und sagt in den Hörer, die andere Hand über sein Ohr wölbend: – Frank? Bist du noch dran? Hallo?

Er legt die Hand über das Sprechteil und kichert. – François macht es einem nicht leicht. Typisch für mich, dass ich vergesse, dass das Filmfestival in Cannes und die Kartenrunde in Leith sich überschneiden. Ich sollte direkt im Hubschrauber nach Leith einfliegen, kichert er mit zuckenden Schultern, und nun lache ich auch. – Bist du noch dran, Frank? Hallo? ruft er ins Telefon. Dann kratzt er mit dem Fingernagel über die Löcher des Sprechteils. – Ich kann dich nicht hören, die Verbindung reißt ab, ich ruf dich später zurück, sagt er, klappt das Handy zu und schaltet es ab. – Das ist ein solcher Scheißtyp, dass man ihn nicht mal hassen kann. Es geht weit darüber hinaus, sagt er in fassungsloser Bewunderung. – Der Kerl ist jenseits von Liebe oder Hass ... er ... er *ist* einfach.

Dann greift er über den Tisch nach meiner Hand. – Wie kann es sein, dass jemand wie er und jemand wie du in derselben Welt existieren? Wie kann unser Planet ein solches Spektrum an menschlichen Wesen hervorbringen?

Und sofort vertieften wir uns wieder ineinander. Simon warf auf seine arrogante Art gelegentlich einen vernichtenden Blick durch den Raum, doch hauptsächlich zehrten unsere verschworenen Blicke voneinander, tanzten und schäkerten sich in die Seele des Gegenübers und wieder hinaus. Nachdem man solche Intimität gekostet hat, wäre Ficken eigentlich eine Antiklimax. Beinahe.

– Haben wir Zeit, noch mal aufs Zimmer zu gehen, bevor wir die anderen treffen? frage ich ihn.

– Ich mache uns Zeit, sagt er und schwenkt dabei das Handy.

Ich gehe auf die Toilette, stecke mir den Finger in den Hals, erbreche das Essen und spüle mir mit Mundwasser aus meiner Handtasche den Mund aus. Es sind herrliche Gerichte, aber viel zu reichhaltig und fett machend, um sie tatsächlich zu verdauen. Wie die meisten modernen, intelligenten Frauen bin ich Jungianerin, aber eine Sache, die eindeutig für Freud spricht, ist, dass er fette Menschen hasste. Wahrscheinlich, weil sie glücklich und seelisch stabil waren und ihm daher nicht die Taschen füllten wie die mageren Neurotiker. Aber jetzt, in diesem Moment, bin ich glücklich. Ich hab mein Stück Kuchen gehabt *und* aufgegessen und es dann wieder rausgewürgt, ehe es Schaden anrichten konnte.

Als ich ins Restaurant zurückkomme, spielt sich dort ein lautstarker Streit ab, und zwar an unserem Tisch, wie ich mit wachsendem Unbehagen feststelle.

– Diese Karte kann nicht überzogen sein, das ist einfach vollkommen ausgeschlossen, verdammt noch mal, brüllt Simon, das Gesicht gerötet von Alkohol und wahrscheinlich Kokain.

– Aber Monsieur …

– ICH GLAUBE, SIE HÖREN NICHT RICHTIG ZU! DAS IST EINFACH VOLLKOMMEN AUSGESCHLOSSEN!

– Aber, Monsieur, bitte …

Simon senkt seine Stimme zu einem leisen Zischen. – Komm mir bloß nicht so, Froschfresserfotze! Du willst, dass Cruise hier verkehrt? Du willst, dass DiCaprio zum Essen kommt? Ich soll morgen hier Billy Bob Thornton treffen, um ein beschissenes Megaprojekt zu besprechen …

– Simon! rufe ich. – Was ist los?

– Tut mir Leid ... okay, okay. Da ist irgendein Fehler passiert. Versuchen Sie es mit dieser hier. Er reicht ihm eine andere Karte, die anstandslos akzeptiert wird. Trotz der säuerlichen Miene des Oberkellners macht Simon das selbstgefällige Gesicht von jemandem, der sich voll im Recht sieht, und weigert sich nicht nur, Trinkgeld zu geben, sondern dreht sich beim Rausgehen auch noch einmal um und brüllt in den Speisesaal: – JE NE REVIENDRAI PAS!

Draußen bin ich mir nicht sicher, ob ich das Ganze peinlich oder lustig finden soll. Da ich immer noch solche Euphorie verspüre, entscheide ich mich für Letzteres und bekomme einen betrunkenen, hysterischen Lachkrampf.

Simon blickt mich griesgrämig an, schüttelt dann den Kopf und lacht auch. – Das war ein Schwachsinn da drin, ich hab mit der Bananazzurri-Karte zahlen wollen. Da ist jede Menge Geld drauf. Das ganze Geld aus dem 1690-Schwindel liegt da drauf, und niemand außer Rents und mir ist zeichnungsberechtigt, und der ist in Am... Er erstarrt für eine Sekunde, und nackte Panik tritt in seine Augen. – Falls. Diese. Fotze.

– Sei nicht so paranoid, Simon, lache ich. – Mark wird wie geplant morgen hier sein. Lass uns aufs Zimmer gehen, flüstere ich ihm ins Ohr, – und Liebe machen ...

– Liebe machen! Scheißliebe machen? Während diese rothaarige Fotze alles stehlen kann, wofür ich verficktnochmal gearbeitet hab?

– Sei nicht albern ... bitte ich ihn flehend.

Als versuchte er, sich unter Kontrolle zu bekommen und Kraft zu sammeln, streckt Simon die Arme gerade vor sich aus. – Okay ... okay ... Wahrscheinlich rede ich Unsinn. Ich sag dir was: Du gehst schon mal vor und lässt mir fünfzehn Minuten, um mich zu sammeln und ein paar Anrufe zu machen.

Ich reagiere mit einem beleidigten Stirnrunzeln, aber er rührt sich nicht. Ich gehe widerwillig vor aufs Hotelzimmer, wo ich mir einen Drink einschenke und daran denke, wie der Bastard mit dieser Fox-Searchlight-Schlampe am Strand gewesen ist.

Als er nachkommt, hat er sich beruhigt und ist besserer Laune. – Ich nehme an, du hast Mark erreicht?

– Nein, aber ich hab mit Dianne gesprochen. Sie hat gesagt, er hätte sie gerade erst aus Amsterdam angerufen. Er würde später noch mal anrufen, und ich hab ihr gesagt, sie soll ihm sagen, dass er mich auf der Stelle zurückrufen soll, erklärt er und sagt dann bittend: – Tut mir Leid, Süße, ich war nervös. Zu viel Koks …

Ich gehe zu ihm hin, packe durch den Stoff seiner Hose hindurch seine Eier und spüre, wie sein Schwanz steif wird. Ein breites Lächeln tritt auf sein Gesicht. – Du verdorbenes Stück, lacht er, und dann ist er auf mir, in mir, und wir lieben uns wie im Rausch, wilder noch als bei den ersten Malen.

Später treffen wir uns mit Mel und Curtis und fahren zusammen zu der Fox-Searchlight-Party. Erst ist es ziemlich öde, aber dann bringt ein hervorragender DJ Stimmung in den Laden, und wir geben uns wieder die Kante. Als dort Schluss ist, klettern wir in eine Barkasse und fahren raus zu der Fete auf dem Boot von *Private*, einem alten Kreuzfahrtschiff, das im Mittelmeer festgemacht hat und zum Filmstudio ausgebaut wurde. Es ist eine Party für Pornostars mit bumsendem, billigem Eurotechno und frei Trinken. Simon, offenkundig ein reines Nervenbündel, versucht die ganze Zeit, Mark auf dem Handy zu erreichen. Er versucht, sich entspannt zu geben. – Wenn die Musik dich nicht dazu bringt, dass du in den Arsch gefickt werden willst, Nikki, dann überhaupt nichts.

– Da hast du Recht, erkläre ich ihm, – nichts bringt mich dazu.

Ich, Mel und Curtis amüsieren uns auf dem Tanzdeck, allerdings verschwindet Curtis ständig und kommt dann jedes Mal grinsend mit einem derangierten Starlet im Schlepptau zurück. Mel und ich werden permanent von allen möglichen Kerlen angebaggert, darunter Lars Lavish und Miz, aber wir genießen unser Machtgefühl, wenn wir alle zurückweisen, dabei aber hemmungslos flirten und aufgeilen. Irgendwann gehen wir in eine Toilettenkabine und lieben uns, bringen uns gegenseitig zum Orgasmus, erst das zweite Mal, dass wir ohne Kamera auf diese Weise intim waren.

Als wir abgekämpft, aber befriedigt wieder an Deck kommen, einander verschwörerisch angrinsend, sehen wir Simon, der unentwegt versucht, mit seinem Handy eine Verbindung zu bekommen. Noch mehr Barkassen legen an, und das Schiff füllt sich. Aus dem Augenwinkel registriere ich ein schlankes Mädchen mit langen, blonden Haaren, was nicht weiter bemerkenswert wäre, doch die Stimme, die mit ihr spricht, lässt mich ein zweites Mal hinschauen. Simon macht vor Schreck sogar sein Handy aus. – … Aye, aber die glauben, ich hieße Juice Terry wegen der Saftmengen, die ich bei Cumshots verspritze. In Wirklichkeit hab ich den Namen noch aus der Zeit, als ich Limo verkauft hab, Soda heißt das bei euch Amis ja wohl, der Fachbegriff is aber ›kohlensäurehaltige Getränke‹. Hör mal, Süße, solln wir nich mal nach unten gehn, das Schiff erkunden und so? Vielleicht auch noch n bisschen mehr als das Schiff!

– Lawson! ruft Simon.

– Sicky! brüllt Terry, dann entdeckt er Mel und mich. Nikki! Hey ho! Mel! Alles klar, Prachtstück! Er wendet sich an seine Begleiterin. – Das is Carla, sie is auch aus der Branche, San-Fernando-Valley-Zeug und so was. Wie hieß dein Streifen noch mal, Süße?

– *Ein Arschficker in Muschi-City*, sagt das blonde Mädchen mit dem amerikanischen Akzent mit einem Zahnpastagrinsen.

– Aye, Birrell is auch hier, Birrell senior, mein ich. Hat mir erzählt, dass er seine Perle in Nizza besuchen will, also hab ich mich, sag ich mal, selbst mit eingeladen. Bin dann mit dem Zug her und hab mich ins Festivalzelt gemogelt. Hab jedem erzählt, dass ich Terry aus *Sieben Säulen* bin, un hab n Pass abgestaubt, er zeigt auf einen orangefarbenen Badge, auf dem PRIVATE ADULT FILMS, ›JUICE‹ TERRY LAWSON, PERFORMER prangt. – Kann's kaum abwarten, wieder in Edinburgh zu sein und mit dem Ding im Slutland vom West End einzufallen.

– Schön, dass du es hergeschafft hast, Tel, sagt Simon kurz angebunden. – Entschuldige mich einen Moment, und damit eilt er nach Steuerbord, Nummern in sein grünes Handy hackend.

Terry greift sich eine Hand voll von meinem Hintern, macht dasselbe bei Mel und verschwindet dann unter verschmitztem Zwinkern mit Carla, die dank Simons raffinierten Schnitten bei *Sieben Säulen* offenkundig denkt, Terry hätte den Schwanz von Curtis. – Die wird enttäuscht sein, lacht Mel, – aber *so* enttäuscht auch wieder nicht.

Dieser Eurotechno macht solche Lust aufs Rumhüpfen, dass ich wünschte, ich hätte Eckys dabei, aber eigentlich steh ich gar nicht so auf Chemie. Nach einer Weile kommt Simon erregt mit einem neuen Zwischenbericht zurück. – Kein Renton zu erreichen, also muss er auf dem Weg hierher sein, aber diese kleine Brillenschlange Lauren sagt, Dianne wär verschwunden! Ich glaub zumindest, dass sie das gesagt hat. Die zickige kleine Nutte will nicht mit mir reden, Nikki. Ruf du sie an, sagt er und hält mir sein Handy hin, diesmal das *weiße*. – Bitte, drängt er.

Ich rufe Lauren an, rede ein, zwei Minuten mit ihr und erkundige mich, wie's ihr geht. Dann frage ich nach Dianne. Anschließend erkläre ich Simon: – Dianne ist nur für ein paar Tage bei ihrer Mutter, das ist alles. Sie fühlte sich nicht so gut.

– Hast du die Telefonnummer von ihrer Mutter? Ich muss mit Dianne sprechen!

– Simon, vielleicht regst du dich einfach mal ab? Weil du Mark sowieso sehen wirst, schon morgen? Im Hotel? Er würde das hier doch um nichts auf der Welt verpassen wollen! rede ich ihm zu und swinge mich wieder mit Mel auf den Beat ein.

Aber Simon schüttelt den Kopf und hat mir gar nicht richtig zugehört. – Nein ... nein ... jammert er, dann boxt er sich in die Handfläche, – diese Fotze von Renton ... na schön, du Fotze, jetzt reicht's! Er holt sein grünes Handy raus.

– Wen rufst du denn jetzt an?

– Begbie!

Melanie guckt mich überrascht an. – Warum nimmt er sein grünes Handy, um Begbie anzurufen, und sein weißes, um Lauren anzurufen?

Er hat mir das mal erklärt, aber manche Dinge sind einfach zu erbärmlich, um auch nur ein Wort darüber zu verlieren. Simon hört jetzt mit wachsender Ungeduld einer Tirade am Telefon zu, während hinter ihm die Sonne rot im Meer versinkt. Schließlich schnauzt er in die Sprechmuschel: – Vergiss diesen Schwachsinn. Renton ist wieder da. In Edinburgh!

Dann entsteht eine kurze Pause, in der Simon ungläubig guckt, dann sagt er: – Was? Auf der anderen Straßenseite? Was zum Henker ... halt ihn fest, Franco! LASS IHN NICHT ABHAUEN! DER HAT MEINE VERFICKTE KOHLE!

Er starrt auf das stumme Telefon in seiner Hand und schüttelt es dann heftig.

– BESCHISSENES SPATZENHIRN!

Miz gesellt sich mit Lars Lavish zu uns. Er berührt Simon sanft am Arm. – Weißt du, Simon, wir überlegen …

Zu meinem Entsetzen dreht Simon sich um, rammt ihm mit voller Wucht seine Stirn ins Gesicht, stürzt sich dann schreiend auf den armen Miz und macht ihn fertig: – IHR HOLLÄNDISCHEN DRECKSCHWEINE HABT MEIN GELD GEKLAUT, IHR WIDERLICHEN SCHWULEN ORANJEFOTZEN …

Wir alle plus einem halben Dutzend schwedischer Security-Leute sind nötig, um ihn wegzuzerren und im Zaum zu halten. Terry erscheint wieder an Deck und lacht, als sie Simon in eine Barkasse schubsen. – Du hast Glück, dass wir keine Polizei an Bord wollen, schreit ein Security-Typ Simon an, während Curtis, Mel, zwei Mädchen, Terry, Carla und ich Simon folgen. Als Terry vorsichtig in die Barkasse klettert, verpasst er dem Schweden mit der großen Klappe hinterhältig einen seitlichen Schwinger ans Kinn. – Na los, komm doch, du Fotze, sagt er einladend. Der Typ steht wie angewurzelt da, reibt sich verdrossen den Unterkiefer und sieht aus, als würd er gleich anfangen zu weinen, als das Boot vom Schiff ablegt. Wir können den aufgebrachten Miz noch schreien hören: – Der ist verrückt! Er ist ein verrückter Mann, während wir Richtung Küste fahren.

Terry wendet sich Curtis zu. – Dein Schwanz hat mir gute Dienste geleistet, Alter, sagt er, einen Arm um Carla legend. Dann betrachtet er Curtis, der an jeder Seite ein Mädchen hat. – Aber dir scheint er auch nicht grade Unglück zu bringen.

Ich betrachte Simon, der mit fest geschlossenen Augen zitternd dasitzt, beide Arme um sich geschlungen, und in vernehmlichem, atemlosem Flüsterton immer wieder sagt: – … tolleranza zero … tolleranza zero … immer und immer wieder.

– Simon, was ist denn los?

– Ich hoffe nur, dass Francis Begbie Mark Renton umbringt. Darum bete ich, sagt er und bekreuzigt sich.

75
KARTENRÜNDCHEN

Nachmittags saufen: macht dich fertig, aber nix knallt besser rein. Allerdings kommts mir ab un zu vor, als säh ich einen von denen in die Kneipe reinkommen. Donnelly, die Fotze, oder den Kinderficker Chizzie. Das Problem is, man hat nen Scheißdreck zu tun und zu viel Zeit zum Nachdenken, vor allem zu Haus. Deswegen geh ich immer wieder vor die Tür, in die Kneipe. Große Konversation findet da aber auch nich statt.

Nelly wird ganz still un fängt an, mit seim Bierglas rumzuspielen. – Was n los mit dir? frag ich.

– Dieser Larry hat gestern Abend bei mir angerufen. Als ich mit dir unterwegs war, er nickt Malky zu. – Sie war allein zu Haus mit n Kindern. Er sagt: ›Euch kauf ich mir. Euch alle.‹ Dann meint er zu ihr: ›Wennde bloß ne Spur Grips has, verpisste dich zurück nach Manchester oder wo du sons herkommst…‹

– Is deine Perle nich aus Wales? fragt Malky.

– Aye, Swansea, sagt Nelly ganz pampig, – aber das weiß der nich. Ich kennse aus Manchester. Aber wisst ihr, was die perverse Fotze nachher noch hinterlassen hat, auf m Anrufbeantworter?

Ich un Malky schütteln mit m Kopf.

– Das zeig ich euch, sagt Nelly. – Ich zeig euch mal, mit was für ner Fotze wir trinken warn, meint er un glotzt mich so beschissen gekränkt an, als hätt *ich* ihn gezwungen, mit Larry trinken zu gehen. Aber ich sag dazu mal nix, denn das gibt sicher noch was zu lachen.

Wir latschen also zu Nelly, un er hat die Nachrichten noch auf

Band. Er spult zurück, un stimmt, das is Larrys Stimme, so n gedämpftes, unheimliches Flüstern. – Haut ab aus der Stadt. Haut ab aus der Stadt, sons komm ich euch holen. Ich komm von Muirhouse in euer Haus. Ich komm un geb euch allen den letzten Gutenachtkuss.

– Der Bekloppte hat zu viele Filme gesehn, lacht Malky.

Nelly guckt ihn voll hart an. – Un sie hat jetz deswegen totalen Bammel. Sie sagt schon, sie will mit den Blagen runter zu ihrer Ma nach Wales. Weil wir wegen so was ja grad von Manchester weg wärn, sagtse.

Ich guck ihn mir an, sag aber nix. Von Malky kommt auch kein Ton, wa.

– Ich muss das von der Backe ham, sagt er. – Wenn er mit dem Scheiß weitermacht, wartet ne tiefe Kuhle auf ihn, das sag ich euch.

Wem will der hier einen erzählen? Der hat doch noch nie einen klargemacht. Der ganze Bullshit, von wegen was er nich alles verbrochen hat, als er noch unten in Manchester beim Cheetham-Hill-Mob war. Wenner da unten so n tollen Ruf hat, warum isser dann überhaupt hier?

– Pass ma auf, meint Malky, – das nimmt hier langsam Ausmaße an. Franco, redeste mal mit Larry un klärs das?

Ach so, Malky sagt jetzt an, was einer tun soll un was nich, oder wie seh ich das? Das wolln wir doch mal sehn. Aber dann denk ich, nee, spiel mal mit, un ich guck Nelly an. – Wennde wills.

Dann meint Malky zu ihm: – Aber du musst der Fotze sagen, dasste Mist gebaut hast, un dich dafür entschuldigen, waste im Pub gemacht hast.

Nelly sagt ne Weile gar nix, un wir beide starren die Fotze an. Dann meint er: – Wenn er sich für die scheißkranken Anrufe entschuldigt, entschuldige ich mich, weil ich ihn vermöbelt hab.

– Okay, mein ich, – dann Schluss mit dem Scheiß. Wir sin doch schließlich Kumpels. Das muss geklärt werden. Heute Abend bei der Kartenrunde bei Sick Boy.

– Un Larry kommt? fragt Malky.

– Wenn ich ihm das sag, dann kommter auch, mein ich.

Da hab ich also meine gute Tat des Tages vollbracht un bin mal wieder Friedensstifter. Die dämlichen Penner würden sich gegenseitig allemachen, gäbs nich Leute wie mich, die immer alles regeln. Aber von dem Scheiß krieg ich meine verfickte Migräne un hol mir deswegen auf m Weg nach Hause n paar Nurofen Plus zusammen mit der Zeitung. Ich ruf Sick Boy auf seim Handy an, um ihn an die Kartenrunde heute Abend zu erinnern.

– Ich bin in Frankreich, Frank, bei den Filmfestspielen in Cannes, sagt die schleimige Sau.

Ich raff so langsam, dass die Fotze keine Witze macht, wa. – Was is mit der verdammten Kartenrunde? Ich hab dir doch gesagt, dass wir bei dir zu Haus ne verfickte Kartenrunde ham!

– Frank? Bist du noch dran? Hallo?

– WAS IS MIT UNSRER VERDAMMTEN KARTENRUNDE? ICH HAB GEHÖRT, RENTON WÄR HIER! ICH HAB N WÖRTCHEN MIT DIR ZU REDEN, DU FOTZE!

– Bist du noch dran, Frank? Hallo?

Was soll die Scheiße …? – UNSERE VERDAMMTE KARTENRUNDE! ICH MACH DICH PLATT, DU FOTZE!

Da is so ein statisches Geknackse in der Leitung. Dann sagt die Fotze: – Ich kann dich nicht hörn, die Verbindung reißt ab, ich ruf dich später zurück, un dann ist die verfickte Leitung tot!

VERFICKTER DRECKSACK!

Der Wichser glaubt, er kann mich wie Scheiße behandeln un einfach nach Frankreich abzischen mit seinen ganzn Kumpels aus diesem dreckigen Club, mit Juice Terry, dem Arschloch, und den ganzen anderen beschissenen großkotzigen Kinderfickern und Pennerschweinen … die linke, miese, verlogene Fotze lernt mich kennen …

Also ruf ich nach m Essen Nelly un Malky un Larry an un erzähl ihnen, dass die Fotze uns hängen gelassen hat un dass wir uns stattdessen in der Central Bar treffen. Ich geh hin, un es sin bloß Nelly un Malky da, Larry is überhaupt nich aufgekreuzt, wa. Er ruft mich auf m Handy an und sagt, dass er sich n bisschen verspätet, aber definitiv kommen wird. Ich denk mir, damit willer Nelly nur n bisschen Druck machen. Man sieht, dass die Fotze total auf heißen Kohlen sitzt. Wir holn jedenfalls an einem von den Tischen die Karten raus, und die Pints Guinness fließen schnell und vollmundig runter. Ich geh nich oft ins Central, aber aus irgendnem Grund schmeckt mir immer n Pint Guinness, wenn ich da bin.

Nach ner Weile is immer noch nix von Larry zu sehn.

Ich hör mein Handy piepen, aber es is Sick Boy, die Fotzenfresse. Dem geb ich einfach aufhängen ... annen Eiern werd ich die Fotze aufhängen ... Ich geh raus aus m Pub für n besseren Empfang. Aye, es is wirklich Sick Boy. Glück für die Fotze, dasser zurückruft. – Wo zum Henker biste? sag ich. – Ich hab dir n paar Sachen zu verklickern! Unsere verfickte Kartenrunde!

– Vergiss diesen Schwachsinn, fängt er an, un ich will grad ausrasten, da sagt er: – Renton ist wieder da. In Edinburgh!

Also stimmts doch ... ich überleg, was ich sagen soll, un guck so die Straße rauf un runter, un da steht die Sau! Die rothaarige, diebische Fotze steht am Geldautomat genau auf der andern Straßenseite! – Er is ... ich brüll volle Lautstärke ins Telefon: – ER IS GENAU AUF DER ANDREN STRASSENSEITE!

Ich hör Sick Boy irgendwas sagen, wie ›Halt n fest, ich will ihn sehn, wenn ich zurück bin ...‹, aber da guckt Renton, die Fotze, rüber zu mir, und ich knips das Scheißtelefon einfach aus.

76
Nutten aus Amsterdam, Teil 11

Spuds verfickter Kater! Das fällt mir erst ein, als ich wieder in Edinburgh bin. Als ich ihn anrufe, erzählt er mir, dass er sein ganzes Geld Ali gegeben hat, und fragt, wie vorauszusehen war, ob ich ihm ein bisschen Geld leihen könnte, so dreihundert Pfund. Was kann ich da anderes sagen als ja? Er ist zu Hause und hat Schiss, rauszugehen.

Also fahr ich vom Flughafen mit dem Taxi zu Dianne, um den Kater zu holen. Ich brauch Ewigkeiten, um das verdammte Biest in die Transportkiste zu kriegen, ich bin auf Katzen allergisch und muss niesen wie bescheuert. Dann verlier ich die Geduld und schnapp mir das Scheißvieh, und die Quittung dafür ist ein Kratzer am Arm. – Tu ihm nicht weh, Mark, schimpft Dianne, als ich den fauchenden Sack Scheiße in die Kiste stopfe und das Türchen verriegele. Sie hat schon gepackt, und ich fahr sie rüber zu Gavin. Wir verabreden uns um acht am Flughafen, um den Flug um neun zu erreichen, den letzten nach London und zu unserem Anschluss-Nachtflug nach San Francisco.

Ich kann's Spud ja gut nachfühlen, dass er Angst hat, vors Haus zu gehen, aber ich sitz jetzt hier im Taxi und bring dem Schwachkopf seine doofe Katze runter nach Leith. Mir schwirrt der Kopf, und ich denke, das ist meine Paraderolle, Sick Boy abziehen. In Pilrig steige ich aus und gehe zum Geldautomaten.

Der von der Clydesdale ist im Arsch, und ein grauhaariger Typ mit Glasgow-Akzent tritt frustriert dagegen. Es sind keine fotzigen Taxis zu sehen. Darum ziehe ich mir mit einer gewissen Beklommenheit die Mütze in die Stirn und latsche bis zur Halifax-

Zweigstelle unten am Walk, wobei mir die Transportbox mit der Katze unangenehm gegen das Bein stößt. Die Katze miaut verräterisch, als wollte sie die Aufmerksamkeit erregen, die ich gerade vermeiden möchte. An dem Automaten kann man mit Link-Karte abheben: Komisch, dass man sich nach so vielen Jahren an so was noch erinnert. Früher fühlte ich mich zunehmend aufgehobener, zunehmend mehr zu Hause, je weiter ich den Walk runterkam. Jetzt kommt es mir vor wie der Abstieg in den Hades. Aber ich bleib ja nicht lange hier, denn sobald ich diese dämliche Katze abgeliefert hab, spring ich in ein Taxi, um mich mit Dianne zu treffen, und dann geht's wieder ab in den großen weißen Blechvogel.

Meine Laune hebt sich, aber dann sehe ich die Schlange vor dem Geldautomaten am Fuß des Walks. Ein Betrunkener versucht, sich Geld zu ziehen. Ich nähere mich dem Penner vorsichtig, und die Panik kommt mir aus allen Knopflöchern. Ich hör, wie sich in der Junction Street irgendwelche Typen wüste Drohungen an den Kopf werfen. In Amsterdam vermisst man diese Atmosphäre, diese Atmosphäre aus kaum gezügelter, unmotivierter Gewalttätigkeit und Aggression, diesen Endlosreigen der Paranoia. Das gibt's da drüben einfach nicht.

Komm, Alter. Mach hin.

Dann höre ich eine vertraute Stimme, die mitten durch mich durch schneidet, und mit mörderischer Willensanstrengung bringe ich mich dazu, auf die andere Straßenseite und in ihre Richtung zu sehen.

Begbie.

Der in ein Handy brüllt.

Dann sieht er mich und steht mit aufgesperrtem Mund da, direkt vor der Central Bar. Er ist vorübergehend starr vor Schock. Sind wir beide.

Dann klappt er das Handy zu und brüllt:

– RENNTUUUUN!!!

Das Blut ist mir in den Adern gefroren, und ich sehe nur noch eins, wie Frank Begbie mit wutverzerrtem Gesicht über die Straße auf mich zurast, und man könnte meinen, er würde nur an mir vorbeirennen und ne andere Fotze einmachen, denn er kennt mich nicht mehr und ich hab nichts mehr mit ihm zu tun. Aber ich weiß, dass er es auf mich abgesehen hat und dass es schlimm wird und dass ich wegrennen sollte, aber nicht kann. In diesen paar Sekunden wird das Leben zu einer Million Gedanken zerschreddert. Ich muss daran denken, wie sinnlos und lächerlich meine Kampfsportambitionen sind. Das ganze Training, die ganze Übung wird mir nichts nützen, alles ist durch den Ausdruck in seinem Gesicht wie weggewischt. Ich kann nicht klar denken, denn die alte Endlosschleife aus meiner Kindheit läuft in meinem Kopf ab: Begbie = Böse = Angst. Mein Wille ist vollkommen gelähmt. Die Teile von mir, die sich die spielend leichte Einnahme der Wado-Ryu-Stellung vor Augen führen, das Abblocken seines Schlags, ihm mit der Handfläche die Nase ins Gehirn zu rammen oder seinen Ansturm ins Leere laufen zu lassen und ihm den Ellbogen an die Schläfe zu hauen, doch, die sind da. Aber es sind nur kraftlose Impulse, die von der lähmenden Angst, die mich umklammert hält, locker abgewürgt werden.

Begbie geht auf mich los, und ich kann nichts tun.

Ich kann nicht schreien.

Ich kann nicht flehen.

Es gibt nichts, was ich tun könnte.

77
Ab nach Haus

Oh Mann, Alis Schwester Kath hatte noch nie besonders viel für mich übrig, und sie findets überhaupt nich gut, dass Ali sich wieder mit mir abgibt. Ali will jetzt bloß wieder nach Haus, mit Andy. Denn ich hatte Angst, rauszugehn, also kam sie vorbei, un wir warn zusammen im Kino. Ich hab die Drähte aus m Kiefer raus, da kann ich doch astrein wieder kauen, auch wenn er sich immer noch verdammt steif anfühlt. So wie heute ham Ali un ich schon seit Jahren nich mehr rumgemacht, un nich nur mein Kiefer is steif. Ich überleg grad, ob ich sagen soll, komm doch für n Weilchen mit rauf zu mir, als mir einfällt, dass ich mich mit Rents zu Haus verabredet hab!

Ich reiß mich also los, mir tuts immer noch weh, aber trotzdem hüpf ich den Walk runter, gut gelaunt, aber auch vorsichtig, ob ich irgendwo Franco seh. Ich hab alles Mögliche über ihn gehört, aber das kann auch bloß Gerede sein. Weißte ja nie so genau. Rents hat gesagt, dass er jetz um die Uhrzeit da sein wollte, un ich hab Angst, ich könnt ihn verpasst haben. Als ich ans Ende vom Walk komm, is da n kleiner Tumult, n Krankenwagen, n Polizeiwagen un ne große Menschenmenge drumrum. Mir läufts eiskalt runter, als wär ich auf Entzug, denn wenn man in Leith n Polizeiwagen oder n Krankenwagen sieht, tja, ich schätze, dann können einem gleich n paar Namen einfallen, aber ich hab zur Zeit nur einen im Kopf. Ich denk nur eins, AB NACH HAUS, aber was is, wenn Begbie Mark erwischt hat?

Alter, mir rast vielleicht die Pumpe.

OH SCHEISSE, NEE …

Ich seh ihn zuerst. Begbie. Er liegt flach. *Begbie* hats erwischt! Er liegt am Boden. Franco! Er is fertig, denn er liegt am Boden, un um ihn rum stehn die Jungs vom Krankenwagen, un da is n Knabe mit roten Haaren auf ihm drauf, un es sieht aus ... heilige Scheiße ... es is der Rent Boy, un es sieht aus, als wär er in Ordnung. Das war was zwischen Rents un Begbie ... un es sieht aus ...

Nee.

Nee ...

Es sieht aus, als hätt *Rents Begbie* klargemacht, un zwar böse ... un dann durchläuft mich wieder n kalter Schauder, denn wo is mein Kater, Mann, wo is Zappa?

Geht nich ... ich kann nich hier stehn bleiben un mich in die Nummer hier verwickeln lassn, Alter. Geht gar nich. Aber ich muss den Kater finden. Ich schlag mein Kragen hoch, zieh die Basecap in die Stirn un drängel mich durch den Mob. Dann seh ich, wie Nelly aus der Menge auftaucht und Rents voll eine ins Gesicht haut.

Rents taumelt n bisschen un packt sich annen Kiefer, während Nelly irgendwas schreit un wieder in der Menge verschwindet. Ein Polizist kommt zu Renton, aber Mark schüttelt n Kopf, als würd er Nelly nich verpfeifen wollen, un steigt dann zu Begbie innen Krankenwagen.

Un dann seh ich ihn; es is Zappa, mein armer Kater, einfach stehn gelassen, einfach so auf der Straße! Ich also rüber und heb die Transportbox auf, mit dem heilen Arm. So ne Ische, die sich hingekniet un ihn durchn Draht gestreichelt hatte, guckt mich giftig an! – Ich weiß, wem die Katze gehört, erklär ich ihr, – ich bring die dem zurück.

– Das is voll daneben; man kann ne Katze nich einfach auf der Straße stehn lassen, meint die Perle.

– Aye, ganz genau, sag ich und will bloß hier weg, denn verstehste, das is alles voll daneben, meine Nerven liegn total blank.

Dann entdeckt Nelly mich un kommt direkt rüber zu mir. Er zeigt auf mich un zischt: – Dreckige Junkiesau.

Den Knaben hab ich noch nie besonders leiden können, un Angst hab ich auch keine vor ihm, selbst so lädiert, wie ich bin. Ich will grad was zu ihm sagen, da seh ich diesen Jungen, nen Jungen, den ich schon mal mit Franco gesehn hab, un der geht von hinten an Nelly ran un haut ihm innen Rücken, nich besonders hart, un dann hüpft er so quasi einfach weg un taucht in der Menge unter. Nelly dreht sich, um sich am Rücken zu kratzen, so als würds ihn da jucken, un sieht das ganze Blut an seinen Händen.

Ich seh die Angst in seinen Augen, während der andere Typ sich mit nem breiten Lächeln auf der Fresse durch die Menge arbeitet. Er zwinkert mir kurz zu, dann haut er ab. Un ich mach dasselbe, Alter. Nichts wie ab nach Haus mit Zappa. Ich denk, dass es nich richtig von Mark war, den Kater einfach auf der Straße stehn zu lassen, das war voll grausam, Alter, aber andererseits war er ja im Stress, quasi, wegen Franco un so.

Nee, aber was mich angeht, ich hab erst mal Zappa wieder, un bald auch Ali un Andy, un dann wird alles wieder besser, so viel is sicher.

78
Nutten aus Amsterdam, Teil 12

Es gab nichts, was ich tun konnte.

Ich konnte nichts machen. Konnte weder schreien noch betteln noch sonst was.

Und die Jungs in dem Auto haben ihn nicht gesehen.

Es gab nichts, was ich hätte tun können.

Der Wagen erwischte Franco nur ein paar Schritte vor mir mit voller Wucht. Er wurde einfach über ihn drübergeschleudert und knallte auf die Straße. Er lag bewegungslos da, während ihm das Blut aus der Nase sickerte.

Ich bin hin, ohne mir richtig bewusst zu sein, was ich da verficktnochmal mache. Ich knie neben ihm, halte seinen Kopf, sehe seine unruhigen Augen funkeln und tanzen, randvoll mit abgewürgter Bosheit. So will ich ihn nicht haben. Wirklich nicht. Ich will, dass er mich schlägt, mich tritt. – Franco, Alter, es tut mir Leid … das war scheiße … es tut mir Leid, Alter …

Ich heule. Ich halte Begbie in meinen Armen und bin am Heulen. Ich denk an die alten Zeiten, all die guten Zeiten, und sehe in seine Augen, aus denen die Bosheit schwindet, so als würde ein dunkler Vorhang weggezogen, um ein friedlich-heiteres Licht hereinzulassen, als sich seine schmalen Lippen zu einem bösartigen Lächeln verziehen.

Er lächelt mich tatsächlich an. Dann versucht er zu sprechen, sagt so was in der Art wie: – Ich mochte dich schon immer, oder vielleicht hör ich auch nur, was ich hören will, vielleicht muss man das mit Vorbehalt sehen. Dann fängt er an zu husten, und ein dünner Blutfaden rinnt aus seinem Mundwinkel.

Ich versuche, was zu sagen, merke aber plötzlich, dass jemand neben uns steht. Als ich aufblicke, sehe ich ein Gesicht, das mir zugleich fremd und vertraut ist. Ich erkenne Nelly Hunter, der sich die Tätowierungen im Gesicht hat wegmachen lassen, und ich will irgendwas zur Begrüßung sagen, da holt er mit der Faust aus und knallt sie mir an den Unterkiefer.

Der Schock fährt mir in die Glieder, und in meinem Gesicht macht sich ein dumpfes Pochen bemerkbar. Leck mich am Arsch, das war ein Pfund. Während ich unsicher aufstehe, sehe ich ihn in die Menge der Gaffer zurückspringen. Eine Hand legt sich auf meine Schulter, und ich drehe mich abrupt um, weil ich fürchte, jetzt von Francos Spießgesellen zu Brei geschlagen zu werden, aber es ist nur ein Rettungssanitäter in grüner Jacke. Sie legen Franco auf eine Trage und heben ihn in den Krankenwagen. Ich will mit einsteigen, aber ein Polizist steht vor mir und sagt was, das ich nicht verstehen kann. Ein anderer Cop nickt erst dem Sanitäter zu und dann dem ersten Cop. Er lässt mich durch, und ich klettere hinten in den Krankenwagen. Sie knallen die Tür zu, und wir fahren los. Ich kauere über Franco und sage ihm, er soll durchhalten. – Alles in Ordnung, Frank, ich bin bei dir, Kumpel, sag ich zu ihm, – ich bin ja da.

Ich reibe mir die Kinnlade, die Nellys Schlag demoliert hat, da hat er mich böse erwischt. Willkommen in Leith. Willkommen daheim, aber hallo. Aber wo ist heute mein Zuhause? Leith … nee. Amsterdam … nee. Wenn zu Hause ist, wo das Herz ist, dann ist Dianne jetzt mein Zuhause. Ich muss zum Flughafen.

Ich presse Francos Hand, aber er ist nun bewusstlos, und die Sanitäter haben ihm eine Sauerstoffmaske aufs Gesicht gesetzt. – Sprechen Sie weiter mit ihm, drängt mich einer von ihnen.

Das sieht nicht besonders gut aus. Das Verrückte ist, dass ich all die Jahre über geglaubt habe, ich würde mir diesen Augenblick wünschen, ihn gar herbeisehnen, ihn mir ausmalen, aber nun wünsche ich mir alles andere als das hier. Der Sanityp muss mich nicht erst auffordern, denn ich könnte nicht mal den Mund halten, wenn ich es wollte. – Aye … ich hab immer vorgehabt, mich bei dir zu melden, Frank, alles zu regeln. Es tut mir wirklich Leid wegen damals in London, aber weißt du, Frank, da konnte ich nicht richtig denken, ich wollte bloß weg, weg vom Stoff. Ich war in Amsterdam, aber jetzt bin ich fürs Erste wieder hier, Frank. Hab ein nettes Mädchen kennen gelernt ... du würdest sie mögen. Ich denk oft an den Spaß, den wir zusammen hatten, das Kicken in den Links, wie nett deine Ma immer zu mir war, wenn ich vorbeikam, bei ihr fühlte man sich immer willkommen. So Sachen vergisst man nicht. Weißt du noch, wie wir sonntagmorgens immer in die Zeichentrickfilme im State in der Junction Street gegangen sind, oder in dieses gammelige kleine Kino oben am Walk, wie hieß das noch mal? ... das Salon! Wenn wir das Geld dazu hatten, sind wir am Nachmittag immer zur Easter Road gegangen, ich weiß noch, dass du da immer ne Mitfahrgelegenheit hattest ... Und wie wir erwischt worden sind, als wir unsere Namen und YLT hinten auf die Leith Academy Primary gesprayt haben, und wir waren erst elf und fast am Heulen, deswegen hat die Polizei uns laufen lassen! Weißt du noch? Das waren ich, du, Spud, Tommy und Craig Kincaid. Weißt du noch, wie wir beide mit Karen Mackie gebumst haben? Und damals in Motherwell, als du diesem Kleiderschrank eine reingehauen hast und *ich* dafür hopsgenommen worden bin!

Und das Komische ist, dass ein Teil meines Gehirns, während ich das alles aufzähle, mir in Erinnerung bringe und nachempfinde, etwas ganz anderes denkt. Ich denke, dass Sick Boy der geborene Ausbeuter ist, rein instinktiv, ein Geschöpf seiner Zeit. Aber seine Effektivität wird dadurch geschmälert, dass ihm viel zu viel an dem Prozess selbst liegt; an den raffinierten Winkelzügen, der sozialen Seite des Ganzen. Er glaubt, das wäre wichtig, es hätte tatsächlich was zu bedeuten. Deswegen geht er völlig darin auf und nimmt sich nie die Zeit, innezuhalten und sich daran zu erinnern, dass es auch einfacher geht.

Zum Beispiel das Geld zu nehmen und abzuhauen.

Er wird nicht eben begeistert sein, wenn er feststellt, dass sein Geld weg ist und ich mit ihm. Sein Selbsthass, weil er sich zwei Mal hat reinlegen lassen, wird wahrscheinlich irgendeine Art von Nervenzusammenbruch auslösen. Am Schluss hab ich womöglich ihn und den armen Franco auf dem Gewissen. Franco ... abgesehen von der Sauerstoffmaske sieht er absolut unverändert aus. Dann klingelt irgendwas an ihm, und ich begreife, dass das Handy in seiner Jackentasche angerufen wird. Ich werfe dem Sanitäter einen Blick zu, und er nickt zurück. Ich hole es raus und geh dran. Eine laute Stimme dröhnt mir ins Ohr. – FRANK!

Es ist die Stimme von Sick Boy.

– HAST DU RENTON ERWISCHT? ANTWORTE MIR, FRANK! ICH BIN'S, SIMON! ICH! ICH! ICH!

Ich unterbreche die Verbindung und schalte das Handy ab. – Ich glaub, da hat seine Freundin versucht, ihn anzurufen, höre ich mich zu dem Sanitäter sagen. – Ich werd sie später zurückrufen.

Wir kommen ins Krankenhaus, und ich höre in dumpfer Benommenheit, wie ein dünner, nervös aussehender junger Arzt mir erklärt, Franco sei immer noch bewusstlos, was ich mir mittlerweile schon gedacht hatte, und sie würden ihn auf die Intensivstation verlegen. – Es geht vor allem darum, seinen Allgemeinzustand zu stabilisieren, dann werden wir untersuchen, welche Verletzungen er sich im Einzelnen zugezogen hat, sagt er so unverbindlich, dass es einem fast vorkommt, als wüsste er, wen sie da bei ihnen eingeliefert haben.

Für mich gibt es nichts weiter zu tun, aber ich gehe dennoch auf die Intensivstation, wo ich mitbekomme, wie eine Schwester ihn an einen intravenösen Tropf hängt. Ich nicke ihr freundlich zu, und sie antwortet mit einem knappen, ökonomischen, professionellen Lächeln. Ich denke gerade daran, wie gerne ich jetzt mit Dianne am Flughafen wäre und dass ich nicht unbedingt hier sein möchte, wenn Nelly und ein paar von Francos Kumpeln durch die Tür stürmen. – Tut mir Leid, Frank, sage ich, bevor ich aufbreche, dann dreh ich mich schnell noch mal um und füge hinzu: – Halt durch. Als ich aus der Station raus bin, eile ich den Flur entlang, die Marmortreppe runter, wobei ich fast auf dem glatten Boden ausrutsche, durch zwei Pendeltüren nach draußen, und flitze über den Vorplatz in ein wartendes Taxi. Wir kommen auf dem Weg zum Flugplatz gut voran, denn es ist wenig Verkehr, aber ich bin trotzdem spät dran. Sehr spät.

Wir halten vor dem Abflugterminal, ich sehe Dianne mir zuwinken und renne zu ihr. Sie steht stocksteif da, taut aber auf, als ich näher komme; ihr verständlicher Ärger verfliegt, als sie sieht, in welcher Verfassung ich bin. – Mein Gott ... was ist passiert? Ich dachte, du hättest mich für ne alte Flamme sitzen lassen oder so was.

Für eine Sekunde muss ich fast lachen. – In der Hinsicht bestand nie Gefahr, sage ich und zittere, als ich sie an mich reiße, sie einatme. Mich selbst versuche ich auch zusammenzureißen, denn ich muss diesen Flieger erreichen, danach verlangt es mich mehr, als ich je nach einem Druck gegiert hab.

Wir hasten zum Einchecken, aber sie wollen uns nicht mal mehr einbuchen. Wir haben die Maschine nach London verpasst und damit auch unseren Anschlussflug. Das Mistding um ein paar Minuten, ja, Sekunden verpasst. Aber trotzdem verpasst. Glücklicherweise haben wir offene Tickets, darum buchen wir den ersten Flug nach San Francisco über London, der morgen um die Mittagszeit abgeht. Wir sind beide der Ansicht, dass wir uns die Stadt nicht mehr antun können, und mieten uns lieber im nahe gelegenen Flughafenhotel ein, wo ich im Detail erkläre, was passiert ist.

Ich sitze mit Dianne auf dem mit einem rotgrünen Quilt bedeckten Bett, halte immer noch geschockt ihre Hand in meiner und studiere die kleinen blauen Adern auf ihrem Handrücken, während ich meine Geschichte erzähle. – Es ist verrückt, aber der irre Bastard hätte mich umgebracht ... Ich war einfach wie erstarrt ... ich bezweifle, dass ich auch nur den Versuch hätte machen können, mich zu verteidigen ... Aber das Verrückteste daran war, dass es ... danach ... so war, als wären wir immer noch Freunde, als hätte ich ihn nicht gelinkt oder so was. Es ist wirklich völlig bizarr, aber ein Teil von mir mag die Fotze immer noch ... Du bist doch die Psychologin, was hat das zu bedeuten?

Nachdenklich schürzt Dianne die Lippen, und ihre Pupillen weiten sich. – Er ist ein Teil deines Lebens, schätze ich. Fühlst du dich wegen deiner Rolle bei seinem Unfall schuldig?

Eine plötzliche, abgeklärte Kälte überkommt mich. – Nein. Er hätte nicht einfach so über die Straße rennen sollen.

Das Zimmer hat Zentralheizung, aber Dianne hält die Kaffeetasse mit beiden Händen, als würde sie sich daran aufwärmen, und mir wird erstaunt klar, dass auch sie wegen Franco geschockt ist, obwohl sie ihn nie kennen gelernt hat. Es ist, als würde es sich von mir auf sie übertragen.

Wir versuchen, das Thema zu wechseln, uns aufzumuntern, indem wir nach vorne schauen. Sie erzählt mir, sie glaube nicht, dass ihre Diplomarbeit über Pornografie sehr gut sei, und dass sie in jedem Fall Lust auf ein Jahr Auszeit hätte. Sich vielleicht sogar an irgendeiner Uni in den Staaten einschreiben würde. Was werden wir in San Francisco machen? Einfach mal schauen. Ich könnte vielleicht wieder einen Club machen, aber wahrscheinlich eher nicht, es ist einfach zu viel Zirkus. Dianne und ich könnten irgendeinen Webseitenscheiß machen, Dotcommers werden. Wir hatten uns das schon lange vorgenommen und ausgemalt, aber ich kann über all das momentan nicht ausgiebig nachdenken, ich kann nur an Begbie denken und an Dianne natürlich. Sie ist zu einer wirklich coolen Frau geworden, aber das war sie schon immer. Ich war derjenige, der ein bisschen zu jung und unreif war, als dass wir es damals hätten richtig hinbekommen können. Dieses Mal halten wir durch, solange die Liebe oder das Geld reichen.

Am nächsten Morgen stehen wir früh auf und frühstücken auf dem Zimmer. Ich rufe im Krankenhaus an und erkundige mich nach Franco. Es gibt keine Neuigkeiten, er ist immer noch ohne Bewusstsein, aber die Röntgenaufnahmen bestätigen das Ausmaß seiner Verletzungen: Er hat ein gebrochenes Bein, einen zertrümmerten Hüftknochen sowie mehrere gebrochene Rippen, einen gebrochenen Arm, einen Schädelbruch und weitere innere Verletzungen. Ich sollte eigentlich aufatmen, dass er damit außer Gefecht gesetzt ist, doch ich fühle mich immer noch schrecklich wegen dem, was Franco passiert ist. Ja, im Moment fühle ich mich schuldig.

Wir gehen wieder zum Flughafen, sie ganz aufgeregt über die Aussicht, mal woandershin zu kommen, ich eher besorgt wegen der möglichen Konsequenzen, die uns erwarten, wenn wir auch nur eine Sekunde länger bleiben als unbedingt nötig.

79

›... easyJet ...‹

Simon telefoniert schon den ganzen Morgen wie verrückt herum. Wir sind in aller Herrgottsfrühe am Flughafen, um den easyJet zurück nach Edinburgh zu nehmen, der erste verfügbare Flug. Terry und sein amerikanisches Pornogirl Carla wollen uns noch verabschieden, aber nur, weil Terry von Simon die Schlüssel zu unserem Hotelzimmer will, das noch für zwei weitere Tage gebucht ist, und Simon sich erst in allerletzter Minute davon trennen möchte. Er betrachtet Terry, der gerade aus dem Flughafenshop tritt, mit unverhülltem Misstrauen. – Ich weiß es wirklich zu schätzen, dass du mit mir zurückfliegst, Nikki, sagt er, – denn du könntest auch noch ein paar Tage mit Curtis und Mel hier bleiben und dich bei der Preisverleihung amüsieren. Wahrscheinlich gewinnst du ja auch. Das ist dein großer Moment, Nikki.

– Wir müssen zusammenhalten, Süßer, erkläre ich ihm und nehme ihn bei der Hand.

– Mach dir keinen Kopf, Sick Boy, ich un Carla hier werden die Suite genießen, was, Süße? sagt Terry und betrachtet seine neue Freundin und dann mich, offenkundig besorgt, ich könnte meine Meinung ändern.

– Ja ... das ist echt nett von dir ... nuschelt sie glücklich.

Simon schaut äußerst unbehaglich drein, und Terry, der das merkt, sagt ernst: – Ich werd *Sieben Säulen* würdig vertreten un mich nich auf Kosten des Hotels ins Koma saufen.

Aber Simon hört ihn gar nicht. Er hat im Pub angerufen und spricht mit Alison, und er sieht jetzt noch mitgenommener aus, falls das überhaupt möglich ist. – Du verarschst mich … ich glaub das nicht … Er wendet sich an Terry und mich. – Die Scheißbullen und die verdammte Zollbehörde sind im Pub. Sie haben die Videos konfisziert … die machen meinen Laden dicht … Ali! bellt er wieder ins Telefon, – erzähl den Fotzen nichts, sag ihnen, ich wär nach Frankreich geflogen, das stimmt ja auch. Gibt's irgendwas Neues von Begbie oder Renton?

Es folgt ein kurzes Schweigen, dann blafft Simon: – WAS! dann stößt er hervor: – Die Fotze krankenhausreif geschlagen? Im Koma? Rents?

Mein Herz macht vor Entsetzen einen Satz. Mark … – Was ist passiert?

Simon schaltet das Handy aus. – *Renton* hat *Begbie* fertig gemacht! Er hat den Arsch krankenhausreif geschlagen. Begbie liegt im Koma, aus dem er vermutlich nicht wieder aufwachen wird. Spud hat das Ali erzählt, er hat das gestern Abend am Ende des Walks selbst mitangesehen!

– Gott sei Dank ist Mark okay … sage ich laut, und Simon fixiert mich mit einem grässlich durchdringenden Blick. – Na ja, Simon, flüstere ich, – er hat schließlich unser Geld …

– Um welches Geld geht's hier? fragt Terry mit gespitzten Ohren.

– Bloß ein bisschen Kohle, die ich ihm geliehen habe, sagt Simon kopfschüttelnd. – Wie dem auch sei, hier sind die Hotelschlüssel, Terry. Er holt sie rasch aus seiner Tasche, wirft sie ihm zu und sagt verbittert: – Viel Spaß damit.

– Danke, sagt Terry, Carlas Hüfte umklammernd. – Den werd ich haben, zwinkert er. Dann meint er nachdenklich: – Schon komisch, dass Mark Begbie fertig macht. Echt n stilles Wasser. Ich hab dieses Kung-Fu-Zeug immer für totalen Quatsch gehalten. Aber man lernt nie aus, was? Also, lächelt er, – man sieht sich, und damit verduftet er mit seinem Pornosternchen über den Vorplatz. Ich sehe ihm nach, wie er davonschlappt, wunschlos glücklich wie eine Schmeißfliege in der Scheiße, um sich königlich zu amüsieren, während Simon, dem es eigentlich genauso gehen sollte, eine gequälte, saure Miene macht. Und dass Terry noch zwei Tage auf seine Kosten in Cannes lebt, ärgert ihn zusätzlich.

Während des Fluges ist Simon ganz Weltekel, und er schäumt auch noch, als wir in Edinburgh zur Landung ansetzen. – Du weißt doch immer noch nicht definitiv, dass Mark uns abgelinkt hat, also reg dich ab. Wir hatten doch eine tolle Zeit? Und der Film ist toll eingeschlagen? Das ist doch positiv.

– Grmmmpf, macht er, die Sonnenbrille in die Haare geschoben, den Hals gereckt und sich besorgt umguckend, als wir unser Gepäck holen und durch die Passkontrolle und den Zoll gehen.

Dann bleibt er wie angewurzelt stehen, denn nur fünfzig Meter von uns entfernt stehen Mark und Dianne, die im Begriff sind, an Bord zu gehen.

Dianne geht als Erste durch, und Mark zeigt gerade dem Angestellten der Fluglinie seine Papiere, da schreit Simon aus voller Kehle: – REHHNNNTUHNNN!

Mark sieht zu ihm hin, lächelt leicht und winkt, dann geht er durch den Ausgang. Simon setzt ihm nach und versucht, einfach am Schalter vorbeizurennen, doch der Mann von der Fluglinie und der Wachmann lassen ihn nicht durch. – HALTET DEN DIEB! kreischt er, während Marks und Diannes Rücken sich entfernen. Ich schaue ihnen nach und frage mich, ob sie sich wohl noch mal umdrehen wird, aber das tut sie nicht. – SAG'S IHNEN, NIKKI! fleht Simon mich an.

Ich stehe atemlos vor Schock da. – Was soll ich sagen?

Er wendet sich wieder an den Angestellten der Fluggesellschaft und den Wachmann. Jetzt erscheinen noch mehr von der Sorte. – Hören Sie, bittet er, – Sie müssen mich einfach durch die Absperrung lassen.

– Sie benötigen eine gültige Bordkarte, Sir, informiert ihn der Angestellte.

Keuchend versucht Simon, seine Atmung unter Kontrolle zu kriegen. – Hören Sie, dieser Mann dort hat etwas gestohlen, das mir gehört. Ich muss einfach durch das verdammte Gate.

– Das ist zweifelsohne ein Fall für die Polizei, Sir. Ich kann über Funk die Flughafenpolizei verständigen …

Simon knirscht mit den Zähnen und schüttelt den Kopf. – Vergessen Sie's. Ver-ges-sen-Sie's! faucht er und marschiert von dannen. Ich folge ihm zu der Anzeigetafel mit den Abflügen. – Scheiße, die werden jetzt alle aufgerufen: London Heathrow,

London City, Manchester, Frankfurt, Dublin, Amsterdam, München ... wo könnten die hinfliegen ... RENTON UND DIESE VERFICKTE HINTERLISTIGE KLEINE SCHLAMPE! schreit er und verbraucht großzügig etwas von der Zeit, die er eigens dafür reserviert hat, sich in der Öffentlichkeit zu blamieren, dann hockt er sich mitten in der belebten Eingangshalle auf den Boden, den Kopf in den Händen und absolut bewegungslos.

Ich lege ihm eine Hand auf die Schulter. Irgendwer, eine Frau mit orangefarbener Dauerwelle, fragt: – Ist alles in Ordnung mit ihm? Ich danke ihr mit einem Lächeln für ihre Anteilnahme. Nach einer Weile sage ich leise zu ihm: – Wir müssen gehen, Simon. Wir erregen zu viel Aufmerksamkeit.

– Tun wir das? sagt er mit schwacher Kleinjungenstimme. – Tun wir das? Dann steht er auf und marschiert sein Handy anschaltend auf den Ausgang zu.

Wir sind unterwegs zu der Schlange wartender Taxis, da schaltet er das Handy aus und guckt mich mit einem starren Grinsen auf den Lippen an. – Renton ... er bricht in abgehacktes Schluchzen aus und verpasst sich selbst eine Ohrfeige, – ... Renton hat mein Geld ... er hat das Konto geplündert ... Renton hat seine eigenen Masterbänder in Amsterdam, die ganzen fertigen Kopien in diesem Lagerhaus von Miz. Wer die Masterbänder besitzt, der besitzt den Film. Er hat die Masterbänder und das Geld! Woher hat er die Informationen gehabt? jammert er niedergeschlagen.

Ich rufe Lauren an und erfahre, dass Dianne ihre Siebensachen gepackt hat. Wir steigen in ein Flughafentaxi, und ich sage traurig: – Leith.

Simon legt den Kopf zurück auf die Sitzlehne. – Er hat unser verdammtes Geld!

Immer nur das Geld. Ich muss endlich wissen, wie er wirklich über alles denkt. – Was ist mit dem Film? frage ich.

– Scheiß auf den Film, blafft er.

– Aber was ist mit unserer Mission? höre ich mich fragen. – Was ist mit der revolutionären Rolle, die die Pornografie in ...

– Scheiß auf das alles. Es war schon immer nur ein Haufen Mist, auf den sich Wichser, die keine Weiber abkriegen, einen runterholen, und eine Möglichkeit für den Rest von uns, auch nach unserem Verfallsdatum noch in junge, fitte Miezen abzuspritzen. Es gibt nur zwei Kategorien. Kategorie eins: ich. Kategorie zwei: der Rest der Welt. Diesen Rest kann man in zwei Untergruppen aufteilen: die, die das tun, was ich sage, und die Überflüssigen. Das war Sport, Nikki, nur ein kleines Sportvergnügen. Was wir brauchen, ist das Geld. DAS VERDAMMTE GELD! RENTUUN, DU DRECKSAUUU!

Später in Simons Wohnung lesen wir die *Evening News*, die Rab vorbeigebracht hat. Er erzählt uns, dass sie alle Videos und das ganze Filmmaterial im Pub beschlagnahmt haben, ebenso wie die Einnahmen aus der Kneipe. In dem Artikel in der Zeitung heißt es, dass sowohl Polizei als auch Zollbehörden nach Simon fahnden und wegen diverser Straftaten gegen ihn ermittelt wird. In einem Kasten wird ein wenig schmeichelhaftes Bild von Simon und seinem ›Drogen- und Pornoskandal‹ gezeichnet und erwähnt, dass die Polizei sich für seine Geschäfte interessiert.

– Ich bin der Einzige, hinter dem sie her sind! Ich! Was ist denn mit euch anderen Fotzen?

– Das könnte möglicherweise an den Credits auf der Box liegen, witzelt Rab, und ich kann nur mühsam ein Kichern unterdrücken.

Simon wirkt wie ein gebrochener Mann, als er eine Whiskyflasche aufschraubt. Rab will es vor Gericht austragen. – Ich bin dafür, schuschammenschuhalten. Ich werd ne Rede vorbereiten, lallt er, während wir trinken. Ich merke, dass Rab vorher schon ziemlich getankt hatte und es jetzt spürt. – Was meinst du, Nikki? fragt er.

– Ich wart mal ab, was sich ergibt, erkläre ich ihnen und halte mich an meinem Drink fest.

Simon schnappt mir die Zeitung weg und besitzt immer noch hinreichend Großspurigkeit, um sich darüber aufzuregen, dass er als Pornograf hingestellt wird. – Eine ziemlich drastische Bezeichnung für jemanden, der die künstlerische Entscheidung getroffen hat, im Bereich der Erotika kreativ tätig zu werden, sagt er mit künstlicher Empörung. Dann guckt er ganz jämmerlich drein und stöhnt: – Das bringt meine Mutter ins Grab.

Mit blanker Angst im Gesicht checkt er die Nachrichten auf seinem AB. Terry hat eine hinterlassen. – Hallo Leute, ein paar gute und ein paar schlechte Nachrichten. Curt hat den Preis als bester Nachwuchsdarsteller bekommen. Er ist weg, feiern. Aber irgend so n französischer Knabe ist bester Nachwuchsregisseur geworden. Und ne Ische aus Carlas Film beste Perle.

Ich lasse vor Enttäuschung mutlos die Schultern hängen, und Simon wirft mir einen grimmigen Blick zu, dem zu entnehmen ist: ›Ich hab dir ja gesagt, du sollst Analverkehr machen.‹ Terry schwafelt weiter. – Aber es gibt nich nur schlechte Nachrichten, denn Carlas Film *Ein Arschficker in Muschi-City* is bester Film geworden. Das is n tolles Team un so, un ich bin voll mit eingestiegen. Simon faucht verbittert und will etwas sagen. Aber die nächste Nachricht bringt ihn zum Schweigen. Es ist seine Mutter, die in heller Aufregung ist und am Telefon einen Weinkrampf bekommt. Er steht auf und wirft sich sein Jackett über. – Ich muss das mit meiner Mutter in Ordnung bringen.

– Soll ich mitkommen? frage ich.

– Nee, es ist besser, wenn ich allein gehe, sagt er, als er aufbricht, gefolgt von Rab, der es eilig hat, zurück zu Frau und Kind zu kommen.

Ich bin erleichtert und setze mich aufs Sofa. Mein Kopf dröhnt, und ich zittere beinahe, wenn ich daran denke, was ich jetzt vorhabe.

80
Linkerei Nr. 18753

Ich steh unter Schock. Es ist, als wäre alles, was schön war, verflogen und der Rest völlig auf den Kopf gestellt. Meine Mutter weint auf dem Anrufbeantworter und fragt, wie die Zeitung bloß so scheußliche Lügen über ihren Sohn verbreiten kann. Rab kommt vorbei und amüsiert sich offensichtlich, aber ich bin zu fertig, um mich darüber zu ärgern. Aber ich gehe bei meiner Mutter vorbei, und es gelingt mir gerade so, sie zu überzeugen, dass es samt und sonders aus Missgunst erfundene Geschichten sind und nun alles in den Händen meiner Anwälte liegt.

Das war eine ganz schöne Show, und ich musste für meine gespielte Empörung Kraftreserven mobilisieren, von denen ich gar nicht wusste, dass ich sie besitze. Ich breche wieder auf und denke an Franco und wie der Wichser für mich und sich selbst alles so in die Scheiße geritten hat.

Ich fahre zurück nach Hause zu Nikki und überlege, wer mich wohl verpfiffen hat. Auf der Liste der Verdächtigen stehen: Renton: LIEGT AUF DER HAND, SCHEISSENOCHMAL; Terry: DIE FOTZE, WEIL ICH IHN AUSGEBOOTET HAB! Paula: DIE FETTE SAU HAT N TIPP GEKRIEGT, WAS ICH VORHAB; Mo: WILL DEN PUB HABEN; Spud: NEIDISCHE JUNKIESAU; Eddie: NEUGIERIGE ALTE FOTZE; Philip und seine Gang: KLEINE ARSCHGEIGEN! Begbie: ›ICH VERPFEIF KEINEN‹, DIE DAME, WIE MICH DÜNKT, GELOBT ZU VIEL; Birrell: DER ERSTE, DER HERKAM, UM SCHADENFREUDE ZU ZEIGEN; wiederum Renton: EIN NACHTRETEN ZUM ABSCHIED VON DER BÖSARTIGEN FOTZE …

Ich rufe Mel und Curtis in Cannes an und erkläre ihnen, dass ich bald wieder was auf die Beine stellen werde, aber im Moment etwas Zeit brauche, um meine Wunden zu lecken und es gewissem Abschaum heimzuzahlen, der mich beschissen hat. – Danach melde ich mich. Aber bis dahin haltet euch ran und nutzt jede Chance, die ihr kriegen könnt. Achtet nur drauf, was ihr unterschreibt, warne ich sie.

Am Ende des Walks kaufe ich ein paar Blumen für Nikki und überleg mir, dass ich sie, weil sie mir so eine große Stütze war, heute Abend zum Essen in das Restaurant in Stockbridge ausführen sollte, bevor wir uns nach London absetzen. Als ich zurückkomme, ist sie weg, wahrscheinlich einkaufen, um was zu essen zu machen. Aber kommt nicht in die Tüte, scheiß auf die Bullen und den Zoll, ich will ausgehen und allen zeigen, dass ich nicht am Ende bin. Das ist nur ein vorübergehender Rückschlag.

Ich sehe eine Nachricht auf dem Couchtisch.

> Simon,
>
> ich bin weg, um Mark und Dianne zu besuchen. Du wirst uns nicht finden, das versichere ich dir. Aber wir werden die Kohle genießen, versprochen.
>
> In Liebe, Nikki
>
> PS: Als ich gesagt habe, du wärst der beste Liebhaber, den ich je gehabt hatte, habe ich übertrieben, aber du warst gar nicht mal schlecht, wenn du dir Mühe gegeben hast. Denk dran, wir alle faken es nur.
>
> PPS: Wie du schon über die Briten gesagt hast, zuzusehen, wie Leute gefickt werden, ist mittlerweile unser Lieblingssport.

Ich lese es zweimal. Ich betrachte mich schweigend im Wandspiegel. Dann knalle ich dem Spiegelbild des Schwachkopfs, den ich da sehe, mit aller Kraft, die ich aufbringen kann, meine Stirn an den Kopf. Das Glas zerbricht und fällt aus dem Rahmen, zerklirrt auf dem Boden. Ich schaue nach unten auf die Scherben und sehe, wie mein Blut wie Regen darauf runtertropft. – Gibt es eine blödere Fotze als dich auf der Welt? frage ich das blutige Gesicht in den Scherben langsam. – Jetzt hast du sieben Jahre Pech, lache ich.

Ich setze mich aufs Sofa, sehe mir die Nachricht ein weiteres Mal an und lasse sie in meiner Hand zittern, dann zerknülle ich sie und schleudere sie durchs Zimmer.

Gibt es eine blödere Fotze auf der Welt?

Dann fällt mir ein Gesicht ein.

– François ist verletzt, sage ich grausam vor mich hin, einen verräterischen römischen Hollywood-Senator aus *Spartacus* imitierend, – ich muss ihn aufsuchen.

Ich wickle mir einen Verband um den Kopf und knote noch ein altes Bandana drüber. Dann gehe ich in die Royal Infirmary und suche die Intensivstation. Als ich an einem Krankenhauskiosk vorbeikomme, überlege ich, ob ich eine Karte kaufen soll. Stattdessen kaufe ich einen großen schwarzen Edding.

Ich gehe über einen langen, menschenleeren Flur in diesem viktorianischen Teil des Gebäudes und denke an all das Elend und die Qualen, die in diesem Haus der Schmerzen erlitten wurden. Auf meiner Brust lastet ein Gewicht, und der Ort wirkt kalt. Sie haben draußen in Little France ein neues Haus gebaut und lassen den Laden hier langsam runterkommen. Das Licht scheint in diesem Bereich des Krankenhauses schrecklich trübe geworden zu sein, und als ich die Treppe hochgehe und meine Schuhe bei jedem Schritt laut quietschen, merke ich, dass ich Angst habe. In meinem Kopf kreisen die Gedanken, und ich hab schreckliche Angst, dass er wieder zu sich gekommen ist.

Als ich auf die Station komme, fühle ich mich besser. Es scheint nur eine Schwester für das Zimmer zuständig zu sein, in dem sechs Leute liegen, fünf alte Knaben, die fertig aussehen, und Franco, der bewusstlos daliegt. Er sieht starr und wächsern aus, als wäre er bereits tot. Er wird nicht künstlich beatmet, aber mit bloßem Auge lässt sich kaum eine Atemtätigkeit erkennen. Drei Schläuche hängen an ihm. Zwei scheinen reinzugehen, für Kochsalzlösung und Blut, und einer raus für seine Pisse.

Ich bin sein einziger Besucher. Ich setze mich dicht zu ihm. – *Pauvre, pauvre, François*, sage ich zu der reglosen, in Mull und

Gipsverbände gehüllten Gestalt. Irgendwo unter all dem steckt Begbie.

Der ist echt hinüber. Ich lese sein Krankenblatt. – Sieht ziemlich übel aus, Frank. Die Schwester hat gesagt: ›Ihm geht's sehr schlecht, er wird eine Menge Kraft brauchen, um durchzukommen.‹ Ich hab ihr gesagt: ›Frank ist eine Kämpfernatur.‹

Ich gucke mir den Plasmabeutel an, an dem einer der Schläuche hängt. Blöde Fotze. Ich sollte in eine Milchflasche pissen und sie an den Schlauch hängen. Stattdessen hole ich den Edding raus und male ein paar liebevolle Graffiti auf seinen Gips, während ich mit ihm schwatze. – Er hat mich schon wieder reingelegt, Frank. Ich hab's vergeigt, eine wichtige Lektion vergessen: Geh nie zurück. Geh vorwärts. Man muss sich nach vorn bewegen, oder man endet wie ... na ja, wie du, Frank. Es tut mir gut, dich in dieser Lage zu sehen, Franco. Es tut gut zu wissen, dass es immer noch irgendeine jämmerliche, fertige Fotze gibt, die schlimmer dran ist als man selbst, grinse ich und bewundere mein Werk: SCHWUCHTEL-ARSCHLOCH.

– Weißt du noch, wie wir uns das erste Mal begegnet sind, Frank, wie du das erste Mal mit mir gesprochen hast? Ich weiß es noch. Ich war mit Tommy und ein paar anderen Jungs aus der Siedlung in den Links Fußball spielen. Dann kamst du mit deinen Kumpels an. Ich glaube, Rents und Spud waren dabei. Wir waren alle noch in der Grundschule. Es war das Wochenende, nachdem die Hibs von Juventus 4 zu 2 an der Easter Road geputzt worden waren. Altafini hatte drei Abstaubertore gemacht. Du bist zu mir hin und hast gefragt, ob ich ein dreckiger Spaghettifresser wär. Ich hab dir gesagt, ich wär Schotte. Dann hat Tommy, der mir helfen wollte, gesagt: ›Nur seine Ma is aus Italien, nich, Simon?‹ Du hast mich bei den Haaren gepackt und sie verdreht und so was Geistreiches gesagt wie ›Schottland rules‹ und ›So gehen wir hier mit dreckigen kleinen Itaker-Schweinen um‹, während du mich zur Demütigung herumgezerrt hast und mir so Sachen wie ›Habt euch im Krieg ins Hemd gemacht‹ ins Gesicht gebrüllt hast. Ich hab versucht zu schreien, dass ich für die Hibs wär, dass ich sie angefeuert hatte und total ausgerastet bin, als Stanton uns 2 zu 1 in Führung gebracht hat. Es war sinnlos, ich musste mir alles gefallen lassen, deine brutale, sinnlose Schikane, bis sie dir zu langweilig wurde und du dir ein neues Opfer ausgesucht hast. Und rat mal, wer dich da angestachelt hat, dich mit sadistischem Funkeln in den Augen angefeuert hat, keine Gemeinheit auszulassen? Aye, das Grinsen von Renton, dieser Fotze, war so fies wie nur was.

Aber Franco liegt nur da, sein böses, hasserfülltes Trottelmaul fest verschlossen.

– Alles lief so gut, Frank. Hast du das auch schon mal empfunden, Franco? Dass alles nach deinem Plan geht, dass du auf dem Weg nach oben bist, und dann kommt irgendeine Fotze daher und bescheißt dich um alles? Denn ein paar Regeln müssen einfach sein, Franco. Selbst du würdest deinesgleichen nicht so bescheißen. Ich weiß, dass ich es nicht tun würde. Wenn man ein richtiges Geschäft betreibt, ein echtes Unternehmen, braucht man Vertrauen. Ich bin ein Spieler, Frank; du wirst das nie begreifen, aber ich hab mehr Kampfgeist, als du je haben wirst. Ich glaube an den Klassenkampf. Ich glaube an den Krieg der Geschlechter. Ich glaube an meine Gattung. Ich glaube an den rechtschaffenen, intelligenten, ausgebufften Teil der Arbeiterklasse, die zur hirntoten, debilen Masse in ebensolchem Gegensatz steht wie zur mediokren, seelenlosen Bourgeoisie. Ich glaube an Punkrock. An Northern Soul. An Acid House. An Mod. An Rock 'n' Roll. Ich glaube auch an den vorkommerziellen echten Rap und Hip-Hop. Das ist mein Manifest, Franco. Du hast nur selten, wenn überhaupt je, in dieses Manifest gepasst. Ja, ich bewundere deine Outlaw-Instinkte, aber diese Schläger-Psycho-Nummer lässt mich einfach kalt. Deren krasse Banalität beleidigt meinen guten Geschmack. Renton allerdings, von Renton habe ich geglaubt, er würde meine Vision teilen, meine Punk-Vision. Aber wer ist er schon? Eine Murphy-Assel mit Gehirn und sogar noch fragwürdigeren moralischen Grundsätzen.

Ich frage mich, ob dieses Arschgesicht mich hören kann. Nein, der wacht nie wieder auf, oder wenn, dann nur noch als sabbernder Idiot. – Ich bin schwer enttäuscht, Frank. Weißt du, was die Fotze mir gestohlen hat? Ich sag's dir in deinen schlichten Worten: um die sechzig Scheißriesen. Ja, dagegen wirken deine drei Riesen wie das lächerliche Kleinvieh, das sie auch sind. Aber das Geld bedeutet nichts. Er hat meine Träume gestohlen, Frank.

Verstehst du das? Kannst du das begreifen? Haa-llo? Irgendwer zu Hause? Nein. Dacht ich mir.

Alex McLeish?

Die Latte der Verwarnungen dieses Begbie ist einfach unrühmlich, und ich bezweifle, dass ihm irgendjemand noch eine Chance geben wird.

Ich bin sicher, dass alle verständigen Menschen sich diesen klugen Beobachtungen anschließen werden, Alex, und um es frank und frei zu sagen, ich würde noch weiter gehen: Ich würde Francis Begbie ankreiden, die ganze Sportart in Misskredit gebracht zu haben. Und wo wir schon von Frank reden, hören wir dazu doch noch einen anderen wohlbekannten Frank, der in Leith seinen Geschäften nachgeht. Was meinen Sie, Franck Sauzee?

Das iist, wie saggen Ssie, nur zu wahr. Monsieur Begbie iste eine aggressive Mann ohne Savoir-faire. Aber wenn Sie nemmen die Aggression aus seine Spiel, iist es nicht mehr err.

Ich male immer noch müßig mit meinem Edding auf Francos Gipsverband rum, während ich mir mit ihm den Tag vertreib. ICH LUTSCH GERN SCHWÄNZE.

– Aber ich habe Renton, dem Mistkerl, geholfen. Ich habe ihn vor deinen Wichsgriffeln gerettet. Warum? Vielleicht wegen damals in London, als du ausgerastet bist und mich beschuldigt hast, mit ihm unter einer Decke zu stecken. Du hast mich geschlagen und mir einen Zahn abgebrochen. Ich musste ihn mir überkronen lassen. Nicht ein Wort der Entschuldigung. Aber es war ein verdammter Fehler, ihn vor dir zu schützen. Nie wieder. Ich werd ihn aufspüren, Frank, und ich schwöre, dass du, solltest du je wieder aus dem Koma erwachen und deinen zerstörten Körper regenerieren können, der Erste, der absolut Erste sein wirst, der erfährt, wo er steckt.

Ich beuge mich dicht über den dämlichen, sabbernden, debilen Spast. – Gute Besserung ... Beggar Boy. Ich wollte dir das schon immer mal ins Gesi... und dann springt mir fast das Herz aus der verdammten Brust, als etwas mein Handgelenk packt. Ich blicke herunter, und seine Hand schließt sich wie ein Schraubstock darum. Als ich wieder hochschaue, hat er seine Augen geöffnet, und diese glühenden Kohlen der Feindseligkeit starren direkt bis auf den Grund meiner geschundenen, reuigen Seele ...